1980
我们这一届

张安庆 杨植峰 任家瑜 主编

团结出版社

© 团结出版社，2014 年

图书在版编目（ＣＩＰ）数据

1980 我们这一届 / 张安庆，杨植峰，任家瑜主编
-- 北京：团结出版社，2014.9（2025.3 重印）
ISBN 978-7-5126-3100-7

Ⅰ．① 1… Ⅱ．①张… ②杨… ③任… Ⅲ．①散文集
－中国－当代 Ⅳ．① I267

中国版本图书馆 CIP 数据核字 (2014) 第 204607 号

责任编辑：梁光玉
特约编辑：李建斌
文字编辑：郑晓霓
图　　绘：陈小云
装帧设计：阳洪燕

出　　版：团结出版社
　　　　　（北京市东城区东皇城根南街 84 号　邮编：100006）
电　　话：（010）65228880　65244790（出版社）
　　　　　（010）65238766　85113874　65133603（发行部）
　　　　　（010）65133603（邮购）
网　　址：http://www.tjpress.com
电子邮箱：zb65244790@vip.163.com
　　　　　tjcbsfxb@163.com（发行部邮购）
经　　销：全国新华书店
印　　装：三河市东方印刷有限公司

开　　本：170mm×240mm　16 开
印　　张：32.75　　　　　　字　数：481 千字
版　　次：2014 年 9 月 第 1 版　印　次：2025 年 3 月 第 2 次印刷

书　　号：978-7-5126-3100-7
定　　价：88.00 元
　　　　　（版权所属，盗版必究）

8011毕业合影 上海1984.06

8011毕业15周年合影 上海1999.10

8011毕业20周年合影 北京2004.08

8011毕业25周年合影 杭州2009.10

8011毕业30周年合影 上海2014.09

8011毕业30周年合影 上海2014.09

1984年毕业前夕语言专业同学合影，前排左起：孙曼均、叶玉秀、吕素勤、姚永铭、陶炼，后排左起：王德福、蒋剑平、吴悦老师、夏辉映、陈小云、杨舸、史灿方

1984年毕业前夕全体女生合影，前排左起：叶玉秀、池雨花、刘忱、徐晓玫、陆亚萍、苏冰、彭金燕、张玉红、张彤瑾，中排左起：吕素勤、董月玲、吴寅菁、杨晓晖、陶社兰、王志华、孙曼均、施慧卿、陈燕、陈薇，后排左起：周美玲、彭洁、任家瑜、徐亦可

目　录

CONTENTS

一个时代的背影_{（纪念珍藏版序）}

徐锦江

  人生一辈子，我们终将明白，不是活过了什么，而是记住了什么。今天，当我们大部分人退休之后，我们究竟记住了什么？8011，又记住了什么？

  我们是苦难的一代。我们出生的那个年代，正值三年"自然灾害"特殊时期，吃不饱，穿不暖。我们生长的那个年代，也正逢艰难探索的困难时期，年夜饭可能还不及今天随随便便的一顿美餐，衣服是老大穿新老二穿旧老三穿破。我们的大学年代，为了图书馆的一张座位可以争得面红耳赤，为了买一本心仪的书宁愿啃几天馒头酱菜。我们入职的年代，喝一杯十块钱的咖啡是奢侈，想要有一个独立的蜗居是奢望。我们奋斗的年代，无爹可拼，也不知道什么叫"佛系"和"躺平"，只能在大时代的激情裹挟下努力再努力，靠知识来改变自己的命运。

  我们又是幸福的一代，因为那个老人，因为赶上了那个春天。我们的幸运在于高考。点着一茎油灯苦读的农村孩子，躲在阁楼里复习的城市平民，从乡野，从市井，从东南西北，来到一个名叫复旦的地方，从此鸿运高照，毕业时不仅包分配，还可以挑选单位，工作后赶上了福利分房，赶上了可以购买低价商品房，赶上了公派出国和自费留学，赶上了有机会大展宏图干一番事业。毕业后，我们的足迹遍布大江南北、寰宇内外。从政、经商、办报、搞出版、拍电影、当作家、做学问，跨行跨业，甚至改行改业，从事律师、金融、财会、计算机等专业，各尽所能，各领风骚。虽然没有成为马云，却有过马云的梦想；虽然没有成为政治明星，却也操过庙堂的心；虽然没有成为文坛泰斗、学界巨人，却也在自己不同的领域和岗位上精耕细作，留下了不凡的业绩。我们没有大富大贵，却能安身立命；没有大红大紫，却能各美其美；没有丰功伟绩，却能怡然自得；没有完成年轻时"为天地立心，为生民立命，为往圣继绝学，为万世开太平"的抱负，却能在文字的家园中抚慰躁动的心。我们中的大部分人过得不好不坏，不咸不淡。但正是这样一群人，成为改革开放大时代的中坚力量。今天，我们退出江湖后，大多数人还能靠一份稳定的退休金颐养天年。没有比较，就没有伤害；同样，没有比较，也就没有满足。我们知足，知道漫长中国历史上其实这样的好时辰并不多，知道那个时代最好地安排了我们。

当然，我们也有小小的遗憾。我们中有人经商，却总是做不大；有人炒股，却总是套进套出；有人出国，却变成孔夫子第二；有人立言，却不免纸上谈兵；有人事功，却白发宫女说玄宗；有人从政，却始终仕途平平。身为中文系学子，我们的几把刷子多半是一手好字和几本著作。有人把旧体诗写得滚瓜烂熟，有人把王羲之临得几可乱真，有人把管子说得头头是道，有人把报纸办得洛阳纸贵，但也仅此而已。我们中大部分因为狷狂，因为敏感，因为超脱，因为自恋，因为昏庸，因为闲散，因为怯懦，没有本事识别仕途波涛，把生意做得风生水起。但这并不妨碍我们活成这时代最幸福的样子。

我们的命运是和改革开放紧密联系在一起的。作为一代人的背影，8011集体没有什么特殊遗产，有的是散不尽的书，是对审美的偏宠和固执，是或许也有真知灼见的家国清谈，是一个普通集体对改革开放年代的怀望，是对赋予中国老百姓正常生活权利的渴求，是作为类的存在对资本和技术狂飙突进的忧虑，是对世界和平与正义的呼唤，是让历史走上正轨的信念。

我们想要成为一个模范的集体。苦心孤诣编写此书，抱着一个都不能少的愿

景，不让一个同学掉队，但"人有悲欢离合，月有阴晴圆缺，此事古难全"，就像业师当年的毕业题签：人生不如意事常八九。然而毕竟，经过组织者的不懈努力，我们在初版的基础上，这次再版又促成了七位同学交稿，最终建立了约等于全体的8011谱系。连我们自己都想知道，那些曾经在一个寝室里爬上爬下，在一个教室里走进走出，在一个球场上冲锋陷阵，在一个图书馆里废寝忘食，在一个食堂里长身体，在一个校园里谈恋爱的哥呀妹呀，从"一十二间东倒西歪屋"里走出去的"九十三个南腔北调人"，在毕业后的四十年时光里究竟经历了些什么？作为遭遇过同时代的人，能够激起共鸣吗？作为Z世代二次元，能认可他们的父辈吗？

在回答为什么要出这本书、这本书有什么价值时，杨植峰同学说：作为恢复高考后八十年代的第一届大学生，要知道，那时上海的复旦录取分数线是高于清华北大的，我们可以在中国高等教育史上存真留影。王鸣文同学说：入校迄今四十多年，几乎和改革开放同步，当我们行将退出历史舞台的时候，回顾基本定型的一生，不仅是对自己的一个交代，也是对时代的一个交代。俞文明同学说：我们这代人享受到了改革开放的红利。我们既是改革开放的见证者、参与者，也是贡献者、受益者。任家瑜同学说：这本书里有我们个体的生存状态、人生际遇和心路历程，书中画出的N条生命弧线，或许也可以勾勒出一个时代的背影。张安庆同学说：非虚构的自我审视，也可以成为一个社会学的样本。

当然，最大的意义恐怕还在于我们自己。

陈小云同学曾把8011的九十三位同学画成在大树下打坐的小和尚，如果8011是一棵树，每一片树叶展翅，每一朵花瓣落下的都是独特的人生。有人往生，有人悬停，有人还在等待戈多，有人梦想开始第二个春天。

"人其实只有一个使命：就是走向自我。"每个人都是自己的终点。

"铺采摛文"是中文系的基本功，但这篇再版序却选择简单素朴的文字表达，为的是契合我们绚烂之后归于平淡的心境。

今天，我们生活在一个互联网、元宇宙、ChatGPT相继登场，人工智能成为趋势的时代。世界变得越来越不能相认。但我们却仍然坚信技术无法取代人文，人脑比电脑更有价值。

今天，我们生活在一个"人在现实中，魂在屏幕里"的时代，网红当道、短视频风靡，ACGN流行，"数字化性欲"操控了人性，世界变得越来越无意义，但我们却仍然喜欢原味的具身世界和士大夫从前慢。

今天，我们生活在一个咖啡成为日常饮品，房子越住越大，包装越来越精美的物质过剩时代，消费主义甚嚣尘上，体验经济风靡一时，仿真景观无处不在，颜值正义和情绪价值成为生存要素，世界变得越来越不可思议，但我们却仍然崇尚自然、合理和内在精神。

今天，当伪事件和伪名人盛行，后真相、后现代、后人类接踵而至，道德不再能安抚人心，甚至平等自由也成为"虚假启蒙"的时候，我们中的大部分人仍然恪守着传统，只承认真正的学识和范式，个别人甚至不用微信和智能手机；许多人仍然怀念纸媒的黄金岁月，坚信阅读的磅礴力量，锲而不舍地寻求着真理和真相；更多同学为了一个重病的同学，不管条件好坏，有的甚至自己也身体抱恙，都要献上一份同学情，为的是向这个社会重申爱的存在和集体主义理想。

今天，当全球化受阻，经济不再持续向上，市场不再激情澎湃，社会流动性逐渐减弱，纷争的世界使未来不再那么确定的时候，我们更加怀念那个理想主义的年代，那个真情流露、机会均等、创造奇迹、意义确定的年代。

今天，当年轻人不再那么容易被概括、被代表，我们会说，好得很！当年轻人用"悟空"和脱口秀来排遣自我、吐槽社会，我们理解！而当毕业生以考公考编成功为人生理想时，我们却说：No！

有一句诗写得好："大风吹来世界的声音，老人能听出其中的摧毁。"

八十年代已成为不可能，但下一代仍然要往前走。

祝愿孩子们能嗅到未来的气息。

但请记住：一个时代的背影。

或许，我们只是自己记得。

"我们这些时代的老人。"

2024年9月9日写于云南丽江旅途

远处，玉龙雪山乱云飞渡，群峰苍茫，暮色渐浓，高原灯火时隐时现

老而弥妖（原序）

蔡万麟

　　这本书酝酿多年，这次得以出版，要归功于植峰兄的坚韧。这也表现在他执意让我在书的前面写点什么，且再三强调"商量过的"。我知道这是无上的荣耀，但确很为难。眼前也总浮现着九十三张生动的面孔，都是人杰地灵的，况还有一位化鹤在天之灵。我只好于惭惶中记录些相关事宜吧。

　　这个班级九十三位同学，1980年考入复旦大学中文系。那时的我们，一袭青衿，大多清癯得像革命者。毕业分配时，约三十人留在了上海，约三十人去了北京，还有约三十人分赴各地。倏忽三十载，我们也逾天命之年。追忆似水年华，人之常情，也到时候了。不管母校愿意与否，我们决计重返复旦聚一聚。还要办一场晚会、出这样一本集子。聚会要分阶段享受过程，出书要按学号一个不少，晚会要学春晚秘而不宣，用心良苦，都是很不容易的事。但我们很投入，说明都很看重。奋斗了三十年，再一次渴望同学的情意。虽说是壮士白头、美人依旧，但我们仍想证明流水能西、金刚不坏。毕竟，就这个集体而言，这也许是最整齐、最完美的一次闪亮了。

　　我因此有感于我们的凝聚。我们拥有共同的根系，有形的自然是复旦、是上海、是相识时特定的年份。无形的又是什么呢？且归于道吧，因为大道无形。我们的心路、我们的感悟、我们的彷徨、我们的困惑，在我看来都有约略一致的来路。

　　这个班基本的特别处，在于学的是中文，而且是在上海滩、复旦园。本就是中国人，却还要执意学中文，说明我们不满足于说一般的中国话、看一般的中国书、写一般的中国文。对真善美比较懂、有追求，对不真不善不美也容易生气。大学期间遭逢时代的文学热、美学潮，感觉是代表全国人民在深造，我们的使命感油然而生，激励着我们去关注古今中外美的历程。上海是风花雪月的，复旦是浪漫小资的，跑到那里去学中文，又格外锤炼了我们见雨惊心、闻风丧胆的敏锐。抱着一段粗腿，即以为全象；拾得一片落叶，乃大呼秋来。兴观群怨，恨不能逢人便说、见鬼就唱。这是一种本领。

不巧的是，走出复旦园，一个有病不治、无病呻吟的文学时代悄然终结了，金钱世界轰隆而至。改革开放燃起民族希望，和平发展成为时代主题，但我们似乎有些失落，因为我们学的是中文。不懂经济，不懂管理，不懂法律，不懂国际关系，只懂得一种我们身边人人都会的东西。复旦教会了我们讲究，但时代不讲究了。文学不再重要，也鲜有人过问美从何来、美将何往。我们改变不了社会，但社会向我们动起手来却是大刀阔斧、兵不血刃。我们的幸运是和伟大的时代一同进步，不幸则在于终有一些错位。我们是想宽容一些的，但还是容易不满意，因为我们心存另一个世界，那是文学家描写出来的。世道若好，我们高兴不到哪里去，因为心里装着诗的盛唐、词的大宋；世道稍欠，我们马上看不下去，因为又想起了盛唐的诗、大宋的词。

地质上有所谓断层线，历史也有。我们是恢复高考后的第四届大学生，前三届大多是知青。到我们，已是野无遗贤，都算是应届翘楚了。我们不像学长们饱经苦难，但对苦难懂一些。绷娃娃脸作夫子状，还是会几分深刻的。我们像是代表沉重的学兄们，为特殊年代的传统做了最后一个年度的挣扎。紧随我们的后学就很不同了，相形之下，个个新锐，敢于胡来。这条当代历史的断层线正好划在我们身上，让我们有点儿孤独。

三十年前，河南的一个生产大队人均收入突破千元，《人民日报》辟专栏举国讨论："如何看待先富起来的农民？"居然唇枪舌剑五个月。而今的中国，富豪已多得中国装不下，跑出去也不在乎。"有情人终成眷属，无产者不再联合"，变化之巨可谓动地撼神。如果从上世纪六十年代算起，我们这一代经历的变化大约算多。总是不出几年，就是"又一片"沧海桑田。我们受益于这变化，也因了这变化的落差，活得有些晕头转向。

这本书辑录的是同学们的心思和表情，也昭示了我们唇亡齿寒的关系。我们都拥有属于自己的三十年，也共同拥有一个相同的三十年。我们曾以昏庸自嘲，如今又升华为妖了。少时昏庸，壮岁奋进，于今唯知天命，其他一概不知，尤其不知老之将至，这大约便是妖的境界了。昏得清纯，妖得老辣，从昏到妖，运脉一线。这便是我们的三十年吗？"云山有径终无径，风月无边却有边"，此中要义，欲辩忘言。也恰好不说了，且翻过此页，来看大家的精彩吧。

臆见矜高，惭惶经久不息。谨向本书出版组的同学们致敬！

2014年3月16日

我和我的8011

曹怡波

到了现在这个份上，还能让我对8011说些什么呢？

中年的况味，在先贤们的笔下，大抵是会带上些灰暗和尴尬的色彩的。在这混沌的人世中跋涉了大半辈子，身上的烟火气也消退殆尽了，于是便自觉或者不自觉地游走于社会的边缘地带，以远离主流。当然也会有几个不服老的，依然是在那里百尺竿头，但这样的英雄豪杰，于芸芸众生之中恐怕也是为数不多的吧！

所以现在要让我向组织汇报这三十年来的"贡献"，虽然是百感交集，但话到了嘴边，终究又变得诚惶诚恐起来。8011缘起于三十四年前九十三个人在复旦的萍水相逢，其实，在我们真正拥有这个番号的那四年时间里，我们是并不太在意这么一个组织的存在的。也许是年少轻狂，也许是素昧平生，等到分手的那一天，彼此走得也是云淡风轻。如果翻看一下我们毕业时的那本纪念册上每个人写的一句话，几乎看不到什么赞美之词，现在想来真的是有点不知好歹和暴殄天物的意思了。因此，我一直以为，真正的8011，是毕业以后这三十年来，每位同学用自己的真心和热情筑就的象牙之塔。

而我这三十年来却过得如此的平凡无奇，一言以蔽之：做编辑。自毕业进入上海人民出版社以来，三十年如一日，没有任何变化，至今依然布衣一枚。其间虽然也曾编过《青年一代》《少女》杂志若干期，责编的图书也曾上过畅销书榜，但这一切，如今看来，都是过眼云烟，实在是不值得再费笔墨去多讲什么的。就像一句诗所说的："天空没有痕迹，但鸟儿已经飞过。"唯一让我感到遗憾的是，对于8011这个集体，我的贡献真的是太小太小了，我不知道在我的有生之年里，是否还有机会让我弥补这一缺憾。

也正因如此，在8011中，我更愿意做一个沉默者。虽然不至于像张爱玲说的那样"卑微到尘土里"，但因为深爱，所以情怯。回顾自己三十年里这一路走来，8011一直是如影随形，分分秒秒不曾跟我离开过，我也始终以自己是这个集体中的一员而感到幸运和骄傲。当我生活陷入窘境之时，松林、老潘、一卿、老连等人慷慨出手，解燃眉于困顿之际；当我在工作上感到孤独无助的时候，锦江兄、涌豪兄、晓晖兄、家瑜兄倾力襄助，化危机于急难之中。此时此刻，感恩两个字是远远不足以传达出我的心曲的，但我就是找不到一些合适的词汇来表述。我想，8011中受此福泽者肯定大有人在，情同此心者也肯定不少，相信我们会有同样的心情。一度我曾经认为，在复旦的四年中，于人情世故方面的历练太是缺乏，以至于踏上社会以后，待人接物总是露短，不像有些人那样八面玲珑，左右逢源。但以现在看来，只要有这么一些兄弟姐妹在，洗尽浮华岂不是更痛快一些呢？

我想，是不是因为我们所面对的世界太过冰冷，所以，我们便格外地依恋8011这个温暖的集体。只要是在当下这个社会体制中混的，每个人或多或少地都会在职场中受到些委屈，受到些训斥，这些闹心的事，有时候会把自己的情绪搞得很糟。我们出版社曾经有个领导，跟人说话从来不带笑容，板着个脸，跟训孙子似的。有一次，偶然说起我的同学某某某，他脸上凝固了很久的僵硬的肌肉似乎松弛了一下。这一刻，我忽然有了一种灵魂附体的感觉，我觉得我不是一个人在战斗。从此以后，8011成了我的精神鸦片，每当我受伤以后独自舔着伤口的时候，她便是最能够慰藉我心灵的一帖良药了。

三十年过去了，我的职业生涯业已过了大半，但是，我觉得现在就对此作总结，似乎为时过早，因为传统的出版业如今正处在生死存亡的关键时期。尽管我也知道，只要我们上网看一下的话，网络上关于传统纸媒的出路的讨论，早已是哀鸿遍野了，有人甚至预言，传统出版业在三五年内行将就木，但我依然在此坚守。也许这只是一种堂吉诃德式的执著，也许这丝毫不能改变新媒体对传统阅读方式汹涌澎湃的侵蚀。而事实上，我的坚守也只是对传统出版业的一种临终关怀，向我们曾经经历过的出版业的辉煌年代致以崇高的敬意。

倘若以当今社会的主流价值观来衡量的话，我的人生并不成功。但我自以为这三十年并没有虚度，至少可以算得上是独善其身的。也曾经躬逢盛世，上世纪八九十年代的图书市场的火爆和热烈，我们是亲历者。在那个火红的年代里，我们可以把一期杂志印到五百多万本，也可以把一种图书印到一百多万册。这样的盛况，恐怕以后再也不会出现了。所以我想，要是再过个二三十年，我们就成为活化石了，就可以成为一段历史的见证者。

然而，更重要的是，在这三十年里，我渐渐学会了怎么做人。年轻的时候，也曾快意恩仇，也曾笑傲江湖，到如今，全然烟消云散，唯有细水长流。在付出了种种惨痛和巨大的代价以后，我知道了有一种人生叫做与世无争，也知道了有一种活法叫做沉默是金。"草色人心相与闲，是非名利有无间。"现在回过头去看，我绕了这么大的一个圈子以后，找到的那个点，竟然是我三十多年前在复旦8011的时候所埋下的根，也许当时并没有觉得，但是冥冥之中就是有一种力量在修正着你的行为，这也足以说明在复旦这短短四年的时间，在我的人生中是

作者近影

多么的重要。

有人说，活着就是一种修炼，时下我唯一的希望就是默默地过好每一天。当我们越来越接近生活的真谛的时候，精神上便会变得越来越自由。心不为形役，也就可以坦然面对一切，宠辱不惊，无论是顺境还是逆境，我都可以微笑相迎，置身于是非恩怨之外，在纷扰的人世中保持内心的宁静和寂寞。我觉得，人生到了现在这个时候，应该开始做一点减法了。于是我慢慢学会了放下，不再做那只可笑的蜾蠃。就像我们都是赤条条来到这个世上一样，走的时候也不会带走任何东西的。我很清楚自己的能力，能做到的大概也只有修身齐家而已，但这依然是要靠自己不断修炼才能达到的目标。也许我未必能够证得阿耨多罗三藐三菩提，但只要做好自己，对我来说便是功德圆满了。

衷心地希望8011能够天长地久，热切地期盼着每隔五年、十年的同学相聚。我真的是很想知道，再过三十年以后，当我们这些满口假牙、基本上没有什么食欲的老人聚在一起的时候，我们又能说些什么呢？

生是8011的人，死是8011的鬼。

曹怡波，男，1962年6月生人。少不更事，浑浑噩噩；到老来，愈加愚钝不堪，不解世情。自1984年复旦大学中文系毕业以后，入上海人民出版社，任编辑职至今，不求有功，但求无过，故三十年来一事无成。如今渐离苦海，然唯有洁身自好，期颐可数。

写在学术的边上

朱渊寿

从一毕业,我就到了现在就职的单位中国社会科学院。而且,这一待就是三十年。

一、初识北京

1984年的北京,高楼大厦不多。从天安门往东至建国门,马路两侧只有三栋高楼,北京饭店、东单电话局和我们单位。我们单位大楼一共十五层,在当时非常显眼。大楼朝南每个房间都挂着白色的窗帘,很漂亮,风格很有五百格子稿纸的味道。也许设计者考虑到单位的特点,写书写文章传统说法又叫"爬格子"。这个单位有几千个"爬格子"的工作人员。

我曾经在人行道上观察,当时路上行人走过,多数要抬头看看这栋大楼,常露出惊叹和赞许的眼神。有一回,还听到一位行人问同行者这是哪个宾馆。因为当时大家印象里只有饭店、宾馆才有这么高的楼。我听了这等议论,顿觉在这里工作很自豪。东长安街马路两侧印象里当时是梧桐树,某年因为北京市规定槐树是市树,这些遮阴的大梧桐树就不在了。

北京的城里与城外,当时并不像现在这样,建国门几乎就到了城边上了。现在的二环建国门桥,当年往南是一条河,河边是树林。从建国门去到劲松一带感觉甚是不便，须绕道大北窑走很远的路。不然走河边穿小树林去很不易，走夜路甚至有点恐怖。单位分房子，劲松一区、二区和九区的房子，都不是大家的首选。现在离建国门最近的九区，当时是最远的。

初到单位的一段时间，居无定所。先是住一个空荡荡的办公室，之后安排在单位招待所的地下室。夏天，地下室潮湿阴凉，很不舒服。地下室大约住了十天。期间，有一位上海人据说寂寞想家，在被窝里偷偷哭了。一段时间这个传闻被单身男女当作开心的笑料来取乐，虽难说真假，但大家宁信其有，权当排遣寂寞吧。很快，我们就被安排到光华路一所小学居住。在这所小学住了两年左右，同学亲友往来都与这所学校结下不解之缘。8011的若干次小聚会，夏天踢足球、吃绿豆冰棍（每根五分钱，全是绿豆，口感极好，后来就再也难见到了。同学来踢球，买上一钢精锅，吃了那叫过瘾！），在宿舍里喝酒、玩笑，即兴表演，那些活力无限的青年人的游戏玩法不一而足，太多欢笑回荡在教学楼之一隅，永远难忘。

那段时间刚刚走向社会，开始独立生活，无权，无钱，但有旺盛的精力，自由自在，顺其自然。轻松愉快地生活，偶有漂泊寂寥之感，也被青春和热情所排遣。权钱闲三者，有闲无累，难道不也是人之所乐所求吗？

二、淘书之乐

上世纪八十年代中期，中国还没有走向商品社会，社会的热点常常是以文化和学术为中心，忽而"美学热"，忽而"文化热"，忽而兴"三论"，忽而又兴"模糊数学""熵"理论。人们从"文革"的阴影里走出来，似乎一下子解放了，感觉到处是阳光。特别是恢复高考之后，全民求知的欲望空前高涨，青年学子更是如饥似渴。读书成了一种时尚，一种品位，你若不及时学习，就感觉落伍了。"美学热"的时候大家读朱光潜、李泽厚，讨论美的本质；《西方美学史》《美的历程》成为畅销书。记得在劳动人民文化宫举办过一个系列文化讲座，由作家、学者去主讲社会热点话题，主讲人有张洁、李国文、李泽厚等。讲座是收费的，每讲一元，共十二讲。我们工资五十六元，拿出十二元听讲座不是很容易，于是向单位领导申请资助。领导非常鼓励学习，愉快地批准了。李泽厚讲完后，我还上前去跟他聊了一会，他听说我也是社科院的，我的同事跟他还有不错的交情，就打趣地说："你也来了！"

在复旦中文系上学的时候，我就有买书的习惯。当时，家里每月给我二十元生活费，学校发我十元零五角助学金。后来还有运动补贴八元，感觉自己很富足。吃穿生活费用花销不大，我留出十元专门买书。十元大约可买八至十本书。一套中华版的《史记》就是当时买的。在上世纪八十年代的北京，买书是件快乐的事情。起初，我是周末去书店买，去的最多的是琉璃厂。买旧书是必须去琉璃厂的。每次去都有不少收获，一逛几乎就是一整天。晚上回到宿舍，必须把当天买的书浏览一遍。上班时带上几本，空闲时候看。下了班去单位食堂吃完晚饭，再回到办公室继续翻书。那日子别提有多充实了。琉璃厂每年春秋都举办古旧书市，印象里海王邨书最多。每次书市早起开门前，门口就有很多人跃跃欲试，大门一开，书虫们蜂拥而入，眼睛发光，下手迅速，那场面壮观极了。那些年，线装书都不贵，海王邨书市上几乎是单册五毛钱一本。爱书的人见到喜欢的品种，就毫不犹豫下手！琉璃厂之外，东单、灯市口、隆福寺都有旧书店，也是我常去的。这几个点离单位近，午休时分，骑上单车就可以逛一遍。因为常去，不需要花很多时间筛检，基本上一眼就可以看出哪些是新上架的书。买书既是乐趣，也对工作有助益。

逛书店、淘旧书是乐，有时候遇见学界名流，或是单位学者前辈，聊上几句，算作交流，也是一乐。在海王邨就遇见过许国璋先生，记得当时他正指着书架上的"辞书大王"王同亿编的《语言大典》，不屑地跟随行的学生议论着。因为跟单位有关，就跟他聊了几句，知道了他的态度。梵文专家黄宝生先生，还有俄苏文学学者陈燊先生我也在书店遇见过，还不止一次。我不仅知道他们两位喜欢买书，藏书颇丰，也由此了解到他们作为外国文学专家，还特别注重研究中国文学。

记不清准确的时间，大约是上世纪九十年代后，北京的古旧书市场逐渐凋零。旧书书源渐稀，书价频涨，古旧书几成文物。渐渐地，我感觉不出淘书

之乐，越买越少。有些旧书店已不复存在，我也远离了。

三、学者往来

我们是个研究单位，写书的人很多。我的工作是为写书的人服务。从职业来讲，这个行当叫做科研管理。这个行当，很多干了多年的人被问及工作性质，常常说不清楚。如今我已成老员工了，回过头来大致也明白了，准确一点叫做"科研政策与管理"。这个工作要服务两头，一头是国家的经济建设与发展，一头是学术的发展。政策的调节和管理的手段都是必需的，它要求我们必须掌握好国家的政策，了解学术的规律，需要对学科发展有足够的敏感。做好这个工作，还需要多读书、看专业报纸杂志，关注与工作有关的人和事、学术的动向与思潮等等。有时候要参加学术会议，特别是全国性的重要的研讨会。记得刚工作不足二十天，在完全不摸门的情况下就出差哈尔滨参加了一个现代文学的年会。当时完全不明白参加这样一个会，对我的工作的用途。一次现代文学研究的年会，你对现代文学学科的全国研究情况，就有了一个概括的印象；对各领域的学者、学术的动向，就有了初步的了解。后来，参加了一系列的学术会议，比如全国文字改革工作会议、中国少数民族文学学会年会、中国语言学会年会、外国文学年会等大型全国学术会议，以及小型的专题会议，在不长的时间内，较快进入了工作状态。工作做得好坏，跟掌握多少学术信息有关。我通常的工作也涉及学术会议的组织协调、学术基金和学术评奖的组织管理等活动，这些工作需要跟很多学者打交道，特别是知名学者。跟学界精英有了工作关

作者近影

系，有了向他们讨教的便利，同时也跟一些学者有了交集。道德文章俱佳的学者，他们的言行与人生经验，让我受益终生。最近这些年，单位的变化犹如坐过山车，心如翻江倒海，虽意冷心灰，但仍不忍离去，其中这是我喜欢甚至留恋这个工作的一个重要原因。

让我受益的前辈学者很多，钱锺书、吕叔湘、李荣、鲍正鹄、陈燊、樊骏等等，为人为学堪称典范。

钱锺书先生

刚工作的时候，钱锺书任中国社会科学院副院长，我以为我的工作会有较多机会接触到他。后来才知道，他任职不上岗，工作时间无缘见到。当时还设想，他如果需要秘书，我可以去兼任。既不在岗，也就无需秘书，这条路也不成。两次见到他，都跟工作没直接关系。一次是在俞平伯先生从事学术活动六十五周年的纪念会上，学界巨擘名流群贤毕至，主席台上三巨头并坐。中间是俞平老，他右为胡绳院长，左为钱锺书先生。俞平老我也是唯一一次见到，难得啊，当时他八十六岁。最想见到的当然是钱锺书先生，虽然他也已七十六岁高龄，丝毫没有衰老的感觉。特别是微微一笑的瞬间，尽显智慧与幽默之风采。能够见到自己仰慕的学者大师，快乐无法言说。原以为此生仅见此一次了，当然一次已足矣，不料，另一次机缘，让我有机会登门面见，且亲耳聆听大师侃侃而谈。而这一次机缘来自我们帮助他打了一个著作权官司。1992年，一家出版社未经授权编辑出版了钱先生的著作。我们按照授权去追究，最终获得圆满解决。出版社登报道歉并做赔偿。事后，我们带着结果，去他家报告。第一次见到钱先生，他没有说话。这一次，除了我们汇报情况，之后，我们基本上是聆听。钱锺书说话不时引经据典，我们听者是应接不暇，难以消化。尽管很多不能理解，但听的过程就是极大的享受。出版社送了他们两把蒙古刀，钱锺书与杨绛夫妇俩拿到后，居然相互比划起来，一边口中还打趣地说，这回我们可以比武了。那天真童趣毕显之景，令人捧腹。临走，两位先生还将他们出版的著作签名赠送了我们。那是我工作三十年里少有的快乐时刻。为纪念钱锺书先生诞辰一百周年，中国社会科学院2010年举办了研讨会，并编辑出版了纪念文集。我参与组织了纪念活动，并作为编委参加了《钱锺书先生百年诞辰纪念文集》出版的相关工作，能为钱锺书先生身后做一些事情，心里有无限的安慰。

鲍正鹄先生

在社科院让我受益最多的是鲍正鹄先生。我参加工作的时候，鲍正鹄先生已经退职回家。之所以不说他退休而说退职，是因为他是自己卸职回家，而单位很久后才给他办退休手续。这也可以说明鲍先生的个性。他亲口跟我说，部下被调去做别的工作他都不知道，于是毅然收拾东西，让办公室的人安排一辆车回家了。他是局长，没跟人说不干了，起初办公室也以为他只是往家运送东西呢。院领导知道事情原委，上门做工作劝说他回单位。他是倡导退休、反对干部职务终身制的，有了这个由头，便去意已决，不再回头。他还跟我说起过一件事情，机关有一次开会，他中途站起来问领导还有什么事，因单位里还有很多事情等着做呢，于是带着下属离会。这种个性鲜明的领导，真稀有，现在更不可能出现了。还有件事，一些回忆文字里也提起过。院长胡乔木讨论工作时问他有没有意见，鲍先生直言："我不同意你的意见！"鲍先生亲口跟我说，"不问我就算了，既然问我就不客气了"，说完开心爽朗地大笑起来。

跟鲍先生这样的领导共事，我想是一件幸事，可惜我无缘。他的学问似乎没有边界，中外文史，音乐绘画，甚至生物天文，无所不通。待人真诚，不摆架子。单位里老少同事，一律亲切地喊他"老鲍"。上世纪八十年代，单位里同事之间称呼都喊"老某""小某"，几乎没有人喊"叔叔""阿姨""局长""处长"。大家视同事为同辈，以老小相区分，没有庸俗的人事关系。现如今，风气已大不如前，上下级关系明显，称呼官气十足。我已记不得第一次见他是什么时候了，大约应是在上世纪八十年代中后期春节单位的聚会上吧。在职、退休

人员聚餐、共度佳节是一年里特别令人高兴的事。饭菜自己做，有的从家里做好带来。鲍先生每次总有佳品呈现，与人共享。印象最深的是他常带来一坛绍兴黄酒，聚会时喝着有温度的酒，纵论天下大事，历史人文，趣闻轶事，是他的拿手好戏。聚会有他在场，满场欢声笑语，开心无比。有他的场合，不管是同事，还是师友圈子里，他总是中心，仿佛交响音乐会上的指挥。记不得哪一年，我陪他上北京医院看过一次病，坐在医院过道里等候的时候，我们聊得很多。从那以后，我们往来渐渐多了。每逢大的节日，春节国庆，照例是登门拜访。平常则隔三差五通电话。通电话一般都在半个小时以上，议论图书，针砭时事，谈论音乐艺术，总感觉时间短，说不完。登门拜访一般花上大半天，谈得更多了，有时候还能一起放音乐来欣赏。聊天自然是他主讲，我做听众。但凡我有疑难问题请教，他都耐心予以指导，有些学术人事经他指点，会豁然开朗。每次从昌运宫他的居所出来，骑车路上都在回味他所讲的人与事，沉浸在快乐之中。

鲍正鹄先生从任教复旦，转调教育部，再到苏联、埃及、法国等任教履职，随后又到北京图书馆、社科院任职，可谓读万卷书、行万里路。他早年曾在无锡国专念书，钱基博是他老师，所以跟钱锺书关系不一般。我从鲍先生口中听过不少关于钱锺书的事，也很想知道钱锺书眼中的鲍正鹄。我曾托一位往来钱家较多的先生问过，钱先生评价说："他是个读书人！"对于读书人而言，这应是个不低的美言。鲍先生学问渊博，记忆力超强，他自称五十岁以前看书很少需要做笔记，因为都能记住。但他说起钱锺书的博闻强识，也是很佩服。他说钱锺书是前无古人、后无来者，并举了一例。有人曾向鲍先生咨询一个材料的出处，他怕记不准，就给钱锺书打电话询问。钱先生电话里稍微沉思了一会，便告知该材料出自五卷本《杜诗详注》的某卷某页的页下注。一查果然。我想这些大学者的记忆力不仅来自天赋，也来自勤奋刻苦、心无旁骛，因为这里也包含学习的方法。有一次两位先生还说起无锡钱家旧居，鲍先生描述宅子里的情况，钱先生说："你比我还熟啊！"

鲍先生待人以诚，不分高低贵贱，同事之情，师生之情，都极为深厚。无论谁上他家，开门迎接，出门送行，从无怠慢，平等思想与传统文化礼数集于一身。我的印象里，他行动方便的时候，辞行道别，他总要跨出门，送我到楼门口。后来年高力衰，行动不便，送行力不从心，道别总还要表示歉意。他也很少麻烦别人，办事捎东西选择最方便的方式。给他捎去的东西，一般他不大愿意请人直接送到家，常常要我们把东西放到班车上搁在小区传达室即可。帮助他人，成全他人之美，却是非常热情和细致入微，不嫌麻烦。他善恶分明，嫉恶如仇，眼睛里容不得沙子。跟他往来的人，若是做出他认为不妥之事，他会毫不客气当面指出。倘若做出令人不齿之事，结果大约就是断交了。有些人做了这样的事，还不自知，公开场合还去跟他招呼，受到他严厉的回复便是："你是谁啊，我不认识你！"他这种态度，不分对方的职位高低。单位大楼设计的时候，曾考虑给院领导办公室里建独立卫生间，他很生气，当场表态说："领导的屁股就沉啊？！"他的身上有鲁迅的精神，对恶的不妥协。

斯人已去，音容笑貌犹在，精神长存。我等苟活者，当以他为镜，做人做事，要多问问自己的良心。

毕业三十年，学无所成，更无惊天动地之举，忙碌之余，鳞爪之忆，不成珠玉，有愧于世，无愧于心，权当饭后散步闲聊吧。

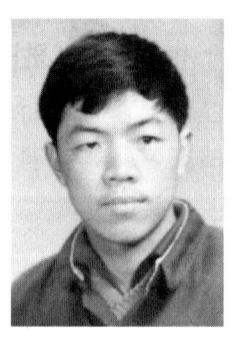 

朱渊寿，1962年生人，祖籍义乌，出生地徽州屯溪。1980年入学复旦大学中文系，1984年毕业进入中国社会科学院科研局工作至今。从事科研管理三十年，行走儒林边缘，成绩不多，善事不少。酷爱音乐，歌唱尤甚，耳濡百年美声，目无世间尘埃；美术体育，兼而爱之。性喜恬静，不争世俗，"流水不争先"为座右铭，故取斋号求闲堂。

德国淘书鬻书二三事

陈一卿

　　复旦求学四年，于我其实就是求书四年。有时为了一本书，将饭菜票卖掉也是时有发生的事。记得有位同学当年曾称我会买书，听时还觉得蛮得意的。在慕城求学、工作期间更是买书如痴。2007年的一个春日里，看到慕尼黑一家周末常去的旧书店要关门时，忽发奇想，与店主一通胡侃后任性一把，不合时宜地接过了这家书店，以为自己的书填满六十平米的书架后，就可以天天坐拥书城，等待奇迹发生了。其间最不可思议的经历也许是有一年圣诞节前在书桌上的一堆乱纸中无意找到了一只卡夫卡的信封。信是卡夫卡写给他的未婚妻菲丽垧·保尔的，信封背面署有卡夫卡的名字。记得当时一下子莫名其妙地感到似乎离卡夫卡近了些，算是第一次领悟了本雅明所谓的灵光（AURA）之说。每年去伦敦查令十字街都发现店铺比以前少了，而我的店也在惨淡经营十年后，关门大吉了。走投无路之际，居然发现作为电商不用店铺也可以继续网上售书，而且可以把书卖到全世界。在孔网开店后，意外发现国内的西文书买家购买力惊人，兴趣也广泛得惊人，使我得以继续我的书梦，将大批西文原版书源源不断地输往国内，格局俨然是比开个小店大多了。

　　书海无边，能在这几十年中有缘与这些书相遇，虽然有的还躺在自己的书柜里，有的已入别人的囊中，于我总是能带来美好的回忆，聊记点滴于此。

老教授的藏书

开店十年，最幸运的是收到德国汉学家傅海波（Herbert Franke）的藏书。傅先生故世后，其子将其一千多册书刊售予慕城的一位旧书商，可惜（对我来说是可喜）他不懂汉学，所以将大部分书转让了给我。傅先生是德国战后著名的汉学家与蒙古学家，与欧美汉学界有广泛的联系，许多同行都署名赠书给他，因此这批书以及书信绝大部分都渐渐找到了国内买家。最出乎我意料的是最后一天清理书房时居然发现了一本高罗佩（Gulik）的赠送本《秘戏图考》。大概是因为傅先生的父亲也是一位旧书商，所以他还藏有名人书信与签名，我这次就收到了诸如德沃夏克与海塞的签名明信片，以及荣格写给卫礼贤的一封信，弥足珍贵。

慕尼黑跳蚤市场奇遇记——百万富翁的藏书

慕尼黑的周末跳蚤市场其实也是一个淘书的好去处。有一次我看到一位年轻人在卖一批书，每本只要几欧元，一看这批19、20世纪的英法文学作品，我一下子挑了几十本。付款时打听书源，他告诉我书出自其阿姨之手，她家里还有更多书。当日电话联系上后立马驱车前往慕尼黑近郊的一家农庄，开门后对着几百箱书，我欣喜若狂，却也对这位女子充满了好奇。原来她在一家公司打工，老板是个富二代，花钱如流水，买了很多英法文学名著的初版（大部分是皮装），后来经营不善，公司倒闭关门，员工的遣散费都发不出，只能以书抵债。我在其中如老鼠入米缸，花了几个小时找出林林总总几百册书，包括雨果的签名本，司各特的初版《艾凡赫》，现代文学如曼斯菲尔德的《园会》与菲茨杰拉德《夜色旖旎》的初版等，也算是一次奇遇。

珍贵的那世宝（Nachbaur）出版的年画

法人那世宝在20世纪二三十年代在北京办报纸与出版社，特别是出版了很多珍贵的年画。他的《民间之图像》巨册，与当时的杨柳青合作，保存了几十幅大小不等的年画原作，堪称一绝。我接触到这位名家居然也是在慕城跳蚤市场上，起初是从一私人手上买到几幅年画，据说他父亲曾是版画收藏家，故世后留下大量中国与日本的版画。我先买了几幅年画，从此接触到那世宝的出版物，并找到一位北京的买家，第一次卖给他的就是这本《民间之图像》，后来有好几次为他找到了那世宝出的版画作品。那氏出的书现在在市面上极罕见而昂贵，而我能从跳蚤市场发现他也算是三生有缘啊。

《海涅全集》的出版

与帕斯捷尔纳克命运相类，德国浪漫派大诗人的全集的初版既不是德文，也不是出版在德国，而是在他的第二故乡法国。我曾有幸在网上淘到一套精美皮装的法文版《海涅全集》，查阅下来发现这套全集居然早于所有海涅的德文版《海涅全集》。因为海涅长期居住巴黎，对德国文化与时局多有针砭，德国当局禁止其书的出版，所以法文版《海涅全集》就抢占先机了。不过令人唏嘘的是，这套法文版《海涅全集》的翻译出版过程中，有些译者居然拿到了比原作者海涅更多的稿酬，诗人诚可怜矣。

慕城书摊的捡漏缘分

莱奥珀尔德大街上的慕尼黑大学书摊，可谓是藏龙卧虎之地，我在那里淘到过欧洲中世纪畅销书15世纪版《圣徒传奇》（Legenda Aurera），羊羔皮素文封面，是一部讲述基督教圣徒的通俗故事集，图文并茂，而且部分手绘上色。据研究称，有段时间此书销量甚至超过了《圣经》，对传播基督教其功甚

作者曾经坐拥的慕城书店

伟。老百姓被耶稣感动，可是更喜欢听故事。此书虽不是摇篮本，但是能够花稍许钱就能拥有一部后摇篮本，也算是一种缘分吧。

前苏联著名诗人帕斯捷尔纳克的小说《日瓦戈医生》被搬上好莱坞银幕后经奥马尔·沙利夫的动人表演在西方家喻户晓，其出版史更是充满了传奇，也成了冷战中的一朵奇葩，改变了很多人的命运。帕斯捷尔纳克在完成这部自传体的小说后自觉在当时的苏联不会有出版的机会，所以想通过意大利共产党人将此书手稿送到意大利出版，结果是此书的俄文初版不是在苏联，而是在意大利，而且意大利的译文版更是早于俄文原版，有点像《海涅全集》的出版。当时正处冷战高潮，中情局在得知此消息后居然在意大利版出版前偷印了一千册，然后免费投放到1958年"二战"后第一届布鲁塞尔国际博览会上，以期通过传播此书来颠覆苏联。这样一个历史的插曲使帕斯捷尔纳克获得了诺贝尔文学奖（接受后又不得不违心拒绝），意大利著名出版商费尔特理奈利借机发了大财，却被意共开除出党，好莱坞演员奥马尔·沙利夫获得了奥斯卡最

佳男演员奖，而中情局则完成了一次文学作品的武器化。一位意大利书友有天在我店里告诉了我这个故事，因为他知道我手上有这本书。有一天下午我经过书摊时竟然发现了此书夹在一排书里，而且品相绝佳，却无人问津，因为那些平时逛书摊的人都不识俄文字体，让我捡了个漏。后来我还找到了同版的平装本，我与帕斯捷尔纳克真有缘。

策兰的第一本诗集《骨灰罐里倒出来的沙》（含其名诗《死亡赋格》）则是命运女神送给我的一份礼物。策兰身为德语战后第一大诗人，从罗马尼亚前往巴黎时在维也纳逗留，借机自费出版了自己的第一部诗集，遗憾的是印刷厂不给力，错字频出，作者对现代派的插图也不满意，遂将几百册书全部付之一炬。有说此书存世仅有7册，因此极为罕见，即便拍卖会上偶尔露面，价格更是不菲。我因为收藏有策兰的一封书信，他抱怨别人对他的攻击，我是从一位与其在维也纳有交接的比较文学教授家中地上所捡，所以平时也比较关心他的作品。有一天我到书摊为时已晚，看到其他书友抢到了策兰的签名本等，唯独此书无人问津，又让我捡了个漏。我与策兰有缘矣。

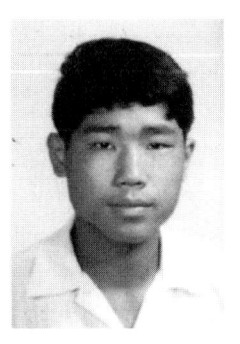

陈一卿，1962年生于上海，1984年毕业于复旦大学，1993毕业于慕尼黑大学。

1993—2007年就职于德国公司。

自2007年起至今独立经营西文珍本书籍。

除夕复旦

毛　浩

　　欢聚的除夕总是相似，分离的除夕各有各的滋味。1984年春节，是五十多年里我唯一一个没有跟父母家人一起过的春节，那年我留在复旦准备考研。

　　到现在我也不知道当时为什么要执意考研。其实，那次考试我并没有多大把握，一是一年前刚大病一场，身体尚未完全康复，二来贾植芳老师当年只招一名硕士，我的对手是班里的学霸陈德祥。

　　那时的我体重只有九十多斤，头发直竖，眼神灼人。期末考试完，室友们陆续离去。老蔡、国顺属于人生目标清晰的，老虎、老朱、德福、郭鹏比较随缘，不大勉强自己。大学的最后一年，估计他们都想好了就业方向。寒假留下来苦逼备考的，只有我和陈真，他打算去考北影的导演专业。

　　其实陈真比我更疯狂，他的影视课程完全是自学的，那时北影导演系高大上得如现在的清泉学院。更奇怪的是他家在上海，假期里却跟外地同学一样，成天待在学校里，那时我就认定他是上海人的异类。

　　不管怎样，寒假开始后，他就成了我唯一的伴。每天两人各自去教室和图书馆，傍晚回来就聊上两句。不知从哪天起，他从家里带来一些上海风味的食物，然后我们就隔三差五用一种叫热得快的小电炉自己煮顿晚饭。热气腾腾的香味飘满楼道，很让同楼的人羡慕嫉妒恨。

　　南方的冬天没有暖气，白天坐在中文系木楼的阅览室看书，风从地板缝里吹上来，脚很快就冻僵了，看书的人就不断地跺脚，房间里安静时，就能听见一片轻微的"咚咚"声。这样坐了一天，往回走的时候，我就有点盼望那个热气腾腾的小火炉。

年三十那天，我仍然出去看了一天书。从阅览室出来，风打着旋卷起梧桐残叶扑到脸上，心里突然有点异样的感觉。系里管图书的老师说，昨天我离开后，接到一个来自长海医院的电话，"是个女生"，他暧昧地盯着我说："打听有没有

作者近影

一个叫做ＸＸ的学生，还留下了电话号码。"一年前，我因患气胸在这家部队医院住了一个月，负责我的是一个胖胖的小护士，跟我是四川老乡。每次换完药，看到我枕边的《美的历程》，她的目光总是充满羡慕。可也没有发生什么特别的故事，伤好平静告别，没再联系。可是一年以后，在我完全可能离校的情况下，这通电话透出了那瞬间怎样年轻珍稀的疯狂？

校园里空荡荡的，能回家的人都回家了。明天，阅览室都会关闭，我心里盘算着自己的安排。在上海，我没有任何亲戚。在我受伤住院的时候，八姨夫辗转找到他的一个战友，托他照顾我。这家人自己没有孩子，对我非常热情。那段时间夫妇俩每周给我送来一锅鸡汤，伤好以后，也时常让我去家里吃大馄饨，甚至带我参加过家族聚会。然而此刻毕竟是大年夜，我想我还是不要去打搅他们吧。

我准备晚餐到第二食堂买份葱烧大排，加一份鸭血粉丝汤，去二楼给家里打个电话，然后到电视房看春晚。初一，我坐99路车去福州路，逛半天旧书店，看看有没有过期的《读书》杂志，下午回五角场看场电影，吃顿生煎包。初

二我要迎着朝阳去阅览室重新开始复习。

这样信心满满地回到寝室。楼里太安静了，我躺在床上不知不觉睡了过去。一觉醒来，外面天已经黑了，远处传来《新闻联播》的旋律，我鼻子一酸，整个人一下子就不好了。正酸楚着，黑暗中想起了悉悉索索的声音，陈真一推门进来了。他手里拎着一个大饭盒，脸上满是笑容："开饭啦，开饭啦。"

饭盒打开，荤素都有，还有上海人年饭必备的蛋饺。我至今不知道他为什么没有在家团圆，而是在寝室中跟我吃了这顿年饭。我没有问过他，似乎也没有必要问，就像我们一起开小灶，但从不一起出去看书，而是各自早出晚归。那天晚上，蛋饺很美味，屋里很温暖，一个小收音机放着春晚的直播。我们推杯换盏，但我实在记不得我们曾经说过什么。这样特别的除夕夜话，内容居然毫无记忆，可见它对彼此以后的生活没什么影响，镶嵌进我脑中的，是他黑暗中突然冒出来的胖胖的笑脸。

第二天早上我醒来时，陈真的床已经空了。不知道他去了哪里。我起身，看了一眼床边的考研倒计时表，然后出门，希望找到一间朝阳的教室，安心读一天书。这样的节奏又持续了两个月。当然，以后的结果大家都知道了，我和陈真都考研失利，功亏一篑。

大学毕业后，我分配到北京一家报社工作，如今被聘为两所高校的硕士生导师。真不好说当年考研失利是好事还是坏事。看得清的是，年少的纠结疯狂其实很执迷。然而，如果人生的起点和目标之间是条无可挑剔的直线，那这个人只有暮年，没有青春。除夕复旦，旦复旦兮。

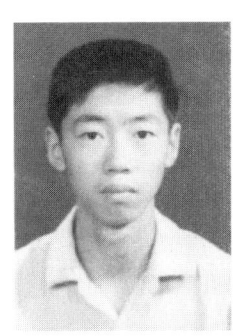

毛浩，1962年生人。报人三十载，从一而终。现为中国青年报副总编辑。因工作需要，尚有若干社会虚衔，最广为人知的是中国体育记者协会副主席，人称"毛主席"。

浩自幼好学，尤擅考试，闻名乡里。自小学一年级至高三，连任班级语文课代表，未曾中辍。1979年高考获高分，然志愿填报过高，且不服从调配，故而落榜。旋即参加各类机关企业招考，竟连中五元，一一放鸽子，以泄高考不录之愤。次年复读再考，得中全市文科状元，顺利入学复旦中文系。

既入复旦，书生之性未改，埋头苦读，三点一线。既不擅社交，更不懂恋爱，参加过的唯一社团为四川籍校友的饺子社。懵懂四载，诸多空白，此后人生节点每每迟到，盖始于此。

1984年毕业分配至中青报，开始新闻生涯。站在政治边沿，目睹世态炎凉，追过民工潮，访过强震区，与阎明复对过话，跟王立军喝过酒，战战兢兢，如履薄冰，幸老天眷顾，迄今有惊无险。退休之日渐近，安全落地可期。

天命已知，鞍鞯未卸，晚婚晚育，任重道远。同龄人的大部队是赶不上了，且行且观景吧。

八九算命录校注

陈小云

前 记

大约是上世纪八十年代末,徐锦江同学率先拥有个人住房(来路待考),8011的上海同学欢呼雀跃,毫不客气立即进驻,大大咧咧命名为8011驻沪办事处。

那是在海宁路一条狭窄弄堂的深处,需从狭窄的后门登上狭窄的楼梯,穿过弥漫油烟味的狭窄楼道才得以进入那个狭窄的斗室(年代久远,遗址具体地点及现状待考,好在当事人俱健在,头脑亦清醒,当有更准确的回忆)。房间大概十平方米上下,木质结构,冬凉夏暖,有简陋的桌椅(是否有床待考),打开窗户眺望弄堂,可见赫然悬挂的"打击流窜犯"之类横幅以及警惕注视来往行人的杂货铺大爷,可听到阿姨妈妈议论东家长西家短的高声喧嚷以及老虎灶打水、刷马桶、倒痰盂的美妙音响,极具市井气息。

那是个社会动荡不安、人心浮躁亢奋的年代,海宁路斗室亦不能置身世外,浑浊的空气和烟味混合着有关个人前程、暴富路径、京师消息、国家命运以及人类前途的吵闹,远赴珠海的淘金梦、倒腾螺纹钢桑塔纳的倒爷梦、编辑运作地下杂志的文学梦、编书卖书立足上海布局全国的书商梦……常来常往的除主人徐锦江外,还有混迹于总工会、社科院、出版社、高校、报社、研究所

等各领域的连建明、周松林、王岗、曹怡波、袁顺奎、杨舸、陈小云等（未记得有女同学参与，或房主人另有单独安排，待考），偶尔也会有一些身份不明的社会闲杂人员参与其间，延续着8011一贯议而不决、决而不行、行而不久的优良传统，人人摩拳擦掌，个个无疾而终。

那是个阳光温煦的午后，打开窗户，弄堂静悄悄，一个穿蓝布衫的干瘪老头，从弄堂尽头缓缓走来，那是个瞎子，一个算命先生，手中的拐杖左一下右一下敲击着地面，笃、笃、笃、笃的声音回荡在空气中，恍惚间犹如上帝的召唤……命运在敲门？转机在前头？在场四位同学面面相觑，然后一合计：何不算一把各自的运势吉凶，若得高人指点，或可迷津知路，重振精神，再展宏图。于是呼啸而下，恭恭敬敬，延请上楼。

入门观来意，出言莫踌躇。接下去一切按程序进行，大体是先自报西历出生年月，然后算命先生甲乙丙丁子丑寅卯念念有词掐算出生辰八字，所说范围，亦不出家庭婚姻生老病死财运官运，整个过程，持续了大约一个多小时，由陈小云负责记录（临了收费多少待考）。

如今，二十多年过去，时代和个人的命运都发生了翻天覆地的变化。在8011毕业三十周年之际，公布这份二十年前的珍贵文献，意义不言而喻。

俗话说"穷算命，富烧香"，这穷字既是穷乏之穷，亦是日暮途穷之穷，即穷则变、变则通、通则久之穷。这是一个时代和心态的记录。曾经算命的同学，均已过了知命之年，重温这份记录，既可根据本书所收各位当事人的本传，以印证算命先生的预测水准，亦可见证8011及其所属时代的命运。

兹将整理要点说明如下：

（一）原始记录书写在宽10cm、长14cm的笔记本用纸上，共8张，因被撕下，左边有撕扯的痕迹。

（二）整份记录未标明事件发生的年月，根据内文提供线索，试考证如下：其一，袁顺奎一节有"二十九岁起运（明年）"句，以虚岁计，当年袁实足二十七岁，则事件当发生于1989年；陈小云一节有"今年好结婚，早3月晚11月"句，意谓"早则3月，晚则11月"，可证事件发生不得晚于当年2月份。根据以上

1985年冬上海陈小云家，前排左起：陈辉、郑展望、吕素勤、杨晓晖、任家瑜，中排左起：陈广宏、袁顺奎、唐保良，后排左起：杨光俊、徐锦江、作者、连建明、秦杰、周松林、王岗、吴俊、杨舸

两项内证，可判定该事件的发生时间为1989年的一二月间，而以一月的可能性最大，故命为《八九算命录》。

（三）由于记录者缺乏专业速记训练，加上算命先生口音颇重，故所记仅为推命的结论部分，省略了双方对话交流的内容，以至于破句及前言不搭后语之处在在皆是。

（四）"正文"部分，为保持历史原貌，根据记录稿原件全文收录，一字不改，包括标点、数字、符号及各种不规范书写等。

（五）"校注"部分，根据记忆，对个别文义进行必要校正和解释，俾便理解；由于命理知识贫乏，加上年代久远，部分文义难晓不敢强解者，则暂付阙如，以俟高明。

（六）原始记录显示的次序先后为陈小云、徐锦江、王岗、袁顺奎；正文最后部分，当是该先生应同学请求，自述其推命生涯及学术渊源。

（七）原件现珍藏于记录者陈小云处，适当时候将无偿捐献给8011博物馆。

正 文

壬寅年　丁未月　甲子日　戊辰时

金人　缺金

人生得美好,风流潇洒

婚姻　蛇　猴(三等)不配　　猪、马、狗(好)　　兔鼠牛不冲(二等)

脾气艮　亲戚不肯去

朋友义气重

聪明,小时难养,有破相

父母都在　蛇[1]　与母可以,与父格格不入　我克父

要听好话,吃软不吃硬

母劳磅[2]、　做　手

谈过三个,

煤饼敲过,

吵过几次,好,——不好——

小人脾气

今年好结婚,早3月　晚11月

结婚后生男孩,最好属马

笑面虎,不响,足谋

运道,三十一岁交运——五十六　二十五运道[3]

1987,二十六岁坏,破财,生病,自己不生别人生

今年比去年好,财运旺,

有钱赚,七分

七十六岁死,八十一[4],

＊　＊　＊　＊　＊　＊

徐,五月初六,

壬寅　丙午　丙子　癸巳

缺土,金、

少财

性格急躁一点、鲁莽,

胆子不大,自己碰到问题　进退两难,心直爽,肚皮东西放不下、　要听好话,自己不会拍马。

不聚财,赌要输

婚　同前(5)　儿子(6)

朋友断过,女的要断,

蛮想她,分离时依依不舍,

今年可谈,一定成功,

父母在,母性急,父有病

气口炎(7)——风湿关节,

不会拍马,一点一划,说一是一,

工作最好做五金方面,金,

事业利,清白,不义之财不发,清如水,明如镜、

二十九岁有运,明年,有人提拔,

升官,升三升,二十九至三十,三十五至三十七,四十,以后不升,正厂长区长、局长

决断不行,心软,

明年成功(谈朋友),最晚后年,

以前后过心上人(8)、——

二十九至四十九,二十年运道,升官,有财,

寿命69,过关75

时辰不错,算到此时,

＊　＊　＊　＊　＊　＊

王岗　牛，　八、廿三、

辛丑、丁酉、午辰[9]、壬子

缺木

人忠厚，火气没，发火事大，

好好先生，借出不讨，不好意思，

情面观重，不凶相，

三个人中，第二凶，最善良，

牛脾气，大事化小，

娘早死，生癌，

用钱人，对朋友松，

婚　羊马不配，鼠、蛇、鸡，最好，

朋友虎，二等，

老实，高大工房配到，煤卫独用，房清爽，

结婚最晚明年，煤饼未敲，老实，

现在交运，28岁时，女儿[10]，

运头[11]，胆小，清如水，明如镜

清白，领导信任，要给大权，

"根老果实"，讲出话算数，

做事少年老成，滴水不漏，稳重，

派出所所长，知足长乐，

不是贪心不足，不想爬，

华而不实之事不做，

原则不放，朋友也要说，

枝节马马虎虎，为朋友好，

运：28—58　三十年运，

细水长流，宋包公差不多，明海瑞，不发财，铁面无私，

交情看情况，

命无偏差, 68过关78,

时辰不错、

* * * * * *

袁、　五, 廿四,

壬寅、丙午、甲午、丁卯

天赦日, 好, 少有

一年中四到五日、能逃过难关、

卯时, 人滑头, 讲话半真半假,

心事不担, 事大足大, 仍开心,

逢凶化吉, 用钱派头大,（对外）

在家打小算盘,

与父冲, 步调不一、父说东京造反、你说西京逃难、不欢而散,

好在日子, 缺土缺金,

只会说不会上, 性急躁,

人直爽, 有啥说啥, 最后说真话

婚　　同前——

命中应谈, 已看中姑娘,

媒[17], 明不敲, 暗敲,

脾气倔强, 要抚顺毛,

发脾气如猛虎下山, 要跳, 跳过就好, 说来就来、说去就去,

今年朋友谈成, 结婚明后年,

命中谈过, 至少一个, 早就应谈,

十九至二十湿绵绵、

钱能多起来, 里水不进, 外水不出, 一时一时、

八字中, 娘热心,

二十九岁起运（明年）

二十九至四十九、二十年运、升官、不大、被夺权、有勇无谋

寿74、过关79

话吃亏不起、自尊心强，

人不坏，真真假假是脾气，

早想谈朋友、22—23做梦与女朋友兜花园，

先生男孩，房有，不要，嫌差，

时辰不错，好房等六年，

＊ ＊ ＊ ＊ ＊ ＊

评论、八字袁好，牛稳，门槛精一、二虎升官发财、

＊ ＊ ＊ ＊ ＊ ＊

1943开算命　　拜先生、尹鹤鸣[13]，

13岁，15开至今

千里马、纬经篇[14]

宜川新邨

沪太路宜川四邨13号406室

陈永章[15]

校　注

(1) 蛇：家大人属相。

(2) 劳磋：疑为"劳碌"之误。

(3) 二十五运道：当为"二十五年运道"，脱一"年"字。

(4) 七十六岁死，八十一：依下文文例，意谓"七十六岁死，过关可至八十一岁"。

(5) 婚同前：意谓婚姻状况与前一位相同。下同。

(6) 气口炎：两字间有一空格，未知是否"管"字。

(7) 儿子：当为未来所生者为儿子之意。

(8) 以前后过心上人："后"当为"有"字之误。

(9) 午：当为"戊"字，音近而误。

(10) 女儿：当为未来所生者为女儿之意。

(11) 运头：原文如此，其义难晓，当有讹误。

(12) 煤：后脱一"饼"字。

(13) 尹鹤鸣：其人未闻。传民国时期上海命学三大家，分别为袁树珊、韦千里、徐乐吾，其中韦千里毕业于复旦大学中文系。

(14) 千里马、纬经篇：据语音记录，当为算命先生所述之命理秘籍，其书未闻。"千里马"云云，或与韦千里有关？

(15) 陈永章：似为该算命先生自报姓名，所述"宜川新邨"云云，当为其住址。

补 记

"那四位同学后来的命运，最好交代一下……"

事发整整二十五年后的一个中午，酒店大堂，没有阳光，杨植峰同学戴着墨镜，左手一根张安庆，右手一团陈真，居中的他，以本书主编的身份，提出要求。

"依我看，那位算命先生算的完全不准……"

戴着墨镜的杨植峰，作出结论。

本想，这个结论可让读者根据各自对同学的了解，自己去核对下，不烦再做文献征引、口述历史或田野发掘之类烦琐考证。可主编说得也对，本书读者不单包括8011诸同学，亦会有一些不明真相的群众，届时若因此引发误会，谬种流传，难保不会对将来的8011研究史造成困扰和混乱。出于对历史负责的态度，须得作一番说明。

然而要根据诸同学25年来的人生实践，检验当年算命先生的预测，也非易事——比如关于各人的性格脾性，属于模糊判断，难以确证；关于婚前"敲

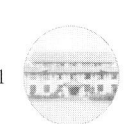

煤饼"与否、日后财产状况，又属个人隐私，不便探寻；至于运程起落、事业得失之类，则俗世所认定的标准，与我8011的境界与价值判断，相差甚远，也不足为凭。剩下的，就是一些可以量化的指标，或可作为判断依据。下面就择出一些项目，借助现有文献及电话访谈所得，制一古今对照表，以见当年预测与后来实际状况的同异（部分表述不详者以空格处理）：

		陈小云	徐锦江	王岗	袁顺奎
结婚年份	预测	1989年		最晚1990年	1990/1991年
	实际	1991年	1992年	1990年	2002年
子女状况	预测	儿子	儿子	女儿	儿子
	实际	女儿	儿子	无	无
父母状况	预测			娘已过世，生癌	
	实际			1976年过世	
官运	预测		正厂长、区长、局长，40以后不升	派出所所长	升官、不大
	实际		49岁出任《解放日报》副总编	美国佛罗里达大学终身副教授	辞去一切官职任上海青年干部学院教师
寿命	预测	76或81	69或75	68或78	74或79
	实际	待定	待定	待定	待定

根据上表，略作儿点总结：

一、关于结婚年份：准确率一般，尤以袁顺奎一项的误差出人意表，竟大至10年以上，可见非常之人，不可以常人标准测度也。

二、关于子女状况：仅徐锦江一项准确，其余诸人，误差真不可以道理计也。

三、关于父母状况：以王岗一项最令人惊异，记得当时算命先生甫一出口，在座无不目瞪口呆，唯过世原因有误，似不必苛求之也。

四、关于官运：以徐锦江一项颇近实际，盖《解放日报》副总编一职，正俗所谓"副局级"者是也；然其所谓"40以后不升"者，又对锦江同学的后劲估计严重不足。

五、关于寿命：显然大大低估我辈的生存能力，日后诸同学当以超出其所预测10至20年之实际行动，证明其说之诬枉也。

综合比对下来，客观地说，有准有不准。

可是，杨植峰何以非要说他"完全不准"？

以杨植峰对8011了解之全面与洞察之深刻，下此结论，其中必有缘由和深意。

或许，他所指的，正是算命先生所忽略的更高层次的境界？

算命先生所关注者，无非健康婚姻、官运财运之类，而我8011诸同学所关心所追求以及所达成的境界，早已远远超越了此一层面，经过三十年的人生历练，大伙儿或在庙堂之高，或处江湖之远，或兼济众生，或独善其身，或隐于报，或隐于校，除了"煤卫""煤饼""交运""聚财""风湿关节""提拔""兜花园"等等市井话题，更有袁顺奎的哲学体系与金融实践、徐锦江的新闻理论与传媒运作、王岗的宗教思想与人文关怀……其所达到的高度和对于社会人心的贡献，又岂是算命先生所能料度、官运财运可以范围的？当年楚国的算命先生面对屈原的一连串提问，也只能慨叹"物有所不足，智有所不明，数有所不逮，神有所不通"，承认"龟策诚不能知此事"（见《楚辞·卜居》），则两千年后海宁路的算命先生又何足以知之？就此而言，说算命先生所算者，全然不准，又何尝没有道理！

是为补记，不知杨兄以为然否？

2014年2月28日写成于上海学府路Zephyr Café & Bar

2014年4月26日补记

陈 小云，自1984年与8011握别后，三十年来的行迹，既非风平浪静，也未风起云涌，为向同学们交代清楚，特作梳理如下：

（一）

服从分配到上海艺术研究所，参与文化部重点项目《中国戏曲志·上海卷》的编撰工作，每日翻阅老《申报》，寻找旧日海上伶人遗迹，撰写大事年表，加上编书、写稿，偶尔出入沪上各舞台观赏京昆及地方戏。此阶段的重要收获是解决婚姻大事，1991年与薛晓雁登记结婚，1994年在国际妇婴保健院迎来女儿。

（二）

因生活所迫，1995年进入奥美广告公司，每天工作十二小时以上（含双休日）。期间曾短期转战一家私营广告公司，全盘移植西方生产体系；转战同盟广告公司，与包括杨舸在内的原奥美同仁共事。2004年加盟世博集团旗下的上海广告有限公司，负责管理三四十人的创意部门。从事广告期间，曾服务过很多国内和国际品牌，也得过一些奖。

（三）

2006年，为排除烦扰专心个人写作计划，向公司提出辞呈，虽获批准，但仍以兼职身份担任世博会项目的顾问。其间，参与制定上海世博会的整体宣传计划、视觉识别系统规范、市场开发、营销推广等项目，个人的专业重点也由此离开广告一线作业，开始从事品牌战略咨询以及营销传播规划等。同时完成三部著作：《泛广告时代的幻象》《教女儿学〈论语〉》《教儿子学〈孙子〉》。

2010年世博会开幕前夕，重回上海广告公司，从事品牌咨询，担任高级咨询顾问，直到现在。

学喝酒记

梁光玉

　　毕业三十载，年过半百，两鬓秋霜。清人黄仲则诗云，聊将锦瑟记流年，吾侪不敏，乏善可陈，唯记三十年间学喝酒的碎片点滴自娱，聊作纪念。

　　酒雅俗同好，各得其所。我自幼与酒无缘，复旦上学时寝室同学一起喝过几次散装红葡萄酒。酒后微醺，醉眼惺忪，不觉天高地厚，仿佛人间晴好，偶露"指点江山、挥斥方遒"状，可归为青春期综合征。

　　到北京后，8011常聚，聚必畅饮，其乐融融，我概以半杯啤酒忝列其中，滥竽充数，常为席上豪饮者不屑。1987年前后，我在六铺炕上班。某日，宏伟同学怀揣一瓶他老家名酒踏入我就宿的铁皮房，满脸和蔼，语重心长地告诫我，酒为粮之精华，文人焉能不亲？喝酒你得拜我为师，今日借好酒我为你开蒙。

　　那一顿我喝了几杯早记不清了，但53度白酒入喉的呛辣刺激犹在嗓间，至今不论何种白酒入口，感觉依然难耐。故始终在学喝酒途中，未出师也。

　　但二十多年下来毕竟小有进步。一是工作的需要，作为编辑，时常与作者交流，约稿改稿，偶尔小酌，该喝的时候不能有半点犹豫，并且要豪情满怀，气吞山河，让作者充分体会到咱做人的实诚和豪爽。宁伤身体不伤感情。为此宏伟兄私传了我许多秘招，奈何我资质庸劣，总没有太出彩的瞬间，倒是宏伟兄侠肝义胆，救我之急，好多次亲自披挂上阵，酒搏江湖，让人羡慕我有一个酒

2013年秋,作者(中)与李宏伟(右)、陈小云(左)在京郊

桌上"德艺双馨"的好兄弟,当然,"师傅"的名头对外是不轻易露的。

其次是同学老友相聚。酒逢知己千杯少,无酒不成席,不喝酒无以行……历代骚客把酒的妙处说了个遍,但变成自己的体验、个人的感受,还得依赖自己二十多年的亲身经历。每当同学故友相逢相聚,同忆青春往事,诉说人生百味,觥筹交错,飞觞醉月,酒是一种何等奇妙神异的媒质!此时不沾酒,枉为性情人。最好一醉方休,"淋漓满襟袖,更发楚狂歌"。

回想二十多年的学喝经历,小醉频频,大醉可数,且大都发生在8011聚会时。一次京郊罗马湖畔,宏伟、小田和我,三家周六湖边休闲。宏伟兄兴致勃勃,酒兴乍起,苦于我和善亭皆开车,只好由三位太太作陪。见吾师酒兴快快,我心羞惭,豪气顿生,让服务生搬来一箱啤酒,举瓶即饮,酣畅异常。宏伟兄见徒弟有勇无谋,精神可嘉,更觉人生慰藉不过如此,豪情万丈,吩咐为邻席赠酒，与陌生酒友频频推杯换盏，亲密无间，最后双方男酣女乐，劲歌互唱，几如一体矣。自然，归途烂醉如泥。

8011同学相聚，除了师傅李总秘，经常教我喝酒的老同学有陈六表、老俞、小云、德福、中军、振国、师东、安庆、海平等。自然，督我"上进"的还有编辑生涯中交往多年的作者朋友。

最难忘的恣意之醉，当算几次西子湖畔老俞策划的同学相聚。

2007年春，老俞挂职德清，宏伟也在宁波任职，他俩邀请几位文化界朋友赴浙参观交流，我有幸陪澳籍作家杨植峰先生前往。宏伟兄盛情招待之余，亲率我们赴德清拜会老俞，一路畅叙，伴之以青山绿水，江南胜景，一行怡然自得，乐不思归。最后一晚，老俞在西湖小馆设宴招待文化界同仁，邀请在浙几位老同学，一桌数人，黄酒满桌，真真"一生大笑能几回，斗酒相逢须醉倒"。植峰兄谦谦绅士，滴酒不沾，静观笑看我们畅饮，文明兄、宏伟兄在文化界朋友面前尽展8011男士山德海量之风采，愈饮愈兴，谈笑锋健。我本量浅，开饮即醉，但有两位兄弟壮胆，酒量陡增，居然几个小时下来打了持久战，眼不涩，舌未僵。夜阑席散，植峰兄小心翼翼陪我回饭店，生怕我沿途寻衅滋事。我醉眼惺忪，满心欣悦，但觉月白风清，恍如白昼，蹒跚走在湖边，万籁俱寂，湖光瞳瞳，竟不知今夕何夕，今年何年，想起"今宵酒醒何处，杨柳岸晓风残月"，忽然有了天荒地老仅此一村的感叹。

2010年仲春，老俞以我未参加毕业二十五周年聚会为由，邀我到杭州，同去的还有宏伟和安庆，住在8011二十五周年聚会的宾馆。晚餐安排在西湖边一年前同学畅叙之地，大抵文明兄意在为我"补课"吧。我是第一次见文明太太边老师。文明伉俪和宏伟安庆轮番为我"授课""补课"，红酒、白酒、啤酒先后上桌。我未参加同学大聚，本有愧意，四位老友如此盛情，又令我感念不已。感愧之间，我心沸然，酒早不再为畏物，而是货真价实的欢伯、红友、玉友，"唯愿当歌对酒时，月光长照金樽里"。那一夜真的醉了，醉得安宁，醉得清醒。也许，人在任何时候都是有相性的，喝什么、喝多少无关紧要，与谁同饮、在何地饮才最关键。西湖本为人间天堂，文明、宏伟皆同学挚友，我陪友醉，我醉西湖，岂不为平生幸事？人生如许，足矣。

回首二十多年的学喝生涯，我常常有种奇特的角色变换体验：当我呆坐酒席滴酒不沾，看一帮酒酣话密的朋友在那里车轱辘似的唠唠叨叨，我以众人皆醉我独醒的侥幸，枯坐独守，以为沉湎酒精索然无味；而当我与友作伴，三两酒入肚，世界大美，"百事尽除去，唯余酒与诗"。"酒后高歌且放狂，门前闲事莫思量"。此时天地同醉，身心皆乐。再睥睨桌边半滴酒不沾的座客，唯觉此人虚掷光阴，枉度人生，索然无味也。

哪一个"索然无味"有理？哪一个角色是自己的真我？也许如此自诘即是虚妄。人生一世，喝酒终生，真理便在喝与不喝之间了。

2014年6月北京

梁光玉，1962年12月4日出生于湖南洞庭湖畔。1969年冬随父母下放农村，1978年全家返城。1980年9月入复旦大学中文系学习，大学四年，读书为乐，但多为闲书。经中文系七八级孙晓刚推荐参加复旦诗社，却无一首自己满意的诗。1984年被分配至中央党校做杂志编辑。未满三年即调至中国工人出版社文艺编辑室。认真编书十年，再调入团结出版社，编书，做管理，最快乐的事仍是编自己喜欢的书，读朋友推荐的文章。现为团结出版社有限公司执行董事兼社长。

离别复旦三十杂忆

朱国顺

前几日去上海教育电视台，参加2014年上海教育年度人物的颁奖，张德明台长没来。一问之下，才知道张台已经退休了。热闹的颁奖现场，风物依旧，一位优秀的教育家已然归隐。

其实，早在2013年的年度人物颁奖时候，张台长已经跟我讲，可能很快就要退休了，到龄了。当时我有些意外，因为在我的记忆中，张老师——我一直这样称呼张台——始终是干练、勤奋、睿智、朝气蓬勃的样子，在他的领导下，上海教育电视台、上海电视大学、上海远程教育集团从薄弱的基础上走来，一片兴旺灿烂。他的形象，就是教育台的形象；而每每想到教育台、电视大学，想到的一定就是他。难以想象，他离开教育台的样子。

之所以一直称呼张台为张老师，是因为张老师真的是我的授业老师。是我在复旦大学求学时的报告文学课的老师，也是我毕业论文的指导老师。如果说至今对复旦还留有不少好的印象，他的学识、为人、品行，是重要的因素。

张老师在为上海教育事业留下一页灿烂的历史之后，挥手作别，而我们，8011的兄弟姐妹们，离开复旦，迄今亦整整三十周年。

非常幸运，我们毕业离开复旦的那年，三十年前的1984年，分配还是不需

要拼爹的，更多考虑的是个人的意愿和学习的成绩。记得，8011分配的时候，好像基本都各得其所，去了比较合适个人意愿的地方。上海的单位，有三个名额是新闻单位，一位《解放日报》，锦江兄弟去了，两位是《新民晚报》，我和晓晖同学。

虽然大学进的是中文系，其实我在8011待了四年，心里念念叨叨的，还是喜欢新闻。确定选修课的时候，除了中文系的一些基本课程之外，我经常选的，就是一些跟新闻搭得上关系的课程。比如新闻系张骏德老师的课，就选了不少。印象最深的是他讲他小时候曾经很崇拜办报纸的人，觉得他们很了不起。为什么呢？"你想想，我们用作文簿写作文的时候，都一会长一会短，可是办报纸的人，写的文章却是整个版面正正好好，不多不少，多了不起！"

我也选修了中文系跟新闻系交集的课，那就是当时很火的报告文学课。授课老师，就是张德明。

从第一眼读到徐迟的《哥德巴赫猜想》开始，我就成了一个不折不扣的报告文学迷。当时，我还在上海继光中学读高中，读的是理科班。

"文革"之后，上海恢复重点中学制度，就是从我们79届开始的，重点中学考试是在1978年的夏天。当时正好是"文革"后向四个现代化进军特别强调科技现代化的时期，报告文学宣传了一大批著名的科学家，《地质之光》中的李四光，《在湍流的涡漩中》中的周培源，《哥德巴赫猜想》中的陈景润，等等。"学好数理化、走遍天下都不怕"是一个面子上批评、实质上赞赏的社会共识，所以当年我们"文革"后第一届考进重点中学的学生，读的就叫理科班，教材与普通班不同，有一套专门的标明理科班专用的数理化教科书。当时考重点中学，叫做考理科班，而同一个重点中学中，只有理科班才算是其中的重点部分，除此之外的班级只是普通班。这跟当时的社会现状有关，因为是突然之间恢复重点中学，必须保持原有学校的延续性，所以只能在选定的重点中学中办一批重点性质的理科班，来体现重点中学。等到先前学生全部毕业之后再新招的学生，才全部是按重点学校要求招的学生。

我读了一年理科班，数理化成绩都算不错，化学成绩拿过一个虹口区第三名，但是心中最喜欢的，却还是写文章。从小学到中学，我的作文成绩一直都是班级领先的，是隔三差五语文老师在班上拿出来作为范文读的那种。要升高二的时候，继光中学办文科班了，我思虑再三，放不下《哥德巴赫猜想》的影响，放不下写文章的诱惑，决定去读文科班。为此，被理科班的班主任教育了一顿，理由是显而易见的，理科班才是重点，文科班是人人可进的，放着重点不读，怎么会想去读文科班呢？最终，写文章的诱惑超过了一切，高二的时候，我进了文科班；考大学的时候，进了复旦8011。而新闻与文学结合的报告文学，是我心目中的圣殿。

我与张德明老师的结缘，并不是从报告文学课开始，而是更早一些时候。好像是在我们大学二三年级的时候，复旦出了蛮大的一件事情。以我们班级的女生为主力的中文系女排，竟然拿了复旦大学女子排球比赛的冠军，这是一件相当强悍的事情。当时，大学里的同学们对荣誉看得都很重，复旦女排冠军，可是一件青史留名的事情。于是，让我写一篇女排夺冠主题的报告文学，布置这项工作的，就是张德明老师。他是复旦大学写作与研究报告文学的权威，所以在采访和写作过程中，得到了他的很多指点和帮助。这篇题为《早霞，多美丽》的类报告文学，后来发表在复旦校刊上，一个整版，成为一段佳话。

"身在曹营心在汉"，可以说，大致上概括了我四年复旦中文系8011生涯对新闻的念想。于是，当毕业分配有新闻单位的名额时，我也就到《新民晚报》。

报到那天，是1984年的7月25日。这个日子，是报到通知上列明的报到时段的第一天，理由很简单，既然有一份喜欢的职业，那就早点去上班。

当年的《新民晚报》是个临时社址，在九江路41号。这里1949年前是花旗银行的办公楼，后来好像是街道工厂在用。"文革"中，由于有大量的非正常途径来的各种物资，这里又做了仓库。1981年《新民晚报》准备复刊时，圆明园路上的原址因为早已改作他用，回不去了，几经周折，也在市里的大力支持下，将九江路41号的一楼和四楼的两个楼面腾出来，用作《新民晚报》临时社址。一楼是排字房和食堂，四楼就是各个采访部和编辑部，包括领导和职能部门

的办公室。由于是西式大楼格局，一楼很高大，于是在做排字房之余，搭了个阁楼式的假二层，放校对组和广告科、财务科等经营管理部门。地方很挤，螺蛳壳里做道场，但是报社上下精神面貌很好，大家很振奋。

按照那时的惯例，新进大学生先在校对组工作半年，然后群工组工作半年，再分配进各采编部门。个人认为，这是一个很好的做法，比起现在大学一毕业就直接去采访部到社会打拼，或者直接就当编辑改稿子拼版面，科学合理多了。一直到现在，我对文字的辨别和谨慎，很多都得益于校对组的磨炼；而不少采访经验以及应用技巧，也收获于群工部时候的锤炼。

1984年那年，《新民晚报》一共进了十五名大学生，是迄今最多的一次。能进采访部的名额毕竟有限，我们一同进来的同伴，后来不少人因此去了南方深圳、珠海等地。一年实习结束后，副总编辑周珂找我谈话，让我去管言论栏目《谈家常》，协助做《蔷薇花下》和《市场之窗》的编辑工作。言论一向是各报纸的重点，后两个栏目也都是《新民晚报》的名牌，所以周珂跟我谈的时候，特别强调了，这是报社对你的信任。这几个栏目在我接手之后，都办得欣欣向荣。

很快，一个转变来到了。1985年的夏天，位于徐汇区肇嘉浜路附近的上海造漆厂，发生了一场大火。火起之时，除了消防部门迅速出动扑火之外，厂里的工人干部和周围工厂的人员以及附近居民，纷纷奋不顾身冲进火场抢险，虽然大火造成了一些损失，但是一方有难八方支援的精神十分感人。当天下午和晚上，电台电视台就很快播报了相关新闻。当时，上海市委、市政府领导班子刚刚调整，新任的市领导从电台里听到了相关报道后，敏锐地意识到了其中蕴含的城市精神，当即指示，要求各媒体深入采访，进一步做好报道工作。

领受任务后，上海各媒体都纷纷派出精兵强将，投入这场报道战役中去。我当时编辑的几个栏目，挂靠在经济组。由于一下子要投入大量人力到造漆厂报道中去，部门内人手有些紧张，于是让我帮忙，一同参加这个报道。我去厂里采访时，可能是受中文系熏陶的原因，十分注意细节。我了解到造漆厂与隔壁的另一家工厂，因为平日有矛盾，两家之间的大门被几把大锁牢牢锁住，老死不相往来。但是那天大火一起，隔壁工厂工人一见邻居有难，立刻捐弃前嫌，主动打开大门，纷纷前来救火，成为扑灭大火的主力军。我了解这个情况后，做了深入采访，写出了一篇感人的报道，得到

2011年，作者（右三）参加市长咨询会

了广泛好评，成为当年这个报道战役中《新民晚报》的亮点。露了一手之后，很快，经济组有什么采访工作，经常要我一起参加。

1985年9月，《新民晚报》进行了一次结构大调整，原先的各个采访组，分别调整为相关的采访部。此时，《新民晚报》编委、政法部新任部主任孙洪康，指名要我去政法部工作，跑公安和团市委条线。在当时，这是两个出新闻的重要地方。后来他说，造漆厂大火的报道，让他注意到了我。从此，学中文的，终于开始了正规的新闻生涯。

刚接手跑团市委条线时，最初的一个重要采访活动，是位于江西的共青垦殖场三十周年纪念活动。这个活动进行得相当的隆重。1955年10月，当时的共青团中央第一书记胡耀邦，号召青年去穷乡僻壤垦荒，改造祖国河山。以上海的知识青年为主成立了一支青年垦荒队，来到了江西鄱阳湖畔的荒滩上改天换地。三十年后，共青垦殖场已经建设成一个稻浪翻腾、鸭鹅遍地的鱼米之乡。1985年正是胡耀邦主政时期，共青垦殖场逢三十大庆，又是上海知青为主的青年人做出的成果，所以上海以团市委为主，开展了大规模的纪念庆祝活动。

我刚开始跑采访，就为此两下江西。先是在正式活动前，到那里进行了一个星期的先期采访，主要是采访老垦荒队员，他们大部分都已经是场领导了。

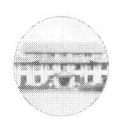

印象最深的，是那里依托鄱阳湖畔满滩鸭鹅建起来的羽绒服厂。当时，羽绒服和羽绒被都还是很高档的货色，市面上买的纯羽绒的还很少，大都是含绒百分之三四十，能有五十以上的算高档了。而共青垦殖场羽绒厂的产品，大部分含绒量都是百分之百的，其他也都是百分之五十以上高含绒量的，摸上去又厚又软，真的很不错。

采访结束大约是9月29或30日，正好后面是国庆假期，我在九江转车，上庐山。这是我第一次去庐山，跃上葱茏四百旋。正逢中秋，芦林湖畔，皓月当空，银光如洗。含鄱口上，旭日东升，红霞万里。阅尽祖国美好山河。

10月正式大庆日子到来时，又随上海代表团一同去了一次。这次是火车先到南昌，中午在江西宾馆出席省长会见代表团午宴。喝的是江西特产白酒四特酒。第一次喝没经验，几杯下去，有点晕晕乎乎，应该是我第一次醉酒。幸好周边人多，扶上开往共青垦殖场的大巴车后，四小时车程，正好睡了个透觉，到目的地醒来，一点没事。

庆祝活动结束后，上海代表团又顺道上了次庐山。那天山上雨雾蒙蒙，几十米开外就不见人影，车行山上，如入仙境。中午在山上一家最好的宾馆休息用餐，在那个年代其设施之新颖，至今难忘。一个月内连上了两次庐山，这也是我迄今唯有的庐山游历。

1988年，我参加了在上海轰动一时的于双戈持枪抢劫银行杀人案的报道。此人在中午时分持枪冲入虹口区东体育会路上的一家银行，开枪打死一位女营业员，抢走一大笔现金。这是一件十分严重的刑事案件，特别是直接开枪杀人抢银行，上海几十年没有发生过这样的事了，引起了极大的社会关注。公安经过全力侦破，最终在宁波擒获罪犯。于的女朋友蒋佩玲，也因为窝藏行为在上海滩热闹了一阵。这个案件的侦破审理过程，是上海改革开放迄今最公开透明的一次。侦破进行时各路记者就在指挥部蹲点，随时掌握进展情况；抓获押解回沪，记者直接等候拍照；预审时，闭路电视直播实况。这样的开放既是对媒体的高度信任，同时及时的信息发布，也安定了社会情绪。当时的公安局长李晓航，是应该记上一笔功绩的。

　　1993年1月11日，《新民晚报》成立特稿部，孙洪康总编辑助理兼主任，还有我和强荧、何建华，以跑重大突发事件、写长篇特稿为主要职责。《战地重访》《重走长征路》以及1998年的一组抗击特大洪水的报道，都获得了全国和上海的新闻奖。1997年香港回归之际，赴香港报道盛况。6月30日晚，在香港滂沱大雨中，见证了彭定康在总督府依恋不舍的场景，见证了英军在添马舰基地的降旗仪式，见证了零点时分会展中心的五星红旗升起的时刻，见证了随后查尔斯王子的车队在夜幕中从会展中心开往添马舰码头，登上皇家游艇悄然离开香港的那一刻。

　　2013年1月，特稿部成立二十周年之际，我们四位创部元老在上海报业协会餐厅小聚。孙洪康在担任了《新民晚报》副总编辑、《解放日报》副总编辑之后，时任上海报业协会会长，何建华担任上海文广集团副总裁，强荧是上海社科院新闻研究所所长，我则在东方网任副总编辑。回首二十年，感慨万千。

　　2013年10月，上海市委根据媒体发展的趋势和重任，对上海平面媒体结构进行了重大改革，将原上海《解放日报》报业集团和文汇新民联合报业集团两大集团进行重组，合并成立新的上海报业集团。同时，在上海报业集团新的框架下，恢复《解放日报》《文汇报》《新民晚报》三大报的独立法人地位。10月28日，举行了上海报业集团成立揭牌仪式。

　　在新集团成立之际，我奉派任《新民晚报》社党委副书记、副总编辑。在离开《新民晚报》去东方网工作七年之后，又回到了《新民晚报》。

　　此时，离我最初跨入《新民晚报》的大门，二十九年又三个月。

　　新的历史开始了。

朱 国顺，1984年7月复旦大学中文系毕业

1984年7月25日新民晚报校对组、群工组

1985年6月新民晚报经济组

1985年9月新民晚报政法部

1993年1月新民晚报特稿部

2000年1月新民晚报文化部副主任

2002年1月新民晚报文化部主任

2004年5月新民晚报上海新闻部负责人

2005年5月新民晚报政法部主任

2006年7月东方新闻网站副主任

2011年4月东方网股份有限公司副总编辑

2013年10月新民晚报社党委副书记、副总编辑

方罍已归矣，方块字何如

王鸣文

一个月前的下午，山人站在"皿方罍"之前。这件三千年前的青铜盛酒器，在海外飘零了近一世纪之后，又一次显身在纽约佳士得拍卖会的预展上。与上古之神器近在咫尺，细察其岁月的创伤，山人不知是喜是悲。

九十多年前，这件国之瑰宝在湖南显身，正是国运维艰之时。纵然有北洋政府下令要收缴，也无法阻止国人将其盗卖出国。在备受东西洋各大小流氓欺辱的年代，国人为了生存，什么国宝遗产，统统弃之如敝屣。数以万计的珍宝流失或毁灭，是弱国无法避免的。在近百年中，有些在今天看来无价的民族遗产，当时被认为会导致国家衰亡，都被国人毫不犹豫地抛弃。文言文是如此，传统服饰是如此，北京的四合院和古城墙是如此，作为传统文化代表之汉字，也在劫难逃。

也正是在"皿方罍"被盗卖的时代，钱玄同等公知们提出废除汉字的主张，一致认定国之衰退，民之孱弱，皆罪在"记载孔门学说及道教妖言之汉文"。钱玄同宣称，废除方块汉字，"尤为根本解决之根本解决"。民国二十四年，国民党政府执行简体字推行法令，民国教育部公布了由钱玄同主持制定的《第一批简体字表》。后来因为考试院院长戴季陶的极力反对而收回。

六十年前，一穷二白的当政者，为了看到北京城里一片烟囱，不惜把古老的城墙和建筑拆去，为工业化让路。也是在六十年前，为了让没有受过正规教

育的民众尽快扫盲识字，以及书写、处理中文的便利，废弃方块字、推行汉语拼音拉丁化的工作开始实施。作为拼音化的第一步，汉字实行简化和同音合并，减少了数百个常用汉字。

不意在电脑手机普及之后的今天，汉字获得了新的生命力。无论在文字输入，阅读速度，语意表达上，汉字都不亚于甚至超过所有拼音文字。汉字，作为全球仅存的非拼音文字，作为上古时期唯

作者近影

一流传至今并仍在使用的文字，以其强人的生命力，在计算机时代异军突起。原来最为诟病的汉字打字难问题，在计算机时代迎刃而解。今天，拇指一族输入汉字的便捷超过拼音文字，使得废除汉字的理由不再存在。不论是五笔输入还是拼音输入，繁体字和简体字在输入速度上几乎没有差别。

原来已经废除汉字的韩国、越南，都发现拼音文字的表意缺陷，而不得不考虑恢复部分汉字教育。而中国大陆的简体字，作为拼音化的第一步，也继承了拼音文字的语意混淆之病。由于当时简化时并没有考虑到繁简体自动对译的问题，合并了许多语意完全不相关的字，使得如今网页自动翻译的繁体版错误百出。在今天的网络上，我们很难找到一个网站，可以提供不出差错的繁体版的古典文学。

当时曾参与简化字工作的季羡林先生，在临终前说："汉字简化是歧途，

追求效率也不能成为简化字的理由。"在简化字推行六十年后，我们的生活习惯已经大大改变，不再依赖手写笔记了。开会做记录，上课记笔记，基本都可以通过平板电脑或手机完成。亲，你今天手写过几个字啊？如果亲们一天都没写上几个字，而花费大量的时间阅读汉字，那么，简体字的阅读效率是比不上繁体字的。比如，当我们看到"发"字，我们必须看上下文来确定鲁智深是被"发落"还是"发落"，而繁体字则可从"髟"旁直感。我们经常看中文书的人，都有一种一目十行的习惯，翻开书本，只要扫一眼，大致可以知道这页讲什么方面的内容。比如，看到"髟"的偏旁，就知道是有关"毛发"。看到"骨"字旁，就知道是有关"身体"。看到"雨"字旁的"云"，有关天气。简化以后，心脏跟肮脏的简体字是同一"脏"字，破坏了汉字的直观性，必须看清前后文字才能判断字的含义，这样就降低了阅读速度。所以，在不需要手写的时代，简化字相对于繁体字是没有效率可言。继续使用简化字的唯一理由，就是这一代人的使用习惯。

很多亲们可能会说，文字本来就应该进化，恢复繁体字是倒退。要复古，干脆复古到甲骨文去好了。

恢复繁体字，并不是因为其古，而是因为繁体楷书是汉字最优化最有效率的字体。汉字从甲骨文进化到篆书，到隶书，到楷书，其进化目的都是完善方块汉字。唯有简化字的目的，本来就是为废除方块汉字，走向拼音化，而不是优化方块汉字。简体字降低了汉字的形声表意功能，是退化而不是进化。新造的简体字，为了减省笔画，废弃了原来汉字的造字规律，不再遵从"六书"。简体字的"过"，无造字规律可循，不能用其声旁帮助记忆。而繁体字的"過""鍋""堝"，都是同一个音，便于记忆。"動"字，与"董""懂"同用"重"字旁，发音也相似，改简体后用"云"字旁，也没有发音规律可循。"陽"字，简化后与"楊""揚""瘍""煬"等失去关联。对于扫盲，让原来不识字的成人在短期内快速扫盲认识几百个字，简化字也许有效率。但对于能获得十年中小学正规教育的学生，要记忆五千到一万多个汉字，简体字打破了汉字的造字规律和相关联系，反而增加学习和记忆的困难。

作者书法作品，获1981年首届全国大学生书法竞赛一等奖

　　一种文字的进步，通常是基于社会的发展而增加字数。从甲骨文到篆书，从篆书到隶书，从隶书到楷书，其每一步进化，都大大扩充了汉字字数。简化字，以废除汉字为目的，作拆除性的维修，不增反减，恢复了一些甲骨文的写法，合并了不相干的字，减少了汉字字数，造成阅读困难，是文字的退化。

　　即使在现代白话文中，简体字也同样会造成语意不明。例如："船只停靠上海港"，在简体字版中，"只"字意义可以有两种解释："船只停靠上海港"，或者"船只停靠上海港"。繁体字版的"衹"和"隻"语意清晰。

　　所以，恢复繁体字，不是复古，而是选择汉字最先进的字体。汉字的历史，也证明了这一选择。成熟期的甲骨文和金文，大约形成于三千四百年前的商朝，演变进化到三千年前周朝的大篆，到秦朝统一为小篆，篆书前后共使用了大约一千年。隶书发明于秦朝，在汉朝盛行约五百年。魏晋时期楷书兴起，取代隶书成为正统字体，一直延续近两千年，而没有被新的字体取代。与隶书同时出现的有章草，与楷书同时出现的有今草以及行书。作为手写快捷字体，这些行草字体与隶书楷书并行，但并没有影响隶书、楷书的正统地位。宋朝开始活字印刷，也是基于楷书字体。繁体汉字楷书稳定的历史，是所有汉字字体中最长久的，正说明了繁体汉字楷书是最优秀最实用的字体。

　　或许有人说，繁体字是中国台湾、香港的文字，恢复繁体字，不就失去了大陆的特色吗？

　　前面就提到，简体字的提出，早在民国时期，并非新中国的专利。新中国成立后发布的简化字,收录了大部分国民党政府发布的《第一批简化字表》。两岸同为华夏后人,老祖宗留下的繁体字,所有华夏子孙都有继承权和使用权,无关政治制度和行政区域。而且,大陆作为汉字的最强势领导者,主动提出恢复繁体字,有助于在中(包括港台地区)日韩建立统一汉字的标准规范。在第八届国际汉字研讨会上,韩国学者提出采用繁体字作为中日韩的"统一标准汉字",但因中方学者的反对而罢休。繁体字是中国的原创,采用我们老祖宗的繁体字作为世界统一的标准汉字字体,有何不可?如今全世界都兴起汉语热,但是许多老外徘徊于繁简体的两难,不知该学哪个。统一的汉字字体,也有助于汉语成为像英语那样的世界通用语言。

最近网络上亦有流行文言文帖子,见证了文言文与同学们并不遥远。原来的假设"只有一小部分国学专业或考古专业的人士才需要使用繁体字"不再成立。当家长们懂得,为了不让子女输在起跑线上,不仅要让小孩学英语和数理化,也要学琴棋书画;当每一个小学生都需要经常去博物馆,观摩从汉简到共和国的伟人留下的字迹;当每一所学校都开设书法课,临习唐宋名家的繁体字字帖;当每一个受过教育的人都会接触并需要认识繁体字时,推行简体字的经济效益就不再存在。许多外国人士,学习汉语不仅仅是为了生意或舌尖,而是被我们古人的杰作亮瞎了眼。当他们学完简体字,发现需要再学繁体字来看懂博物馆的展品,令人情何以堪?我们要向世界炫耀先人的文化,当一个负责任的文化大国,为啥还要用简体字造成不必要的障碍,让学了简体中文的老外面对"富春山居图"的长篇繁体字款识,近代张大千、齐白石的画中题诗发呆?亲,你说他们只需要会点中国菜,不需要看懂这些么?

也许有人说,汉字已经简化了,用习惯了,就别再改了。或者写简识繁,让两种字体并存。这样,前面所述的汉字文字的混乱,以及计算机对汉字的处理造成不必要错误,将永久存在。繁体字已经使用了两千年,继续推行简体字,是无法消灭繁体字的。别说博物馆的收藏品和旅游景点的匾牌对联都是繁体字,就看全国排得上号的大学,有哪个校门题名不是繁体字?

当今生活中,手写汉字的机会不多了,一般人用笔手写汉字最多的机会,

大概是签名吧。即使当今，从大腕明星老谋子、本山大叔，到企业家马云、张朝阳，到大领导们，签名都是繁体字的（版权问题，就不贴图了，亲们要求真相，找度娘罢）。当今的成功人士，拿个包戴个表，不是为放东西或看时间的好哦，是为显示品位档次；浑身穿戴着纯手工打造的名牌货，喝着法国某个庄园某个年份的红酒；吃个牛排，要先学学欧洲贵族的礼仪。偶尔写个字签个名，还要减省那几笔，怎么好意思见人呢？

繁体字签名还可用草书，简化字不仅没有规范的草书可用，也没有规范的篆书可以刻印章。东洋日本，刻姓名印也是大多要用繁体汉字篆书。汉字，不论如何简化或拼音化，如日本、韩国，他们都承认繁体字作为他们的文字之本。推行简体字，同时也消灭了草书和篆书两种书体。如果说，同学们可以同时认识简体字和繁体字，为何不能用繁体字和繁体字草书来代替简体字呢？

现在家长们不惜重金，把小孩子送进国际学校甚至送去海外学英语。即使在国内普通学校，也一定要请金发蓝眼的外教。为啥，就是要学那原汁原味的英美腔调。可是，唯独对于我们的母语汉字，却依然保持着过时的习惯性艰苦奋斗，能省则省，不愿多费几笔。读莎士比亚，要读原版的古英文；读唐诗宋词，就不求原汁原味了么？

简体字的使用只有六十多年的历史，现在恢复繁体字，相对的代价还比较小。如果等一两百年以后再做，代价就会更大。简化字所得的手写便利与其造成的文字混乱的损失相比，得不偿失。在今天，便捷的电脑和手机通信已经取代了绝大多数的手写需要，简体字所带来的手写便利已经微不足道。而繁体字的规范化和语义明晰的优点，加上传统文化的承传，和两岸乃至世界汉字的统一，都应该促使我们重新审视汉字的繁简问题。

十三年前，这件"皿方罍"也曾在同一地点拍卖。当时土鳖们曾有心购回，但力有所不逮。如今，土鳖已成了全球闻名的土豪。方罍回归故土，是板上钉钉的事。方罍的新主人，已经从简单的拥有，到讲究品位和档次。许多流散的文物，土豪们愿意付出高于原价的几倍、几十倍、几百倍，甚至几千倍的价格来收回；四合院拆了，也许可以仿建；传统服饰，也可以在淘宝上购得；北京的城墙没了，也许成为永久的遗憾。可是这些对中华民族的意义，与我们承传数千年的汉字相比，只是九牛一毛。对于我们传统文化的根本——汉字，为何我们不愿付出一点代价来恢复其原汁原味的面貌？

亲，今天你手写了几个汉字？让汉字永久存有两个版本的混乱，值得么？

甲午年桃月于纽约

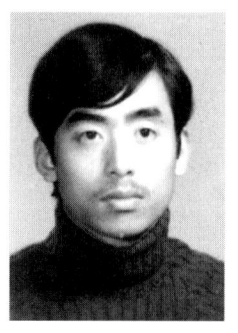

王 鸣文，壬寅年丙午月生，字默之，号惠泉山人、五灯斋居士。幼习书画，入复旦后加入复旦书画篆刻研究会并担任副会长，曾获全国大学生书法竞赛一等奖。后赴美攻读，获纽约大学商学院经济和金融硕士学位，并在纽约投行工作。现以书画为乐，并致力于繁体字复兴。

萤火虫族

杨光俊

日语里有个词，叫"ホタル族"，翻译成中文叫"萤火虫族"，是说夜晚在阳台抽烟的那一族人。烟头闪闪灭灭，酷似黑夜里的萤火虫。

我是萤火虫族。

原本成为萤火虫族并非自愿，是家里宣布了纪律，不得已而为之。可后来，每每在夜色包裹中抽烟的片刻，却成了我最舒心惬意安宁的时光。

光玉兄来微信，说是得补交十年前未交的作业。这几十年匆匆忙忙，一路的碎片未曾收藏，一路的风景未曾留意。接到光玉兄的任务，头脑一片空白。只能每晚抽烟的时候，试着去搜寻依稀飘忽的过去，拾回些早已远逝的记忆。这记忆就像邻家阳台上的萤火虫族，模模糊糊的轮廓，唯有指尖那一点星火，若有若无，时现时灭。

1980年高中毕业参加了高考。我自知独立生活能力很差，对离开上海充满恐惧，不想去外地上学。当时上海考生填报志愿，必须得填一个外地院校。我按这样的顺序填了志愿：第一志愿复旦，第二志愿华东师大，第三志愿北大。复旦不录取，北大也不会录取。作战逻辑理清了，心里就踏实了。

果然人算胜过天算，接到了复旦的录取通知书。开学前，一个人去了一次北京。当年的北京，承载着、凝聚着全国青少年的憧憬。我们从小就唱"我爱

2024年6月，在日本樱美林大学，作者（左）与来访的成都大学副校长（右）合影

北京天安门"，毛主席在这里宣布过新中国的成立，无数次在天安门城楼上向站起来了的全国人民挥过手。到北京的当晚，我去了天安门广场。那一次的感动至今未忘。我被广场之大震慑了，被首都的雄伟震慑了。逛完一圈，我在广场中间独自坐了一个多小时，夏风拂面，心潮澎湃，遐想万千。

告别了高中的最后一个夏天，我来到学校报到，来到了8011这个成为我们九十三位同学精神归宿的集体。

大学期间，我逃课很多。我本来就没有良好的学习习惯，加上上大学后有一时期失眠严重，早上起不来，上午的课经常赶不及，就请杨植峰同学在点名时替我喊"到"。杨植峰很靠谱，从不拉胯，还极其认真地叮嘱我：一旦迟到就千万不要进教室，被老师看见就前功尽弃了。我听了十分感动，每每晚起，就心安理得地慢悠悠吃早餐，不去教室了。后来自己当了老师，想想当年真是难为杨植峰了，大恩至今未报。

后来我在宿舍住得少了，经常回家住，跟同学们的交集也就少了。同学们在文集中提到的大学趣事，不少当初并不知道。至今印象深刻的一些事是：食堂的"底菜"性价比很高；打开水的龙头里出来的总是温水；有一段日子每晚跟吴俊一起去中文系资料室看书，中途总会躺在中文系红楼前的大草坪上看星星；还有一段日子每个周末都跟任家瑜他们一起去上音听音乐会，散场后激昂地走在空旷无人的大街上；陈广宏未雨绸缪做了受用终身的手术，对广宏的睿智着实佩服了一阵……

大学毕业后，我跟蒋剑平一起分配到了上海外国语大学（当时叫上海外国语学院）中文部留学生中文教研室。报到第一天，教研室主任对我们说，我们这儿是小儿科，委屈你们了，复旦中文系毕业，大材小用了。我嘴上连忙否认，心里却多少有些信以为真。教了些日子，才知道是小材大用了，许多东西不懂，都得重新学习。第二年，上外成立对外汉语系，我们教研室就改为对外汉语系留学生中文教研室。当年的大学，是大学、系、教研室的三级机构。

我对工作还是蛮投入的，有点儿较真，有责任感。入职一年多后，教研室主任要被派到国外去教汉语，系里决定从新大学生里挑选一个人来打理教研室杂务，我被意外地任命为教研室副主任，有了点小权。那时候王鸣文和焦猛恬都来我这儿教过课。王鸣文教书法，焦猛恬教汉语。收获最大的是焦猛恬。什么收获就按下不说了。

1987年，我被学校派到日本樱美林大学教中文。那时的我们不像现在的年轻人，拿一部智能手机就能看遍全世界。我们对外面的世界知之甚少。到了日本，感觉满目新鲜。我的派遣期限是半年。半年后，我觉得对日本这个国家还了解得太少，想再多走走，多看看，就决定继续留一段时间。我们出国前跟学校签过协议，我按协议办理了上外的辞职手续。那一年我二十六岁。从前无忧无虑、一帆风顺的生活被我一个"还想看看世界"的小小愿望给切断了。一切打回到零，不会日语，没有工作，身处异国他乡，举目无亲……

许多年之后，回想起当时，也想不明白自己是哪来的勇气，竟如此轻率地改变了人生轨迹。那之前，天是蓝的，风是轻的，路是平坦的，理想是矫情的，柴米油盐是由父母操心的。那之后，风是刺骨的，雨是冷冷的，大地是坚硬的，路是坎坷的，没有一杯午后的咖啡是免费的。二十六岁那年轻率地辞去了国内的教职，直到十三年后的2001年，才重新谋到了正式教职，在樱美林大学当了专任。日本的大学老师，有专任和非常勤之分。专任是指正式在编在岗的老师，非常勤是指兼课老师。我喜欢我的职场，这所大学有对教育的热忱，有对不同文化的包容，有对学生的挚爱，也有我几十年的人生印迹。

这会儿在深夜的静谧中抽烟，入夜时的万家灯火灭了大半，马路上的车水马龙也已消失。想写一些在日经历，却不知从何写起。这三十多年有过疲惫，有过挫折，有过迷茫，有过失败，也有过坚定，有过努力，有过充实，有过喜悦。感受太刻骨铭心，反会欲说还休。

这两年，同学们陆续退休了。在微信群里看到同学们欢乐的退休生活，羡慕不已。我们大学七十岁才能退休，还得干个七八年。目前还在副校长的任上，杂务繁多，精力不济，力不从心，光玉兄的任务也就一拖再拖，实在抱歉。

还是每天吃罢晚饭，做萤火虫族的片刻，看看星星眨眼，听听夜阑自唱，是我最幸福享受的时光。

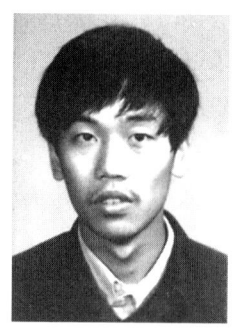

杨 光俊，1962年出生于上海。1980年考入复旦大学中文系。1984年7月分配至上海外国语大学，从事对外汉语教学工作。1987年9月赴日本。现定居日本，任樱美林大学教授、副校长。

国内有些虚职。任同济大学兼职教授、上海师范大学兼职博导、中国传媒大学特聘教授、中央民族大学荣誉教授等。

我的人物传记之路

罗银胜

大学毕业以后，由于爱好和工作机缘，我走上人物传记写作的荆棘之路。

为了搜集人物史料，我相继接触了贾植芳先生、王元化先生、钱谷融先生、何满子先生、陈敏之先生、骆耕漠先生、徐雪寒先生、李慎之先生、黄宗英先生、吴敬琏先生、潘序伦先生、黄裳先生、邓云乡先生、章含之先生、章培恒先生等人，受到了他们无私的提携与教诲，听他们讲过去的经历与故事，有时爱恨交集，有时如坐春风……围绕这些文化老人，我多少写了一些文字，多少做了一些事情。

在我所立传的这些人中，他们的文化背景差异还是比较大的。顾准、王元化、贾植芳等人都有重要的学术理论成果，顾准被誉为"社会主义市场经济理论的第一人"，王元化的新启蒙的学术与反思曾经影响了一代人；而乔冠华、章含之则属于政界人物。

但是，他们都是顶尖的文化名流，我深受他们的人格、道德文章的召唤，出于对文化的敬畏，出于对文化大师的崇敬，我一直在寻找机会，来推广、传播他们的事迹。

顾准、王元化、贾植芳、杨绛、周扬等人在大的时代风浪中，个人选择差异甚大，人生际遇随之迥异，而他们之所以命运各异，除了他们本身的人格追求外，一个人还是一个时代的产物，他们很多的意愿被扭曲了，在很大程度上，他们都是悲剧人物。

周扬的一生，"左""右"游移，是耶非耶，见仁见智；在他的生前身后，一直毁誉不一，争讼不断。

贾植芳一生坐过四次牢。一直以来，在我内心深处，贾植芳的精神与鲁迅精神一脉相承，他们都秉承中国知识分子的硬骨头文人精神，他们都是中国人的脊梁。贾植芳先生倡导把"人"字写端正，这些饱含生命意义的精神遗产，其实是中国文人的血脉传承，也是十分宝贵的。

贾先生虽然具有多种身份，但是最重要一点，首先是一个知识分子，他的为人处世，首先完整地体现了他高贵的人格。作为先生的学生，我总想把他忆旧怀人的文章综合起来，通过回忆录的形式展示先生波澜壮阔、辉煌高贵的一生，因为今天的社会更需要人格的教化。

王元化先生的朋友很多，他个人的地位与成就也决定了其朋友中不乏各个领域中的杰出人物，黄炎培、熊十力、韦卓民、郭绍虞、胡风、冯雪峰、林淡秋、孙冶方、钱锺书、彭柏山、顾准、钱谷融、黄宗英、张中晓、刘知侠……这是一个特殊的群体。对自由、民主、科学的理解和热爱，对人民幸福、民族解放的共同追求，他们走到了一起，同声相应、同气相求，相濡以沫、互为奥援……这是一个在人格上更有独立性、在学术上更有开创性、在政治上更有建设性的一个群体。虽然他们大多渐行渐远，但他们高尚的精神追求、政治选择、学术理想和人格风范，将彪炳千秋。

贾樟柯是新生代导演的领军人物，他的作品是中国当

作者（左一）在上海书城签售现场

代社会的真实反映。在中国电影集体沉沦于虚无缥缈的非现实主义题材的时候，贾樟柯对中国现实的强烈人文关注显得尤为可贵。这是我打算为贾樟柯立传的主要原因。

我所写的传主，我都很欣赏，每本书都倾注了感情，花费了心血，不欣赏我不会去写他们，而且，能与顶尖的文化大师对话，是我一生的幸事。

如果必须选出一个最让我欣赏的，那就是顾准。当我第一次知道顾准先生的名字，是在上世纪八十年代初期，那时我在复旦大学中文系求学。一个偶然的机会，我在书店购到了由中国社会科学出版社出版的顾准先生遗著——《希腊城邦制度》，捧读之下，当即被作者敏锐高超的历史观所折服，并惊叹不已。从此，我就一直铭记着一个光辉的名字——顾准。

他是中国社会主义市场经济第一人，在中国全面实行计划经济时，他发文呼吁中国应进行市场化改革；他虽被两次定为"右派"，但仍坚信市场经济将是中国的"神武景气"。他从经济学破壁而出，研究先秦社会、法国大革命、希腊史，试图从更高的学术视点反思中国。他的学说给予孙冶方、王元化、吴敬琏等不少启迪。学者李慎之评价顾准说，他是拆下肋骨，点燃黑暗的人。

这些年，我先后创作出版了《顾准传》（1999年，团结出版社）、《顾准的最后25年》（2005年，中国文史出版社）、《顾准画传》（2005年，团结出版社）、《顾准评传》（2010年，福建教育出版社）、《杨绛传》（2005年，文化艺术出版社，获第四届"全国优秀妇女读物"奖）、《才情人生乔冠华》（2004年，团结出版社）、《乔冠华全传》（2006年，中国出版集团东方出版中心）、《潘序伦传》（2007年，上海人民出版社）、《潘序伦教育思想研究》（1998年，立信会计出版社）、《王元化和他的朋友们》（2009年，湖北人民出版社）、《红色名媛章含之》（2009年，宁夏人民出版社）、《周扬传》（2009年，文化艺术出版社）、《百年风华：杨绛传》（2011年，京华出版社）、《乔冠华传》（2012年，文化艺术出版社）、《贾樟柯：FROM文艺范儿TO新生代导演（一个文艺梦想的故事）》（2013年，上海交通大学出版社）。编有《顾准：民主与"终极目的"》（1999年，中国青年出版社）、《顾准文集》[珍藏增订本](2010年,福建教育出版社)、《顾准再思录》(2010年,福建教育出版社)、《钱谷融:闲斋忆旧》(2008年,上海人民出版社)、《我的人生档案:贾植芳回忆录》(2009年,江苏文艺出版社)、《记忆的修复》(2009年,香港时代国际出版有限公司)等。

通过多年的写作,我对传记文学创作的体会如下:传记作家必须与传主构造情感交融境界,一是为苦难者立传,为历尽艰辛饱受苦难而通过常人难以忍受的艰难困苦而走上成功道路的文化名人立传,这些大家大多是饱受苦难,通过艰苦的奋斗,从逆境中成长起来的。二是精心刻画众多传主丰满生动的人物形象,揭示鲜明积极的时代主题。我笔下的人物,一个个自强不息、追求事业、献身祖国的杰出人才和刚强女性,一个个有着伤时之痛,忧国之情,爱国之心。三是追求历史的真实性与高度的艺术性相结合。我在众多历史人物中选择好传主后,对其进行广泛采访调查与深入探究,掌握了人物的人生经历、性格和生活的社会时代环境特点之后,再进行创作,非常重视人物的历史真实性。

我认为,真实性是传记文学的第一特征,因为传记叙写的是历史或现实中存在的活生生的人,有真名实姓、活动地点、活动范围等,写作时不允许任意虚构。绝不能像有的作者采访不扎实或者掌握的资料不够翔实就仓促成书。

传记是历史的重要组成部分,不言而喻,史学的原则就是传记的原则,最重要的就是真实。写传记就是写历史,传记是严肃的学术作品,不能为了阅读的快感,或者市场的需求而美化人物,把假大空的东西放进传记。传记文学创作要强调细节真实,因为没有细节的真实就没有事件的真实和人物的真实。

传记的对象可以是大人物也可以是小人物,传主所起的作用可以是正面的也可以是反面的,但所有传记都必须建立在扎实的史料基础上,要经得起推敲。粗枝大叶,道听途说,不加考证很容易使作品出现硬伤。

我虽然也出过几本人物传记,至今我不敢说传记作品是否允许"合理想象",但我可以肯定地说编造故事在传记写作当中(不管是有意还是无意为之),是万万不行的。

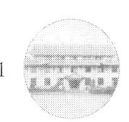

　　中国人讲求"为尊者讳、为贤者讳、为亲者讳",即使是秉笔直书的司马迁也做不到完全忠实于历史。我在写传记的过程中取舍的原则基本上还是"有一说一"的。比如,上世纪四十年代,顾准在敌人大扫荡时有逃兵行为,他自己在自述中就没有掩饰,我也在传记中很真实地反映出来了。而杨绛与某名人的笔墨官司,我在原稿中也写了,但是为尊重当事人的意愿,作了淡化处理。

　　传记文学创作需要重视对传主的评价问题,不可草率、轻易地下结论。为历史文化名人立传,需要对每位传主的精神进行概括和提升,这样的创作不仅具有史料价值,而且具有现实的针对性意义。传记作家不仅必须与传主构造情感交融境界,而且要保有一种"亲历历史"的认知度,所谓"亲历历史"(Living History),就是说我虽然年龄太小,没有参与历史,但是个人的情感参与了历史,亲历了地下党的斗争、反"胡风斗争"、反右以及"文革"那一幕。这使得我们既沉浸在内,又有所超越。

　　文学也好,史学也好,讲到底都是人学,让我们喜悦、愤怒、哀叹和欢乐的,总是人性深处的那点幽暗与光明,总是一半是魔鬼、一半是天使的亦魔亦神。所谓"亲历历史",是感受历史中人性全部的复杂性。假如我们无法体验、感受和理解我们的上代人,那只能说我们的记忆缺乏历史的想象,我们的心灵还不够丰富,仅此而已。

　　另外,我在写作中遇到过许多困难。我的写作完全是个人行为,不听命于任何组织或个人,从而保持独立性和公正性。由此也会带来许多不便,比如,在查询一些档案时会遭遇种种意想不到的难题。

　　二十世纪的中国历史,犹如波澜壮阔的多姿画卷,其中映现着无数星光灿烂般的杰出人物。忠实地反映这些杰出人物及其生活的时代,是历史学家、传记作家义不容辞的光荣任务。在传记写作的道路上,我自感自己还是一个蹒跚学步的童子。我将继续努力,不懈追求,争取以更多更好的精品力作,回报社会、回报读者,同时,也为复旦大学中文系8011的集体荣誉增光添彩。

罗 银胜，传记作家，上海市作家协会会员。1984年复旦大学中文系文学专业毕业，曾任职于上海市人民政府，现在任教于上海立信会计学院。著有《顾准传》《顾准的最后25年》《顾准画传》《顾准评传》《杨绛传》《才情人生乔冠华》《乔冠华全传》《潘序伦传》《潘序伦教育思想研究》《王元化和他的朋友们》《红色名媛章含之》《周扬传》《百年风华:杨绛传 》《乔冠华传:红色外交家的悲喜人生》《贾樟柯:FROM文艺范儿TO新生代导演(一个文艺梦想的故事)》。编有《顾准:民主与"终极目的"》《顾准文集》[珍藏增订本]、《顾准再思录》《钱谷融:闲斋忆旧》《我的人生档案:贾植芳回忆录》《记忆的修复》等。

呵 呵

李师东

毕业三十年，做了三十年编辑，而且还没挪过窝，连自己都觉得不可思议。

刚到出版社的时候，在文学编辑室编古典文学。老主任李裕康语重心长地对我说："小李啊，等你退休了，看到满架子的书都是你编的，你就很满足了。"我一时无语，心里堵得慌，似乎在大材小用。多少年过去了，我现在满脸慈祥地告诫新入职的年轻同事：做我们这一行的，第一要识货，第二要帮人。

到底年轻不耐寂寞，不到一年，就去了社里的《青年文学》。那个时候，真是文学的光景。每到一地，总是在和当地的文学高人高谈阔论。十多年后在一次会上遇到韩少功，韩还在问我：李泽厚最近在忙什么？

作者近影

刚到刊物的时候，闹过笑话。一次在山东，一位热爱文学的企业家塞给我一堆习作。那个时候真敬业，连夜捧读。第二天临上车前，还认真和人家谈意见，然后把稿件悉数退还，气得人家拂袖而去。回到编辑部，老同事捧腹大笑："你怎么不把稿子带回来，再随便找个理由退掉呢？"我心里却在想：写得那么次，还好意思让我带回！

那个时候真是年轻气盛。应该是1987年吧，同事去上海出差，我嘱咐他一定要找到李晓，带回他的作品。李晓是大师兄，77级的，他的《继续操练》获全国短篇奖，轰动一时。我记得写过信，意思是我是你师弟，你得给我一篇小说。其实我们至今也未谋过面。大学时可能见过，但不认识。李晓师兄重复旦情义，给了我们一部中篇——《天桥》。同事带回来了，但编辑部评价不一。我力主发表，还扯上同学毛浩写了同期评论。感谢领导开明，作品总算发出来了。后来作品被转载，心里还有点小得意。临到申报全国奖，编辑部没有推荐。评委会上，几位评委联手提议，《天桥》入围，最终荣获全国优秀中篇小说奖。我们自己推荐的没有获奖，没推荐的反而获了，编辑部很高兴，我也很高兴。日子似乎就顺畅多了。但不知道是得还是失，从此在职业生涯中越陷越深。

1997年去成都开会，晚饭后无事，出于职业习惯，信手翻看电话本，一位五六年没联系的作者跳进眼里。电话打过去，居然通了。第二天一早，两口子来看我。我说很久没你消息了，还写吗。朋友说："换了工作，一直写得不顺，很苦恼。"我说："1991年你在《青年文学》上的短篇很好的。好好写，写好了，我这里给你上头题，上封面人物。"我那时是主编，说话有底气，也对朋友有信心。朋友大喜。两个月后，果然寄来一部中篇小说，我读罢连声叫好。果真是上了头题和封面，还推给《小说月报》转载了。过了一段时间，朋友来电，想把中篇改成长篇，前半部分续上人物的成长经历。我也说好。记得是夏天，下班后天色尚早。路过昆玉河边，索性坐下来，一气把未看完的长篇看完，天色才慢慢变暗。当即兴冲冲打电话给朋友，谈感受。还顺路去成都谈修改意见，让朋友在小说结尾处加上一尊雕像。朋友的第一部长篇小说就这么出版了。后来朋友的几个中篇小说被改成了一部红极一时的电视连续剧，还获了茅盾文学奖。之后，再无联系。前年开作代会，在大会堂门口不期而遇。朋友迎面调侃：还没当上总编辑啦？我也不正经答道：等你来提拔。二人一笑而过。几天前，《中华读书报》的一位朋友短信我："在采访某某，他谈到您当年对他的肯定……回头发您链接？"我回了两个字："呵呵。"

李 师东，男，1962年11月26日出生于湖北省洪湖岸边的东湾村。家中排行老大，从小就为弟弟妹妹示范，至今仍是洪湖岸边一旱鸭子。1975年底，随从干校出来的父亲举家迁至沙口镇，就读沙口中学，无书可读，快活无比。不料遇上高考，始有走出洪湖之志。在小镇以全县文科第二名考入复旦大学中文系，所用书本被其他同学悉数掠走。后学校改名贺龙中学，再后来校名被一民办学校买走，现沙口镇已无高中。

入复旦，四年读书无数。年少轻狂，临毕业，言书已读尽。就去编书，进中国青年出版社至今。先编《青年文学》杂志，历任助编、编辑、副主编、主编。2001年，任出版社副总编。现为中国青年出版总社副总编辑、青年文学杂志社社长、中国青年出版社总经理，曾获韬奋出版奖。

毕业后，与同学毛浩单位相邻，两人联名撰写文学评论，成《一个年纪的文学梦》一书。值得一提的是，两人1992年首次提出"六十年代出生作家群"（即"60后"）的概念，现已成社会常用语。还要一说的是，该书由中国工人出版社出版，责任编辑恰是同学梁光玉。大学毕业论文，受李泽厚先生抬举，发表在其主编的《美学》第七辑（上海文艺出版社1987年版）上，责任编辑又恰巧是同学张安庆。如今想来，得老师同学帮助处多矣。个人另著有文学随笔集《人在边缘》，主编丛书多种。

北京时代首尾

杨植峰

上海籍的大学毕业生，早先视上海以外为畏途。别说广州、深圳了，北京也不例外。若听说某人毕业分配到国务院，会觉得与流放无异，庆幸厄运没有落到自己头上。

到了我们这一届毕业，怪事出现了，居然有四个上海籍同学主动请缨去北京：潘承凡、陈真、卓松盛，另一个是我。他们三个各怀鸿鹄大志，我则包藏了私心。心想，家里住所局促，将来三兄弟为争婚房打得头破血流，煞是难看。再说了，一家人眼皮底下，偶尔带个佳丽回来，也不好行那苟且的事。不如远走天涯，爱怎么着就怎么着。毅然决然，往北京去。当然知道北京是个可怕的地方，每个胡同口歪歪斜斜用白漆写着"口内有厕所"。但北京再土，好歹是首都。加上同学人多势众，好玩。

我母亲是中学政治老师，嘴边挂着崇高的话，比如"先立业后成家"，比如"好男儿志在四方"。我心里清楚，我真要离开上海跑去"四方"的话，她八成是不乐意的。但我心意已决，管不了家人怎么想，便神色严峻地对她说："妈，这次毕业分配形势凶险，所有同学，无论外地上海，一律打乱，全国分配。而且全程保密，不到最后一刻，绝不揭晓。你要有心理准备。"果然，老妈的脸上浮起了忧色，嘴里还是硬的："要服从国家分配。"我说："放心，这我是懂的。"

　　时间一天天过去了。周末回家，老妈总问："怎么样，有消息吗？"回答总是没有。一直等拿到了中国新闻社的报到通知书，我才气急败坏地回到家，对老妈说："完了，果然分到北京了。"亮出了盖着大红公章的正式文件，透射出党和政府的刚性和威严。见生米已煮成锅巴，兼之中新社也不是什么丢人的地方，她只好作罢。总不至于怂恿我去闹吧，政治老师嘛。

　　因为上海同学分到外地等同流放，所以流放犯享受选择流放场所的特权。我便选了中国新闻社。那时看了一部电影叫《原野》，里头有个演员叫刘晓庆，演得放浪形骸，也没说一句宣传口号，击赏不已。影片的字幕赫然打着："中国新闻社出品。"心想，敢拍这么放荡电影的单位，一定要去。又从其他渠道听说，中新社是对外宣传单位，在里头工作的人，都要外派的。心想，可以派到外国去的单位，更要去了。有这种思想，也怨不得我。我对外国的理解是寥寥几部外国电影得来的。见牛奶可以当白开水随便喝，肉可以随便吃，总统可以随便骂，还有汽车开，误以为是天堂。哪里知道这都是假象，真实情况是多年以后才懂的。

　　于是便兴高采烈忙着奔赴首都。这时又有一道喜讯传来：去北京的同学都有一笔"遣散费"，达一百四十元之巨。这笔钱等于我老妈两个半月的薪水，等于我十个月的助学金，顿时有一夜暴富的感觉。在校时，我一直陷在超前消费的怪圈里，基本都是"半月光"。助学金发放的当天，一顿两块大排。月底时，借饭票买个菜底凑合。欠下外债达六十元之多。经常强制同寝室的古小玉借款给我，迫使他成为我最大债主之一，且利率为零。"遣散费"一来，顿时艳阳高照，摆脱了一切债务。剩余的钱，买了去北京车票，购置行装行头，大吃大喝，又迅速见底了。但此事教了一件事：钱的事愁它个鸟，山穷水尽之后，必有柳暗花明。这心态影响了我一生。

　　中新社在北新桥三条一号，是侨办大院里的一幢灰砖大楼。我住在三楼，走一截楼梯下到二楼，便上班了。吃饭时，唱着歌，敲着白色搪瓷碗穿过院子，便是食堂了。办公楼里有间房，挂着"电影部"的牌子，不见有什么明星出入。心想，原来《原野》就是从这里出来的。后来知道，电影部其实与社里关系不大，是个独立运作的单位。据说刘晓庆是来过的，但我与她缘悭一面，从此断了追星的念想。

我是分到中新社的第三批大学生。几批年轻人相加，不超过十个，其余都是"老东西"。现在，我已经比当年那些"老东西"还老了。我被安排与头批来的大学生夏泰宁同住。他原本一人独享一间房，硬被塞进一个同屋来，脸色很难看。当然后来知道，他脸色难看，并不完全在我，还在于生活中的烦心事，比如分居两地的婚姻，比如与领导不和。他个子不高，有墙一般的胸脯，柱子一般的腿，共振极强的声音。第一次见我，便来个下马威："你可以用法语流利对话吗？"

"不可以。"我怯怯道。

"那么，你可以用英语流利对话吗？"

"也……不可以。"

他毫无表情地望着我。我惶恐反问："你可以吗？"

他说："那还用说，最起码的。"

他还是毫无表情，并无鄙夷或同情，而我已无地自容了。夏是四川某大学的法语专业毕业生，常常拿着一本兰波诗集，站在窗口，铿锵有力朗诵。要不就是听着美国之音，嘴里嘟囔着英语。我觉得完全被排除在世界之外了。

不久，中新社因我外语太差，送我去人民大学进行半年的出国人员英语强化培训，启动了我英语学习之旅。我心中窃喜，看来是要派我出国了。

一晃四年过去了。

我还是一如既往，在北京的胡同里骑车晃荡着，并没出国。这四年里，我睥睨

2013年秋，作者在京郊红螺园

同事，认为是一群自甘奴役的可怜虫。蔑视上司，视作是新闻自由的刽子手。带头闹事，与领导大吵，两次被全社通报批评。最后，领导放弃了，让我自生自灭。

那时，中新社已从北新桥搬到了甘家口，新来的大学生队伍壮大，宿舍重组。我与另外五位合住一套三室一厅的房子。同住者中，有一位福州籍的周君，社科院的新闻研究生毕业，比我们大几岁，身形伟岸，头发浓密，国字形的正气脸庞，架副玳瑁框的近视眼镜。他已婚，太太是福建师大出身的著名朦胧派诗人郑枫。郑枫的诗确实令人迷醉。狂妄如那时的我，看了都五体投地。她常来北京长住，与周君独占一个小卧室。只是本人的形象没达到她诗歌的高度。我对郑枫的佩服是双重的，一是佩服她轻松玩转意象和通感的能力：用眼睛呼吸，用鼻子听声音，用舌头辨色彩。思维跳跃，在时空维度错乱游走。二是佩服她的经商天才。她长袖善舞，买卖多种商品，已积累了巨额财富，天天海鲜当饭。而我那时，还在靠粮票换鸡蛋度日。

忽一日，一个熟悉的陌生面孔出现了。福建乡下的杨安忠突然出现在我面前。我母亲祖籍福建，在我八岁时，将我送往她老家接受再教育，待了四年，所以我会说一口流利闽南话。在乡下时，杨安忠与我同村，小学同学，还有未出五服的远亲关系。我们结下了深厚的阶级友谊。这一晃，已经十二年不见了。

"你怎么跑到北京来了？"我望着高我半头，甘蔗般干瘦的安忠。新衣服在他身上，像借来的。

"我来澳大利亚大使馆拿签证，去澳大利亚留学。"

我无语了足足几分钟。杨安忠的学历，掺一倍的水，或可勉强达到初中程度，英文字母颠倒着看，居然去"留学"？

原来，澳大利亚在搞教育输出，广招亚洲学生去学英语。只要交上学费生活费，来者不拒，做那不要本钱的买卖。杨安忠的生父是菲律宾富商，见他在福建乡下出路渺茫，便通过一个做中介的澳门老乡，替他付了费用，让他去澳大利亚试试运气。赴澳签证必须亲自来北京使馆领取。他两眼一抹黑，自然要找我帮忙。

我义不容辞，忙前忙后，鼎力相助，直至他签证顺利到手，在北京站挥手作别。

这时便闪过一个念头，既然公派出国已成泡影，通过自费留学出国，不也殊途同归吗？一想到费用，又将念头掐灭了。杨安忠的赴澳学费加生活费，一下付了四万港元。而我还处于负资产的阶段，固定收入是每月七十元人民币。

周君却找我谈话了，"植峰兄"，虽然他长我几岁，对我一直客气，"想请你帮个忙。郑枫也想去澳大利亚留学，能否拜托你把钱送到广东，转交给那位澳门中介，托他办理？你的所有费用，由我承担。"

原来，杨安忠在京期间，借住在我们宿舍，他的事情，早已尽人皆知了。那位澳门中介也是我们同乡，也有远亲关系，又有活生生成功案例在，周君是百分百信任。我原只知道郑枫阔，没想一阔而至此。震惊之余，替她高兴。虽然不是我自己出国，能成人好事，一向是我所乐为的。再说，可以免费玩一趟改革开放最前沿的广东，更是乐中之乐。怕他变卦，赶紧应承下来。

外地大学生成家前，都有一年一次的探亲假。我请了假，怀揣周君夫妇的钱，意气风发南下了，好像是替自己办事。顺道在上海略作勾留，探望了母亲大人，喝着茶，把此次南下原委细细道了一遍。

母亲听了，沉默半天，最后才说："干脆，替你自己也办了吧。钱，我这里有。"

我一口茶呛在喉咙里，咳了半天。母亲的信息，一向对我留一手。我知道她是菲律宾归国华侨，曾是娇小姐一个。知道外祖父母、舅舅阿姨都在菲律宾经商，广有资产。知道侨汇涓涓，时不时汇到她银行账户。只是没想到她的资产，竟能轻松与郑枫的财富抗衡了。

她那么迫不及待让我出国，我终于明白"好男儿志在四方"的真实含义了。从那刻起，我对她的一贯崇高产生了怀疑。难道她的积极、她的进步、她的政治、她的主义，都是巧妙的伪装？混在革命队伍里的异己分子是非常可怕的。

那次偶然的南下，改变了一生的方向。从上海再次出发时，我怀里的钱多

了一份。到广州后，顺利替郑枫办了留学，替自己也办了。路费是周君出的。

1989年1月21日，我在首都机场登上了赴悉尼航班，开始了另一种生活。

附注：

夏泰宁，后任香港《明报》副总编。

周君，后任香港某时政杂志总编。

郑枫，抵澳不久与周君离异，目前情况不详。

我母亲，上世纪90年代初赴澳后定居于此。

杨安忠，目前是悉尼侨领，餐饮生意兴隆，子女均商业成功，广有资产。

杨植峰，男，汉族，1962年生于母亲祖籍地福建南安，满月后被带回上海，生活到小学一年级（入读上海长宁区某小学）。八岁时回福建，转入南安县金淘公社玉南小学二年级，读至四年级。十二岁回上海，转入卢湾区雁荡路小学五年级。毕业后进卢湾区南昌中学初中学习，后继续念至高中毕业。1980年考入复旦大学中文系，1984年毕业，分配到北京中国新闻社总社工作，任记者、编辑。1989年1月赴澳大利亚自费学习英语，后获得居留权，并入籍。在澳期间从事过多种体力和脑力工作。2000年被所任职公司派往北京代表处工作，2001年转派至上海代表处工作。2003年公司撤出中国，进入失业状态，开始在家写作。2008年起在蒲礼客自行车用品（太仓）有限公司工作至今。出版的著译作品有《梨香记》《民国采访战》《帝国的残影》《上海往事1937》等。另有中短篇小说散见于各文学期刊。

今世来生，与复旦8011的缘分

陈来生

　　读复旦是缘分，与8011更是缘分。

　　上初中时只是一心想找个好工作，上高中开始埋头读书想考上大学，实现书中觅得黄金屋、颜如玉的愿景，至于上什么大学则根本没有想过。

　　当高考结束后穷极无聊趴在水泥地上与邻居下四家大战的我，被一脸怒色冲进家门、假装发怒实则大喜的叶班主任告知考了个苏州第一时，心里的第一反应还只是终于考上大学了；当高考成绩揭晓当天接受报社和电台记者采访，被问及想读什么大学时，才第一次真真切切开始考虑读什么大学，而当时似乎除了苏州的江苏师范学院（苏州大学前身）和依稀仿佛的北京大学、清华大学外，知道的大学实在不多，而复旦大学虽然就在近在咫尺的上海，我却真的不知道！

　　1980年的江苏高考录取现场设在苏州乐乡饭店。因此，从高考成绩揭晓的当天傍晚开始，驻扎在苏州的各名牌大学的招生人员就开始到我家招安，直到这时我才知道了上海有个著名的复旦大学；北京的国际关系学院招生组更是通过关系，对我开展全方位的游说，承诺给予种种优惠待遇，包括就读国际新闻系然后出国深造然后留在国外发展然后成为资深新闻人然后功成名就云云。

　　于是我开始做梦：北京大学，复旦大学，中国人民大学，某某大学，国际

作者近影

关系学院，但做梦也没想过要读江苏师范学院。

不料，父母不同意我读大学！理由是家里困难，供不起大学生；佐证是读大学没有必要，父母不识字，不是照样活得挺好吗？其实更多的是经济上的考量，读大学要支出，不读大学不但无需支出，反而还能得到我参加工作所获得的报酬！社会心理学的背景是，我本是嘉兴的吴，现在是苏州的陈，苏州的父母实在不太情愿供我再读那颇有点奢侈的大学。

我当然不同意！苏州招办也不答应！招办一纸公函，我父母单位放其三天公假，教育局、我中学、街道、我父母单位轮番或集体上阵，摆事实，讲道理，千言万语汇为三个字：上大学！最后我父母经过万般思量，终于同意退一千步，让我就读家门口的江苏师范学院（师范学校不但不要交学费，还能免费发放饭菜票，还省了到外地读书的车马费）。我继续没同意，我父母继续坚守底线，但苏州招办已经没理由继续发任何公函了，眼看我势单力薄，就要撑不住了，这时从小将我带大的阿姨用激将法将了我父母一军，要面子的父母终于又退了一百步：最远只能到上海读书！

于是，我毫不犹豫地选择了复旦大学！

但我的第一志愿填的是新闻专业，因为我想毕业之后做个无冕之王，所以当录取到中文专业时还颇有点失落。但是当知道我们这个班汇聚了全国各地许多高考状元，文科的好学生大多被搜罗于此，仅上海文科高考前十名中，就有状元周松林等同学在我们班上，而且得知本专业的主要就业方向之一也是新闻单位后，自豪感和荣誉感油然而生！后来经过几次与新闻系同学的PK，尤其是某次当新闻系的长得实在不太像女生、样子更不像记者的同学作为实习生来采

访我们时，更觉得作为中文系学生，那素质就是比别的文科生强！

和复旦8011的缘分，那是命中注定啊！

后来又在复旦中文系读了硕士和博士，分别师从好好先生——顾易生先生和不苟言笑的章培恒先生；做过记者，穿过警服，干过苏州旅游局市场开发处长，创建了苏州大学旅游系，很早就做了院长助理，但在领导劝进时到"海"边去了；担任过中国最大的旅游学院——上海师大旅游学院的首席教授，还差一点出任苏州政协副主席（民盟推荐，老主委是复旦校友，离任前想提携我做个小主委。上级审查时发现我是中共党员，退回；老主委惊呼：你怎么是中共党员呢？怎么看都不像啊！），但是最终为了享受一份闲适、自在，还是没当院长，也没当公务员，目前在一个不知名的高校，做了个不著名的教授，无事睡睡懒觉、有事挣挣闲钱，这似乎也是自己的人生规划！

要说作为8011人对社会的贡献，"导爷"的名号似乎有点代表性。此"导爷"非彼"倒爷"，而是导游的祖师爷之谓也。因为在苏州旅游局干了几年，我主编了国内第一本《中国旅游文化》（只是等到复旦出版社出版时我挥刀自宫，将主编的名字移植成了旅游局长的大名）；创办了苏州大学旅游系，培养了几多铁杆"笙丝"，同程旅游网的一二三四五把手都是我的徒子；在复旦给济宁旅游局局长班授课，交了一班让我感动的孔孟之乡的兄弟姐妹（虽然他们尊称我为老师），每次去曲阜、游邹城、上梁山、下微山，都会留下高兴而感怀的瞬间；开办苏州旅游进修学院培养导游，现如今跑到旅行社，一不留神就能碰到我的那些徒子徒孙，那些与我年龄仿佛的徒子让小孩叫我爷爷时，颇为享受做"导爷"的感觉！还是因为"导爷"的缘故，业余时间客串一把苏州市专家咨询团副团长，写写建言，做做规划，说说太湖，评评石湖，圈圈人工湿地，点点绿水青山。我搞的是旅游专业，教的是旅游文化，名义上是"导爷"，骨子里还是中文系人文化育的"文人"，所以即使是旅游也还是"旅游文化"，中国文学、中国文化打下的基础，不但在字里行间洋溢出来，还不时让我追寻大学苦读的甘甜！

如今出版的专著有《史诗、叙事诗与民族精神》（上海社科院出版社）、

《无形的锁链》（香港中华书局）、《中国禁忌》（上海三联书店）、《中国园林史话》（黄山书社）、《制度文明与风俗流变》（长春出版社）、《中国的世界遗产》（长春出版社）、《会展经济》（复旦大学出版社）、《名城旅游与名城保护》（人民出版社）、《中国旅游文化》（南开大学出版社，这回署的可是我自个的名字了）、《旅游创意与专项策划》（南开大学出版社）；还有参与主编的《中国文化词典》《中国文化之谜》《旅游美学》等；还出了两小本幽默汇编；还写了数百篇各式文章……

不管是曾经的荣耀，还是现今的淡泊，都与熏陶四年的8011有关：这里教给我荣耀的资本，也教给我淡泊的悟性；只是外儒内道的境界，至今我还在努力着，在路上……

感谢当时招生的老师把我录到了中文系，我才能认识8011的兄弟姐妹们，有了那么多青涩而多彩的回忆！

感谢8011的弟兄们，不但帮我许多，还提点了下一代！因为陈喆兄的帮助，小儿得以在招商基金本科进行毕业实习；因为陈志强兄的提点和连建明兄的引荐，小儿得以在交银施罗德基金公司进行硕士毕业实习，不足一月即被录用，不满一年即蒙任命基金经理助理！

遥想2005年，我重返上海，在中国最大的旅游学院——上海师大旅游学院出任首席教授，学校左手给我住房，右手要我签约，我恐不能服务足够年限而违约，拒绝了上千人等着排队摇号而我唾手可得的那套校长提留房。没想到如今我回了苏州，儿子却又去了上海，要买房却惊见，当时一万多的房价，现在已经涨了五倍，世事轮回，岂能预料！看来我家和上海注定有着不解之缘啊！

直到现在我还暗自庆幸，幸亏考了个第一，才让领导们得以知道并关注我差点不能去读大学的事，否则我可能就只能上班，然后业余读个成人高考，如果这样，那与8011就"今世太遥远，只能待来生"啦！

陈来生，男，汉族，1962年生，籍贯浙江嘉兴或江苏苏州均可。1980年以苏州地区文科高考"状元"的成绩考取复旦大学中文系，研究生毕业后去国家安全部当过讲师、编过报纸。1992年从复旦中文系博士毕业后，任苏州旅游局市场开发处处长。1994年调苏州大学，筹建旅游系并担任首任主任。之后担任过中国最大的旅游学院——上海师大旅游学院的首席教授。现为苏州科技学院教授，博士生导师，苏州市政府专家咨询团副团长，苏州市旅游文化促进会会长。

那些年

张海平

三十年来，在同学友情的保持上，我认为我们班是堪称典范的。

在我的记忆里，这要分为两个阶段。

头一个阶段，是从1984到2000年，之所以这样分，与我的参与程度有关，在2000年之前，我是其中积极的一员；而之后，我却渐行渐远，几为边缘人物了。

在早先的"蜜月"时期，能令大家离开校园而不致疏远，在北京方面我认为有几个据点是居功至伟的，依次是刘中军的文化部，李宏伟、朱振国的国管局，梁光玉的工人出版社，和秦杰、陈启松及我所在的新华社。那时候，基本所有北京同学聚会的指令都是从这些地方发出的，而外地同学来京，也几乎都要向这几个据点报到，相信大家都有这样的记忆。

早些年大家都穷，聚会甚少到外面饭店大吃大喝，所以就要挑那些有单位食堂及有活动空间的地方，而上面这几处恰恰与之相合，所以自然入选。中军那里当然是上上之选，因为一到周末，文化部大楼经常是空无一人，有大把的房间可供使用，再加上中军那口子后来又调到了食堂，仿佛就是为我们班特意安排的一般，想不捧场都感觉过意不去。

李宏伟、朱振国的国管局除了这些，吸引大家的却是有舞可跳，总会隔三差五地邀请大伙去国管局舞会一番，虽然我对此道向来免疫，但对杨植峰、张克俭、陈真、陈喆、陶社兰等，那却是趋之若鹜，逢场必到的。那时候娱乐少，跳舞也是小众、小资一类的东西，能有个地方为这些适龄的少男少女们提供个调调情、交交心的机会，宏伟、振国那个窝点也算是善莫大焉。

作者（右）与张克俭（左）合影

梁光玉那个据点的特色在我的印象里应该是麻将了。张克俭是那里的常客，好像还有李师东、李宏伟、姚伯荣、秦杰等，记不太清了。同学在一起，小打小闹地玩，说"赌"是夸张，打发的是单身寂寞，享受的是同学友情。记忆里克俭是逢"赌"必赢，每次都见他眉开眼笑，偶有失手也被他说成是"放他们一马"，一副天下大局皆在掌中的模样，我心中就想，这家伙没准可做"赌"圣。光玉不怎么玩，但麻将理论上似乎独有一套，尽管输了牌，却从不耽误他理论发挥，而且怎么输均波澜不惊，看来也是做"赌徒"的材料。

新华社这个据点就特色上来说，与前三个相比乏善可陈，但我们有三个人，是北京同学里扎堆最多的单位，再加上我后来被大伙没表决通过推举为北京同学会总干事长，所以，很多聚会也就安排了在这里。从私心上说，我是愿意新华社多接办几次同学聚会的，因为那个时期，中军和宏伟他们那里承担了大部分聚会，各种付出是巨大的，新华社这里接办几次，也算是为他们分担一下负担吧。

除了班里的聚会，那段时期，我私下里去得最多的地方应该是老潘（承凡）的《人民日报》了。《人民日报》有个"复旦帮"，除老潘外，尚有王兆军、温子健一众人等，经常会聚在一起打打桥牌，为此我专去买了一批桥牌书，学习"大梅花""蓝梅花"等精确叫法，在尚流行自然叫牌法的那个时代曾出奇制胜。不过后来学会了麻将这种大众娱乐方式,对桥牌这种小众高端的玩意儿也就慢慢地兴趣淡然了。在老潘处,记忆犹新的还有曹继军的厨艺,从"家属"的角度讲,在我的印象里,我们班的家属中尚无出其右者,所以在我看来,曹继军的智商不是一般的高,而她对老潘的爱也不是一般的深,这也是我很为他俩高兴的。而后来他俩相继去了上海,而我又疏于联络,回想起来总是心有戚戚。

随着我在2000年离开新华社,其中有段时间常驻外地,不在北京,我也渐渐淡出了同学圈,很少组织及参加班里活动,其后也自然被大家免去了总干事长一职,这也是我说的2000年至今的第二个阶段了。

在这一阶段,其实在班务问题上我一直心有愧疚,但离开新华社后那本难念的经我又不好多说,所以很多时候我宁肯班里的同学忽略我的存在。好的是李宏伟、刘中军、梁光玉等一如既往,又有陈真、秦杰、陈启松等推波助澜,8011北京方面依然风生水起,可堪圈点。这些年,就是因为有他们这样一个核心在尽力维护一条联络同学的纽带,才使得北京甚至全国方面的同学之情历久不衰。据我所知,很多大学毕业的人通常都与班级失去了联系,其中一个最大的苦恼就是失去了组织,而我们8011,三十年如一日,组织始终运转,不放弃、不抛弃每一人,大家有幸其中,怎能不感而慨之。

总体来说,这后十五年,在李宏伟总秘书长为核心的领导集体的带领下,其班务事业可说是大胜其前。宏伟这家伙,古道热肠,忠厚坦荡,看起来大大咧咧,其实心思缜密,真是总秘的好材料,唯有一个毛病,就是秦杰说的偶尔喜欢"撒点小娇",想撂挑子不干,每每看到他这种与大大咧咧大异其趣的扭扭捏捏的小腔调时,我们都会会心一笑,然后小心安抚、温情鼓励与严肃批评并用,一举将其拿下,他也就顺势服服帖帖,勇往直前,直到今天仍为大家前后奔走,有怨无悔。说起来,这种时不时来一下的小插曲,使得宏伟尤为生动可爱,很多时候真个是我见犹怜。

关于那些年,就拉拉杂杂地说这么多吧,下面简单说说我个人这些年的经历。

大学毕业后分到新华社解放军总分社任军事记者,曾赴广西、云南前线作战地采访,后创办《世界军事》杂志,并历任副主编、主编。

2000年离开新华社,与朋友创办文化公司从事图书出版,不想出版业江河日下,所以十几年几无所成。从去年开始,终于醒过神来,公司黯然转身,灰头土脸地投奔农业而去,现已与中国农工委旗下中国农宣网达成战略合作,期望能在电子商务领域起死回生。年过半百之后再度创业,前路未卜,怎是"艰难"二字所能形容,唯有希望天可怜见,念我坎坷十几载,而终给我个好下场吧。

其余一言难尽之处,略过不提。

张海平,1961年5月出生于山东海阳。1984年复旦中文系毕业,分配至新华社解放军总分社任军事记者。后参与创办《世界军事》杂志,历任副主编、主编。2000年离开新华社。现从事电子商务。

我与《玉篇》残卷的不解之缘

姚永铭

　　1980年我有幸考入复旦大学以后，大约在大二下学期的一个晚上，许宝华先生代表语言专业给我们这一届的同学作动员报告。他幽默风趣的语言给我留下了深刻的印象，更坚定了原先自己选择语言专业的决心。

　　从大三开始，我们正式进入语言专业学习。这其中，为人非常低调的陈炳迢先生给我们开设了两门课程：词典学概论和中国辞书学史。陈先生的课很有特色，除了一般的讲授以外，他每回上课，总是背着一个大大的包，里边装着各种各样的辞书，让我们对辞书有一个直观的感受。有时候甚至还背一包，拎一袋。印象特别深刻的是，有一次他带了一个卷轴，上课的时候就在那个不大的教室里把那卷轴慢慢展开。那卷轴就是原藏日本的卷子本《玉篇》残卷（当然我们看到的不是原件），尽管时间有限，不容我们细细端详，但是那古朴的字体、典雅的装帧还是相当震撼人心的。这大概就是我跟《玉篇》残卷的初次偶遇吧！1991年陈炳迢先生不幸逝世，周斌武先生以《辞书苑中一园丁》为题，撰文悼念陈炳迢先生。周先生是我的毕业论文指导老师，他精通音韵学，又擅长书法，给我们专业开设音韵学、中国语言学论著选读等课程，他用毛笔书写的讲义我至今还保存着。周先生有两件事给我印象非常深刻。一是周先生经常去学生宿舍辅导功课，有一次中途淌鼻血（专业名称应该叫鼻衄吧），我们都劝他早点回去，他只是用手帕简单擦了一下，依然为我们辅导，确实感人至深。二是他的音韵学课，期末不考试，只是要求我们做一个作业，自己打分（嘿嘿，做学生的大概都喜欢此等好事）。当时我们大家都非常认真，并不因为不考试而有任何懈怠。周先生为我们打下的音韵学基础，我一直受用至今。1999年毕业十五周年同学会，晚上师生聚餐时，我就坐在周先生边上，也许是他发现我发胖了，特意传授了他的养生秘诀：吃饭七分饱。唉，怪自己控制力差，一直到现在也没有做到。

卷子本《玉篇》残卷局部

1985年，中华书局出版了《原本玉篇残卷》一书，内容包括日本《东方文化丛书》所收的"心部"残卷，罗振玉、黎庶昌先后在日本发现的卷子钞本。但是当时囊中羞涩，面对将近十元的定价，迟迟下不了手。由于印量有限，此书后来就不易买到。最终，皇天不负有心人，有一次在绍兴的一家书店里再一次偶遇此书，机会不容错过，尽管品相不是最好，这次就毫不犹豫地下手了。

买到此书以后，时时翻阅。当时感觉此书虽只是一个残卷，它的出版，无疑还是给读者了解《玉篇》原貌，研究中国辞书编纂史、中国语言学史提供了极佳的材料。但是作为一部字典，没有编制索引，查检多有不便，这不能不说是一个极大的缺憾。为此，我利用了一个暑假的时间，将《原本玉篇残卷》的

内容输入了计算机。尽管当时字库小，很多生僻字根本无法输入，但毕竟还是大大方便了检索。更重要的是，通过逐字输入，相当于仔仔细细地从头至尾读了一遍《原本玉篇残卷》。

在《玉篇》的编纂史上，唐代孙强增字算是比较重要的一件事。我们在阅读一些语言学史、辞书学著作时发现，孙强增字竟然有截然不同的两种说法，一说在公元674年，一说在公元760年。为此，我写了《孙强增字在哪一年》一文（豆腐干），刊载在《辞书研究》杂志上。说到《辞书研究》，不得不说一说老同学叶玉秀。叶玉秀毕业后分配在上海辞书出版社语词编辑室，后来又调到该社《辞书研究》编辑部工作。我曾经给《辞书研究》投过稿，但得到的多是留用通知，见刊不易。叶玉秀从那些留用稿中发现了我的稿件，就马上予以刊登，所以2002年我有两篇文章刊载在《辞书研究》上，都是因为"朝中有人"的关系。还有一件至今难忘的事：上海辞书出版社曾经出版过《字汇 字汇补》一书，印量很少，多方购买未果，只好向叶玉秀求助，她把出版社仅剩的一部《字汇 字汇补》慷慨地送给了我。为我推荐稿件的还有老同学杨舸。我的第一篇勉强称得上论文的文章——《"半菽"与"卒乘"——辞书勘误二则》就刊发在《上海大学学报》上，而彼时杨舸就在上海大学任教。谢谢两位老同学！

在南京大学中文系博士后流动站工作期间，曾经向《古汉语研究》投过一篇稿。三个月未见任何回音，我就把它投给了香港中文大学的《中国语文通讯》，并且很快就见刊了。有一天，我的联系导师鲁国尧先生急匆匆地告诉我：《古汉语研究》准备刊用你的稿件，结果发现已经刊载在《中国语文通讯》上了。你赶快另外寄一篇稿件给《古汉语研究》。我就把自己比较熟悉的《原本玉篇残卷》拿出来，将其中"野王案"与《说文》有关的内容辑出来，写成了《顾野王之〈说文〉研究索隐》。这是我第一篇与《玉篇》残卷有关的论文。

文学专业的杨光俊同学曾经是大学两年的舍友，后来他去了日本，是日本樱美林大学《汉语与汉语教学研究》的主编。有一次他向我约稿，特别提到了希望能够通俗一点。语言学专业的论文，尤其是古汉语的论文，往往是非常小众的，要通俗还真有点难度。考虑到这是在日本创办的刊物，我想最好是跟日

2009年9月杭州，8011毕业二十五年大典，作者（左一）与语言班同学夏辉映（左二）、叶玉秀（左三）、陈小云（左四）、杨舸（左五）留影

本有那么一点瓜葛。大约在2005年去上海师范大学参加首届佛经音义研究国际学术研讨会，会上碰到安徽师范大学储泰松先生。他热情邀请我参加在他们那儿举办的中古汉语学术研讨会。我对中古汉语向来没有研究，感到难以提交论文。后来考虑《玉篇》是中国第一部楷书字典，时代又恰好属于中古，何不以《玉篇》为论题？《原本玉篇残卷》"诤"字下有"今上以为争字"的话（见前图），有研究者认为这是梁武帝重视异体字研究的证据。我们凭借着对《玉篇》体例的了解，又穷尽性地考察了《原本玉篇残卷》中"上""亦"等字的写法，考定所谓的"今上"，实际上应该是"今亦"，与梁武帝没有半毛钱关系，于是就写成了《可疑的"今上"》。此文与日本有关（《玉篇》是从中国流入日本，时间大约在唐代；后来《残卷》又从日本回传中国，时间在清末），又相当通俗，恰好符合要求。好在参会以后并没有急于投稿，这次正好聊以塞责。此文刊载在2011年的《汉语与汉语教学研究》上，拿到样刊后，发现同期刊物中排在我前面的是吴悦先生的《"麻雀"考》一文，该文利用中外语言数据（包括书面文献数据和田野调查数据），详细考证了"麻将"与"麻雀"的关系（包括两者的先后关系以及语音上的关联），非常精彩。吴先生是复旦77级的，

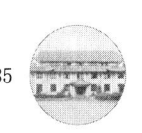

1981年，吴先生还在读本科期间，就在《复旦学报》上发表论文，毕业后留校，是我们这届语言专业的班主任。

1996年到1999年，我在原杭州大学师从祝鸿熹先生攻读训诂学方向博士学位，博士论文的选题是《慧琳音义语言研究》。《慧琳音义》是唐代佛经音义的集大成之作，既有大量新撰的音义，也收录了《玄应音义》《慧苑音义》《法花音训》（窥基）等早期佛经音义，而这些佛经音义又与《玉篇》关系匪浅。

进入21世纪，个人的研究兴趣集中在日本高僧空海所撰的《篆隶万象名义》上，而《名义》恰恰又是以《玉篇》为主要参考对象而编撰的第一部日本汉文字书，研究《玉篇》与研究《名义》可以相辅相成，历时将近二十年，在完成《〈篆隶万象名义〉笺正》的基础上，《〈原本玉篇残卷〉校证》一书也几乎同时完成。

小学书的深度整理是一件费时费力的工作，《〈原本玉篇残卷〉校证》最多只能算是一种尝试，遗憾、谬误之处所在多有，恳请方家不吝赐正！

2020年是8011诞生四十周年，年前上海同学张安庆亲自打电话，要求我写一篇（不论长短）凑个数。好久没有写这种命题作文了，一时不知何从下手。恰巧赶上"新冠"疫情，成大在家自动隔离，突然想到可以以《玉篇》残卷为切入点，于是拉拉杂杂写上这些，既是对自己经历的一些回忆，也是对复旦的老师、同学的感恩！

2023.11

姚 永铭，男，汉族，1964年5月生于浙江桐乡市 。1984年毕业于复旦大学中文系汉语专业，获文学学士学位。1986年3月起在浙江嘉兴教师进修学院（后改为嘉兴教育学院）工作。1996年9月至1999年7月在原杭州大学（后合并为浙江大学）中文系攻读汉语史专业（训诂学方向）博士学位，获文学博士学位。1999年12月进入南京大学中国语言文学博士后流动站，2001年12月至2024年4月在浙江大学中文系工作，2024年5月起退休。《慧琳〈一切经音义〉语言研究》（27万字）受古委会资助，列入《中国典籍与文化研究丛书》第一辑，2003年5月由江苏古籍出版社出版。《〈原本玉篇残卷〉校证》（119万字）获国家出版基金资助，2023年12月由浙江古籍出版社出版。《〈篆隶万象名义〉笺正》（300余万字）获古委会出版资助，列入2021—2035年国家古籍整理工作重点出版项目（第一批），将由上海古籍出版社出版。

西西弗斯的石头

张克俭

　　看到"老虎"陈志强发来的信息，已经是第二天上午了。给他回了信息后，傍晚时分接到了他的电话。跟我猜测的一样，和梁光玉社长大驾光临上海有关。

　　毕业四十年来，8011的主旋律都是由京沪两地的妖们主导的。虽然现在很多人都退休了，可大咖们还是分分钟可以把五湖四海的闲散人员聚集起来搞文化建设，实属难得。于是领命补写篇小作文，也就没有推辞的理由了。

一、一切皆有可能的年代

　　四十年前的那本毕业纪念册，也不知道是什么时候在颠沛流离中弄丢了。可里面的很多题词和留言还记得很清楚。比如汪涌豪题的"青山不改，绿水长流。与君知己，万古千秋"，陈薇题的"殊途同归"。还有一位上海女同学题的"从你的脸上我看到了你女儿四十岁的样子"。遗憾天公不作美，仅育一儿且不满三十，女儿四十岁长何模样就不得而知了。而对我影响比较大的则属应必诚老师题的"大器晚成"四个字。当时看到这四个字的时候，心里很自然地就想到了另外四个字"歧路坎坷"。

　　离开邯郸路那个绿草如茵、梧桐掩映的校园，走进天安门广场东侧那个

2014年9月上海, 8011毕业三十年大典, 作者(中)与彭锦华(左)、梁光玉(右)留影

庄严冷峻的大院穿上制服的那一刻起, 我的文不文、武不武的体制内生涯便开始了。

上世纪80年代可以说是一切皆有可能的年代, 但对我这个虽然心底里也想着升官发财又有点所谓天之骄子的清高和轻狂的人来说, 一切皆有可能便成了一切皆无可能。89年的那个夏天过后, 侥幸没被扫地出门的我, 便开始享受浑浑噩噩混日子的大好时光。有一天, 拿了一封大佬写的推荐信跑到深圳商报面试, 通过面试后, 只上了半天班便辞职返京了, 理由居然是: "满大街的金钱味, 这里简直就是一片文化沙漠!"总编大人挽留的话至今还在耳边回响: "办公桌给你保留半年, 欢迎随时回来上班。"

缺乏定力的人很多时候是不知道自己究竟该做什么的。一个偶然的事件或者一个一闪而过的念头都有可能成为命运的分水岭。记得有一次到上海出差回复旦看望章培恒老师，打通电话后章先生说"我很忙！只有吃午饭的时候见一面。"于是，在先生的办公室，他边吃饭边和我聊天："你也许已经知道，留给我的时间不多了，可我觉得自己还有很多的事情没做完，只好争分夺秒。我觉得你也可以找件真正有意义的事情做做，不要浪费了自己的才学。"感觉得到先生对我当时的踌躇满志有些担忧。那个时候的我确如先生所说的那样，不知道什么是有意义的事情。可先生说的话，确铭记于心。

当一切的可能性都成为往事和回忆的时候，才意识到自己失去了什么。这个时候又想起来杨植峰在毕业纪念册上的留言"塞翁失马，焉知非福"。

二、新工具时代的博弈

迷上哥德巴赫猜想，不是哥的错。

在清华讲学的那几年，觉得总是拾人牙慧，甚是无聊，就想着找一件有挑战性的事情做做。选来选去，选中了上高中时听说过的"哥德巴赫猜想"。这简直有点像蚂蚁在相亲的路上和大象对上了眼。无知者无畏，就是我这自虐行为的最好注脚。飞蛾扑火的那份执着，让我义无反顾。

开始几年的研究完全是盲人摸象，不得其法。从"9+9"到"1+2"，近代全球数学家对哥德巴赫猜想研究的过程可以说是步履维艰。几乎所有从事该研究的数学家都得出了一个共同的结论，在新的数学工具出现之前，要想彻底证明哥德巴赫猜想是不可能的。

实际上，从新石器时代开始，新工具就是人类文明进步的云梯。从镰刀锤子到现在的量子计算机和AI，无不如此。

一个看上去不可能甚至荒唐的大胆想法在我的心理萌生，既然需要新工具，我不妨自己发明创造一个新工具。

2015年，为了照顾年迈的老父亲，我从上海回到了江西上高。有一天，我正在草稿纸上运算，突然脑子里灵光一闪，从计算上解决不了的问题，是不是可以从连续性方面着手呢？我便试一试从素数和的结构表达方面入手。于是，我在草稿纸上写下了一个抽象的结构。可以说这是一个石破天惊的发现!

结构数列求和法,一个崭新的数学工具从此诞生了。一阵狂喜伴随着一万句草泥马喷涌而出。顺着这个思路,另一个艰难而又充满希望的跋涉开始了。我也从一个八股文的炮制者蜕变成了小镇做题家。

在陈燕同学的书中写到的上高镜山口,昔日的战场早已经被修成了公园。我常常独自一人漫步公园,在深夜时分把星空当成草稿纸,演算那无穷无际的素数和。

在通往成功的路上,失败和怀疑是两个形影不离的伴侣。这是一个漫长而孤独的旅程。很像是一个人徒步穿越塔克拉玛干沙漠,在沙漠的中心你别想得到任何的帮助,随时都有迷失方向再也走不出去的危险。沙漠里的沙子或多或少给了我一些启示,了解了一堆沙子就可以了解整个沙漠。

在这条路上,你将体会什么是没有方向的迷茫,撕心裂肺的绝望,无人倾听的孤独,茶饭不思的癫狂。急了的时候,还会在心里暗骂,狗日的富二代,真闲得蛋疼!为后人挖了那么大的一个坑,搞得欧拉、陈景润抱憾终身。我感觉自己是从西西弗斯手中很悲催地接下了那块永远也推不上山顶的石头。

大学时代,黑格尔对抽象和形式逻辑的理解与论述深刻地影响了我的思维方式。只有把具体的东西抽象化,我们才可以到达更远的边界。抽象化,也是我很喜欢的一种思维方式。在我看来,数学只不过是另一种更精密客观的哲学语言。

也不知道从什么时候开始,解决这个难题成了我最重要的使命。有的时候甚至觉得自己就是为解决这个难题而生的。可是,愿望归愿望,要真正完成这个使命,简直就是希望渺茫。咬牙坚持,也曾在失败面前绝望过。

寻找连续性!只有找出无限连续态,想法才能成立。无数次的尝试,都以失败而告终。难道真的没希望了吗?

在数学教科书里,根本找不到"结构数列"这一概念。这个也算是我的创造发明。这一新的数学工具让我看到了一线曙光。可在做两个素数的和的结构图的时候,因为没能找到足够大的素数和的连续性,我差点放弃了这一工具。

这让我迷茫了很长一段时间。在做三个素数和的结构图的时候，我发现在已知小素数的范围内，这一工具是有效的。可对更大的素数来说，还是有存疑的地方。我不知道自己还能走多远。终于有一天当我在无穷大的素数范围内做出四个素数和的结构图的时候，我终于找到了最后的答案。

结构数列就是抽象化的产物。在关注大小的同时关注结构，把具体的数抽象化为一个点。而由一个一个的点组成的线性结构就是结构数列的核心！由线性结构组成的开放的平面结构让我们找到了多个素数和之间的内在联系，并得出了一个通项公式。（过于专业乏味，此处略过，另文详述。）

每天到小区的地下车库边抽烟边推演素数和的结构是我定居成都后必修的功课。从疫情开始，已经坚持好几年了。这里仿佛就是我思考的天堂。在这里我发现了另一个世界的奇妙。

为什么是地下车库？我是一个对电磁波很敏感的人。自从1988年的某一天，北京地震前的强电磁波让我烦躁得连续抽了19支香烟，我就意识到了这种敏感。在以后的几十年里，提前一两天感受到要地震就成了家常便饭。多次预言的成功也让我父亲和我老婆对此深信不疑。而地下车库似乎屏蔽了不少的电磁波，可以让我更专注地进行思考折磨了数学家近三百年的那个猜想。有一只毛色黑白相间的流浪猫也像我一样每天光顾地下车库。久而久之，我和这只猫对视的眼神似乎有了某种默契。也许它同样是想躲避电磁波的干扰。谁知道呢！

陶哲轩早在十二年前就帮我扫清了五个素数和的障碍。他是目前世界上排名第一的数学家。

抽象结构是比具体运算更枯燥的玩意。结构中的每一个点代表一个数。在这样的一个结构中，数的大小已经不重要了。

总之，有了结构数列求和这一新的数学工具，哥德巴赫猜想的证明过程就变得简单明了了。从海量的具体运算数据处理变成了结构衍生的确定性分析。这一工具帮助我们穿越了大素数的迷雾，真正做到了纯素数求和，即"1+1"。

科学研究的过程，也是一个突破常规思维模式的过程。看到表面上似乎是不可能的存在。人类如何在无限与未知领域进行有效突破？哥德巴赫猜想是一块最好的试金石。素数是无限的，素数和也是无限的。大素数是未知的。大素数和也是未知的。近三百年无数人的努力未有突破。

在十多年时间里，花几万个小时在哥德巴赫猜想上，一路走来，感慨良多。好在终于有了一个让自己满意的结果。我们用不完的不是时间和空间，而是数字和结构。开放的结构可以把我们带向外太空的天梯。所有生命的演化过程都可以看成是结构衍生过程。这也算是做了一件章培恒先生说的有意义的事情吧！当然，这还要得到证明不了"1+1"的大佬们的认可后才算数，在体制内混过的我很清楚这一点。

三、熵增时代的淡然

当下的时代可以说是一个熵增高峰时期。三年的全球疫情过了又是三年的炮火连天。

人类的历史就是和平与战争的交替，建设与毁灭的更迭。这个过程与西西弗斯推石头上山的无功而返何其相似。这也体现了造物主对欲壑难填的人类过度的可持续性发展的担忧。当商业化的东西不断地挤占人们的心理空间和精神空间，我们的精神世界沙漠化的情况就越来越严重。

这个世界存在着越来越多的不确定性，而我们已经习惯了在确定性中安身立命。在我看来，哥德巴赫猜想之所以会在近三百年的时间里引起人们越来越强的好奇心，就是因为我们太渴望确定性了。在变化中渴望确定，在失败中期盼成功，也许这正是西西弗斯一次又一次推石头上山时的心境。

实际上，每一个人都是在用自己一生的经历写一篇不可更改润色的文章，在这篇真实的文章里，任何华丽的辞藻都显得苍白无力，只有那一行行的足迹保留或消失在历史荒野的深处。

黄钟鸣响日，大器方铸成。

好久没有写东西了，于是结构也就和现在过的日子一样的松散。好在素数和的结构还是那么的井然有序，万古如斯。窃喜！

谨以此文与8011诸老骥共勉。

2024年8月28日于成都某地下车库

张克俭，1962年12月16日出生，祖籍广东梅州，出生地江西龙南；1970年至1979年在江西上高接受九年制义务教育；1980年考入复旦大学中文系；1984年至2004年服务于中华人民共和国公安部；2005年至2008年在广告业、汽车制造业、出版业担任职业经理人；2008年至2014年受聘清华大学继续教育学院特聘专家、讲席教授；2015年至今，专注研究哥德巴赫猜想。

沉思往事立残阳

彭锦华

　　江湖厮混三十年，宏伟、光玉、陈真、安庆诸领导嘱作文以记之。窃以为，碌碌无为，无可记者。诸领导正色曰：凡我芭绫妖爻之仁人志士，地不分南北，年不分老幼，无论何人，皆有畅叙幽情之责。诚惶诚恐，搜索枯肠，聊以记之。然年逾半百，精神恍惚，回忆往事，真如"海客谈瀛洲，烟涛微茫信难求"。虽有所录，亦不脱假语村言之嫌。姑且资茶余饭后一笑罢了。

　　"哐当"一声响，随着"终点站北京到了！"的招呼声，我从空气混浊、五味杂陈的车厢连接处醒过来，拎着包随着人流匆匆下了车。到了站台上，宛如渣滓洞放风的犯人，贪婪地呼吸着清新甜润的空气。

　　出了站，就听到车站屋顶的大钟在一段优美的音乐过后"当当当"地敲了三下，天啦！才凌晨三点。站前广场灯火明灭，人影绰绰，远处的建筑在万籁俱静中沉睡，顿时我有一种"夜半钟声到客船"的孤独与茫然。好在现在是七月，不会有"寒风吹我骨，严霜切我肌"的凛冽感，于是我在广场寻了一个人迹罕至之处坐了下来，想假寐一会儿，聊解长途旅行之乏。

　　负笈游学四年，这次远行是毕业后来北京的工作单位报到，没想到出师不利。本来计算好，晚上九点到北京，坐公交车到单位附近，找个招待所住下，第二天上班时间再去单位报到。不承想，火车一晚点就是六个钟头。这个时间点大概只能是人在囧途了。因为地铁和公交车都还没开，我只能等到天亮再作打算了。不知道我即将去工作的单位——中央党校是什么样的，也想象不出我会去那里干什么。本来大学毕业时，老家江西来学校招人，我被内定去江西的一家电视台，嗅觉灵敏的同学嗅到了其中的色香味，立马找上门来，说："台里有漂亮的女孩可得想着点我。"我俨然已是主人，满口应承："没问题，佳丽三千由你挑。"但是，有在校读研究生的老乡告诉我，如果能去北京，还是北上为好。这位老乡是研究民间文学的，熟谙乡情民风，他说，这家电视台是一个"庙小妖气重，水浅王八多"的地方，千万去不得。我对老乡的话半信半疑，多方打听才知：这家电视台基本上是由省里江西大学毕业的纨绔子弟把持着，属于"江西大学派"，外省无论什么大学学成归来的学生，都被视为庶出。原来如此，既然不被待见，那只好远走他乡了！答应同学的"选妃"一事也只能爽约了。其时正好中央党校来要人，看我苦大仇深，根正苗红，无前科记录，便钦点入册。谁知报到之路"阻且长"，一路风尘仆仆不说，还赶上晚点，龙困于渊，姑且在广场上忍耐一宿。看着天上的星星，感受着微微凉风，饥肠辘辘中，我是深刻理解了"风餐露宿"的含意。不过，孟子说得好，"天将降大任于斯人也，必先苦其心志，劳其筋骨，饿其体肤，空乏其身"，想到此，虽然疲惫，却如鲁迅笔下的阿Q，幸福地睡着了。

毛主席他老人家曾说："办学习班是个好办法，很多问题可以在学习班得到解决。"中央党校深谙其精髓，对新入职的员工在未分配具体部门之前，先集中起来学习一个月。学习的内容主要是中央党校的前世今生，最远处可以追溯到井冈山下八角楼的灯光。组织部门的策略是，在一番抚今追昔，深感"天翻地覆慨而慷"之后，趁新员工心神未定、举目无亲之际，赶紧把他们分配到具体部门，免得夜长梦多，熟悉了党校的各部门之后挑三拣四，不听从组织的召唤。如果我只身一人独闯党校，面对此情此景，很可能"拔剑四顾心茫然"。所幸的是，同学中还有两位也分配到了党校，这就让我们有策划于密室的机会。一位是刘忱，女，中原人士，有花木兰遗风，英姿飒爽，侠肝义胆；另一位是梁光玉，纯爷门，岳阳骚客，既有三闾大夫香草美人的瑰丽奇思，又有范文正公"先天下之忧而忧"的悲悯情怀。他们的意思是，最好去文史教研室当老师。中国的有些领导缺少人文关怀，总是一副"普天之下莫非王土，率土之滨莫非王臣"的唯我独尊样，如果能驯化几个，让中国的人文沙漠能星星点点现出几点绿色，也算一件功德无量的事。我折服二位的高瞻远瞩，欣然同意。于是三人像串了供的犯人一般，只要组织部门的人来征求意见，一概异口同声说"去文史教研室"。这一年分配到党校的大学生，除了我们三位，还有四十多位来自五湖四海。但他们都是单兵作战，属散兵游勇，不像我们三人同行，遇事可商量。这些新人虽然私许终身，想去自己钟情的部门，但无奈势单力薄，无以抗衡，一番花拳绣腿的单打独斗后，最终还是被乱点鸳鸯谱。当然凡事有例外。听说有一位北大来的弱女子开始时是分配到后勤部门的，不料她公然对抗组织，喊出："我一不想入党，二不想当官，不服从分配又如何，我就要去教研室！"壮哉悲哉，大有"但使龙城飞将在，不教胡马度阴山"之架势。组织部的赵部长虽然阅人众多，但也未见过此等烈女，心灵受到强烈震慑，"金陵王气黯然收"，只好遂其所愿，将她分配到了教研室。事后我慕名觐见，我说，许多男士听了你的英雄事迹，都羞愧不已。他们在组织部门的"威逼利诱"面前，放弃了抗争，都无奈地缴了械，去了他们不情愿去的部门。只有你坚贞不屈，修成正果。佩服！佩服！北大才女撇撇嘴，兰气轻吐：君王城上竖降旗，妾在深宫哪得知，十四万人齐解甲，宁无一个是男儿！人们说，钱锺书贬损读书人的话语刻薄精致。这位北大才女怕是也不输给钱先生，借来的花蕊夫人的诗句放在这儿，真让我听得无地自容。因为我也是一个竖降旗的"男儿"。虽然我们三人订立了攻守同盟，但依然被各个击破。刘忱如愿以偿，去了文史教研室，大概赵部长看她慈眉善目，能普渡众生；梁光玉去了科研办，负责编辑中央党校的科研信息杂志；我则去了校报，为中央党校的教学摇旗呐喊。

校报是党校系统的报纸，和通常的中央机关和国家部委的报纸一样，

内容以歌功颂德为主，批评教育为辅，很有几分汉赋"劝百讽一"的味道。我担负理论版的组稿工作。报社实行的是采编合一制度，我既要报道学员研究理论的动态，还要向理论功底扎实的学员进行专题约稿。专题约稿其实很简单，就是把学员写得好一些的课外作业稍作修改当作文章发表。这些学员都是厅局级以上的现任官员，课外作业大都有不辞辛劳的秘书捉刀。文章虽然写得豪情万丈，却矫情得如东施效颦，扭捏之态让人作呕。记得有一位学员在文章中谈到对马列主义的追求时，放言说是"衣带渐宽终不悔，为伊消得人憔悴"，看他那精瘦的样子，似乎所言不虚。但后来该学员发生的一件事，却让我懂得什么是"知人知面不知心"。这位学员竟然旷课去按摩房与风尘女子效鱼水之欢。被翻红浪之际，巧遇骁勇善战的人民警察，结果是"一晌贪欢"误了锦绣前程，后人有诗赞曰："宽衣解带终不悔，为伊消得人憔悴。"这样的败类当然是个案，多数学员如组织一贯所说，都是好的或者说比较好的。

《红楼梦》里秦可卿的客厅中挂着一副对联，道是：世事洞明皆学问，人情练达即文章。贾宝玉见了反感至极，"纵然室宇精美，铺陈华丽，也断断不肯在这里了"。对于宝玉，"生于深宫之中，长于妇人之手"，胸怀赤子之心，这样做并无不可。但是，如果像我等混迹职场的人也淡淡然一副纯情模样，则难以立足。我是有过沉重的教训的。事情缘于一次采访。这次采访是校长下达的任务。从小唱《南泥湾》时，我就知道了这位"又战斗来又生产"的将军校长，没想到

大学时代的作者（左）和朱振国（中）、张克俭（右）在寝室

长大后竟有幸在他手下工作，这次还奉命出征。大概是这次采访非常重要，校报刘主编亲自出马，带上我这个新兵跟班拎包，顺便言传身教。上了飞机，我才知道是去哈尔滨。那里有一位刚刚毕业的学员在一次山洪暴发中为转移人民群众以身殉职，校长决定抓住这个典型进行宣传。刘主编说，看过你写的文章，文笔不错。这次是写一篇英雄人物的长篇通讯，你来执笔，希望能妙笔生花呀！我受宠若惊，迭声说：好的，好的。采访过程其实很简单，不过是踏着英雄的足迹再走一次，在英雄遇难处肃穆凭吊一下，再找若干英雄的生前好友逐一访谈，素材也就有了。富余出来的时间，当地领导安排去了一下太阳岛。这太阳岛有几分像我的梦中情人——郑绪岚歌里的"姑娘们换好了游泳装"，最是令我神往。但是真正去了之后才知道，这太阳岛不过是江中的一个小岛，到处都是小商小贩，垃圾遍地，全然没有歌词里又是垂钓又是帐篷那般浪漫，穿着泳装的姑娘更是难觅芳踪。带着对太阳岛的失望乘车返京，到车站时，送站的司机才告诉我们，车票不好买，只给我们买到一张软卧，另一张是硬座。傻子都知道，我不下地狱谁下地狱。但是刘主编高风亮节，说：你去软卧吧，你们年轻人爱睡觉。我年纪大，睡不着，坐硬座正好。我一脸"感君千金意，惭无倾城色"的惶恐，连忙拒绝说：您是领导，又是父辈，理应您去软卧的。刘主编说：那这样吧，我在硬座车厢先坐着，你去软卧睡，睡醒了再换我。看着领导关切的眼神，我深深地感动着，说：好吧！忐忑不安地进了软卧。温柔之乡虽好，我实在不敢太过留恋，按国家公差标准，软卧不是我等跟班拎包者可以消受的。心里总想着把领导换过来的事，合上眼没好一会儿，又睁开眼看表，生怕一觉醒来是北京。如此三番五次地翻来倒去，弄得身心交瘁，好不容易挨过了三个小时，这时已是深夜11点了，我想，领导的关怀已经得到了充分的体现，现在去把领导换过来应该没有问题。谁承想软卧通往硬卧的门已经锁上了，更别提去硬卧那头的硬座了。这下我傻了眼，真要演一出"我住长江头，君住长江尾"的人间悲剧了，这可怎么办呀？敲开乘务员的门，睡眼蒙眬的乘务员说：夜间行车，卧铺通往硬座的门是不能开的。你要换人的话，只能下一站四点到达长春的时候，下站台进入硬座换人了。天呀，得五个小时以后。度时如年，我

不敢入睡，黎明时分最容易一睡不醒，万一错过了长春换人的机会，领导就真的只能通宵达旦枯坐在硬座里了。历史上最漫长的五小时终于熬过来了，火车一停靠，我就下到站台，向硬座飞奔，犹如深夜里一头受惊的野鹿。十分钟！就停十分钟！我要完成在水泄不通的硬座里把领导接出来，下站台，再快速送到软卧，安顿好，然后我再快速返回硬座的全套动作。一气呵成，不能有任何瑕疵。然而，见到刘主编时，刘主编泛着血丝的眼睛一瞪，说：你终于睡醒啦？不换！你接着睡，直接睡到北京吧！我诚惶诚恐，感到问题的严重性，赶紧表白，说自己身在曹营心在汉，一直辗转反侧，夜不能寐，惦着把领导换到软卧来，只是车厢门锁上了，过不来。领导不语，在我的搀扶下下到站台，又在我的引导下来到了软卧。当我回到硬座时，感觉一块石头终于落地，深深地吸了一口气。坐在领导坐过的硬座上，我释然加坦然，这才是我本该坐的位置。怪不得领导常常教育我们说：年轻人，要摆正自己的位置。真是至理名言！

　　回到北京的第三天，我就把长篇通讯写出来了，题目叫《党性在激流中显现》。稿子交到刘主编那里时，刘主编似乎还未从软卧事件的不快中走出来，板着脸说：放这吧，我看看再说！我像一个平日里不讨老师喜欢的学生，战战兢兢地把作业交了，等着老师的评分。下班的时候，刘主编把我叫去，说：稿子写得还行，我略有修改，你把它交给王主编吧，由他最后定稿。王主编是校报的一把手，据说与刘主编面和心不和，都是美丽的民间传说，我无从考证。稿子交给王主编时，我说：此稿是在刘主编悉心指导下完成的，请您斧正！王主编认真地看了两小时，改了许多地方，最让我侧目的是把题目改成了《一位共产党员的生命之歌》。王主编语重心长地对我说：这样一改，立意就高了，更与内容切合。搞新闻写作，要做到"语不惊人死不休"。我频频点头称是。没想到这篇通讯送到校办审定时，校办又送到校长那里去了。校长金戈铁马惯了，大笔一挥，把王主编的题目毙了，又改回了我原来的题目。王主编拿到退回来的稿子时，在我面前尴尬极了，说：那就听校长的，还用原来的题目。我笑笑说：好。但这一笑不合时宜，被敏感的王主编理解成了嘲笑，他锐利的目光扫了我一眼，把我归为刘系人马。就这样，出差一趟得罪了两位主编。刘主编认为我贪图享乐，入职不到一年竟胆敢与领导争抢软卧，生活腐化堕落；王主编则认为我轻蔑领导，还是一个异己分子。从此，我如老鼠进风箱，两头受气。

有一句最没骨气的话就是：惹不起还躲不起呀！我不幸成了这句话的实行者。因为不知如何在两位主编中泰然处之，加上无党无派，在党校殿堂属于异类，只好灰头土脸地知难而退，另寻芳草，说得豪气一点：此处不留爷，自有留爷处！

一个偶然的机会，我调离了中央党校，来到了司法部所属的法律出版社工作，分配在总编室，平日里做一些社长、总编交办的事情，当然也做选题策划，也做图书责编。法律社的社长刚从中央党校调入半年，我与他原本相识，是那种大事清楚小事糊涂的人。他一到任就拜访在司法部任副部长的同学，倡议由中宣部、司法部牵头，组织全国性的普法教育，普法读本由法律出版社出版。这当然是一件有意义的事，中宣部和司法部两家一拍即合，马上搭建了普法领导班子。普法读本的编委会也随之组成，两家各出一位副部长任主编，司局长若干名，下设编写组，由"小荷才露尖尖角"的年轻处长们组成。社长知道，全国普法，红头文件一发，普法读本人手一册，对于出版社，这可是一笔大买卖！社长嘱我找一个"水村山廓酒旗风"的地方，好把编写组人员都圈起来编写提纲。我想，既是写作，自然要安静，这种可能在雨巷中逢着丁香一样的姑娘的江南水乡是断断去不得的，于是我在京冀交界的崇山峻岭中寻了一处禅院给编写组住下，好让他们在"万籁此皆寂，惟闻钟磬音"的清幽中六根清净，安心写作。当然，居住条件还是不错的，说是"禅院"，其实是古寺迎接外宾的贵宾楼，有专门的厨师和服务人员。对编写组人员来说，暂时摆脱单位的繁杂事务，在盛夏来到这样的清凉处小住几天，也未尝不好。社长亲自督阵，限定一周内拿出写作大纲，否则即便住腻了，也得一直住下去，直到大纲完成才可鸣锣收兵，大有"不破楼兰终不还"的决心。我的任务则是伺候好他们吃住。房间不理想，调！饭菜不合味，换！晚上

吃夜宵，送！只要不违反治安处罚条例，提什么要求都欣然接受。就这样鞍前马后服务了一周，写作大纲总算出来了。编写组成员如获了特赦，各自领了写作任务回家。四个月后，稿子交上来了。作为普法读本的责编，我得一章章看，一节节改。初稿改完，书名，印张基本上定下来了，读本的单价也可以定了。征订单一做，就可以在全国普法工作会议上征订了。这种普法读本实际上是官书，都是公款买来发给员工的。我把征订单做好，就跟着社长来到了会议上。司法部的副部长，就是那位社长的同学正在对各省司法厅提要求，要他们把本省的普法教育抓起来。话说到此，我不失时机地把征订单交给了社长，社长又把它递给了副部长。副部长瞟了一眼说：普法读本的征订单已经做出来了，各省要在司法厅的组织下，以县处级为单位填报征订数，要有措施，有落实。社长懂得"擒贼先擒王"的道理，普法读本发行得好不好，这些厅局长们是关键，于是设晚宴款待各路诸侯，借着酒意，真言微吐说，出版社方面将给予优惠的折扣，征订得越多，折扣给得越大。席散人归，长发飘飘的销售美女拿着订单，在与会者下榻处一一拜会各路诸侯，"最是那一低头的温柔，像一朵水莲花不胜凉风的娇羞"。重赏加丽人营销，使得普法读本征订得风风火火，单书发行量竟达三千多万册。一场普法宣传下来，出版社赚得盆满钵满，各省司法厅也收获颇丰。

我作为责编，虽然也风光。但我知道，这类普法读物不过是应景之作而已，并无多大价值。出版社愿意出，是因为能赚钱，司法厅愿意订，是因为既有政绩又有收益。当我看到发下去的普法读本有不少转眼间便进入废品收购站时，我真的不愿成为此书的既得利益者。当然我不是在非议社长，社长是一位值得我尊敬的领导。我只是担忧"暖风熏得游人醉"，官书出版愈演愈烈，成了一种社会常态，畸形地营造着图书市场的虚假繁荣，结果埋单者却是毫不相干的纳税人。

官书的畅销我做之有愧，就做市场真正需要的畅销书。有一本叫《舌战大师丹诺辩护实录》的书，经我手推出后，销售火爆。但是畅销书好比俊俏的姑娘，总有人惦着。一天，接到西安法律图书专卖店的举

大学时代的陈一卿（左）和作者（右）在复旦校园

报，西安一家印刷厂竟然盗印了十万册《舌战大师丹诺辩护实录》，严重冲击了当地正版的销售。我当即报告了社长。社长说，你把情况向当地管理部门通报，并马上过去查清情况，提出处理意见。我飞到西安，立即去了当地管理部门，部门负责人告知，十万册盗版书已经扣留，将全部化浆处理。我说，当事人呢？我们要当事人赔偿给出版社造成的损失。负责人说，当事人不好找，印刷厂见印单印书，但印单上的人名都是化名。要不你先住下，我们再摸摸情况。西安没来过吧？那好，我们安排一下，陪你去华清池玩玩。到了华清池，站在宫女们偷看皇帝沐浴的去处，我想，宫女们偷看皇帝的隐私，皇帝不追究，那是他老人家器量大，可以随便看；而偷印我的书，侵犯的是作者的著作权，出版社的利益，是违法的勾当，我岂能姑息？晚上回到酒店，独居无事，拿出吴中杰的《复旦往事》翻看，正感佩先辈的学人风骨时，两位不速之

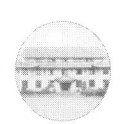

客造访，自报家门说是印刷厂的，递上一个装有现金的信封叫我"笑纳"。不用问，是替盗版者做说客的。我当然义正词严地予以拒绝。心想，复旦也许造就不了党和国家最高领导人，但培养一个"富贵不能淫，贫贱不能移，威武不能屈"的大丈夫总是足足有余的。两人见话不投机，悻悻而去。酒店是接待我的管理部门订的，我没有告诉别人，不用说，印刷厂的人是从他们那里打听到我的下落的。管理部门难道希望出版社与印刷厂私了？我把情况电话告知了社长。社长大有深意地"哦"了一下，然后说：回来吧，不用查了。去西安的时候，我很有几分蒋大公子上海打虎的劲头，回来却也如蒋大公子铩羽而归。社长告诉我，摆明了做盗版书的有护身符，他们如同《红楼梦》里的四大家族，联络有亲，一损俱损，一荣俱荣。你如今拿谁去？社长的判断果然精准。举报人后期报告说，盗版人没查到，管理部门把印刷厂的书拉到自己所属的书店卖了，印刷厂免予法律处罚。

做畅销书难，做畅销书而不被盗版更难，盗版后查出偷盗者并绳之以法更是难上加难。

再次改换门庭，投靠的则是中信出版社。这家出版社是中信集团的子公司，虽然成立已久，但"养在深闺人未识"，平日里不过是为集团编辑出版一些企业形象宣传之类的读物，得过且过，工资由集团拨发，有几分像大家庭里的仆人，伺候得好，月钱主人总会给的。到了年底要发奖金，出版社便隆重推出一批泳装美人挂历，出卖他人色相赚几个压岁钱。但是，时代在进步，夜总会、洗浴中心的真人秀，让往年买挂历者对可望不可即的泳装美人弃如敝屣，挂历销售一落千丈。大概集团也得知了出版社的窘境，从外面调来一位四十不到的年轻社长，很有几分"重整河山待后生"的意思。我去的时候，出版社只剩下十几个人、七八条枪，正在招兵买马，疯狂扩军。新社长上任伊始，有一股筚路蓝缕的创业精神，推出的企业励志书《谁动了我的奶酪》一炮走红，销量达数千万册，继之推出的《杰克·韦尔奇自传》也依然风光，销量达数百万册。新社长也赢得了"畅销书社长"的雅号。不过，新社长对此雅号无法释怀，他说，畅销书好比是二人转，只要有人喜欢，我们就唱，因为它来钱；但是，京剧昆曲我们也要有，这样我们才能提升品位，拢住社会精英。遵循这样的出版理念，我在中信出版社负责财经法律专业图书的出版。

专业图书的作者不好找，国内的专家学者早就走出了象牙之塔，进了夜总会，书斋的寂寥远比不上包厢房的"千般袅娜，万般旖旎"，哪有心思写稿。找他们约稿，如蜀道之难，难于上青天。便是勉强约来，也都是一些"妾身未名"时的旧作。在他们眼里，我恰似托钵要饭的乞丐，既然找上了门，就可怜可怜给点隔夜的剩饭残羹吧。但是，这类泛着馊腐味的旧货，即便是放在跳蚤市场也无人问津。与其如此，不如引进版权，做一些外版的专业图书。

国人坚信，外来的和尚会念经。引进版专业图书的市场是没问题，但是获得版权并不容易。由于稿酬的支付是版税制，合同谈判时，精明的外商总要问首印数是多少，当你报一个数时，外商就像审贼一样，盯着你看半天，不盯得你心惊肉跳把隐瞒的剩余价值吐出来，他们是决不肯在合同上签字画押的。在中国出版行业厮混多年，他们深受朝野内外盗版之苦，于是落下了"一朝被蛇咬，十年怕井绳"的毛病。套用《南征北战》里的两句经典台词："李军长这人作战总是前怕狼后怕虎的！""也难怪，多年来与共军打交道，吃过不少亏，魄力自然是越来越小。"不过，我手中有一王牌，但凡外商狐疑不决时，总会把在国际上享有盛誉的中信集团抬出来，告知外商，中信出版社是中信集团的全资子公司，很有几分"我爸爸是李刚"的意思。外商迷信血统论，相信"老子英雄儿好汉"，王牌一亮，常常能放心签约。靠着集团这棵大树的荫庇，专业图书的引进版权做得风生水起。

弹指间，红尘滚滚三十年，思想起来，正如宋人方岳所言："不如意事常八九，可与语人无二三。"然天命之年已过，早没了"空负凌云万丈志，一生襟抱未曾开"的幽怨。"身心转恬泰，烟景弥淡泊"，这样的生活态度或许更适合现在的我。

彭锦华，江西宜春人，生于1960年，那是一个民生凋敝的年代。

襁褓中缺糖，父亲便求人从医院买来医用葡萄糖粉，每天一小勺加水冲成糖水给我喝；稍大，家贫无钱置衣，母亲便买来廉价的日本尿素袋，拆开洗一洗，缝制成衣给我穿，这或许是我最早用的日货了。到了上学的年龄，正值"文革"时期，学校关门，学生都上街游行去了。好在母亲是乡村教师，我常常能在母亲的"教学参考资料"中找到一些有趣的读物来读，聊补求知之渴。鲁迅的许多作品大致就是在那个时候读到的，自然是半懂不懂，但觉得比读其他读物有意思得多。1980年7月，我有幸考上大学，避免了去广阔天地劳作。大学四年，与同学指点江山，激扬文字，践行着"博学而笃志，切问而近思"的校训精神。毕业之后，混迹京华，秉承"良禽择木而栖"的理念，先在报社，做党的喉舌，声嘶力竭地叫了七年，后做出版，选题驳杂，除去黄色反动的无不涉猎。然登车揽辔，愧无澄清天下之志，昏庸至今。幸：出差沪上，群贤接风的热情；京郊欢聚，生日蛋糕的祝福，时萦于心，促我在世道浇漓中，以同学情谊作为鼓励，奋然前行。

现今已过天命，"乱也看惯了，篡也看惯了"，性格平和了许多。但我知道，只要心中"日月光华，旦复旦兮"，总还会存有激荡，还会渴望生活。

半生乐山今休矣

艾 杰

2013年岁末至2014年初春，时值我写下这篇文章时，我都受着右膝滑膜炎兼退行性关节疾患的双重扼制。命运没有扼住我的咽喉，它狡黠而残忍地牵扯住了一个靠腿脚享乐的人。记得2002年，我为8011沪上同学祝寿聚会献上一幅"望峰息心"、不要得陇望蜀的画，画上是两位登山探金者正考虑要不要

1996年，作者华山顶峰留影

登上前面一座更高的山头，山头上有一颗硕大的熠熠生辉的金子。用登山象征人生，当然古已有之，但我确是一个乐山之人。

翻开1981年我的日记，那一年暑假我从上海返回家乡武汉，决计登上人生第一座山峰——庐山。原文如下："在南京路上买了罗盘、速写本、一袋大白兔奶糖。然后到码头看了一下，新开河码头就是十六铺码头（上海内河客运站）第一号码头，地处延安东路江边。上午八时四十动身，俞志强和杨植峰两辆单

车送我至55路车站,谆谆嘱咐颇有依依之感。"

这一次登庐山是坐车上的牯岭,没经过"好汉坡",不算真正登山,而且因为主峰大汉阳峰未辟登山径,所以只是登上了第二峰五老峰(1430米)。冒着劲风雷雨,只差十米就是寸草不生的绝顶,但是山西的同行者死死拉住我劝我退下。

那个暑假后期,我从家乡武汉返回上海学校,有意到浙江临安的告岭,同室俞文明的家乡。暮色四合,我两躺在西天目山东麓淙淙山泉的砾石上沐浴,群山染金,有岚气渐升,浣衣女三三两两,当时的感叹是老俞真幸福呀。我的一大目标是登上1506米的西天目山。山顶有个气象站,老俞的朋友在那工作,所以我平生第一次进入了气象站,对里面各种气象仪器有一种莫名的兴趣,我一一记下了那些仪器名,当中有一台乔唐式日照计对我的诱惑几十年如一日,直至三十一年后的2012年,我在古玩店里收购了一台早年英国产乔唐式日照计,沉沉的,全铜的家伙,在当今电子信息时代,它早已失去实用价值,却晋升为科学收藏品。

1982年暑假,我的玩兴正浓,索性不回家了,整整一个月在江苏、安徽、浙江间漫游,期间登了九华山和黄山。在登山前我先到了铜陵市的秦杰家,他父母为我接风,我胡吃海塞,半夜发作急性肠胃炎,秦家急送我到煤矿工人医院,一日注射三针庆大霉素始缓解。在秦家一住就是五天半,当时的日记如下:"日日在秦家养尊处优,吃香的喝辣的,鱼虾鳝鸭蛋、童子鸡、午餐肉、橘子罐头不断,髀肉复生,意志渐消磨。"秦家父母待人真挚,古道热肠,情景至今犹在目。

这一次漫游,乐不思家。翌年暑假,我又心痒,筹划了山东、安徽、江苏三省漫游。那年七月我与王远宏、彭博君及外系二同学一行乘海轮由上海先到青岛,船上巧遇彭金燕。在青岛似乎与王远宏君有过一次涉及地图的无聊争吵,不知与此可有关,反正王君是没有继续和我们同行。力挽不住,只得随他了。当时的日记还特地把王君的外貌写了一次:"王君乃山东高密人氏,个头精悍,黑皮卷发如盆景中古松之虬枝样紧凑严密,为人一本正经,不苟言笑,向有'政委'之誉。"在这次漫游中我登上了东岳泰山。

此后大学毕业,谋生开始,此登山嗜好竟一放多年,至1990年,第一次婚姻面临危机,心烦意乱时,恰有女友邀我一同登武当山。这个女友与我关系也颇奇特。早在我未婚阶段,有个经人介绍的恋人,谁知她和我首次见面时,竟愚蠢地带来个远比她漂亮和妩媚的闺蜜,后果大家可想而知:我与她闺蜜交好,她与她闺蜜交恶。但我俩交好仅止于交好,她的第一婚,是我给拍的婚礼录像;我婚后她也屡来我家与夫人打麻将。后来她又征婚,嫁了一个留美的动物学博士,征婚的照片经我用电脑加工。那时Photoshop刚普及不久,我就初步学会用做忽悠人的利器。

1991年我与现在夫人成婚,蜜月旅行中一起登上了南岳衡山。夫人那时还能接受登山、远足,现在则日益依赖汽车和电梯,不复有此情趣。婚后有一个相对稳定时期,我徒步登上了天柱山、三清山、双峰山、幕阜山主峰老鸦尖、鸡足山、西岳华山、司空山。这些山有共同的特点:大多在一千米以上,三千米以下,不入职业登山家的眼,却最适合我这样业余级别的。登山的愉悦甚至艳遇,伴随一路,难与外人道哉。

但是2001年夏,为了庆贺我儿子即将诞生,决计"铤而走险",登秦岭主峰太白山(3767米)。如以105度经线平分中国大陆,太白山是大陆东部最高峰。行前我拧着硬币在地砖上猛转,看倒下时哪一面朝上以决定我是否成行,岂知最后它竟稳稳地竖立在地上!真是成败未卜呀。找了个同伴,又在太白山南麓雇了个当过武警的向导,全身披挂,还备上手持GPS,当时这可是最先进的设备了。一俟下山,马上在携程网上发表登山记,名叫《登太白小天下》,诸君有闲情可以查阅,仍挂着哩。儿子当年瓜熟蒂落,取名中有个"山"字。

既然名"山",当与山亲近。2011年儿子十岁时,俺爷俩一同登上中岳嵩山,耗费五小时。2013年夏天,我再携十二岁的儿子登上北岳恒山。之所以选定这两座山是有原因的,想我年岁渐长,徒步登山恐时日不多,雪山、极高山我不敢望其项背,登上太白山是了我一大夙愿,遍登五岳则是了我另一桩夙愿罢。

现在看来,这个担忧还真不是空穴来风。登恒山后两个多月,我一时兴起，驱车到武汉近郊坍塌了的明朝诸楚王陵，"狎妓饮酒"，还盗取了散落茅草中的陵园栏杆的望柱头，不知是不是犯了王气，当场扭了右脚，不及痊愈，二十天后右膝疾发，整个冬天走路都如铁拐李，上下楼梯更难，遑论登山。医生竟盖棺论定：足踏实地就不错了，不要奢望再登山。呵呵，半生以登山为乐，老夫如今却沦为抚弄那截树棍——登太白山时锯下作手杖用的，望山兴叹，真是造化弄人呀。

——采了山顶一块金就是下山路了。
——山外还有山。
——那是下辈的事了。

沪上诸君四十岁贺
艾杰

2002年12月，艾杰为沪上同学贺寿而作

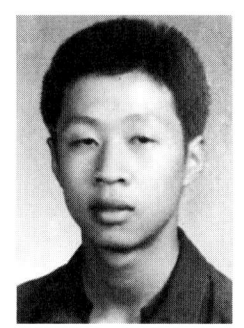 

艾杰，1959年11月出生，湖北武汉人，男，汉族。

武汉江汉路小学、湖北天门县梁场公社红旗小学、湖北天门县梁场中学、武汉卅九中学、武汉华中师范学院第一附属中学。1980年，入复旦大学中文系。

1977—1980年作为知识青年下放湖北钟祥县罗集公社。1984年至今就职于《武汉晚报》。

1996年由长江文艺出版社出版《人境语丝》杂文集（与人合著）。2010年由武汉出版社出版《一方月光·美文精粹》小品文集（与人合编）。2012年武汉大学出版社出版《科学收藏趣味录》。至于报纸文章乃本职工作，新闻纸如过眼烟云，故不录。

未有什么大奖项可资一提。

最近正参与湖北社会科学院研究茶叶之路与地区城市文化关系的项目，有望在武汉园艺博览会上一展实际用处。

行走在边缘

叶玉秀

    读文科不是我的本意。文艺美则美矣，却只合消遣，当不得正经事，还得是法拉第、居里们对人类的贡献实实在在，这样的认知贯穿一生，其实很可能是冥冥之中知道自己不是文科这块料的遁词。时运不济，当了末代知青，粉碎了科学梦，连养活自己都难，望门投止，想当然文科更容易些。那一年高考先填志愿后考试，离开学校五六年了，身处偏僻，全部的家底是"文革"时期的中小学学历，拿什么跟人家比拼，因此志愿低调到不能再低调，只要能回家，扫马路都是个好，重点那一栏全空白着。收志愿表的是个老头，五十出头的模样。农场没有这么老的知青，应该是场部的普通干部。我把志愿表给了他就走了，却听到身后他在叫：你回来。我当然回来了，只见他指着重点一栏说：这个怎么都没填？快去写。我说不用填，考不上的。不料他硬邦邦地说：知道考不上你还来干什么啊？我被他噎得说不出话来，不知道该怎么回敬，只见他又婉言道：还没考呢，怎么知道考得上考不上？要是考好了，却没有填，不冤吗？我没好气地说，要是没考好呢？他说，那还有其他嘛。快去填吧。我盯着他看了一会儿，越看越觉得这老头活赛命运，坐在这儿嘲弄我，我一赌气接过表，就在他的桌子上唰唰唰写上了校名系名这七个字——其实我也不知道其他还有啥，心想：你不是要好的吗，我就给你一个好的，我的家乡最好的，让你多管闲事！写完了给他，他看了一眼，说：怎么就一个？还有好几个呢。我头也不回地说：

一个够了。

一语成谶。

我不知道老头姓甚名谁，何方人氏。惠我一生却回报无门，我只能认为他是上帝派来救我的。他教会我慎重每一件事，因为你不知道哪一件事会影响你的一生；他教会我敬重每一个人，因为你不知道谁是上帝派来的；他还教会我不要怕多管闲事，也许你也是那个派来的人。如今我也到了这个年纪，能体会到当年他内心的悲天悯人。

既然是上帝派来的，那就是命中注定，命中注定的事就是缘。所以，我虽不才，却与文字有"缘"，与这个学校这个班有"缘"，这样说，应该不算矫情吧？

中文系历来是才子佳人的集散地，我一个异类，一跤跌进文人堆里，很是找不到北，属于"被抛"。安徒生是温暖的，他让丑小鸭变成天鹅，但现实中丑小鸭多矣，变成天鹅的却没几个，更多的是麻雀，甚至癞蛤蟆，所以，丑小鸭们的内心多半是凄惶的、孤独的。既然无长可扬，那就先避短，我把自己归入另册，哪儿靠边哪儿待着去，不管别人是不是出彩，自己不出丑就谢了，别人看来冷漠无情不要紧，自己安分守拙才要紧。虽说命中注定有缘，却因根系不同，缘亦有限，不在中间只在侧边，所以谓之"边缘"。

不管闲事的好处是心不杂，偶尔闲了，还可以抬头看看身边的才子佳人们都在干什么，可是看不懂。中国足球出线，教学楼里没剩几个人，全都涌出了去了，涌到马路上去了。电影《少林寺》放映的那几天，宿舍楼响彻"罚你面壁三天"。总是小屁孩不识忧患啥都闹着玩儿，与我隔山隔水隔着八千里路云和月。在我看来很严重的事，才子们佳人们一个个浑然不觉或不屑，而芝麻大点的事儿甚至根本不是事儿，却在那里嘀嘀咕咕、闹闹嚷嚷半天回不过来。一片叶子落了，一个眼神瞟了，一只球飞了，这都算事儿？

文科思维方式与理科思维方式反差太大了，在我的感觉里就好像南极与北极无法链接。比如说理，理科白就是白黑就是黑，一加一等于二，文科却见山不是山见水不是水，一加一等于X。这真的很见鬼。见山不是山那到底是什么呢？说等于X就等于X啊？那X究竟是个什么鬼呀？了解事物，理科曰规律，文科说感觉；规律是客观的，水在常压下零度固化、一百度汽化，放到哪儿结果都一样；感觉这玩意儿却玄了：张三说冷，李四却道热，一个橘子，甲吃着嫌酸，乙却认为爽得正好；还美其名曰个性特点。理科表达直接明白，越简单越美，宇宙气象，爱因斯坦只用一个公式，何等赏心悦目，文科恰恰最忌直接明白，很简单一句话，非得拽着词儿绕三个弯子说，叫做委婉雅致，委婉雅致到极点便是博士买驴，你说了半天，我还是不知道你说的是什么意思。

由理科思维方式转向文科思维方式，这个过程于我很艰难，也很痛苦，还很卑贱，以至于常跟吴悦老师耍赖，要转系。亏得老师好涵养，笑微微的也不呵斥也不劝解，三言两语的就让我没脾气，当然主要是没底气。就这么得过且过地混到毕业，从此靠文字吃饭。吴老师现在在日本，如果有缘能见到这些文字，请老师接受学生的道歉与道谢，当年耍赖皮的学生已经懂得当年老师的用意了。

还有几位老师，也是一直在心里的。比如，写作课的老师。写作课是我最怵的，不仅仅因为它最能证明你是不是这块料，更因为我实在觉不出秦牧、杨朔们有什么好，也不明白啥叫形散神不散。我已经历过苦难，苦难教给我真实和敏锐，使我再也写不出昂昂然华丽丽的作文来。看着我对付不了的作文题目与大概老师也对付不了的我的作业，我觉得我真的是到错了地方，不赶紧逃跑怕是要死定了。就在我绝望的想要退学之际，写作课换了老师，这位老师不讲秦牧、杨朔，他讲林黛玉、薛宝钗，讲干校，讲大提琴，一边讲一边用手比画。他手里当然没有琴，比画的只能是空气，但是我却感觉他的比画触到了我的心弦。原来中文系也可以是这般实在的、朴素的，原来实在的、朴素的竟也可以是如此美好的。这位老师用两个华丽的"优"把我从绝望中拉了回来，而我竟然不知老师的尊讳，可见我当时魂不守舍到何等地步。

毕业前一年，范晓老师问我考不考研究生，我怔住了。见我没答话，老师缓了缓又说，要是想考北京的话，我帮你写信给社科院，北大也可以。而我木乎乎的竟连一声谢谢也没有说。这一呆钝，即成永恒，也成永别。

还有……史铁生说，有些事情只适合收藏。他说得很对，很好。

求学年代作者与杨晓晖（左二）、吕素勤（左三）、董月玲（左四）合影

做编辑也不是我的本意。吴悦老师问：想去哪儿？我说：随便。老师说：大学怎么样？我说：好。过了几天，老师又说：出版社怎么样？我说：好。就这么一"好"，便做了编辑。既然没有什么是钟爱的、擅长的，那么就随便吧。这么一"随便"，就到了退休。这大概也是命中注定，那么也是缘。

编辑是干嘛的？读别人的文字，然后签字。这当然也是文字。不是这块料的我，最终以见山不是山的随便，一加一管它等于几的大条，靠文字混饭吃到现在，悲观的说法，是造化弄人，乐观的说法，是造化化人，反正都是造化布排，没我什么事。我唯一能做的，就是敬畏天命，顺其自然。造化把我扔到一帮才子佳人们身边，让他/她们以各自的才情活出各自的绚烂，而我厕身其间，体会什么叫异类什么叫胆怯的同时，以四年的晨昏浸淫，老话说的，没吃过猪肉，还见过猪跑呢，我再不才，也该熏陶得开点窍了吧？证据就是：我终于晓得了，有时候，一片叶子落了，一个眼神瞟了，一只球飞了，还真是个事儿。酸是吧? 可谁让酸也是五味之一呢。

其实南北两极遥遥迢迢在可见范围内永不搭界, 却有磁力线刻刻通贯。不同的思维方式还真是跟南北两极相似, 互不相干, 却有底层相通。大脑的左半球和右半球也是既分工又连贯的, 奇怪我怎么壅塞至此啊。作用力与反作用力成正比, 当初的转变有多辛苦, 后来的取舍就有多自在, 既可以旁观工程为先, 也可以旁观落花为美——这话已经很文科很高调了, 庶几不辱校楣班楣吧?

然而旁观不是创造。创造的舞台在中间, 旁观仍然是在边缘, 故曰: 行走在边缘。

2014年5月

后 记

　　十年前命题作文本想赖掉，不料主编杨植峰很不委婉雅致地说"这样很不好"，其端直诚正令我惭愧而感动。于是跟着感觉走，写下了我的刻骨铭心。但写着写着，写不下去了。不想累着自己，便请教晓晖，有没有必要，怎么写下去。晓晖看后说，真实是没的说的，只是这样的场合多是轻型快乐，这么真实是否突兀？一言击中软肋，我请教的缘故也正是纠结于此呢，于是立刻把它打包埋了。书出后看到一篇篇的真实，真诚，晓晖秒电说，我很后悔劝你不要写。我笑说，到底还是我自己不爽出卖自己呀。没承想十年后这书还能再版，真乃时代的大奇迹，无他，是人心无论如何总能识得真假，真实终究能够得着共鸣的。承梁光玉同学美意，竟也托大一回，勇敢地想，说不定冥冥之中这半截文字亦有它自带的缘呢？那么找出来加个尾巴凑上，大概也属于顺其自然吧？且不管章法布局起承转合，能字句通顺就算不错了，重要的是以此致敬杨植峰、梁光玉等同学，以及当年出版组全体编辑，也答谢晓晖。能感动我的应该也能感动你和他，能相信自己应该也能相信别人，谁又不是芸芸中的一个呢。

2024年5月

　　叶玉秀，五零后出生，六零后上学，七零后下乡，八零后入职，一零后退休。尚未知几零后注销户口。唯一的成功是养活自己，唯一的庆幸是看过世界，风景好的地方都在边缘。

迷失在不知所往的旅途
——记梦与自由

周松林

要叙说在8011以及从8011毕业后我的生活状态、心路历程，思绪不可避免地会回到少年时代。一条小小溪流的微不足道的源头。

少年时代，生活在城市的边缘，近黄浦江边。破败，贫困，混乱，闭塞。上世纪七十年代的前半期，压抑、苍白、枯瘠荒芜，所见人、事，包括我自己，都了无趣味，死气沉沉。身心两方面都处于饥饿、麻木的状态。

我终日懵懂茫然，对学校也缺乏兴趣。虽然有点小聪明，特别是语文不错，颇受一些老师的器重，甚至一度被任命为红小兵团团长。然而我半痴半傻，茫然以对，既无负责任的能力，更无负责任的意识，仿佛一切都与我无关，连旁观者都称不上，于是很快被撤换了事。诸如此类的事情，让那些老师对我深感失望，也许还认为我是在故意作对，他们哪里知道，我根本就没有"我"，哪里谈得上"故意"呢（事情的演进，导致在小学毕业前后，我与班主任老师、学生干部发生了全面的对立，那时，是真的有一点"故意"了）。

那个时候，我宁可独自闲逛，茫无目的，不知所往。我常常走到黄浦江边，悄悄爬上系于码头栈桥下的小船上，在逼仄的船舱里躺下。那总是一个美好的时刻，在波浪拍岸的喧哗，江心汽笛长鸣以及岸上油脂厂机器隆隆、传送带刺耳的轧轧声中，世界一下子安静下来，远离我而去。天空随着小船的起伏而低昂，白云苍狗。无思无虑，如痴如呆，在喧嚣声中，与世隔绝。

另一个经常的去处是浦东公园（也就是现在的陆家嘴金融开发区）。那里的好处是地势突出江心，可以畅望下游，遥想江水汇入长江，流向东海……一个午后，走累了，在公园的长椅上酣然睡去。醒来后迷迷糊糊，摸摸口袋，有几分钱，到小卖部去买点食物。柜台上放着一份报纸。站着看。通栏的黑体大标题。是关于"天安门事件"的通告。仿佛凭着本能，我知道发生了大事，某种我不能理解的大事。我突然觉得了一阵震撼，犹如突然之间耳边响起一声雷鸣，眼前划过一道闪电。我似乎意识到了什么。意识到了什么？我不知道。只是隐约觉得自己与片刻之前的自己不一样了。

天渐渐黑下来。我步行回家，有点失魂落魄。此后一连几天，都有点魂不守舍的样子。那个时候，我对于国家、政治，一无所知，所以，这种震撼，不可能是出于对国事的关切，倒仿佛更多的是一种身体层面上的震撼。某个特殊的时刻，某个偶然的契机，触动了某种仍不明朗的对于自我的觉醒。从混沌未分的状态中，稍稍探出头来，意识到在我身外，还有一个世界，一个社会。这种感觉，在此后相当一段时间里，不能忘怀。其含义，大概只有第一次性的快感差堪比拟。

那以后，社会稍稍松动一些。我可以在邻居家里读到《光明日报》（这以前，我几乎没有机会读过一次报纸，《红小兵报》除外）。读到关于真理标准问题的讨论。读到政治、历史，时间、空间，量子力学。第一次读到了两个让人心惊肉跳的词组：自由，人权。

然后，就听说要"高考"了。第一次听说时，我都不理解"高考"两字作何解。身边成绩较好的同学，纷纷去考理科班。我仍然是茫茫然，与留下的"差生"厮混。临到"高考"前一年，忽然用起功来，擅自不再参加班级课程，与另一个同学一起，躲在一间被弃置的破教室里复习历史、地理，以至化学课老师不断在课堂上扬言，警告我们化学考试别想及格，因此不可能有资格参加"高考"。我不得不给这位老师写了一张纸条，在化学课堂上当场宣读，声明一切由我自己负责，概与他无关，才堵住了他的嘴。幸运的是，那时的班主任老师颇通情达理，对我们两个也有几分赏识，给了我们最大的自

由，以及必要的帮助。

然后，就有了8011那段令人怀念的岁月，有了与九十多位兄弟姐妹在一个屋顶下共度青春时光的幸运（那位与我一起复习的同学，同年考进复旦经济系，目前是一家基金公司的老总）。

在8011，同寝室的几位室友，性格各异又臭味相投，学业上自然各有用心之处，然各行其是，生活上更是自由散漫，乃至吊儿郎当，四年里闹出了不少笑话，现在想起，还不免让人忍俊不禁。记得当时还有所谓"生活指导老师"，学生中也有"生活委员"，不过连他们也没有摆出管教者的嘴脸，大家各自自在，这样的气氛，合我的口味。我们寝室曾被评为全校最脏乱差寝室，照片张贴在校门口的公告栏里，不以为耻，反以为乐，厚颜无耻低级趣味，莫此为甚。无拘无束的生活状态，由此可见一斑。

当年的校园里，那种自由探索、胡思乱想的氛围，最是让人怀念。其实，四年里除了个别老师之外，学校课程并没有教导我们，或指导我们认识、思考什么重要的东西。但在那种气氛下，我们有自我教育、自由生长的空间。

进校的前两年，由于某种莫名其妙的压力，我还能努力着约束自己，做一个好学生。然而好景不长，很快就厌烦了。故态复萌，开始信马由缰，胡乱看书，不再关心课堂里的功课。不过那个时候，真正能启人思考的书并不多，一本《理想的冲突》已足以引发一场波及面很广的地震。吴寅菁陆续借给我四大本《美学》杂志，又偶然得到一本《1844年经济学—哲学手稿》，认真地、吃力地读着，似懂不懂，自以为大受启发，壮起了思辨的胆气，一些基本概念开始在脑子里盘旋起来，装模作样做思考状。一度最关注"自由"概念，自由的真实含义，自由的先天条件，自由的现实可能，自由与必然……我的毕业论文，做的就是这个题目。当时自以为是，仿佛使命所在，其实幼稚肤浅，无非摭拾成说，敷衍成文，并没有什么创见（至于后来随着阅历增长，对当年曾让人着迷的马克思早期著作的看法，有所改变，此处不遑细说）。

那个特定时期的另一个特殊现象，是所谓"意义综合征"在年轻人中间的广泛传染，大肆蔓延，甚至不乏因不得其解而自杀身亡者。我经过一番思索，得出结论：人生并没有预定的"意义"。正因为此，人生才可能是"自由的创造"。最好的人生态度应该是："认认真真地做游戏。"得出结论，欣然自喜，在笔记本上郑重记下。当然，事后想来，那也不过是自欺欺人的"学生腔"而已。我显然并不是一个能够那样洒脱的人。后来的经历说明，一方面，我其实不是一个能"游戏"的人，另一方面，我也不是一个能打点精神"认认真真"的人。嘻，"两面不是人"哪。上不着天，下不着地，歧路徘徊，莫知所终。

快毕业了。而我对于很现实的分配问题，职业选择，仍是浑浑噩噩，漠不关心。不过有一点是清楚的：其时我已不愿再留在学校这样的封闭环境里，期盼着那想象中的"走向社会，独立，自由"。但矛盾的是，当一位先生来说服我考中国现当代文学的研究生时，我居然心不甘情不愿地答应了，于是又悻悻然开始了复习迎考的苦役。我想强调的是，除了个别作家之外，其实我对所谓中国现当代文学很不感冒，向来是不敬而远之。结果考试中大出洋相，成为笑柄。有一道题是分析杜鹏程《保卫延安》对革命军事文学的突破。对于这样的考题，我当然一头雾水（我到现在也没有读过此书的一个字），于是想当然地临场发挥，大写一通《保卫延安》对于女性形象的塑造和爱情心理的描写。事后有人告诉我，《保卫延安》里根本就没有什么女性，唯一的女人是一位老大妈。

也好也好。谢天谢地。我已经尽了我的义务，现在我可以如愿走出校园，追逐想象中的独立、自由的生活了。然而且慢。就在此时，另一位我所敬重的先生来找我，表示虽然我不想考研究生，也希望我留下来，直接到他的研究所去。面对这样一位素来敬重的先生，我再次没能提起说不的勇气。这样，我就不情不愿地进了复旦的古籍整理研究所。

其时，古籍研究所的目标是编辑出版《全明诗》。先生学术严谨，一丝不苟，计划先期编出《明代碑传文全集》，作为编辑《全明诗》的基础。我们的工作是从明人文集中找出传记类文章如行状、墓志铭等，辑出传主的名号、籍贯、生卒年月、著述等材料，遇到疑难不清的地方，还需做一番小小的考

证。每天的工作量是二十张卡片。

我在古籍方面的学术基础十分薄弱，工作时困难重重。更要命的是，这项工作与我的志趣性情实在扞格违碍，期间的痛苦情状，可想而知。苦闷之中，忽遇救命稻草。我在故纸堆中翻到一本明末人编的时人名录，于是每日照抄二十则，交差了事，心里知道这个东西对于所里的工作毫无用处，也管不得许多了。先生心事洞明，对于我这点小伎俩，当然心知肚明，但他对于我这个后生小子，怀着莫大的善意，也许还有些期望，眼开眼闭，没说什么（那个时候，所里的其他同事要么是相关专业的硕士、博士，要么在相关专业上术有专攻，但也多以为从《明代碑传文全集》到《全明诗》，邈遥无期，枯索无趣，于个人事业似也有碍，因此心存疑虑，态度稍稍消极，所以先生当时，本已有点压力。虽然同事们修养很好，深具同情心，以大哥哥大姐姐的姿态，对我的行径，一笑置之，然对于负领导管理之责的先生，其难为人处，也可想而知）。

在古籍所的两年多里，另有两件事值得一述，也颇能体现我的性格和那时的心态。

其一是有次某部门在天津举办学术性的内部图书资料展销。先生让我去采购些专业图书资料。我在那里看到了不少港台最新出版的西方当代哲学、心理学、精神分析、文化理论、社会学方面的图书，大部分在内地还很少见或干脆被禁绝，不禁"食指大动"，原想夹带几本，然而贪心难抑，拿起这本又丢不下那本，终于买了满满两大箱回来。而与古籍整理有关的图书，却是一本没买。先生苦笑，未置可否。

其二是先生派我去湖南当地图书馆查找、抄录明人稀见文集和资料。我随身携带一本乔伊斯的《一个青年艺术家的画像》，坐火车到长沙，与《长沙日报》的喻文杰同学见了面，然后就一路向西，沿着沈从文散文中描述过的地方，经娄底、邵阳、怀化、溆浦、辰溪、凤凰至吉首。沿途当然也去当地图书馆看看，然因我对版本目录学、明人著述所知甚少，也或许确实没有什么值得一提的珍贵资料，总之没看出什么名堂。离开湘西后，又折向北向东，经张家界、常德、岳阳，进入湖北，溯江至荆州、宜昌，过三峡后再北去襄樊，历时近两个月，一路半似工作，半似游历，到后来则迹近流浪。其间所遇人事，也颇有二三可述者。

其时约当1986年前后，当地交通还相当不便，风气闭塞，而我人地生疏，又缺乏从容应对现实人事的能力，疲惫不堪，呆头呆脑，言语唐突，来历不明，狼狈相不时启人疑窦。某次在某小城，好不容易找到一家招待所，工作人员革命警惕性很高，硬是怀疑我的介绍信是假的，不肯让我住宿，争执之下，装腔作势，扬言要向派出所报案。这件小事之所以让我印象深刻，是因为我由此明白为什么历来关于个人自由权利的论述中，多会特意点出"迁徙的自由"。在古代极端专制的社会里，没有"主人"的许可，"奴隶"是不可随意迁徙的，否则便是"逃亡"，官府可得而诛之。

最能说明我那时之少不更事的，是此期间竟然没想到该给家里和所里，写一封信，或打一次电话，以至所里担心我已遭不测，去信我家里询问。

终于回到长沙，喻文杰安排我在《长沙日报》招待所住下。困顿已极，颓然睡去。傍晚时分，朦胧中忽听敲门声，坐起身招呼请进。推门而进的乃是可爱的杨晓晖小姐。而我神志昏昏，居然觌面不识。

在古籍所待了两年之后，我忍无可忍，终于提出离开。先生没有多说什么，只是询问了声：是否已经有合适的去处？两年里，先生对我稍有器重，多所关心，我的所作所为，恐怕只能让他失望，而且实际上还给他平添了麻烦。先生学养深厚，胸怀宽大，且深谙人性，崇尚自由，对我这样一个不知高低、不懂规矩的小子，曲尽包容，让我此生感怀。以后好多年里，我常常回到复旦，与先生一起喝酒品茶，虽然我于茶酒之道完全外行，只是一味倚小卖小，放言无忌，胡说八道，先生也不介意，颔笑而已。不幸的是，几年前在一件事情上我处理不当，也许让他颇为不快。其实在这件事情上我另有苦衷，但当时不愿明说，不想解释，以为一说便俗（此事连建明兄知之甚详）。如今先生已作古人，我也就再也没有说的机会了。

离开古籍所后，我去了一家文艺类杂志社。此前后几年里，发表了小说

若干。那个时期写的中篇小说《远方的人》（发表于1988年的某期《收获》上），集中流露了年轻时那种茫然、梦幻的心绪。生活在别处的迷梦，生活在远方的狂想，不是我一个人的症候。远方既是空间的（地理的），也是时间的（文化的，精神的）。袁顺奎、郑展望去了云南。曾收到袁顺奎兄从云南边地傈僳族山寨寄来的一大包手稿，文字、哲思颇有尼采风格。后来不知是被我弄丢了，还是他自己弄丢了，总之不知所终。那时年轻，生命力旺盛，以为什么都不足惜，什么都可以轻易地重新再来。

经过上世纪八十年代末九十年代初的一段艰难岁月后，我觉得在相当长一段时期内，恐怕难以从事自由创造的文化事业了，于是想到出国游学。出国的事情，于我其实是很不相宜的。我不懂英语，学过点俄语早已忘光，更糟糕的是，我仍然极其缺乏独立处理现实事务的能力。在一卿兄的帮助下联系了学校，仓促学了几句德语，兜里揣着一百多美金，冒冒失失就上路了。在北京，一卿塞给我三千马克，送我到机场。那时他还在读书，没有收入，靠他老婆在中国教书、做翻译谋生。

在法兰克福，糊里糊涂摸出机场，搭上火车，居然还真让我找到了马堡大学，办了注册手续。天黑了，在学生食堂吃了一顿晚饭，茫茫然望着大玻璃窗外陌生的夜色，不知该往哪里去，不知夜宿何处。

突然，一位年龄约有三十多岁的韩国学生站到我的面前，询问我的情况。刚才排队买饭时，他一直排在我的后面，在餐桌上对面而坐。用最简单的德语交流了几句之后，他面露忧色，不肯离去，不断地问我还认识什么人。在他的催促下，我想起国内的德语老师曾告诉我一位姓王的南京学生在马堡大学，住学生宿舍，我甚至依稀记起了宿舍号码。韩国人听完，连声叮嘱我在食堂门口等着，转身快步离去。一会之后，他开着一辆车回来，帮我把行李搬上车，沿着盘山而上的公路，向学生宿舍驰去。在一幢幢宿舍楼中找到了那个号码，一起上楼，敲门，一位中国学生开了门。用汉语一问之下，果然姓王，果然是南京人。韩国人察言观色，确信这位南京同学愿意收留我，转身跑下楼去，帮我把行李搬了上来。

在这位南京同学的帮助下，我开始了留学生活，还去一家中餐馆打临工。因为这番际遇，此后我对南京人以及韩国人，一直怀着一种莫名的好感。

然而这所谓的留学生活，一开始就显得难以为继。我的语言基础太差，学习困难。更主要的是，我其实从来没有兴趣和愿望花若干年时间在异国获得一个文凭，或者进而谋得一个职位，长期生活下去。说实在话，我一点也不知道我是为了什么跑到这里来的。这种境况，很有点像是少年时代茫然地闲逛的重演，只是这次跑得太远了点，想回去也有些困难了。

圣诞节到了。我想一卿圣诞节应该会回来吧。打个电话，没有人接。管不了许多，再次说走就走，冒冒失失上路，在一个阴沉沉的冬日，搭一位素不相识的德国学生的顺风车（共担汽油费），向慕尼黑而去。傍晚到达慕尼黑时，空中下起雪来。搭火车到达慕尼黑市外一处卫星城镇，找到一卿的住处，按了半天门铃，没人应门。邻居一位德国妇人受不了了，打开窗户，大声吆喝，说这家里没人，到中国去了。我问什么时候会回来，回答当然是不知道。

雪越下越大，硕大的雪花在空中飞舞。我大步地，却又是漫无目的地，走过一条街道，又一条街道。我想也许应该去找一家旅馆，否则天寒地冻，今夜要成为"路倒"。然而路越走越空旷了，似乎我正越来越远离中心城区。没见到一家旅馆，好像连饭店也没见着，也许是因为我并没有真的在留意。摸摸口袋，我下意识地知道，所有要花钱的事情，此时对我来讲都不是好的选择。

马路空旷寂静，没有行人，也几乎没有车辆。唯一一次遇到行人，是两个身穿黑袍、头戴黑巾的老年修女，打着伞，目不斜视，相携跚蹒而行，路灯下，风雪中，擦肩而过却看不清面目。远处教堂黑色的尖塔，在雪雾中若隐若现。在一处街角，有一座电话亭。一位少女占着电话，双手握紧话筒，紧贴在脸颊上。我站在电话亭门外耐心等着，虽然并不知道要给谁打电话。等了许久。少女不时投来恨恨的一瞥。我只好转身走开。

重新拐进一卿住处所在的那条街道。黑魆魆中，突然一声刺耳的刹车

声。一辆车在路中间疾停下来。车窗摇开，一卿从车窗里向我大声叫喊。他岳母刚刚开车把他从机场接回来。他此时的惊讶，当然不下于我。

在一卿处住了半个多月后，回到马堡。终于放弃学习，也不再打工，背起那只黑色的背包，包里装进几只香蕉，一袋面包，口袋里揣着那位南京同学的学生优惠月票（申根协议国通用），走进火车站，在显示牌上看到某个似曾相识、曾经向往的城市名字，就跳上列车。这样一站一站，开始了没有目的地的漫长旅程。

途中，想起一卿曾给过我一个陈喆的电话，在笔记本上找到号码，找个电话拨过去。是一位声音甜美的德国姑娘接听，说陈不在，陈走了，到很远的地方去了（我的德语太差，只能连蒙带猜，听一个大概）。其声音语调，似乎不胜哀怨。

拖着疲惫的身躯，回到马堡，口袋里还剩三百多马克。眼下的问题是要找到一张价格不超过三百多马克的回国机票。然而谈何容易（去时因为图便宜，我搭乘的是波兰航空的飞机，记得价格为数千马克）。又是在那位南京同学的帮助下，费了不少周折，终于在一处小小的票务代理处找到一个空额，苏联某航空公司的航班，中途须绕道西伯利亚，价格是三百二十马克。当票务处的那个德国职员在电脑上东找西找，看到这个价格时，他似乎也不能相信，迟疑地凝视着屏幕。我赶紧催促他立马订下。

终于飞回了北京。我怀着谈不上愉快，但至少是蛮踏实的心情，走进机场大楼。在边防检查处，一位边防战士一把把我从人流中揪了出来，拖到一旁的屋子里，几个人一起动手把我和我的行李检查了一番。有点屈辱，不过也许我的模样也实在太有点不堪吧。

记得回到上海后，曹怡波曾经很担忧地问我：你以后怎么办呢？

以后怎么办呢？不知道。还没想到这个问题。

"以后"倒也没有什么太大不了，只是去一家文学类专业报纸做了一段时间编辑而已。因为工作上的事情与领导一言不合，负气而去，从此再也没有回去上过一天班。报社于是卡住了我的人事档案。这一招是有点歹毒的，在

作者近影

从前那个高度组织化的社会里，很有杀伤力，足以逼得你走投无路，低下头来。在组织的眼里，一个没有组织出具的身份证明的人，可以等于乌有。

所幸时代毕竟不同了。那种禁锢的组织化社会已略有松动，个人自由活动的空间有所增加。一位朋友正在为某专业报纸创办上海记者站，就把我容纳了进去。开始阶段是蛮艰难的，工资也无法定期发放。慢慢境况好转，生活渐渐稳定。几年以后，原来那家报社的人事干部主动找上门来，送来我的那份劳什子档案。谢谢他替我保管了那么长时间。

如今，我在这个记者站已待了二十年，没有想要再移动，因为这个地方给了我足够大的个人自由（本职工作当然也是要做的）。不思进取，仍然是一名基层老记，闲散人员。年轻人流水一般来了又去，换了一茬又一茬，而我像一棵老树，站在那儿，默默注视。好在年轻人与我都还相处得来，似乎并没有人对我有所嫉恨。顺便交代一下，那位当年创办此记者站，后来一直在此做第一把手的朋友，正是上文所说的那位与我一起"高考"复习的同学的妻子，复旦新闻系毕业，与我们同届的。

回想旧事，额手称幸。以我这样的心态、性格，以及这样的无知、无能，早生十年，恐怕寸步难行。而我居然没有被社会压倒，没有沦落潦倒，饿死街头，除了要感谢同学、朋友的帮助外，多少也证明了宽松的环境、个人的自由，是多么可宝贵。不过，感谢的话就不说了，我一直以为，那些值得我感谢的人，并不需要我的感谢，而那些希望我感谢的人，未必值得。

　　年轻时，也有过做学问的梦想。如今与此梦也已渐行渐远。倒也不完全是因为常处于不顺利的境地，我的性情，其实与学术不相宜。也曾经下过功夫，然着实不耐烦按部就班逐渐积累、踏踏实实循序渐进，所以略无长进，正与我不耐烦在一个严密的组织、严谨的程序中生活，勤勤谨谨循规蹈矩做好一份谋生的职业，如出一辙。汪涌豪曾经批评我游谈无根。批评得是。

　　书倒还是常常翻看，但纯出于个人兴趣，并不循某门某派的门径，恐入不了学者教授的法眼。而且跳来跳去，忽东忽西，好似猴子摘玉米，随掰随丢，常常做些注定不会有结果的事情，还傻傻地乐此不疲。比如前几年，杂览中牵丝攀藤，兴趣指向了一个叫做葛吉夫（G.I.Gurdjieff）的人，想读他的一本《万有一切：魔鬼讲给孙子听的故事》（*Beelzebub's Tales to His Grandson: All And Everything*），怎么也找不到中文译本，情急之下，傻劲发作，从ABCD开始学起英语来。整整花了两年时间，然后借助网络字典，费劲地读完了此书半部。因其他事情打扰，暂时放下，结果一放至今，再未拿起来。我很担心再过两年，费老大劲学的这几句英语，恐怕又要像以前的俄语、德语一样，忘到精光了。（顺便说下，《魔鬼讲给孙子听的故事》确是奇书，似哲学非哲学，似宗教非宗教，似传奇似科幻又都不是，要在正经的教授学者看来，恐怕会称之为玄谈迷信，欺世盗名，不入流的东西。然在我看来，这位并非专业写书的葛仁兄，却是我所知道的有数几位对人性、人的境况看得最深透、说得最清楚的思想家之一，一个无情的观察者。当然，正经的教授学者对我这种说法，是要嗤之以鼻的。）

　　不过也不打紧，丢了就丢了吧。我深知自己也就是玩玩而已。总是轻率地上路，但也走不了太远，不是迷途知返，而是半途而废。比如说，曾经很用心地写小说，一度还挺高产，并没有什么特别的缘由，一日放下，至今不碰小说已快二十年了。要用严肃点的话来说，那当然是失败，一次又一次的失败。不过也不打紧。贝克特说：再失败一次，但要失败得更漂亮一些。他说得好。我曾经在一本小说集的后记里写过这样一句话：意志在虚无之海中的舞蹈。如此而已，打什么紧。

好吧。那么就此打住吧。

然而（又是"然而"，你哪来的那么多"然而"呀），事情好像还没有完呢。

长时期不稳定的生活伴随着心理、情绪上的紧张，以及过多的思虑，加上也许本来就是"过敏体质"，先天的虚弱，不到四十岁时，身心健康出"状况"了。没来由的疲惫，脑袋犹如灌满了浆糊，一整天看不完（看不懂）一页《新民晚报》。两腿无力，走路仿佛踩在棉花上（吓，这下真的实践"在虚无中舞蹈"的话了）。最严重的时候，每夜睡眠超过十个甚至十一个小时，醒来后却挣不起身子，午饭后立马坠入昏沉状态，午睡两个小时，起来呆坐片刻，晚饭后即感觉不支，再睡一个多小时。起来看会儿电视，洗漱一下，上床就寝，一夜梦境不断。

奇怪的是，在网球场上，却可以顶着烈日奔跑两三个小时。那时老潘、曹继军夫妇像大哥大姐一样，指导我打网球，鼓励我锻炼身体，恢复健康。

去医院检查，中医说了些我不太明白的行话术语，总之是亚健康状态，慢性疲劳，说得还比较靠谱。吃了无数汤药，并无起色。有次经朋友介绍，连续数次独自驾车奔波，专程去无锡看一位中医，满怀希望，然医生束手踌躇，说你的情况非常复杂，寒热交替，虚中有实，难以下手，勉力为之。按方抓药，掩鼻而吞，也仅有微效，且奔波劳苦，体力不支，只好作罢。去西医院，则说各项指标正常，身体蛮健康，颇疑心我乃有意装病混病假也。

这种状况带来心理上持续的焦虑和愤懑，终于陷入危机，终日闷闷，注意力涣散。不惑之年，大惑不已。当时，我自己心里明白，这场危机，是很有那么一点危险的。有一个颇为有趣也着实费解的现象，值得一说：我一边经历着内心的危机，一边却在某种程度上像一个局外旁观者似的，怀着几乎近似幸灾乐祸、恶作剧般的"恶意"，远远地看着自己的痛苦，分析着，乃至把玩着，犹如从剧场高处俯视小小舞台上一出戏剧，喜剧，甚至有点兴高采烈，心里想着：好好看看吧，这就是人哪。后来，我曾与一位心理分析师讨论这个现象，没有得出个所以然来。

那段时期，常常约连建明、曹怡波、任家瑜一起打牌，借以度过一个轻松愉快的周末午后。只是我牌技很差，而且大脑只能努力维持一两个小时的较清醒状态，随后就不可避免地昏昏然了，一张臭牌打出，立马坏了搭档连建明兄正苦心经营的妙局，点起烟来，一声长叹。可惜大家都忙，住处又相距遥远，约成一场牌局着实不易。最近一次相约，已逾三年了吧，尚未实现。

将近知天命之年，状况逐渐好转，虽然仍常感疲惫，已无大碍。

五十以后，再次思及"意义"问题，以及世界的不确定，不可知，欣欣然以为当初所想，倒也不谬。所谓"世界"，有两层含义。其一是我们所认知所经验的世界，建立在一层又一层的想象之上，根本上就是臆造的。另一是独立于我们的实存世界，人类无法认识。这个道理其实很简单，好比一条鱼日日吞吐、感知着海水，却不可能知道大海的模样。也许它爬上山顶，飞上天空，它能够一瞥那壮阔的海洋。不过那个时候，它已经死了。

不确定，不可知，这不是什么新的发现，古人早已明白，无论是在东方还是在西方。然对于我这个资质低下的人，却是经过长时间的摸索才得以确认的，是一种体验。年轻时过于敏感脆弱，不太敢面对这个简单的道理。不确定，不可知，这是自由和创造的前提，也是人类应有的谦卑，以免于狂妄和狂暴。中外历史上，都曾有人宣称发现了、掌握了、代表了宇宙、历史的最高规律，于是自以为真理在手，"天命所归"，就要"替天行道"，然后他自己就是"天"了，结果自然是"无法无天"。

但是，还有疑问未解。我真的拥有自己的自由意志吗？这个在各种社会、文化的际遇中习得、形塑的"我"，朝三暮四，南辕北辙，理智与情绪争斗，觉今是而昨非，真的是由我作主的吗？这样的疑问，也远不是什么新鲜的东东，然而，没有能令自己信服的解答，也就仍然没有可行的出路。

罢了罢了，趁早打住。

大梦难醒哪。

周 松林，1962年4月生于上海。曾就读上海市黄浦区第二中心小学、上海市张扬中学。

1984年从复旦大学中文系毕业后，留校工作，然后做编辑、记者。

笔名羊羽。

目前在一家财经类报纸谋生。

从复旦到硅谷

李满鍪

　　我住在旧金山市西面的日落区。从家里的窗口,可以看到辽阔的太平洋,很远很远的彼岸,便是上海,便是复旦。从离开上海到广州,再从广州到旧金山,这一程走了三十年。从中文系毕业到华南师大任教,再到如今奋斗于硅谷任财务分析员,经历了两个不同的世界。

　　改革初期的1980年,我刚满十六岁。对于大学与以后的前途,自己并没有明确的方向。填大学报考志愿时我随意地填了几个,其中并没有复旦。因了中学班长的提议,在最后一刻把复旦大学中文系填了上去,人生的轨迹亦因此改变。

　　人在复旦,并没有勤奋地读书。时值女排连连夺冠,男足世界杯奋力向上之时,我和李宏伟、朱渊寿等不知洒了多少汗水在球场上。当时的复旦是严进宽出,中段考与期末论文,不难应付过来。自己的成绩亦多是优良。倒是周美玲、彭金燕同学见得真切,说我玩得太疯了,警醒多用功,做真学问。其时已是四年级。同辈中难得有此良言,唯恨听之太晚。

　　在复旦的四年真是过得飞快。1984年毕业,分配到广州的华南师范大学。指导我的是教文艺理论的何楚熊老师。刚出校门,何老师让我有系统地多看世界名著,增加对文学的修养,亦只安排我上一堂文艺理论课。可见她培养后辈用心良苦。另一同事李桂也热心与我分享他的心得,帮助我适应助教的工

大学时代的朱渊寿（左）、作者（中）和李宏伟（右）足球场留影

作。我那时读书备课，始知教书是另一门学问。能够把概念说得清楚明白，条理分明，用例恰当，算是及格；能够活用例子，使课堂活跃，算是不错；能够收放自如，洋洋洒洒，因材施教才是上等。我在华南师大教那一堂文艺理论的水平，自认为勉强合格而已。自此对教师又多一分尊重。

1987年可以说是我一生的一个转折点。我离开祖国，踏上美利坚的土地，和我的妻子在旧金山团聚。

和很多新移民一样，适应新环境是一个课题。因为自己没有什么冒险的精神，于是决定还是重回课堂，学点在美国可以站稳脚跟的技能。1988年那时电脑还不怎么流行，自己好像对理科也不大热情，便先选了英文、数学公共课，一边考虑专业。就这样，我开始了半工半读的生活。

我那时在时代公司上夜班，做《人民日报》海外版的电子传真接收工作。每当北京办公室版面齐全之时，便会通过电子通信送达旧金山和纽约。每张版面大约需时三十分钟接收。再通过显影定影，祖国的消息便会呈现在胶卷上。然后印刷，给美国的订户邮寄。工友中，与五十来岁的冯先生特别投缘。

他在美国出生，在解放初期回到大陆参加祖国建设，在广东韶关工作了多年。中美建交之后，再回到美国。冯先生好茶与中国象棋，颇能道出其中的精神。我对于茶的终生热爱，受到了冯先生深刻的影响。

放工之时，便到市立大学上学。读高等代数、微积分，再修初级经济、会计。因为做工的关系，学分积得慢，专业也选得晚。最后看自己年纪渐长，赶紧转学到州立大学把财务金融硕士读下来了。前后花了八九年的时间。毕业之时，已是1997年。

看自己一路走来，从前学的是语言文学，后来学的是财务金融。前者多感性，后者多实务。一文字一数字，或者这就是我书写人生的两种不同的符号？

真正挑战我的是找第一份与财务专业对口的工作。虽说我是学了不少会计和财务管理的课程，但实际的工作经历并没有多少，而求职的美国公司则多强调经验。我寻寻觅觅于银行与大公司之间。1998年初，那时旧金山的就业市场竞争激烈，常有二三十人应聘一个职位。而南湾的硅谷，人才需求颇大。通过猎头公司，我找到红木城（后迁到东湾的菲尔蒙市）NET的一份临时工。八九个月之后，转为正式员工。一干就是九年。

公司搞电讯设备产品，属高科技产业，一千二百个员工。在硅谷属略有规模的中小型公司。上世纪九十年代中期有相当先进的产品。到上世纪九十年代末期，产品研发多有延误，公司业绩开始受影响。须知硅谷产业竞争激烈，技术你追我赶，产品日新月异。公司处境犹如逆水行舟，不进则退。

于是公司开始冻结雇请新员工，在各方面精简开支。因季度营收未有起色，减支收效不大。1999年末公司撤换董事长，裁员重组。公司从一千二百人减到八百人。我对美国上市公司的壮士断腕有了零距离的认识。再过两年，公司出售服务部，人员减至五百人。多少为公司建功立业之辈，亦受裁员影响。后来，公司为了节省更多成本，库存功能逐渐外包，再后来把整个生产流程都外包给专门厂家了。

在频繁的重组中，我没有早早离开，主要是和公司里的同事相处得不错。

一般来说，公司里同事大家相敬如宾，不会有太深入的接触，但我与其中两人的交情算是深一些。

一个是PL，我同组的越南裔同事。在公司财务部二十多人中，我负责计算营收，PL计算成本。因年纪差不多，她对中国文化又有一定理解，所以很谈得来。她有一个很地道的中文名字叫凤兰，很小的时候跟随全家在南北越内斗之时逃往美国。虽说时间过了几十年，内心依然挣扎，未敢回祖国看看。我不禁感慨，也庆幸身为美籍华人，随时可以回祖国探访。

另一个是Max，研发部的软件工程师，来自河北。大家工作小休之时，总会天南地北地聊起来。谈到大学里踢球的热情，总有一种莫名的兴奋与感叹。有时我们也会到娱乐室里切磋乒乓球艺。当时公司里有三百个工程师左右，印度和华裔占了很大的一部分。因为文化的背景和性格的关系，进入领导层的华裔只有一两个，而印度裔的则多一些。这种中国工程师默默耕耘的情况亦是美国的一种常态。

在NET干了九年，我觉得收获颇大。因为公司不大，可以接触到公司运作的多个环节。因为人员不多，可以从跨小组的合作中得到更多的知识。也让我在千百万的数字之外，感受到那种资本节奏给人带来的无形压力。

2007年，我换了一家在Santa Clara的激光设备公司，在这里待了一年。后来觉得公司不太适合自己，便匆匆离开了。

2008年3月至今，我任职于赛门铁克（Symantec），做财务分析员的工作，主要是负责销售部门财务预算与人员结构的分配分析。公司是做软件的，两万人的规模，在硅谷里算是大型的。因为是上市公司，追求的目标永远是每个季度要有更高的利润。2009至2010年间，正是美国近一次经济衰退时候，营收是不容易上去的，成本控制便成了唯一的手段。而员工是最大的成本，所以裁员便成了家常便饭。即使如今这两年经济好转了，重组和提高效率也还是每个计划周期的课题。如何在公司永不间断的重组变化中，保持从容应付的心态，提高自己的价值，这便是我和其他同事面对的挑战。其中的一个菲律宾裔的同事在这方面做得尤其出色，令我敬佩。她毕业于菲律宾的一个天主教大学，在公司里负责拉丁美洲的财务。尽管她业务忙得不可开交，起早贪黑，可整天脸上还挂着真诚的笑容。待人接物，总有她既讲原则，又能解决问题的一套。我们深受中国文化影响的人还得在这方面向她多多学习。

或者是今年踏入五十岁多了一分感触，或者是毕业三十年勾起种种感想，又或者是儿子今年五月大学毕业让我想起人生的循环，2014年的春节感觉上就是有点不同。看到春晚上有一个张明敏的片段，便又忆起1984年在复旦宿舍度岁的情景。一班没有回家过年的同学们，在五角场买回来猪肉、韭菜和白菜，在李宏伟大厨的指挥下，大家一起七手八脚，做成无比鲜美的饺子宴。大家五湖四海聚在一起过农历新年，看春晚，倒也其乐融融。那年春晚上，有多个精彩节目。张明敏的《我的中国心》尤为难忘。到如今，还是觉得那是最温馨难忘的一个春节。

从复旦到硅谷，从东方到西方，从文字到数字，这三十年里没有宏伟的篇章，没有可歌可泣的故事，只有一个普通复旦学子这些年来真实的写照。

我家不远处是海洋沙滩。我常在周末时到那里慢跑。我喜欢那带凉意的海洋的气味充满我的毛孔，让我精神为之一振。浪涛一个接着一个地冲上海滩，发出低沉的浪声。不远处是滑浪者的身影。再远处，海天一线。三十年了，海的那面，还是上海，还是复旦。

2014年2月27日于旧金山

李 满鳌，男，汉族，祖籍广东香山（今中山）。出生于1964年2月。

小学初中就读于广东中山环城区沙涌学校。学习成绩优秀，每年名列前茅，三好学生。课余入选学校田径队、乒乓球队。体育天赋平平。

1978年改革后全县初中升高中第一次统考，以环城区第一的成绩考入省重点中山纪念中学。因沿"文革"旧制，中学学制两年（1980年后始改回三年制）。高中期间，成绩优秀，是全校四名全优生之一。

1980年考入复旦大学中文系。大学期间，对人生还没有明确方向。读书以应付为主，心在球场上。1984年毕业分配到广州华南师范大学任助教。

1986年结婚。1987年移民美国旧金山。1998年初获旧金山州立大学工商管理硕士学位。辗转任职于硅谷高科技公司财务部。2008年至今在赛门铁克（Symantec）任财务分析员。

综观前半生，中美时间各半，中西文化相杂。平平凡凡，无怨无悔。

致我们打排球的青春
——摘自1982年日记

董月玲

10月8日

今天系里举行了一场排球比赛，8011以3:0胜。

球场上的生活，我是第一次真正经历，在这里，多少能焕发出一个人本来的激情。比如，激动，当一个漂亮的发球获得成功，那一瞬间的情感，胜过以往的一切快乐。球风，也能反映出一个人的气质、性格。要沉着、稳健、自信，就是紧张也不能外露，至少脸上要保持住镇定，这是成功的基础。

今天球场上的观众，让我想起中国女排比赛时，电视机旁的观众，一只小小的排球，能吸引这么多人的心，体育真是一个能将集体的团结系起来的纽带呵，有一个蓬勃的体育气氛，就会有一个充满生机的集体呵!（呵呵，真滴吗？）

10月10日

中国女排的两次胜利，在很大程度上刺激了我们对于排球的兴趣，现在，我们把它当作一项心爱的娱乐活动，正值全校排球联赛之际，这种"排球热"达到了沸点。

11月19日

排球练习，已经两个月了。虽然，我们已经争取到了小组出线权，但是，我

8011女排在比赛，跃起扣球者为作者

似乎有些倦怠。

　　青年男女之间的交往，时刻都蕴藏着感情的奇妙变化，那种超过一般朋友友情之外的感情（真是啰唆、迂腐、昏庸！难怪此时男生女生都不说话哈！）它或者给人带来极大的快乐幸福感，或者带来痛苦和意想不到的麻烦。

　　我们女排自练球始，在短短的一个月内，就"练"出了一队恋人（看走眼了），看形势，很可能出现第二队、第三队，在旁观者眼里，我们的排球队，大有"婚姻介绍所"之性质，我曾气恼，认为这无疑是对我们这支活泼、有希望的球队的亵渎，那我们这种积极、卖力又是为什么呢？（真是不开窍、青涩得很呵，有嘛气滴，该高兴！）

11月23日

　　因为打排球，来不及吃早饭，又迟到了。

　　老师已经站在讲台上，教室里是黑压压的人头，我很窘，不好意思，进门后赶紧坐在第一排。

他断了一小下，然后又继续讲，他讲了莫里哀的《贵人迷》，讲契诃夫的《月色》，讲得绘声绘色。还讲了如水月光下的小树林里的恋人，讲茫茫海上，一艘小舢板，拖着一条比小船还大的鱼……真让人入迷呵！

（已经开始走神了）我盯着他的嘴，那张停不下来、动个不停的嘴，真能说话呵！他的嘴算有棱有角，嘴唇薄，嘴角上翘，特别是笑的时候，鼻子不算大，但挺，眼睛长得还可以，不是说人眼是心灵的窗户吗，像这样一双眼睛，能泄露出他心灵的什么秘密呢？……呵，下课了。

蒙蒙雨、排球场。

最后一个球，比分14∶14。

我发球，一定要发过去、发好！

抛球、挥臂、击球。

"好，飘球！"

"好球，压线。"

"14∶15，赢了！"

有人正站在场边叫喊，有人朝我们跑过来，一片沸腾，我们抱在一起，这大概就是年轻人的热情吧，如果想知道我们这时候的心情，那就请回想一下中国女排，在世界杯排球赛战胜日本队的情景吧！（哈哈，真不好意思，这是我写的吗？看得我都笑了！）

平淡的学习生活似乎有了变化，排球赛不仅仅是我们班的话题，也是全系的话题，夺冠，长中文系的士气，人心所向。

楼上楼下，黑板报接二连三地搬出来，中文系的秀才们用其所长，搬文弄句，力造声威："今日一战，事关全局，是走向冠军的坚实一步！""开山炮炸得响，夺标希望就大！"

但今天与数学系的比赛，自己发挥得不好，心境是急躁、心虚、胆怯，上场就发慌，等打球时，人也恍恍惚惚的，好像是在梦里，四肢的肌肉不知是松弛还是僵住了，人只是凭着本能去扣、垫、挡、接球而已。

什么三次组织进攻呵，急躁占了上风，我只想扣、扣、扣，扣死她们……以后的两场比赛，一定是两场恶战，慌张是要不得的，我们怕对手，对手也同样怕我们。要冷静，如果比赛时一个人能发挥好，像平时打球那样稳重，就可以安定军心。

11月29日

排球，成了这个学期的焦点，一切的一切都是随着它转。

上海的冷天气，实在是让人难耐，虽然我生长在北方，经历过数九严冬，曾顶着西北风，踩着厚厚的积雪上学下学，可那会也没像现在，感觉这样冷呵。

下午，我们在宿舍外的空地练球，这会儿，就是坐在屋里，人都冷得缩手缩脚，况且是外头。今天风很大，带着呼啸，很像北方严冬里夹雪的风。一个球发出去，被风吹得统统是界外；二传手传来的球，在空中被风吹得晃晃悠悠，根本接不住，真是又可气、又可笑。大家都成了红鼻头，嘴也结结巴巴讲不出话。

明天的比赛，是所有比赛中最关键的一场，只能胜，不能败，赢了，就是全校冠军啦！这两个月，每天清早，从冷被窝里钻出来，饿着肚子打球，衣服被汗水湿透了，一会儿，坐到教室里，又变得冰凉。两个月里，每天早上我们只是啃着干馒头，没喝过一口稀饭（开始吐槽了，苦B呵）……然而，这一切将换来的就是明天的结果！

今天晚上，吕素勤写了一首诗，为我们排球队而作。

11月30日

今天是中文系与生物系的对决，等于是争夺全校冠亚军。

比赛要开始了，今天来观战的人很多，有班上的也有系里的，光是老师就有七八个。球场四周围着厚厚的人墙。不知道是紧张，还是空气不流通，我有

些窒息,还有一种置身大赛的感觉。

但是,我心里告诉自己:千万不能慌,装也要装得轻松。但是,还是不妙,二传手刘忱先紧张起来,脸色倏变,成了土黄色,我看见她脸上的肌肉在抖,说话声儿也走调了,慌慌张张地动来动去,好像大难临头,我们已经一败涂地似的。

生物系出场时做出很镇定的样子,个个面带笑容,还有一位小姐,竟然把家里外甥的塑料玩具拿来,以助自己球队旗开得胜。然而,机关算尽,也逃避不了失败的命运(够狠),不久,她们的笑容,就无影无踪,像水一样流到了我们的脸上。

今天我打得真痛快,头一次拦网成功,扣了两个她们没接住的球,另外,还有背扣、重扣,发球也有六七个,有飘球、边线球,我自己也甚为得意。不过,今天发挥得好,得感谢一个人,他站在场边上,尽管不喊不叫,但我还是一眼就看见了他。

我们赢了,我似乎还没打够,觉得不过瘾。

沈老师说,要把我吸收到8011男队里。

后 记:

8011女排

指 导:

潘承凡(很像后勤部长,张罗着吃、张罗着喝,那时最好的饮料是橘子水。督促着、看着我们练习,没他可能就坚持不下来了)

教 练:

李满鋆(长发、酷爱体育的广东仔,能在暴雨中踢足球。那时,好像是脚受了伤,打着绷带,记忆里他总是跳着走路,在球场边上,一只脚跳着给我们捡球)

队 员:

刘忱(二传手、队长,能喊能叫,情绪大起大落,容易慌,容易激动,脾气好,传来的球绵柔,接起来舒服)

周美玲（打球的样子记不得了，但声音至今不绝于耳，脆亮的、有力量，像她的名儿）

彭金燕（到现在也没看见，比她还身轻如燕的人，"嘿嘿"笑的时候，比说话的时候多）

陶社兰（队里叫她"高射炮手"，因为她发的球又高又重，又像降落伞一样飘落，很不好接。发球时，她左脸颊的肌肉先动一动，好像要把眼镜往上撮一撮）

陈薇（被称为"灵感队员"，能超常发挥，善救险球。发球时，老是没站稳就"咚——"的一下发过去，要么是极险的好球，要么是天外游客）

董月玲（四号位，怕人不懂，会向人显摆：就是郎平打的那个位置）

董月玲，1961年11月生，籍贯辽宁大连。1980年考入复旦大学中文系，1984年毕业，分配到《中国青年报》。先做文学编辑，1995年"冰点"创刊时，到"冰点"做专栏记者至今。已写过《202路有轨电车》《世纪之战》《冯骥才哭老街》《5000年未有之破坏》《何处是归程》《无处逃避》等一百多万字的"冰点"特稿，曾获"《南方周末》致敬之年度特稿写作"，出版过《独身旅行》《活法》《别喊我老外》等书。

不爱红装爱武装

陶社兰

现在看来，其实我这个人是有些懒的，至少在对待职业这件事情上。大学毕业步入社会三十年，居然有二十七年在从事同一样工作。而这些年做军事记者，也因为懒，一做，就快十年了。

在部队采访，认识一些优秀的复旦校友，他们有的都当上将军了。我为他们高兴，也为复旦骄傲。还发现一个有趣的现象：清华的国防生当典型，复旦的国防生宣传典型。好几个复旦师弟，我入学的那一年，他们刚出生。真是年轻啊。

而我年轻的时候，是多么的简单、幼稚啊。十六岁怀着成为作家的梦想进入复旦中文系，阅读大量的文学书籍，好奇之下，又选修了新闻系的课程。没想到，这一无心之举却成为将来职业生涯的起点。其实文学与新闻，完全背道而驰。

2005年初，很偶然的一个机会，我开始做军事记者。是以一种战战兢兢的心情，接受这个光荣而艰巨的任务的。因为对这个行当实在太没有概念了。在我看来，这个军队是陌生而神秘的。

记不得从什么时候开始，每年的8月1日，是要给父母过生日的。这一天当然不是他们的出生日。是父亲当兵后自己改的。他甚至把母亲的生日也改在了这一天。直到我做了军事记者，才蓦然惊觉，其实自己跟军队之间，是有着某种天然的缘分啊。

父亲当兵的时候，是上世纪四十年代初。那时他也就是十八九岁，却已经结婚生子，家境还算不得差。有那么一天，他丢下家人，跟部队走了。这一走，就走了几十年，走出了几千公里。他参加过淮海战役、渡江战役。等南京解放了，上海解放了，他的部队驻扎在繁华的都市。有那么一天，命令下来了，还要继续走。这一走，就打到了四川。他一直珍藏着好几枚勋章。这些，记录着他走过的路，是他永远的光荣和骄傲。

全国解放后，父亲转业了，在当地的一个小城市做公安局长。他的身上，体现了老一代军人的那种赤诚、坚忍、宽容，以及铁骨柔情。他不善言辞，有些沉默寡言，这让他显得不怒自威。1974年，他提前离休，落叶归根，回到故乡，平静地过着他的生活。战场上的枪林弹雨，"文革"中被揪斗，以及中年丧子、老年丧妻，承受这些致命的打击，得多么坚强。军人出身的父亲，做到了。2008年汶川地震后，生活已经不能自理的父亲，还惦记着让小哥哥帮他交特殊党费。这让我从心底里佩服他，敬重他。

现在想起来有些奇怪，我们兄妹六个，竟没有一人当兵。只有小哥哥高中毕业时报考了飞行员，却因视力不合格被淘汰了。后来他考进大学读历史。前几年，当小姐姐的女儿爱上一个海军军官，准备结婚时，父亲见到高大魁梧的小伙子，满心欢喜。我想他高兴的，恐怕还是这个家里，终于又有了一个军人吧。

平生第一次走进军营，是到石家庄采访原北京军区某防空旅这个重大典型。当天晚餐时，部队为了表示热情，用吃饭的碗喝白酒，把我吓一跳。这是我第一次见人用碗喝酒，想必只有梁山好汉才有这种架势吧。我开始打退堂鼓了。要知道，我可是酒精过敏的体质。不能喝酒，还怎么在部队混？晚饭后想到营区外散步，刚走到大门口，哨兵猛喝一声"口令"，又把我吓一跳，

作者在海军舰艇上采访

赶紧转回头，老老实实地回到房间。

这几年下来，酒，也喝得醉过，吐过，却始终没有练出酒量。受过多少辛苦、委屈、劳累，流过多少汗水和泪水，也都不足为外人道。然而，回首走过的路，有那么几篇自己还满意的稿子，有那么一些值得记住的人和事，有那么一些好玩儿和可笑的经历，就足够了。

和平时期的军事记者，采访军演，算得上是跟"战争"沾点边了。2007年8月，上海合作组织六个成员国的武装力量，在中国乌鲁木齐和俄罗斯车里雅宾斯克举行"和平使命—2007"联合反恐军演。包括我在内的几十名记者和中方新闻官等人，7月31日早上从新疆某军用机场起飞，和各种参演装备一起，乘坐伊尔76运输机，历时四小时，被投送到三千多公里以外的俄罗斯车里雅宾斯克州的沙戈尔机场。

我们住在俄军军营里，他们都住到野营村里去了，只剩下十几个士兵负责我们的服务保障。俄军以正规化和管理严格著称，把我们也当作军人来管理啦。被褥必须按原样整理整齐；桌面上不允许摆放物品；去饭堂要列队；等等，让我们这些习惯了懒散的记者们且有一段时间的不适应。

实兵演习那天，六国元首和防长共同观摩。当时任主席胡锦涛、普京总统等出现在现场时，大家都争相走出新闻中心，一睹他们的风采。而我，只能坚守在新闻中心的发稿线路上。因为线路紧张，如果离开一步，很可能就被别的记者占据了。

随着演习的结束，我的稿子因为事先做了充足的准备，也在第一时间发完了。返回营地的时候，走在俄罗斯广袤的荒原上，我流泪了。是尚未散去的硝烟迷了我的眼，还是我的心里对这段经历这个地方的不舍？

对于中国军队来说，2009年是大出风头的年份，重大活动不断。海军成立六十周年、空军成立六十周年、四大军区跨区演习、中俄军演、国庆六十周年天安门盛大阅兵等等，让中国军队走到了世界的聚光灯下。

然而，对于我个人来说，这一年，却是一生中最为灰暗的。春天，父亲在母亲去世五年后，安详地离开人世，我成了孤儿。夏天，孩子考到外地读大学，我的婚姻也走到了尽头。当爱已成往事，工作成了我的慰藉。

办完手续没几天，我赶到安阳，采访原济南军区"跨越-2009鹿寨"跨区演习，乘坐军车，一路行军两千多公里，向远在广西的演习地域进发。

年底，空军成立六十周年，邀请了三十多个国家的空军领导人出席"和平与发展国际论坛"。空军派出三架专机，安排与会外宾到山东的航空兵部队和曲阜参观。

山东是时任空军司令员许其亮的家乡，他提议安排各国空军领导人参观孔孟之乡，意在表达中国空军致力于与各国空军共建和谐空天的愿望。

整个参观期间，我时刻处于采访状态中，瞅准空子抓住外宾聊几句，连国防部新闻发言人都被我"抓"来当翻译，哪还有心思看风景？

参观结束后，已是下午三四点钟了。大家正准备登车前往机场，我走到许司令员面前，请他就此次活动发表一点言论。他犹豫片刻，说回到北京吧。我想，这应该就是婉拒了。我知道，那几天里，他的活动安排得相当频密，而且当天天气十分寒冷，从上午八点到现在，一直是马不停蹄的，的确是够辛苦的。

傍晚专机回到西郊机场时，刚刚下过雨，地面都是雨水。我走下舷梯，看见空军司办主任程军翔在等着我。他告诉我，许司令员要接受我的采访，让我在机场的会议室等待。

待许司令员将外宾一一送走后，他来到会议室，跟我聊了二十多分钟，谈他对中国空军未来发展的想法，谈他对中国空军与世界各国空军共同建设和谐空天的理念等等。

那天，只有中新社一家媒体，只有我一个记者，在那个阔大的会议室里，在十几位戴着各种军衔的军人的陪同下，完成这次特别的采访。除了"感动"这个词，我真的说不出什么了。

有人说，上帝给你关上门的同时，一定会给你开一扇窗。中国古话也说：失之东隅，收之桑榆。这些年，碰到了多少困难、挫折、无奈，但一次一次走进部队，看到官兵们承受高强度的训练，忍受与家人的分离，在缺氧的高原守护，与外界隔离的潜艇里下潜十几天，连呼吸的空气都不新鲜，是他们，给了

我勇气和力量。2011年，我被评为中央国家机关优秀党员，但因为进藏采访，错过了时任总理温家宝在人民大会堂的接见。这一年的5月，我还在世界最高的地方，度过我的生日。当我被围在官兵们中间，手捧鲜花，听到生日歌唱起，我深深地感到，做一名军事记者的荣耀和幸福。

遥远的非洲，有中国军队的多支部队在那里维和。2013年4月，我随轮换部队到苏丹达尔富尔维和部队采访。自2007年3月中国维和部队部署到这里以来，我是第一个到这个部队的女记者，也是迄今唯一的女性。想起2006年的春天，我到昆明采访维和部队出征，这是原成都军区的部队，他们要到黎巴嫩执行维和任务，其中很重要的一项工作，就是排雷，危险可想而知。

前往送行的家属们，有的是新婚，有的推迟了婚期，还有一个家属，身背着几个月的婴儿，从贵州老家赶来。看着她们默默地流着眼泪，我完全忘记了自己的记者身份，忍不住陪着哭。夏天的时候，就有一名来自中国的军事观察员杜照宇牺牲在黎以边境的战火中。在采访报道他的事迹的时候，面对他的父母和妻儿，我什么话也问不出来，不想去触碰他们的伤痛。

我在采访国防大学战略研究所原所长杨毅海军少将的时候，他说的一句话让我颇有同感。他说，人的一生如果没有军人的经历，那是终生遗憾。这几年，我曾在北京八一大楼与军队高官交谈，也在大漠戈壁和训练的士兵聊天；曾聆听军事专家对国防建设的高见，也听过基层官兵谈他们从军的抱负；曾感怀于维和官兵身处异国他乡时对家园故土的思念，也感动于军人之妻为爱的无怨无悔。从父亲身上，我看到了老一辈军人在枪林弹雨中锻造出来的勇敢、坚毅、牺牲；从我的采访对象身上，我看到了新一代军人为了国家安全和民族利益所付出的努力。这种精神是一脉相承的。他们的存在，让我们安宁。

有时想想，其实做了这么多年军事记者，我也有一些不太称职的地方吧。比如，因为晕船，多次放弃跟随海军舰艇远航的机会；因为脆弱，从来不敢采访解放军抗震救灾的行动；因为害怕，不敢打枪，甚至，永远搞不懂装备的型号、性能……但是，最重要的是，我把我的心，我的情感，早已交付军队。也或许，有那么一天，当战争真的来临，我会第一时间走上战场，成为一名真正的战地记者。

陶 社兰，女，汉族，1964年5月21日生于四川省荣昌县（今属重庆市）一个干部家庭。1974年，随解放前南下的父亲迁居祖籍地江苏。

总体而言，大学的四年里，成绩一般，只有自己喜欢的几门课还行。排球打得还不错，为中文系赢得全校女排比赛冠军立下汗马功劳。出于兴趣，也选修了几门新闻系的课程，没想到却为将来的饭碗做了铺垫。

毕业时遭受沉重打击，偏偏被分配到最不愿意去的机关，当即决定一年后调动。工作一年后，单位要求下基层锻炼。听从了友谊的呼唤，去了福建。这一扯，又是一年。回京后，几经周折，于1987年3月调到中国新闻社。

在中新社，曾在专稿部、海南分社、总编室、香港分社、中新网等多个部门流动，最后落脚在政文部。做过电影、教育、经济、时政等条线记者，也当过几年杂志编辑、总编室编辑、网站编辑。2004年底从香港分社任期结束，出了我的第二本书《和香港一起走过》。是班长晏海林亲笔题写的书名，由梁光玉出版的。这本书记录了我的香港记忆，也是同学情谊的见证。

年过四十又开疆拓土，开始跑部队，填补了中新社军事报道的空白。现为中新社政文部副主任兼军事部主任，高级记者。

如同我的大学成绩一样，做新闻也是业绩平平。走过一些常人难以企及的地方，结识过一些有趣的人，写过几篇自己还算满意的稿子，出过两本书，得过几个小奖，这就够了。

我的股市缘

连建明

　　读大学的时候，我怎么也想不到会与股票沾上边，会成为后来的工作，成为生活里重要部分。上学的时候，只读文学、哲学、历史这类社科类的书，从来没有接触过经济类的书。尽管考大学的时候，我数学成绩最好，考了九十八分（离满分差两分），但是，这是运气，实际上我对数字毫无感觉，甚至电话号码也记不住。

　　走上炒股道路与阿奎（袁顺奎）有关。1990年单位分了套房子，我搬到了浦东，而阿奎当时已经住到浦东，离我家很近，骑自行车十分钟就到他家了，由此，我和阿奎来往很频繁。

　　大约1991年，阿奎认识了一位个体户出租车司机，牌照是X字头，X字母看上去就是一个"叉"，所以，上海人把出租车叫"差头"，"差头"的出处来自于此。能够有X牌照的出租车都是比较牛的，因为车是司机自己买的，当时没有什么人能买得起车，X牌照的出租车不归任何单位管，赚的钱全部归司机，当时开出租车几乎是上海最赚钱的一个行业，所以，个体户出租车司机可以算大户了。

　　这位个体户出租车司机后来迷上了炒股，连这么赚钱的出租车都没有兴趣了，拉着阿奎要一起炒股。上海在1990年12月19日正式成立了上海证券交易所，在这之前，1986年上海就开设了证券柜台交易，有一部分人开始炒股，但是，大部分上海人都不知道股票为何物。然而，阿奎当时去过深圳，对早期股票有所了解，所以，阿奎开了股票账户，开始炒股。

1991年下半年某一天，阿奎非常兴奋地与我大讲股票，因为他小试牛刀，买了电真空股票，大约一个月赚了四五百元。当时我们的工资也就一百来块吧，一个月能够赚那么多的钱，的确很诱人。他的这笔"横财"，不仅令我，也令其他几个同学很惊讶。

阿奎鼓动我们炒股，我们都很心动，可是，当时我们都不懂股票，也没有股票账户，无法炒股，更重要的是，我们钱很少，于是，我们几个同学把钱凑起来交给阿奎炒股，一个股市里的"小舢板"就这样起航了，记得当时参加的人除了我，还有老虎（陈志强）、陈小云、曹怡波等，当然阿奎的钱也放在里面。

这笔钱数字并不大，记得大约是两三千元，拿了钱买什么股票呢？当时上海只有八只股票，而且股市开始热起来，股票根本就买不到。阿奎说买深圳的股票，因为深圳发生一场股灾，股价跌得很厉害。我们都同意，可是，上海当时只有一个地方可以买深圳股票，就是位于人民广场工人文化宫对面的万国证券黄浦营业部，由于是异地买卖，非常不方便，万国黄浦设立了一道门槛，资金达到万元的才能委托，而我们的钱不够，这条路走不通。

我们想了第二个办法，看看深圳是否有亲戚朋友，陈小云说有个亲戚在深圳，于是，他打了一个长途电话给亲戚，准备把钱通过邮局汇到深圳，让他在当地开个股票账户为我们买股票，陈小云的这位亲戚虽然完全不懂股票，但答应了我们的委托请求。就这样，在1991年底，我们终于首次买了股票，总共买了三只股票，深宝安A、深安达A和深原野A，价格非常低，记得宝安只有五元左右的价格，安达大约十元，原野也是七八元。

由于我和阿奎住得比较近，炒股操作事情就由阿奎和我负责，我几乎每天晚上都到阿奎家里去研究股票，阿奎把每天股票价格记录下来，然后在纸上画K线图，根据K线图研究技术走势。我从他那里学了一些股票技术知识，后来我自己开始画，大约画了十年，用报社的版样纸（上面有格子，画出来的K线图比较精确）一张张拼接起来，摊开来足有一个房间那么长。

然而，我们的研究没有什么作用，几个月过去了，深圳的股票一直在盘整，价格就是不涨。转眼到了1992年，1月份上海推出股票认购证，每张三十元，可以认购一年里发行的股票。我们聚在一起讨论该不该买认购证，阿奎根据当时公布的要发行的几只股票计算，认为认购证的中签率非常低，我们就决定少买一点，每人买一张玩玩，不中签也无所谓。考虑每人单独买一张中签率更低，就决定集体买十张，每人出五十元（也有人认购两张），如果中签，认购股票的钱大家平摊，当然，赚的钱也按十份平摊。后来，这个认购证成为我们真正在股市中赚的第一笔钱，每一份大约赚了五千元。

当时上海股票一路上涨，可我们买的深圳股票却一直原地踏步，这让大家挺着急。1992年2月份，上海宣布放开股价，在这之前，上海股票有涨跌幅限制，每天最多只能上涨百分之十，后来宣布只能上涨百分之五，造成股价天天涨停，大家根本买不到股票。而放开股价，股价就会一步到位，股票应该可以买到了，阿奎觉得这是一个机会，决定卖出深圳的股票，钱汇回上海，准备买上海的股票。大家同意了，就这样，陈小云的亲戚又按我们的委托卖出股票，把钱汇到上海，由于这几个月深圳股票基本上没有涨，所以，我们第一次股票投资没有赚到什么钱，而且，我们买的原野股票，由于造假被深圳交易所停牌，我们也无法卖出股票，中国股市第一次的造假就让我们碰上了，可以说，我们运气很差，股票投资出师不利。而我们卖出深圳股票后不久，深圳股市大涨，像宝安上涨到三十元，涨了六

作者近影

倍,但这个本该属于我们的钱我们没有赚到。

1992年2月18日,上海第一只股票——延中实业放开股价,股价从前一天的98.9元(当时面值10元,相当于现在1元面值的9.89元),一下子上涨到168元。证券营业部人山人海,场面火爆,我和阿奎挤在人堆中,义无反顾地往前冲,记得我们好像是在200元左右买到的股票。买完后股价天天上涨,我们都很兴奋,大约一个星期,股价就冲破了300元。那么,什么时候卖出股票呢?阿奎说400元,股价涨一倍,我觉得这应该是很容易的事。

但现实很快又给我浇了一盆冷水。1992年3月12日下午,我来到万国证券黄浦营业部,看到延中实业股价上涨到380元,心想400元不远了,没有想到收盘前一刻钟,突然大量抛盘涌出,股价开始下跌。之前大约两周,延中实业的股价每天都是以最高价收盘,由此形成了股票必上涨的思维,看到收盘前股价下跌,我心里很难受,因为股票会下跌,这是我之前没有想到过的事情。回家的路上心里一直不是滋味,这是我第一次遇到股票下跌,印象非常深刻。之后的二十年里,遇到过无数次股市下跌甚至暴跌,但都没有那次让我一直记着。

其实,那个时候我们的股票还是赚很多钱的,但我们没有抛,而延中实业的下跌才刚刚开始,一个月后,股价最低跌破了二百元,我们竟然不赚钱了,这像梦一样让人很难相信。后来反弹到二百多元,我们抛出了股票,依然赚得很少。

第一次深圳买股票我们没有赚到钱,第二次上海买股票我们又没有赚多少钱,我的股票投资就是从不赚钱开始的。

此后一段时间里,我和阿奎一直在证券公司营业部里转,买这个股票,买那个股票。当时,买卖股票还是很有难度的,因为人多营业部少,特别是委托跑道有限,每天能够委托股票买卖的数量是有限制的,因此,营业部都是早上先发预约券,只有拿到预约券的人当天才能买卖股票。拿预约券就成为当天的一件大事,阿奎总是一早骑自行车去拿预约券。营业部里人多凳子少,只能站着看行情,一天下来人很累,但股市那种跌宕起伏的刺激,往往使人忘了累。在行情平静的时候,我们就在门口地上坐一会儿,抽袋烟。尽管入市初期这段时间,股市并没有给我带来财富,但是,股市的吸引力就此改变了我的生活。当然，这条道路是与阿奎分不开的。

后来，我们这个股市"小舢板"散伙了，大家各做各的股票，从此，股票一直伴随着我们。阿奎依然在做股票，更重要的是他从此的写作都与股市有关，在这之前，大家都知道阿奎是哲学家，而且经历丰富，去过云南、深圳等地，写过以云南为背景的一些小说，但自从深度介入股市后，他写的基本上都是与股市有关的作品，其中一本小说改成了电视剧《秦家风波》，还出版了几本股市历史的著作，成为一个股市作家。

我从2000年开始，工作也与股市直接联系上了，干了财经记者、编辑十多年，写的股市、经济方面的文章，远远超过之前二十年写的文章数量。有的时候，我自己也觉得挺奇怪，在我人生的前三十年，我与经济毫无关联，并且也不喜欢，读中学的时候，数学是我除了英语之外第二不喜欢的课。如今，我却干上了与经济密切相关的工作，这十多年我读的经济方面的书远多过以前最喜爱的文学书，慢慢悟出什么是股市，该怎样投资，如何防范风险。以前觉得文学反映的是人性，现在，明白股市不光是一堆数字，背后也是人性，这个数字游戏中包含的洞察力、心理承受力等等内容博大精深，比小说精彩。

从文学到经济，看来人是可以改变的，其实，我们未必一开始就知道自己最终要干什么。大学读什么专业并不是最重要的，因为未必是最终的职业。如果让我重新选择，我依然会读中文系，而不会选经济系，因为大学的气氛、精神才是最重要的，这将决定未来成为怎样的人，怎样做事。从这点看，有了同样精神的8011，有了气味相投的阿奎，才有了我这个股市缘。

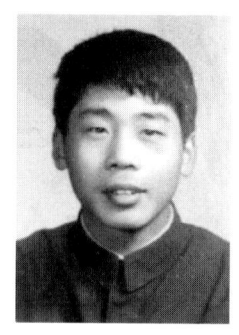

连 建明，1962年6月出生于上海。

1980年考入复旦大学中文系。

1984年7月毕业后分配到上海总工会，在总工会办公室从事简报工作。

因为觉得机关有些无聊，半年后申请调动，原本是想去工人文化宫的，但是，半路中被《劳动报》截去，1985年进入《劳动报》。

在《劳动报》干了十年，在很多部门工作过，特别是1988年，原先工人文化宫的一个文学刊物《建设者》移交《劳动报》，参与该刊物的改版，我提议走市场化的道路，将刊物改成《现代风》，以反映社会现实的纪实文学为主，通过新华书店发行，在《新民晚报》《文汇报》、上海电视台做广告。效果很好，首期杂志发行了十七万份。

1994年，受报社委托，我们夫妻俩一同赴北京开设《劳动报》北京记者站，在北京工作了一年半。

1995年，结束北京记者站工作回到上海，适逢《新民晚报》因扩版内部招人，于是参加招聘，1995年底进入《新民晚报》。

在《新民晚报》先是在浦东记者站做记者，跑建设、外高桥等条线。2000年，回到经济部工作，成为股市版面的编辑，参与了《新民晚报》财经周刊从创立至今的工作，写了大量经济、股市方面的稿件，并出版多种证券方面的书籍。著有证券题材的长篇小说《金漩涡》（合著）；主编《寻找"黑马"》《捕捉"黑马"》《驾驭"黑马"》等系列丛书；主编《大赢家的真实故事——100位股市成功者赚钱的100种方法》。

我所相识的几位汉学家

王　岗

　　我的生活阅历并不算丰富，局限在学术圈内。由于长期求学及任教海外，又从事中国传统文化研究，对我学术经历有重大影响的一些前辈大多活跃于海外，算是汉学家，我的这篇小文就用"我所相识的几位汉学家"为题，聊一聊我在海外相识的几位汉学家。不过，在讲述他们之前，我先要追忆一位在国内给予我重要启蒙的尊师。在我的学术生涯中，有两位前辈学者对我有至关重要的影响。按时间先后，是复旦大学的章培恒师。章老师在追求学术的严谨方面，为我立下了楷模。在这种治学精神的感召下，我认识到不求做出有多响亮的成就，而是踏踏实实做一些有益的研究，哪怕题目很小的考证，只要解决或甚至仅澄清了具体问题，就算是贡献。章老师另一个对我的启迪是学者也应该是性情中人，学术也有人格个性。章老师正是一位文中豪士，尽管桃李满园、日理万机，但我每次回沪，他都会兴致勃勃地邀我吃饭，煮酒论学，而我所得益的有学问，也有人生经验。章老师并非我的导师，但对我一向很好，在学术追求上给了我最重要的引领，在个人关系上也情同师徒。只是到了章老师临终前一两年，由于他身体欠佳的关系，我才没有机会见到他。2011年章老师仙逝后，门下不少弟子属文，追述章老师的治学与为人，不必我来赘言。 2012年6月7—9日复旦大学举办了纪念章培恒先生逝世一周年系列学术活动，我有幸应邀参加了作为此次系列活动重头戏的"实证与演变：中国文学史国际学术研讨会"，并在会上宣读了以《明代中篇传奇小说的传播及其文化意义》为题的论文，得到点评者黄霖教授和其他与会学者的佳评，会后该文经过修改，收入《实证与演变：中国文学史论集》，即将出版，聊以表达对章老师的纪念。而章老师在学术上的启迪，已为我在海外吸收汉学研究的丰富成果打下了重要的基础。

其余几位对我学术经历有较大影响的学者都活跃于海外，所以是汉学家，我按结识他们时间的先后为序，来谈他们对我的启迪。这里谈的第一位汉学家同时也是另一位对我影响最大的学者，这就是我的导师余国藩先生。余老师是芝加哥大学唯一的神学院、英文系、比较文学系、东亚系及社会思想委员会的兼聘教授，执教鞭垂四十年，长期担任芝加哥大学巴克（Carl Darling Buck）人文学讲座杰出教授，现为巴克人文学讲座杰出荣休教授，是美国国家人文科学院院士和台湾"中研院"院士。余老师桃李满天下。有幸的是，我是余老师门下中国大陆学生中最早获得博士学位的弟子。余老师毕生从事宗教与文学研究，在他的点拨下，我也进入了宗教与文学研究之门。余老师常说他自己精神上属于"五四"时代，这意思是说，虽然他对宗教的研究是对"五四"反宗教的极端的修正，但他骨子里是一个人文主义者，关注文学和宗教对人的精神解放和灵魂救赎的作用。在他2001年出版的重量级著作《重读石头记里的情欲与虚构》（*Rereading the Stone: Desire and the Making of Fiction in Dream of the Red Chamber*），题记献给了为中国民主奋斗的青年学生。其他方面，余老师是个品酒行家，他长于钢琴，也烧得一手上佳的广东菜。他还喜作旧体诗词，我也偶尔凑数，和过几首。

余国藩师对学问涉足的范围之广及其研究之深是令人震惊的。上文讲到余老师毕生从事宗教与文学研究，而中西比较则是其学术灵魂。任职台湾"中研院"文哲所的师兄李奭学用"两脚跨东西文化，一心写宇宙文章"来概括余老师的学问，恰到好处。余生也晚，浸淫老师学问的时间尚短，也限于才力，不曾得老师学问之万一，不敢涉足老师致力于的中西比较文学研究。但余老师宽广的学术视域和敏锐的理论批判度，对我始终是个鞭策。余老师是《西游记》研究的权威，他从宗教与文学的角度研究《西游记》，让我看到了对中国古代小说的全新的解读。2012年12月,余老师的《西游记》四卷译本修订新版问世。在修订过程中,我也一直关注老师的工作,也尽了绵薄之力。早在1993—1994年修读余老师所开设的"《西游记》研究"课上,我就写了《"西游记":一个完整的道教内丹修炼过程》一文作为学期论文。余老师非常欣赏拙文,到处向其他学者推荐,并敦促我去发表。此文1995年发表于台湾新竹《清华学报》,获得较好的反响。1998年,我当时尚未毕业,蒙刘再复先生不弃,香港天地图书公司决定在刘先生主编的"文学中国丛书"里,出版我的一部专著。余老师知道后,专门为我开设了"独立研究"课程,以便我有时间撰写此书。此书从道教方面对《西游记》和《金瓶梅》等小说的研究,就是运用了余国藩师的"宗教与文学"研究的方法。书稿完成后,余老师又拨冗为我写了序言。1999年,香港天地图书公司出版了我的这部书《浪漫情感与宗教精神——晚明文学与文化思潮》,该书列入香港商务印书馆统计的香港2003年度百部最佳书排行榜,为其中为数极少的学术类书。

我对宗教学理论的关注,以及最后投身道教研究,正是得益于芝加哥大学宗教学的学术氛围和余国藩师的教诲。这几年我更把主要精力放在明代道教的研究上。余老师2005年出版的近作《中国的国家与宗教:历史与文本的角度》(*State and Religion in China: Historical and Textual Perspectives*),就对我明代道教方面的研究有直接的参考价值。不仅如此,无论是在我撰写拙著《明代王府与道教:一个精英层的制度化护教》(*The Ming Prince and Daoism: The Institutional Patronage of an Elite*),还是以"明代的道教和地方社会"为题申请美国学术联合会(American Council of Learned Societies)研究奖助的过程中,余老师都提出了中肯的意见和修改的建议。前者由英国的牛津大学出版社于2012年出版,中文译本也已翻译完毕,不久就能与国内读者见面。后者获得了由美国国家人文基金会(National Endowment for the Humanities)提供研究金的美国学术联合会"2013—2014年度中国人文研究奖助"。算是向老师呈交的过得去的答卷。

第二位我要谈到的汉学家是已故陈学霖(1938—2011)先生。陈先生是宋金元明史专家，他接续了吴晗、罗香林以来的中国史学的学术脉络，也秉承了西方汉学的批判精神和视野广阔的特点。他是罗香林先生门下"四大金刚"中学问最厉害的，又师从普林斯顿大学牟复礼（Frederick W. Mote, 1922—2005）教授，得益于西方汉学中最优秀的史学传统的熏陶。陈先生于典章、制度、礼仪、学术源流，无不网罗胸中。更重要的是，陈先生治学不拘一格，尤其对刘伯温、铁冠道人张中、流传于市井间的谶谣《烧饼歌》、白莲教乃至月饼与抗元秘密义举的关系，都有独到的见解和学术界仅有的严肃研究，这大大投合了我喜欢"怪力乱神"的口味。我在芝加哥大学写博士论文时，就不仅搜罗了陈先生已出版的所有中英文论著，而且参考了陈先生1966年在普林斯顿大学的博士论文《刘基（1311—1175）：一位中国皇家军师的双重形象》[*Liu Chi* (1311—1175): *The Dual Image of a Chinese Imperial Adviser*]，这些对我研究明代艳情小说中的道教向度有直接的启迪。2012年出版的拙著《明代艳情传奇小说：文化操作中的体裁、消费和宗教性》（*The Ming Erotic Novella: Genre, Consumption, and Religiosity in Cultural Practice*）一书，就继续参考了陈先生这方面的论著。

我与陈学霖先生的相识，则要等到我1999年从芝加哥大学毕业到香港中文大学任教。但我与陈先生也并不十分熟悉。陈先生历任新西兰奥克兰大学历史系高级讲师、美国哥伦比亚大学《明代名人传》编纂处研究员、澳大利亚国立大学远东史系研究员、台湾大学历史系客座教授、美国华盛顿大学杰克逊国际研究学院及历史系教授。余国藩师作为台湾"中研院"院士，有资格提名新的院士人选。余老师曾表示，他要提名陈学霖先生为"中研院"院士。可见学者之间的惺惺相惜。

1998年，作者（左）在芝加哥与导师、同学在一起

　　我去香港工作时,陈先生任中大历史系的历史学讲座教授和系主任,并从1995年起就一直担任中大《中国文化研究所学报》的主编和编辑委员会主席。我当时仰慕陈先生的学问,但对这位大腕级的学者,不敢随意打扰。在学校同事的社交场合,陈先生知道了我是余国藩师的学生,又从事明代文学研究。有一个偶发的机会,使我对陈先生有了更多的了解。当时,中大历史系另一位明史专家朱鸿林先生在台湾"中研院"历史语言研究所任研究员,暂时未回,而陈先生忙于多项行政事务,无暇教授本科生,历史系的明史课程因此无人开设。而恰好我所任职的宗教系也经费不足,能否给我续约也是一个问题。陈先生就找到我,让我在历史系兼职,上两门课"明史"和"中国近世思想史"。虽说他请我给历史系上课,是帮我解决了在中大的续约问题,但他却向我表示是请我给历史系帮忙。这更让人由衷感激和敬佩这位简易、随和的谦谦君子。我2003年离开香港去美国任教。说也奇怪,以后凡有机会回香港,或参加学术会议,或由于私人事务,都能在中大校园里邂逅陈学霖先生,总是适逢他匆忙赶去参加会议之类的时候,他见到我,总是很诧异地说"王先生!"看来,我与陈先生还有缘。

　　在中大历史系工作之后,就与陈先生有了较多接触,也有时间向他讨教学问。他每次总是非常谦逊,一直以"土先生"来称呼我,在言谈不经意间会点拨我几句,而又不给人留下他以长者的身份说话的印象。他曾告诉我,他为了治元明史,专门学过古蒙古语,所以他在研究过程中能阅读古代蒙古文献。这对我触动很大,看来外语是做学问的前提。由于有近距离接触陈先生的机会,对他的学问有了进一步的了解。陈先生的名文《"真武神·永乐像"传说溯源》,披露了明永乐皇帝大规模营建扶持的道教圣山武当山上的真武神塑像,带有永乐帝本人的面貌特征,从而显示出永乐帝认为自己"靖难"登基有真武的佑护乃至自认为是真武下凡的宗教心理。而他1996年出版的中文书《刘伯温与哪吒城——北京建城的传说》和2008年出版的英文书《老北京建城的传说》(*Legends of the Building of Old Beijing*),神奇地向我们展现了刘伯温依哪吒的形象建造北京城传说的来龙去脉。这种对明史中神秘面向的探讨,极大地激励了我对从明史角度研究道教的信心。《"真武神·永乐像"传说溯源》一文收入陈先生的《明代人物与传说》。承蒙陈先生惠赐一本此书，至今该书是我对陈先生珍重的留念。

陈先生请我给中大历史系授课，对我来说还有一至关重要的影响。我虽一直研究明代文学，对明代史实多少有些熟悉。但我从未正儿八经地研究明史。在历史系教书，我有赶鸭子上架的感觉，心里直犯毛，不得不临时抱佛脚恶补。虽然教得蛮辛苦，但也收获极大。我因此明白了我们学文学出身的人，了解的历史只是一些历史人物和事件，对历史的典章制度是隔靴搔痒。也进而理解了过去人说二十四史最重要的是"志书"而非"列传"，盖对制度史的把握可以提纲挈领地对一个时代有总体的了解。正是在中大历史系教明史的这段经历，使我在学术上有了彻底的脱胎换骨，现在我会从典章制度的角度看待明代的道教。这都归因于陈学霖先生的提携和给我一个机会。在接下来的研究中，陈先生有关明代典章制度的一系列论著，举凡《剑桥中国明代史》第四章"建文、永乐、洪熙和宣德之治，1399—1435年"、明太祖与其诸子的关系、解缙（1369—1415年）为永乐帝篡改《明太祖实录》的研究等，都成了我的重要参考文献。前述拙著《明代王府与道教：一个精英层的制度化护教》，就是这样一个从明代制度史的角度探讨道教的尝试，得到国际明史专家鲁大维（David Robinson）教授的充分肯定，而其中我引用了陈先生论著达五部之多。

说起本人从事道教研究，必须谈到道教学者施舟人（Kristofer Schipper）先生。施舟人又名施博尔，法国人，祖籍荷兰，是迄今为止对道教研究贡献最大的学者，也是当今欧洲三大汉学家之一。1962年至1970年他在台湾留学期间，拜第六十三代天师张恩溥（1904—1969年）为师，正式入道，是一名正一派受箓道士。他对道教科仪、道教经典、道教人类学考察、道教史和道教在中国文化中的地位等都有精到的研究，其研究的成果有《道藏通检》（*Concordance du Tao-tsang*）、《道体论》（*The Taoist Body*）、《道藏通考》（*The Taoist Canon: A Historical Companion to the Daozang*）等，著作等身，不胜枚举，堪称现代道教学的"教父"，他的论著是道教研究者的必读物。我除了收藏他的专著外，还用

满满一纸箱, 收集了他的论文。施舟人先生长期同时任法国高等研究院中国宗教教授和荷兰国立莱顿大学中国历史教授。他的学术职务与荣衔包括法国国家科学中心东方学主任委员、法兰西科学院汉学研究所所长、荷兰国立莱顿大学汉学院院长、法国荣誉骑士勋位。从2003年起, 他又先后受颁中国福建省友谊奖、中华人民共和国友谊奖、"感动中国"国际友人。现又在主持由国家汉办组织的大型国际汉学合作项目——《五经》的翻译工作。

我早在芝加哥大学读博士时, 就倾心于施舟人先生的著述。万没有想到, 我到香港中文大学就职后, 居然有机会与施先生近距离交往。我是1999年1月到中大工作的, 我所任职的中大宗教系以文学院人文科学杰出教授 (Distinguished Humanities Professor of the Arts Faculty) 的名义请施舟人先生来中大从1999年9月至11月驻校讲学。施先生的太太袁冰凌博士是复旦历史系79级毕业生, 算是师姐, 也对我能多与施先生接触提供了帮助。在此期间, 无论是施先生在中大演讲, 他在香港道教学院的讲座, 还是我们私下的聚会, 我都有机会多次向他讨教。严格来说, 我真正走上道教研究之路的学术转型, 是施先生启迪之下的产物。

在讲述施先生对我的影响之前, 有一段有意思的小插曲。1976年9月, 在巴黎的欧洲汉学会议上, 施舟人先生提议成立一个研究计划来研究《道藏》(Tao-tsang Project), 这一计划随即汇集了欧洲几乎所有汉学家, 在他的主持下启动。该计划持续展开了二十几年, 终于到2000年, 该计划完成, 以《道藏通考》为名交给芝加哥大学出版社考虑出版。芝加哥大学出版社找的匿名评审就是余国藩师。余老师当时跟我讲了这事, 并十分欣赏, 打算极力向出版社推荐出版该部巨著。本来这匿名评审制度, 被评审作者不应该知道谁是评审者。但我还是很激动, 想也无伤大雅, 就私下告诉了施先生余老师是评审者。施先生十分高兴, 因为他知道余老师是内行, 相信余老师的慧眼。2004年《道藏通考》出版了, 并于2005年获得了全美宗教学会 (American Academy of Religion) 的学术最高奖。2005年芝加哥大学东亚系举办了庆祝出版《道藏通考》的国际学术研讨会, 施舟人先生也去赴会。2005 年余老师也刚好出版了他的著作《中国的国家与宗教：历史与文本的角度》。余老师向施先生赠送了一部该书，施先生立刻在会议期间一口气将之读完，兴奋地对之给予了极高的评价，认为有许多其他学者不敢说的洞见。余老师事后很欣慰地告诉我，只要有这样的知己，这就够了，是他最大的满足。这种顶级学者间的彼此赏识，非常感人，让我体会到做学问中的人性关怀。

施舟人先生对我的影响是广泛的。施先生有次对我说，行政的事尽量不要担任，这没有什么意思。但是如果系主任要我教各种课，不要推辞。虽然开设新课程很辛苦，但对我长期的学养积累是很有好处的。我正是听取了他的告诫，在中大期间我先后或同时在宗教系、历史系、语言文化系、中文系任教，开设了不少新课程。我也被迫开拓新的知识视域，这些对我都有很大的裨益。如前面说到的在历史系开设的"明史"课，至今让我受用无穷。

讲到道教研究，记得我曾向施舟人先生谈到我对明代道教的研究兴趣，他当即说，"好极了！明代道教是那么的重要，但现在研究明代道教的人是那么的少，你是唯一一个研究明代道教的人。"我不敢说我当时对明代道教研究有什么心得和成果，但施先生对我的鼓励，却让我确定了对明代道教研究的方向。研究明代道教的确人数极少，结识施先生十五年来，我是沿着他所设立的典范摸索前行的。上面提到的拙著《明代王府与道教：一个精英层的制度化护教》，是长达十年研究的结晶，就是对明代道教的一个探索。就在今年（2014年）3月3日，施先生给我发电邮，褒奖了拙著，很多是前辈的鼓励之词，但有一句奖掖的话却跟我受到的学术熏陶和研究进路有关，让我感触很深，我摘录下来："你对明代历史的深度博学让你发现了在明代绝对重要但实际上被忽视的道教史实的如此巨大的丰富宝藏。"从2011年6月至去年9月，我先后参加了在美国科尔盖特大学（Colgate University）举办的"明代地方宫廷"学术研讨会和在法国滨海大学（Université du Littoral Côte d'Opale）举办的"紫禁城、皇宫和王庭：东西方皇权／君权的象征比较"国际学术研讨会，与会的好几位中国和欧美的明史专家也都对我的研究表达了浓厚的兴趣。我从事明代道教研究，这些年来几乎在单打独斗中度过，没有同行的交流，十分寂寞。施先生的话，是对

我从史学角度研究明代道教的肯定。这是受施舟人先生道教研究典范的激励所致，也与陈学霖先生让我有机会踏入史学的殿堂分不开。

施舟人先生对道教和中国文化的热爱是举世皆知的。他的名言是："中国文化的传承和研究是世界大事，不能让中国人独立承担。"而他对道教的尊敬也对我有深刻的影响。施先生具现了宗教学者对研究对象"同情性理解"的金科玉律。我近年来对茅山道教的研究也是出于同样的心结。拙文《明代江南士绅精英与茅山全真道的兴起》和《明版全本〈茅山志〉与明代茅山正一道》，就是这种对道门内部关照的产物，也获得了学术界的认可。而且，正是由于拙文《明版全本〈茅山志〉与明代茅山正一道》，茅山道院住持、江苏省道教协会杨世华会长称茅山道教的历史需要重写。

施舟人先生的典范，使得我对法国汉学家的道家研究心醉神迷，因此我坚持阅读这些法国汉学家的道家研究论著原文，不但让我在道教研究上收获极大，而且体会到法国学者的治学性情。与施先生的交往，开启了我随后与法国汉学家中的劳格文（John Lagerwey）、傅飞岚（Franciscus Verellen）、高万桑（Vincent Goossaert）、德宝龙（Pierre-Henry de Bruyn）、戴文琛（Vincent Durand-Dastès）、方玲等道教学者建立了友谊。也为我领会法国道教学者的学术精髓提供了契机。我于去年11月在上海道教学院的演讲题目是"法国道教研究"。而今年5月至6月受邀在复旦大学古籍整理研究所举办的"海外优秀学者讲座项目"中，系列讲座的题目也是"西方汉学——以道教学为中心"。名曰"西方汉学"，聚焦其实就是法国道教学者的研究。不仅讲这些学者的道教研究成就，也谈他们的品性、坚执与境界，让复旦学生了解研究道教的法国汉学家是如何从对历史文化的深度理解，一路走过来，阐发多元学术思潮的激荡，实践人文关怀，完善人性的巅峰状态。

对我有影响和帮助的汉学家还有多人，本文并非汉学史，对他们的介绍要留待其他场合。只是讲到我从进复旦以来所走的路，章培恒老师和上述汉学家塑造了今天的我和我的追求。在我学术上的逐渐积累和改进中，时时都铭刻下了上述前辈学者的垂训和我对他们的感恩。这是我学术心路历程中我最深切的感受。

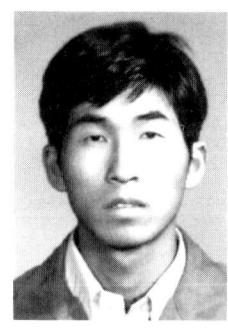 

王 岗，男，汉族，祖籍安徽寿县，1962年出生于上海。先后不间断地就读于上海市出版局幼儿园、上海市上海新村幼儿园、上海市高安路第一小学、上海市淮中中学、上海市第五十四中学。1980年至1984年就读于复旦大学中文系，获学士学位。1984年至1987年就读于复旦大学中文系，获文学硕士学位。1987年至1990年在上海社科院文学研究所工作。1990年至1993年就读于美国科罗拉多大学（University of Colorado at Boulder）东亚系，获文学硕士学位。1993年至1999年就读于美国芝加哥大学（The University of Chicago）东亚系，获哲学博士学位。1999年至2003年在香港中文大学工作，同时或先后任教于宗教系、历史系、中文系、文化系。2003年至2004年任教于美国索思摩大学（Swarthmore College）现代语言文化系。2004年至今任教于美国佛罗里达大学（University of Florida）语言文学文化系和宗教系。现为终身副教授。此外，本人于2013年9月至2014年2月为复旦大学中华文明国际研究中心访问学者。2014年3月至12月受复旦大学古籍整理研究所邀请，为"复旦大学海外优秀学者讲座项目"举办系列讲座。

已出版的专著有：*The Ming Prince and Daoism: The Institutional Patronage of an Elite*（《明代王府与道教：一个精英层的制度化护教》）（Oxford and New York: Oxford University Press, 2012）；*Ming Erotic Novellas: Genre, Consumption, and Religiosity in Cultural Practice*（《明代艳情传奇小说：文化操作中的文体、消费与宗教性》）（Hong Kong: The Chinese University Press, 2011）；《浪漫情感与宗教精神——晚明文学与文化思潮》（香港：天地图书公司，1999年）。此外，发表中英文学术论文五十余篇。

我 怕

彭 洁

这一阵子日子不好过，夜长日短，课业繁重，胆战心惊。夜里睡不着觉，白天，在学生面前强打精神，指手画脚。晚上回家人似一摊泥，饭也做不动。前两年我只教中文和数学，驾轻就熟，安安逸逸。去年秋天学校缺心理学老师，没法我又开始教心理学了。瑞典在2011年搞了个教学改革。很多课的内容都已大动干戈。心理学几乎面目全非。教书的知道，要把课上活了，该有个灵魂，得有条红线。灵魂来于专业知识，红线出自教学经验。整个秋天我失魂落魄，找不到感觉，摸不到红线。我怕，怕误人子弟。

彻夜辗转之际，冥思苦想，自己本性懦弱，事事怕字当头，这辈子就是怕到现在，活到现在。

记得读小学时班主任安排班里的捣蛋鬼袁亦文与我同桌，以便让做班长的我管管他。袁亦文不傻，知道因为有了我这样的人他才成了差生，恨透了我。他不吵不闹了，可天天死死地掐我的大腿，青一块紫一块，疼得我不敢嚷，怕影响老师上课。只要袁亦文不闹，我就忍着。

那时，我要做乖孩子。我怕老师批评，怕父母失望。怕，使我考上了复旦。

我自幼对语言有点敏感，爱看点闲书。记得读小学时班里需要讲演稿，学期总结，批林批孔大字报什么的，班主任就把我叫到办公室。她语无伦

2013年6月，作者（前排左一）在瑞典与所执教的毕业班合影

次，歇斯底里一番，然后指使我回家照着意思写成稿子，第二天交给她。读高中了，语文老师姓周，每次上课他常先问我们该上哪一课，说着说着跑调了，走神了，天文地理，三皇五帝，唾沫星子乱飞。课堂里鸦雀无声，学生们听得直流哈喇子。下课铃响了，周老师突然想起今天的课又上得划边了，直打招呼，唠叨下一节课不说二话，直奔正题。可下一节课他讲着讲着老毛病又犯了。周老师也喜欢三天两头把我叫到办公室，倒不是要我写稿子，他塞给我半文不白、杂七杂八的书，硬要我看。我受了影响，考大学了，自以为是，报了复旦大学中文系。

　　进了复旦，父母满意了，老师再也不管你了，快活了一阵子。不知不觉地一种莫名其妙的感觉开始悄悄地打扰我，慢慢地折磨我。我不懂这种感觉，不知如何对付，一段时间天天往家跑。当时我隐约知道我不知道自己要学什么，要做什么。我没有作家梦，也不是搞评论的料。无心用功，无意进取，下意识中选择了逃避。漫长四年，书没好好读，人没好好做。可是，复旦毕竟是复旦，冬去春来，所见所闻，给我今后的日子打了底气，开了眼界。

毕业后，带着微微的迷茫，隐隐的不安，来到了工作单位。过了几年在外狐假虎威，作威作福，在内点头哈腰，行尸走肉的空心日子。渐渐地意识到我正在走回头路。早晚我会像小时候一样，言不由衷，给人写报告。我怕了，真的怕了，怕得我不管三七二十一，不分东南西北，席卷而逃。

那时，我想做个人。我怕做自己不要做的事，我怕成自己不要成为的人。怕，催我踏上离乡之路，步入他国之门。

我先到了德国，后去了瑞典。结了婚，生了孩子，基本上不用做自己不想做的事了。可我心虚，我还是怕，我到底是谁？

三十二岁了，我还不知道我能干啥。我着急，我日夜胡思乱想。其实我是教育的奴隶，学校的囚犯。在中国加上幼儿园前前后后关了二十年，在德国短期两年，到了瑞典还乐呵呵地往学校——这所监狱跑。一辈子百分之七十以上的日子是在教室里度过的。我不会学人经商摆弄机器，只喜欢读读书看看报。中学周老师海阔天空的唾沫星子就时不时在脑子里忽闪忽闪，也许，这辈子我能待的地方也只有讲台了。

那时，我要活得踏实点。我怕做一个依赖人的人，我怕过一个没有时间表的日子了。怕，逼我学会了一门手艺，得到了一个饭碗。

在瑞典二十多年，我常常害怕。怕语言不过关，怕实习通不过，怕性格太孤僻……最怕的一次是我不敢拆散家庭，怕了十年。最后豁出去了搬家独居。我曾怕得靠吃药度日，怕得手脚麻木，怕得心绞成铅块……

我知道不管我怕什么，如何怕，我可以采取逃避，也可以选择应对。但我不能闭目否认。有时该逃避，有时不得不应对。

圣诞节放假的一段时间，我为了心理学课心发慌，咬咬牙，看书，做笔记，搜材料。一天眼一亮，有主意了，感觉找到了，红线摸到了。心，那舒坦的！

我知道，怕是我的生性。我不喜欢怕，我讨厌我老是遇事战战兢兢。怕，折磨了我大半辈子；怕，刻上了我眉间深深的皱纹；怕，压弯了我软弱的脊背。但，怕也是我生活的动力。

我知道，怕是我的阴影，甩不掉，抹不去。我只好把怕当我的无奈的伙伴。今后的日子我还会怕，我会怕停止工作的日子，我会怕孤单一人的生活，我会怕抛开子女的片刻，我会怕离开人世的瞬间……但我希望我会渐渐地学会怎么对待我这形影不离的伙伴。它让我领教到了怕的威力，体验到了怕的残酷，怕的含义，怕的目的，享受到了怕带来的快乐，怕给予的安宁……

2014年1月19日于哥德堡

彭洁，现名 Jie Sundstroem，现居瑞典西南部一小村庄 Fristad（意译：庇护城），有儿女一双，周末可享享母子相濡之福。

1962年4月11日出生于上海，1970年春，进上海市四八零五工厂职工子弟小学读书。小学毕业没几年国家恢复高考，欢天喜地的童年从此一去不复返了。中学最后那一年半载靠搽万金油，喷滴滴涕，夜以继日，死记硬背考入复旦大学中文系。进了复旦大功告成，游手好闲四年。后阴差阳错，一厢情愿，1984年秋，被派进上海市委宣传部。

1990年春，千方百计终圆出国梦。先到德国特里尔大学牙牙学语，后奔瑞典哥德堡成家立业。前后八年，在哥德堡大学一知半解读了点数学和心理学。2001年春，勉勉强强得了个高中教师证书。如今已成一名彻头彻尾乡村女教师，成天与十七八岁的、不知天高地厚的愣头青厮混，除了卖卖数学、心理学的关子，还时不时教点中文。为此常常忐忑不安，只好暗自给自己打气，迷信瘦死的马比驴子大。

逐梦西藏

张 忠

1984年9月的一个深夜，我们搭乘的卡车爬过唐古拉山口，进入西藏自治区境内。清晨攀上车厢取物时，发现携带的行李少了大半，遭窃无疑。尚可安慰的是几个书箱还在。寒风中，我对一起赴藏的陈辉同学说：要是书也丢了，我们只有回去。

书和梦想，便已撑满当年的人生风帆。每当回想起这书生意气的一幕，自己也不禁感动。

成为一名作家的念头，萌生于大学生涯的最后一年，年轻的梦一旦滋生便难以消解。一个小世界行将结束，便渴望闯入一个大世界；少年时代的优越和禁锢，希望成年后的艰辛和闯荡来弥补；一条可以想见的人生大道，期冀由变幻不定的荆棘小路取代。仿佛平淡不是人生，唯有坎坷才是真正的拥有。如此，它们交汇的力量促使我走向西藏。

刚到西藏，每天都有崭新的见闻，那是一种充盈的感觉。然而生活的程式总是大同小异，虽置身西藏，却也日渐疏于品味生活其中的意义。一切如常，仿佛只是少了一些氧气，多了些阳光和蓝天。然而一年半一次的休假和偶尔出差带来的反差感，仍不免使心灵有不小的吃惊。内地相对丰富的物质生活，衬出西藏生活的艰苦和单调；内地日益浓郁的商品化气息和复杂的人际关系，衬出西藏生活的闭塞和单纯；内地人为生机奔波和追逐物质的种种世相，衬出

作者近影

西藏生活的清静、超脱或迟钝。孰是孰非，难有公理，只是赫然的存在，困惑人心并为人心的需求所取舍。

因而也常扪心自问：是不是舍弃得太多？有时刚返内地，竟有无所适从之感，恍如来自世外，被现世的光怪陆离所困扰。更有同窗好友指谪我当年的选择只是逃避之举。不免深省，进而争辩，以为人生并无定格，得失总是平衡。依然初衷不改。

自以为真正的人生始于西藏，生活其间，便由其间的生活领悟许多道理：人毕竟是心灵的动物，物质享受虽属人生一大内容，最终仍是为了抚慰心灵，且在温饱的基础上，物质生活的高度发达与人心的快乐并无决然联系。虽不免有现代阿Q之嫌疑，但我深信这些并喜爱随之而来的超然。

超然，面对一个真实的自己，便是逐梦途中我已拥有的财富。身处现代社会之中，虽难以完全真实地游走世界，但内心的真实——一个珍贵的梦想——将始终犹如一条抛物线固执地趋近轴线。拥有超然的同时，明白自己

失去很多,竞争意识、蓬勃锐气、执拗的梦想似已渐渐淡漠,然而当我提笔写作,面对熟悉的稿纸,那份宁静安然、摒弃功利的感觉以及随之而来的满足和快慰确是难以言传的。1990年,当我的诗集《象征与独白》出版时,有位朋友来信称之为"一份心境",使我陡然有一种真切的共鸣。心境,是的,仅仅一份心境而已,真实地面对自己,并为自己所珍爱。相信某一天当我无法面对内心的真实,我会搁笔,也许因此难以成为一名像样的作家,但早已无妨。

有一天我将离开西藏,西藏所赋予我的是否会随之消失?或许轻轻的一击就能将它摧垮,抑或它已深深植入我的灵魂,伴我一生。

人生多变,梦亦多变,唯求不变的是能直面内心的真实。

1992年6月于拉萨

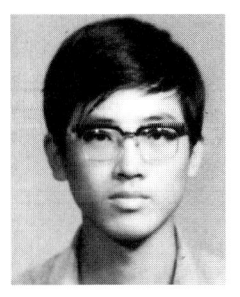

张 忠,1964年5月出生,浙江宁波人。在家乡完成小学至高中学业,其中高中校名值得一提:浙江省镇海中学。1980年至1984年在复旦大学中文系就读文学专业,看得最多的书不是文学而是哲学、美学、心理学;课外爱好:踢足球,看排球。毕业后自愿赴西藏工作,在拉萨编过文学、文化期刊;业余爱好:写诗,看蓝天。1995年至今供职于《人民日报》社,先后在西藏、辽宁、北京工作;目前在四川,微信头像为"沉思的熊猫"。

三位亡师
——刘季高·顾易生·柳曾符

承公侠

刘季高先生《斗室文史杂著》书后

呜呼! 刘丈季高先生, 其抑当世之陆沉者乎? 窃容有未安, 乃不为阿私也。

初侠习学庠序, 承先生讲授春秋左氏传, 而以心粗气浮, 未克解会先生津梁之用心。嗣复获睹先生校刊前清桐城方、姚之论文集, 益以先生为辞章之士焉。自是以后, 书林竞尚新技, 侠染俗甚深, 私谓先生株守故辙, 宜其名目不彰云。

迨庚辰之岁, 侠读《斗室文史杂著》及于《东汉三国时期谈论》两编, 胥先生平生精蕴所寓者; 侠既中岁, 更历浸深, 始悟先生殆有意放逐, 而不屑与并世之躁进者角短长也。侠滋悔少日之孟浪, 未敢轻就先生叩其意, 再四讽诵, 期会心耳。

呜呼! 先生于今日之人物、制度、政治, 皆有所折中, 自揆弗能徇附流俗, 居恒嗫声。不得已, 其治学也, 则以掇拾诗文之故实为生活; 其摛藻也, 则以描摹古人之唇吻为擅场, 竟不以荣利为导引, 遁世而无闷也! 然则玩味先生吐属之近古, 未尝不能感其情曲, 谛览先生考覈之密栗, 未尝不能察其隐衷。盖先生一生本仲尼仁义之旨, 疾秦政之不绝, 伤黔首之不恤, 三代之治, 是其祈向。勘之欧西之宪政民主，小间而大合也。

请以东汉三国之际"谈论"一事言之，千有八百余载之后，人但耳受清言之美，而不知"谈论"为底事。先生钩沉以表之，开示古人之于朝政、言论未必全无自由；夫士之所以为士者，正以是也，徒以清言高自标置，不亦耻哉？详先生《文史杂著》之篇什，莫非其类也。

侠之所以不以先生为当世之陆沉者，即以是也。戊子春仲月，阳湖承公侠敬书。

师父顾易生

儿时读古代语体小说，发现我们坚持读对并写正的"师傅"一语常常又被写成"师父"。初识"之无"的我自信地认为古人犯了错别字，得意地在书的空白处提笔纠正："父，当作傅。"直至今日，师傅，师父，孰为正写，我仍未弄清楚，仅仅从坊间听过"师徒如父子"一句俗谚，权充"师父"而不作"师傅"的支持。

但有一点我这里绝不含糊，这便是业师顾易生先生于本人之师弟子关系一旦认起真来，必作"师父"而必不称"师傅"，因为先生对我的关爱之情不是父亲胜过父亲。如果说我才疏学浅，以先生之精博弘通，谓我之师未免高攀的话，那"师父"一词更似现代汉语中所讲的"复合偏义词"，侧重于"父"一端。

十二年前，时在公元2001年，我从家乡常州调到上海人民美术出版社任编辑，闻知顾先生猝罹喉疾，严重至于开刀手术，先生不得不中辍尚在进行中的博士生导师之业，我亟愿探访。先生此时术后未几，医嘱噤声。正巧先生甫从四明村老屋迁至复旦校舍新居不久，先生担心我道路不辨、交通不便，遂来函为我详细指路。先生怕我不理解，居然还手绘了一张乘车路线地图，标举之准确，事后验证，丝毫无爽。但这要劳先生多少神，即以我们健康状态下的青壮年也难以想象吧。

实际上，先生喉疾一直没有彻底治愈，后来又曾手术，其痛苦可想而知。但我数度访师，未尝觉察出先生有什么病容、愁色与怅楚，面色红润而温、双目清澈而静，举止从容而定，一如既往，至多平添了些许沧桑感，在无言中，在不经意中，闪烁着对于生命的赞美。最可惜的是，先生尚不能违背噤声的医嘱，任凭我海阔天空、口若悬河，先生不厌烦地倾听，偶一对话，也是点到为止。要是不知道先生困于疾病，旁观者一定会视先生为类似六祖慧能式的禅师："不立文字"，而只"拈花微笑"。当然，我一定就是缺乏悟性而好纠缠不休的小和尚了。记得有一次我不知羞惭地问先生："我怕苦，读到本科就出去挣钱了，可比不上先生后来带的一帮硕士、博士，还能算是您的学生吗？"先生答道："你毕业早，跟现在这些学历高于你的情况不一样。"先生的意思我没真懂，但先生安慰我，满足我表扬欲望的用心当即领会，反倒有点儿手足无措。

我本科毕业时，循例习作学术论文，挑选清人张惠言《词选》为课题，迭经顾师指点，非但完成了任务，也激发了对于中国古典文学及其批评研究的兴趣。但我见异思迁，离校之后，感兴趣的东西越来越多，多得只剩下一个"杂"字。期间虽然时不时地上书先生，而且先生也是无信不复，却极少言及辞章与学问，生活琐事之外，尽扯闲话。发展到先生定居美国之后，只要先生每次归来，我必每次奉访过谈，居然都由我率先从时政开话题，然后褒贬是非。我自以为正义之士、仗义之言，至今忆及，几近呓语。奇怪的是先生从无忤色，总是主随客变、让我尽兴，而且一味纵容我，噤声的先生还偶尔插上几句，全是同意我的话。难道我真的有见识、说得一定对？其实是先生疼爱学生晚辈，不忍心叫孩子们受委屈罢了。

我最后一次见到先生的日子定格在公元2009年7月30日。那天，我带着我的儿子一起叩响先生复旦住所之门，因为小孩子经常听我提起先生，很想当面感受一下前辈的风采、风范。先生和师母听我说到小孩子刚刚考上大学，兴趣和专业也都是文史一类，稍示勉励之余，却十分详细地询问起小孩子入学的生活诸细节问题，关切程度，令我感动。这天，我们三代四人合了影。临别，先生送至大院门口，说："下月我仍去美国与子女团圆，何时回上海，再通知你。"我现在才知道，我和孩子再也收不到这份通知了。

聊补遗憾的是，2010年，承蒙浙江海宁徐邦达艺术馆馆长章耀邀请，协助编录《顾易生诗文墨迹选》，尝同遥在彼邦的顾先生往还尺牍，犹若面谈。

我明白，以业师顾易生之门第、家教、学识和礼数，先生不可能只钟爱于我一个人，先生对待及门弟子抑或未识晚辈，只要宅心良善、向往进学，无不竭诚相待、推爱及人，这也说明我的上述感恩并非矫情或滥情。或者有人会说这是中国传统儒家文化修养在顾先生身上的具体表现，我没有能力上升高度，但我坚持认为这样的修养有比无好、多比少好，因为天下之人相互推爱，古今一理，中外莫别，毋需任何思想流派来作为口实。

于是，我想到，并不是所有从事教师职业的人堪称"师父"。"师傅"，往往是被指定的，"师父"，才是自己选择决定的。今天人们动辄感叹师德、师风之类，我无从置喙，只是怀疑要达到顾易生先生这样对待人生、对待社会、对待学术、对待教育、对待职业、对待学生，是否能够一蹴而就？难！

柳曾符：书法的原教旨者

什么是书法家？ 时下约定俗成的界定好像是这样的：在书法家协会这类准官方组织中有显赫的位子，各种展览中不做评委就获大奖，经常在书法类专业杂志和其他媒体上出现姓名及其作品，凡有人求字必须出多少钱一平方尺，拍卖会上不断刷新他作品价格的纪录，身边有一大帮学生，学生的作品集和书房纷纷请他题名、题写、题字……

我的老师柳曾符教授生前在复旦大学中文系执教的是这样两门课程：中国文字学和书法学，并且写得一手好字。理应是书法家的他，似乎又不是上述定义的"书法家"。而今老师既逝，无从请质。

好在老师写的有关书法的文章、专著已有几十万字，堪资揣摩。

柳师文字随机而发，夹叙夹议，并不在建构什么体系。我认为他最想强调的有以下四点：

第一，不要忘了书法艺术是从实用中延伸出来的。

艺术、审美、创作之类的概念是西方舶来品。中国古人想把汉字书写得好看些，其"艺术追求"或"审美冲动"在最初恐怕并不等同于西方艺术家的"创作过程"，而具有自己独特的心理体验和视觉效果。

汉字书写，本来为了交流，字写得好看与否，是使用过程中产生出来的副产品。对于此意，对于这一过程，柳师曾有十分形象、生动的描绘："科举时代的书法当称'小楷时代'。这就等于我们前一个时期考'托福'一样，可以压倒一切。小楷的特点，一是准，手眼要准，二是要匀。这和我们射击比赛一样，一枪十环，六十枪六百环，当然不是个个都是六百环，但不会差得太多，至少都是能上场的选手。这些人最小的也要生在1880年左右，那是我的祖父辈，因为再迟那就要废科举了。到了他们下面一代人，基本功就差了。陆维钊先生就对我说过，邵裴子先生说他楷书功夫不够。……陆先生的字聪明而有霸气，花样也多，但他自己知道他们时代的缺点。白蕉先生曾说他练字时能在虎口上放一杯水，临《九成宫》可以在太阳中和帖放在一起照，一丝不走，但是他的字薄，功力仍不足。""这两代人相比，也不能说小楷时代全无缺点，如有的话，就是所谓馆阁气。但到了他们下一代人，没有馆阁气，就又成了他们的缺点了。所以事物总是辩证的。"

第二，当代书法的致命伤是误将毛笔当硬笔。

什么时候出现的毛笔？什么时候中国人开始以毛笔作为书写汉字的主要工具？这些问题和细节一下子不易弄清楚。不过，不同的书写工具会导致不同的书写感觉。现在的人们常用的是钢笔之类的硬笔，习惯成自然，一旦重操毛笔，难免下意识地将毛笔当成了硬笔。工具是毛笔，趣味是硬笔，既不能理解也不能体现毛笔的内涵和变化。

柳师曾在首都师大举行的书法国际学术研讨会上坦陈："硬笔替代毛笔的实用，降低了人们对毛笔使用的熟练度，再则使学者与书家分离。学者的风范为书法源泉，学者与书家分离的结果，使书法的精神内涵不能再居于学术与艺术顶峰或第一把交椅的地位";"从前书法家多学者,且大多在高校,如沈尹默、胡小石先生等,以及稍后的朱东润、钱玄同、柴德赓、王蘧常等,而现在因钢笔的使用导致学者和书家产生分离的现象,大教授不再是书家。"

毛笔精神的丧失,硬笔意识的泛化,不光会造成学者与书家的分离,而且会促使"书法艺术接近娱乐或成为单独的商品",柳师如是说。

第三,只练字不读书,书法仅完成了一半。

这层意思,柳师文章《从赵之谦论学丛札看书人的学行》说得十分详尽。转录于此:

从前曾看赵之谦的《章安杂说》,那是行书稿本,小楷颇曼妙。我最爱书中所说:"求仙有内外功,学书亦有之。内功读书,外功画圈。"片言中的。内功读书, 在书法上最初是不易见其功效的。初起时全是外功画圈的风头,时间越久,功夫越纯熟。但至一定阶段,内功的比重将逐渐显现。康有为说"书法唯气息最难",是说得一点不错的。读书做学问,功夫不易显现,但要耐得住寂寞。何绍基曾与人说用功须闭户:"正经用功,只有闭户一法。逢人开口谈学问,其学问可知,逢人开口谈诗文,其诗文可知。今人但求人知,不劳自家心得;有人夸他是名士,是才子,便宠耀十分,真是可鄙! 对客挥毫,动辄累纸,间出奇语,喧嚷传颂,譬如飞蚊一响,岂百年安身立命之地乎?"可惜终是做外功的人多。但没有内功作为衬托,外功反增其丑,艺术变成了技巧。……李瑞清尝痛论写字而不读书是"手技"。

柳师对古人观点的串讲和发挥,真是痛快淋漓!

第四,书法之所以成为艺术,就在于表现人格和性情。

书法的实用性和艺术性,其分水岭在哪里? 柳师认为书写者一旦凭借实用中培养、训练出来的技巧,恰如其分、恰到好处地显示个人的人格、性情,书法便产生了艺术性。所以,书法可供欣赏的是什么,就是书家的人格和性情。

他在《中国现代书法教育浅析》一文中开宗明义地讲:"汉字书写原为实用,书法从属于汉字,爱美乃人之天性,书写时随显作者之心性,书法乃为艺术。"柳师断言:"书法一道,技法而外,亦唯人格, 技法在精研而熟练,人格则在修养而精进。书法，书法，唯此而已。"道理何在呢？他阐释道："图画所写山川人物，有客体可以比附，而中国书法所表达的全是作者本来的胸襟心性，全恃作者本人塑造，不似图画有外物可以凭借，难易判然。"在《什么是书法》一文中，柳师详绎其意："书法的源头是人的精神。画家要画的人物，只要张开眼睛就看见了；要画名山，爬上去就是了；要画大川，走进去就是了。书家心中的高山大川，却要书家自己打造出来，一虚一实，从无到有，一难一易，相去天渊。要想做大书家、大师，则当行如泰山、德如北斗，成圣成贤。……所以书家崇高，书家少，书家难。中国书法是人格的象征。这种以虚为实，以汉字为载体的高度人文精神产品，也只有人文深厚的中国才有幸出这种形义文字，出书法，出书家。""古人读书主在学做人，学习的工具则是毛笔，学进毛笔字亦进，学成毛笔字亦成。学成后人格伟大，书技亦伟大。人成圣书亦成家，人受崇拜，书法亦受人崇拜，人书不分，书是副产品，所以说书如其人。书法画的是人、是仁。"原来，柳曾符先生是一个书法的原教旨者。

明白了柳曾符先生的祈向，再去追究他到底是不是书法家，恐怕也就没什么意义了。不知柳师九泉之下以为然否？

承 公侠，1962年生，江苏常州人。1984年毕业于复旦大学中文系，分配至《常州日报》社工作。目前在常州市戚墅堰区人大常委会工作。

坚 守

古小玉

　　当我在大学毕业留言本上写下"1234……"时，内心充满惶恐，四年大学生活无论怎样，那一页都将从我的人生中翻过去，前面的路是什么？是期待，更是不安！

　　我从小就憧憬着有一天，会成为一名记者或成为一名作家或是一名教师，上大学后，这种想法就愈加强烈。从没有想到有朝一日会成为国家机关的工作人员，更不会想到成为人大机关的工作人员，而且一干就是三十年，或还将继续干下去。毕业分配选择北京，　是从生活习惯讲，北京离家近，气候、习俗与河北的家相近，比较好适应；二是从感情上讲，北京是我儿时生活过的地方，有我童年记忆。对于单位选择实在是一种无奈，当时毕业分配老师只给了两种选择，一个是全国人大，一个是安全部，到现在都没搞明白为啥是这两个PK，安全部有些神秘，不敢去，剩下的只能去全国人大了，虽然之前也不知这个单位是干什么的，但好歹是去北京了，算满足了一个愿望了吧。

　　三十年前，当我拿着报到通知书走入人大机关时，心里还是非常的忐忑，不知等待我的是什么？那时人大机关刚刚从"文革"中恢复过来，工作人员很少，除后勤部门外，行政机关只有二百多人，且老同志居多，许多部门面临青黄不接的情况，机关一下分配来二十多个大学生，着实使沉闷的机关振奋了一下，专门安排了新的单元房作为我们的宿舍，还为我们安排了两个月的培训，学习政策、法律及机关应知应会的知识。工作最初的安排是到信访部门的，当机关党委书记找我谈话时，我提出希望到秘书部门工作的要求，要知道，从小我就一直是个听话的好孩子，基本是家长说一就一，老师说啥是啥，为此时任分管信访工作的丁副秘书长还专门找我谈过话，但我还是坚持了到秘书部门的要求。后来机关真的就把我分到秘书部门，现在回想起来，真的感谢当时领导同志的宽容大度，给了我一次选择的机会，没有给我穿"小鞋"、扣上不服从安排的"帽子"。这样开始了我的第一份工作。当时和我一起分到人大工作的还有三位同学：克恭分到研究室，小陶分到华侨委员会机关，志华分到联络局。

秘书部门实际是办公厅的办公厅，承担着上传下达、下传上达的职责，在外人看来可以经常陪同领导出入各种场合，好像很风光的样子。实际进来后，才觉得这个工作是个苦差事，加班加点熬夜是经常的，值班、文件传送、会务安排哪项事情都很费时费力，还要格外地小心，做不好就卷铺盖走人了。三十年前，还没有电脑，文稿起草、会议记录、座次安排都是手工作业，如三千人会议的席次图、座次卡、出席证都是靠手工一个个手写出来，一旦某一环节出了错，整个都要推倒重来，所以每次干活都是小心再小心，生怕出差错。人大工作主要是为"三会"服务，即为代表大会、常委会会议、委员长会议服务，我的工作之一就是会议活动的安排，排席次、做会议记录、出纪要等等，其基本功就是要记住每一位参会者的名字，了解他们的经历。代表、常委会组成人员来自社会阶层的各个方面，文化水平、工作经历各不相同，能记住他们很不易。工作把我儿时记忆调动起来，"文革"后期，学校的课程较少，在做中学历史老师的母亲的指导下，课余时抄抄报纸，在专用本子上抄写《毛泽东选集》每篇文章后的备注，帮助整理九大、十大的中央委员和各省市区产生出革委会的领导成员名单等，这些为我熟悉工作提供很大帮助。当看到一个个曾经在报纸上、笔记中多次出现的大人物名字，活生生出现在眼前，就特别的兴奋。繁忙而有节奏的工作使我慢慢地踏实下来。

人大工作周期性、规律性很强，两个月开一次人大常委会，一年一次代表

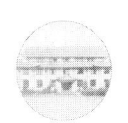

大会，机关几乎所有工作都围绕会议进行。开一次例会，两个月过去了，开一次大会一年过去了，日复一日，年复一年。我们是铁打的机关，流水的官，一批批来了、一批批走了，周而复始，五年一轮，时间就这样飞快地过去了。工作虽然不是自

作者工作岗位留影

己最初的理想，但还是本着干一行爱一行钻一行的精神，既然做了就要努力做到最好。因为年轻，有活都抢着干，值班、接电话、送文件等等样样都去干。这样，五年又五年，一晃就是二十五年，我也变成了"熟练工"，徒弟变成了师傅，小古慢慢也变成老古。中间也有许多转岗的机会，但都阴差阳错地错过了。就在我以为此生在一个岗位干到退休时，五年前的一天，领导同志找我谈话，调我做人事工作了。这是一项极具挑战性的工作，过去，我不是在开会，就是在开会的路上，变成现在不是找人谈话，就是在上门听取意见。这五年，我用极大的热情投入工作，用我的真诚耐心对待每一位干部、职工，赢得了尊重和信任。

三十年来，我在工作上尽职尽责，一步一个脚印往前走，我努力着，坚守着清贫与平淡。当时分到人大机关的二十三名大学生，目前只有不足三分之一的人还留在人大机关。当时和我同分到人大机关的小陶，已成了中国新闻社著名记者，克恭早已成了山西省农业厅的骨干。

三十年前，我一直在为"长肉"做努力，梦想着有朝一日成为一个"胖子"；三十年间，我不断努力，大学毕业时，体重四十四公斤，毕业后第一个十年维持在四十六公斤左右，第二个十年维持在四十八公斤左右，第三个十年维持在五十三公斤左右，稳步增长，但离"胖子"的目标还差得很远，现在

只能用"千金难买老来瘦"安慰自己了。刚到机关时，每天坚持跑步，偶尔拾起年轻时的爱好——乒乓球活动活动，随着年龄增长，现在业余时间专注打乒乓球了，经常与老友新朋交流一下球技，切磋之后把酒黄昏，乐在其中。前些日，大家在微信把李满銮找到了，三十年前系里乒乓球比赛冠亚军争夺战中，李满銮靠"体力"把我磨倒了，我特别不服气。希望三十年聚会时，和李满銮再切磋一下。

三十年前，我，一个县城孩子来到北京生活，得到了一份稳定的工作。三十年后的今天，我有一个和谐的家庭，有一个健康的身体和乐观的心态。

古小玉，1960年10月出生于河北省南宫市，籍贯四川省乐山市。1980年7月从河北省考入复旦大学中文系，1984年7月大学毕业后一直在全国人大常委会办公厅工作。曾任办公厅秘书局会务处副处长、处长、副局长，人事局局长，现任全国人大常委会副秘书长。工作期间，多次参与全国人民代表大会、常务委员会会议的组织工作，以及香港、澳门的全国人大代表选举等重大活动的组织协调工作。

阅读即阅世

汪涌豪

　　1980年，我十八岁，正当好年纪。在人生的这个阶段，读过的书是可以跟人走一辈子的。所以，类如浮士德的永恒冲动，曼弗雷德的孤高厌世，还有哈姆雷特的不断怀疑与反省，成为我日后一再提及的永恒记忆。我还非常想做成文化基度山或社会罗宾汉，那种以霹雳手段显菩萨心肠的隐在冲动，是我三十岁上起兴做游侠史研究的重要远因。

　　当然，那样年代中的成长并不轻松。物质的匮乏与精神的贫瘠，都使人脆弱而易感。读书无疑加重了这种感触的分量。但当时的感觉，生命本来就需要伤感的滋养。这样认知着，当读到《呼啸山庄》，自然就有一种直想坐起的激动。其他如读《卡拉马佐夫兄弟》的深重叹息，读《德伯家的苔丝》的温暖记忆，都构成了个人宝贵的经验。特别是，有时对一个情节乃至细节，可以乐至沉酣，又转生悲凉；有时对一个人物及其结局，可以忧郁入深，又反为旷达。这种情绪转换带出的刺激与快感，尤难言宣。

作者近影

今天的孩子，二十多岁了，通常还幼稚率薄，听说狄更斯们可以为一个街区的拐角写去几千字，就问：如此虚益散辞，有什么意思？还有，像罗曼·罗兰这样，让克利斯朵夫与安多纳德错失在两列相向而开的火车上，一如自己玩剩下的小把戏，怎么看都不像是有创意的安排呀。虽然个人的体会，这纸上的呻吟，就是当时血泪，但要我告诉他们，自己读到这些地方，就直想着欲添清泪，成其潺湲，甚至还幻想过独占这轻轻一声，与之相视莫逆，真还感到无力。

因为我已经不知道，对伟大的作家不总站在人类的经验之外审视人生，还站在人类的知觉之上悲悯人生，今天的孩子能体认多少。他们能像我们一样感觉到，当个人无力表达纤敏而澎湃的激情时，这些伟大作家的经典创造，可以为人们心底无法言说的经验命名，甚至它们就是这种经验最适切的代言？进而，他们能确认，这些伟大的创造，可以如天意神启，让人静听极视，与浩瀚的宇宙相往还；又可以如大雨行潦，为灵魂冲刷出一道开阔的河床？

该如何告诉他们，快乐满足的仅是感官，经典满足的才是心灵。尤其重要的，该如何使他们也有这种体验，说每次与经典相遇，其实都是与人性照面，与自己的交谈。这一点，他们能知道并愿意知道吗？特别是，当他们的阅读通常不再及此，并因这种不及，不再认为经典之于人生有多切要的时候。他们自有他们认定的伟大作家和作品，譬如仙幻有仙幻的经典，盗墓有盗墓的经典。你要在他心里再放一个几世纪前英国的老古玩店，或能欣赏瑞典人盖的那座背阳的红房间，太难了。

结果自然是糟糕的，许多人除了在中学文学课上读过一些经典（通常是快读速读），在电视上看过一些经典（通常是戏说歪说），再没有开卷有益的经历。杜威比读书为探险，法朗士比读书为壮游，都是指着书能丰富人灵魂说的，但他们只拿它作消闲。孟德斯鸠说，读书可以将生活中的厌烦时刻变成美好的时光，他们把它全都变成了游戏的时光。以至于开目仅能上网，伸纸不能修函。欲传达一己曲曲心事，就只能借助于流行语火星文通俗歌曲广告词了。由此，我们不难想象将要到来的结果会如何的糟糕。那种情感的均质化与粗鄙化，或者均质的粗鄙化带来的人的认知的浅表与肤伪，已经凸显了一个时代思想的贫薄与文化的匮乏。这种贫薄与匮乏，是必定会阻碍和延缓一个民族的心智成熟的。

但我们也不失去希望。从惨绿少年到哀乐中年，由书页上斑驳的日影，我们感觉着时间的流逝与生命的丰盈，我们心怀感激，说自己倘有寸进，皆拜读书所赐。基于从阅读中得到的回馈是那么的丰厚，我们没有理由悲观。相反应该相信，总有一个时刻，人们得安静下来，为人生的意义而苦恼。总有一天，人们得重新认识读书之与人生的意义，并由衷地体会到，若自己内心没有的东西，谁都不可能颁赐给你。

今年寒假，再读加拿大作家阿尔维托·曼古埃尔的《阅读日记》，前言中有一段话说得很好："有一些书，我们是可以轻快地一览而过的，当我们翻到下一页的时候，已经淡忘了前一页的内容；有一些书，我们是需要恭恭敬敬地阅读的，不敢对其中的内容妄加评论；有一些书，仅仅为我们提供信息，也并不需要我们对它们加以评头论足；然而还有一些书，我们是如此长久而深情地挚爱着它们，因此，是可以从最最真实的意义上，运用心灵的力量逐字逐句地重温它们的，因为我们理解它们"。若问：人们领受着书的启迪，并不时地要"重温它们"，怎么还能大刺刺地说早就"理解它们"？法国作家尤瑟纳尔的回答是："我们真正的出生地是那个自己有生以来第一次用智慧的眼睛关注自身的地方。对于我来说，我的第一故乡就是我的书籍"。

这样，我们就可以理解，人为什么永远与书相视莫逆，为什么只有这种相视莫逆，才让人经历永劫之邦，既听得到绝望的呼喊，又看得到受苦的灵魂；既体认得到方死的夙愿，复更瞩望于未生的希望，并此心此性，无蔽无欲。契合着个人的经历，年前曾再读但丁，《神曲》"地狱篇"的第一段说："就在我们人生的中途，我在一座昏暗的森林中醒悟过来，因为我在里面迷失了正确的道路。"许多像我这个年龄段的人都有过迷失。借助于种种外力的帮助，最终都走了出来。但在我，读《神曲》本身，就是走出迷途的最好方法。很朴素的道理，因为阅读就是阅世，书生活就是真生活。此外的生活，所有的，我都已经没有兴趣。

汪涌豪，我是浙江镇海人，出生在上海，住在这个城市的"下只角"、南市区的小石桥街。

我家的房子在这条街上还算是好的，有天井、晒台、粗大的木质楼梯和花砖走廊，邻居中也多有钱人，但我们家不是。今天，回看我的故居和出生环境，很难用一言道断。那些励志的故事，不要说现在，就是记事那会儿就不相信的。所以，实话实说，我从小就是一个眼空心大的人。我想的都是这座石库门以外的事情。这样，我与父母总是冲突。如今他们都在天上，以后去时，要好好赔罪。至于在附近中华路第三小学读书，整整六年，老师都不喜欢我，当时颇忿忿，现在想来，太应该了。

我的中学是在市南中学读的，无奈那时的气候，读书无用，学校也日渐破败。等到新时期学篮重开，它连区重点都排不上。我在那里的理科班读完高中，整天为如何通过考试发愁。成绩就别提了，考重点中学更没可能。我能理解现在90后所说的"残酷青春"，主要基于此。不过那六年我过得愉快，语文老师和美术老师能肯定我。然后，找了能找到的一切东西看，从刘大杰《中国文学发展史》到《学习与批判》杂志，对世界的认知也就此形成。

我当时的理想是要考博当大学老师，所以我对生活很满意，我从事着自己喜欢的职业，天下好事，莫此为甚。也是基于此，对这份职业，我的表现基本合格，教书育人，也对得起良心。当然，这个过程，从求学到求职，然后教学科研职称，发生许多事，但每一件事都非常顺利，有点小磕碰，今天看都不算事。所以心气平和，不识忧患。现在老了，只会更平和。

在以后尚可自主的时间，我想在已确认的路上继续走下去，并尽可能走得远些。其他一概不理会。很快，死会找上我们。别人还在贪求什么我不能管，我总能看到死亡之眼阴暗的窥视，所以无欲无求。

杭州聚会漫忆

王志华

　　在春天最好的季节，8011一群同学受在莫干山麓挂职的俞文明君邀请，来到金庸写的"山姓花、人如花"的花家山庄。

　　山庄四面环合，峰峦叠翠，花团锦簇，漫山遍野绿得惊心动魄。湖面上挂满红灯笼，院墙别墅环抱。入夜，高挑的酒旗和一联联红灯笼倒映在水里，到处是春草池塘，蛙鸣悠扬，连地灯都透着春的气息。面对胜景，俞文明免不得谈起了鲁迅、茅盾、丰子恺和徐志摩，聊起了浙江的诗人画家，说起了乾隆下江南，在十八棵御树下喝茶……总之，浙江的人文古迹太多，无论普陀山舟山、雁荡莫干山，还是绍兴义乌海宁，都值得一去，从哪里开车去都能跑几天，这儿地大物博，源远流长……而说到人之杰，地之灵，天堂杭州，还是无出其右的。大家一路谈笑，直到布谷鸟的声音啼亮了黎明，旭日映红了东方。于是拍板决定，8011二十五周年庆祝活动就定在杭州了。

　　转眼到了2009年10月16日。8011七八十位同学聚会杭州，发觉杭州的秋季比春天更美，绕着西湖种满了桂花，此时正是盛开的季节，绿树枝头堆满了雪花般的桂花，一层层、一片片，到处是桂花飘香，山色空明。我们来到西泠印社，到孤山顶上，这儿能看到西湖全景，秋天的艳阳高照，空气能见度很好，到处灵气四溢，对岸的景色都能眺望得清清楚楚，杭州最美也就在此时了。

　　在"西湖天下景"的亭脚下，几十个同学笑语环绕地拍了照，有的同学坐

作者近影

在岩石上，有的蹲着，有的招着手，有的拥抱拍肩，自由无忌，姿态各异，然后三五成群，两两笑语，各组呼朋唤友，竞相在亭子里和西泠印社的篆体字前留影。人们说旁边的古亭塔是有历史的，于是蹲下取全景，玉红扶墙，苏冰折桂，瞬间的留影，镌刻在人们的心里。

在对面的茶社里，镂空的古典古木门窗，借景自然，正所谓楼观沧海日，门对浙江潮。在四面来风的翠绿丛林中，同学们喝着遍体生香的佳茗，叙谈同窗往事，遥望西湖，正是山川朋友文章之乐，烟雨风月晴雪之美。有人问陈真，他的抗震救灾纪录片《人民至上》的镜头拍摄到，救灾前线将士几天几夜没睡觉，那时是多么希望有一幢湖边的房子，静静地望着水面休息。谈笑间，大家来到中午会餐的楼外楼，抬头看了看巨幅匾额，人们陆陆续续走了进去。

楼外楼位于孤山之下，西湖的中央，面对着整个西湖水面，孙中山、章太炎、鲁迅、郁达夫、周恩来、蒋介石等无数爱美食美景的人士都来过。

拱窗临水的中央亭台上摆出了六桌盛宴。有东坡肉、叫花童鸡、龙井虾仁、西湖醋鱼、大螃蟹和宋嫂鱼羹等，林林总总，不下十几道名菜。方才让大家自报暗恋的姓名时，女生都围坐在一桌不予理会，现在各自与熟悉相好的同桌，面目暴露无遗。某男笑称过去多情四溢而未能如愿，现在终于得到一众女生左右眷顾，却不免引得一众男生的攻击。另有男生借酒学辛弃疾慷慨激昂，说是要醉里挑灯看剑。另一桌上，已有男生忍不住道白，说是一直暗恋一位女同学，这会儿趁机就挽着她拍照，另外的人也捧着花抢了上来沾爱，惹得大家开怀大笑。最后，女生们结帮向俞文明君表示感谢，说是女生都后悔没有修成仙女嫁给他，她们一一与他推杯换盏，一直到酒酣饭饱。我们这几桌比别人的婚宴闹得还响，摄影的镁光灯镜头闪闪，各人道尽了心中的故事。

饭后，大家登上龙船环游西湖。由于饭桌上意犹未尽，人们在船上忙着合影。陈真前前后后为别人摄影。忙完不久，他往座位一坐，头一歪，立时就呼呼大睡了，让老邱逮个正着，拍了张：瞧，这胖娃睡得正香。老邱在国外拿了四个硕士本子，领导着有一百多位美国员工的图书馆，此刻他望着窗外的西湖美景，灵感触发，吟哦着：

> 酒罢游湖睡意浓，几人无力卧舟中。
>
> 秋云漫漫遮峰塔，朱旗猎猎指清空。
>
> 才登瀛洲嬉金燕，竟渡花港斗大虫。
>
> 吞吐乾坤浮日夜，铁画轩里荡茶风。

游船经过三潭印月时，陈真醒了，向女生们介绍说：它是由三座葫芦形石塔和"小瀛洲"两个部分组成，中秋之时在塔中置灯烛，洞口蒙以薄纸，灯光、湖光、月影、塔影、云影溶成一片，恍惚迷离，说不尽的诗情画意……她们听说平湖秋月此时夜景最好，几个人便约好了暗夜泛舟。

到花港公园时，园中牡丹芍药，尽显花中王者风范，外围葱茏的山色被借入公园内，一湾绿水萦绕。全园景色因而更显灵动，池岸曲折自然，倚桥栏俯瞰，数千条金鳞鱼结队往来。池岸花木落英缤纷，好一幅弘历"花家山下流花港，花著鱼身鱼嗜花"的景象。连博导汪涌豪君，也露出了天真的笑容。

夜晚，十数个同学去看平湖秋月。船上有宴席桌椅，点亮了灯笼红烛，在蓝色花布的铺设下很有情调。一个声音朗诵着诗："也许，只有咫尺之遥，伸山手，就能消除心的呼唤，也许永远分隔在晨昏线的两端……也许，一生也不能平静地相望一眼，永恒注定只属于瞬间……"另一个声音道："难道过去不敢爱，不敢恨，今天还是不敢爱，不敢恨吗？"又一个声音道："都快五十岁了，同学感情这样真不错。"于是一个女生唱起了《知音》："山青青，水依依，高山流水韵依依，叹得是，人生难得一知己。"歌声感染了在场所有的人，一个接一个，大家轮番唱起心爱的歌。

　　游船行至平湖秋月，人们心情豁然开朗，仰望一轮皓月当空，俯视湖中倒影，天上、水中两圆月，交相辉映，如入水晶广寒宫，挥一袖清寒，舞一曲翡翠冷……他们在歌声中迷醉，看上去身子仿佛变轻了。

　　西湖水至情至柔，从一滴到漩涡到万顷平湖。白娘子为嫁许仙，被法海压在雷峰塔下，苦苦地守候，也守来了我们。第二天上午，大家参观了雷峰塔。下午来到灵隐寺，因为四时半不再进人，人们匆匆忙忙，进门后专心礼佛。灵隐的水和树林清清切切的，返身看桂花飘香，山谷空明，聆音远尘，感到一种从来未有的灵气，晚霞特别动人，翠微横枝，林间的清香和生气中，人们感到拈花微笑，直指人心。

王　志华，女，汉族，1959年9月出生于福建省福州市，1984年复旦大学中文系毕业后，分配到全国人大办公厅工作至今，曾经在《人民日报》《新华社新闻稿》和《解放日报》等刊登过文章，著有散文集《中国印象》，参加编写《世界军事风云50年》等。

相忘于江湖

池雨花

这是我们分别八年后的重逢。关于这次重逢，事先我有过想象，在想象中体验着重逢的激动和喜悦。但当我们真的面对面地站在一起，目光相接、指尖微触的刹那间，我的心却伤感地明白，曾经真挚、曾经深情的那段友谊，已经随着时光的流转，远去了。

我知道你一定也有这样的感觉。

只是我们还是微笑着相拥在一起。毕竟我们已不是十七岁的女孩，我们早已学会掩饰内心的感情。喜悦、激动，失望、悲伤，都不再像往昔那样清晰地写在我们的脸上。但我们有过十七岁，我们的友谊从十七岁的秋天开始。

那时，我们刚刚进入复旦不久。在高校环境中长大的你，一下子就适应了新的生活，像水中鱼、空中鸟，欢快自在。而初次离家的我，则被乡愁缠绕得像断线风筝一样彷徨、懵懂。所以一开始我们虽然住在一个宿舍，交谈并不多。

记得是一个星期天，同宿舍的同学有的回家，有的上街，只剩下我们俩。那时宿舍楼前的夹竹桃开得正盛，粉红的一片，明艳得晃人眼目。吃过午饭，你就凝神在一张纸上写着什么，突然你将纸片推向我，说："你看看，提提意见。"那是一首关于夹竹桃的诗，如今我已忘了你都写了些什么，也忘了我都说了些什么，只知道我们谈得很投机。由此我们相知、相交，成了形影不离的好朋友。

大学时代的作者与同学徐亦可（右）在复旦图书馆前

是的，形影不离，这么说一点也不过分。一起去上课，一起去图书馆，一起去晚自习，一起散步，一起上街。现在想来，几乎没有什么事，我们不是一起去做的。好到这个份上，不说同学纳闷，连我们自己也不明白，我们原是两个性格反差很大的人啊。"谁让咱俩臭味相投呢。"最后我们总是笑着这样说。

作为一介莘莘学子，日子过得单纯而又丰富。通常过的都是三点一线的生活，宿舍—教室、图书馆—餐厅，但书籍却为我们展示了一个神奇而辽阔的世界。我们都是沉迷读书的人，几乎每天，都能发现我们喜爱的作家和作品。常常为了一本好书、一篇好文章，我们奔走相告，互相推荐；常常为了购买喜欢的书，囊中羞涩的我们不得不以咸菜、腐乳度日；也常常为了一本书店买不到，向老师、同学辗转借来的书而在宿舍熄灯后，秉烛夜读，不知东方之既白。

关于读书，我们有过许多贪婪的计划，尤其是你。大约是三年级的时候，你说，这样东一榔头西一棒槌、兴之所至的读法不行，必须有个方向。你决定从阅读全集开始，这样就能对一个作家、一段历史或一种学说有一个全面、系统的了解。你说到做到，首先是《鲁迅全集》，以后又有《莎士比亚全集》《高尔基全集》《苏东坡全集》《古文观止》。那年暑假，你来信说正在读《史记》，以

作者近影

后的目标是《资治通鉴》。结果直到毕业的时候，你还没有读完《史记》，因为有太多的书诱惑着你。你不无怅然地说，这辈子怕是读不完它了。

上世纪八十年代初的校园虽没有像现在这样受到商潮世风的侵袭，但也并非世外桃源，尘世的喧嚣还是越过围墙飘荡了过来。但我们活得还算安然。那段日子，常使我想起秋日的好天气，明净、安谧，而又斑斓多姿。读书之余，还有电影、音乐会、画展、讲座。舞会是不去的，看着女同学们打扮得姹紫嫣红，袅袅婷婷地去参加舞会，我们便去散步。夜色中，乐曲声远远地随着风儿吹送到我们身边，一种嘉年华会的感觉也会在我们心中升起。

就像两只刺猬，依靠得太近了，彼此的刺会刺痛对方。我们有时的情形就是这样。分歧，争吵，甚至面临着绝交的危险。有一次寒假前夕，争吵之后，冲动的你拿起剪刀，将我们的合影全部铰开。同寝室的同学在一旁看在眼里，不解地嘀咕道："瞧你们，怎么弄得跟谈恋爱似的。"这次吵架之后，我们互不理睬，各自回家了。寒假结束返校那天，我从车上下来，不经意地往校门口一瞥，就看到你站在那儿。看到我，你迟疑了一下，接着就径直走到我面前，从我手中拿过行李。后来我问你，怎么知道我会这个时候到？你说你已经接了好几次了。

数年后，读赫尔岑的《往事与随想》，谈到青年间的友情，他说："青年间的友情有着爱情的全部热情，和爱情的一切特点，同样不好意思地害怕用语言谈到自己的感情，同样不信任自己，同样无条件的忠诚，同样离别时的万分痛苦，同样完全独占的妒忌的欲望。"他的话让我豁然开朗。而在当时，我们未尝没有意识到这一点，但我们却羞于承认，因为我们信奉的是"君子之交淡如水"。

那个时候，我们做过多少梦啊！我们曾经想做个精神独立的隐士；也曾热血沸腾，期望干出一番经世之事业；像所有的女孩子一样，憧憬着爱情，那种"天下人何限，慊慊独为汝"的深情。

然而，仿佛是眨眼之间，已是流年十几载。这期间我们的生活都发生了很大的变化，在呼啸而来的生活洪流面前，我们有了不同的选择，渐渐地有了隔膜。之后，你又远渡重洋，去了异国他乡。时空阻隔，我们几乎失去了联系。你说这八年经历对你来说，就像凤凰涅槃一样，你完全脱胎换骨变了一个人。过去的一切全没有了，包括婚姻，一切从头开始。学中文的你改学工商管理，并进入美国一所名校攻读硕士学位。往日的生活回想起来，恍惚如前世，雪泥鸿爪，不着痕迹。

听着你讲述你学习的高等数学和电脑软件设计，听着你话语中夹带着的英语词汇，不知怎么的，我的心里突然就跳出了这样两句日本歌词：就连你在那儿独自苦斗，我也只能默默地注视。你说再过一年就能结束学业，毕业之后，你能顺利地进入一家大公司工作。那时，你将好好地安排你的生活。

这样就好，我在心里默默地说。为什么总提相濡以沫呢？其实只要你过得比我好，或者只要我们过得都好，相忘于江湖又有什么不好？

1997年11月写于北京

池雨花，生于1963年7月。十七岁夏天之前，一直生活在江苏省镇江市所辖的丹徒县，现为镇江市丹徒区。在丹徒的乡镇间，完成了我的从小学到中学的教育。

身为乡村教师的父亲年轻时爱好文学，一度订阅在家乡当时影响很大的文学杂志《雨花》，再加上省会南京盛产雨花石，有个著名的雨花台，这种种因素都使父亲格外偏爱"雨花"这两个字，便以此为我取名。

也许是受父亲的遗传和影响吧，小时候就对文字十分敏感，自识字起，就对一切印有文字图画的纸张书籍着迷。在当时的环境里，虽然可以搜罗到的读物少得可怜，但它们还是赋予了我另一个世界，让我有了模模糊糊的愿望，渴望着有一天能够去远方。

1980年9月，我进入复旦大学中文系学习。第一次到了"远方"。大学四年，光阴似箭。当时却并不明白，未能好好珍惜。但复旦还是改变了我，让我终身拥有了另一个身份——8011人。

大学毕业时，我放弃了可以留在上海工作的机会，再次选择到远方，进入正在创办之中的《中国妇女报》社工作。自此，再未离开。三十年间，宿命般地做着与文字相关的工作，编辑，采写，曾获中国新闻奖。应梁光玉同学之约，写作《雪国之樱——图说日本女性》一书（该书被韩国出版公司购买了版权，出版了韩文版），也作为撰稿者之一，参与《西藏的女儿》《腐败床榻——反权色交易调查报告》《创建和谐家庭——家庭和谐指导手册》的写作。半生虚度，罗列以上琐碎，只是徒劳地想证明时光有痕。现为《中国妇女报》编委、文化周刊主编、高级记者。

天性散淡，与世无争，信奉简单即丰富。一个单位，一个婚姻，一个孩子，大有"从一而终"的趋势。活到现在，已经明白生活不在"远方"！

三十年的大戏

徐锦江

"我的故乡在八十年代"——这是一本杂志的封面专题，诚哉斯言，一下子击中了我的心。

时光飞逝，上世纪八十年代已然属上个世纪，但在我们这代人的记忆中，八十年代真的就是我们精神的恒久故乡，人生中只能上不能下的唯有年龄，年复一年，在无法回头的年阶上伫立，一次次回望，越发地感觉如此。

上世纪八十年代披沙拣金留下的精神财富不算少，能说的和不能说的，每个人所理解所继承的也都不一，我曾为不能首批加入诗社苦恼过（尽管只是个学生社团），曾在演讲会上呐喊过（为此被找去谈话），曾三五同学自己筹办过电影研究会（其实电影也没看过几部）。这里之所以要回忆一段戏剧缘，是因为还有许多人，许多雪泥鸿爪的史料和史照可供佐证那一段经历。

复旦剧社是复旦的老牌社团且历史辉煌，虽然因学长介绍忝列剧社创作组，实际上却初入山门、懵懵懂懂。所谓无知者无畏，为了"名副其实"，便铆足了劲偷偷地在上课时间练写剧本，自恃才思敏捷，倚马可待，往往写一页草稿，便递往前座的陈小云（当年的语文知识竞赛第一名）请其誊改，甚至授课老师话音刚落的一个段子或者囧态也直落笔端，写进剧本。隐约记得帮我无私誊写过本子的还有王岗（现美国一所大学终身教授）、吴俊（现南京大学文学院副院长）等君，也因为创作组成员的"头衔"，倒逼着自己学习古典"三一律"，分辨斯坦尼斯拉夫斯基体系和布莱希特体系，"体验派"和"表现派"的

差别，拜读莎士比亚、契诃夫、迪伦马特以及《等待戈多》等荒诞戏剧，知道舞台上一把枪放着是一定要开响的。至今仍留有印象的是漏夜研读美国左翼剧作家劳逊的《戏剧与电影的剧作理论与技巧》，如今在媒体分管文艺报道，看戏成了家常便饭，与戏曲界的名伶有所交往而不至于毫无感觉，也得益于上世纪八十年代的那些启蒙。

代表学校参加大学生话剧汇演的大戏有辅导老师"严重"把关，是轮不到我们这些低年级学生习作的，但这并不妨碍我们在系里面一展身手"自娱自乐"。记得写过两台戏，一台五幕大戏手稿至今仍在，尚没有命名，过年时特地请人输入，再阅之下，感觉戏剧性不强，台词也不够洗练，但青涩处依稀可见当年的寝室生活（隐约有复旦"投毒案"的影子），以及八十年代早期的政治思想氛围，令到自己喟叹"已有的事，后必再有。已行之事，后必再行。日光之下并无新事"。颇费思量的是现在该给剧本起个什么名儿，联想到当下的互联网冲垮了传媒业、百货业、出租车行业，过年时抢红包大战，又以超信的方式激浪澎湃地袭击着金融行业，无论在单位还是回家，发现所有人的生活都已为大小三块屏幕所控制。想当年英国人送来"鸦片"让我们变成"瘾君子"，尚有人发起抵制，今天美国人送来的"苹果"看上去更美，更让我们欲罢不能，其巨大的功能更让人变成彻头彻尾的"手机控""低头族"，无人能拒绝，这就是"粘性"所带来的"奴性"，且似乎看不到解套之时。在这样一个技术推动历史的大时代，人的命运和作用是如此的微不足道，我们所能做的就是改变自己。本来还庆幸有《肖申克的救赎》这样经典的影片一直在豆瓣网上名列榜首，证明思想和艺术不倒。但一想这也是美国人在上世纪九十年代拍的奥斯卡电影，且因为网络而得到更广泛的传播，便莫言了。戏的最后起名叫"8011"，为了缅怀逝去的八十年代，还有我们这群有共同记忆，且至今仍相互恋恋不舍的人，我一直笃信：没有共同的经历，就不会有真切的感受。另写的一出戏叫《误会》，当时还专门托人正正规规打出了剧本，由本年级和83级学弟学妹组建了一个"草台班子"。因种种原因，排练了几回，未能演出，却留下了一段排练录音（至今珍藏着）和"班子"留影。还有就是戏外有戏，两届

大四时，独幕剧《误会》排练之余，作者（左二）与剧组成员蔡万麟（左一）、连建明（右二）、朱渊寿（右一）及83级学弟留影

学生的沟通，成全了几桩跨届风流韵事，最后女主角一来就去某寝室，戏也无法排下去了，我想这也是大学生活的必要之细节吧。戏是荒诞剧，戏外戏是轻喜剧，但比起后来的人生大剧来，都只是微不足道的序幕。照片中的人如今都天各一方了，过年时和此剧男一号王希彦见了面，希彦换过很多工作，现在是与南航传媒有关的明珠讯息传播公司的执行董事，也算是半个生意人了。生在上海的北京人，却难得地落户在广州工作。稍稍打听一下，便知道小小照片中的几号人也已经美国的美国，澳洲的澳洲，北京的北京，上海的上海。独幕剧尽管比五幕大戏在戏剧性上有了长足的进步，但比起三十多年后的戏外坎坷人生来实在算不了什么。我想每个人都会好奇其他人在几十年里起起伏伏的人生经历乃至传奇，所谓编得再好的戏也演不过人生，信然。延续到三十年之后，每个人的人生其实多多少少是出戏。恍然中虚拟的幼稚编排，却变成了真实的沧桑人生。倏忽间悲喜五十，从当初的诗社社长到高层领导发言稿的起

草者，从田头娃到驻外机构的文化大使，从弄堂小儿到上市公司的高管——还有很多人，走向了当年学校性格的反面——起伏变迁不可谓不大。可以说，时代有多大的跨度，我们的人生也就有多大的变化，但那都是外在的符号，真实的心路历程，内在的幸福和自由，甜酸苦辣，却只有自己一个人默默地在长夜中体会。还有一出名叫《笑口常开》的独幕剧，忝列编剧之名，但不敢掠美，实际操刀者其实是现在当上央视导演的六表哥（拿了六次华表奖）陈真。记得倒是在系里内部公演过一次，效果是：不想让观众笑的地方观众笑了，想让观众笑的地方观众却不笑，我想这正是戏的荒诞之处吧，生活是由不得我们控制的。

　　毕业三十年，人生五十载。戏如人生，人生如戏。说戏，其实是为了表明：8011就是我们九十三个人的人生舞台——自己心中的角色，别人眼中的演员，我们是自己角色的导演，也是别人演出的观众。这台戏，现在缩微在手机朋友圈里，叫"芭绫妖爻"。

徐 锦江，上海社会科学院研究员、城市文化创新研究院院长。曾任《申江服务导报》主编、解放日报社副总编辑、上海社会科学院文学研究所所长。

生日快乐

施慧卿

　　送礼物是件麻烦事，送老公生日礼物更让我头疼。我从来不知道该送什么。若是女儿的生日还好办一些，直接问她们，你要什么，然后去买来就是。虽然少了惊喜，但至少女儿是高高兴兴的。没钱时，买个奶油蛋糕糊弄一下也是可以的。

　　君却不同，若问他你要什么，他必定说，什么也不要。若是买鲜花，他会教育我说，鲜花是最不实用的东西，几十块钱，摆一两个星期就谢了，多不划算。他买来了假花，三十多块，可以永生永世摆在客厅。他总穿便装，我送他的真丝领带从没机会露脸，现在早已过时成古董了。还有Boss法国香水，十几年了，已经挥发成了颜色浓郁的香精，至今还坐在卫生间的蓋上。我还买过一支万宝龙钢笔给他，二十年过去了，那笔还好好地躺在笔盒里，一次都没用过。蛋糕他倒是爱吃，可说起买蛋糕他总是反对的。一方面可能是他的体质不能多吃奶制品，更重要的还是因为钱的缘故。在食物里，蛋糕算是奢侈品了吧。

　　有一年他的生日，我直到当天晚上还没想出该买什么礼物。眼看商场快要关门了，便飞快地驾车赶去商场。看见第一家灯光贼亮的首饰店，就一头闯了进去。那店铺的铁帘门已下了一半，伙计已经走了，老板正在算钱。看我从铁门下钻进来，吓了一跳，以为是打劫的，眼睛瞪得大大地瞪着我，呆如木鸡。我顾不上理他，只管加快步子迅速浏览店堂，两眼探照灯似的扫射柜台里亮闪闪的珠宝。很快我的目光落在一块最新款的Gucci男表上。

这块表多少钱？我问，惊吓过度的老板好一阵才反应过来，看出我只是一个顾客。

老板脸上的表情松弛下来，不但松弛，简直有点傲慢。我想讲讲价，老板一分钱不肯让。不但不肯降价，口气还很遗憾，好像按原价卖给我他已经吃了很大的亏。他知道今天这表再贵我也得买。谁叫我告诉他，我是最后一分钟跑进来买生日礼物的人呢。付完钱后的感觉是，我被打劫了。

夜里我将那精致的首饰盒放在君的枕头上，想给他一个惊喜。他确实吃惊了，问：几钿？（上海话，意为多少钱）我说了数目。他皱皱眉说，去退了。接着就是一通教训：买东西要货比三家，要做Research。哪有你那么傻的人，这么贵的东西，跑去就买，连价都不讲。

让他这一说，我不禁想起那个老板看见我从铁帘门下钻进来时呆如木鸡的表情，忍不住笑起来。

还要笑！他生气了。

后来几年他的生日我又买过外套、T恤或羊毛衫之类给他。不是价钱太贵就是款式不喜欢。

女儿说，爸爸，别人送你礼物你应该懂得感谢才对啊。

他说，这也是我的钱啊！拿我的钱给我买礼物，还要我感谢啊。

这样聪明的话也只有我老公这样聪明的人才说得出，一针见血。夫妻之间送礼物，确实用的都是自己的钱。渐渐地，我就学会不再送礼物。至少这样，他不会再为浪费了钱心疼。

可是等到我自己生日的时候，却非常希望他能送我点什么。说起来，这很不公平。但我有个毛病，正如君再次一针见血指出的，我的毛病一个字可以概括：贪。

我特别贪，对物质也贪，对精神也贪；对爱情也贪，对礼物也贪。凡是礼物，我都喜欢，倒并不很在乎价值。生日那天，别人可以不送礼物，可要是我没有收到君的礼物，嘴里不说什么，心里却是十分在意的。抑郁之余，会联想到

感情淡薄，老公不爱我了，婚姻
坟墓论等等。

刚来加拿大那几个生日，
他也曾很浪漫地献上一束玫瑰
（开始是买的，后来是在自家花
园里摘的）。有时也买珍珠首饰
等较贵重的礼物。随着时日迁
移，星随斗转，慢慢就变得现实

2012年，著名诗人洛夫为作者（右）颁发"首届加华文学奖"

起来。逢我生日，他会去Costco买伊莉莎白·雅顿的护肤品给我。那里的价钱
较低廉，而且他知道，护肤品这类东西是我的必用品。若他不买，我也会花钱
去买，说不定买更贵的，花更多的钱。

他买了几次以后，我烦了。有一年我对他说，不要再去Costco买护肤品了，
那些东西我自己会买。他愣住了，迷茫起来，不知道该送什么礼物好的样子。
不过很快，他就想出办法来了。

那年生日，我收到一张卡，上写：Pass to Europe。没有机票，没有旅行社
的单据，只有卡上的那行字。我看着他，无语。

他愉快地说，我知道你想去欧洲。这张卡怎样？

显然他正为自己的聪明得意着，正等着我兴奋激动的反应。我说，你的意
思是说，你给了我去欧洲的许可证。我去欧洲，需要你的许可吗？这下是他无
话可说了。

三年后，我订了全家去欧洲的邮轮票。记得吗，我说，三年前，你许可的。
他只是笑。

这样的精神礼物后来从生日发展到所有的节日。

圣诞节，树下堆满了经过精心包装的大大小小的盒子，两个女儿欢天喜地
地将写着自己名字的盒子一一打开。

里面是空的。只有一张纸条写着：这盒子里装满了爸爸的爱。

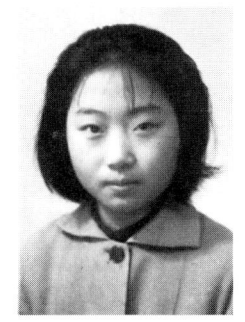

施慧卿，出生于1962年6月。笔名青洋，曾用笔名丰雪、慧卿。现任加拿大华裔作家协会理事。1984年夏毕业于上海复旦大学中文系。任上海教育卫生党校教师，教授现代西方文学思潮、美学等课程，后被转聘为《上海画报》旗下之《现代画报》社记者。1988年留学加拿大后移民。曾在VCC学习秘书课程一年，并得到专业秘书证书；但不安心做秘书，转而自学投资股票基金课程和保险经纪课程，两年后考取了金融股票投资合格证书和保险经纪证书。进入加拿大投资企业巨头之一的IG工作，成为股票基金经纪人。亚洲金融危机后，离开IG，在BCIT（BC理工学院）学习室内设计课程，两年后与丈夫合开室内设计公司，并经营家庭旅馆。

自1990年在温哥华《东星时报》发表处女作短篇小说《灰与蓝》起，走上文学创作之路，1992年加入加拿大华裔作家协会。写作体裁不拘，风格多样，小说、诗歌、散文、杂文等经常发表于温哥华当地报刊，如《明报》《环球华报》《松鹤天地》，以及美国的《今天》，并被收入《枫华文集》《枫雨同路》《枫景这边独好》等文集。2012，以笔名青洋出版了第一个自选中短篇小说集《黑月亮》。同年，在第一届全加拿大范围的华裔文学奖大赛中，短篇小说《咖啡、知己和糖》获优异奖，诗歌《茶》获第三名。

世界公民一大虫

陈志强

世界公民一大虫！哈哈，这是我微博、微信的昵称。但也可以从中透露出我个人的一些信息，比如年龄、职业特点、兴趣爱好什么的。

承蒙同学们的厚爱，将"老虎"这一称呼赐予我，要知道我班属虎的同学何其多！而我独享这称呼在大学期间整整四年，直到现在还有同学见面时叫我"老虎"。其实，在我小时候家里人、邻居们都叫我"小虎"。而真正叫我"大虫"的则是我一班中学同学，大家看了《水浒传》中武松打虎那一章，书中称老虎为"大虫"。

1997年10月，我在《文学报》担任副总编辑时，有一机会到美国去，是我人生的第一次出国。当时是我与《文汇报》一记者两人应邀到美国洛杉矶采访正在那里拍摄的电视连续剧《百老汇100号》，由上海剧作家沙叶新编剧、北京英达导演、深圳电视台祝希娟担任制片人，宋丹丹、杨立新、张敏等人担任主演。我只到剧组采访了半天时间，接下来的十多天时间到处参观、游览，什么好莱坞、迪斯尼、拉斯维加斯、大峡谷、旧金山，最后来到纽约。那时很穷，要知道当时美元与人民币的汇率是1:8.3。在美国最大的开销是住宿费。于是，在纽约时我住到了邱辛晔家。老邱与王鸣文平时在上课和打工，到休息时才能陪我玩。我只能根据老邱画的示意图，白天坐地铁到纽约市中心参观什么大都会博物馆、世贸中心、联合国总部，又去逛了著名的曼哈顿华尔街、时代

广场、第五大道和第42街色情一条街,直到很晚才回到老邱家。在参观联合国总部时,我惊讶地发现我的生日10月24日居然与联合国的生日同一天。于是,从那天起,我就自封自己为"世界公民"了!当时,我还忽发奇想,要求采访联合国秘书长加利,请他谈谈文学对世界和平的意义。但由于需要事先申请,只得作罢。在纽约有两件事印象深刻。一是老邱用在餐厅一天打工的收入一百美元买了一个日本新款随身听DISCMAN送给我(要知道我当时一个月的收入也只有七百元人民币)。二是鸣文兄帮我一起策划一部电视系列纪录片《华尔街》,拟与上海电视台《世界经济纵横》栏目合作,鸣文兄已写好了拍摄大纲。可惜,1998年发生了东南亚经济风暴,拉不到赞助,拍摄计划就此告吹。

大学毕业至今三十年,我调动了六家单位,可能是我们同学中工作换岗最多的一位。市委宣传部干事、《文学报》社副总编辑、市府新闻办副处长、文新报业集团文学报负责人、上海采风杂志社社长、上海世界华人收藏家大会秘书长,还不包括讲师团支教在南汇县果园中学担任初三语文老师的一年经历。当然,这些岗位,都是体制内的,属于文化宣传系统,不是什么外企、民企,猎头公司是不会找上我的。

我的青春,奉献给了我党的宣传事业。大学毕业的第一份工作在上海市委宣传部,与彭洁同学同事。宣传部副秘书长给我们上的第一堂课　关于机关工作的重要性,其中我至今印象深刻的一句话就是"不该看的不要看,不该听的不要听,不该问的不要问"。我们办公楼是在高安路19号一幢老式建筑里,门口不挂牌子。层高很高,走廊里见不到几个人,挺神秘的。我与彭同学同时安排在办公室工作,她是简报组,我是秘书组。记得我与彭洁的第一份工作是整理录音、编写简报,好像是商业部部长在上海的一场报告。我们边听录音边记录下来。整理了整整两个多星期,有近一万字。但领导好像不太满意,嫌我们时间长了,没有了时效性。这是我的第一份工作和干的第一件事。简报是我们机关工作的基本功,我至今有时还在写简报,便于向有关领导和部门报告工作。

不知道是哪位领导认为我们大多是学生出身,没有基层工作经验,就安排我们下基层锻炼一年。我被安排到《上海科技报》，在南昌路科学会堂附近上班。报社总编对我很客气，安排我在总编室工作。每天嘘寒问暖，弄得我很不好意思。我要求采访任务。总编就安排新闻部的一个老记者带我。记得当时科技报社正在举办一个科技小发明活动。老记者就让我独立到一个市劳模家里采访，请他谈谈对小发明活动的看法。后来几百字的新闻稿刊登出来了，署名本报见习记者陈志强。这是我后来十年媒体生涯的第一篇新闻稿。

离我实习单位科技报社最近的同学要算吕素勤了。当时她在市社联语文学会，在淮海中路622弄。我走过去只有十几分钟路。我们经常午饭后不是我去，就是她来。当然与吕素勤同学在一起的还有一位我们宣传部的陆姓同事，也在社联实习。可能她俩中午逛商店逛逛就逛到我们科学会堂来了。当时的上海科学会堂名气很大，建筑也颇有特色。

不知什么原因，我们都提前结束了基层实习，回到宣传部上班。我的工作就是每天收发和分发文件，在各个处室跑来跑去。当时机关各个处室基本不走动，相互不来往，同事之间都是点头微笑致意。我算是各个处室走动多，认识的人多，也比较活跃。在宣传部工作快一年了。我们宣传部从北京来了一位潘姓干部，北大中文系毕业，曾担任北大学生会主席，只有三十六岁。他先担任办公室主任，不久就担任常务副部长、部长，被海外媒体认为是中国政坛的一个新星。当时柯云路小说《新星》被改编成电视连续剧正在热播。我在他担任办公室主任时与他在一间办公室工作，都是中文系毕业，谈得颇

作者近影

投缘。后来他做部长了，有领导来找我让我担任部长秘书。我说我刚毕业，缺乏工作经验，无法胜任部长秘书工作，想到业务处室文艺处工作。经部长同意，我就调到文艺处工作去了。部长秘书是个肥差，可以升官，但当时我没有感觉，无所谓。彭洁同学不久也调到市文联研究室工作去了。

在文艺处一干就是八年。我概述我的工作是白天开不完的会、写不完的材料，晚上看不完的戏（电影）。文艺处有一老同事，上世纪五十年代在基层做编剧工作，由于业务出色被调到文艺处工作，一干就是四十年。她总是对我说，小陈呀，机关是没啥好呆的，侬要尽早下去。看看阿拉一辈子就这样荒废式了。

被别人认为我特别牛的一件事，是我负责审批海外和港台演唱会，具体是第一关内容审查。我的主要任务是检查演出有否反动、色情的内容。如果我通过了，报到处长同意、分管副部长签发，转到有关处室具体办文就可以了。这好像是我一项特别大的权力！一些演出单位领导围着我转，催我尽快办理。我每次都第一时间将内容审查好，迅速将批文拟好。演出主办单位总是请我参加演出酒会，与歌星见面，给了我许多演出票。我再将票子分发给领导、同事。当年童安格、姜育恒、赵传、小虎队等著名港台歌星演唱会都是我审批的，也看了许多演出。若干年后，遇到当初搞演出的那些人时，他们都认为我人好，没有架子，也不刁难他们。

在宣传部的九年，整天忙忙碌碌，疲于奔命。没有自己的文化积累，写领导讲话稿、调查报告、工作简报也不能发表、出版，署自己的名字，不像在报社、出版社当记者、编辑的同学那样，写的稿件、编的图书是自己的，可以发表出版评职称。于是我就找领导谈，主动要求到基层工作。

1993年10月，在我刚刚由副主任科员提拔为主任科员三个月后，我又被任命为《文学报》社副总编辑（副处级），算是破格提拔。当时，上海一共没多少家报社，我到《文学报》社担任副总编辑，成为上海滩上的一大新闻。因为，我只有三十岁，成为上海最年轻的报社老总！我一天记者、编辑都没做过，能做好分管新闻的副总编辑吗？我对自己也提出了疑问。但我对能到《文学报》

社工作，内心充满自豪之情。在我大二时候，1982年4月，《文学报》创刊，我就自费订阅，也曾悄悄投过稿。记得邮局投递漏送了第48、49两期时，我还在一个周末下午骑了一个多小时自行车到新华路上《文学报》社去购买。能够成为《文学报》的读者、作者和编者，我是何等的光荣！尽管当时有人说，《文学报》社很穷、很复杂，有时工资都发不出，我也不管不顾，一闭眼就跳了下去。到了报社，听了老同志介绍，才知道《文学报》社的辉煌历史。它是文坛几位老作家、老领导联合创办的，大作家茅盾先生题写报名。

到了报社工作不久，就遇到了麻烦，有人想给我一个下马威。一次总编辑出差，我负责签大样。有一位资深记者写了一篇名家访谈稿拟发在头版上，其中几句话比较敏感，我就删掉了。报纸出来后，他不依不饶，说我不懂新闻，乱删稿子。周松林同学当时从德国回来也调到《文学报》社工作，他与这位资深记者关系较好，出于对我这个同学的关心，主动为我们摆场子调解，化干戈为玉帛。《文学报》社领导班子分成两派，有时为能否刊登一篇文章，都要争论不休。我成为领导班子成员后，遇到这种情况往往感到为难。我就出于自己的判断，有时支持这派、有时支持那派，成为独立派、中间派。这也慢慢养成了我的为人准则和工作习惯。不跟人、不跟风，不吹牛、不拍马，不属于任何一派，做好自己本职工作就好。但我这一禀性不适合官场，所以我二十多年来没有进步。

在自我介绍中，我常常以媒体人自居，干了整整十年的《文学报》社，将自己大好的青春年华奉献给了文学事业。据说，中国作家协会书记处在批准我加入中国作协时对我高度评价，认为我为中国文学的宣传事业作出了重大贡献。

1998年，《文汇报》《新民晚报》两大报社合并，成立文汇新民联合报业集团。借此东风，《文学报》社也合并进去。但由于我亲戚在集团担任领导，我不得不回避，就向宣传部领导提出工作调动。宣传部调我到市委外宣办（对外称市政府新闻办公室），担任事业处副处长，主要负责对外宣传和友好城市文化交流工作。我曾参与了在上海举办的99财富论坛、APEC会议等重要会议的筹备工作，知道了什么叫国际会议的范儿。海外活动，政府出钱，没有经费

压力。我曾负责意大利米兰上海文化周活动，有画展、时装表演、民乐演出等五六个项目，为期一周，财政拨款二百五十万元人民币。而我们每年又要在上海举办大型活动，如世界摄影家看上海活动、世界画家看上海、海外媒体看上海等，往往依靠社会赞助。由于有市政府新闻办这块牌子，赞助就比较好拉。我现在做的工作、举办的活动，一半经费也要靠拉赞助。但由于没有好的牌子，赞助就比较难。

在新闻办的四年时间，践行了我"世界公民"的称号，连公带私，我周游了美国、加拿大、德国、意大利、法国、泰国等世界上一些国家和城市，后来在其他单位，又去了俄罗斯、荷兰、比利时、新加坡和中国香港、澳门、台湾等国家和地区。每到一个国家或地区，只要有同学在，免不得要去打扰一下。早期打扰的同学有美国的邱辛晔、王鸣文，近几年有新加坡的陈燕、泰国的田善亭。以后可能需要打扰的有日本的杨光俊、陈薇，澳大利亚的彭金燕、杨舸，瑞典彭洁，加拿大的施惠卿，美国旧金山的周美玲、李满銮等同学，你们要做好被我骚扰的准备哈！

我这人喜欢做老大，宁为鸡头、不为凤尾。当《文学报》总编辑调离，我亲戚早已退休、离开了文新报业集团领导岗位后，我又向宣传部领导要求回到《文学报》社工作。经宣传部、新闻办领导同意，安排我回《文学报》社担任总编辑。但文新集团分管领导宣布我为负责人、第一把手，主持工作。我有点不高兴，找领导。领导就说等到两年一度的竞聘时再转正。但由于人事矛盾关系，加上办报理念不同，我遭到顶头上司、分管领导的打压和刁难。干什么事都不允许，甚至到了竞聘时我不但没有被转正反而被拿下，成为第二把手、副总编辑，遭遇了人生的滑铁卢。我是少年得志，中年沦陷，过了几年郁郁寡欢的生活。

2006年底，工作出现了转机。我被借调到市委宣传部，并派到市文联担任上海采风杂志社社长一职，全面负责杂志社的工作，又当上了第一把手。但传统媒体出版业江河日下，几经挣扎，难以突破重围。我引进战略合作伙伴，重新定位杂志，与国外品牌杂志合作，但体制内条条框框难以逾越，领导不愿越雷池半步。领导要求将杂志改成内刊性质，为文联一万多会员服务，文联拿出宣传费补贴，不再面向市场。这不失为一个好方法。但我是个市场派，不愿干内刊的活。正当我要求回到文新报业集团工作的时候，机缘巧合，宣传部发起的一个项目——世界华人收藏家大会由文联承办，领导要求我担任大会秘书长。

2009年在我担任秘书长之初，躬逢中国艺术品市场其盛，媒体报道中国艺术品进入"亿元时代"，北京四大拍卖公司春拍、秋拍屡创新高，营业额达百亿之巨。我交往的许多收藏家，不是收藏世家，就是企业家，每每在媒体上见到或口碑相传的这些名字，不是上拍的藏品卖了几百万、几千万，就是拍下的东西花了几百万、几千万甚至上亿。在大陆港台私人藏家家里见到的都是顶级古董和艺术品。有的藏家问我收藏什么？我莞尔一笑说，过眼即收藏。意思是说，无数件顶级藏品，我一样也买不起。但我同样能看到这些世界上顶级的藏品，大饱了眼福。好的古董，不一定拥有，欣赏过就可以了，淡然处之。

我现在的主要工作，就是筹备两年一届的世界华人收藏家大会，从2010年开始，我已经参与举办了两届，今年正在筹备第四届大会。

我这人最好结交朋友，坐不住，话多，号称社会活动家。而我朋友当中最亲密无间的就是我的8011同学们。同学家我去得最多的是连建明家，他家的啤酒基本上我包掉了，今天我的啤酒肚与这有关。近几年去的较多的是杨植峰家，他家成了我们8011的沙龙场所。班上三位学长晏海林、潘承凡、姚伯荣多年来一直像老大哥一样关心我。

你们谁吃过苏冰妈妈做的饭菜？我曾有过这一荣幸。那是在大三暑假的时候，我周游全国，来到了美丽的重庆沙坪坝苏冰家。与我吵闹的最多的女同学要数张玉红，因为有一年我们同时在台湾，我在台北答应到新北市去看她结果没去，被说成了放鸽子朋友。最近在上海一次接待彭洁的聚会上，我对彭洁说，我与你有三层关系：大学同学、宣传部同事、前后文联同事。彭洁说，我们共有五层关系。还要加上两层关系：一个学习小组、一个实习单位。是的，我们同学中，无论多少层关系，都少不了最根本、最重要的——8011关系！

2014年7月7日

陈 志强，1984年毕业于复旦大学中文系。曾先后担任中共上海市委宣传部文艺处主任科员，《文学报》社副总编辑、负责人，上海市人民政府新闻办公室事业处副处长，上海采风杂志社社长，现担任上海世界华人收藏家大会组委会秘书长。副高级职称。中国作家协会会员、中华文化促进会会员、上海市作家协会会员、上海市摄影家协会会员、上海市创意设计工作者协会会员。1985年开始发表文学作品。策划、主编了《浪漫注解》、《上海概览》（多种语言）、《外滩人生》、《双层巴士二楼的赫本鞋》（中英文版）等图书，编辑大型画册《上海印象》等。擅长于国际文化交流活动的策划、组织与运营，曾参与组织世界摄影家看上海系列活动、世纪之交海外电视媒体看上海、世界画家看上海等活动、意大利米兰上海文化周、上海国际灯会、第二届第三届世界华人收藏家大会等。

丽江的另一种活法

俞翼鸣

毕业三十年后，老同学相嘱作文成集，却无从落笔。

三十年契阔，已经对面不识。8011班今天的样子，大概只有天壤、天涯两个关键词了。

天涯，正是我当年浪迹江湖，地摊鬻字的落款。

是大理，令漂萍生根，浮尘落地，寻得个归处。不知前世是否就是这个边陲古国的乡民，抑或迁谪而来的士子。

有人尝于席间问：老俞哥，大理的魅力究竟在哪，可别说什么风花雪月、南诏大理、灵区禅境、好风妙泉等等的，只一句话，如何？

我说，何消一句，就两个字——自在。

他一听，便将半瓶红酒一气喝完了。

后来，他的茶庄就叫大自在。后来，大理在央视播的广告主题，就是"风花雪月，自在大理"。

三十年，是个什么样的轮回？

青原惟信参禅三十年，才忽然洞彻心源，见山是山，见水是水。

黄山谷受灵云静修三十年，见桃花而悟的诗偈启发，写道：

凌云一笑见桃花，

三十年来不到家。

从此春风春雨后，

乱随流水到天涯。

就借此诗，跟老同学打个招呼吧。

蒙安庆不弃，于是勉秉拙笔，有负承望，聊以寒暄而已。

云南是一个可以让人活得自在和非常自我的地方，不仅是山水清秀出尘，不仅是民风淳朴浓郁，也不只是历史与传说、古文化与习俗融合后的那一份神秘和优雅。

有人说：云南弥漫着一种享乐主义的情调和魅力。是的，云南可以让很多被疾如飞矢的时光追逐

作者在大理

的人，在此得以喘息。在古代，许多名动天下的墨客隐士，就已经把云南当作心灵的栖息地了。云南可以神奇地让时光变得温柔或者停顿。不过，又不完全是小资式的享乐主义，而更像心地清明的回归。有人说它是最后一片净土，应该不过分。

丽江便是云南式生活的代表。在《丽江的柔软时光》中，你可以完全感受到由那里的人、那里的风景、那里的饮食起居和那里的天气所共同营造的另一种生活境界，也能从发呆中意外发现一个蒙尘已久却还没有死心的自己。虽然，它似乎只是一本旅游书。

这本书形神兼备，写出了悠长的意味。这意味既是一只马铃一间小店，也是你内心的渴望。比如古城的小巷，恐怕再没有别的旅游书会这样写——发待到落泪的小巷。作者认为，发呆且效果好的小巷有四个条件：有历史感的古老、容易使人发呆的悠长、不太熟悉可不致产生俗套联想、岔路多准备迷

路，补充"十分重要"的一条是：没狗，咬人的那种。作者认为丽江小巷是放松身心的绝佳去处。

书中洋溢着浓浓的温情和自我感受，每个地方的所见所闻所尝所玩，都有亲历的细节或故事，你能通过作者用眼睛用耳朵用洒脱细腻的心思捕捉到的情景或遐想，完全进入其中，全然没有远隔千里之感。如果你正在丽江独行，那么这本书完全可以作为一个游伴。应该说，它不仅在描述，它更是在聊天，并且很贴心很关怀。它会告诉读者，哪家的铃最漂亮，哪个老板很客气，哪个院子最奇妙，到哪家你得像回家一样自己伺候自己。当然，哪条路近哪条好走，该穿什么戴什么，怎么省钱省力又过得滋润，在哪里跟谁得注意什么，也关照得无微不至。

有时一句调侃、一句自嘲、一句神思的飞跃，足可见出年轻和时尚的洒脱心态。比方说写一位店主，从作者蹭饭而想找一处不贵的开始，到梨汁被服务员分给门边的女孩，到女孩闲适的竹椅，纳西人宁静的日子，信手而来，如在当面。

《丽江的柔软时光》在提出一种生活方式，一种城市人的田园情结，虽然不是什么新主张，但在书中情景交融地表现出来，便是一种难以抗拒的诱惑。

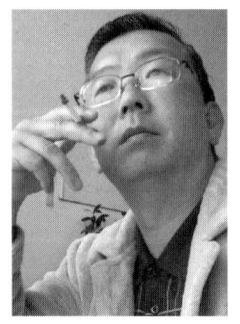

俞翼鸣，1962年生，上海市人。1984年毕业于复旦大学中文系。曾居住在云南，从事出版等方面的策划工作。棋乐书画，读书泡茶；但恋红尘，不肯出家。

老师做到不像时

王德福

　　别人对我的称呼由小王而老王，这是岁月使然；有连姓带名叫的，有只唤名的，这属于年资相仿或稍长者；有姓加职衔的，这属于所谓尊称了，但总觉得有点儿距离；更多的是叫王老师，在高校工作了三十年，这是我最习惯也最乐意听到的称呼，当然，因为上过大课，我教过的学生也有几千人了。由老师进而亲老师，再对应出亲学生，是让我最感慨的。

　　我的办公室曾先后坐过几位年轻的同事，刚来时称我的职衔，后来他们都不称我王总，而是叫我王老师，理由嘛，比起领导来，你没有架子，更像我们的老师。我原也没有做官的能耐和意愿，况且在学校出版社这样一个小单位做个主管业务的负责人，也算不上什么官，所以同事每称老师，自己便觉得很顺耳。社里称呼老师的多了，不只心里舒坦，工作起来也就更加方便了。

　　至于亲老师、亲学生的称呼，更多是源于上世纪八十年代听过我课的学生。学校里和学校出来的，学生对他们之外的人一律冠以"老师"。给自己讲过课的，谓之亲老师，听过课的则是亲学生。

　　不再给本科生上课已经多年了。相较于三十年的职业生涯，专任教师只做了短短四年。短短的四年，加上后来断断续续地站讲台，却是我最留恋的人生经历。至今想来，比之学生给予我的厚爱，付出之于收获，真的不成比例。

走出复旦校门，转身间成了现在这所大学的老师。学生气未脱，就要以半瓶水在差不多同龄的学生面前扮"先生"，我真的不知道是我教学生的多，还是从学生那里学到的多。唯一可以说的是，虽然胸只点墨，教

1989年，作者于水乡周庄

亦无法，但我的确用心了。那么多人叫我老师，那么多人十年二十年后依然惦记着他们的老师，还有什么比这更让人自豪的。

记得有一次带队去西部一所大学举办教材推广活动，因为提前给学生打了电话，所以该校相关部门非常配合，教务处和图书馆的同志忙前忙后，使活动的收获超过了预期。晚上学生招待我和社里的几位同事，入席时，他执意要我坐主位，我有些为难，他虽然是我教过的学生，但此时已担任这所大学的领导多年，更何况还有他们的两位副校长在。他的理由是，您是我的亲老师，我是您的亲学生。莫非他要垂范一下，我也就配合地坐上了主位。有此之例，假私济公，出版社的业务在该校及所在地区得到了拓展。这以后多年的接触，我体会到学生是由衷的，而且他的人际关系良好。可我只是教了他一门课，哪里值得学生这样待我。

第一次去宁夏银川，是代表出版社协办京城一个部委的教材建设规划会议。晚上，一位领导说出去吃点烧烤喝点小酒。出门打车，请司机拉我们两个人到了银川最热闹的烧烤大排档。领导说，先拿两瓶西凤，一人一瓶，你喝不了的给我。一来二去，最后自己喝了多少已浑然不知。大概到了午夜时分，我开始醉酒了。窘况连连，领导把我送进了医院。怎好让领导陪我，虽深醉，要有礼数的意识还残留着。拨通了已经多年未见的一位女学生的电话，感觉不一

会,她带着从中国政法大学回来休暑假的女儿赶到了医院。输完液已经天亮了,母女俩和司机一道把我送回了郊外的宾馆。我过意不去,可她说,王老师,你能给我打电话,是我这个当学生的光荣。你是亲老师,我是亲学生,这是永远的。后来我问了她的司机,她是一家大型国企的党委书记,当天上午还要主持集团公司的工作会议。亲老师就这样使唤了亲学生!

第一次去陕西,是参加行业高校的校长论坛。会后由延安出发去看壶口瀑布,路上一位与会的西安学生电话通知了山西的同学。中午,正在壶口陕西一侧的饭店用餐时,从阳泉赶过来的学生到了,不由分说,拉着我就走。车行几百米,过了晋陕大桥,停在一家饭店门前。这刚刚吃过的,怎么又要吃。说是有规矩的,吃的是落地面。自此,十多天里,白天走访矿山企业,晚上便是各种名目的吃。上桌,他们有讲究,听过大课的,轮不到位子,只有进来敬酒的份,小班听课的才能陪坐。老师被学生安排了,而且是亲学生安排亲老师。

逢年过节,我常感不安的是接到外地学生这样的电话:王老师,我到您办

1983年获上海市高校卫生先进寝室留影,左起:吴俊、作者、陶炼、卓松盛、史灿方、张忠、陈小云

公室楼下了，您在哪儿？简单的握手寒暄后，大包小包的就搬了下来。他们在学校的时候，我也刚工作，没有请客送礼一说。毕业十几二十年后，他们来得频繁了。我是希望他们空着手来看看就行了，但他们有自己的理由，您用不着的，留着待客。这样，其他老师、朋友和出版社里的编辑，便抽了不同牌子的烟，喝了不同名的酒，享用了天南海北的特产。8011三十年筹委会徐州工作会议喝的自然也是学生送的酒，大概也算是一种分享吧。我常自问，亲老师就这么理所当然地收了亲学生的礼！

因为工作的关系，经常要去煤炭企业和一些矿业类高校。凡有学生在的地方，工作开展起来往往事半功倍。这些年，我们这家出版社能够办得有点特色，获得全国"百佳图书出版单位"的称号并被评为"国家一级出版社"，有这所学校毕业生的功劳，我的亲学生也出了很大的力。

说实话，学生们给予我的常常是刻骨铭心的感动。

2013年暑期，我到了北京，参加第一届学生毕业二十五周年的香山庆典。漫步植物园，徘徊八大处，伫立香炉峰。执手相问，夜不成寐。青春学子，已为人夫人妻人父人母，但校园情浓师生情深。座谈会上，有学生拿出了1986年的听课笔记，说是自那以后读了所有我提到或推荐的书。已经变色发脆的纸，已经模糊变淡的字迹，亲老师被亲学生感动了，几乎不能自持。

这三十年，自己的感觉是平平淡淡，遥想多于实践，浪漫而归于无用。做官的机会流于指尖，做学问的功夫荒于懒散。虽然闲暇时也翻翻书，但更多的时候是静静地待着，看云飞云散。在这个急剧变动的年月，自己也搞不明白究竟扮演了什么角色，何以有那么多人尤其是我的亲学生们对我这么好。

记得在一家矿业集团担任中层领导的一位学生在把我的车送走后打来的电话。当天是周日，我问他为什么回了办公室。他说，王老师，您只住了一晚就走了，心里有点那个。又问我，王老师，您知道同学们为什么都愿意和您打交道？停了一下，他说，因为您不像老师，像……

王德福，1961年生，江苏省徐州市人。1984年毕业于复旦大学中文系汉语言专业，分配至中国矿业大学，作为储备师资关系落在校党委宣传部，开始承担全校指定公共选修课的教学工作，时为见习助教。1985年学校成立社会科学系，遂转入该系担任助教，承担思政专业的文学概论等专业必修课的教学工作。1988年调入中国矿业大学出版社担任编辑，并继续教学工作。1993年晋升副编审。1995年被任命为出版社副总编辑。2005年被评为江苏省优秀出版工作者。

主要编辑作品有《中国现代文学词典》《古典诗词名篇分类鉴赏辞典》《新编说文解字》等，其他书籍多为高校教材和学术专著。主持策划或担任责任编辑的图书获得国家科技进步奖、中国出版政府奖等国家级奖十余项，主持完成或正在做的国家重点出版规划项目和国家出版基金项目数十项。

西藏情缘

陈 真

　　小时候常听大人说，人生有三大惊喜——洞房花烛夜、金榜题名时、他乡遇故知。进洞房和看金榜，因为有期待，会带来命运改观，心绪必有波动；但是在一个莫名的地方，遇到一个熟人，为什么会惊喜？我到经历了很多人生故事后才明白。

　　我上大学的班级，号称8011，成员有九十三人之多。朝夕相处四年，是我人生中除家人之外相处时间最长的，堪称是朋友中的朋友。毕业后九十三人星散四方，走出校门后的最初几年，即使我经常在祖国各地游走，但并不是每到一地皆有8011同学，所以若能找到一个同学，确实有一份惊喜。这是我初次体会他乡遇故知的难得。

　　因为拍摄纪录片，与西藏结缘，无数次进出雪域圣地，尤其和张忠同学有一种特殊的缘分，甚至同处一宅数月。不似在其他地方与同学相见，如萍水相逢，相见即分手。

　　我已有十几年未去西藏，雪域高原的很多景致，很多人都有些淡忘，趁现在脑子还清醒，也为大学毕业三十年凑兴，写下几笔，以为备录。

　　我第一次去西藏是在1988年初，快近农历春节，我被派往西藏拍摄当地最大的佛教活动——默朗钦莫，俗称"传召大法会"。因为法会是"文革"后的首次恢复举办，上级领导无比重视，组织了精兵强将前往拍摄。因我比较自由散漫，起初赴藏名单并没有将我列入。可我听说这次法会有可能出大事，于是抱着想看热闹的心情主动请缨。当时我对西藏的历史文化一无所知，西藏也没有像今天这么"热"，相反，由于高原缺氧，被许多人视为畏途。上级领导既惊喜又感激，他们连连叮嘱我，冬天的西藏高寒缺氧，一定要保重身体。其实我去西藏还有一个目的，就是想去拉萨见见两位同学：陈辉和张忠。

那时候去拉萨必须先坐飞机到成都，只有在成都才能买到进藏的机票。从北京到成都要飞近三个小时，飞机起飞后，我开始回想起毕业那些事……

8011毕业的时候，出现了许多令老师们感到轻松和兴奋的事。三位同学主动要求去西藏，四位上海同学主动要求去北京，让班主任和指导员本来紧绷的神经一下松弛了下来。九十三个人的分配去向，如何摆平，无疑是老师的心病。据说前几届的分配着实让学校头痛不已。为了对付可能出现的难题，临毕业前还特意派了一位负责过上一届分配的陈尚君老师来当班主任，主导毕业分配，却没想到8011的人如此好对付。要求去西藏的是艾杰、陈辉和张忠。最后，由于种种原因，陈辉和张忠被分配到拉萨的文化单位，艾杰因身体原因没能赴藏，被分回到武汉原籍。8011复旦分手的时候非常混乱，我不记得有过盛大的欢送仪式，似乎张忠作为代表戴着大红花上台做了些慷慨陈词，这当然是学校欲树的典型，以教导个别不听话的学生。陈辉和张忠都出生于1964年，入学时刚十六岁，属于班里年龄最小的一辈。张忠来自浙江宁波，说一口带有宁波口音的普通话，面庞白皙细嫩，笑起来面颊上有俩酒窝，整个一大男孩。陈辉来自福建，个子瘦小，活泼好动，充满雄性荷尔蒙。这俩人为什么要去遥远的西藏？一直是个谜。当时赴藏工作期限是八年，八年后可选择回内地，但如果提拔为干部那就回不来了。很多人开玩笑说，这俩人才二十不到，在西藏八年后也不到三十岁，回来后什么都不耽误。8011的这两位小弟弟是怎么走的？到了西藏后又经历了什么？很多人并不知道。他们就像天上的两片云彩，飘走了。

想到这次能在西藏见到他俩，心里有一种莫名的兴奋。

飞到成都后，我们得知因为拉萨冬天气候恶劣，飞机只能在上午起降，遇到不好的天气，航班常常取消，因此从成都搞一张去拉萨的飞机票极为困难。即使买到票，必须拿着票一大早就要到机场等着，如果飞机起飞就能成行，如果取消就得回家，第二天再来机场等候。于是，我

2004年5月，电影《布达拉宫》首映式上作者（右一）与张忠（中）在一起

出了机场门直奔售票柜台，只见出售去拉萨机票的柜台前围着一大群人，就在我准备挤进去问询的时候，只见一位身材高挑的小帅哥对着我叫了一声我的名字，由于觉得陌生，我的表情应该是茫然无措，我怎么也想不起来在哪里见过这个人。他笑着走过来拉着我的手说："我是张忠。"在飞机上想着见张忠，真见到了却没有认出来，当时我羞愧难当恨不得钻到地里面。四年未见，张忠长高了，壮实了，声音也没有奶声奶气了，嘴上还长出了胡子，整个一猛男形象，照今天的话说就是一位型男。尴尬只是一瞬的事情，马上我们热烈拥抱，作高兴状。张忠告诉我他正在休假，但接到上级指令，由于西藏情势颇为紧张，必须年前回到拉萨，所以从家里赶来了。我在成都机场的囧状，很多年一直成为张忠嘲笑我的谈资。

我们很顺利地买到了第二天去拉萨的机票，而张忠在机场等了两天才回到拉萨。我到拉萨马上遇到了高原反应，头痛欲裂，走路似脚踩棉花。有经验的人告诉我们必须静养两天，我没有走出宾馆一步，也没有去找张忠。几天以后，还是张忠主动电话我，邀我去他宿舍做客。张忠到西藏后，在西藏群众艺术馆工作。群众艺术馆是中央政府援藏的十大建筑之一，离大昭寺不远，他的宿舍就在群艺馆后面的两排平房里，他一个人住一间，屋里没有什么像样的家具。

　　我问起陈辉，张忠告诉我，陈辉回老家过年去了，要三个月后才回来，看来这次见不上了。张忠还告诉我，四年前离开学校后，他和陈辉坐火车到青海格尔木，从那里搭乘货车走了将近一个礼拜才到拉萨，沿途陶醉在高原绮丽风光之中，到拉萨下车时才发现他们的行李被偷了，他和陈辉就剩下身上背的小包。张忠说这些事的时候还带着他惯有的笑眯眯的神情，似乎在说别人的事儿。

　　到西藏后，陈辉先在《西藏文学》当编辑，后来调到了西藏人民广播电台，跟我算是同行。张忠到群艺馆后一直致力于西藏文化的研究工作，同时还发表了大量诗作，诗作上的笔名是张中，一字之改，可见成熟。张忠当时担任很有分量的杂志《雪域文化》的副主编，俨然是拉萨文化界的重量级人物，而且还是一位很有名气的诗人。上世纪八十年代末，西藏文化界甚是热闹，张忠想必是做了不少贡献。住在他隔壁的马原，当时已经写了很多小说。

　　同学相见，免不了说点自己的情况。我参加工作后一路较顺，在中日合拍的大型纪录片《黄河》混迹三年，由一个扛三脚架的助理，成为可以独立拍片的导演，数年来领受着不菲的拍摄补助，还去日本转了一大圈，生活水准在当时的同学中算是比较好的。但看到张忠如此简朴的生活，不免自感惭愧。

　　张忠和陈辉到拉萨后，经历过怎样的曲折，我不知道，他也没有说，但他们生活状况之艰苦我是亲眼所见。当时内地赴藏人员的工资是我们的两倍，可是改革开放后，经济大潮涌来，他们的双倍工资也仅够维持吃饭。我想，也正是在这样艰苦环境中的磨砺，张忠才迅速地由一个稚嫩的小男孩成为一条威武的汉子。

　　那一次的拍摄险况频生。改革开放后，随着民族宗教政策的落实，流亡印度的达赖集团所进行的"藏独"活动开始在藏区猖獗起来，有迹象显示一些反动分子欲借传召法会闹事，他们扬言要赶走汉人。拉萨街头也发生了一些事端，比如后来成为我们朋友的西藏广播电台记者刘伟，就被几位暴徒殴成重伤住院。就在藏历新年到来之前，原本来拉萨主持传召大法会的十世班禅也突然提前离开拉萨，返回北京，预示着即将有大事发生。为此，西藏自治区领导为我们摄影队配备了警卫。

藏历新年，我们在布达拉宫下的藏民家里拍摄他们过新年的镜头。藏族群众喝着青稞酒，载歌载舞，在屋顶上"煨桑"（燃烧柏树枝），全城到处是袅袅升起的青烟。我望着不远处的大昭寺金顶，新年后的第三天，传召法会将在大昭寺举行十天。

这里讲一下传召法会"默朗钦莫"的来历。藏传佛教有许多门派，其中，格鲁派（黄教）是最大的一支。十四世纪，宗喀巴大师主导了藏传佛教历史上最大的一次宗教改革，创立了注重戒律的格鲁派（黄教），黄教最著名的有六大寺院——塔尔寺、甘丹寺、色拉寺、扎什伦布寺、哲蚌寺和拉卜楞寺，其中甘丹寺、色拉寺和哲蚌寺在拉萨，被称为拉萨三大寺。

为弘扬佛法，壮大格鲁派力量，宗喀巴在1409年藏历新年期间在拉萨举办了第一届传召法会。法会期间，拉萨三大寺喇嘛云集大昭寺，拉萨市政也由哲蚌寺的铁棒喇嘛接管。黄教的五世达赖后来成为西藏的政教合一领袖，新年期间的传召大会就成为一年当中最重要的宗教活动。1959年西藏发生叛乱后，达赖喇嘛出走印度，新年拉萨传召法会停办，1988年这一次是首次恢复（此后也没有再举办）。

传召开始的几天倒也平静，但在法会的最后一天，骚乱还是不可避免地发生了。当时我和摄影师等人正在拍摄最后一个仪式——迎请强巴佛，不到一米的强巴佛被放置在一辆"解放牌"卡车上，沿着大昭寺四周的八廓街顺时针巡游一周，窄小的八廓街挤满了披着红色袈裟、光头的喇嘛们。突然，天空飞起一片石头，其中有一块巴掌大的从我耳旁呼啸而过。伴随着大声的喧哗，神情激动的喇嘛向我们冲来，骚乱开始了。我和同伴们扛起摄像机和三脚架，逃至大昭寺三层西南角的一间屋子避难。这间屋子是传召大会办公室，里面有西藏自治区、公安部和武警总部的重要官员，我们自以为很安全，但此地很快就被闹事的喇嘛包围了。领导们由几位武警战士护卫，我们这些身强力壮的年轻人被派去顶上大门，大门很快被挤裂了一道缝，在强烈撞击之下摇摇欲坠。眼看快顶不住了，一位武警战士掏出手枪向门缝口开了两枪，才保住大门未失守。后来，我们和高官们一起用武警战士扔上来的背包带从三楼顺索而下。我是最后几个下来的，只见背包带上都是带血的人皮，很多人因为拽得太紧，手上留下了深深的疤痕。这就是著名的1988年拉萨"三·五骚乱"。我也算是历了一次险。

回到北京后，惊魂甫定，这时我才想起，离开拉萨时竟然没顾上和张忠道别。我们已经安全，可他依然身处险境。回到电视台，因为我们的历险且表现神勇，西藏排名最靠前的几位大领导亲自到电视台来表示感谢和慰问，引起上级的重视，让我在全台大会上介绍了自己的英勇事迹，还受到了隆重表彰。我将传昭法会的镜头编成了一部60分钟的纪录片，虽然没在国内公映，却在亚洲广播联盟ABU的年度评比中获得了长纪录片提名奖，这在央视是首次，还上了《新闻联播》，似乎大昭寺的一跳，跳出了我的好运。

我们离开拉萨后，那里多次发生骚乱事件，中央派了胡锦涛主政西藏，拉萨实施了戒严。在这一段时间里，我忙得稀里糊涂，似乎都没给张忠去一封信表达起码的问候，至今想来都不能原谅自己。

1995年，我从澳大利亚归国，生活和工作从头开始，不可谓不艰难。在上海见到了陈辉，他在藏八年回到内地，似乎开始了新的漂泊。当时他在上海代理一款国外的T恤衫，成为生意人。问起张忠，陈辉说，张忠在成都的一个图书馆当管理员。

见过陈辉后不久，传来消息，张忠经好友刘伟（1988年被打伤的那位，时任《人民日报》西藏记者站站长）推荐，接替刘伟任《人民日报》西藏记者站站长。张忠来京小调动手续时，我们一起吃了饭。张忠告诉我，出藏时他有两个选择，一是回原籍宁波，一是去成都。成都虽然生活安逸，但工作安排不理想，最终他选择了留在成都，过着安逸的生活，干着无聊的工作。联想我自己的经历，不免一番唏嘘，饭吃得很沉重。

1998年秋天，我第二次进藏，筹备电影《布达拉宫》的拍摄。时隔十年，我也又一次和张忠在拉萨相聚。作为《人民日报》驻藏记者站站长，张忠坐拥一栋有二十多间大小房间的二层小楼，外带很大一个院子，开着一辆豪华吉普。记者站只有他和另外一个记者，有两位工人，帮着做饭并看家护院。看得出来，重回西藏的张忠如鱼得水。

我看上了张忠这栋小楼的一层，在我怂恿下，他将原来的住户赶跑。我包下了这栋小楼的一层，作为摄制组的大本营。张忠的这个小院，几乎是西藏文化人的俱乐部。周末，大家经常来这里聚餐。我也因此结识了很多西藏的文化人，像扎西达娃、马丽华、金志国、马原等。记得有一次马原来拉萨，下了飞机走路还走不稳的他抢着喝酒，闹出不少笑话。马原给我讲了很多张忠的故事，他说，张忠是这批人里的另类，酒量大，但不爱醉，不闹事，永远衣着干净，温文尔雅。每次去KTV唱歌，在众人开始因醉而狂欢时，就会发现张忠不见踪影。

两层小楼的上下格局是一模一样的，我在一楼的房间顶上就是张忠的卧室，那时候他已学会上网，每天晚上我都能听到楼上的动静，直到凌晨。而我那时候还不会上网，并不知道他在网上徜徉在什么样的世界里。

《布达拉宫》的拍摄历经波折。曾有一段时间，因拍摄叫停，我又不想回北京，整天在小院里打坐，狂看有关西藏的书籍，达数月之久。夏天的拉萨是一年当中最好的季节，可我哪也不想去。善解人意的张忠有空的时候就驾车拉我出去，转湖和转山。记得有一次驱车百公里去羊八井，我们泡了温泉，回来的路上开始下小雨，雨后的草原突然开遍了黄花。张忠边开车边说，下雨能买到很好吃的黄蘑菇。果然，路边出现了藏民，向我们兜售那种小黄蘑菇。停车，讨价还价，我们各拿了一大包回到拉萨。张忠让工人们炖了一锅香喷喷的蘑菇炖肉，这样的美味我后来再也没有品尝过。

因为在拉萨有张忠，寂寥难耐的日子也有了一些美好的回忆。

《布达拉宫》的拍摄尚未重新启动，张忠却要离开拉萨了。他接到调令，赴辽宁记者站。张忠离开时把我介绍给了继任者老岳，使我们在这个小楼又多住了一年。大规模外景拍摄开始后，老岳还将二楼的一半给我们剧组用。似乎每一次相聚都是为了告别，张忠怎么走的似乎记不起来了，忙乱中好像又没有举行一个像样的告别仪式，离别总是那样匆忙。

　　历经数年的周折,《布达拉宫》终于快拍完了。最后一组镜头是在纳木错湖,那是一个像所有高原湖泊一样美得惊人的地方。湛蓝的湖水倒映着远方白色的雪山,绿色的草地上开满鲜花,我们电影的主角老喇嘛强巴格桑身披红色袈裟,在草原上踽踽独行,最后消失在美丽的风景之中。夕阳西下,我来到湖边,落日将雪山染成金黄一片。就在那一刻,我突然明白了,为了这一份宁静和美丽,我们所经历的所有磨难都是值得的。

　　2004年,电影《布达拉宫》终于在院线公映,算下来这个片子的拍摄制作整整耗了我六年的时光。在这六年中,我虽经历了一些非常艰难的时刻,但幸运的是我也得到了许多意想不到的帮助,尤其就有张忠,只是我当时并没有认识到这份帮助对我的意义。

　　他乡遇故知,得到的不是惊喜,而是力量。当你认识到这一点的时候,往往是在旅途结束以后。在我年轻的时候,总把自己当成一个孤独的旅人,常想象这样的场景:在旅途中遇到千难万险时,一位往日的朋友突然出现在你面前,天涯相遇,大块吃肉,大碗喝酒,醉谈彻夜。天亮时分,背上行囊,带着宿醉跟跟跄跄再次上路,勇往直前,义无反顾。但其实,这样的时刻在我的旅途中永远没有出现过,想想也觉得是个遗憾。

　　从复旦出来,不觉间已三十年。走出校门时的豪情,已转为对世事人情的淡然。三十年过去了,我已不记得洞房花烛夜和金榜题名时,只记得他乡遇8011同学。

陈真，男，汉族，1965年12月18日生于上海。在上海市崇明路小学、上海市第五中学完成小学和中学学业。1980年考入复旦大学中国语言文学系，1984年毕业后被分配至中央电视台。1991年赴澳大利亚勤工俭学，1995年回国后于1997年经招聘考试重回中央电视台，供职新闻节目中心新闻评论部《东方时空》栏目，曾担任《东方时空·百姓故事》栏目组制片人近十年，现任职中央电视台总编室审片部。

陈真是中国资深纪录片制作人，上世纪八十年代末成为中国新纪录片运动的创始人之一，是原生态纪实手法的最早实践者，近年来专注电影纪录片创作，并连续六届获得中国电影政府最高奖"华表奖"。创作的电视纪录片有：《黄河》（三十集）、《西藏大祈愿》、《访苏印象》、《周恩来》（十二集）、《复旦百年》、《儿女英雄传》（四十集）、《新香港故事》（十集）、《传奇奥运》（一百集）、《一个城市的奥运记忆》（十集）、《一个城市的奥运记忆·残奥篇》（五集）、《盛典》（十集）、《钱学森》（六集）等；电影纪录片有：《盆窑村》《梦屋》《布达拉宫》《千秋三峡》《你好，香港》《人民至上》《你好，澳门》《祖国之上》《光辉》《仰望星空》等。

我在相辉堂的演讲

郑展望

1984年毕业离开复旦后其实回去的机会并不多，除了1999年那次8011同学会，带朋友或亲戚小孩去过一两次，大约就是上高中的孩子由叔叔带了朝圣去，幻想一下将来能考上的名校。

不想在2004年和2008年连续去了好几次，而且还有幸在相辉堂、逸夫楼和管理学院分别发表了演讲。

2004年那次是我服务了十四年的雇主飞利浦公司人力资源部组织的活动，名字叫Approaching the Campus，意思就是走进校园，企业代表与应届毕业生见面，宣传企业文化，吸引优秀人才应聘。那次是我们人力资源副总裁台湾人Pratt Xu徐先生带队，我和另外一个复旦管院毕业的飞利浦同事Juliette陆佳小姐一起去的。那次我自己在台上讲了什么已经记不清楚了，倒是清楚地记得徐先生讲的故事，他说他第一个女朋友的妈妈是复旦毕业的，当时第一次上门觉得自己不是名校毕业的感觉很不自信，自嘲一番以后当然是把复旦好好赞美了一番。

相辉堂没什么变化，一直到今天。去年带初中毕业的孩子们去复旦，拜访广宏叔叔，去食堂吃饭，当然免不了要走到大草坪和相辉堂，相辉堂的东门，红漆刷了又刷的小门，让我想起那时候凡有重要活动，一票难求，曾经和同学们挤在小门边，期待听到里面插销打开的哐当声音，期待有一张熟悉的面孔出现，一张有"特权"的面孔，好开后门放我们几个进去。

那年又去过两次，一次是管理学院的市场营销俱乐部，请我去开了个讲座，题目是品牌和品牌资产的管理，我很认真准备的PPT，现在还保留着。陆佳小姐跟我一块儿去的，她随后跟大家分享了一个营销方案如何落地执行的计划流程。

2004年4月初的一天，我应复旦管院的邀请为复旦2004届MBA开学典礼做嘉宾发言。清楚记得我那次演讲的主旨，是从复旦人应该有的忧患意识，讲到对中国生态环境的忧虑以及我们对环境和资源的共同责任。第二天我接到一个电话，是我原来团队的一个同事，南昌办事处经理Jacky黄，他说前晚他就坐在台下，是当届MBA中的一个。无独有偶，四年后有个新聘的负责大客户渠道的叫Kam Fu的同事偶然告诉我，他也是那晚在台下的一名MBA学生，他至今还记得我的演讲。那一刻别提有多得意了。

2008年那次，我在出差途中接到人力资源部的电话，确认我第二天会出席在复旦的活动，我突然发现我居然忘了这事儿，而且毫无准备。这次带队的是飞利浦中国的CEO Patrick 孔先生和我们的人力资源副总裁。他们两位都准备了几十页的PPT，我的部分是在路上临时准备的脱稿即兴演讲。那天逸夫楼的报告厅已是座无虚席，他们两位讲完轮到我了，我没讲太多飞利浦，也没讲太多职业规划，我讲的主题是"奥德赛时期"，我跟大

2003年，作者在上海

家分享了我的奥德赛故事，在云南游历一年半，做过高中职校老师，教过语文英语逻辑写作，做过民族社会学专题，背包流浪过，还跟别人一起承包过一家饭店。我建议大学生刚毕业趁机会成本还不高的时候，通过游历来学习来认知。那天讲得有点兴奋，差点忘了我是代表飞利浦公司来宣传企业的，当然最后我把话题转回来敷衍了一下。那天演讲结束时很多学生围着我跟我要email地址，其中最喜欢我的演讲的是两个已经决定去西部做义工的同学。尽管CEO和那位副总裁事后也没说什么，但我能感觉到我讲话时他们看着我的眼神有点异样（如果是在用微信，此处应该是那个戴墨镜的表情）。

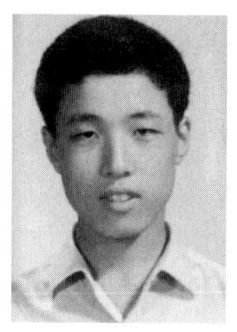

郑 展望,教育方面：1984年复旦毕业。二十年以后又进课堂,于2006年拿到加拿大英属哥伦比亚大学UBC的MBA学位。2007年曾在费城沃顿商学院参加管理人员的短期课程。

第一份工作是学校分配的,上海市委党校,自己喜欢不喜欢都得去。

期间于1987—1988年留职停薪,自己安排自己去西双版纳"智力支边",先后同行的还有袁顺奎兄和历史系的施东兄,教书加游历一年半。

回党校后于1991年主动辞去工作,放弃"干部编制",在一家星级酒店销售公关部工作一年,后又在紫江集团所属的一家化妆品公司市场广告部任职三年。

1997年加入荷兰飞利浦公司后服务了十四年,从区域市场部经理开始,历任区域经理、区域总监、全国商务总监等职,2008年大小家电合并后出任飞利浦优质生活部全国区域管理总经理。

2009年离开飞利浦公司,旅行加休整一年后复出加入雅诗兰黛公司,主管全国销售,2012年离开成为独立管理咨询师,2013年加入意大利阿里斯顿公司任区域管理总经理至今。

我的前半生

朱振国

春天，哀牢山的绿色让人沉迷，红河谷的清新就像滴在芭蕉叶上的水珠，忍不住想用手指蘸起，放到被京城霾锈蚀掉味觉的鼻间。几杯滇民特有的包谷酒下肚，和长我十多岁的上海楹联学会会长姜玉峰先生开始称兄道弟。老先生与生俱来的齐鲁风范，让我感动至深。之后，他答应手书一幅，内容由我自己来思定。我脱口而出：人生不满百，常怀千岁忧。昼短苦夜长，何不秉烛游。这是魏晋无名氏古诗十九首之一，从进入大学时起至今仍让我真正最有感觉、萦怀不已的一首诗。没有其后流派的华丽奔放，就像在哀牢山石板上，千百年来人们踩出的印痕，朴实生动。

五十二个春秋与冬夏，人生过半！

我从哪里来

在辽河奔向渤海的中途，有一个颇有革命色彩的小县城——新民县。最早我还真以为这是辛亥革命带来的一个名字。当年著名的东北悍匪张作霖就是在辽河两岸飞驰劫掠一举成名。在当年内战时期，著名的林彪四野也曾经留下鲜红的印记，廖耀湘整整一个王牌军就是在这里灰飞烟灭。

其实，新民的历史也很传奇。其东侧的辽河，再早就是汉政权与高句丽国的界河。这两个政权为争夺辽河两岸的沃土，往来拼杀数百年。隋炀帝东征、薛仁贵东征都是以饮马辽河为胜利之标志。也是隋炀帝在公元680年设通定镇。在民国时期，辽河成为南满铁路的终点，向西过辽河才是东北中国人自己的铁路直到北平。

当年爸爸娶妈妈时，两个人拍了张很漂亮的结婚照：爸爸一身笔挺中山装，上衣兜还插着一支钢笔。妈妈穿着呢子大氅，由于比爸爸高出半头，爸爸只好戴上一顶毡礼帽。理想很丰满，现实是骨感的。婚礼后一回到家里，衣服和饰品统统还给别人，妈妈和爸爸回到破烂不堪的境地。妈妈没想到自己的新婚和以后的生活会是这样开始的。

来不及抹掉伤心的眼泪，小日本的铁蹄已经踏上了东北。直到光复前，妈妈还总是带着奶奶、姐姐跑到玉米地里，躲日本鬼子和苏联大鼻子。记得他们讲起这段历史，总是那么深沉和隐含着仇恨。

我排行老四，1962年出生在家里的土炕上，“就像母鸡下蛋一样”，妈妈总是淡淡地描述说。懵懂少年，只对身边的在沙土地上不知疲惫奔忙的蚂蚁、对在水袍子里下夹子打鸟、抄网捕鱼记得最清楚，那时这是我世界的全部。直到今天，当我在 iPad 上俯视自己曾经的故乡时，才发现自己的渺小。

隔着这条大辽河，原来我的父母各自的故乡是一东一西。父亲家在沈阳的一个叫孟家屯北部乡村，在上世纪七十年代，他总是给我念叨，近百年朱家从山东曹县闯关东的家史：一支到了沈阳这个村子，结果到现在，全村姓孟的没几家，姓朱的倒成了大姓。另外一支到了现在的著名石油城市——大庆。“如果在当地油田开采之前姓朱的坐地户，都是咱们一家人。”父亲总是聊到。那时身在僻壤的我，真希望爸爸能把我至今未能谋面的亲人带来做客！可惜，爸爸走了快二十年，一个故乡的人也没见过。

妈妈生在辽阳山村一户相对富裕的人家，被我外祖父送到父亲那里成家。那时父亲是学徒工，在学做用柳树枝条编制各类用具。他们一辈子就注定了在战乱、动荡和争吵中过完了人生的上半辈子。我们却因“文革”的“祸”而得福，基本是在玩闹和游戏中度过了自己的童年。一个玩具够让我们把玩数

年，一群伙伴在过知天命之年依旧嬉闹笑骂中品味再三。

"文化大革命"时期，从儿童到少年的我可以为得到一把玩具手枪而欣喜不已。胡同成了我们童年的欢乐谷，夏天的水泡子成为我们的避暑胜地，冬天的冰雪是我们玩耍嬉闹的新天地。无忧无虑，率性自然，使我们敢于面对强于自己的宿敌。酣畅流利的乱仗游戏，使我们小伙伴抱团成长。而如今我们又与过去的对手成为不打不相识的挚友。

那时的是非观就是义气和尊严，那时的人生观就是要为朋友两肋插刀。

那时我们和大人一样，对领袖充满了敬畏。原本左手写字吃饭的我，任谁打骂都不好使，改不过来。而我小时的一位老师，把我带到领袖打乒乓球的一幅画像前，问我："毛主席用哪个手写字？用哪个手打球？"第二天我便乖乖地用右手写字，用右手打球至今。所以我的字至今也实在拿不出手，多亏了电脑，爱死它了！

那时，练摔跤、掰哑铃、玩单杠成了我们自觉的学习项目。

直到1976年秋天那场转折史后的第一次闭卷考试，当我拿到初二五门课总共只有四十几分时，我朦胧中感到极大的失落。那时我觉得自己是学生，为啥成绩会这样差呢？一股莫名悲哀涌上心头，未来是啥样想都不敢想。于是，一个曾经在课堂上极不听话的少年，变了。开始离开那些打打杀杀的伙伴，在姐姐（"文革"前的高中生）的鼓励下，拿起了书本。那时自己的数学是啥水平，一个小题就能看出来：二分之一加二分之一等于四分之二！

放弃了嬉闹，告别了过去的挚友，在离家很近的一所小学校园的树林里、早晨的教室里，自己不知从哪里获得的毅力，开始了一场拼搏。两年后终

1989年4月，作者八达岭长城留影

有所获，来到从未到过的上海滩，来到我的复旦。

县城向西的铁路通向关内，通向北京。自己上大学前从没有坐火车向西溜达过。这是宿命？这一去，是与这片土地的别离，与家人的别离，与自己至亲的别离。直到今天，当自己回到这座县城，除了一开始的兴奋，之后就是莫名的失落。每次来到父母双亲和不幸早逝的兄姐的墓前，都是莫名地悲痛，沉默，一掬泪水。曾经生我养我的地方，竟然那么陌生！没根了！

我到哪里去

1980年的夏末，我坐了三十个小时的硬座，从沈阳来到上海。在上海四年，认识了8011。104室永远难忘的周末卧谈会，开阔了眼界，使得我们成了兄弟。学会了吟风弄月的志摩望舒体。朦胧诗成了与心灵现实唱和的箴言。在收音机里知道了舒曼、海顿、贝多芬、勃拉姆斯，以至于每逢中秋，兄弟们带上一瓶八毛钱的红酒，在窗前、在草坪上，在月光与草的清香中自作多情。大学里也谈了所谓的恋爱。至今对那个时代的人和事我也想不明白，和女孩子拉拉手依然似乎是罪不可恕、最高级的接触了，有的人竟也因此就走进了婚姻殿堂！现在给我的年轻同事讲起来，都惹来掩鼻一笑，谁信呐？可我真是先领结婚证，到几个月举行仪式后才入的洞房，每每分辩更是让人摇头，看来自己就是个傻瓜！其实，大多数人都是傻瓜，8011人都懂的！

1984年夏天，带着一身汗味穿着已经黏糊糊的衬衫，带着年轻人的稚嫩和热情，我走进了中南海隔壁的单位。记得元旦前，我和李宏伟拿着"中华人民共和国国务院"名头的信封给同学亲友寄上贺信，不少人都说在当地引起地震似的效果。我一朋友是一位县太爷亲自送信到单位，就像奉玉皇大帝下旨一般。

参加工作第一天来到八宝山，真的大开眼界。当时邓小平、胡耀邦、李先念等中央领导同志就在眼前，那首在1976年响彻神州大地的信天游萦绕在告别大厅，也终究拨动我再次作出选择的心弦。于是我到了《光明日报》，一干就是二十七年！前不久和高中时的同学聊天，同样，群里也弥漫着人过半百的无奈和调侃。

我们到哪里去? 母亲是在2007年去世的。母亲是什么? 母亲是担当,母亲是精神支柱,母亲是家,母亲是依靠。记得那个冬天的凌晨,坐在灵车上手捧母亲遗像的我,感觉到结着冰霜的窗口就是一扇门,一个生者与逝者互致注目的道别的地方。坦然也好,恐惧也罢,这是一个人人终究要走到的门前,步入来生。

有人说,我们这代人没能认真地年轻过,但是我们可以认真地老去。

记得四十周岁时,我曾经与好友酩酊大醉三天。那时觉得好玩,觉得自己刚刚成熟,自己还有好多资本可以挥霍。在五十岁来临时觉得老人家那句"世界是你们的,也是我们的,但是归根结底是你们的"的无奈。

乐也乐过,玩也玩过,爱也爱过,恨也恨过。该放就放吧。

我们去哪里? 我喜欢吟唱汪峰的那首《北京北京》。

我们就是老虎机里的硬币,慢慢地被挤到前边,终有一刹应声落地的时候。然而有谁真的会面对那份坦然?

朱振国,生于1962年1月27日,也是奥斯威辛集中营大屠杀纪念日。籍贯:辽宁省新民县,辽河西畔,工人之家。1980年到1984年在复旦大学中文系就读,室友:晏海林、彭博、李冬青、徐锦江、陈启松、俞翼鸣、梁光玉。曾参加"六月雪"小团体。1984年8月分配到国务院管理局服务司工作,母亲当年以为我被下放到三产服务公司工作,曾疑惑不止。1987年元月至今在《光明日报》工作,担任记者、编辑。现为《光明日报》教育部副主任。

想

袁顺奎

年过半百，不敢把自己的脑子叫思想了，去思存想，于是乎"我想故我在"。想弹指毕业三十年了，要是再弹一下指，灰飞烟灭，不禁感慨唏嘘起来。

小时候身体欠佳，常不能到校与同学为伍，一个人在家呆想，造就出内向和空想的性格。进复旦是我最后一次按父母的意志做的事。因为家住与复旦毗邻的五角场，父母指向那座学校，我就从后门溜达进去报到了。在中文系，读着哲学书，最后被同学们誉为"黑格尔门下走狗"的家伙，顺利毕业，并被送进市委党校去为人师表。

两年后，我在党校"消失"了。为啥"消失"？他们找到一个理由，说我不适合待在那里，因为我只穿一条游泳裤在校园里长跑……其实理由很简单，必须把空想变成"实想"。在中老边境上过课，在怒江峡谷生活过，又到西藏窥视过，受到陈辉同学的热情接待。我一路行来，想的是民族学、人类学方面的事儿。到深圳是帮着写深圳改革开放，想的是经济和金融方面的问题。一圈归来，年且三十，身无分文，专业模糊，披头散发，面目全非。党校一脚把这个原本以为"消亡"却只是"消失"的另类踢了出来。

踢出党校，滚进团校，反正跟"主流"单位绑定了。一个小学校，专业无定制，培训名目多。于是专业模糊的我，就更加模糊了，像万金油似的被人涂

作者近影

来涂去。老师生病我顶，没人上的课我上。在高校开过十几门课，使我面目更加不清，偶尔想起自己是毕业中文系具有一点哲学爱好的学生，想起除我以外的同学们，或许都还明确着自己的专业，或许都过着幸福的生活，不禁对自己有些生怜了。

虽说脑子一直在想，可回想却不属于我的擅长。回沪后的那段岁月有些艰苦。若不是父亲在天井里为我搭了四平方的违章建筑，我恐怕得沦落街头了。在这个违章建筑里，我进行了"八年抗战"。环境使然、生存使然，我只能断断续续地想问题。因为想，才漠视了身处的苦境；因为想，才无视了生存的艰难。没钱就想共产主义，于是研究了母系社会；没老婆就想"女儿国"，最后发现"女儿国"在各个民族都真实存在过。

想和现实结合在一起，大概是在四十岁的时候，那年我结婚。晚婚不是我想出来的，是现实逼迫出来的。晚婚有晚婚的压力。那年听说松林兄四十岁得子，迫使我想一想后代的问题。根据不太精确的经济数据推测，我认为中国将进入一个啃老的时代。看看自己，住着很小的房子，也没啥存款，被人啃一定会很痛。想想自己的孩子啃着一块骨头，看着别人啃肉，也会很痛的吧。于是我断了制造后代的念想，断了伦理的乐趣，也断了对未来产生幻想的情绪。想起维特根斯坦说的话："如果你不能伤害自己的情感，你就不能正直地思考。"我伤害了自己的伦理感情，为我的"想"开启了一扇新的大门。

天，地，人，三者均会把你的现实套死。拒绝后代是解除"人套"；民以食为天，这是"天套"——我非经商之材，亦无赚钱之本，只好在讲台上胡言乱语到退休，此套必将套至退休。人得有立锥之地，居者有其屋。买房成房奴，套一辈子，此乃"地套"。2005年之后，房价新一轮暴涨，不想钻"地套"的我，改善居住的梦破灭。现实如此，不得不想，想房价的构成，不得不研究中国的土地问题，终于想到了中国现实最核心的问题——土地。想，再次和现实结合，我及时把户口落到农村，成了村民。虽然不太像，还是伪装成农民，弄到了一块很小的地皮，自己解决房子问题，未被地套套住。

如今一个住在郊区的"老农民"，晒着太阳，望着邻居们种菜，想着下一个现实问题：中国经济泡沫啥时候破灭。对策当然不想了，因为无后，因为幻灭时我已退休。说三十年同学要聚会了，我突然很怀念逝去的青春岁月。在想之上，又加了"念"，我很想念同学，在大河动荡的岁月之后，真的非常想念。

袁顺奎, 出生于1962年, 汉族。籍贯有些不清, 祖父来自宁波, 父亲生于上海, 有时填宁波, 有时填上海。上过一天幼儿园, 因为不认字, 进了女厕所, 被清退回家。

家从城隍庙搬到五角场, 进了那里的立新小学。初中就读于邯郸中学, 邯郸中学并入淞沪中学, 在淞沪中学读的高中。

和现在的大学生相比, 我在复旦的日子算得上读书卖力的。不过不务正业, 大多数时间在读哲学原著, 记了不少读书笔记。真正用心看文学的东西, 是到了市委党校之后。在市委党校教了两年半的书, 然后"出走"。回上海安定时, 年近三十。

1991年进了现在的学校, 即上海青年干部管理学院。学校每况愈下, 我谈不上蒸蒸日上, 却还有一点点进取之心。在学校当过文管系副主任, 当过《学报》常务副主编。我觉得自己一直是"副"的, 次等品。现在做教授, 也是副的。对于复旦来说, 我是不是也归入副的"次等品", 不得而知。

一个长不大的侏儒在那儿说"小而特、小而精、小而美", 我实在有些受不了这个小学校的自我感觉, 辞掉了所有职务, 只当一名普普通通的教师。

我上过的课大致有《文艺理论》《文艺政策》《马列文论选读》等。现在回归中文系的本行, 只上《现代汉语》和《文学作品选读》。

我出版的书有《语言技巧》《文学戏剧鉴赏》《喧哗与骚动: 新中国股市二十年》等。此外还发表过三部长篇小说:《金漩涡》(与周松林、连建明合著)、《银色空盘》、《秦家风波》。后来我又把《秦家风波》改编成十八集电视连续剧, 1997年在上海电视台播放, 算是当年上海台收视率最高的电视剧了。

记忆的天空

彭　博

有人说，一个人总爱回忆往事，就说明这个人的心态变老了，人也开始变老了。本人今年虽然五十有三，可总觉得正值壮年，是家庭的栋梁、单位的骨干，很少回忆过去，一是因为忙，更主要的是怕别人说我老了。可谁想到"筹委会上海执委会"的干部们突然通知大家要回顾毕业三十年来的工作和生活，这不是用行政命令的手段强迫大家心态变老吗？可是有啥法呢，人家是执委会，咱惹不起呀！

广播大院里的"板刷头"

毕业那年，上海的同学大多留在了本地，另外有一大部分同学进了北京，我一心想照顾父母，所以执意回到了家乡——河北石家庄，被分配到河北人民广播电台，和我一起分配来的还有另外六七个人，刚进电台，我依然保留着学生模样，留着平头(上海人称之为"板刷头")，穿着中山装，背着老式挎包，衣装简朴，少言寡语。我们广播大院里有一个传统，老同志称呼年轻人叫"小某某"，比如我姓彭，大家称我"小彭"，因为我们一批新人的到来，单位里多了一批"小彭""小李"之类的人，在老同志的眼里，"小彭""小李"等人，有干劲没有经验，有精力没有阅历，需要多锻炼、多干活、多工作。于是，我们很快

作者在老区采访

就成了单位各方面的主力军：1.干勤杂活的主力：扫地、擦桌子、打开水、取报纸、领办公用品、分大葱、分大白菜、分鸡蛋等；2.干工作的主力：节假日值班、外出采访、进省"两会"报道组、进大会会务组、下乡扶贫等；3.被介绍对象的主力：刚到电台，单身又是大学生，很抢手，尤其受单位老大姐、老大婶们的青睐，她们总是热心地给介绍对象，什么她们的侄女、外甥女、亲戚朋友的闺女、孙女……可惜这些亲爱的大姐大婶们只重数量不重质量，成功率屡创新低（总是零）。我到电台的那几年时间里，不断有大学生分来，一批新人终于从我们手中接过了接力棒，成了新一茬干勤杂活的主力军。而我因为有了女朋友后来又结了婚，自然也被老大姐老大婶们赶出了"被介绍对象"的主力军，最后只剩下干工作的主力军。随着一批批新人的不断加盟，我们成了半新不旧的人，我也开始称呼新人"小李""小张"，几年之后，我的"板刷头"也留长了变成了分头，中山装也换成了茄克衫、西服，原来的老式挎包也换成了各式皮包。

我的红色之旅

从入广播这行那天起，采访、编辑稿件、审稿就是我工作的主要内容，工作三十年来，采访过的人和事很多很多，每次采访都是我工作和人生的一个片断。三十年来，许许多多片断已变成记忆的碎片，消失在记忆的深处，但总有一些片断在记忆的天空里闪亮划过。我出生在上世纪六十年代，又长在军营里，从小爱听红军二万五千里长征和八路军打鬼子的故事，对红色历史有着特殊的情结。没有想到，参加工作之后，我有机会和红色历史做一次次亲密接触，这段经历让我终生难忘。

2005年，是中国人民抗日战争胜利六十周年，我所在的河北电台新闻频道策划大型系列专题节目，由我带队完成了一次跨省采访，我们一行三人，开着四驱越野吉普，一路向南向西，石家庄—陕西泾阳县—延安—平型关大捷的战场遗址—五台山八路军总部遗址—阳泉百团大战遗址，跨越四个省，行程上万里，采访了一批老八路、老游击队员、历史见证人、党史研究者，最后推出了三十集的广播特别节目《烽火燃烧的岁月》。

2006年，是中国工农红军二万五千里长征胜利七十周年，我所在的新闻频道再次策划大型特别节目，我们组织记者兵分五路，奔赴当年红军走过的地方，我是这次特别节目的策划者组织者，并跟随一路记者奔赴贵州—遵义会议会址—娄山关—赤水河，采访了一批老红军、历史见证人、党史研究者，最后推出了二十八期特别节目——《辉煌的历程》。

"彭教官"和他的"士兵"

我是一个军人的子弟，从小在大西北的军营里长大，听惯了军营的号子，看惯了教官训练士兵的场面，军人教育子女的方式伴随着我的成长，对我影响很深。1989年春天，我的儿子呱呱坠地，出生时八斤多，名副其实的大胖小子，记得第一次抱起他时，觉得沉甸甸、肉乎乎的，他亮晶晶的小眼睛骨碌碌地打量着我。当时我就在想，儿子长大了准是一个壮壮实实的小伙子，他不仅要有男人的身板，还要有北方男人的性格。在他懂事的时候，我下决心把他培养成小男子汉，儿子刚会走路的时候，不小心摔倒了，我很少去扶，而是命令他自己爬起来，不许像女孩子似的咧嘴哭。在他稍大一点，我给他制定了全天作息时间表：几点起床，几点写作业，几点玩，几点睡觉等，都作了明确规定，并且严格执行。看他怕苦怕累，我忍不住要发火训他。记得在他五六岁的时候，有一天他提出到附近学校的操场上学骑儿童自行车，当时正是炎热的夏天，烈日

当头，他骑了几下子就躲在树荫下乘凉，我顿时火冒三丈，大声喊道："一个男孩子从小就怕苦怕累，长大会有什么出息，接着骑，来，老爸陪着你，"说完，我头顶烈日，直挺挺地站在操场中间，要求他以我为圆心，连骑十圈。几圈下来，汗水打湿了他的头发和背心，我也是汗流满面，他边骑边怯生生地看着我，希望放他一马，而我始终站在那里，铁着脸一言不发，直到他骑完了十圈。在他上小学的时候，为了培养勤快、吃苦的品质，我搞了一点物质刺激，和他谈了一笔交易，他每天晚饭后为全家洗一次碗，我给三毛钱的劳务费，他掰着指头盘算了半天之后感觉有甜头，于是点头成交，从此他又成了我们家的"炊事兵"。这种教官式的教育有了明显的效果：儿子从小比较皮实，不娇气，身上手上划伤碰破了也满不在乎，轻伤不下火线；不黏人，从小自己睡一个床，稍大一点要求自己单独住一屋，睡前从不要求大人讲故事、哄他睡觉；做事情不拖拉，出活快；干活麻利（比如刷锅洗碗、打扫卫生），就是有些不细致；忍耐力较强，冬天不怕冷，夏天不怕热；干活不怕苦不怕脏，中学打扫教室很卖力气，大学（学医）多次帮老师抬尸体（顺便挣点劳务费）；为人处事比较大方，不斤斤计较，人缘不错，初中、高中、大学都有几个铁哥们铁姐妹。当然，我的教育也有明显的副作用：儿子从小就和妈妈亲，有事和妈妈商量，有心里话和妈妈说，而我常常被晾在一边，在他心目中，我非故非友，只是父亲。就连上大学也听妈妈的建议去学医，和妈妈成了同行，母子俩的共同语言更多。现在，他在广州读研，也只和他妈妈单线联系，和我有什么话也通过他妈妈向我转达，我对他有什么重要指示也是通过媳妇向他传达，媳妇成了我和儿子的信息中转站。如今，儿子已长成二十五岁的大小伙子，往那一站，一米八几的大个子，说话粗声粗气，一举手一投足，透着北方爷们的样儿。

从写稿子到写名字

从1984年的元旦到2014年的元旦，新年的钟声敲响了三十次，三十响之后，当年的"小彭"已变成了现在的"老彭"，如今我已不在采编第一线打拼，成了中层管理者，日常的主要工作是审阅记者、编辑的稿件，并在合格的稿子上签上我的名字。我媳妇对我工作的前后变化做了精辟的概括：年龄越大，写字越少，过去忙着写稿子，现在忙着写名字。从"小彭"变成"老彭"的过程也是不断迈台阶的过程，职称由初级迈上了中级，再从中级迈上了副高，最后由副高迈上了正高（高级编辑），还想往上迈已到了极限；职务，由普通编辑迈上了科级，再由科级迈上了处级，上面还有厅级、省部级和国家级，可惜我动动腿就是迈不上去。现在活跃在采编播一线的小年轻，大多是我儿子的同龄人，他们在很多方面比我们当年要强，思维活跃、观念新，接受新技术、新事物也比我们快，现代化的通信手段、制作手段、传输手段一学就会，看见他们，我常常想起那句话：长江后浪推前浪，没准哪天，一个大浪就把我们拍在沙滩上。

彭 博，男，汉族，祖籍河北博野县，1961年4月出生于乌鲁木齐市新疆军区总医院，从小生长在绿色的军营里。从1968年至1974年先后在新疆乌鲁木齐市、哈密读小学，并在哈密读完了三年初中和一年高中，17岁随父亲转业回到河北石家庄，并在这里读完了高中，1980年从石家庄第二中学考入复旦大学中文系，1984年7月毕业，并获文学学士学位。

1984年大学毕业后被分配到河北人民广播电台从事新闻编采工作，2005年任新闻频道副总监（副处），现任文艺频道副总监。2006年被评为高级编辑。

球 事

敬亚平

人在江湖，身不由己——那是因为你不管是漂泊在旅途，还是安居在故土，总有一些细细的线拉扯着，动一动念想，抬一抬屁股，迈一迈腿脚，总能感受得到那些线，在轻轻地角力。有时候，你就会想顺着那些细细的线，捋一捋，找到牵扯的源头，作为自己的回应。而在拉扯我的这些细线中，我知道，有一根永远拴在上海市邯郸路220号复旦大学学生宿舍四号楼旁的简易篮球场边，确切地说，是拴在篮球架子的立柱上。当年在那片简易篮球场，以篮球架的两根立柱为门，进行过多场中文系80级的男生室际足球赛，在宏伟、小云诸兄的合力拼杀下，本室队可谓所向披靡，屡战屡胜——而我这三十多年来的球事——踢球看球的事，盖发端于此。

进入复旦之前，在湖南桃源一中上体育课的时候，我记不清是否见到过黑白相间的足球。但对于世界杯、欧洲五大联赛之类，闻所未闻则是肯定的。进复旦实打实算的第二个年头，也即1982年夏天，第十二届世界杯足球赛在西班牙举行，而大约在此前后，中文系80级的男生室际足球赛也经常上演。我就是这个时候喜欢上足球的，但多是沉迷于看报刊的报道——当然是关于世界杯的消息，那时候电视机少，且被高年级把控，也不像现在场场直播。而说到踢，我的能耐也就只能是凑凑人数、打打酱油，套用现在中超联赛的常用语——眼神防守、步行冲刺而已。记得有时候踢大场子，班上喜欢踢上几脚的男生分成两拨，以满銮兄为守门员，渊寿、承凡诸兄为主力的一方往往占据上风；另一方呢，大约是安庆兄守门，好像我也曾经滥竽充数过一两回，记不清了，小云、宏伟诸兄是主力，好像败的时候多一些。印象深一些的，是踢小场子——大多是四号楼旁的简易篮球场，以男生寝室为单位，本寝室的实力无疑是强悍的，可以说，

1980年代中期，作者岳麓山留影

用横扫、完胜、虐菜中文系八○级诸男寝室来形容，是一点也不夸张的。今犹记，那方小小的篮球场，见证了小云兄轻灵的盘带、宏伟兄细腻的脚法、建强兄强悍的力量、师东兄笨拙的勇敢、陈喆兄空中的优势，当然，我是技术、意识和力量均有不逮，但因为出场人数的需要，也是要打满全场的。进球多的，大约是小云兄和宏伟兄吧。鸣文兄有时也被拉来踢上几脚，而我们寝室的老大——伯荣兄，记忆中只是充当幕后指挥，没有亲自上过场，或者穿着皮鞋踢过几脚？确实记不清了。

回到1982年的六七月间，在西班牙举行的第十二届世界杯足球赛激战正酣的时候，我是三天两头跑到图书馆的阅报栏，看《新民晚报》的体育版。可是，大约赛事进行到八分之一还是四分之一决赛的关键时刻，暑假来临了。当时，怀着对父母的思念，只能告别《新民晚报》体育版，回到湘西北即使现在也相当闭塞的小山村——桃源县三望坡乡道山头村——一个当年看不到报纸、听不到广播、电视机还没有影子的地方。不过临行时与小云兄约定，待世界杯冠军决出后，将收集的报纸寄给我，以便看到半决赛和决赛的报道。大约苦等月余之后的一个黄昏，我收到了小云兄的信和厚厚一叠《新民晚报》，好像还有别的什么报纸的体育版。除了冠军是意大利，为巴西惜败扼腕之外，那一年世界杯的记忆渐渐模糊了，而拿到乡邮递员送来的小云兄那一叠报纸的情形，至今记忆犹新。我敢肯定，那是《新民晚报》第一次也是最后一次被

投递到我故乡的小山村。当2007年的春天，我在重庆江北机场的书吧里消磨时间的时候，不经意间看到小云兄的大作《泛广告时代的幻象》的时候，不禁想起二十多年前的那一次鸿雁传书。那可不是"幻象"，而是沉甸甸的事实。机场那"惊鸿一瞥"之后不久，收到了小云兄的赠书，一读之下，精彩纷呈。想来，小云兄早已从当年的足球黑白世界里超越，告别了"子曰诗云"的故纸堆，成为一名时尚的广告人，戴着泛广告的有色镜，洞悉这个千变万化、扑朔迷离的红尘世界，并为这个世界制造更多精彩的幻象了。

　　然而我，却仍然没有出息，或者说还没有从足球的世界里出离，还是沉迷于球事中。毕业之后的三十年，结婚生子可以成为丈量人生的时间节点，故土异乡之间的迁徙也可以作为定位人生的坐标，自然，当官发财也可以光宗耀祖、风光无限。而我的人生长度，是以每四年一届的世界杯来记忆的——与8011众妖集体相聚的时间长度一样。1982年第十二届世界杯的时候，我在上海复旦读书，得会8011诸妖；1986年第十三届世界杯的时候，我在长沙，供职于湖南师范大学中文系，得遇吾妻；1990年第十四届，我在四川大学中文系读研究生即将毕业，已经成婚；1994年第十五届，业已定居重庆，同年儿子出世。1998年至2010年的十六届至十九届，都是在重庆度过的，先后供职于重庆现代工人报社、重庆市总工会和重庆第二师范学院。当2014年8011众妖相聚于上海的时候，第二十届世界杯已经在巴西繁华落尽了。近二十年来，随着时间的推移和技术的发展，观看世界杯的条件越来越好，从有限场次的直播到场场直播，电视的屏幕尺寸愈加放大，画质也更加清晰流畅，可说是过足了球瘾，饱享了眼福，但看球时的激动，却从来没有盖过当年在故乡的小山村昏黄的油灯下，捧读小云兄那一叠厚厚的《新民晚报》体育版时的心潮澎湃。

　　如今，我早已经不上场踢球了，不管是大场子还是小场子。但我还是一名球迷，没有铁杆球迷的痴情和狂热，却仍然保持着对于世界杯和各大联赛关注的热情。三十余年来，我喜欢过巴西三杰——济科、苏格拉底、法尔考，崇拜过马拉多纳，欣赏过巴乔、普拉蒂尼，如今的绝代双骄C罗和梅西，我更偏爱梅西。我每每在凌晨时分自动醒来，不用说，那是西班牙国家德比巴塞罗那与皇家马德里的比赛就要开场了。我还是天涯社区"球迷一家"和一些球迷吧的常客，穿上"潜水服"，饶有兴致地注视"巴傻"与"黄狗"的对喷，"梅蜜"与"梅黑"的互骂，"我骡"与"你梅"的调侃，还有那些自我标榜的"纯技术帖"，不亦乐乎。我也开始关注中国足球，里皮来中超了，中国足球抗日灭韩有戏了，顺便看看恒大的比赛了。

正所谓，足球是圆的，世事如球事。足球比赛有胜有负，球星纵然星光璀璨，三年五年也就黯然；球队即便飞升宇宙，有朝一日还会跌落凡间；铁杆球迷终将老去，只有茵茵绿草常在人心。在未来的日子里，我依然会热衷于球事。只要这个世界太平，就少不了球事——各级别、各类型的足球赛事。而球事多了，这个世界的糗事就会少一些——这也是我三十余年来踢球，主要是看球的一点心得，与诸位共勉。

2014年4月8日于重庆

敬亚平，1963年8月生，湖南桃源人。1980年考入复旦大学中文系，1984年毕业，入职湖南师范大学中文系，任助教。1987年考入四川大学中文系中国现代文学专业，1990年获文学硕士学位。研究生毕业后至重庆，先后任职于重庆现代工人报社、重庆市总工会和重庆第二师范学院（原重庆教育学院）。现仍供职于重庆第二师范学院期刊部。

我的社团生涯

任家瑜

当年在复旦我参加了一个社、一个团，社为"复旦书画社"，团为"复旦话剧团"。

（一）

参加书画社是因为早年曾学过一段时间的中国画，是属于有基础的。

记得读小学时，因为无聊就常常在家里东翻西翻，翻出一把二胡，咿咿呀呀地拉将起来，最终还无师自通地拉出不少简单的曲子。也许瞎子阿炳听多了，总觉得拉二胡跟讨饭似的，虽然我根本拉不出凄凉哀婉的意境，但还是渐渐没了兴趣。其间又翻出一本旧画谱，同样兴致高涨地开始依葫芦画瓢。父亲看我涂抹得还有模有样，就托朋友为我找了位老师，名曰陆元鼎，我称之为"先生"。先生的老师，乃鼎鼎大名的张大千和他的哥哥张善孖。

就这样，我的涂抹生涯逐步走上正轨。从基本的画法——勾、勒、皴、染、擦、破、点开始，到画石、画树、画水，进而画花、画鸟、画虎，但画得最多的还是水墨山水。在先生家，先生不仅讲自己的画，还偶尔拿出张大千的山水和张善孖的老虎，一一指点。年幼懵懂的我完全由着兴致，只对感兴趣的山水画认真听讲，仔细琢磨。但即便如此，当时印刻进脑海的山水"真身"，还是成了我一辈子的视觉记忆。

初中时，先生曾跟父亲商量，因周日（那时一星期只休周日）的学生太多，能否将我学画的时间换到平时，父亲答应了。于是每个周四的上午，我都可以名正言顺地不去上课，而是先坐车到徐家汇，再走至先生家（文定路）交作业、听指点，最后接受先生留给我的新作业。因为周四上午就我一个学生，先生就常常嘱我坐在一旁看他画画，边画还边讲解。先生的画室在二楼，有时碰到好天气，阳光透过窗子，铺满先生的后背。看着先生笔下的山水渐渐成形，心中的惬意也随着阳光慢慢荡漾开来。

那是我最投入的一段时光，几乎每天都要画上几个小时，心无杂念，专心笔墨。偶尔还自我放假一天：一早摊开宣纸，画着画着猛然抬头，窗外已是夕阳西下。

然而所谓的瓶颈不期而至。长时间依样画葫芦的临摹，渐渐成了越来越乏味却不得不完成的规定动作，如法炮制的创作，又多是映衬在记忆海马体上多幅山水画的不同排列组合。而面对排列组合的外在规律和内在逻辑，当时的我是一脸茫然。

某个周四上午，我按例来到先生家，师母却说先生又去登黄山了。于是百无聊赖地走回徐家汇，心中却窃喜，盘算着如何利用这意外多出来的时间。最后好像什么都没做，只记得在徐家汇晃荡，并且把下午也搭上了。

之后周四上午去先生家学画是例行公事，而下午在徐家汇东游西荡却成了我高中生活最滋润的调味剂。那时的徐家汇远不如今天繁华，但它有徐汇区图书馆可以阅读外借，有衡山电影院、徐汇剧场、徐汇区工人文化宫可以看电影、看演出，有新华书店、艺术书店可以买书。去图书馆最方便，我花了五分钱通过东安中学办了张徐汇区图书馆的阅览证，看电影和买书却是经常要纠结的，因为囊中羞涩。

大约是1980年的上半年，在艺术书店东张西望时我偶然看到了一本《电影艺术译丛》，便请营业员递过来（那时的书店不像今天似的开架），看到里面有《蝴蝶梦》的剧本，这可是父亲经常唠叨的几部好莱坞电影之一啊！影像匮乏的年代使得当时饥渴的我把读剧本也当作了看电影。一连两三个星期，我像着了魔似的每次去徐家汇都会不由自主地弯到艺术书店，忍受着营业员的白眼让其拿出《译丛》看上几眼，最后终于狠狠心花了五角钱买了这本1980年第一期的《电影艺术译丛》。要知道，当时看场电影也不过五分钱或一角钱。

为了对得起那五角钱"巨资"，在读完《蝴蝶梦》后，我又开始阅读书中其他的理论文章。但作为一本以介绍外国电影理论为主的专业性刊物，它完全超出了我当时的认知范围。我试图囫囵吞枣，但吞了好几回依然不得要领，却意外记住了不少电影名词，比如"新浪潮"，比如"长镜头"。

1980年秋天进入大学后，可周转的生活费让我首先买齐了当年的《电影艺术译丛》。等1981年《电影艺术译丛》更名为《世界电影》后，就开始由购买变成了订阅，先是订在8011的信箱里，毕业后转订至父母处，结婚后就订在了自己家，直到今天，先后足有三十四年。对电影的迷恋就这样不经意地陪伴了我三十多年，甚至成了我职业的一部分。

画画虽然淡出了我的生活，但作品留下不少。进大学后便拿了几幅到学校，一时满足了小小的虚荣心。而印象中我并没有参加过几次书画社的活动，最高潮的部分应该是大四时我的一幅水墨山水入选了在虹口公园举办的"复旦师生书画展"。不知出于什么心理，整个展出期间，我始终没去现场观看。

前几年，定居海外三十多年未见的表姐回沪团聚。忆起儿时趣事，不经意的一句"后来不画了，觉得可惜伐"让我有些发愣。其实读大学时，我曾意外翻到过郭熙的《山水训》。当看到"山欲高，尽出之则不高，烟霞锁其腰则高矣。水欲远，尽出之则不远，掩映断其流则远矣"等类似的总结，顿时有豁然开朗之感，也部分化解了当年只知其然的困惑。

今天再看，这些画论依然还是技法，是进一步知其所以然的技法。2011年8月下旬我第一次去台北故宫博物院时，台北故宫博物院与浙江博物馆联合举办的"山水合璧：黄公望与富春山居图特展"已结束，但为纪念合展依照原画制作的数字动画《富春山居图》还在展出。我流连在富有动感的《富春山居图》前，渐渐明白了当年先生为何在古稀之年还要一再登黄山画黄山。很难说中国文人山水画的兴盛与中国文人精神上的流离失所无关，尤其是作为元代文人的黄公望和生活在上世纪的先生，富春江和黄山俨然成了他们心灵的寄放处，由此累积的千年记忆构成了文人山水画的来龙去脉，只是近百年的历史遗患和文化断层，于山已来无影，于水又去无踪。

所以当年不画也罢。

（二）

参加话剧团纯属偶然。大二开学后不久，陈真告诉我，79级有个叫程永新的通过徐锦江，问我们班有谁愿意参加话剧团创作组的，可通过他交篇作品过去。当年复旦话剧团因《炮兵司令的儿子》和《女神在行动》等原创话剧已名声在外，对创作有着浓厚兴趣的我自然欣然答应。

说起创作的兴趣，不得不提1978年暑假《文汇报》刊载的小说《伤痕》。还是复旦中文系一年级学生的卢新华凭着小说《伤痕》一鸣惊人，并由此开启了中国新时期"伤痕文学"的新阶段，也让我想当然地在中文系与创作之间划起了等号。相信在8011，《伤痕》这颗种子肯定不止栽在我一人心中，而修成正果的就成了如今成果颇丰的作家。

本应更加枝繁叶茂的。只可惜我们刚入学时，老师们就当头一盆凉水：中文系是不培养作家的！！！其实不能怪我们，77级的卢新华，还有周惟波、张胜友、陈思和他们报考的就是"文学创作"专业。当他们刚

复旦大学话剧团 80 级毕业留念 1980.6.22

1984年6月，作者（右三）与陈真（右二）及话剧团其他同学毕业留影

踏进中文系,中文系就对学科和专业进行了调整,将原有的创作专业和评论专业,调整成汉语言专业和文学专业,原来的创作专业被取消,文学评论则被归入文学专业中的现代文学大类。直到2007年,因为陈思和的奔走、王安忆的领衔,复旦中文系才在全国悄悄地招收了第一届"文学创作硕士"。直至2009年,国家学位办最终同意复旦开办两年制"创意写作MFA"。而从2014年开始,北大也开始招收MFA。

好在当年仗着年轻,不怕凉水浇的我赶紧写了一篇短篇小说交给陈真,没过几天就在8011的信箱里收到了去话剧团开会的通知。第一次去到四号楼附近的话剧团办公室,心里不免忐忑。也是那次,见到了后来成为好朋友的话剧团指导老师张亚维和同为创作组的81级新闻系的李泓冰,印象特别深的是张亚维在介绍李泓冰时特地强调她高考作文得了满分。我知道在8011数学高考考满分的有好几个,但没听说有谁作文满分的。

之后跟着话剧团一路观摩了不少话剧,也一路通读了不少剧本。印象最深的是1982年上半年观摩的《物理学家》。《物理学家》是瑞士剧作家迪伦马特的两幕喜剧,为上海戏剧学院表演系78级学生的毕业演出。整部剧作有悬念:大幕一拉开便是疯人院里又一个护士被掐死了;有荒诞:住在疯人院里的三位物理学家分别自称牛顿、爱因斯坦和所罗门国王;还有情怀:物理学家们之所以要住进疯人院,是因为"我们不住疯人院,世界就要成为一座疯人院"。但在话剧团更多的还是和大家一起闲聊、疯玩、挥霍青春。

过了一年左右的时间,我终于完成了第一个剧本:独幕剧《维拉国》。创作的灵感来自偶然翻到的一个英语单词: virago,词典上的解释是"长胡子的女人"。题材涉及科学研究,外加女权和变性,但具体剧情已记不清了。剧名是依virago的音译定为"维拉国",一个荒诞的科学王国。完稿后当然希望能搬上舞台,但心里也清楚可能性不大。因为荒腔走板的形式、异想天开的题材是稚嫩的剧本难以驾驭的。果然,读过剧本的都会夸赞几句,但始终没人提过排练的话题。

因为《维拉国》,一来二去就认识了青年宫的王小龙,并随同张亚维他们一起加入了青年宫的上海市大学生艺术团话剧团。1984年年末,因艺术团计划1985年暑假赴哈尔滨演出，便要求我最好能创作一部反映那个时代大学生生活的话剧。这次无论形式还是内容我都老老实实、脚踏实地写，很快便拿出了三幕话剧《老朋友再见！》。改了几稿后，王小龙他们请了当时上海人艺的青年演员杨凤良来执导。之后与杨讨论过几次又改过几稿都不记得了，只记得有一次去他家，看到墙上的照片才知道罗燕是他的太太。还记得投入排练后不久，他满脸兴奋又略带歉意地告诉我，他即将调往西安电影制片厂，并已定下拍摄任务，所以这边只好抱歉了。之后在《黑炮事件》《老井》《红高粱》等影片的片尾都看到了副导演杨凤良的名字，在《代号美洲豹》和《菊豆》中，杨又晋升为联合导演。

时间已临近暑假，重新开始显然来不及了。王小龙、张亚维他们当即决定，直接改排由上海师范学院学生集体创作、刚刚荣获上海市大学生话剧汇演创作一等奖和演出一等奖的《魔方》。因《魔方》本身是由七个片段组成，所以可几组同时排练。

虽然觉得可惜，但同时又轻松了许多。不用再跟组排练，也省去了上演后忐忑不安的煎熬。到了1985年的暑假，我还是跟着艺术团去了哈尔滨，并且意外地完成了我的舞台处女秀——在《魔方》的某个片段里扮演一位坐在公园里晒太阳打瞌睡的老太太，没有一句台词，无需一个动作。但当大幕拉开，一束强光直射而来时，坐在椅子上假装打瞌睡的我，依然感觉眼皮在微微颤抖，手脚同时僵硬。当年化完妆还留下了一张照片，这次整理旧物时也被翻了出来。看着近三十年前自己被化妆成老太太的样子，不禁莞尔。之后经大连抵北京，往来于众多8011的工作单位或宿舍之间，感觉比读书时又多出了几分亲热。

1986年的暑假，我又随复旦话剧团赴西安演出。这次既不用写，更不用演，从西安到成都再到九寨沟，高高兴兴地玩了一圈。还在苏冰家里吃了生平第一顿四川家常菜，并且成了毕业后第一个去见苏冰的8011同学。

1984年毕业时没能刹住车的社团生涯，终于在1986年的暑假戛然而止。

2014年5月改定于上海

任 家瑜，我的经历很简单：1961年12月降生在上海华东医院，然后是上海市卫生局幼儿园、鲁浦小学、东安中学、复旦大学、华东理工大学，一路到今天。

市卫生局幼儿园在当时属于上海最好的幼儿园之一，可惜我儿时记忆不多。只因为是寄宿在幼儿园，所以对周末下午等待母亲来接有着瞬间的画面记忆。

1969年秋天，我入读鲁浦小学。这是一所民办小学，因为烂而被讥讽为"鲁浦大学"，且远近闻名。它的校舍是一座破落的本地民宅，它的师资有相当一部分是家庭妇女。就是在这样的学校里，我和我的同学们如野草般在大人忙着运动的缝隙里疯长、疯玩。我毕业以后没几年鲁浦小学就并入了宛南一村小学，后又经调整并入东安二村小学。

1976年春天，我就近进入东安中学，一所同样不咋地的学校，我同样自由自在地又度过了四年半的中学时光。和鲁浦小学一样，东安中学同样也不存在了，原址上如今为徐汇区教师进修学院。

终于在1980年的秋天，我进了一所应该不会消失的大学——复旦大学。四年的大学生活依然过得阳光灿烂。

大学毕业，只是冲着不用坐班还有寒暑假才进了华东理工大学（原来的华东化工学院），没想到当老师却成了我这大半辈子做得最上心的一件事，而且一做就是三十年。

发现金泽

姚伯荣

一

三十多年前，老姚二十出头上大学，被班上更年少气英的同学一口呼成为老姚（有年龄歧视之嫌）。如今，老姚已名副其实，两眼昏昏；呼老姚者，亦将老矣！（哈哈……）

五年前，老姚操劳成疾，视网膜几度脱落，俯伏于床两年之久。有国企老友来家探视，见老姚病榻之惨状，感叹人生之辛苦，劝老姚急流勇退，就此偃旗息鼓。他说有一处古镇上的闲置厂区，青砖老房，老树成荫，一口方形荷花池塘；周边粉墙黛瓦，青石巷弄，临河傍桥。清静、古朴。可以让老姚做一个"退思园"之类，读书、会友、颐养天年。这是老姚第一次知道上海有一个叫"金泽"的地方，还是唯一未被商业开发、具有原真风貌的古镇。

眼疾初愈，老姚踏上了金泽之旅……

二

户部右侍郎夏元吉《夜宿颐浩寺留诗》，描绘的明代之金泽：

每愧无才位六卿，观风每出凤凰城。

锦帆逐月临金泽，宝刹披云驻玉旌。

楼阁巍峨同上竺，江山清古拟南衡。

何当了却公家事，来共高僧话月明。

清代张奂曾《八景诗》描绘的乾隆年间之金泽：

金溪面面水潆洄，巨浸惟何薛淀哉。

红蓼乱黏风浪阔，渔帆远去鸭媒来。

晴朝历历千村树，雨夕昏昏一壤堆。

对此烟波愁尽遣，忘机鸥鸟共徘徊。

金泽在上海青浦区南端，西接江苏吴江，南连浙江嘉善，淀山湖、太浦河左右环抱。昔为东南巨浸之岛镇，吴、越、沪漕运之黄金水道。1954年开辟

2004年8月北京8011毕业二十大典，作者（后排右二）与陈小云（后排右一）、朱振国（后排右三）、梁光玉（后排左一）、杨植峰（前排左一）、俞文明（前排中）、李师东（前排右一）留影

江、浙、沪陆路交通，南北填湖，遂成狭长通衢。现有318国道、G50高速穿境而过。

老姚初临金泽，虽不见锦帆逐月之壮阔，宝刹披云之巍峨，但依然是长湖接天、烟波绕村，一片湖光湿地景象。与诸多江南古镇先进城后入镇的格局相异，金泽依然保持着原生的自然社会形态——镇者，村落与村落的连接与中心也。

走进古镇，即刻被一股浓厚的历史气息包围。一纵三横的河道景观，石埠、古桥；沿岸古旧的商街、商铺，蜿蜒幽深的巷弄；一排排素朴的民居，白墙倚连着白墙，黛瓦重叠着黛瓦，宁静和睦，仿佛一曲农耕文明的最后挽歌。

金泽处于上海饮用水取水口，受水源地生态政策之保护，幸免于商业开发的毁坏。

从上海市中心出发至金泽，仅一小时车程，从拥挤繁华的大都市进入于悠远飘逸的自然生态、宁静和睦的农耕生活，仿佛穿越百年。

老姚如获至宝，惊喜望外。学陶渊明写打油诗一首：

> 结庐后塘边，耳无车马喧。
>
> 气清心悠远，巷古邻达贤。
>
> 鸟归桥生月，日出树笼烟。
>
> 久为尘嚣客，今朝入桃源。

三

虽说老姚是一个正宗的上海人，可是童年却是在老家桐庐农村度过。人之初的记忆全是农耕生活的人事、物景……

西方学者认为，童年记忆决定一个人的性格，老姚的一生可以印证。如果算上老山前线短暂的军旅生涯，老姚的一辈子，工、农、兵、学、商的经历都全了。但是，回溯过去，好像每一种生活经历都变得恍恍惚惚，只有童年的生活记忆始终是清晰而确切的。富春江畔连绵起伏的山峦，山谷中轰响的涧溪，画

梁雕栋、一井连接一井、举族围居的村落，阡陌交错中的稻田、水塘，一幕幕生活场景、人事情节，像种子一样植入老姚心中。后来，江南农耕生活便成为萦绕老姚一生的情怀。

老姚出国在外，每每见到一处美艳之极的自然风景，赞叹之余，就开始心底恐慌：如此美妙之景竟然与我的生命毫无关联（身心无法完全地融入其中）！由此可见，中国文化之情结已根生于老姚之生命。

四

现实之金泽的古镇价值，在于拥有宋元真迹的桥庙文化。

金泽以桥闻名，素称"千年桥乡古镇"。清时有"江南第一桥乡"美誉。目前尚有7座保存完好的历史文物古桥，为古桥遗存最多的江南古镇。其中，一段350米长的河道上，并立着宋元明清四座古桥，形成"四朝古桥一线牵"景象。南宋普济桥（七百多年的紫英石拱桥）、元代迎祥桥（五百多年的青砖铺面无栏杆的走马桥），尤以年代之悠久，美学形态之精致独特，史料研究价值之珍贵，享誉全国。

金泽称得上"活的江南古桥博物馆"。

金泽，气象清寂祥和，古为佛道胜地。清代地理图籍显示：寺庙领地占据小镇土地面积70%以上。其中，颐浩寺为宋元江南第一古刹。原寺由南宋相国吕颐浩捐建，殿宇楼阁共5048间（合一藏之数）。《松江府志》称之："虽杭之灵隐，苏之承天，莫匹其伟。"佛教有"禅宗天下三分，金泽为一"之说。

原颐浩寺毁于1936年日寇轰炸。现重修的颐浩寺，由赵朴初题名，园内留有：南宋古银杏一棵，乃西域高僧奔聂卜尔纳挂单修行时所种；不断云石阑、碑刻，由赵孟𫖯书绘，名匠刻凿。现寺院外的颐浩寺遗址公园，有五跨间大殿遗迹（柱础与佛台石基）一处，柱础显示大殿立柱直径达70厘米。

如今颐浩寺，寻常较冷清。每逢佛教纪念日，就有周围十里八乡、江浙一带的佛教徒包租十几辆大巴，赶来烧香贡拜。届时，院内院外，挎着香袋的佛教徒川流如织。

五

根据老姚的田野考证和资料查研，至少在宋元时代，金泽就是闻名江南的古镇。

前几年，上海文物局在白鹤镇挖出昔时扼守吴淞江（苏州河）的上海门户镇——青龙镇遗址，称之为沪文化的重大考古发现。

其实，金泽是沪上另一个门户重镇，扼守着太浦河交通要津（黄浦江至太湖、南运河），清朝乾隆《金泽小志》曰："金泽昔与青龙镇相埒，青龙有三亭、七塔、十三寺，金泽有六观、一塔、十三坊、四十二虹桥，桥各有庙。"

1962年上海市文物保管委员会在文物普查时，已对金泽的重要历史地位有所确定："金泽为青浦西乡巨镇……湖荡洄环，烟村缭绕，地多宋、元名迹……昔与吴淞江畔之青龙镇，东西遥相争胜。" 只是此项调查因"文革"而中止。

虽然金泽镇已被列为中国历史文化名镇（上海第二个）。但是，其昔与青龙镇同为上海近代发展史中文明之驿站，这一重要历史作用却未被认识和评定。

六

金泽藏于烟波浩渺深处，既有世外桃源隐逸之美，又有名刹高僧之清古与禅机。历代名人墨客纷至探访，或寻道览胜，或刻烛飞觞。南宋赵构（南下临安时曾驻跸金泽，题永安寺）、宰相吕颐浩、韩世忠、牟巘，元代赵孟頫、管道升，明代夏元吉、文徵明、王世贞、唐顺之和曹宗节，清代胡大成、黄桂云、魏学渠、李仙根和倪卓等，都在金泽留下墨宝佳作。

由于名人大家作品的广为流传与保存，金泽宋元明清各时期的人文事迹、地理景观、民俗物产等资料齐备，记录描绘历历在目。

金泽自古有八大景观：宋元之古八景、明之后八景、清之新八景。各个朝代都留下许多咏八景诗（一组八首）。古八景咏诗，牟巘的《寺中八景诗》最为有名；后八景代表诗首推张奂曾的《金泽后八景》，新八景的代表作由陈自镐吟咏。各个朝代的八景既有延续，又有变迁。直至今日，金泽仍保留八景中的两处景观，可以窥见当时的景象。此外，颐浩寺、莲社庵、石假山等主要名胜，都留下了历代文人的诗赋唱吟。

据老姚的拙学浅见，大凡中国的名城才有较多的历史叙述和描写。一个小镇能找到如此众多详尽的历史记录和文学描述，则少矣。

中国历史文化悠久而精深，然而大都保存在纸上、土下。与其他文明相比，缺乏实地环境、社会生活的佐证。好像我们总在阅读剧本，但舞台角色的诠释常常缺失。

金泽恰是一个例外(奇迹)。因为大湖围困，避战事，偏安一隅，七百年来地理形势、族群人口被大致保持；虽然镇上木构建筑在不断嬗变，河道、古桥、码头、街道却得以基本保存。其他众多的宋元之古迹或毁失，或残留。金泽较完整地保留了历史的地脉和形态。

像金泽这样能以当代之自然环境、镇落形态、景观遗迹、风土节场，与宋、元、明、清各代的历史记叙、文学描绘进行逐一对应、比照、印证的，实属罕见，弥足珍贵！

老姚窃以为：金泽堪称中国江南农耕文明（近七百年）之活的样本、密钥和史诗。

七

现代技术文明的单向维高速发展，已将世界带入一个终结时代：环境透支、资源快速枯竭、基因变异。

生态文明正成为世界未来发展方向，21世纪被联合国定义为生态、旅游、养生的"休闲时代"。而今，从西方到东方，乐活的生活方式正逐渐成为主流趋势。都市空气雾霾、食品污染和过度消费，正倒逼我国社会经济转向生态发展，生态生活。

老姚以为中国农耕文明"天人合一"的生命理念，因地制宜、取养并用的生产方式，具有亲情和个体生命体验的生活形态，对世界生态文明发展具有垂范性和启迪意义。如果说，工业文明时代，城市是农村的出口，那么生态文明时代，新农村是城市的出口。

因此，金泽的价值与意义，不仅属于中国文化，同时还属于世界。于是，老姚不敢视金泽为自己养老的后花园。以老残之躯，四处奔走呼号，历时三年，在文化部与上海市文广局的帮助支持下，将"退思园"改成了"上海非物质文化遗产博览园"。

博览园规划为"上海记忆""江南农耕文明记忆""少数民族灵性生活"三部分。以一百个还原经典传统生活形态的生活馆（如书院生活馆、画舫生活馆、刺绣生活馆、黑陶生活馆等），打造"回归自然""生命憩养""心灵成长"的新江南农耕故事。

金泽"新农耕文明园"赢得了国内外众多贤达志士的响应与支持。克俭同学毅然脱去警衣警帽，奋勇加入。小玉、文明、中军、陈喆、志强等诸多同学，也于繁忙的政务之中，拨冗予以关怀与指导。

八

始于鸡鸣犬吠，归于村妇喋喋。金泽，老姚之归宿也！

姚伯荣，笔名姚村，诗人、作家。1958年生，上海市人。1984年毕业于复旦大学中文系，分配至上海市作家协会工作。后转战商海，目前任上海雪梨华有限责任公司董事长。

伸向远方的小路

刘中军

　　1980年夏天，一个下着毛毛细雨的日子，我从胶东一个小山村走出来，走进复旦大学美丽的校园，走进繁华大城市上海。当一双走惯了崎岖山路、泥泞土路的双脚，站在复旦幽静林荫的校园里，踩在绿茵茵的草地上，轻触着湿漉漉的落在马路上的梧桐树叶时，内心感觉到的是柔软轻盈，呼吸都变得很轻很轻。

　　在繁忙的学习之余，是充实的课余生活，包括各种体育活动。其中给我留下最深印象的是去校园外的小路上散步。那时候，校园往北，跨过铁路，即是一片一片的田野。这江南的田野，与我的老家完全不一样，一年四季总是绿油油的，没有四季交替的不同色彩。路边的树，或一棵，或几棵，很少连成一片；田里各种不同的庄稼和蔬菜，使人满眼

1999年作者在复旦留影

看到的是希望与生机。我经常在黄昏来临时去郊野的小路上，披着晚霞，或漫步，或疾走。我喜欢春天和煦的春风，喜欢夏天淅淅沥沥的小雨淋在头发上，喜欢秋天田野上一片片黄澄澄的丰收景象。只是冬天有些烦恼，萧瑟的风吹在脸上，寒冷直透骨头，不像胶东的冬天，烧得暖暖的土炕上散发着泥土的暗香。

也经常与同学相伴，或两个人，或三五个人。记得一起走过的同学有张忠、张鲁高、连建明、卓松盛、陶炼、姚永铭、夏辉映等。不记得和女同学一起走过，只和刘忱有几回一起跑步，但很快就被她落下了很远，那时她是学校长跑队员。其中一起走的最多的是睡在我下铺的同学张鲁高。两人一起天南海北边走边聊，也经常默默无语快步前行，有时还会哼着当时流行的歌曲，最喜欢唱邓丽君、程琳的歌曲，还有台湾校园歌曲，如《外婆的澎湖湾》《走在乡间的小路上》《童年》等。甚至有时会走出去很远很远，差一点就走到海边码头，隐隐约约会看到渔船上的桅杆，听到轮船的汽笛声，等赶回学校食堂已经关门了，只好凑合着吃点东西，或者在校门口用粮票换几个茶叶蛋充饥。

每当行走在乡间小路上，闻着泥土的气息，也经常回想或思考一些事情。有时是温习当天学过的课程，因为从初中就养成的学习习惯是不断地温习，深知重复是记忆的"母亲"。有时是对家乡的深深怀念，仿佛看到父母亲在田间辛勤劳动的背影；有对心仪姑娘的思恋，多想相随相伴走在山间小路上。更多的时候是思考，思考一些哲学观念、文学思潮、艺术理念、人生哲理……也有对某一些问题的争辩、讨论。四年的大学生活，几乎改变了所有的习惯，甚至连早晨不起床也成为一种享受。大学给予的不仅是学业的进步，更多的是思想方法和生活方式的改变，使自己随着年龄的增长逐步成熟起来。

以致工作以后，我也养成了走路思考的习惯，只要有时间，就到外面走走。走过大街小巷，走过田间地头；走过青藏高原，走过沙漠绿洲；走过江南水乡，也走过冰天雪地。在爱琴海里畅游，在莫斯科郊外吟唱，在塞纳河上吹拂着暖风，在阿尔卑斯山上极目远眺，在黄石公园里铺满树叶的地上看松鼠……

许多重大文化活动中的创意经常都是在漫步行走中形成的，如中国诗歌节表现诗歌历史的吟唱形式，国家美术创作工程表现波澜壮阔近代史的苦难与辉煌，中国农民歌会从小岗村十八个鲜红的农民手印开始歌颂改革开放宏伟成就……即使一般的文章、公文、报告的起草，也都是形成于散步走路之中。任何事物都有自己的历史源流，都有自身的发展规律，而文艺作品更强调独具特色、不可替代、不同凡响，做到前无古人后无来者则是终极追求。后来，随着年龄的增长，身体开始发胖，走路便成为一种锻炼身体的方法。这样的生活工作方式影响至今，也会一直继续下去。

走过的路，有平坦大道，也有坎坷小路；有艰难困苦，也有悲喜交加；有千回百转，也有柳暗花明。有的路一个人独自前行，有的路同伴相扶，有的路有人相助，但归根结底，自己的路靠自己走，路是自己走出来的。一帆风顺的时候，当心脚下的磕绊；曲折不平的时候，也不能心灰意懒。无论多么曲折，无论多么艰难，即使浑身伤痕累累，一瘸一拐，也要往前走，因为人生没有回头路。

伸向远方的小路，把我从乡村带进了大学校园，又从校园带进了五光十色的社会。在这条人生道路上，有美好相伴，也有拼搏挣扎，有悲伤后的欢乐，也有消沉后的雄起，但走过去回头思量，烦恼总是抖落在地上，希望一直在前方。

刘中军，山东莱阳人，1961年12月生，1984年从上海复旦大学中文系毕业，分配至中华人民共和国文化部艺术事业管理局工作，先后担任办公室秘书、研究处副处长、《艺术通讯》副主编、办公室主任、中央歌剧院副院长、文化部艺术司副司长、中央民族乐团党委书记等，现任中国数字文化集团党委书记。

长期在国家机关和专业文化艺术部门工作，策划组织了许多大型国家级文艺活动和晚会，担任中国艺术节开幕式、中国诗歌节、中国农民歌会等活动的总策划和主要组织者，参与策划实施了国家舞台艺术政府奖——文华奖、国家舞台艺术精品工程、国家重大历史题材美术创作工程、高雅艺术进校园等国家级文化项目，参与组织创作了许多舞台艺术作品，并担任过文化部艺术院团改革办公室负责工作，经历了历次文化体制改革工作，撰写了大量文艺管理、文艺改革和文艺理论文章和调研报告，起草了许多文化部政策法规，并获得国家级论文奖励。曾多次带领艺术团队赴地震灾区、厂矿学校、部队边疆慰问演出，多次获得优秀公务员和优秀共产党员奖励，在西藏解放三十周年慰问演出中表现突出，被记三等功。

外滩过客

陈 燕

　　1980年7月，我中学毕业，参加了当年上海地区的高考。考前填志愿的时候，我其实隐约有报读法律专业的想法，可是当年复旦法律系尚未恢复招生，第一志愿便填了中文系，二年级开学的时候听说法律系招新生了，还暗自惋惜早生了一年。报读中文系，原是自以为勉强还可能成个文青，上大学之后才发现，这误会太大了，读了四年文学，结结实实把当文青的热情读没了，学业上实在乏善可陈。

　　三十年前的那个夏天，我从复旦大学中文系毕业。上世纪的八十年代，大学生还是天之骄子，国家实行毕业生包分配的制度，我等生逢其时，复旦学子们更是不愁没有好的出路，不用经历如今百万学子赶科场的艰辛。临近毕业，何去何从是个必须考虑的问题。对于将来究竟要走哪条职业之路，我当时并没有想得十分清楚，倒是想清楚不走哪条路。记得老师把从中央到地方来招生的各单位名单张榜公布后，我看了一圈，阵容堪称豪华，不是中直机构就是省直机构，而且大都属于文化及新闻行业。中文系嘛，文化文字工作是当仁不让的对口专业。我则打定主意不申请入这一行，所以当其他同学胸怀大志以图在专业领域一展才华之际，我不思进取，选择了转换跑道。工作志愿填报之后，既没面试也无约谈，就像盲婚一样，不久收到了一张毕业分配通知单，纸质粗糙，上面漫不经心地盖了一个学校的红戳，就这样被一纸发配出校门。所幸第一志愿如愿以偿，上书单位地址：上海市中山东一路33号。这是我初出校门踏上社会的第一个站点。

中山东一路，它的另一个俗称更加广为人知，就是上海的外滩。当年的外滩，市政府机关林立，市政府就在外滩11号，离我的单位隔着二十二个门牌。从外滩11号向北，但见一路各大楼门口高挂着上海市府属下诸多机关衙门令人眼晕的金字招牌。报到那天，我横穿狭窄的圆明园路，拐过外滩27号外贸局大楼，抬头望去，前面不远处可见当时上海的地标性建筑外白渡桥和上海大厦，此时左手边赫然出现一整排气派的铁篱笆墙，隐隐绰绰望进去，里面好大一个花园，绿草如茵，庭院深处立着一座硕大的洋房。后来才知道，它的前身是英国驻上海总领事馆。从此，我在这里一坐八年，出国之前，除了中间办公场所搬到虹桥开发区一段时间外，一直在外滩33号朝九晚五。

入行之时，上海正处于对外开放的初级阶段。作为一个以促进国际经济贸易发展为主业的对外窗口单位的一员，与海外来访商团和驻沪外商打交道是日常工作。那时的上海还没有后来人称"魔都"这般高楼林立，涉外宾馆来来回回也就是地处外滩和西郊的几家，不用两只手就数得过来，为了安排接待海外商团，有时还不得不与国际旅行社的人拍桌子抢宾馆。现在说起来简直是天方夜谭，这却是我耳闻目睹的亲历记。由于工作需要，我也少不了跟着领导时常到外滩的各机关烧香拜码头，见习官场门道和繁文缛节，有机会与平日里电视上才得一见的人物来个面对面。这一切，令初出校门的我觉得大开眼界，小小的虚荣心也一度浅薄地颇为受用。然而初始的新鲜劲儿过去之后，坐机关的日子周而复始，而且起初几年的跑腿打杂与小和尚撞钟也相差无几，技术含量并不高，有时也会心生茫然，纠结是否该尝试出国留学。

所幸命运之神眷顾了我。四年后我的工作出现了转机，1988年，我开始接触八年前错肩而过的法律。当时单位里成立了一个新的部门，专事国际商事仲裁，我居然被意外内调，去跟随两位涉外法律专家开天辟地。国际商事仲裁，即使在法律界似乎也属于颇为高端的一个分支，没有系统学习过法律的外行自是难以胜任，我向领导要求让我在职进修法律。十分感谢当时的顶头上司徐老师，不待我多费口舌恳求，便一口应承，让我自己找地方学习，单位支持。于是，离校四年之后我重拾课本，高考时朦胧的志向，兜了一大圈之后终于目标

清晰地出现在面前，有方向就有了动力，我重又变成了一个好好学习、天天向上的好学青年。那段时间边工作边学习法律，日子过得充实而愉快。学习结业后不久，适逢当年有两年一度的全国律师资格统考（后改为每年一次的全国司法考试），在同考的法律科班同事怂恿下，我抱着姑且一试的心态也去报了名，反正是半路出家，能否考上全无压力。最近张玉红同学在微信上晒出旧日同学书信，其中竟然还有我在备考期间写给她的一封，难得张玉红有心，我都忘了自己留有白纸黑字，在参加律考还是申请留学之间曾经三心二意。这一无心插柳的考试，使得我的职业之路最终走上了正轨，律考顺利过关，我领到了一本红色的律师执业证。

在国际仲裁部门的日子，我在专业上受益良多。蒙上司器重，法律学习尚未结束，便有机会去北京的总部做假期实习，到深圳的分会交流观摩。至本部正式开张，我也考取了律师执照，基本能够独立办案。而所接触的仲裁员们，大都是当时上海涉外法律界令小辈们高山仰止的大师级人物，这对一个初出茅庐的新人，是多么求之不得的学习机会。近水楼台，耳濡目染，我如鱼得水。正是由于那几年在专业上的积累，为我后来初到海外发展避免了洋插队走弯路的艰辛。对这段可遇不可求的珍稀机遇，和曾经提携过我、指点过我的恩师们，我一直感恩于心。

上世纪九十年代初，出国潮方兴未艾，我亦未能免俗，随波逐流，全家移民新加坡。那时电视里正在热播《北京人在纽约》，我对洋插队的苦情和未知的命运不免心有戚戚。移民是连根拔起的事，能否在海外生根开花，个人努力只是其中一部分，有时还真是造化使然。就在即将飞离上海下南洋的时候，天上馅饼，不小心砸到了我。有家新加坡的猎头打来长途电话，对我的履历表示很有兴趣，甫到狮城，他们就替我安排到当地一家律师事务所面试，适逢该事务所老板打算开拓中国业务，我之前的涉外法律经验正是他所需要的，乌龟对绿豆，一下就看对了眼，于是一拍即合。我的海外法律生涯就此起步，后来蝉过别枝，也还是在法律圈画地为牢。这期间，经历了外商对华投资的黄金时期、九七金融风暴、IT泡沫，看客户楼起楼塌，角色轮回，好似在旁观多出商场世纪大戏。当年课本上说，艺术源于生活高于生活，其实生活远比戏剧更加

精彩。到了本世纪初，风
水轮流转，阔起来的国内
国企民企纷纷走出国门，
海外的对华法律业务从以
前基本单向的外商对华
投资逐渐转为同时服务于
国内企业在海外的投资、
收购并购和上市，会议室
内的语言也从以前的英语
交流变成南腔北调的普
通话随时可闻，连我的一

2010.12.11

作者近影

些新加坡同事都开始后悔学生时代没有认真学好华语。去年回国，徐锦江同
学曾问起海外现在如何看中国，我无力回答《解放日报》老总这么宏大的社
论性问题。虽然国内这些年磕磕绊绊，也有不少狗屁倒灶乌烟瘴气，网络、微
信里各种吐槽、负能量充斥满满，但仅就我目力所及，看自己鼻子底下的那点
事，至少本世纪以来中国经济实力的崛起，确是外人说起来也有点羡慕嫉妒恨
的事实。

去国二十余年，期间我时常回国，或商旅出差或探亲访友，多半会在上海
停留，也许是以前的审美疲劳，多年来却很少再光顾外滩了。直至2010年的世
博会期间，我在报上读到一则新闻，报道说上海市政府对外滩的不少西洋老
建筑做了工程浩大的复古整修。在罗列的一系列路名牌号里，出现了一个新地
址：外滩源1号。我自认是老外滩了，此门牌却闻所未闻，再细读介绍，原来就
是外滩33号！

不经意间，记忆被触动，我故地重游。

只是，现在的外滩11号住户早就不是市政府了，我的原单位也在十几年前
迁出，外滩33号成了外滩源1号，据说现在是闲人免进的高级会所了。隔壁不
远的外滩27号，也是早就腾笼换鸟，变成了罗斯福公馆，劳力士全球最大的旗
舰店就在它的一楼。透过五根火柴头的金字招牌，内部是美轮美奂的专卖店

装饰,眼前却忍不住浮现出它的前世模样。以前这里的一楼临街所在,玻璃窗内但见身穿白大褂脖子上挂着听诊器的中年男女在屋内喝茶看报纸,那里是外贸局的诊所,周围大楼内外经贸系统的职工要拿药打针混病假,都得到此一游。至于劳力士,那时大街上还不见招摇,不过上海老克勒们对此一点不陌生,并且顽固地坚持唤作罗莱克斯。其实叫罗莱克斯还是劳力士又有什么要紧的呢,不过是一块表的事情,五根火柴头还是不变的嘛。

外滩过客,且看浦江东流水,潮起潮落。

陈燕，上海人，祖籍浙江省鄞县，生于1963年。1980至1984年就读于复旦大学中文系，毕业后转行从事官办的国际经济贸易事务，继而进修法律，1990年通过司法部的全国律师资格统一考试（现改为国家司法考试），成为执业律师，专事涉外商法业务。1993年移居新加坡，继续从事与中国有关的法律业务，现为新加坡一家知名律师事务所的中国法律顾问，新加坡律师协会会员（外国律师），执业领域涵盖外资对华及中资在东南亚的收购与并购、公司上市及发债、直接投资、银行和房地产等。

自本世纪初涉入网络世界以来，不能自拔，对民国史尤其是民国军事史的业余爱好，发烧热度渐次上升，从读者进而成为作者，陆续在网上发表票友级的所谓研究文字，与同好网友讨论互动乐此不疲。自2004年起，更花了三年多的业余时间，写作《蒋介石王牌悍将——张灵甫传》（笔名钟子麟）一书，由团结出版社于2008年1月出版，在读者中反响不俗。该书自上市后，在当当图书网军事人物传记类的畅销榜上至今一直名列前茅，出版社也重印多次，成为该社的长销书之一。

关于8011

史灿方

　　关于8011，那个年代我们这些人的那些故事，随着岁月的远去，渐渐变得模糊起来。至于同学们传说中那点风花雪月，桃红柳绿的旧闻轶事，我都听得很少，很少。感觉自己完全置身于世外桃源般，不知有汉，无论魏晋。

　　四年大学的光景，留下的记忆，最深的就是同室过的室友：入学时112室的周松林、汪涌豪、曹怡波、陈一卿、袁顺奎、彭锦华、宋广杰。后来还有王岗、陈喆等，最后同居过一室的便是陶炼、王德福、陈小云以及卓松盛、张忠、吴俊。当然期间还有陪住过的那位英国利兹大学的留学生约翰先生。

　　在8011，经历了许多的第一次，记忆犹新，有的甚至刻骨铭心。比如寝室失火后，第一次接受爱心捐助，第一次赴外滩卖报（《采风报》），感受了同学手足的温暖和挣钱的艰辛；比如第一次去虹口公园集体溜冰活动，摔得手腕肿胀，股肌痛疼，十数日才得以康复；比如语言班去郊外野餐，垒灶筑台，拾柴生火，体验了远古人野外生存之不易，当然也收获了别样的乐趣。

　　还有许多的第一次。第一次用繁体字抄写中文系老师编写的简体汉语教材，第一次参与电影杂志的审稿，在班级举办的上海青年报文学咨询活动中第一次给文学青年回信……唯唯独独没有经历第一次恋爱。

　　工作以后娶妻生子，日子过得"平淡"，甚至"平庸"。安居乐业，无功无禄。没有惊涛骇浪，没有激流险滩，没有暗流汹涌。"心远地自偏"，宠辱皆不惊，一切顺其自然，一切又复归自然。

作者近影

人过半百知天命。渴望躬耕南亩，返璞归真，"躬耕南亩乐如何？吃也靠着，穿也靠着。力勤粪多作生活，麦也添多，谷也添多。耕三余一细斟酌，丰也不错，歉也不错。"（明清民谣《躬耕南亩歌》）一壶茶，一杯酒，一卷书，嚼着菜根，浅唱低吟人间清欢，也许是后半生一种不错的选择。

2014年3月23日作于南京淮海河畔

史灿方，江苏省常州武进人，汉族，生于1961年，正值三年困难时期，缺衣少食过苦日子，无忧无虑读红宝书。从年少无知到少年痴梦，从学堂懵懂脱胎到学府造型换骨，一路求学留下深深印痕的莫属复旦8011集体生活的那段时光。

天宫十二星座我列处女，地上十二生肖我属丑牛，身体血脉流淌的是B型。"处女+丑牛+B型＝重实际+少情趣"，这类人虽有"牛"和"B"，但大凡都不太"牛B"。据心理分析师分析，此类人群，唯独的"牛"气，恐怕也就是"实在""热情""优雅""忠诚"此类只能当玩偶不能做饭吃的虚名而已。

1984年大学毕业分配到古城南京的江苏广播电视大学（现更名江苏开放大学），先是教书，1999—2011年间任校图书馆副馆长、馆长。现为公共基础课部主任。独立撰写过《修辞理论与语言应用研究》，合作撰写了《语言规范与语言应用探索》《法律语言学引论》等书，发表过论文四十篇。

九月的第一场考试

杨晓晖

　　9月5日星期六早上八点，女儿要参加剑桥英语二级考。她没有参加一级考，所以这场非本校的、全国性的考试，对她来说是平生第一次。淡绿色的准考证，照片、号码、考试须知赫然在列，如同老妈的职称考准考证一般正经严肃。平时早上起床一拖再拖的她倒是很早就醒了，不用教育就自动配合。"老师说的，迟到十分钟就不能进考场了。"

　　放暑假前老师发了一本考试模拟练习，匆匆做了一遍。整两个月的暑假她碰都没碰过一下，只是在考试的前一天下午，用两小时时间，请了大学生英语小家教老师给她撸了一遍，至少让她找到点感觉。暑假除了做学校规定的各科作业，基本让她当闲云野鹤。晚来得子，怎不溺爱？"宝贝啊！考试不要紧张，题目看仔细了，做得出就做，做不出就跳过再做下一题。有时间的话最后再检查一遍。"为妈的只能如此地叮嘱了。"知道知道，老师也是这么说的。"

　　7点半，夫妻两个开车送女应考，还好，地点就在本校，熟悉，不用找。"估计考试一个半小时差不多，送了她我再开车送你回家，到时你再接她如何？"她爸说。"一个多小时，来回四站路，估计到家换了鞋喝杯茶也就差不多了，还要再跑六楼。算了，我在她学校旁的哪个小店吃点东西看张报纸，再说，孩子第一次参加这样的考试，我坐家里又哪里安心，离她近点好！"我说。"妈妈对的！"女儿拼命点头。"那我呢？我送了你们再回家如何？可以再睡一会儿，上班不用这么早的，星期六单位停车的位子也空得很。"她爸说。"你还要再

跑个六楼？睡什么睡，总要上班的，你们办公室不是有三人沙发？睡单位去，睡哪里不是一样睡！""这么早，领导都没上班呢，我大清老早地睡在办公室沙发上，别人还以为我跟老婆在闹离婚呢！""离婚？你都离过一次了还离什么离？别贫嘴了，开车走吧！"

学校门口家长、考生黑压压一片，家长只能把孩子送到校门口，孩子须拿准考证和文具一个人进去。这可如何是好？也是老天保佑，眼尖的老妈赫然发现女儿一个人高马大的同班女生。"吴文月吴文月！你是考二级的吗？""是的。""你知道你的考试教室在哪里吗？""是2066，我们班的同学都是这个教室。"

"那太好了，请你带我们祝小芸一起进去好吗？谢谢你噢！""好的！"赶紧将女儿的小手放到吴文月稍大的小手中。两个女孩手拉手进去了。我松了一口气。

然后问门卫："师傅，考试大概什么时候结束呀？"身后的各式家长也在焦急地问这个同样的问题。"我怎么知道？"壮年的中年男门卫翻着白眼。这边，一个穿白色短袖衬衫、脖子上挂着"上海教育考试院"牌牌、头发稀疏但却有中学校长气质的老者走过来，对铁门外黑压压的家长说："听力加笔试是8点到9点半结束，9点半以后是一对一的口试，一级考每人五分钟，二级考每人七分钟，三级考每人九分钟。每个教室共三十名考生，你的孩子是几号，准考证上都有的，可以根据这个，算出你孩子出来的时间，喏，这里有考生须知。"总监考模样的老者文质彬彬礼貌而答。定睛一看，可不是嘛！半块乒乓台板大小的考生须知与教室布图竖立在铁门内写得清清楚楚。下午是一级考和部分二级考。

"要是下午考就好了，孩子起得早，早饭基本没吃啊！"我嘀咕道。"各有利弊，各有利弊！下午一点半考试，吃饱了饭孩子或许昏沉沉想打瞌睡呢！"总监考真是会安慰人！刚想拔脚到不远的茶室吃早饭，买张报看看，起码一个半小时可以潇洒一下的。却见得两位妈妈铁钉似的稳站校门，大概是熟人，在热络地聊天。

"你们孩子大概不是第一次参加剑桥考吧？"我凑过去问。"是的，我们孩子是外校来考的，我们等着，万一孩子在里面有个啥事呢？"胖妈说。心头一紧，速将原计划改变，以最快的速度冲到离校十几米远的茶室，匆匆买了一袋小店自制的饼干，连瓶水都来不及买就快速回到校门前。

胖妈和美妈在聊自家孩子的事。"女儿班里有个同学生了恶性脑瘤，全班捐款，女儿捐了三十元。"胖妈说。"我儿子我是不逼他读书的，他是吃药长大的，眼睛不好，现在多看书啦黑板啦眼睛要流眼泪，眼睛不好就是体质差呀。我让他吃鱼肝油，每天一颗。他嘴馋，没东西吃了，剥，一颗鱼肝油，剥，一颗鱼肝油。我跟他说，这东西不能多吃的，多吃有毒性的。我自己尝了尝那东西，腥得要命，这小子不知怎的吃了上瘾！"美妈说。"那让你孩子不能多看电脑的，多看看绿色的风景。"我赶紧献计献策，好免除一些一个生客硬挤进熟客之间的尴尬。"是的。"美妈看了我一眼。"我听说某个收费的民办小学，招生考试时，来了一对父子，老师问父亲是干什么的？工资多少？那中年的父亲回答说，是开中巴的，月薪三千。父子两个前脚走，招考老师马上说：不能要这孩子！开中巴的，万一他没有工作了呢？"胖妈说。"什么？"我气得血直往上涌。"因为是单亲家庭！如果有妈妈的，他们可能觉得经济上就有了保障呗。"胖妈解释道。"孩子或许还有个有钱的叔叔，有个仗义的阿姨呢？孩子长辈的退休工资集起来呢？老师呀，哪能这么势利欺人？！"我嚷起来。"这有什么可奇怪的，本来不就是为收钱才办的校嘛！"胖妈横了我一眼，眼神像看着一个少不更事的少女似的。胖妈开始吃她手里的糍饭糕和端着的一杯豆浆。挤的力气大了点，豆浆溅出来喷了她半身，黑色的T恤上道道乳白色汁水，够狼狈的。她忙不迭地从包中要掏餐巾纸出来，我以更快的速度递上我的餐巾纸，很高兴我有这样一个献殷勤的机会。"谢谢！"胖妈擦着白色豆浆，黑衣服渐渐恢复了本色。三个妈妈的临时亲和组合一下子自然而成。这边，一个清秀的中年男人拿着一瓶水和一张报走到胖妈面前，大概要安慰她站立的辛苦。胖妈体贴地说，没什么，你坐到对面的车子里看报就是了，孩子出来我自然会通知你。噢，一对彼此照顾的爱心父母啊。

小店买来的自制饼干超级难吃。闲着没事，跟一直站立校园的总监考聊天。他姓施，我叫他施老师。"这剑桥考级证书就是拿到了，可派啥用场

作者近影

呢? ""派可派的用场。"施老师答。回答得妙。"每级考,一共有十五块盾牌。
听力、笔试、门试各五块。拿到十五块就是一百分。""那十五块都拿到的人有
吗? ""有,但较少。""那万一考得不及格,可以再补考吗? ""可以,一年两
次,九月和三月。一共三级,孩子可在四年级读完。再下去,还有XXX,XXX
等五个等级考。(脑子实在记不住那几个XXX和XXX,真糗!)

　　"老师老师,11点钟可以考完吗? "一个背着小提琴的妈妈焦虑地问道。
"我说过的,你可以根据你孩子的号码算出大概时间的。""11点,我孩子还
要去拉琴的! "背琴妈仍然一脸焦虑。

　　"啥? 你孩子刚考完,你还要他再拉琴? 你咋那么狠呢你? "我叫了起
来。背琴妈以狠狠的表情斩钉截铁地答:"10月份小提琴要六级考,已经没几
次可以练习了! 这次剑桥考级,我让我女儿做了十一套模拟卷子,让她什么题
型都掌握,保证不出错! "背琴妈仍然如烈女宣言似的,表情肌肉纹丝不动。
我倒抽一口凉气,赶紧走走开。

这边,孩子爸的手机短信一条条发过来了。

"你辛苦,妹头啥时候能出来?"

"还早着呢,9点半才开始口试。"

"那你有得等啊,只怕她饿着。"

"我也没吃呢!一直站立校门口,连口水也不敢出去买!"

"那你还不伤掉?门口冷伐?到对面面包店买点吃的了伐?"

"买了,吃了点。"

"你辛苦!"

9点刚过,意想不到的事发生了。两个小胖墩勾肩搭背地走出来!笑嘻嘻地,满脸轻松地!

"肯定是口试排在一号二号的!口试可以提前进行,并非刻板的九点半!"

等着的黑压压家长看到了希望!

"考试难吗?"

"不难!"

两个小胖墩仍然笑嘻嘻。

孩子一个个地走来,但仍然留在学校,因为家长还没有到。校园出口处一直有七八个至二十来个不断流动的考生徘徊往来,顾盼张望,等着来接他们出来的家长。两个"状元"小胖墩玩作一堆,没人来领的他们倒也自得其乐。小姑娘在玩拉勾勾的游戏,或围着那块"考生须知"的大牌牌玩小型躲猫猫。有男孩在死命踢石头,也有踢铁门的。而有的就不对了,拿书包划同学的脸,差点划到对方的眼睛上。辛苦的总监施老师走来走去忙个不停,充当着临时的老师、警察、调解员、家长的角色。间隙,还能背着双手,潇洒地面对铁门外黑压压一片的家长说:"家长不来,我们不能随便放人,对我来说是一百个,而对你们来说就是一个!要看好他们,万一眼睛砸伤了,成了独眼龙,谁能负这个责呀!或者踢门断了骨头,谁能担起这个肩呀!"

眼睛一尖,发现女儿同班的一个男同学走出来。

"杨书达,你看见我们祝小芸吗?你们是一个教室的吗?"

"祝小芸是最后一个口试的,她是三十号!"

"啊?!"

"再见,祝小芸妈妈!"

"再见杨书达!"——好有礼貌的孩子,考得脑袋晕晕还不忘五讲四美。

与她爸的又一轮短信开始。

"下雨了,你买把伞吧!"

"雨不大,还能顶。遇到她同学了,她是三十号!最后一个口试!可怜的孩子!就因为老妈的一个疏忽,班里报名是最后一个,她才是最后一个三十号!她早上只喝了两口牛奶啊!我晕!"

"我倒!"

"现在是10点钟,照9点开始口试的话,每人七分钟,三七二十一,乐观估计她也要12点才出来!我再晕!"

"我再倒!"

善解人意的施总监安慰道:"先和后,各有利弊各有利弊!"

"施老师啊,那为什么三十个考生非得一个老师考口试呢?不能弄个三五个吗?"

"那要增加成本的呀,你愿意多出钱,但不是人人都愿意的,这是规定。当然考试过半后,各教室通常是叫调剂、帮忙的。"

来接孩子的家长越来越多了。简直就是一幕多场景喜剧。知道女儿是口试的最后一个,倒也开始安心看喜剧了。

"妈妈呀!"一个打手机的男孩不住踮脚看门外。"妈妈你进来呀。你不进来我出不去的呀!"

"王桑桑王桑桑!"身边一个中年妇女使劲喊。

"王桑桑!你妈来接你了!"我帮她喊。

"什么妈妈!我是她阿姨!"

"老师啊,这块考生须知的牌子你可以挪过去一点呀,谁知道在后面的孩子有没有我家的?放着还有啥用啊?"一个老外婆急中生智颇具创意。

施老师立马把牌子挪到墙边。

"陈萧林陈萧林!你妈妈刚才来电话她还有一刻钟就能来接你了,你别急啊!"

"万力超,你出来了,你是几号啊?你看到我们沈小群了吗?"

"我是十七号。沈小群她不跟我一个教室的。"

一个文弱的小姑娘用细嫩的嗓子朝铁门外喊:"妈妈!妈妈!"她大概知道妈妈已经到了。

"妈——咪——!"中年门卫扯着大嗓门朝铁门外喊。

众人笑倒。

适才对他的坏印象一扫而光。

"有人接吗?有人接吗?"中年门卫一个个根据来接家长的有与无,一个个地放行。一对双胞胎高年级女孩手拉手,说就住学校隔壁弄堂,门卫想了一下给予放行。一个比门卫都身高的粗嗓门大男孩,门卫想想大概实在没有了阻拦的理由,挥手OK。

"施老师施老师!"

家长中的某位老太太一下子认出了熟人,热切攀谈起来。

"你在干这个啊?"

"是啊,我干剑桥考试已经八年啦!下午还要站上半天呢!这个点是我负责的。"

"你应该退休了啰?"

"是的,已经退休再做的。"

"你是孙子呢还是外孙呀?"

"我既不是孙子,也不是外孙。我拖,我女儿更拖。没有也好,省心"。

手机在作着没电池的警告。赶紧给她爸发短信:"手机快没电了,万一通不上话,别慌,我会跟你联系的!"

11点,突然看到自家的小闺女,苍白着一张小脸走出来了!啥,提前一个小时?不敢相信自己的眼睛。

"妈妈,题目有点难但不是太难。口试的老师夸我: Very good!"

"真是好宝贝!你饿吗?随便你要吃什么买什么,妈妈今天钱包厚厚,尽情满足你噢!"

"妈妈,你真体贴!"

"你说啥?"

"妈妈,你真体贴!我先要买一个东西。"

女儿把我拉到弄堂里的小店处,要买一个叫做迷你暴龙机的玩具。

一百三十六元。买!

"火柴盒大小的一个家伙,里面有个小东西动来动去,咋卖得那么贵呀?"问店主。

"还有三百多的!喏!这边这东西!整套配齐要一万元!"

"啥?你一个街边小摊,要卖一万元的玩具?不要吓我噢!""怎么不要!我跟你说,根据里面的各样造型再有配套的二十多个大玩具,每个近三百元,而且还在不断地出新造型,怎么不要上万元!现在什么都涨价,阿姐,你知道的!玩具商知道现在都有钱了,为了小孩,钱像要发霉发烂似的来不及地花!"

"口才好!那我倒是要问问你,一万元的那东西,有人配齐了没有啊?"

"目前还没有。"

在"必胜客"叫了小女喜爱吃的所有硬硬软软,液体固体,钱倒真是像要发霉发烂似的使劲花。

"宝贝啊,你多吃一点啊,妈妈在校门口站了整整三个小时,我是一点胃口也没有了。"

"妈妈,你是很辛苦,但你没有考试已经很幸福了!"

"啥?"

吃了喝了,心情复归平静。回家的路上,跟女儿说了刚才考试接人放人的笑话。

"妈妈,我说笑话给你听,很容易让你笑。你说的笑话我一点都没笑。你要我笑很难的!"

"啥?"

我看着我那十岁的小闺女,一边要替她抓背、一边要全神贯注听她诉说同学的故事自创的童话,一边还要根据她的指令拿出超人飞天本事,速速扑向天花板顶上替她拍死她讨厌的飞蛾,那样一个小娇女,竟然能够不慌不忙反应神速地轻易驳倒我,一时咽得哑口无言。我想起了她姑妈说的,弟媳啊,你也算写写弄弄的聪明人,你女儿十五六岁,你怕是对付不了她的。什么呀,我现在已经对付不了了,我要把我写写弄弄的聪明不再写写弄弄,专门用来对付她。现在图潇洒要出后遗症。老来苦才是真的苦啊。

第二天早上十点,闺蜜打来电话。"今天是星期天,你家老公休息吧? 你昨天陪了你女儿一天,陪考,陪放松,晚上还要陪她赴同学的生日宴,累坏了吧? 出来跟我一起喝杯茶逛逛街如何呀? 我用车来接你!"

握着电话,一阵感动。"不行呀。她爸爸虽然休息,但孩子有语数外三张卷子还没有做。小孩一早醒来就嘀咕说,想到那三张卷子就心烦。夫妻俩一个要做饭,一个要管孩子功课。你自个上街去吧。"

"你家的钟点工呢? 可以叫她烧饭的呀。"

"她有事告假。"

"怎么你忙她比你更忙? 老是在你最需要她时滑脚。这么缺德呀! 你也不阻止她? "

"怎么不阻止? 我说,桂花呀,你来上海五年,连南京路都没有好好逛过,倒要翻山越岭去重庆喝你姨家二表哥的喜酒,一家三口,搭上车费和红包要好多钱啊! 重庆那种火锅,上海街头二十多元就可以吃的啦!"

"她还是走了? "

"走了。这回铁下心要扣她工资。去了十天音信全无。"

"闺蜜啊,你家小公子今年要上小学了吧? 你可要有充分的心理准备噢。你对孩子是无条件的,可现在的小孩,要他做自己的功课都是有条件的。还有各项学校的通知。你要准备好钱,不是钱多的意思,而是各样票额的种类要储备多多,像刚才我为女儿准备了四个信封。少儿住院保险,社团费,订报费,助残基金,九十元,五十元,四十元,三元。正正好好,不要难为老师找来找去,也不要难为孩子算来算去。还有——"

"我知道了。"闺蜜的声音低了下去,电话也收了线。

很想安慰闺蜜,张爱玲好友苏青说的名言:与其让别人欺负你,不如让你的小孩欺负你。

杨 晓晖，笔名南妮，1962年出生于上海，在奉贤县奉贤中学就读高中，1980年考入复旦大学中文系，1984年大学毕业，同年进入上海《新民晚报》，做编辑至今。编书评，也写过书。见证了纸媒的辉煌与衰落，过程正与一个人的青春与后中年相当。复旦给予的财富，就是永远以淡定心态看一切的潮起潮落。出版散文集《一个人喝一杯》《所谓女人》《随缘不变心》《在平淡与奢华之间》《妖娆时代》等十多部，出版长篇小说《我的恐惧无法诉说》《浅草湾之恋》等。

和李庆甲老师的交往

邱辛晔

癸卯年正月，于图书馆新书架，看到一本陈尚君先生的著作，《出入高下穷烟霏》，副标题是"复旦内外的师长"。即有兴趣，取来翻阅。陈先生是我大学本科的老师，后被中文系委派担任班主任。他和指导员沈如松老师，负责大学毕业生的分配。1984年，大学生还是很抢手的，同学各有"远大前程"。不过我不在此列，因为考取了研究生。不在毕业分配之列，和陈老师接触就较少，没有什么关键事件。

翻开书，目录上列出的"师长"有认识的，或者名字眼熟的。其中一篇引起了我的一阵情绪：《随李庆甲先生办会》。阅读一遍，心中顿起波澜，旧事扑面而来。

1980年代初期，是思想解放的年代，也是读书的岁月。很多本科生在二年级时，就有了意向，是否参加研究生考试，大多数是考本校、本系的。正因为这个原因，确定就读专业、导师，得早有想法。所谓近水楼台，资讯多，机会也多。

我读大学后，对文学、美学皆有兴趣，尤其偏向理论性的思维，这应得益于当年出版的大量翻译著作。于是一边上课，选课偏重于古典文学课程（比如与教授魏晋文学史的骆玉明老师混得很熟，杜月村老师的《诗经》研究课，担任了课代表），一边狂啃黑格尔《美学》。虽然弄得不伦不类，但于开阔思路、

培养见识，还是有益处的。也可以说，从那样的阅读，逐渐形成了三观和人格。我自以为找到了上述两者的结合点，就是本系的中国文学批评史专业。复旦大学的批评史，向有亮点，朱东润先生（即陈尚君的恩师）、王运熙先生，乃业内巨擘。而令我眼睛一亮的是，本系李庆甲老师第一次招生，就是这个专业。同学间交流，邻寝室汪涌豪也有意此专业，并得知1983年招生古代文学批评史者，中文系仅李老师一人。我们俩决定试试这个机会。

如何尝试？对于外校的考生，也许从复旦招生简章了解，却并无认识老师的机会。可我们就不同了，虽然和李老师并不算熟悉。1980级入学那年，李老师还在系领导的位置，担任党总支副书记。他不开课，和我们并无直接的接触。作为系领导，李老师偶尔来宿舍巡视。有一次路过110寝室，我光着膀子在门框上做引体向上，可能比较生猛，李老师等我"下杠"后，赞许有加，说，不错嘛！又看看我的个子，说，和我一样高！李老师身高一米八，方正的脸，很魁梧，从这句话推知，他对于自己的大个子还是很满意的（而我虽然同高，却是一个年轻的瘦高个）。我和李老师的最接近接触，也就是那样了。但涌豪和我觉得，登门拜访，不算冒失，也不失礼。

记不清是如何弄到李老师家地址的（复旦教师宿舍），是否有约。总之，我俩敲开了李老师的家门。李老师惊讶之余，很高兴有学生拜访，而且并非和党务和系事务有关者。李老师听说我们准备考他的研究生，有点兴奋，但立即说，我们就是师生一起聊聊，我可不能保证你们考取哟！ 他询问了我们的情况，比如哪里人、为何喜欢批评史专业等。第一次会面，客气中道别了。

也许是李老师嘱咐这两个敲门的学生时时来报告读书进展，或者有问题尽管去问，更可能是老师正处于重新加入学术的前沿，更愿意与学生交往，我和涌豪跑得勤快了，互相间也更加熟悉。在交谈中，我了解到，李老师有很深的学术根基，但长期以来被"选中" 担任党务工作，学术倒成了副业（如在1975年曾经担任后来的汉学家卜正民的指导老师，学习明代文学史，也参加了《中国文学批评史》《中国历代文学作品选》之编撰写作）。高校重新进入正轨后，他努力回归，但听到一些负面的声音，被用老眼光看待。这令李老师愤愤不平。我对此有很强的理解心，因为家父有类似的遭遇，付出了最好的年

1990年秋天，作者在纽约留学

华，到头几乎成了时代和政治的牺牲品，勉强得免其罪。我告诉李老师这些后，他很激动。后又发现，他们都是贫家子弟出身，而且我父亲是1954级复旦历史系的，一些同学，还在复旦任职任教的，也都熟悉。李老师觉得很有缘分。他的性格如他的身躯，性情中人，性格豪爽，也和我投缘。后来拜访频繁，他必留我和涌豪晚餐。师母用心准备，每餐又作小酌。记得有一次喝得高兴，李老师翻出了一本证书示我们，说，他曾经留学苏联，获得了副博士学位。由于历史的原因，上世纪80年代中文系名师多多，但教授中有博士学位的并不多。因此，这个副博士，还是留学获得的，分量就重了。当时系里知此者恐怕不多（至今查阅网上资料，也从未见到提及于此的）。

　　李老师当时已经全然转向了学术研究，并出了业内瞩目的成果。他完成了《词综》校点（上海古籍，1978）和《楚辞集注》（上海古籍，1979）。从言谈中得知，《瀛奎律髓汇评》也交稿了。而他最有兴致提及的，则是《文心雕龙》研究。这本书是我对古代批评史兴趣的入门书，但学得很浅薄，因此对李老师在这方面的研究成果，只能听听而已。犹记得他把一张张卡片读给我们听，并作逻辑的排列和分析，自信对史料的考据、发现、解释，有独到之处。后来知道，李老师考证《文心雕龙》作者刘勰的生卒年，获得了学界的很大认可；他对刘勰、《文心雕龙》和佛学的关系的辩证，也有新见。他挖掘史料的角度、考证的功夫，极为细腻、周全，且善于自我反省，和他的大个子成了反比。李老师对这些研究看得很重，那种激情和专注，我感觉甚至超出了一种因学术而发的精神，原因还在"十年浩劫"留下的阴影。他要用自己的学术能力来证明，他本来是学术中人。《随李庆甲老师办会》一文，记录的就是李老师协助章培恒先生举办中日学者文心雕龙学术研讨会之事，他参与规划、协调会务的管理，承担了大管家的责任。后来李老师开了《文心雕龙》研究课，我自然选修了这门课，再一次聆听了李老师对这部文学批评著作的发微。

准备毕业论文了，我请李老师做指导老师，他欣然允诺。我选的题目是《孔子美学思想研究》，既是古典中的孔子，又是西方思维中的美学，把两者拉在一起。这样的论文不好做，实际上也做不好。功夫确实花了不少，亦耗费了李老师不少时间，因为我一直在争辩两者的关系，说服老师。李老师说，你的思路我不太理解，研究方法和我的也不同，但你在用心找契合点。结果，他还是给了我的论文"优秀"的成绩。这显然是他的宽厚。

考研结果，我的一门考课，"文史基础知识"考砸了（我读了很多文献，做的是长篇大论的准备，没有想到考题是辞海条目式的）。由于专业课和总分够了，系里和我谈话，希望我接受调配，转学"元明清文学"。我一百个不愿意，因为毫无兴趣，但还是接受了。为什么呢？因为那年我父亲得了癌症，刚刚做了开刀手术。他觉得读本科，进而读研，是一种进步，也有点文史传家的意思。我在父亲病榻前说，我要在复旦读研了。父亲听了，无比欣慰（回想起来，我用"孝"改变了人生轨迹。如果毕业后进入职场，命运恐怕截然不同；而我的太太，恰是读研时认识的）。

我父亲1983年得病，李老师知道后，常常询问关心。但从读研开始，我和李老师接触就少了。其原因也是很荒唐的：我的导师和李老师不和，甚至颇有积怨的意思。既入了师门，就得遵守"传统"（其实是陋习）。没有多久，大约

1984 年，李老师竟然也得了癌症，而且病势日重。从如愿做了他的研究生的涌豪那里，我常得知一点他的病情——李老师病后涌豪全力侍奉，尽弟子之职（李老师的孩子年纪尚幼）。终于有一天，我去看望他了，李老师问：你父亲身体如何，是否康复了？ 我望着李老师的眼神，看出不仅是对我父亲的问候，也是对自己病情转好的期待。实际上，我父亲已经于当年5月去世了！ 我忍着悲痛对李老师说，好多了，你也会好的。

不久，李老师去世了，得年才52岁。我总觉得两位长辈类似的经历和对遭遇的愤懑，是患病的主要原因。虽然癌症病因有千百种，但心结和不愉快，是导致癌症的一大因素。这是个人的悲剧，也是时代的和国家的悲剧，而后者是前者的肇因。

那天李老师追悼会，很多师生去了西宝兴路殡仪馆送别。李老师高大的身躯，被病魔折磨得脱形了。想起和李老师的交往，他对我的关心和指导，并联想起自己的父亲，五内如焚，悲痛不足为外人道。我耳边听到几位老师惊愕地说：这是老李吗？不像啊，是否搞错了？是啊，李老师在一个不让人做君子的年代，竭尽其能以君子立身，很多人看到的是表象，并把责任推给了渺小的个人。他在获得学术重生后，全力以赴，每一笔都使出力搏狮象的劲道，并在为人待人上保持刚正之气。如今我年逾花甲，流散海外三十多年，与李老师的交往从未落于文字，所知者亦稀。藉同班出毕业文集，乃作斯文，以为缅怀。

2024.10

邱辛晔，1980年考入复旦大学中文系，毕业后曾任职上海三联书店。1990年留学美国，在圣约翰大学和罗格斯大学获得东亚研究、世界现代史和图书馆与信息专业硕士学位。期间，打工多年，"工种"十多种。2000年起在皇后图书馆工作，担任法拉盛图书馆副馆长近二十年。撰写、翻译、主编各类著作十多种。2013年创立纽约易文出版社，担任社长，出版人文艺术类著作近两百种。2018年参与筹办了海外首个华语诗歌节，担任纽约法拉盛诗歌节执行委员至今。兼任《纽约一行》编委，纽约华文作家笔会副会长。

后记两则

陶　炼

　　先说说我自己。说我自己，两个字就足够，那就是单纯。三十年来，一直在复旦大学教母语非汉语者（统称外国人）学习汉语：供职的部门，以前叫留学生部，后来称国际文化交流学院；手捧的饭碗，曾名曰对外汉语，现号为汉语国际教育。三十年来，在各色PM2.50、PM25.0和PM250持续不断的双管（食管和气管）齐下的"滋养"下，也偶尔随心所欲，玩玩码字的游戏。一日生念，欲将一众文字都为一册，便央托王德福兄操劳。本无必要，但鬼使阴差，缀上了一则后记。后闻人言，全本文字不足观，唯后记差可一读。因而将这则后记转录于此，不然，我还有别的选择吗？

　　虽然没有多少必要，但是缺少了"前言"和/或"后记"的装点，一本书就显得有些精赤条条，似乎作者也没有尽到应尽的义务，因此还是得缀上数语聊作后记。

　　收罗在这里的是作者有关现代汉语语法和词汇的探索文字，大体以类相从：或依内容归结为各个专题，或按篇制集结为个案札记，翻开目录，便一目了然。而书名中的"形式描写"与"功能阐释"则说明了这些文字的主旨意趣，或者更切实地说，是作者的期望所在。由于不是一时所作，章章节节之间的不一致在所难免，至少在行文格式和术语使用方面如此，不过还不至于难以索解，所以也就一仍其旧，就这样了。

作者近影

这些文字，绝少是能登上"权威期刊"或"核心杂志"的宏谈阔论，高屋建瓴，洞微烛幽；只是一些轻轻渺渺、窸窸窣窣的秋声。资质鲁钝，更兼慵懒，这也就是作者所能期盼的"回报"了，所以收拾成册，只是出于敝帚自珍。这也正是作者不敢向师友请序的缘由所在。要是读者您还想再看上三眼两行，那我要代表作者好好谢谢您，不过也提醒您，别浪费了您的宝贵时光。

交代完书稿的内容，接下来本该向四面八方感谢致意，这是后记"图式"的惯常套路。作者也确实有很多的老师和同道应该感谢，要感谢他们的指教和帮助，也要感谢他们的提携和督促，这倒不是空言虚语；无奈，越是作者应当感激的人，也是作者愈觉愧对的人，对于他们的付出和期望，深感辜负甚多。谢意和歉意交织，真是不知道该如何启齿了。于是，于是作者就弱智地选择了闭嘴。

最后，作者真心诚意地感谢中国矿业大学出版社、感谢干德福先生为这册很"个人"的小书费心费力。

不想此后，又有些手痒。于是又急急忙忙如星火，给自己创造了又一个写后记的机会：

收罗在这里的是作者有关对外汉语（作为外语或/和第二语言的汉语教学）的探索文字，篇什无多，却也蜻蜓点水，教学理论、课程大纲、教材教法、测试评估各个方面都有涉及。之所以在副标题中单单拈出"测试"二字，并不是作者本人对于测试有多少专攻与创见，原由所在，一是关心和研究测试的人太少，因而这两个字值得拈出来晒晒，进而第二，加上这两个字可以提高书名的区分度，免得小书被错爱于林林总总的"对外汉语教学"著述之中。原本想把这个副标题作为书名来使用，但是最后，它还是没有被扶正，书名的名分被勉力从这一把文字中挤出的"交际优先与内容优先"所取代。不过，这个书名，也确乎适用于这里的大半篇目，尤其是近年所作。自然，这里的文字，多半只是点到即止，距离对这一重大课题的全面、系统的分析、阐述，相去邈远。"交际优先"，风行草偃，响遏行云，但对于如何做到交际优先，我们真正深究，好像不多；至于"内容优先"，把交际内容看做保障交际优先的先决条件，不知回响几许。

插说一点儿感受。对外汉语曾经或者现在仍然被很多人看作是不登学术大雅之堂的小儿科，于是从事对外汉语的人便不得不汲汲地去证明对外汉语是一门学科，不但是一门三级学科，而且是一门二级学科。但无论是二级学科还是三级学科，只要是一门学科，都必有其独特之处，它的研究者和从业者也必须具有相应的知识结构和能力结构才能够愉快胜任，都不是谁都可以来说三道四的，更谈不上深入研究。对外汉语作为一门历史不长的新兴学科，其多学科交叉融合的特性十分突出。作者涂鸦这些文字的时候，时常深感力不从心，不得不去补课许多新的知识和技能，时至今日也还是把握不准自己是否已经摸到了对外汉语的大门，迈进了院落，遑论登堂入室。但愿这些文字，这些或许只是从窗棂外或篱隙中瞥见的确然是对外汉语重楼深屋的一景，这些文字确实问对了几个问题，或者说，问了几个有意义的问题；不只是主观上，而且是客观上，没有步南郭先人的后尘。南郭先人是滥竽充数的主角。

回到后记。收罗在这里的文字，大多在各种学术研讨会或者学术论文集上露过面，但限于篇幅，当初有一些不得不压缩篇幅，或略去附录，但在这里，全貌呈现，以供评骘。

收罗在这里的文字，有多篇是和同事同道合作的，愿在此再次列出她们的芳名：王一平、胡文华、王小曼、吴爱玉、王景丹、许国萍（按文章出现先后顺序排列），一水儿的娘子军！谨在此再次向她们表示诚挚的谢意和敬意！对于帮助和促成这里的所有文字的诸位领导、前辈、同行、同事乃至学生，作者同样心存感激。

外一事。在作者的《形式描写与功能阐释——现代汉语语法词汇论稿》中有他书罕见的"外一章"，内容是"繁简字和异体字的纠葛"。在那里，它确实挺见外；但要是放在这里，如若不论它究竟讲了些什么，只看它始也对外汉语，终也对外汉语，就不显得那么见外了。但在那时，即便是顶了个"外一章"的名头，也还是急急地送它成才去了，因为实在是没想到，有关对外汉语的文字，收拾收拾，竟然也能扎成个笤帚。

最后，作者诚挚地感谢为出版这册小书费心费力的张金良先生以及光明日报出版社。

好了，你已经把我看透、看穿、看尽了。我谢谢你，你翻篇吧！

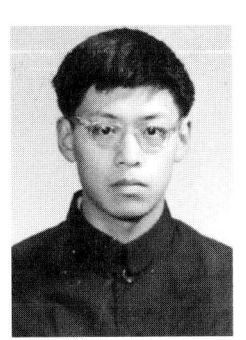

陶炼，1962年生，上海市人。1984年6月毕业于复旦大学中文系汉语专业，获文学学士学位；1998年6月获复旦大学现代汉语专业文学硕士学位。1984年8月至今在复旦大学国际文化交流学院任教，著有《形式描写与功能阐释——现代汉语语法词汇论稿》《交际优先与内容优先——对外汉语教学与测试论稿》等著作。

与我的复旦读书有关

吴　俊

　　1980年9月4日，正是我十八岁的生日。在这样一个夏末秋初的阳光之日，我提着行李来到了复旦大学门口，报到入住四号楼的中文系学生宿舍。刚开始当然没有意识到，我和复旦中文系的这届新生已经成了新时期文学的第一个浪潮"伤痕文学"发端者也是代表性作家之一卢新华的系友和邻居。并且也是后来才知道，《伤痕》最早"发表"的地方就在四号楼学生宿舍走廊的墙报上。

　　很快我们就有幸见到了这位大名鼎鼎的作家。系里组织了一次报告会，请高年级同学也就是七七级的卢新华来给我们新生介绍学习经验。他谈了哪些学习经验我现在已经完全记不得了，但有一段意思我却印象深刻。他说中文系学生的出路主要是两条，一是专业研究，二是文学创作。对我们这些新生来说，做专业研究的前提是必须阅读大量的资料性书籍，要有丰富的知识积累才行，因此一时很难出成果。不如趁着年轻就走创作的路子，写作可以成为我们的首选。他的话对我们显然是有影响的，那个年代大凡选择中文系的人，几乎都在做着同一个作家梦，很少会想到将来当教授。教授多了不起啊，要读多少书、写多少文章啊，这辈子就别想了。可是想不到没过多久，系主任章培恒教授就又给我们做报告"消毒洗脑"了。他的说法与卢新华是针锋相对的，搞创作需要有丰富扎实的生活经历和体验，你们大多是应届读书的新生，生活的经历和体验就是白纸一张，比不得七七、七八级的历届高年级学生，他们大多有农村或工厂的实际工作经历和生活经验积累，他们有条件搞创作，你们

却没有这个条件。不如安心读书，打好专业研究的基础，以后走学术研究的道路。系主任的这些话对我们当然也是有作用的。我想我班同学大概就会因此分成两种选择吧。我是一个比较迟钝的人，当时虽然几乎立即打消了做作家的念头，但也并没有想着就去搞学术研究。怎么谈得上呢？按部就班读书吧。

现在想想那真是个单纯得可爱的大学时代。上了中文系，出路怎么就只有专业研究和文学创作这两条？可见那时对于大学教育的基本定位和对大学生的一般期待。招生的平民化和培养的精英化，还真有点承传了传统科举的一些遗风流脉。所谓天之骄子的说法，使我们的社会身份有点自命不凡。那时大学生还真是少啊。今非昔比。

但我们依然是文学的门外汉，不管是研究还是创作，虽然我们在中文系。特别要说的是，像复旦大学这样的老牌名校，人文学科很强，中文系的名教授也非常多，当时就有"十老"之说，但各学科专业的地位并不平等，古典文学、语言学等相对受到重视，而当代文学、影视或写作之类则不说被歧视的话，也是遭到明显轻视的。所以连带着课程教学中并不有意引导学生关注当下的文学创作和文学现状。我们的学习一方面是比较被动的，另一方面也与文学现状非常隔膜。只是因为文学粘连着当下政治的大形势实在太强，校园里也不能不受到冲击。记得班里曾经组织讨论过张洁的小说《爱是不能忘记的》。为什么讨论这篇小说呢？因为它写了一种爱情方式吧，然而似乎又和爱情无关。当时其实并没有真的爱情小说。我们的文学还不能或不会写爱情吧。后来几年路遥的小说《人生》非常出名，一度引起讨论。有个细节很有意思，我们的评论家都把小说里的高加林和刘巧珍看作恋人（那时情人说法还不普遍）关系，则高有抛弃刘的劣迹。可学校里的一个美国留学生不明白了，他说："这两人又没上床，怎么会是情人呢？"他倒没接着说："上过床也未必就是情人关系。"

系里很快又出了一个名作家，也是77级的，女生，就是颜海平。她写了一个话剧叫《秦王李世民》，一举成名。我们仰视、钦羡，但也无奈。我们什么也写不出来。我们心有不甘，但暂时还只能老老实实地读书，做好一个旁观者。

有同学埋头写小说，但鲜有小成的。伤痕文学、反思文学、改革文学轮番上场风头正健的时候，哪会有六零后小子的戏。远离社会关注，矫情、做作、虚假、苍白的写作，即便一腔真诚也显得真太嫩了。等到一切消解干净，发泄完了，世道也换了，八零后就顺利出台了。我们当时是不幸的。差不多同龄的余华、苏童、格非当时在哪、干什么呢？应该也在苦闷、苦涩着吧。

但诗人的命运又有不同。与小说家非常不一样的是，年轻从来也不是诗人的弱点，早慧、早熟的倒大多是诗人。虽然朦胧诗、新诗潮数年间也是汹涌澎湃，毁誉交加，不过校园诗人又自有独立的诗歌空间和受众，那就是大学校园和大学生，学生诗社又是其中的核心。复旦诗社第二任社长便是我班同学，也是我的

作者近影

室友卓松盛。这位当年著名的校园诗人在读期间已有诗歌作品译为外文——近20年后我认识的大连诗人麦城说，当年他就读过卓松盛的诗。他的诗歌在复旦百年校庆时又被翻出重印了。

我们大多数人在老老实实地读书，并且，不谈恋爱，没有男欢女爱；更像是性自闭，只在内心蠢动着。却听说高年级学长中有闹离婚的，沸沸扬扬，也无动于衷。我们读书。别的书倒也罢了，值得特别一提的是几位中国现代文学史上的著名作家，比如郁达夫，比如徐志摩，他们的作品都因为某种或某些原因而遭长期的禁闭，那时政治上虽然已经开始部分解禁，但公开阅读仍受限制。记得我要去中文系资料室借阅郁、徐的作品，先得由辅导员写出证明"该生的学习和研究需要"，再请系党总支领导批示"同意、可予借阅"，然后才拿着这张条子到阅览室去调书出来看。不过，在我毕业前，这套手续就都取消了，形势转变之快快过人的料想。只是我们仍然没读过钱锺书的《围城》，没听说过、也根本不知道有张爱玲其人，更勿论苏青之流了。除了那些公开定性的反动作家外，提起林语堂，几乎也是视为坏人的——由一斑窥全豹，可知1980年代中国的政治和文化，其实是非常之复杂的，简单解释不得。

中国现代作家作品的解禁尚且如此犹疑和暧昧，所以我后来就总也想

不大通为什么在1980年居然会出版九叶派诗人袁可嘉主编的《外国现代派作品选》。或许是外国作品毕竟与中国政治没有直接关系的缘故？我是在一两年后才读到这套书的，并且自己也去买了一套。在我（我们这代人）刚刚开始朦胧地进入文学门槛的关键时刻，几乎读不懂的这些西方现代派文学作品却起到了文学观的启蒙作用：这也是文学，文学也可以是这样的。新奇，震惊，兴奋，冲动，西方现代派彻底打开了我的文学视野，我们开始了自由的文学想象。冲破限制的涉猎，挑战传统的思维，争新出奇的个人表现，无视政治禁区的文学冒险。真是前所未有的进步，也真是有点乱了。先前我们还没有任何谈得上的文学经验或观念，现在却一下子没了规范。我们并没有长大成人，现实却在催熟我们的思想。我想当时肯定消化不良，但也为日后做好了免疫预防。我相信这套书对当代作家会有很大的影响，却很少见人提及。

我三年级一门课程的考核作业和学年论文，写的都是有关现代派的题目，一是荒诞派，一是黑色幽默，成绩也都是优。从我的经验和这两个优的成绩来推测，后来有人说中国的现代派是伪现代派，我相信确实是伪的。但是，这种指责却毫无意义。即便是伪现代派，它在新时期文学中的作用和价值是货真价实的。就像我不懂现代派，我的作业和论文也必是伪现代派研究，但这仍然不能否认现代派给我的教育是完全真实且有效的。我的思想和文学思维，因为这套《外国现代派作品选》而彻底改变，从此慢慢走上了自觉的道路。当然，这也只能是我现在回忆中的判断。

应该是在同时，崭新的知识和学术天地已经在我们的眼前充分展现出来了。为读一本好书而疯狂的事，那时是很普遍的。最壮观的景象就是每天晚饭后，在每个学生寝室楼通往图书馆或教室的校园小道上，总是络绎不绝地匆匆行走着要赶去占自习座位的大学生。只要稍微晚些，图书馆或教室里就不会再有空位了。后来，为免无序的拥挤，图书馆开始每天排队发牌子，凭牌就座。这真是一个读书的时代。

我们如饥似渴。每本好书都在同学间引起讨论和流传。这里要着重提到的是李泽厚对我们这代人思想成长的重要性，或者也可以说李泽厚在1980年代的不可替代的思想领袖的作用和地位。上世纪八十年代从头到尾贯穿了李泽厚的学术和思想，在诸多人文研究的专业领域，他不仅作出了崭新的具体贡献，而且更重要的是，他总是作为一种思想资源库而发挥影响的。我们这代人是读着他的《美的历程》和那几本思想史论、哲学批判书等等，完成我们的大学和研究生学业的。他的书对我们的思想有塑造的作用。早在上世纪八十年代中期，就有更年轻的才俊提出要与李泽厚商榷，甚至后来又有名为《李泽厚批判》的书出现。但进入1990年代以后迄今，在李泽厚渐渐淡出中国大陆学界的过程中，我觉得他的贡献和地位反而变得更加清晰了。1949年以后，没有一个中国大陆学者能够做到如李泽厚那样在知识层面的博通古今、融会中外，没有一个中国大陆学者能够做到如李泽厚那样在所涉及的每个人文研究领域都有成一家言的专业学术贡献，也没有一个中国大陆学者能够做到如李泽厚那样在一个充满着挑战和激变的时代总能发出代表思想前沿的声音。李泽厚可谓对上世纪八十年代人文学术覆盖面最广、影响也最深刻的思想家学者。不能设想一个没有李泽厚的1980年代的中国思想界、学术界乃至文学界。我和我的同学一样，读过李泽厚的每本书。

吴　俊，1962年出生，上海市人。1980—1984年就读于复旦大学中文系。1984—1990年在华东师范大学中文系攻读研究生，1990年获文学博士学位。1990年—2007年任教于华东师范大学中文系，历讲师、副教授、教授。2007年底调任南京大学文学院、中国新文学研究中心教授。

大学忆往

陈广宏

　　我的人生经历，是那种从学校到学校、特别简单的板块构成，最重要的人事关系就是老师、同学、学生，那也是一生最大的财富，几乎所有珍贵的记忆皆关乎此。

　　1980年我考入复旦中文系，之前在高中班主任刘田生老师（他是小校经阁主人刘晦之之后，毕业于圣约翰大学）的影响下，培养起对中国古典文学的浓厚兴趣。本科时代，这方面的兴趣更是与年俱增，似乎已认定要走从事古典研究这条路，亦因此得到系里诸多教授古代文学的老师格外的关爱照拂。

　　中国文学史可算是我们最为重头的基础课程，大抵分为先秦至魏晋南北朝、唐宋、元明清三段，分别由骆玉明、王水照、李平三位老师上；其他修过的古代文学方面的课，旁听不算，有刘季高先生的"唐宋古文研究"，王运熙先生的"《文心雕龙》研究"，王水照先生的"苏轼研究"，以及陈允吉先生的"佛学概论"等。记得有幸做过王水照老师、骆玉明老师的课代表，而陈尚君老师是我们的班主任。

　　那个时候真可以说身在福中不知福，完全没有意识到向年事已高的老先生请益的迫切性。记得我们入学时，系主任还是朱东润先生，是故后来8011的毕业纪念册即是请朱老题的签，但自己终于没敢去登门烦扰；蒋天枢先生，是在硕士生期间，去他家上"专书研究"课，才得以面聆謦欬；陈子展先生，也是在研究生期间，与同学汪涌豪一起随他的老师李庆甲先生前去探望，才得以

1985年，作者与郑展望（左一）、汪涌豪（左二）、任家瑜（左三）、杨植峰（前）合影

一瞻丰采；本科时拜访过的老先生，唯有赵景深先生，是跟着同学王岗去他市区的家，记得是赵先生从楼上窗口吊下钥匙来，由我们自己开门进去的。

除了上课，平时与我们这些古典文学爱好者接触最多的老师，是陈允吉老师与骆玉明老师。

陈老师其时四十开外，是年富力强的中青年教师，已是唐代文学研究的知名学者，开设的唐代文学与佛教的课程皆极精彩，学术含量之高自不必说，讲课还风趣幽默、充满激情，很受学生的欢迎。"佛学概论"课，讲授的是佛学教义及佛教史知识，所涉佛经、禅宗典籍、僧传等，令人目不暇接。那时我们并无多少这方面的知识储备，听得也是云里雾里，为此，我还特地再去哲学系选修严北溟先生的中国佛教史课。也不知为什么，现在脑子里留存的有关"佛学概论"课的记忆残片，尽是光怪陆离的诗歌意象与寺庙壁画，那应该是陈老师从佛教对唐代文学之题材、形象、情节、语言等的影响，探讨二者关系的内容，后来我们才知道，陈老师1987年由上海古籍出版社出版的《唐音佛教辨思录》，其中诸多成果其实皆已在讲课时披露过。

陈老师为人热情，毫无架子，喜欢与学生打成一片。他的长程散步非常有名，据说常常从复旦散步至外滩，当然，更多的还是在学校对面的大操场转圈，边走边和学生聊天。他有超强的记忆力，常常给我们讲很多中文系的故实，那个时候，我们自己并不自觉学习系史，所能传诵的系里老先生的事迹，大多是从陈老师这里听来的。而他本人的上述特点，在我们这一届学生中也一直传为佳话。

大三时，我们有实习，我和王岗一起，是去上海古籍出版社继续追逐梦想。当时一编室主任是李国章老师，很凑巧，他是陈允吉老师的同学，在给予我们多方照顾的同时，也给予我们充分信任。他为我们分配了导师，我的指导老师是唐代文学研究专家朱金城先生；因为办公室不大，亦有种种向室里其他先生学习的机会，从最为年长的周劭到当时还相当年轻的李梦生等老师，他们都很乐意传授自己的学问经验，也真的放手让我们独立审稿。给我印象较深的一个初审稿件，是一位唐代文学研究很有成就的老先生校注的《张祜诗集》。在审稿时，我们一方面认真学习老先生的博洽谨严，一方面又不知天高地厚，总想显示自己还有一定的功底，故给来稿提了不少具体的意见。上古社的老师一点儿也不责怪我们的鲁莽，像朱金城老师给我写的鉴定，还很肯定我们的这种积极性。

下班后回到学校，碰到机会，自然也会向平日里一直关心我们学业和实习情况的陈老师请教，一五一十，具以相告，一点儿也没意识到对他的烦扰。陈老师1978年即由上海古籍出版社出了校点本《樊川诗集》，在古籍整理方面同样是我们学习的典范。他很有耐心地听我讲述，亦不以我为狂悖，鼓励说，应该把这些审稿心得好好综合起来，重要的是借此细读工夫，构成对张祜其人其诗的总体认识。在他的指点下，我很快写成了一篇小论文，陈老师又不厌其烦地提出修改意见，还热心地推荐至《文史知识》发表。

"学术作为一种志业"，是马克斯·韦伯一次著名的演讲题目，若借以追溯我们立定志向自甘寂寞做学问的经历，那确实是本科期间已经埋下的根，而陈老师，正可谓我们理想时代的术业引路人。那时候我们年少无知，有冲动的热情，却往往不得其门而入，又不那么主动与老师沟通，多亏像陈老师这样，以其无私的关爱，以其充盈的亲和力，消除我们的生怯感，引导我们走上学术的道路，想想确实是自己成长中的幸事。

在本科期间，我格外喜好先秦两汉文学，应该就有陈老师的影响。陈老师曾向我们介绍，中文系好几位老先生治《诗经》《楚辞》，成就卓著又各有侧重，有强大的学术传统；兴之所至，也会讲述他如何跟从陈子展先生学习《诗经》《楚辞》。受他启发，我也曾不自量力地试图对《诗经》与《楚辞》的研究史略作梳理，将历代重要研究著作的提要及相关注疏、诠解在空白日记本上摘录下来。我的毕业论文选择做《汉赋与赋诗制度》，也体现这方面兴趣，由骆玉明老师悉心指导，他在论文天头写下赞赏的评语，令我激奋而惭愧。

直到我们今天自己做老师，才真正体会到在繁重的教学、科研之外，肯将宝贵的时间与精力投入与学生的日常接触，其实是多么不易。像陈老师这样，对本科生的培养就付出这么多，想学生所想，有针对性地带教，绝非仅仅是热情，应该有相当明确的责任或使命感。从他所写的回忆中文系老先生的文章，我们可以看到，这其实是我们系里的传统，对年轻学子特别宽容、爱护，就科研能力而言，比较自觉地从本科生的培养抓起，指点治学门径，传授人生经验，以期薪火相传。而这种积极的引导，对于年轻学子的成长至关重要。

时间过得太快，令人感慨，转瞬间陈老师已年届八十，我们也已走向耳顺之年。不过，这些年来在不少场合常能见到陈老师，偶尔路上也会碰到，感觉他依然还是从前的模样，精神矍铄，思维敏捷，关心时下一切，全无老态。前些年为撰写中国文学史学术体系的论著，涉及刘大杰先生留学日本的相关事迹，曾向陈老师当面请教，因陈老师为书目文献出版社所编《中国当代社会科学家》写过刘先生传略。他依然还是那样循循善诱、谈笑风生，尽力提供多种线索，让我觉得仿佛又回到大学时代。

陈 广宏，1962年出生于上海，祖籍浙江鄞州区。1984年在复旦大学中文系获文学学士学位。1987年、1990年在复旦大学古籍所获中国古典文献学硕士学位、中国古代文学博士学位，导师皆为章培恒教授。现为复旦大学古籍所教授、所长，教育部"长江学者"特聘教授，国家社科基金重大项目"全明诗话新编"首席专家，兼任全国古籍整理出版规划领导小组成员、中国明代文学学会（筹）副会长等。主要从事元明清文学及明代古籍整理研究，亦关注文学思想史、文学史学及日韩中国学等方面。著有《竟陵派研究》《闽诗传统的生成》《中国文学史之成立》等，编校《陈继儒全集》《明人诗话要籍汇编》《稀见明人文话二十种》《稀见明人诗话十六种》等。曾多次获上海市哲学社科优秀成果奖、教育部人文社科优秀成果奖等奖项。

我女儿

陆亚萍

拜读了几篇同学的范文，秦杰晒了老妈，顺带了老婆，吴寅菁晒了老公，还有老公他爸什么的……其中，都也不乏袁顺奎一如既往的深刻。那我有什么呢？还贡献？

毕业后一直在上海电视大学（现更名为上海开放大学）做老师，算是比较轻松地混着日子。用我女儿的话来讲，就是浑浑噩噩。你看人家汪涌豪，是你同学吧，那个学问深，那个文字美啊；人家杨晓晖，那个笔耕勤啊……是啊是啊，可以告慰同学的只有，我，还正常地活着。

本来活得蛮开心的，晒被子、喝咖啡、放假了、开学了又放假了……旦复旦兮，岁月一晃就三十年了。可是，随着女儿长大，日子就不那么好过了。

先是中考。考前，她每晚九点，必准时关灯睡觉。问，这么早？你们老师说，也不要熬到凌晨两三点的，十二点总要的。她回，没看到青春少女眼袋都要出来了，不。什么压轴题，做几十遍就会了的东西，那叫一个没价值，不。在她看来，美和思想是第一的，分数嘛，呵呵。

有一回，看电影《唐山大地震》，片中那个母女纠结情深，这边我泪涕涟涟，那边她无异于常。怎么回事？何以可能？对曰，两代人生长经历不同。你们有兄弟姐妹重血缘亲情，我们独生子女重朋友情、物情——动画片《海贼王》里小舢板"壮死"时，我的泪比你多。大爱无亲，老子说的。真个道是无情也有情啊。可这样写中学作文，老师说，主题不"大流"，当然不及格了。

算了,随她吧。可是渐渐,她对我另眼相看外加管教起来,我的好日子就真正开始了。

——我跟你讲——瞧她那口气——以后买衣服,别听营业员忽悠什么年轻两字。你这年龄,最要不得的是装嫩。和年轻人穿一样的,显年轻了是吧,人家在你旁边一站,就是你输。你要穿出自己的味道,穿只有你能hold得住的。

——好吧,没你点头老妈我不出手了。

——陪你去打耳洞,耳环最是女人味。其他都可有可无。

——穿高跟鞋,高跟鞋不是用来增高的,穿!

——哪有你这样的,半夜还吃蛋糕。一个女人,永远都要注意自己的形象,老了?更加!我会鄙视你的,懂吗?——懂了。

高一时,她写了一篇小文,凑个字数,这里全文抄录如下。

幸运的饼干

如果说遗传也算是赛跑,在相貌这个方面,我绝对不算是赢家。本就不怎么艳盖群芳,再加上十六岁横行肆意的痘痘和鉴人的油光,说不上骇人但怎么也和"好看"的美誉八竿了打不着 一块。就算怎么故作淡定,心里还是清楚得很,没有颠倒众生的美貌有时的确让人不快。尤其是相较之那些在人人网上"光彩照人"的网络白富美们,寥寥几字的状态都能有三位数的回复;相貌平平用小丸子作头像的鄙人,就算是敲上四五百字也只有两三死党回个问号的惨状,还真是让人沮丧。

进高中之后,内心的渴望和冲动仿佛一夜苏醒,人人都迫不及待地想要变得耀眼起来。而时下,一张漂亮的脸蛋外加上踏破教室门槛的追随者,这条"一夜成名"之路甚是被追捧。女生之间的谈话无外乎,低年级的那个学妹确如传闻中那么萌,或是刚路过的学姐腿好细云云,赞美中几分嫉妒,几分艳羡,又有几分希望被称赞的主角是自己的臆想。无可否认,我也曾是这么想的。

被引上一条勤奋学习之路的我,出发点很被动——我没有众生瞩目的美貌来被"指指点点",没有反抗校规穿漂亮私服上学的胆量来被议论纷纷。一阵

作者(右)与女儿

毫无意义的自怨自艾后,我开始自强又不息、学而又思之了。长了这么张泯然于芸芸众生之中、要说好看难看都算不上的脸,我不用每天早起一刻钟来琢磨,怎么能让我柔顺的秀发"犹抱琵琶半遮面"——恰好让老师看不见,而同学能看见我精致的耳钉?

长这么张脸,我省下了瞟见"用美貌惊艳整个繁华盛世琉璃岁月"一类网络名句后,暗自对号入座沾沾自喜的十五秒,甚至半生一生。

长这么张脸,我不去幻想和校草四目相对火光噼里啪啦,去惊天动地轰轰烈烈地恋爱,去体会小说中的青春伤痛,去让什么明媚忧伤逆流成河……

长这么张脸,我领悟了:衡量一个人的标准真的远不止脸蛋——啊,虽然是多么痛的领悟。

长这么张脸,我被逼着去调整自己的愤愤不平的、可笑可悲的心态。

长这么张脸,我努力地去学习、去理解,用后天的勤奋补丁自己先天的"不足"。

长这么张脸,渐渐地,我变得强大,变得自信,和学校中的皮囊们彻底划清了界限——可别把我们相提并论。

咳, 好像得意忘形了。

普林斯顿大学2011年的毕业演讲上,迈克尔·李维斯说,别理所当然地吃了幸运喂你的那块饼干。成功人士最喜欢说自己幸运也最讨厌别人将他的成功归结于幸运,但那恰恰也是最无法证明、最不必证明,同时又是似乎最需要证明的。

美貌就是一块幸运的饼干,我曾以为生来貌美乃幸,后又觉相貌平平亦可谓幸。但不论生命中这块饼干以什么样的形式出现,都不要理所当然地接受命运的馈赠。如今的我,成绩荣誉都超越了校中的那些"花"们,并不是我多么

"幸运"的结果，也并不能证明我比她优秀或是有见识。这只是命运恰好喂了我这张"中庸"脸的一块幸运饼干而已。我若是理所当然地吃了这块饼干，亦不过是在重蹈"白富美"们之辙罢了。

——欣慰欣慰，点赞点赞！报上投个稿？让我也光荣光荣。

——不，里面有同学的影子，要考虑别人的感受，得有"他人立场"。有些东西，是为心声感悟，没必要共识无法分享的。

——好的，我明白了。

——哟老妈，推荐你看德里达对电影《朗读者》的分析，关于战争，关于平庸。

今年，诤友女儿要去美国埃默里大学读书了，我似乎一则以喜一则以忧。这些年，感觉貌似依赖她愈多了，少了一个可随时"讨教"的好朋友。可人家说，我不能有事没事就和你双向视频啊，假期也不能保证一定就回来，我有自己的计划。但我会专门为你开个博客，欢迎垂询，上面有我的动态，放心吧。

如果，同学你看到我活得还自在自然，那是阳光的女儿、女儿的阳光使然。

感谢征稿函里说，"炫耀儿女永远不会招来反感"。不然，真不知写什么。这个，可算是炫耀？也混个贡献。

陆 亚萍，上海人。1962年生。1984年复旦中文毕业后，在上海开放大学（原上海电视大学）任教至今。

尘埃落定

孙曼均

1980年我考入复旦大学中文系，成为8011的一分子。上中文系，是因为当时我的文科成绩略好于理科成绩，又喜欢读些闲杂书籍，自认中文系可以多读些有意思的书籍。二年级时分专业，因自己并无写作才能与当作家的梦想，加上当时文学与政治过于密切，而我对政治毫无兴趣，茫然与无奈之下就选择了语言专业。不承想，这一选择竟决定了我未来职业生涯的走向。

1984年大学毕业，我被分配到中国文字改革委员会工作。专业对口是当时大学生选择工作单位的重要因素，当年文改会以简化汉字、推广普通话、推行汉语拼音方案为主要任务，虽不符合自己的兴趣，但毕竟是专业对口的单位了。上世纪八十年代中期，国家的社会生活有了很大的变化，为适应新时期的需要，国家语言文字工作方针也发生了重大转变。1985年12月，国务院决定将中国文字改革委员会改名为国家语言文字工作委员会。1986年1月，全国语言文字工作会议召开，这是继1955年10月全国文字改革会议之后又一次全国性的重要会议。自此国家语委的主要工作任务转为面向新时期的语言文字工作，主要职责是贯彻执行国家关于语言文字工作的方针、政策和法令，促进语言文字的规范化标准化，稳步推动文字改革工作。同年6月，国家语委重新发表《简化字总表》，"二简"被废止，社会用字混乱现象得到初步纠正。1988年国家语委的主要职能进一步拓展为拟定语言文字工作的方针政策，制定语言文字规范标准，发布语言文字管理办法，促进语言文字规范化标准化。国家语

委一成立便下设语言文字应用研究所，语用所的任务是从事语言文字应用研究，主要承担语委的指令性研究项目，为国家职能部门制定语言文字政策提供学术支撑。当时研究所汇集了一批有志于语言文字政策与应用研究的专业工作者，有文改元老倪海曙、叶籁士、周有光、高景成等先生，有来自社科院语言所的陈章太、陈建民、于根元等先生，还有刚走出校门的北大和复旦的毕业生。

与其他领域一样，那时的语言文字领域也是百废待兴，国外语言学理论大量引进，与语言学交叉的新兴学科纷纷建立，大量语言文字实际应用方面的问题亟待研究，相关的语言文字政策与规范急需制定，语委的工作忙碌而充实。全国语言文字工作会议的召开激发了语言文字工作者的热情，国家的重视，社会的需求，使语言文字工作迎来了春天。大家满怀理想，士气高昂，我们这些刚出校门的年轻人在研究所老师们的带领下，学习着新中国成立以来的语言文字方针政策，吸收着语言学的新知识新信息，关注着社会语文生活的变化与问题，丰富着知识，锻炼着能力，也思考着自己的研究方向与国家需要的更好结合，甚至为了更好地服务国家而不断地调整改变着自己的研究领域和专业方向。那些年，我们见证了语用所的诞生，与语用所一起成长。

进入上世纪九十年代，随着社会转型与市场经济的深入，不能创造经济效益的语委日益暴露出与社会发展不相适应的特质。国家语委本来就是清水衙门，此时显得更加捉襟见肘，工作经费紧张，研究经费匮乏，单位福利下降，在行业差距不断拉大的过程中，我们的收入远远地落在后

作者近影

面，并长期在底线徘徊。民以食为天，语言文字是人类重要的交际工具，但此时却不能当饭吃，赖以为生的我们，日子便过得局促不安起来。经济是基础，存在决定意识，职业和人生的价值感在迷茫与动摇中受到拷问。军心不稳，人心思动，领导们在大小会上鼓舞士气，谆谆告诫年轻人，要甘于寂寞，勇于坚守，乐于奉献，用美好的远景，用马儿少吃草却要跑得更快的故事，为我们鼓起理想的风帆。老师们以身作则，身体力行，以对事业的挚爱和甘心坐冷板凳的精神，成为我们现实中的榜样。其间，数次传来语委将在国务院部委调整中被并撤的消息，每有风吹草动，便人心惶惶。一次，传说即将变成现实，语委的老专家们痛心疾首，愤而上书，引古今中外尤其发达国家之例，力陈语言文字工作对于国家之重要。不知是否专家们的意见被接纳，那一次语委得以保留。然而几惊几诈，毕竟伤了元气，加上领导频换、人才流失等诸多不利因素，当年同心协力、成果频出的局面已不复存在。1994年国家语委归口国家教委管理。1998年机构改革，语委终于并入教委，成为教委的两个司，对外保留国家语委的牌子，自1954年12月文改会成立以来直属国务院的历史就此结束。

虽然语委曾经的辉煌不再，但是在语言文字工作者的努力下，《中华人民共和国通用语言文字法》于2000年10月由全国人大通过并公布，2001年1月1日起施行。这是我国有史以来第一部关于语言文字的专门法律，由此确立并规定了普通话和规范汉字作为国家通用语言文字的法定地位，推行国家通用语言文字有了法律上的依据和保障。在近二十年中，语言文字的各项规范标准从无到有，逐步完善；无论是国家语文政策与规范，还是国家语文工作和机构，其社会知晓度都有了很大的提升。从当年语委成立之初，人们常误将"语委"为"渔委"，到如今语委的工作在互联网上激起舆论狂潮，坎坷与曲折中，国家的语言文字事业在不断发展，社会语言文字环境在不断改善，语言文字工作得到越来越多的认同与重视。对于那些坚守与奉献着的语言文字工作者来说，这些无疑是最大的价值体现和精神慰藉。

没剩几条枪的语用所继续承担着国家及教育部的一些重大或非重大的科研项目，如我国历史上首次进行的大规模的中国语言文字使用情况调查，国内首开先河的语言文字舆情分析研究、汉字应用水平测试研究，以及涉及规范汉字与普通话、社会用字用语、语言政策、语言能力的研究项目。我参与其中，不管是做编辑还是做研究，在自己的岗位上认真完成着承担的任务，并尽力使经手的任务成为合格的产品。为此，我付出过，辛苦过，快乐过。与此同时，我也迷茫过，挣扎过，无奈过。想过放弃，想过改行，想过与这些字词告别，但最终还是选择了留守。并非由于热爱，也并非由于高尚，实在是因为知道自己的斤两——字词之外似乎别无所长，不知道离开这些字词还能否拥有目前的那种职业敏感与专业自信，以及那点聊以自慰的社会价值感。到底还是应了"百无一用是书生"那句老话！

一路走来，不经意间走过了三十年，此时的我即将站在职业生涯的终点。世事纷繁中，每一个生命最终都如尘埃，如今尘埃落定，一切将归于淡然与平静。三十年中，无功无过，平平淡淡，然而回望之中竟也有些庆幸。研究所如同不食人间烟火的象牙塔，语言文字研究如同坐冷板凳。在象牙塔里坐冷板凳，虽清苦寂寞，却多了一些单纯，少了许多世故；有了自知之明，少了非分之想。平淡一生，不是为了改变世界，只是为了绽放生命，尽力做最好的自己而已。

2014年2月10日于北京

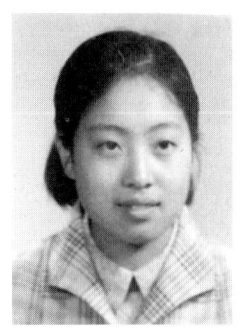

孙 曼均，女，汉族，1962年9月生于北京。一生居无定所，曾随父所在部队单位迁至数个城市：北京上幼儿园，西安上小学，上海上中学和大学，大学毕业后又回到起点——北京。喜欢在路上的感觉，爱好旅行，以天下为家。喜欢读书的日子，不求甚解，只与书为友。信奉真善美，追求简单随意自在的生活。

1984年从复旦大学中文系毕业，在国家语言文字工作委员会（1985年前为中国文字改革委员会）《语文建设》杂志社做了十年编辑。1994年以后，在国家语委语言文字应用研究所从事语言文字应用研究，以承担指令性研究项目为主要工作内容，为副研究员、硕导、国家级普通话水平测试员。

承担的重点研究项目有：国家重大科研项目"中国语言文字使用情况调查"；教育部国家语委重点科研项目"新词新语规范的基本原则研究""扫盲教育基本字表、基本词语表研究""汉字应用水平测试研究""中国语言生活状况报告"等。研究成果在《光明日报》《中国社会科学报》《中国语言学报》《语言文字应用》《汉语学习》《中国社会语言学》等报刊发表，或由商务印书馆、中国大百科全书出版社、人民教育出版社、广东教育出版社等出版。

北京当年的聚会

李宏伟

　　1984年从复旦毕业后，我被分到了国务院机关事务管理局办公室秘书处。并不是我愿意去，而是可选择的单位不多，那时中文系的人大多选择去文化新闻单位。以我在学校的成绩和表现，轮到我时，可选择的大约只剩下国务院、全国人大、公安部、安全部等机关了。于是就填了国务院机关事务管理局，和我同去的还有朱振国，他被分到国管局的服务司。

　　现在回想起来，可能和性格有关，我这人一直没有很强的目的性，更多的是随遇而安和无所谓。大学如此，毕业后也如此。

　　到国管局后，安排我收发文件，每天夹着个文件登记本，把局领导的批示送到各司处室，再把各司处室的请示报告收集来送给相关局领导。对一个新人来说，这样的安排很有必要，可以很快地熟悉一个单位的所有工作。相对来说，这个工作不用待在办公室，时间比较自由，所以一开始也没当回事。服务司有朱振国在，我停留的时间稍长些。和我对接的是个女士，叫苏谊，坐朱振国对面，长得端庄贤淑，后来成了朱振国的老婆，令我羡慕不已。

　　由于工作关系，我很快和各个部门熟悉了起来。国管局院子较大，两排楼中间的空地可以踢足球，下班后就和一起分来的十几个大学生一起踢球。我也经常把北京同学叫来一起踢，刘中军在文化部，离我三站地，也喜欢运动，来踢球的次数最多。那时单位的领导对我们都很关心，也很宽容，国管局食堂伙食也非常好，加上我住的地方特别宽敞，很快成了北京同学经常来往的地方。

后来我常想，其实我在国管局也就工作了两年时间，但总感觉时间很长，主要是因为那两年是我们刚刚毕业走上社会，分到北京的同学又大多来自外地，人生地不熟的，同学之间也就频频聚会，也就使那两年有了很多回忆。

毕业第一年，我的工资是四十六块钱，由于同学来得太多，手头很不宽裕。国管局有个值班室，由办公室的人轮流值夜班，值一天有一块钱的补助，我就和秘书处一个北大79级的同事商量，由我们两人承包值班室。对我们来说，承包值班室就是下班后在值班室睡一觉，反正两个人也没别的事，保证有人就行，每个月还有十五块钱的补助，而其他有家的同事，就省去了在单位值班之苦，皆大欢喜，所以领导很痛快地答应了。

承包值班还有一个好处，有同学来时，晚上不走就可以睡到我的宿舍了。到了后来，和我同住一起的几个人纷纷有了别的住处，那间足有四十多平方米的宿舍就剩我一个人了，多来几个人也能住下。当然这是后话。当时像张克俭、陈真、杨植峰、梁光玉、蔡万麟等很多人都经常住我那里，住过一两次的同学就更多了。

当时北京同学聚会，除了我这里，还有几个地方，李师东所在的中国青

毕业不久，作者（左三）与朱渊寿（左一）、郑永晓（左二）、杨植峰（右三）、蔡万麟（右二）、朱振国（右一）在中国社会科学院宿舍聚会

年出版社位于北京正义路的宿舍算一个。因为房间较大，交通便捷，聚过许多次。记得那是东西向的二层楼，外墙灰旧，要从外面的台阶直接上到二楼，然后走到最里面的一间。印象很深的一次是唐保良从西安来北京，十几个同学坐在师东的宿舍里，保良同学极豪爽地拿出一瓶酒，往桌子上一放，大喊一声，喝! 吓了我一跳。

朱渊寿和郑永晓所在的社科院也是大家常去的地方。他们住光华路，离单位不远，好像在一所小学里。每次去，他们俩总是亲自下厨，杨植峰也经常帮厨。附近有一个卖北京红小豆冰棍的摊儿，五分钱一根，味道极好。有一段时间，朱渊寿正和一个女同事搞暧昧，女孩看上去不错，广东人，小巧玲珑。于是我们都极力撺掇朱渊寿，给他出主意想办法。但他们两人一直都若即若离的，最后不了了之。杨植峰在永晓处大大地展露了他的厨艺，他做的烧茄子是一绝，味道极佳。还有油炸花生，之前先用水泡一会儿，用手轻轻一搓，外面那层皮就掉了，出锅后色香味俱佳，让人叹为观止。有一次，我从中南海的淤泥里摸到了几个硕大的河蚌，也被他炒了炒吃了，只是味道一般，还有些嚼不动。

新华社有秦杰、张海平、陈启松三人，又地处闹市，也常聚。其西南角有个大西南餐馆，后改为潇湘餐馆，有一些规模较大的聚会经常在那儿。沈如松老师有一年举家来京，就是在潇湘餐馆吃的饭，还拍了照片。潇湘餐馆是北京同学聚会较常去的地方，也延续了很多年。还有文化部的和平里招待所，当时刘中军、田善亭都暂住在那儿，一次酒后住在了那里，半夜来了警察，把我和朱振国带去盘问到半夜。还有一年元旦在那儿过的，田善亭正在恋爱，可能和女朋友闹些小别扭，借酒浇愁，喝得大醉。

这几处在北京都是较为中心的地方，交通方便，大家招之即来。还有一个地方要去就不那么容易了，就是梁光玉、彭锦华、刘忱所在的中央党校，党校比较偏远，但景色优美。因为较远，每次去总是约在周末。记得北京几个12月生日的同学约着一起在党校过了几次生日，一次大家约好每人带瓶酒去，结果带的酒各种各样，掺在一起喝得头晕晕的。几个人便出去散步，走到一片树林中，见林中落叶枯黄，像踩在棉花上，便借着酒劲躺在了林中的落叶上——

作者近影

后来梁光玉找了两间高级学员宿舍，安顿我们享受了一晚。

刚来北京的时候，还有各种票证，但市场已经比较活跃了。我在的国管局也经常发些东西，所以粮票一类的就多余出来了。于是有同学来，就经常用粮票去换鸡蛋，然后拎着几个热水瓶到附近的小饭馆打些散装的啤酒，虽然口味寡淡，也喝得津津有味。陈真当时在央视，早早地成了万元户。因为经常外出拍片，央视的宿舍又经常搬迁，就把很多东西放在了我这里。有时拍片回京，带回些各地的特产，也堆在我这儿。偶尔会带回一瓶五粮液之类的好酒，我们就凑在一起喝一顿，慢慢地喜欢上了喝白酒。

刚来北京那两年，日子就这么自在而随意地过着，有时兴之所至，打电话一约，几个人就坐一起吃喝起来。记得有一个周末，和陈真一起留宿杨植峰处，晚上无事，不知他俩谁提议去天津玩，几乎不假思索就同意了。第二天一早，先到东单吃了早餐，吃的什么没印象了，只记得喝了雀巢的三合一速溶咖啡，那是1985年，我第一次喝。然后到北京站买了最近的一班火车，奔天津了。

在国管局有一段时间我一个人住一间四十多方米的大宿舍，因为窗外有个加工煤球的工厂，白天机器声吵得人不得安宁，同住的四个人先后找到房子搬走了，只留下几张床。这里就成了北京8011同学聚会的主要据点之一，估计有半个班的同学都先后来过我这间宿舍。1985年《昏庸集》就是在这里策划出炉的。此前大家已议过此事，但迟迟未见行动。一天晚上，蔡万麟、杨植峰留宿在此，三人长吁短叹后，夜不能寐。我披衣下床写就《昏庸集》序。老蔡看后，第二天带回去润色一番，就此拉开了《昏庸集》的序幕。杨植峰的处女作就发在《昏庸集》中，最后只有他成了作家。

最多的一次，我这儿聚了有三十多人，来人多且杂。有老潘的弟弟，有任家瑜北京的表妹，还有82级的一个女生。当然大部分是北京同学。大家也没啥事，又没到吃饭时间，就分成几拨在那儿聊。国管局传达室的人还专门跑来问我是怎么回事。

在国管局一开始并没有认真考虑过将来，所以日子就这样糊里糊涂地打发着，工作轻松而无聊，我上班也就散漫且随意。时间一长，开始觉得我这样的性格有些不适应机关工作。当时正好杨植峰所在的中国新闻社要人，便在他的鼓动下提出了调动。单位先是不放，拖了有小半年，在我强烈要求下，终于同意了，但这时中新社那边又不要人了。见我一时走不了，单位把我弄到了办公室的综合处。几经周折后终于在老潘夫人，也是我们师姐曹继军的帮助下调到了《光明日报》。

毕业两年后，1986年8月，我正式离开了国管局。8011在国管局的聚会也就此结束。以后，除了朱振国以外，其他同学再也没有去过那里。二十八年过去了，当年的很多人和事仍历历在目。

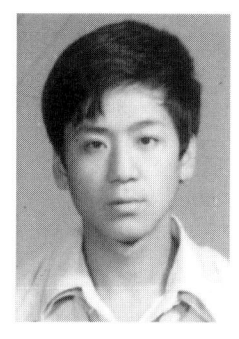

李 宏伟，男，汉族，祖籍山西省长治县司马村。1962年12月15日生于辽宁旅顺，为家中长子。1966年，随父亲所在部队迁往吉林省通化市。

1970年3月进入吉林省通化铁路第三小学。1975年8月，进入通化铁路一中读中学。当时正逢黄帅反潮流、张铁生交白卷，于是兴趣转向学工学农学军，并作好了几年后上山下乡的思想准备。1976年初，父亲解甲归田，全家回到老家山西长治。

回到山西后，在农村的一所初中过了一年多自由自在的逍遥日子。1977年恢复高考后，因基础较好，爱读书，1978年7月考入山西省长治一中，同时还考入了晋东南地区的太行中学，后选择了长治一中。

1980年考入复旦大学中文系。大学期间，同样以玩为主，经常逃课，既没有好好学习，也没有好好谈恋爱。热衷于喝酒、踢足球、下四人军棋、打牌，且前三样在8011排名都比较靠前。

1984年，毕业分配到国务院机关事务管理局办公室秘书处。因不太适应机关严谨的工作作风，以专业不对口之由要求调走。开始单位不同意，几经周折，于1986年8月调入《光明日报》。初在总编室，1990年进入文艺部，现为《光明日报》文艺部副主任，高级编辑。

调入《光明日报》后，开始考虑个人问题，包括同学刘中军在内的亲朋好友给介绍了几个相亲对象，均不了了之。很快，在1987年春节前的一次舞会上，认识了我现在的老婆。

1990年结婚，1992年生女，如今女儿已二十二矣。

回首半生，平平淡淡，庸庸碌碌，无大作为，无大过错。

声音的重量

蔡万麟

  我祖上的根在江南，但毕业时没犹豫就去了北京，多少有点盲目。彼时上海老旧而拥挤，也许是想换个环境吧。而北京是何面目，其实并不知道。"且翻箱底晒微晴，早备寒衣、打入北京城。"前一句是实情，南方潮湿啊，衣被常需翻晒；后面的则是少年轻狂，强做奋迅之辞罢了。其实我当年往京，除了几箱书，未带一兵一卒。

  一去三十年，也算是努力了三十年，收获不小，体悟更多，对于神界人间，俱怀感恩之心。

  我想最根本的，是感恩于这三十年的和平与安宁。世界范围内未有大战，疫情也都能控制，故而这个星球人丁兴旺。中国也是稳定的，"一望全球多乱象，但闻中国好声音。"变化虽然很大，但历史地看，是在追赶、延续一个久远的梦。至于我们个人，也是"天天向上"。而且不管世事如何变化，有一些东西于我们的内心似乎一直保持着。

  对于复旦，想起来总是感到亲切，因为有那么多珍贵的记忆。近些年我更是时常遥想它，不光是想上世纪八十年代的复旦，还会想这之前、我们没有经历过的复旦。从马相伯先生开始，百多年来，那样一些人，那样一些事。这样一想，复旦反而陌生起来。不禁觉得，复旦之于我，如同一间旅舍，住了四年，吃了四年。住的相当于通铺，吃的相当于盒饭。课是上了，书也读了读，但复旦之为复旦，我感知了多少呢？这样一想不禁惭愧于用心不够。入校时的复旦虽已非往昔，但我也不曾迎向它、双手掬起它的光华。世事不是我们所能左右的，复旦是我的母校，我确乎是从复旦毕业的，从复旦的大门进去，又从那里出来。那个门四年未变，三十年也未变。

我是带着来自复旦的自豪进入中央人民广播电台（以下简称中央台）工作的。因为是国家台，也就敢于说我从事的是中国广播事业，这样升华一下显得隆重，以使自己平凡的职业生涯更有意义一些。

初来北京，视觉上很不习惯。那时的北京像个影视城，一条很宽的大街示意着这是一个大城市，两边的建筑也是疏朗而写意。放眼一望，没什么楼、没什么人、没什么车，好像一直在等待开机后的热闹而电影业又总不景气似的。现在的北京自然大不同了。

我入职时，中央台和中国国际广播电台都在广播大楼里。那是北京十大建筑之一，苏式风格，很雄伟。中央电视台则挤在院内的一个小楼，等待军博旁那个电视大楼的崛起。体态丰伟的陈真当年就蜷缩在那里，时常能碰到。那时的央视荷尖初露，谁也没想到日后会长成"大裤衩"。广播大楼的六层原有一个大舞厅，是早年中央领导来跳舞的地方，后来改成了资料室。上世纪九十年代事业发展，又改造成新闻中心。我在那里工作了数年，常会生出幻觉，满眼都是舞步。

中国广播从窑洞中来、于战火中生，曾经很是辉煌。上世纪八十年代之后，广播起起伏伏，几个重要的发展阶段，我都有幸经历了。实际上，在解放后很长一段时间，广播更像是报纸、通讯社的延伸，用的基本上是《人民日报》、新华社的文稿，删短后播出。大约也就是上世纪八十年代前后吧，广播开始真正走上独立发展之路，也就是说遵循广播这种传播工具的自身规律和特点去办广播，这是很有意义的一个转折。我就是在这样的背景下进入中央台的。此后，在我看来，广播新闻又经历了新闻化、文学化、市场化几个发展时期，出现了许多我敬佩的广播人，还有他们的作品。

上世纪八十年代初的中央台，新闻是王者，文艺也很权威。《小说连续广播》《阅读与欣赏》《电影录音剪辑》《广播剧》，都是很好的节目。因为中文系毕业嘛，当时想做些文艺方面的工作，但也没想好，所以安排我去新闻部，也就接受了。后来知道，由于来自名校，一般都会安排到核心部门，"新闻立台"是根本，需要人才。其实我是不是人才并无从知道，他们看重的是复旦的声望。

对于做新闻，我毫无准备。复旦的新闻系虽然有名，但中文系学了四年，没有想到过去学一点儿新闻。新闻部承担的节目是早上的《新闻和报纸摘要》、晚上的《新闻联播》。刚去上不了手，先到编辑组过渡，编记者站的稿子。第一次编完稿，交给一位老编辑，她什么也没说。后来知道了"导语"，真有灌顶之悟，这才知道我编得很外行，也才懂得新闻是倒金字塔的，第一段叫导语。至于导语的写法需要千姿百态，这倒是我们学中文的强项了。后来也听到一个说法：学新闻的上手快，学中文的后劲足。那位老编辑未对我表现出失望，大约是对我的"后劲"抱着希望吧。

弄清楚了导语，我进步挺快。1986年成立新闻中心，由于不适应夜班，我申请调到新成立的地方编辑部专门做编辑。六年里，主要和全国各地的记者打交道，渐渐地能独挡一面了。当时的主任曾公然宣称："小蔡编的稿子可以免检。"声如其人，那是一位很有个性的领导。其实哪能真的免检，只是一种鼓励罢了。也曾有一位记者站的记者写过一篇文章，题目是"假如编辑都像蔡万麟"，刊登在内部刊物上。

那个时期学习新闻、适应职业要求，挺充实。业余时间看看书、见见同学。当时总是舍近求远去宏伟供职的国务院机关事务管理局洗澡、正衣冠，那儿的饭也好吃。也常和同学们到永晓、老朱的社科院宿舍去聚，那是一所小学校。没有厨房，用酒精炉自己做着吃。大家都是单身汉，自由，快乐。那时拍了不少照片，用海鸥120，自己冲洗。镜头前，大家都很欢乐，尤其是植峰兄，爱做出一些怪表情，活跃得很。宏伟则总是笑得很慈善。渊寿的男高音那时节也唱得更好了。至于永晓兄，爱拎个黑提包，稳稳地走，笑得忠厚而又心里有数。那时我们都以"昏庸"相互戏谑，有一天，宏伟远远发觉永晓那八十年代特有的知识分子形象，可作为"昏庸"的典型，大家一望深以为然，一致认为传神写照正在阿堵，哈哈地欢乐。而永晓不知我们笑什么，依然稳稳地走，再添一脸的茫然，就昏庸得更显到位了。那时我们还兴致勃勃出过《昏庸集》，大家分头手写油印，当时对善亭兄的字印象很深。后来上海又续《昏庸二集》，一南一北，秋波顾盼，成一时美谈。

我的二十世纪八十年代大抵如是，比较安静。

上世纪九十年代就不同了，国家发展了，广播也有了传播学的语境。媒体多了起来，受众选择的余地变大了。于是竞争开始激烈，自己的时间越来越少。这个时期，国家的发展山呼海啸，广播新闻也常常声震寰宇。追求宏大叙事、严谨结构、短小灵动的语言，中央台涌现了不少好作品、大作品。

此后的广播新闻开始音响化，要有记者的声音、被采访者的声音。这昭示媒体的竞争更激烈了，大家都在挖掘自己的特点。但记者、被采访者的普通话往往不准，为了坚持音响化，我们不惜让听众听不懂。实在南腔北调得厉害，就压混翻译。如此一来，广播新闻的工艺变得复杂起来，不是用笔一写，一播了事，需要融合各种音响，主持人的、记者的、采访对象的、翻译的，还要制作栏头、片花。有些重大报道还要有音乐、歌曲、环境音响、人造音效等来烘托。有一年我参与采写系列报道《大西北的脚步》，在我负责的宁夏篇中，开头就混入过喜多郎的音乐。

1991年，是我事业发展的转折之年。这一年是西藏和平解放四十周年，对西藏的宣传成为国家重点项目之一。各大媒体纷纷进藏，中央台也组成了报道组，我忝列其中。由于特殊原因，台领导没有成行，由民族部的一位老同志带队，他是西藏问题专家，对新闻不熟悉。因我来自新闻部，便指定我负责新闻组。我当时二十八岁，只是个普通编辑，稀里糊涂就真的当起了战地负责人。一个多月时间，我带着新闻组、西藏记者站，策划选题、部署分工、组织采访，最后统稿，前后发回了数十篇报道。这组报道都是民生视角，以小见大，用现在的话说就是比较"草根"。语言上也注重广播特色，避免套话。这些理念和手法，用在成就宣传中在当时显得挺有新意。回京后发现，台内外都反响良好，中央台的西藏宣传因此显示出了一些特色来。台领导说"西藏报道发现了个人才"。其实在我，只是尽心，不过是动用了些积累，用上了些在复旦学来的文法。

西藏的这次报道很有收获，也增加了职业兴趣。这是我第一次独立策

划、组织一个重要的宣传战役。第二年，在又一轮新闻改革中，组建了新闻中心。组织错爱，我被提拔为新闻部副主任，成为《新闻和报纸摘要》《全国新闻联播》节目的审稿人之一。那一年我二十九岁，在当年的中央台，是最年轻的副处级干部。三年后，我又升任新闻部主任，成为这个最核心部门有史以来最年轻的一把手。

说起来，我与西藏很是有缘，参加工作仅八年，已两次进藏，前后共待了两个来月，这在当年算是比较特殊的经历了。第一次进藏是1988年沿青藏线采访，最高到唐古拉山口，海拔5231米。青藏线兵站是汽车运输兵的中途休息之所，海拔都在4000米以上，极端孤独和艰苦。那些两颊红得见血丝的战士给我留下了深刻的印象。西藏的人文、地理也让我深深震撼。大自然在这里太过强大，人们是只能匍匐在地的。我们驱车走在漫长的青藏线，两边是茫茫大戈壁。透过车窗，经常可以看到藏民们三三两两，甚至独自一人，向着圣地拉萨一路磕长头，感觉是一寸一寸地移动。这种虔诚与坚韧不是亲眼看见，真难以想象。信仰是一种精神，亦是一种约束，人们因此强化了生命的意义与尊严。他们对于死亡，说不上恐惧，也不欣喜于天堂，只是把人彻底融入自然，与万物一同轮回。生即是死，死即是生，这是一种大天地、大宇宙的价值观。因此他们选择天葬，平和地接受它。他们把死亡安排得如此哲学，不禁让我犹豫：活着还是不活？也许很多人就是从这样的思维出发，最终选择去西藏活着。那时，西藏确有很多来自内地的诗人、作家，有的就是偶然一去，却从此不回。

值得一提的是，第一次去拉萨时，受到了张忠夫妇的接见，高原上见到同学，真是格外的亲切。张忠在校时个子不高，那时已变得很伟岸。张夫人是川妹子，小鸟依傍，望去很是琴瑟相谐。

1999年，天安门广场要举行国庆五十周年阅兵式和联欢会，中央台也要进行现场直播。如果从开国大典算起，中央台应是现场直播国庆大典次数最多的媒体。在没有电视的年代，中央台的国庆直播也是独步天下的。每逢大典，国势、军威、民望都是通过广播传遍世界。尤其是"文革"中，这种直播往往贯穿高亢的口号。我看过几种原始文稿，动辄铺排几个万岁万万岁甚至万万万

1991年，作者（左）与张忠夫妇（右一、二）在西藏

岁，后面是三五八个不等的惊叹号。那是需要喊的，可以想象听起来一定是排山倒海、气吞万里如虎。到1999年，国庆大典已中断了十多年，五十周年大庆因此受到格外关注。以往广播的国庆直播就是对游行队伍忠实描述，让听众去想象。两位播音员站在城楼的东南或西南角，看到什么描述什么。当然不是现场发挥，一切都是事先精心准备，并经过有组织的预演。而五十周年时电视已相当普及了，广播应当如何表现就面临新的问题。中央台想起用新人，尝试创新。总编室一位领导想推荐我，先问我意见，我说服从安排，就没再去想。没想到一个多月后真的被告知担任总撰稿、现场执行指挥。

有这样一个锻炼机会很难得，我自然全力以赴。我提出，时代不同了，机械地描述现场显然不够，难以满足听众的需求。在已经有电视直播的情况下，广播不妨完全从听觉出发，调动各种声音元素，创造一个源于现场、又脱离现场的生动的声音世界。这个世界应该是宽广的、抒情的、历史的。至于现场，我们只描写大印象、大色块。我带领报道组大量搜寻资料，计算时间，反复设计与调整，数易其稿。根据游行队伍的不同主题，我们加入了历史音响、背景故事，还有音乐、歌曲，所有这些与现场融为一体。比如小平同志改革开放的主题方队走来时，就配以《春天的故事》，同时压混小平同志的一段讲话原音，这些都是现场没有的。语言上也追求诗化，很抒情。从广播里听上去，就比现场更有感染力，实际上，是依托现场创作了一个声音的作品。播出以后，业内反响强烈。在我，依然只是尽心。

这次实践使我对广播表现手法的多样性与伸展空间有了新的认识。有机会在极其严谨的国庆直播中做如此多的尝试，也是相当过瘾的一件事。

转眼进入新世纪，一切仿佛都有了新的起点，"跨世纪"成了热词，什么事都豪迈起来，让人挺胸抬头的。广播的改革加快了步伐，开始实行频率专业化，以频率为单位树立品牌，实行频率制、总监制。中央台覆盖全国的三套频率先后成为"中国之声""经济之声""音乐之声"。2003年"中国之声"成立后，我作为分管业务的副总监，主要负责组织策划大型系列报道，做了很多，也写过一些评论。2008年，我调任"经济之声"总监，主要就是全面管理了。当时"经济之声"虽已开播六年，但综合节目多，专业性并不强。我到任不久，全球次贷危机爆发，人们好像一下子都非常关注经济。对于经济广播来说，这是好事。中央台对"经济之声"的发展也格外重视，2010年把"经济之声"的改革列为战略重点。经过六年的努力，"经济之声"已成为比较纯粹的专业财经频率，影响力大大增强了。由于内容的优化，经营纯收也从两千多万跃升至一亿多。

以上是我三十年之荦荦大端，看上去"风正一帆悬"，其实曲折也不少。我想我们每个人的经历自然是不同的，但其中的喜怒哀乐、起承转合或许都差不多吧？"古来多少凭栏客，百转千回一种愁。"人生的快乐与痛苦大抵都是如此。三十年来，我埋头做编辑、做业务，尚能自励省身，尚能持之以恒，对广播事业有所贡献，自己也受益良多。愧疚的是除了因职业写了不少论文外，没有留下什么像样的文字。总是觉得，我们想到的，大师先贤都想到过，而且表达得更好。闻先王遗言，知学问之大，我们可能不自知，其实是开口便错的。这种想法或许也有问题。

生乃思，思乃知。然时代愈新，困惑愈多。我们的生活变得丰富多彩，但也有些令人不安。文明的脚步增大了，三步并作两步；文明的脚步也轻飘了，蜻蜓点水般跃进。温饱已不是问题，但生存状态还不算太好。吃饱了上顿，却不知下顿是否仍不安全，这是另一种焦虑。记得从复旦毕业的那一年吧，未来学热起来。少数哲人的眼光影响着大众，人们都朝着未来看，作凌霄之姿，学伟人行状。但今天的变化太过神速，未来已不大容易预知了。明天就是未来，后天的未来只有等到未来的明天再看。眼前的互联网就让人雾里霾里的。据报道纸媒前景堪忧，整个传统媒体好像都命悬一线。《纽约时报》创办一百五十多年了，《华盛顿邮报》是一百二十多年，前者有个叫陈光标的中国人真跑过去要收购，后者则真的被贝索斯购走了。但也有人说，传统媒体不会消亡，就像有了电梯，楼梯仍在。这要再看一看，才会更清楚。

蔡万麟，1962年11月9日生，工业移民后代。祖籍浙江象山，幼年迁居河南开封。少为古城诗文书画熏染，后主要受海派文化影响。高中前期文理兼善，后理科渐显颓势，遂入文科班。高考后学校希望填报北大，因负长辈叶落归根之使命，毅然选择复旦。

毕业分配至中央人民广播电台，辗转新闻一线。虽非所学，但恪尽职守，铁杵成针。因针砭有据，所编、所写、所策动屡获中国新闻奖、中国广播电视新闻奖。

于文学艺术兴趣驳杂，偶尔冥思，又入史哲间阔。东鳞西爪，万取不收；止于浅尝，疏于深解。尝见域外哲人言："不搞艺术者热衷艺术，等同于游手好闲。"乃绝圣弃智，专一精进。

三十年思想于有我无我、入世出世。初步结论：有无相生、动静相和。

历任中央人民广播电台新闻部主任、采访部主任、新闻中心副主任、"中国之声"副总监。现任财经节目中心主任兼央广财经文化传媒（北京）有限公司董事长。高级编辑已解决。

渡

晏海林

空寂迷茫的海上，一叶孤舟隐隐约约由南向北缓缓地漂行……

抵近北岸，景象逐渐地愈显清晰。这是一条素朴老旧的舟式帆船，船上载有各种漂亮的鲜花、诱人的热带水果，以及牛羊之属。临水的岸旁尽是婆娑的大树，树上着满柿红、橙黄之类的果实，让人触手可及。曦和的光亮从树缝中穿透出来，洒在澄明的水面上，一切都是那么的静好。

船刚抵岸，没作任何的迟疑，我便只身从船头经过细长的板桥来到岸上，径直走向树荫前头的光亮。忽然，从世外传来一句音声："哎呀……你总算醒过来了！"呵呵，原来是我经过肝移植手术后，一个名叫莲花的朝鲜族姑娘（ICU特护）发出的惊叹。

时在2006年11月26日傍晚。手术从24日下午5点至次日凌晨1点，共进行八个多小时，输血2500CC，至第三天傍晚才从深度的迷失中涅槃活转。主任医生后来告诉我，像这样肝癌复发后二度手术能挺过来，这真叫个万幸万万幸！

感恩哪！感恩载动我的生命之舟，又一次从死寂中把我渡到了光亮和明朗。略感遗憾的是，当时恍惚间急于上岸，全然忽视了渡我归来的渡船号头。如今回想，自从"运交华盖"，挤进复旦，开始了"山阻水隔"的生命历程，我确信，如果这船有号头的话，那号头一定是8011！

1980年夏，当我放下锄头，怀揣着茫然而美好的憧憬，从荒僻的乡村来到复旦，便将自己的生命缘结在8011号船上，也开始了自己在复旦的苦厄航程。

作者近影

我出生在"大跃进"、人民公社那个"鸡血"到昏厥的年代。"统购统销"的竭泽而渔,使得村里的野菜吃尽。村民饥饿难耐,不得不从地底下挖来"观音土"填肚。还记得儿时,有一次老爸从外面为我带回一把米,奶奶像做过贼一样赶紧关上大门,用小碗盛点水加上米粒,放在火笼上焖烤,火笼的上面还特意罩上一层小被褥,生怕香气外溢,招致举报挨批。说是一把米,其实也就是两三口饭,其甘饴喷香,一直绵延至今。或是家庭的贫寒,或是基因的缺陷,抑或是前世的业障。总之,先天的不足加上后天的匮乏,因而病魔缠身,坎坷不断,不得不让你在病痛悲惨的虚惶中消磨意志,苦度余生。好在每次都赖有8011的接济和救渡,让我一次次化险为夷,渡过劫难。

1982年秋,班级正为参加校际比赛进行排球训练,突然被校医务室抓进隔离室,说是查出肺结核,必须停课治疗。紧接着就住进了复旦后面一河之隔的上海市结核病院,一关就是三个多月。

期间班干和许多同学,无惧传染,轮流到医院探视。起初医院门卫控制很严,每次放两张探视牌接替。后来同学进出频繁,像梁光玉、朱振国、彭博三弟兄跟门卫都混熟,无须领牌便可自由出入。肺结核算是富贵病,需要营养补给,寝室同学想方设法筹钱订牛奶、买麦乳精,甚至用自己珍惜的全国粮票换来鸡蛋,为我补充营养。记得潘承凡还特意从家里煨来黑鱼汤送到医院。8011给予的温情和关爱,令所有的病友都称羡不已。

由于医药的进步和同学的呵护与帮助，这次肺病历时一个疗程即准允出院继续服药治疗。只是期末考试因缺课确实无法完全应付，记得该学期的"现代文学"的考试文章，还是姚伯荣替我糊弄过关的。大约一年之后，当时校办主任胡景中先生找我谈话，问我愿否留在校办工作，意在做校长秘书，后来得知我因肺病仍在服药，结果就留用了同届历史系的姜义蓉。而后，我就以行政编制留在系里打杂了。

1984年9月履任中文系八四级辅导员，兼系总支办公室行走。住十一号单身职工宿舍。起初，我和周松林以及一个后勤的青工小戚三人分在一室。次年女儿小燕子出生，他俩都是上海人，出于恻隐和道义，主动回家居住，让我安了个"家"。说是家，其实就是两张学生双层床合二而一，外加走廊里放了一只煤球炉罢了。后来，直至俞志强夫妇俩办出国，就将他们的结婚家具五件套转给了我，如此一来，寝室里才有点家的样色。

这一时期，我除了带班和日常工作，要花许多的精力持家。老婆户口在农村，小孩刚刚生养，生活物资都是限量凭票供应，日子实属艰辛。时任中文系八四级研究生辅导员的许道明老师，我们算是亦师亦友，给了一份特殊的关照。他拉我和研究生班的几个骨干一起，与《青年报》社读者服务部合作，在人民广场旁边的六十二中学办成人教育夜校，老婆也被照顾在那里做一份临时出纳。小孩就只得就近寄养在一上海老太太家中。记得，班上一并参加的有汪涌豪、邱辛晔、陈德祥、陈广宏等，都给予了我们许多的方便和照顾。那时，大家伙儿晚上骑自行车过去，轮流上课、值班，兴致勃勃，风雨无阻。

1986年开始转到系行政办公室工作，兼管全系经费使用和研究生经费支出。其时，学校新政允许在校本科生通过"零存整取"的方式修习研究生课程，由是我选择了相对冷僻的中国近代文学研究方向。工作之余，跟着章培恒、王继权老师做一些资料搜集整理工作，期间与江西人民出版社合作完成了《中国近代小说大系》的编纂，参与创办《中国近代文学研究》专刊。而后，还参与组织召开了"中国近代文学研究国际研讨会"。

就在这种忙乱、繁杂的艰苦营生中，1987年秋天，又查出患上乙型肝炎。先期还是被送到学校隔离病房，随即被关进天通庵路的"上海市传染病医院"。这次是我所带班的学生轮流来医院探视。8011中, 在沪的许多同学, 包括留校或读研的同学, 都有到医院来慰问, 帮我挣脱病魔, 超渡苦海。这次肝病, 可谓是砸碎我人生希望的一击重锤。记得当时一位上海音乐学院的病友, 硬生生地把我带去的书给扔了。他带着训斥的口吻说: 这一辈子摊上乙肝这种富贵病, 你就别再做梦了, 能够好好地养生保命就不错了! 我的心, 一下就黯然地凉了。由此, 即名斋号为"湛(暂)一轩", 自字"子默(默默无闻)", 号"客卿(匆匆过客)"。

"乙肝"之后, 转阴无望, 唯有静养, 学业上无法用功, 也就只得浑浑噩噩, 得过且过罢了。退而一面挂任中文系办公室主任, 一面请益柳曾符老师练习书法。工作之余, 习字保命修心。先后给日本、韩国前来进修的书法研修班讲授书法及文化课程。1998年, 学校艺术教育中心需要书法老师, 也是为了减轻压力, 调养身心, 我正好过去滥竽充数。

未料, 过去之后还是"双肩挑", 除上书法课之外, 还得兼任办公室主任。其时老婆因在复旦后勤管理冰库, 开始患上严重风湿性关节炎而无法工作, 女儿就读私立"兰生中学", 加之每月要还房贷, 因此, 每周务必在五六所高校兼上近三十节课。好不容易等女儿考上大学, 自己也差不多熬到正高资格, 没承想希望之门未及开启, 地狱之门却已静候多时。

2005年6月23日, 刚把申请正高的各项表格和有关资料准备完毕, 经学校体检发现肝部异常, 再由东方肝胆医院切片确认肝部患上恶性肿瘤。医生当即安排住院, 全家悲痛欲绝。自己此时心想, 生命反正行将完结, 人嘛总不免一死, 生死由命, 由它去吧。于是, 一面转而安抚家人, 一面照常坚持把期末的课程上完。待拟好考试试卷后, 告了一个病假, 谁都没吱声, 由家人陪护到医院做了肿瘤切除手术。

一般而言, 患上肝癌等于上帝给你判了个死刑, 而术后复发就无异于是"秋后问斩"。手术不到半年, 复查发现肝脏又出现若干小黑点, 医生确诊复发无疑。我想这次死神真来索命了。于是, 我才通过短信, 向8011发出一则简短的诀别"讣告", 算是临终的知照。

此后的几个月里, 可以说是我人生中最为不堪的惨痛日子。在东方肝胆医院做过五次"介入",导管从大腿直插至肝脏,每次直接吐晕;做过六次高纯酒精定靶注射,人被直接醉晕。在上海海军411医院做了十次伽马刀治疗,胆总管被烧结。在长海医院降黄疸,结果不降反而直线攀升。此外还去过中山医院、华山医院、上海群力草药店,甚至远赴浙江金华求医问药,都未见好转。最后只得住进仁济医院做整体肝移植手术。

我也曾经一度躲进山里,准备就此了却残生,好在家人从没放弃,老婆说,哪怕砸锅卖铁、房屋抵押,也要坚持治疗;女儿放弃留学资格,甘做医药代表以补贴日用。我本人就只得坦然面对,死马当活马医罢了。

正当为了肝移植手术费,老婆准备卖掉住房时,朱振国从北京来医院看我,予以坚决地阻止。随即8011由陈真会长、李宏伟总秘、上海张安庆秘书长牵动,无论远近或是国内国外,都倾心尽力给予关心、抚慰和捐助,并陆续前来医院问候、探视,给予精神和物质的厚援,让我得以顺利地接受手术,如是渡我才得以涅槃重生。如今回想起来,过往的一幕幕,都已成为无比温暖而美好的感念。所谓大恩不言谢,也就唯有感念。

感念张安庆特地到病榻前来告知,要以8011的名义在上海为我筹办一个书法个展。虽然因为我怕拖累大家太多,婉言谢绝了,但内心却是无比地温暖且幸福充满;

感念俞文明先后两度领着浙报的同事前来医院垂问,给予至诚至挚的关切;

感念陈真、李宏伟、梁光玉代表8011来医院探望,在我将要做移植手术之前,带着8011每一位同学的关心和关爱,来到病榻前为我鼓劲,而且还特地为我拍了在病榻上的小照,并会同陈小云为我撰写的书法文章,一并发表于《光明日报》。并带来了同学们的热情捐助;

感念朱振国、姚伯荣几次三番,或在家中或到医院给予兄弟般的关爱和守望;

感念刘中军通过病房视频,给予我莫大的鼓励以及在中国美术馆举办个展的期许;

感念徐晓玫亲自来沪的特别照看和长时间地为我虔诚诵经祈祷;

感念张玉红由苏州专程而来，从上午直至下午在走廊等待探视的守候；

总之，8011在我的心目中永远是一艘载动我生命的不朽航船。我将怀揣感恩之心默默一直为之祈福、祈祷！

晏 海林，男，1957年9月14日生，江西省樟树市人。1980年9月至1984年7月考入复旦大学中文系，任文学班长。现执教于复旦大学艺术教育中心，担纲书法艺术理论与创作的教学工作。自字子默，号客卿、散人、素道人，斋室名：湛一轩、枕月斋、拂云室。书艺作品，见诸各种媒体并被国内外多个艺术馆纳藏。

跨界小传

陈　喆

　　我大概是班里跨界跨得比较邪乎的了。但是不管跨到哪一界，想起复旦8011同学，心里还是充满温暖与亲切，如同家人。

　　毕业后，在北京工作一阵子，有些无趣，于是出国，周游列国。出国后的感受是文学可以做爱好，无法当饭吃。那就做点别的吧。环顾左右，资本主义国家的核心命脉是什么，不就是资本嘛，于是，改行。学习、考察资本主义的看家本领吧。

　　边上学，边打工，而且将打工的那点银了，除了交学费、生活费，全部用于游历，遍及欧、美、亚、非几十个国家。三十岁前完成了人生第一个梦想：周游世界。

　　后来二十年，一直沉溺于证券与基金行业。做过卖方，也做过买方；做过融资，也做过投资。

　　干上这一行，钻进去觉得还挺有趣，虽然当初文学青年转为铜臭青年很是纠结，但了解了金融证券，觉得行当里看见的人间百态，比许多小说里的更加真切与鲜活，待日后有兴趣有闲暇时再写故事吧。

　　于是，一家一家的企业，中国公司、跨国公司，从小小的初级项目经理做起，一步一步，四十岁前成为中国一线的投资银行家，五十岁前成为华尔街一线资产管理机构的中国CEO；接下来争取六十岁前成为一个专业的志愿者，做点公益的事。

作者近影

二十年资本市场做下来，感受资本的游戏就是以最小的投入赚取最大的回报，回报率是华尔街成功者追逐的梦想。无论是资本主义早期的掠夺与欺诈，还是现在的法律框架内的各种金融游戏，无不如此。

广义来看，人生也是一种投资过程。人生下来到死亡，手中的筹码就是你生命中的时间，只不过回报有物质的，也有精神的。从这个角度看，资本主义是相对合理公平的。

但是资本主义弊端也是明显与致命的。因为，地球上的资源是有限的，而人心的贪婪又是无限的，资本又鼓励这种无限得以延续光大。无论何种科技发明，在方便人类生活并赚取高额回报的同时，也将人类推向大自然的对立面。人类因无法道法自然，而不得安宁。最终，是人本身毁灭自己。

对于感性的人来说，这世界是一出喜剧。

对于理性的人来说，这世界是一出悲剧。

但是，喜剧也罢，悲剧也罢，日子总还是得过，因此，度的把握与平衡，便是一种生存的艺术。

其实，在我看来，人生就是一场经历，经历完了，也就结束了。而依佛家所言，轮回到生之外的死后的经历去了。确实，未知死，焉知生，更不知如何生。

因此，生的时候，尽量让自己经历得丰富多彩些，尤其是多做些自己内心喜欢的事，以期自我完善与快乐。

根据老祖宗教导，我改变成自己的目标：修身、齐家、致富、济天下。虽然离目标尚有距离，但有了目标，人生之旅也就不至于乏味。

受安庆兄之嘱，以此小传，让同学见笑。

陈喆，1963年生，安徽合肥人，1984年毕业于复旦大学中文系，同年分配到中国画报社工作，1988年赴欧洲留学，1991年回国，进入金融界，曾任美国富兰克林邓普顿基金中国代表、中银国际证券有限责任公司执行董事、南方证券股份有限公司副总经理、招商基金管理有限公司副总经理、纽银梅隆西部基金公司总经理等职位。著有《闯荡世界》一书。

我与西影

唐保良

毕业三十年，除最初在陕西省文化文物厅的几个月，我的青春、生命，包括浸淫其中的庸俗与高尚，荣与辱，都和西影纠缠在一起。

说到纠缠，是西影先纠缠的我。

我当时的单位是省文化文物厅（现在叫文化厅）电影处。1984年11月，陕西省委一纸文件：1977年以后毕业的大学生，没有基层工作经验的，要下基层锻炼两年。电影处主管的最大单位就是西影厂。我顺理成章地卷起铺盖，带上藏书住进西影厂的创作楼。

通观西影，整个儿上世纪八十年代，一直算是积极上进，一年一层楼，出尽风头。其所以如此，有藏龙卧虎的因素，也有延揽人才的功劳。我不幸被谬赏，于是厂领导开始做工作，希望留下，一起干一番事业。下愚之人，本没有当官做老爷的嗜好，这里有我喜欢的工作，而且可以不用每天八小时坐班。我当然愿意。但办理调入手续时，一位老户籍警的话却让我心里五味杂陈，"这么好的个名牌大学生，也要被打到基层。"

初进西影的五年，是快乐的五年，虽然夹杂着热闹与寂寞，充实与空虚。西影风头正劲，我也为自己是西影人自豪，虽然口袋里没比别人多拿一毛钱。

上世纪八十年代末后，西影月落星散。我的人生就此没落。娶妻生子后，家事忙乱，电影退潮。迷茫中想找个提神带劲儿的东西，振作自己：土匪题材。在朋友推荐下，我约宝鸡话剧团一位据说掌握好多秦岭地区土匪资料的编

剧，请他来写电影剧本。此兄在我们招待所住了五十多天，写不出东西，无颜见面，招呼都不打，离开了。

约请的编剧没了，一时又找不到更好的。我决定自己上手。很快，本人藏书中姚雪垠的长篇小说《长夜》，民国时期河南的别廷芳、湖南湘西的瞿伯阶等强人的资料搜集到位。如果说选中土匪题材是出自感性的自发，等看了搜集的资料，才发现：若从中只凝练出一个人物，编一段故事，我觉得真是暴殄天物。

电影虽然一直号称是一门综合艺术，但在我看来，它只不过是视听艺术。我的积累、我的资料，远远不是一部九十分钟的电影所能承载得了的！最适合的载体是小说。恰在此时，受文化自身发展趋势影响，加上文化人的自轻自贱，令文化类图书在书店变成论斤售卖的烂货。从此，我发誓不再碰它。

不碰小说，那干嘛？

我开始做起西影的文宣工作。直到有一天，因为不满西影集资建房中的种种怪象，被时任领导弄成"待岗"，我仍没碰这个怀胎近二十年的选题。为此，遭多位老师骂我：懒、太懒！其中有著名电影编剧郑重、西影原剧本厂长郑定宇等。时间在抑郁中流水般过去。渐渐地，发现出门以后，时常被认识不认识的人称为老师。在西影，待岗就意味着没有工资。没了收入，日子还得过；维护近二百户集资建房人利益的工作还要继续做。只好去一个著名的文化新区打工。

这新区的一位主任，此前我们是认识的。在一次有四个部局数十人参加的活动中，作为新人的我刚做完自我介绍，那主任马上带给我一顶时下流行，但于我万分恐惧的帽子。我知道，这里不能再待，我也无处躲藏啦。

作者近影

从国家干部，现在叫公务员，变成企业干部；从被事业需要，变成某些人以权谋私的障碍，被边缘化，进而变成待岗工人。我这一路的下坡，走得那叫个顺啊，没的说啦。

看他起高楼，看他宴宾客，看他楼塌了。

感谢上苍！被打压，处困境，教会我达观，放下了我执。

我决定：不跟他们玩儿了！

行到水穷处，坐看云起时。笑谈古今事，白日鬼画符。暴露于山泽旷野，曳尾于污泥浊水。且自神清气爽。"人是贱货"，《窦娥冤》说得有道理。压抑久了，需要放浪；放浪久了，突然觉得空虚，觉得没意思。没意思，那就干些有意思的事吧。权当玩耍。

于是，干了两件事：写《黑丁山》；继续维权。眼下都处在现在进行时。写《黑丁山》是自说自话，一个人自摸，没啥可以多唠叨的；继续维权，却波诡云谲，热闹非凡。

有必要介绍一下引起我们维权行动的起因。

世纪初的2004年，西影二次集资建房。我与其他一百八十多户经由打分、排队、选房等一系列程序，与厂里签订集资建房购房合同并付款。合同成立。合同约定该楼一层为门面房，由厂里出资建设，厂里所有；二层及以上为职工住房，由职工集资建设。工程也进行了所谓招标。中标方为陕建十一公司西影项目部。当年冬天破土动工。事后发现，这个所谓项目部其实跟陕建十一公司无关。那它到底是谁的？水深，至今是个谜。

开工不久，细心的集资户代表，先发现了建材质量问题，紧接着，施工质量问题，白条子问题……一个接一个问题的出现与久拖不决，令集资户对厂方的信任开始打了折扣。意识到问题的严重性，他们开会增选代表。我就是在这次增选中，缺席被选中的代表之一。说心里话，得知缺席还被选为代表，在干与不干的问题上，我是有反复的。

一方面，当时的厂领导说的比唱的都好听：什么一切为职工考虑；什么决不许铺张浪费；什么百年大计，质量为先；什么宁愿厂里吃亏，也不让老百姓多花一分钱等等，等等。一方面集资户的意见越来越大。时不时有老爷爷老奶奶

找领导要求解决问题。

作为一名在职中层干部，经过了解，我觉得不是群众在无理取闹。之所以矛盾越弄越大，或许是沟通不畅。作为中层干部，我有义务参与其中，做好沟通协调工作。出于这种考虑，我参加了代表小组工作。

我这人有个坏习惯，就是要么不参与，但只要参与的事，就一定要有个结果。正因为这个坏习惯，让我丢了官。

言归正传。既然副处做不成，就做普通员工吧。但你会发现，副处做不成，普通员工也不让你做。于是，我被下岗了。感谢党的政策，下岗是要政府批准才行的。所以我们西影又发明了个名词，叫待岗。这期间我整整待岗十六个月，连最基本的低保都没地儿申领。干脆利落吧。

父辈教育我，私事儿再大也是小事儿；公事儿再扯淡，也是大事！集资户的事，算半个公事吧。我不积极，但也不怠慢。国人十四年抗战，把日本人赶跑了；我们维权八年，西影集资建房的账依然不给结算：一层门面房空置六年，没人出来放个屁！中央一直强调党内民主，从中央到地方，每隔四五年都要召开党代会换届选举，西影的党组织却能懒到四十多年不召开一次党代会……

单单集资建房一事，已有老作家约我合作，写一部长篇小说或电视连续剧。梳理过手头的材料，内容、戏剧性都有。可这些，面对广大的市场，写到什么程度？到底有多大的典型意义？能否引起共鸣？我没把握。所以，委婉地谢绝了那位令我一直尊敬的老师的合作意向。但西影由一个电影小厂，成长为举世瞩目、领一时风气的名厂，再到日渐式微，名流、大家星散，官民矛盾等等，其中的香艳、冷酷，灵魂的存灭，隔代的风流……作为参与者、见证人，这里库存不少。若写成一部纪实小说，或者再说大点，提炼出一部《电影人生》，无论写成小说还是电视连续剧，相信投资人不会亏本。这是笑话，别以为在作广告。我无须也没必要。这类东西，在没一股灵魂灌注之前，不是我要写的。

前边说过，两件事都处在现在进行时。需要报告的是：西影的决算还没拿出，同志仍需努力；《黑丁山》算是定稿了，等待一个合适的面世机会。我不着急。

人生不过百年。庆幸跻身8011这个世间少有的团结、活泼的集体。三十年来，从它身上汲取营养，获得心灵安慰，有机会再叙。

2014年元月

 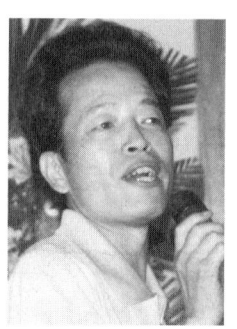

唐 保良，1962年生人，1985年调西安电影制片厂任剧本编辑。参与、见证了中国西部片从无到有，且由盛转衰的全过程。现仍蜗居西影。因后知后觉，混得茕茕孑立，形影相吊。近来独立涂抹的一部长河体小说，颇受方家青睐。毕业，三十而立；人活，五十知天命。在此文集面世之际，唯愿人格独立，精神自由，此外，夫复何求！

职业病

苏　冰

接到征稿启事时我正在四川省骨科医院住院，接到催稿通知时我又在四川省中医院住院。反复住院治疗的是同一个病，颈椎病并发肩周炎。实际上，从大学毕业工作以来，还没这样长期在医院进进出出。这个病跟我的工作有关，我的工作又跟学业有关。

学中文分配到党报工作在上世纪八十年代前期是再正常不过的事了，我们班应该有十多人都是这个去向吧，而且大多从一而终，坚持到底。现在的年轻人很难理解，大学毕业在一家单位一工作就是三十年，因为期间正是中国发生巨变的三十年，改革风起云涌，变化气象万千，应该有无数多的机会换单位换职业。而我们就这样坚持了下来，除了我们的工作有基本满意的收入和体面的社会形象外，生于上世纪六十年代前期追求稳定生活使我们成为最后一批典型的单位人。

我说的这家叫《四川日报》的单位虽然三十年都在同一个地方，但近三十亩的院子早就没了上世纪八十年代的模样。

当年的最高建筑至今仍在使用的出版大楼只有四层。现在的十八层办公楼建于二十二年前，而今年夏天我们又将搬进最新建成的办公楼。在院子里进出的人从两百多人增加到两千多人，办的报纸从三张增加到十三张，还有三本杂志四个网站，还有一堆公司，成立集团已经十二年了。这过程，如果是个不安分的人不知折腾多少回了。我呢，准确说二十八年都在办报，而且二十七

2012年，作者在奥地利萨尔茨堡留影

年都在党报，在报社的各个部门转来转去，好像除了文体新闻部和摄影部我都经历过。好吧，我就是介于安分与不安分之间的那一个，没有耐心长期重复干一件事，也没有勇气冒险跨界挑战自我。但这三十年，我守住了一个底线，那就是自己的言行要配得上"复旦人"这个称谓。

我是应届生上的大学，毕业时二十岁。由于成长环境简单、知识结构单一，刚参加工作时遇到很多困难。采访一些领域，有时感觉根本听不懂；和人物对话，提不出有针对性的问题。现实逼迫自己边干边学。慢慢地，政治、经济、教育卫生、文化等领域知识丰富了起来；慢慢地，稿子不仅多起来还有了分量，获得很多省好新闻奖，还获得过全国好新闻特别奖。因为党报的影响力，一些稿子见报后还帮助群众解决了实际问题。但是，写了那么多稿子，包括那些获奖稿子，我自认为写得好的一篇文章却是因怀念已经离世的父亲而写的一篇散文《父亲》，因为这篇文章感动的不仅仅是我的家人。

毕业于名校，领导在给予信任的同时也往往有很高的工作期望，我也就这样身不由己地被推到了一些工作任务艰巨的岗位上。2007年年底我到了《四川日报》广告专刊部。党报广告受都市类媒体冲击2002年滑到了谷底，五年后又重上了一个高位。高位接盘，能否实现再增长，很多人都为我担心。我既没有退路，也必须为荣誉而战。

当时的《四川日报》广告年收入有四千万元，主要由公告和形象宣传组成，商业类广告较少，也没有商业周刊，拓展商业广告是我的主攻方向。我用了一个月的时间，招聘、培训、筹划，2008年元旦过后，一次性在《四川日报》

上推出六个商业周刊。然而，那时房产界、金融界、汽车界、旅游界、教育界等领域有话语权的人士连我们的报纸都基本不看，你怎么向他们推销版面？我的第一招是向他们免费送报，首先让他认识你，长什么模样，内容有什么价值。第二招是举办品牌推介会，让他知道这份报纸的分量，跟他密不可分的联系。办品牌推介会时忙着联系场地、邀请嘉宾、制作资料、安排伙食等，到开会的头天晚上才想起缺个主持人，立马到商场置办了一套像那么一回事的服装备用。第二天，盛大的推介会在五星级酒店举行，集团领导请来一半坐台，厅局领导请来几个扎起，优质客户近百人。我在大门口时是接待，冲上台时是主持，满场转时是指挥，散会之后是小工。第三招是为他们提供优质服务，以高水平的营销方案、完美的落地实施、良好的传播和营销效果赢得客户青睐。辛勤付出终有回报，党报价值被越来越多的企业认可，商业广告慢慢地多了起来。期间，又经历了周刊调整、扩版，又跑北京、上海、广州拓展省外市场，几年下来，报纸的广告刊登量基本上一年一个千万级的增长，五年后冲过了亿元大关。《四川日报》自2009年起年年进入全国党报广告投放价值十强榜单。中国报业优秀经营管理者、中国广告优秀经营管理者、四川省新闻出版行业领军人物等荣誉接踵而至。

接踵而至的还有病痛。

有一天中午，我在办公室没有先兆地晕倒了，同事们吓坏了，呼叫120出动救护车送医院。检查结果，严重的颈椎病致使大脑缺血缺氧。经过治疗病情缓解，医生嘱咐加强锻炼，不要长期伏案工作。其实，这个病就是因为长期伏案工作而来的，而伏案工作几乎是办报人的一个常态，因此这个病也算是办报人的职业病。从我的部门发出去的周刊、广告版面要占到报纸总版面的近百分之三十，我每天要花大量时间主编审签版面，不伏案等于不工作，可能吗？其实我早就感觉颈椎疼痛了，只是忙于工作无暇医治终致爆发。

颈椎病就这样缠上我。去年十一月我换岗到了集团总经办，还以为轻松点，但是淹没在会议、材料、文件堆里，颈椎能轻松吗？不仅如此，又摊上了肩周炎，右手基本废了，还疼痛难忍，夜不能寐。住院两次，稍有缓解。这篇小文是用左手单手输入的，很困难，所以，也不打算写多长。

　　说真话,病痛时有点后悔,不该那么拼命,也没必要那么认真。工作随时有人代替,病痛只有自己承受。但是,看看单位里的复旦人,从总编辑到小记者,哪一个又不是这样呢?再看看我亲爱的8011的同学们,个个都那么优秀,我又怎么能懈怠呢?坚持吧,反正离退休不到五年,已经胜利在望了。

2014年2月26日

　　苏冰,女,生于1964年1月,重庆人。从小在国营企业相对封闭的小社会环境中长大。初中毕业时考入重点中学重庆一中,1980年考入复旦大学。大学毕业一直在《四川日报》社(后成立报业集团)工作,经历多个新闻采编部门记者、编辑岗位,先后任《四川日报》外宣部副主任、总编室副主任、发行部副主任、广告专刊部主任,集团投资公司总经理、集团总经办主任。当记者获得过全省及全国好新闻奖,搞经营获得过中国报业协会颁发的全国报业优秀经营管理者奖、中国广告协会颁发的中国报刊广告经营创新奖。2010年被评为四川省新闻出版行业领军人才。

　　工作之余相夫教子。先生祖籍上海,却是典型的豪放川人。女儿姚瑞雪2007年以四川省高考文科第六名成绩被香港大学全额奖学金录取。原本第一年在浙江大学委培,她主动向港大申请到复旦委培,获批同意,于是我和她成了复旦校友。女儿港大毕业后又赴美读研,现在香港工作。

　　曾担任法人社团四川省复旦大学校友会创会秘书长,现为副会长。

跻身理工科的岁月

周美玲

　　高中时选择学文科，纯粹是因为有个不知何时滋长的向往，就是当一名编辑，编报编书都可以。那时候，经常想象自己埋首稿子堆里，然后将五花八门字迹的文稿变成携带着清淡墨香点缀着雅致图案的书报。就算现在，每每忆起当年的志向，依然有深吸一口气，顿觉书香墨香悄然涌来的奇妙感觉。

　　所以，高中的最后一年，毫不迟疑地选择了文科班，尽管那个文科班基本上是自忖考不上理科的应届生加上没有考上理科的复读生凑成的。我的选择，让我的物理老师感到很惋惜。在他看来，这个物理课上喜欢睡觉，考试却总是第一的女孩子，不学理工科实在太可惜了。他非常遗憾：你学文科可惜了；他十分肯定地预言：你考不上文科；总有一天，你会后悔！

　　他的前半句预言，在我收到复旦中文系录取通知书后破灭；但他的后半句预言在我踏上美国后，似乎应验了。中文本科的背景，使我根本无法在新大陆找到相应的正式工作，更遑论将我推入中文系的那个理想了。以我那口破英文，不要说编书编报了，能应付日常生活就不错了。从进入美国开始，我的毕业证书、我七年的编辑工作经验等同废纸。我无奈地周转在保姆、售票、站珠宝柜台等工作里。记得有一天，我在雇主家洗碗，望着窗外连绵的绿草地，一种似曾相识的感觉突然涌来。哦，那不是复旦的那片茵茵绿地吗？复旦，复旦！那一刻，眼泪很不争气地开始滚落。

　　到美国数年后，我终于有条件考虑拿学位的事了。此时，我居住的城市，已

2000年，作者在电脑公司工作

经是名副其实的硅谷核心地带。各种各类的计算机公司成批成批冒出来，科技人员紧缺到了随便一个计算机培训班出来，都能端到一只饭碗。更不用说那些理工科大学毕业的了。对他们来说，工作不是能否找到的问题，而是几个月换一次，换一次涨多少工资的问题。而我也已经知道，自己要争取的不是理想，而是饭碗，并且应当是一只还不错的饭碗。

于是，三十五岁那年，我进入当地一家理工大学，攻读两年制的计算机硕士学位。之前，为了能申请硕士班，我已经在社区大学补修了几个学期的本科课程，主要是数学和英文。这样一路下来，为了这个硕士学位，我前后学了几年。那几年，用"辛苦"两个字来概括是远远不够了。当时，我的第二个孩子才学会走路，举目无亲加上囊中羞涩，只能尽量选修周末或晚下午之后的课，这样白天可以去打工赚生活费和学费；孩子放学后，就带上他们去上课。上课时段，我把两个孩子放置在有电视机的休息处，给老大几个硬币，他们可以自己去贩卖机买点零食。美国课堂上课时进出比较自由，每半节课，我便溜出去看看孩子们是否安全。好在老大乖巧懂事，每次都把老二看得好好的。

除了必须调配好课时，最难的是作业，计算机专业必须上编程课。而编程，除了讲究数理逻辑性，还需要耐心和细心。往往是你的逻辑没有问题，可是程序运行出来的结果却是错误的，当你花费了几个小时，最后终于找到问题所在，却发觉只是在某个地方不经意间多打了一个空格，或者干脆是少了一个标点。为了完成作业，为了对付不断的考试，在忙完家务、看顾孩子们入睡后，我必须再强打精神继续看书，很少能够在凌晨三点前上床休息的。我的一位美国同学知道我的作息时间后，很惊讶，她这样问我：你这是人的生活吗？

苦，很苦！累，很累！每当自己觉得苦不堪言精疲力竭时，总会不自主地想

起当年物理老师说的话：总有一天，你会后悔！

离毕业还有半年时，我被一家计算机公司录取为带薪实习生，并在戴上毕业帽时转正，正式成为一位工程师。当我拿到第一个月的工资时，从心底深处长长地舒了一口气。仅这份实习生工资，已经足够我和孩子们过上衣食无忧的生活了。也是这份工资，让复旦中文系以及和它系在一起的少年梦成为深夜转辗无眠时的追忆。

我开始了真正的硅谷人生活。人们以"7—11"来形容硅谷多如牛毛的工程师们的生活，即他们"一周七天，一天十一小时"地工作。虽然这有点夸张，也确实是与事实很接近的。因为除了正常工作时间，硅谷的公司通常还会要求员工们每年利用业余时间进修课程，掌握日新月异发展的新技术。我公司要求的是一年至少两门。对我这个从文科转型，还要照顾俩孩子的职场新手来说，生活进入新一轮并且是无边无际的忙碌中。

公司办公条件很不错，普通员工也是一人一间办公室，因此每天陪伴我的除了各种型号的电脑，便是绵绵不绝一行又一行的程序。我拼命学习，披星戴月地工作，工资不断攀升，写出的工作报告也成为示范。但是，拿到的股票越多，我的情绪越下滑，我的心慢慢郁结成块。一个朗月明星的深夜，我驶出公司已经空空荡荡的停车场，红灯前，疲惫地望着黯蓝深邃的天空，泪雾开始弥漫。也是在那一刻，我领悟到：真正让我感到喘不过气的不单单是忙碌，还有不开心，因为我失落了，因为我的内心依然跳动着什么，期待着什么，不愿意被现实彻底改变。

三年后，硅谷第一次遭遇经济寒流，很多计算机公司或关或并。我所在的部门也关闭了。失业的那段日子，每天投简历、面试、等回复。那天，在网上寻觅工作时，看到一所国际学校急聘一位中文教材编写人员，我的心跳开始加速，赶紧在简历上加上：复旦中文系、中国七年编辑经历。第二天，我被面试。

三天后，我收到了该校的录用通知书。只是，与这份通知书同时到达的还有一家大型计算机公司的录用通知。

当晚我失眠了。轮番看着计算机公司和学校的录用通知书，我无比矛盾。工资上，前者比后者多了两万多；待遇上，前者福利好；工作环境上，前者大楼巍峨，而且是有名的公司。可是，学校的通知书却让快乐一寸寸往我心灵深处攀爬，一点点撩拨着我记忆深处的书香墨香，给我一种透心的愉悦。天蒙蒙亮时，我拨通了挚友的电话，把纠结一泻而出。我的挚友沉吟片刻，对我说：选那个让你真正快乐的吧。

感谢我的这位朋友，我重新找回了自己喜爱的职业。之后的日子里，无论遇到怎样的坎坷，我的工作一直带给我无尽的安慰和乐趣。我在书香墨香里越滚越起劲，编写了一套一套的中文教材；并用自己的教材，开设出一门一门的中国文化和语言课程，让越来越多的美国人了解中国、喜爱中国。

而我跻身理工行业的那段岁月，也从此成为我生命里难忘的篇章。

完成于 2014 年中国新年前夕

周 美玲，1962 年出生，浙江杭州人。1984 年复旦中文系毕业。1991 年前往美国，至今。在自己创办的教育公司工作。

活着，就是美丽的
住院琐记

陈 薇

谨以此文献给救死扶伤的医护工作者和与伤病顽强搏斗的患者们。

一、骨 折

去年一个春寒料峭的夜晚，我在自家的楼梯拐角滑倒，左腿小腿撞击到左侧墙壁的同时，也受到了反向作用力的挤压，感觉到不曾有过的疼痛。次日，创部肿胀，大面积淤血，脚一触地就钻心地疼，根本无法行走。以为不过是扭伤而已，用冷热敷交替处理，静养了几日，仍不见好转，决定去附近诊所检查一下。

拍了两张X光片后，大夫说，是腓骨骨折，一般只要打上石膏固定一段时间就行了，但你的情况有点儿复杂，似乎有些移位。无论情形如何，这家诊所因为规模小而无法承担手术，故写了介绍信建议我去附近的综合医院看看。这次拍了三张X光片，大夫也说骨折的断端有移位，恐怕要做手术，但建议我去附近的另一家大型综合医院，说那里的整形外科条件更好。这样我拿着第二封介绍信，当天又去了第三家医院厚生年金病院。

医院建在一个小山坡上，树木环绕，郁郁葱葱。据说其前身是家传染病医院，战后规模不断扩大，目前已是当地屈指可数的大型综合性医院。尤其在整形外科方面,医护阵容强大,临床经验丰富。这次拍了更多的X光片,大夫指着片子说,骨折断端确有移位,且骨折后又有多日的耽搁,刻不容缓,要马上住院!我一直都还抱着一丝侥幸心理,结果还是……忍住惊慌,在恳请大夫批准后,我匆忙赶回家胡乱地拿了些衣物和住院用品,于三个小时后仓皇地住进了医院。

二、住　院

我当晚住进了整形外科的406病房。这是间朝北的四人病房,中间是通道,左右两侧各有两张病床,用四块布帘隔成了四个小空间。病房里已有两个人,都是因腰椎椎管狭窄症住院手术的患者,已顺利地做完手术,正在接受功能训练。

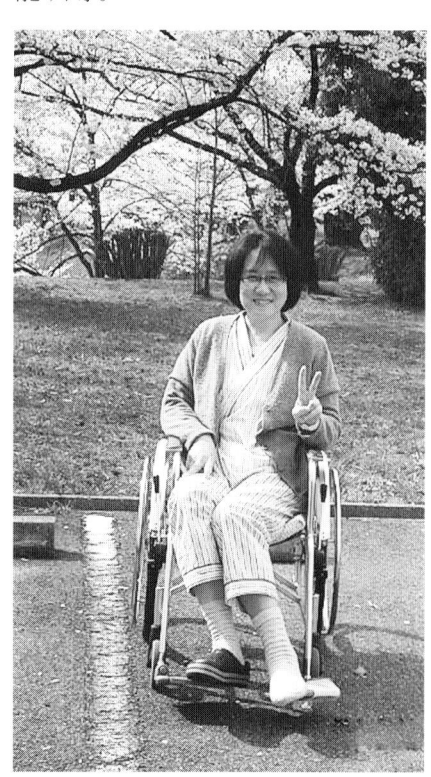

2013年,作者在医院疗养

门诊时,大夫对我的伤腿做了应急处理,除了脚趾以外,整个小腿被用夹板和绷带紧紧地固定住了。住院后,护士们每天按时来量体温和血压,用装满冰块的胶皮袋裹住打着夹板和绷带的左腿,说手术前要尽量消肿,还要把内出血导致的体热降下来。下午护士会来询问大小解的次数、有无等令人尴尬的问题。护士们每次进病房时都会推着一台四轮小推车,上面放着体温表血压计等,还有一台便携式电脑。护士们通过电脑随时接受大夫发布的医嘱,也将病患的信息随时反馈给医生们。

负责我的是位男护士,叫小川,高个儿,英俊,刚二十五岁,却已是三个孩子的父亲。最小的孩子刚刚出世,提起

自己的孩子，小川总是眉飞色舞的。小川做事麻利，每天几次的量体温量血压丝毫不含糊，见冰袋里的冰块儿化了，就马上换来新的，按时帮我用热毛巾擦拭伤腿，轻声询问痛感如何？有无麻木？每根脚趾是否有感觉？还教我使用轮椅。医院的轮椅都是痊愈出院的患者，出于感激捐赠给医院的，上面工整地写着捐赠者的姓名。这些轮椅大小不一，形状各异。配备给我的轮椅小巧秀气，椅座上还放着一块蒙着柔软棉布的长条形木板，用来安置我的伤腿。这张轮椅一直陪伴了我四个多星期。

整形外科大约有十几个护士，值班护士一般有六七人。戴着大口罩的年轻女护士们态度和蔼，眼神温柔，身材苗条。科里还有三个男护士，小川以外，还有福井和山中。福井长得有点儿像混血儿，做事周到细腻，很得老太太们的欢心。山中又高又壮，小眯缝眼儿，戴副无边眼睛，说话大嗓门。他在京都的一家医院内科当过三年看护，因为想拥有整形外科的护理经验，跳槽来到这家医院的。日本人口日趋高龄化，看护这个行业被看好，不少大学都新设了看护学系，有越来越多的男生加入这个行业来。

医院里的作息时间是早上六点半点灯，七点半早餐，八点半至九点清扫，十二点午餐，晚上六点晚餐，九点半熄灯。每餐由送饭的护工推着餐车一个托盘一个托盘地送到每位患者床头的条几上。餐盘里通常一碗米饭，一样荤菜，一样素菜，一碗酱汤。口味比较清淡，如果是糖尿病高血压的患者，还会享受一份特别的菜谱。一餐收费两百六十日元，相当于十五元人民币，我觉得饭菜很合自己的口味，每餐都吃得一粒不剩。每顿饭后，有护士来清点，看有没有吃完，如果剩下，会询问理由。在我生日那天，居然在餐盘里发现一个特殊的果盘和一张写着"祝你生日快乐！"的贺卡。当然，也有个别患者挑食，有个叫内田的，是准备做置换人工膝关节手术的，老公在大手公司关西电力工作，自己也曾在资生堂化妆品公司工作过，为人有些自负。内田总嫌医院的饭菜难以下咽，鄙夷地说这菜没法吃，常常原封不动地剩下，然后叫住在附近的妹妹送来高级寿司，或偷偷儿地溜出去下馆子。

手术前的日子很难熬，因为还不习惯医院的作息时间，九点半熄灯后仍有大把的时间不知如何打发。可以看床头的收费电视，但时间一长，脖子酸疼。

伤腿被冰袋裹得无法动弹，骨折造成的疼痛无时不在，在夜深人静时，在鼾声四起时，在头脑清醒时，觉得尤其难以忍受。白天，我坐着轮椅从病房所在的四楼，坐电梯逐层探险。三楼以上是病房。二楼有中央手术室，有理发店，有休息室、沙发和电视，还有热咖啡的自动售货机。一楼有便利店罗森，可以买零食水果、瓶装饮料、杂志等，还可以买了热咖啡坐在店内的一角慢慢消磨时间。罗森对面有休息室，有长沙发、茶几，还有电视。右边斜对面是一个图书室，可惜里边只有医学书籍，虽然每周市里会把流动图书馆开来两次，但还是觉得很不便。穷极无聊时，就抱回大厚本的解剖学方面的书籍，趴在床上望洋兴叹。

三、手　术

手术的日子在不安和焦虑中临近了。手术的两日前，先是抽了血，做了肺活量测试，拍了胸透和两条小腿的X光片，傍晚跟家人一起听主治医介绍手术内容，万一发生的意外及对策等，然后在手术同意书上签字。手术过程大致是先实施全麻，然后切开患部，将钛合金接骨板用螺钉固定在骨折断端，缝合后手术即告完成，大约需要一个半小时左右。主治医姓森，非常年轻，可能还不到三十岁，留着的长长的直发，气质颇有些像我喜欢的流行歌舞组合"放浪兄弟"里的那些男舞者。森大夫说，手术风险包括感染、愈合不全、变形、原因不明的疼痛、关节粘连和挛缩、用于固定的钛合金接骨板断裂、过敏反应以及血管畸形导致的大出血等。听到这里，我不觉"啊"了一下，森大夫看了我一眼，不过，这种情形是比较罕见的。他微笑了一下，"我是吃这碗饭的，做别的可能不会……请放心吧。"森大夫诚恳而自信的态度，多少缓和了我有些忐忑不安的心情。

手术的前一天清晨，我服用了护士拿来的两粒泻药，下午去浴室淋浴，然后去二楼麻醉室接受麻醉师关于全麻的说明。我一边听着满头卷发的女麻醉师的解说，一边想象着明天手术时的情景，我被抬上手术台，然后由麻醉师负责将麻醉药物注入静脉，不到十秒钟即可进入昏迷状态，然后输氧管被插入我的口中……待手术结束，即一个半小时以后恢复意识。当然女麻醉师也提

到了可能发生的意外。晚上临睡前我从护士那里拿到了一粒安眠药，服后躺下。明天将是我有生以来第一次真正意义上的手术了，思绪万千，久久难眠。

手术日终于来临了。从早上起绝食绝饮，七点半过后又被灌肠，然后换上蓝色的手术服，一种肩部有扣子的长袍。八点左右主治医森大夫来到病房，用手在我的左脚踝附近比划了一下切口的大小，大约有十公分，然后用黑色油笔在上面做了个记号，笑着说以防万一。

八点过一点儿，楼道里响起一阵脚步声，多个年轻大夫簇拥着一个留着胡须的年长大夫浩浩荡荡地开进病房来了，旁边病床的青木告诉我那个长者就是整形外科的滨田部长。这个场面有些眼熟，想起在电影《白色巨塔》里见过，大概就是所谓的回诊吧。众人按顺时针移动，每到一个患者的床前，患者的主治医师就会站出来向那个长者介绍病患及手术的情况。我的主治医森大夫也在其中，来到我的病床时，我冲森大夫点头示意，轻声说，请多关照!是的，接下来的手术，就全拜托您了!我不禁在心里暗暗祈祷。

九点前，我被护士扶着坐进轮椅，由他们把我推进电梯，来到二楼的中央手术室。电动大门被打开，眼前是纵向延伸的长长的走廊，右侧墙壁上开着一排玻璃窗，宽敞、明亮，几个做助手的年轻女护士夹道站立两侧，微笑着向我示意然后目送我的轮椅走进深处，尽头是戴着手术镜身着绿色手术服的森大夫，他微笑着，像清晨的阳光，充满生气，似乎在说加油啊，同时挥动了一下左拳，我反射似的扬起左手，也握成了拳头。里面又有一扇大门打开，进去后里面又被细分成了几个手术室，我被推进一间门上写着很大的数字"4"的手术室。被摘掉眼镜的双眼依然可以感觉到眼前的场景似曾相识，那是在影视里多次出现过的，四周的墙壁被漆成了湖蓝色，手术室的中央放置着一个手术台，有无影灯，有打开的电脑，心电图仪……

我被抬上手术台，它比我想象的要窄，勉强容下一人。我右边的手臂被系上胶皮管，护士开始量血压，左边的手被另一个护士握住，手背被扎进了冰凉的针头，我猜想这针头里大概就是麻醉剂了吧。四周安静有序地动着，空气里却有一种绷紧的感觉。我恍惚地望着湖蓝色的天花板，注意到无影灯有两部，一部在右前方，一部在左后方，一边在心里默念着一、二、三……这么想着,想着⋯⋯

好像置身在一个很快乐很幸福的场景里,但有个画外音插进来,不知是谁在呼唤我,那声音很缥缈,细若游丝,渐渐地近了,清晰了,好像是说"手术结束了啊,很顺利的",有很多人影在眼前晃动,我有些不情愿的,但又拼命想睁眼却睁不开,意识似乎渐渐回来,我看到周围有很多护士在忙碌,含糊地问"几点了?"听见有人回答"十一点四十分"。我终于用力睁开了双眼,发现自己已经被推回了病房,嘴上被扣上了氧气罩,左手背上打着吊针,胸部被安上了心电监护仪的电极,下体感觉很别扭,一问才知被装上了引流管。意识恢复之后,疼痛便如排山倒海般地袭来,我拼命地喊疼,疼,疼!让护士在我的左膝关节下面垫枕头,一个不够,两个,两个还不够,直到四个。森大夫也来了,他说手术很顺利,出血也不多。想起手术前大夫说过血管长得畸形会出现大出血的话,我的血管该不是畸形的吧?不是,森大夫微笑着答道。

傍晚似乎下了短暂的雷雨,疼痛稍有缓和,马上就感觉到饥肠辘辘的,也难怪,从昨天晚饭以后到现在,我还粒米未进呢。晚上终于得到了许可,可以喝白粥了。夜里戴着的氧气罩被摘掉了,但还在打抗生素的点滴。疼痛感好些了。

四、固定期

手术做完后,被钛合金接骨板固定的部分还很不稳定,要借助夹板和绷带进行外部固定,大约要两周,除去夹板绷带后,还要静养两周,前后合在一起的四周叫固定期。固定期结束后,进入两周的功能恢复期。第一次听森大夫这样说时,我几乎要晕过去了。六个星期?家里怎么办?工作怎么办?好在天无绝人之路。家里人同舟共济,让我放心养病,职场上的同事也很体谅我的难处,答应为我代工。我感动得心里涌起一阵又一阵的热浪。有个朋友说,就当是老天爷的旨意,怜惜你的辛苦,以这种方式让你休息一下吧。是啊,总有太多的事情要去做,忙忙碌碌的,好像一直被生活的急流裹挟着,身不由己似的往前跑啊,跑啊⋯⋯现在终于可以站一下,停一下了,虽然是以这么

不情愿不甘心的方式。

手术后第二天，引流管就被摘掉了，左腿被一块高分子夹板托住，塑形，然后用弹性绷带缠绕固定，要求左边小腿始终保持水平状态。因骨折断端处的血管神经及软组织部分也受到相应损伤，腿脚稍成垂直状态，就会疼得钻心。从今天起在轮椅和床上还要待四个星期，到重新站立时，双腿的肌肉不知会瘦成啥样呢。不管怎样眼下能做的就是保持右腿的肌肉力量，在请教了大夫和护士后，我开始每天早晚两次在床上做右腿的拉筋运动，坐轮椅时就在走廊的尽头扶着墙壁做金鸡独立。

每日三餐、体操、看书……仍有大把大把花不完的时间，我把一楼二楼可去的地方都跑了无数次了，到了春暖花开时节，我几乎每天坐轮椅去外面看成排的樱花树，一点点绽出蓓蕾，星星点点的开启，三分开放，五分开放，直至完全盛开。在蔚蓝晴空衬托下的樱花树林，绚烂得有如天际的云霓，令观者陶醉。当一场风雨过后，满树的樱花飘飘洒洒，纷纷扬扬，花瓣如雪片似的落满一地，那种凄美同样打动人心。

在去赏樱时，我曾遇到一个青年，令我难忘。那次我和同病房的病友，一个叫高冈的老太太，一起去看那棵足有上百年树龄的樱花老树，它长在路边生满青草的斜坡上，枝柯扶疏，满树的樱花开得正盛。我见不远处有两个男人坐在轮椅里边吸烟边聊天儿，就凑近请求帮忙按一下快门。那个比较年轻的男人接过相机，默默地给我和高冈拍了合影。后来我要出院的时候，在同样的地方又见到了那个青年，他还是坐在那个轮椅里，寂寞地抽着烟，这次只有他一个人，想必那个同伴已经出院了。我谢了他上次的帮忙，然后问他何时出院，他含糊地笑了笑，难说。我又问他是哪儿不好？他轻描淡写地说腰部以下没有知觉了。我以为听错了，惊讶得张大了嘴巴，一时语塞。怎么会是这样啊？我喃喃地说。发生了交通事故，所以……治疗后能够康复吗？大概不会吧。您结婚了吗？还没有。我再想不出什么可以安慰他的话，明天我就要出院了，我说。是吗？恭喜你啊。他微笑了一下。那好，请多保重吧。我说完看了他一眼，在黄昏里他的表情有些落寞。他还不到三十岁，人生才刚开始，却戛然一下子结束了。下半身已经永远地失去知觉了，然而还要在轮椅上度过漫长的岁月。他要面对的是怎样的绝望，他的家人听到这个噩耗时又是怎样的悲痛欲绝啊。泪水刹那间涌上来蒙住了眼睛，我掩饰着匆忙告辞，扭身走掉了。

五、功能恢复

手术过去两周后，森大夫给我拆了线，说是拆线，其实就是揭掉贴在创口上的胶条，因为缝合是在皮肤下面做的。也就是一、两秒钟的事情，然后森大夫给我解开绷带，拿掉了托住小腿的夹板。被密封了两周的左腿终于重见天日了。可是……天啊，怎么会是这样？我惊愕地看着变得松松垮垮的左腿，实在太惨不忍睹了，它只有右腿的三分之二粗细。原来的那些饱满的充满活力的肌肉都哪儿去了？森大夫看我有些沮丧，就笑着说，陈桑，接下来的任务很艰巨啊，你要最大限度地活动关节，尤其是脚踝关节，以防止肌肉萎缩、粘连和关节僵硬、活动范围缩小，你看，就像这样，森大夫说着，高举起自己的左脚，用劲儿向里扳着脚腕子。不过要注意，这段时间还是禁止负重，不能站立和行走的，森大夫又不忘叮嘱道。此后的两个星期，我有事儿没事儿就压腿、扳脚腕子，做屈伸运动，动辄五百、一千下的。

手术过去四周后，骨痂已经形成，终于可以开始负重和步态训练了。我挂着双拐，在二十五岁的理疗师德弘的陪伴下，在宽敞明亮的体育馆大厅里练习走路。窗外成排的樱花树不知何时已经长满了新叶，四月的艳阳慷慨地把阳光倾泻在每一片绿叶上。训练开始时只能让双腿负荷体重的三分之一重量，剩余的三分之二的体重都要靠两个肩膀和两双手臂托住，为了熟悉掌握那种感觉，要让两只手臂通过反复撑住双杠去细细体会，然后再用双拐实践，先走平地，再练习上下台阶。每次训练结束后，两只手膀都会很酸痛。练习几天以后，德弘要求我把腿上的负荷增加到了体重的三分之二重量。医院里共有七十来个理疗师，可谓队伍庞大。放眼望去，偌大的体育馆里有十几个病患在同时接受着各种功能康复训练。

很快我就能够对双拐运用自如，三分之二负重的训练任务也顺利完成。经过德弘的多次精心按摩，肌肉、韧带等功能都得到了显著的恢复和加强。在

我的多次强烈请求下，终于比原定预期提早若干天，被森大夫批准出院了。我把托家人带来的礼品拿去护士中心，却被婉言拒绝了，说医院有规定，禁止接受患者的金钱礼品。无奈之下，我只好把它们分送给了病友们。当重新站立起来，用双拐一步一步行走时，我惊奇地发现一直以为很高的病房天花板其实并不那么高，那些看上去似乎高大健硕的护士们其实也都很娇小……外边的阳光正好，我在这里已经耽搁太久了，我要出去，我觉得内心很急切，要做的事情已经堆积如山……

这段经历让我明白，生命固然孤独脆弱，然而生命个体并不是孤立无援的，在给森大夫的信里我写到，我的左腿"倾注了众多医护人员的心血"，是他们对病患精心的治疗和无微不至的关怀让我有了战胜伤痛的勇气，帮助我很快恢复了健康。我没有理由不珍惜这失而复得的健康，这不光是为了对自己的家人负责，也是对全力救助自己的医护人员的承诺。

作于2014年3月17日

陈 薇，女，出生在三年困难时期的上世纪六十年代初期。生于湖北恩施，两岁时随父母迁居北京。初三时险些当小兵入伍，因视力深度近视被父母苦劝后放弃。1979年参加理科高考，因专业与志向不合而放弃，次年挑战文科高考，如愿以偿地考取了复旦大学中文系。

大学四年是一生中很难忘的一段时光，有了很多的第一次。第一次离家远行，第一次知道北京以外的世界，拥有了一群意气飞扬志同道合的同学，也初次尝到了朦胧青涩的恋情。在学问专业上比较迷惘，读书多从兴趣出发，缺乏方向和章法。毕业后被分配到中国作协《文艺报》工作，先做记者，然后做编辑，有幸采访过诺奖得主作家莫言。上世纪八十年代中期留学热方兴未艾，也随着这股热潮来到了日本。像大多数自费留学生那样，勤工俭学，度过了一段清苦寂寞的日子。在大阪外国语大学研究生院东亚语学专业硕士课程毕业后，以兼任教师在大学里教授汉语。一晃就是二十年。

1996年秋天开始翻译《永井荷风选集》，历时两年半，共计二十三万字。1999年由作家出版社出版。翻译该书的日子，正值因孩子的出生而辞去工作，做全职主妇的那段时期。翻译的过程十分艰辛，但得到的快乐和充实感同样也是巨大的。2002年7月《永井荷风选集》获日本讲谈社第13届野间文艺翻译奖，同年9月3日在北京恭王府花园举行了颁奖仪式。

我与8011的趣事

彭金燕

8011X68（出于隐私，隐藏一个数字）是我进入复旦大学后得到的一个学生身份号码，也是我的学位证书上的证书号码。80是我们进校的年份，11是复旦中文系的代号，那68该是我的个人代码了吧。刚拿到这个号码时，心中一阵窃喜，须知，68在我的家乡广东可是个幸运数字。

果然，这个幸运就一直伴随着我。

曾记得，刚进校当年的新生田径运动会，不经意地就拿下了三项冠军，为中文系夺得总分第一立下了汗马功劳，一扫"中文系—老夫子"的颓废称号，让中文系扬眉吐气了一番。还记得那次校园排球赛，8011教练团废寝忘食地传帮带，我等女排队员勤学苦练，终于过五关、斩六将，在啦啦队强大的助威声势中，一举夺下了系际排球赛冠军，那次庆功会上欢腾的情景至今还历历在目……

毕业了，离开复旦，如愿地分回了广东省城，后又立

2014年，作者（左）与陈辉（右）在澳大利亚悉尼

足于家乡佛山的一所教育学院。随后又到武汉大学带薪混了一年，有幸聆听了当时现当代文学研究重量级人物陆耀东、陈美兰等教授的课；还一不小心，成了那时还默默无闻的易中天老师的学生。

谈恋爱了吧，初恋的就成了丈夫；结婚了，住进了三室一厅的房子；职称呢，中级、副高也一个个顺顺当当地挂上了；优秀教师当了，"教书育人"奖也拿了。女儿也在合适的时间和地点出生了。

生活就在那样平平稳稳、无惊无险的航道中行驶着，与8011的联系也时有时断。上世纪八九十年代，偶也会到北京出个差，见到过一些在京同学。但自从2000年举家移民到了悉尼以后，就完全与所有的同学断了联系。

异国他乡，在寻找、相遇8011的过程中，幸运之神一再光顾，让我有过几次小小的惊喜。

在移民澳大利亚最初的日子里，被我翻阅最多的一样东西是8011的毕业纪念册。那里面，载满我们同学之间的深厚情谊。2002年的年底，我突然有了个想法，要寻找8011，找到了老班长，就不愁找不到其他的同学了。记得毕业时老班长是留校的，于是，一封洋洋洒洒、思念同学、寻找组织的信，就发给了复旦大学中文系晏海林同志收。信发出数月，石沉大海，在快要把这事忘了的时候，却收到一封远方来信。"复旦大学"的信封，稚嫩的笔迹，阅毕，惊讶万分。信中说，来信辗转多时，才从中文系转到艺教中心。而此时，晏海林正在韩国讲学。信是老班长吩咐女儿写来的，老班长吩咐她及早回信，并在信中附上老班长韩国的联系电话和8011的通讯录。根据她的指引，我上了搜狐网站，找到了8011，终于回到了组织的怀抱。这才有了后来的参加毕业二十五周年聚会的机会，见到很多毕业后压根就没见过的同学。

其中与副班长张彤瑾的见面，没想到竟是最后的一别。当时，虽然也知道她一直在与病魔作斗争，但那次见她，声音一如既往的脆亮，情绪还是那样的乐观。聚会结束，她还一一跟同学们拥抱告别。也许，也许她是在用行动告诉我们：珍重彼此，珍惜每一次的相聚。

或许，在生活当中，不经意地你偶尔会巧遇某件事，某个人，但我却万万没想到会有这样戏剧般的奇遇。

大概六七年前的一个周末，悉尼某个家具城，我和先生正在闲逛，想找一个特别规格的柜子。我俩一边讨论，一边往前走。突然，迎面飘来了似曾熟悉的声音，一抬头，声音已飘过身后了。等我反应过来，转身快步追上去，犹犹豫豫地叫了声"杨舸"，那人居然停住了脚步，就这样，与杨舸同学分别二十多年的第一次相见，竟在这样的场景中发生了。说实在，以前与杨舸的交往也不算很多，大学四年加起来说话的次数也很有限。而那天，我把名字叫出去的时候，连人都没看清楚。真是神奇，人类的大脑里对声音竟会有这样深层的记忆。再说，那个商城，我是几年都不会去一次的，而杨舸那天也是刚下了从中国来的飞机，赶去为新迁移的家购置家具的。到现在，我还在后悔，那天应该去买张六合彩，也碰碰这几乎是千万分之一的机率。二十多年来在中国都不曾有过的巧遇，却在南半球的异国他乡、那样的情形里发生了。

再有另一个的"奇遇"，得讲讲李满鋆这小子。

在8011里，就我和他俩来自广东，同声同气，加上大家都爱运动，平时的来往自然就多了些。毕业后，他分到华南师范大学，我到了广东电视台。刚开始工作，大家都忙着适应新的环境，虽同在一座城市，却相互都没有来往。只听他毕业前说过，将来要到美国。至于他什么时候走，在哪座城市落脚，则不得而知。这些年来，每次的聚会，大家都在打听他，寻找他，而他，就像一只断了线的风筝，不知飘落何方。到现在，他是8011剩下的两个没找回的同学之一。

2012年秋天，我在美国西部旅行，在旧金山，除了探访了我同宿舍的周美玲外，还去拜访了复旦新闻系的朋友的中学同学——一个毕业于清华大学的才女，同时，也是一个运动爱好者，喜欢打球，滑雪，露营。甫一见面，她便津津乐道地给我讲起了他们的旧金山中国高校乒乓球联谊赛的事情，说清华与复旦是多年的老冤家和老对手。闲聊中多次被她的激情与活力所感染。末了，大家互通了微信。

大概回悉尼后的一个星期，这位活力女士给我发来了私信，问认不认识李满鋆，还发来了几张他们在乒乓球台切磋的照片。在得到证实之后，她得意地说："哈哈！李满鋆和他的搭档，是我和我先生混合双打的手下败将！"

就这样，似乎有点得来全不费功夫，李满鋆这小子被捞回来了。这事也让

　　我好生纳闷了几回，周美玲与李满鋆在同一个城市那么多年，怎么就没碰上，让我这个从南半球偶尔绕到北半球旅游一下的人给"奇遇"上了呢？

　　都说现在网络时代，想找任何人都会变得轻而易举，但太容易得到的东西，会不会又会失去了一份期盼、一份惊喜呢？

　　这次正值筹委会在筹组毕业三十周年的聚会，我把李满鋆同学的邮箱给"出卖"出来，也算是对8011的一个小小的贡献吧。

2014年2月20日于悉尼

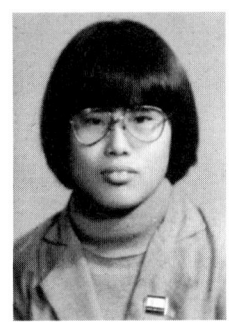 

彭 金燕,1963年生。广东省佛山市人。1980年毕业于广东省重点中学佛山一中,同年考入复旦大学中文系。

　　大学期间,学习成绩不甚出众,然而运动素质较为突出。入学之初,便在新生田径运动会上崭露头角,然后被招进复旦中长跑运动队,后改攻七项全能,曾获上海高校大学生田径运动会七项全能亚军。并曾进入复旦大学学生会混得体育部副部长一职。在校期间,最得意一事是免修体育课。

　　1984年大学毕业,分配到广东电视台文艺部工作,因其时大学生还较为吃香,故深得重用,并被视为重点培养对象。后因为爱情,申请调到佛山工作,由于向往一年两度的寒暑假期,调入佛山教育学院中文系(现佛山科技学院)。1987年到武汉大学助教进修班学习一年,从此正式走上教书育人生涯。1993年聘为讲师,1998年评为副教授。在此期间,也曾胡弹乱奏过十数篇文学评论文章。

　　2000年随丈夫移民澳大利亚,定居于悉尼。

美女保卫战

宋广杰

　　大概那是1988年左右，我还在辽宁师大教书。李宏伟从北京到大连来采访，顺便把女朋友赵小姐也带来了，希望利用采访之便让女朋友畅玩大连。因此，到达大连后就把赵小姐直接带到我的寝室，说女朋友就完全交给你啦，然后就采访去了。

　　那时，我们大学老师单身的都住在教师宿舍里，大概三四个人一个房间。

　　好在是周末的下午，寝室里其他的教师都回家了，因此房间无人，说话和休息就很方便。

　　下午离开饭时间还有一个多小时，不便远游，就带着赵小姐在校园里转一转。

　　夏风习习，校园里绿树婆娑，林荫道上光影斑驳。赵小姐小巧玲珑，秀气大方，在一起散步不免有些诗情画意。

　　吃晚饭的时候，宏伟回来了，在教师的小餐厅里要了几个好菜，喝上小酒，天南海北，同学趣闻，谈兴甚欢。

　　第二天一早吃完早饭，宏伟就接着采访去了，采访完还得赶晚上的火车回北京。时间紧，任务重，我和赵小姐也赶紧收拾，带她到大连著名的景区去游览。

　　大连是个春秋较长、冬温夏爽的城市。虽然远没有京都或南方诸城那样的文化底蕴，也鲜少名胜古迹，但它的特色就是自然风光旖旎，山清水秀，与天地融为一体。

我带着赵小姐游览了老虎滩公园、滨海大道、星海公园等景区。尤其是滨海大道，沿海蜿蜒，山清水秀，绿物葱葱，漫步其间，人与自然浑然一体，甚为惬意。我和赵小姐陶醉其中，乐不思蜀。

看饱了，走累了，我带赵小姐开始返程。

倒了一遍车，坐上了回学校的无轨电车。我们上车后选择了最后一排座。夏天的车，只有打开车窗才会凉爽。赵小姐打开车窗，任风吹拂。这时上来了两个小伙儿，坐在了我们的前排，顺手就把车窗玻璃推到了后面，瞬间我们后座的风就被挡住了。赵小姐又把车窗玻璃向前推，两个小伙中的一个，立即又给推回来。两次三番后，两个铁塔似的小伙子站了起来，我一看情势不好赶紧好言相劝，但为时晚矣。

赵小姐京城生长，自是不了解大连土生土长的子民，和北京、上海的文化素养差距是很大的，"君子动口不动手"的做派在粗民野夫的身上是行不通

作者在喂鹿

的。素日里他们动辄横眉立目，口无遮拦，拳脚相向，更是常见。说话间，其中一人甩出唾液，挥拳砸向赵小姐，我赶紧起身挡驾，瞠目怒斥，但仍然没有阻止即将落下来的硬拳，说时迟那时快，我上去一拳就把那个小子的鼻子打出血来，混战即刻开始，双方左右开弓、拳脚相加，狗踢狼摔……

车上打成了一锅粥，但司机盲然无视，依然故我地开着车；车上的乘客袖手旁观，只看热闹，有的甚至还为双方的厮杀"加油"。……也不知道过去多少分钟了，终因车内空间狭小，无法施展，加之寡不敌众，我被紧紧抱住后腰，结结实实挨了一顿打，败下阵来……

我和赵小姐走在校园回寝室的路上。路很长很长。我们俩拉开了点距离。一是我不想她难堪，因为此时，我衣衫褴褛，头上被打的包此起彼伏，青一块紫一块，甚是窘迫狼狈。二是心情很沮丧，风景也飘失了蕴美，翠柳低垂，黯然失色。偶尔我还用衣袖遮住脸面，怕被同事和自己的学生看见。

我们回到寝室，各自洗洗涮涮，我坐这个床边，赵小姐坐对面的床边，不知道说啥为好，双方静默无语。

其实我很想好言宽慰她的。我自己虽被打成这样，既没后悔也不后怕。为了护驾美女，责无旁贷，即使今天想起来也会挺身而出的，但看着赵小姐低头不语，我也就欲言又止……

下午四点左右，有人敲门，我没动，为避免嫌疑我没插门。随后宏伟推门而入，发现气氛不对，开始上下里外打量。我鼻青脸肿、衣冠不整，赵小姐黯然神伤、低头默泣，宏伟的表情顿时凝重起来。宏伟扫我一眼后立马将目光移开，看向赵小姐。我也不吱声不解释，看你咋样，静观其变。然宏伟不仅脾气好，涵养也高，没对我横眉竖目，也没对我拳脚相向，而是轻手轻脚走到赵小姐身边，美女立马扑到宏伟怀里，两手紧紧地搂住他的脖子，边哭边把事情的经过告诉了他……

流光瞬息，转眼二十多年过去了，对一生中唯一的一次"打架"我还是记忆深刻的，也为曾面对"强敌"舍身披胆、保卫美女不受欺凌有着些许的自豪。但这些都已成过眼烟云，唯有青春的印记，生命的情谊长存流淌。不经风雨，难见彩虹，我和赵小姐经过这次"革命的洗礼"属于"患难之交"了，友谊更加稳固，不论是在京城还是在我的故乡见面都是好哥们一般。每碰到老同学讲起这段往事，都当作茶余饭后的笑话而忍俊不禁。看来，正应了那句话：过去的都变成了美好的回忆！

蝶恋花·记毕业三十年同学聚会

少年懵懂老来俏，

相聚恨晚，

五十才拥抱。

天各一方任逍遥，

互思互问知多少？

失联暗惦从未消，

天涯海角，

谁也跑不掉。

晚情却被少年笑，

相知相乐共终老！

宋广杰，男，1961年12月生人，汉族，籍贯山东，出生于辽宁锦州市。

"文革"中父亲被打成"反革命"，被迫下乡，因而中断城里的学习，到农村晚上学一年。小学和初中都是在农村度过的。后考入县城省级高级中学"黑山一高"。

"文革"后回到城里在锦州二高中读书。高考文科考了市里第一名，地区第四名。填报志愿时，父亲给我报的是北大法律系，后遂私自把北大法律系勾掉，填上了复旦大学中文系。

在复旦中文系读书期间，不论是男女之事，还是专业学习，一切都很懵懂，临到毕业还是觉得两手空空。

大学毕业后被分配到辽宁师范大学教书，教授古代文学、古今中外名著选读等。并编写了一本三十万字左右的书，还翻译了一本《中日文化比较》专著。

1987年左右加入中国民主同盟。

1990年9月结婚。

1990至1992年在出版社、报社、杂志社混过一段时间。

1992、1993年左右开始下海经商。先后干过出版发行、留学中介、外语培训、民办学校、印刷公司、广告公司……

1992到1996年期间，多次因公、因私出国"考察"，主要是游玩，没有继续学业上的深造，也没拿到更高的学历。

2000年，创办了自己的软件公司。2009年年底，因先天性脑部动静脉畸形，做了开颅手术，住院和在家休养一年多，公司无人管理，几大自主开发的软件皆遭偷窃，从此生意上偃旗息鼓、归隐田园。

我与复旦诗社

卓松盛

　　写诗，对我本是颇偶然的事。高中最后一年准备高考，由于就读的红军中学不设文科班，在班主任郑舜琴老师介绍下，到继光中学借读文科班。文科班里有位才子叫王依群，曾获上海市中学生作文竞赛一等奖，他哥哥王小龙在上海市青年宫工作，组织了一个诗歌组，同人性质的。有一次，王依群把我写的一组小散文（很短，绝非诗）给他哥哥看了，王小龙就让我去参加诗歌组的活动。于是，我就糊里糊涂走上了写诗的道路。

　　上复旦前，受王小龙和诗歌组同人的影响，写了一些诗作，发表了个别作品，也长了不少见识，如见过翘楚于当时新诗坛的北岛、顾城等。进复旦半年后，复旦诗社成立，便报名、便录取，参加了诗社的活动。而青年宫诗歌组的活动仍参加，但昔日的诗友沈宏菲因上了暨南大学，就见得少了。

　　进复旦诗社后记不起多久了，我曾有过一次大爆发，突然间写了不少诗，作了一些新探索（如长句子），那些日子还易改本性，逮人就聊个没完，总感觉有用不尽的精力。这大概是摆脱小孩角色、进入成人角色的临界点。

　　又是一两年，随着七七、七八级毕业，我作为复旦诗社第一批社员，竟也成了元老，由理事而升任副社长。待七九级也要毕业时，诗社社长、七九级的许德民提出让我来接班，于是就接了班。也许到现在，我才知道复旦诗社社长的分量。读过复旦、读过复旦中文系，人们好像觉得不稀奇，而当过复旦诗社社长就被当一回事了。当然也别太当回事，还是像当年那样不知轻重的好，我

2014年，作者（右）与张忠在成都

当社长时，副社长是中文系八一级的傅亮和经济系八一级的朱国宏。

在复旦的最后一年，我作为诗社社长，主要干了几件事：组织了两次诗会，5月的青春杯和11月的屈原杯。这是从许德民那里继承来的，在学校里颇有影响，每次都在大礼堂办，前来助兴的同学坐了黑压压一礼堂。我只做幕后组织者，不参加作品，评委是请上海一些有名的老诗人。朗诵者除了作者自己，还请复旦话剧团的同学出场。我只在评奖结果出来后到台上宣布一下。

编辑了几期《诗耕地》。这方面下的功夫比较大，除了提供个人的诗作，还写了一些评论。《上海文学》后来发表我的两组诗，都是从《诗耕地》上选去的。为了保证这本《诗耕地》的质量，我几乎对社员的每首诗都下了功夫。即使现在拿起来，这本《诗耕地》也是读得下去的。傅亮在《诗耕地》的编辑、印刷上出了许多力，表现出极大的热情和很强的办事能力。这也是我最后把班交给他接的主要原因。

着力培养了诗社的新生骨干力量。大约每两周，我和八一、八二级的一些社员就坐下来，讲讲习作，讲讲感觉。这一招是从王小龙那里学来的。在这个过程中，为诗社今后发展准备了力量，像杜立德、张浩等，后来都成为诗社的主心骨。

我这个诗社社长，自我评价是个过渡性的，既无初创之功，又无中兴之业。但从诗社的发展看，我总算是延续了香火，没有辜负许德民，也没有贻害傅亮、杜立德等。毕业以后到北京工作，与诗社渐行渐远，与诗也渐行渐远。虽然也在同学李师东办的刊物上发表过若干诗作，都已没有新局，谈不上什么成就。也是啊，人已经不诗了，笔底又如何有诗呢?

乘8011纪念毕业三十周年之际，拉拉杂杂地回忆了以上这些。好像与8011本身没太多关系，但那都是在8011时发生的，也算有点联系吧。

卓松盛，男，1961年9月生于上海，汉族，籍贯广东中山。先后就读于上海市虹口区永明路小学、横滨桥小学、红军中学、继光中学（借读文科班）、复旦大学中文系。1984年至1998年在团中央研究室、办公厅、宣传部工作。1998年至2013年在中央办公厅调研室工作。2014年初调中央文献研究室工作。

一辈子只做了个"红颜知己"

俞文明

1980年8月30日,记得是个阴雨天。

上海火车站,我被举着"复旦大学"牌子的人搞上一辆车子,连人带铺盖拉到上海邯郸路220号,进了一座红砖打造的大校门,入中文系,班级编号"复旦8011",学籍编号8011071。

中文系,我骄傲!

没两天,又被某老师灌输:中文系牛逼,平均高考分全校文科最高,比新闻系高出二十多分,全国各省文科有多名状元在8011,上海文科前十,半数在8011!中文系出来的人,哈!做教授、当作家,哪个饭碗不光彩?写小说、吟诗词,哪件事儿不浪漫?这辈子焉能活得不滋润?!

一群人听得双目发光,脑门充血,浑身发热!

一个本来因为数理化读不进去,看点闲书,被弄得有一点文学梦想,向往延安一样向往中文系的涉世不深的年轻人,在那个文艺被视为光辉圣殿的年代,哪里经得起这样对未来美好前景的引诱和撩拨?

从此,四年,投怀送抱中文系。心想,此生托付,肝脑涂地,至死不渝!

从此,视文学艺术为衣食父母,当家婆娘,誓死不离不弃,终老一生!

时光如梭。四年中文系集体生活学习,活色生香,五彩斑斓。不表。

1984年7月13日,记得是个晴天,晚10点,我背上铺盖,一步三回,踌躇满志,走出红砖大校门。

作者近影

三十年，弹指一挥间。

三十年，没写出一段小说，没吟出一句诗词，甚至没有在一个和文艺相干的部门或岗位工作。与文艺，没有同床共眠，唯有惺惺相惜；没有一个锅里吃饭，只有灵魂相伴。

文艺，这该死的家伙，这辈子她和我，只做了个"红颜知己"！

别梦依稀咒逝川啊。

三十年前的那个夏日，恍如昨天。

1984年7月15日，背负行囊来到杭州体育场路一百七十八号，"浙江日报"四个大字是周树人先生的字，很文艺；大门架子爬满紫藤、开满花，很文艺；院子小河环绕水清清，很文艺；四层洋楼长条红漆地板，很文艺。心想，虽然不是文艺单位，但弄个文艺副刊干干，倒是不错。

报到后的任务不文艺：去嘉兴记者站。

嘉兴属杭嘉湖平原水乡小城，一条主街，若干巷子，自行车用力一蹬，可直接冲到主街尾巴。全市水网密布，交通大多靠船。每天，迎着朝阳乘着船儿下乡去，采写种桑、养蚕、秋收、冬种的"豆腐块"小稿子，报屁股上登出来，便捧着白纸黑字乐颠颠。

旦复旦兮，与文艺饭碗无干，与文艺酸味有缘。难道自我文艺不成？嘉兴人杰地灵，文人辈出，朱彝尊、王国维、张元济、李叔同、沈曾植、丰子恺、沈钧儒、徐志摩、茅盾、张宗祥、朱生豪、朱起凤、吴文祺、金庸……把他们当作亲人似的，凡属他们的故居旧校，坟头茅厕，猪圈鸡舍，悄悄地走了个遍。独自瞻仰，暗自陶醉，真把他们当作自己的知己。

走过了春夏秋冬,一年后,回到报社本部。"文"心不死,惦记着能进文艺部。我说,我中文系的。头儿说,中文系,好,那什么都会写,你到工交财贸采编部吧。

杭州街头从此多了一个骑着自行车满大街转的。进出搪瓷厂、火柴厂、丝织厂、钢铁厂、热水瓶厂、运输公司、物资公司、百货公司、蔬菜公司,产量、产值、成本、利润……文章很实在,饭碗很经济。

可悲的是,竟然与"很实在很经济"貌合神离,同床异梦!吃着饭碗里的,看着花园里的。躺在床上看文艺书,蹲在马桶上看文艺书,如切如磋,如胶似漆。脑子进了水,灵魂出了窍。

一晃二十多年。

经济报道部、夜班编辑部、政治报道部,几度改"嫁",均属土豪官宦小地主,赵钱孙李,就不姓"文"。嫁鸡随鸡,嫁狗随狗,生米煮成了熟饭。

贼心不死。种地打柴添火做饭,念念不忘邻家文艺红颜小清新;吃香喝辣衣着光鲜,六根不净饱暖思淫欲。几度搬家,发下来的经济书政治书,大多扔了,一本本买回来的文学书、艺术书、历史书不弃不舍。一棵红杏大院里,一枝红杏探出墙,整一个养不熟的麻雀,驯不熟的猴子。

岁月蹉跎,转眼到了新世纪。

阴差阳错,去了杭州北面莫干山麓大运河边的德清县挂职。常委、副县长,党委政府两头沾。七品县官,自古神气。西装领带,进出会场有人领;下乡调研,到站到点有人迎。台上开会前排坐,台下看戏坐前排。

这下彻底"官化"了吧? 看你哪里文艺去?!

猫改不了偷腥,狗改不了吃屎,遗传的毛病没药治。上山下乡,走村入户,除了工作,还要去看看红了的杜鹃,白了的芦花,念念不忘偷偷地去寻找老镇旧巷、古桥破屋,钻进犄角旮旯看"文化",陪同的讲"德语"(德清人把德清话自嘲为"德语")的乡村干部一不留神不见了"县官大人"。

莫干山,19世纪末法国传教士发现并开辟的"小租界",别墅两百多幢,邮局、警署、教堂、网球场、游泳池一应俱全,上世纪二三十年代每逢暑期,洋人洋狗洋生活洋洋大观,贵人贵士贵生活瑰丽奢靡,山上一时之盛,有小庐山之谓。人民政府接管后，腐朽糜烂生活落花流水，一些销金窟变为山民寒舍，鸡舍猪棚。但杜月笙、张啸林、张静江、蒋介石、黄郛、陈叔通等别墅，依然在为人民服务。假公济私，去了一趟又再去，有时悄悄独自上山，盘桓再三，东张西望，看花看树看石头看破家什，游客不像游客，官员不像官员。工作人员嘀咕，这个俞县长，经常来东转西转，想在德清干点啥？

莫干山下的德清，是典型的江南水乡，鱼虾王八，稻米蚕茧，民众自古耕读传家，生活怡然，故防风氏、沈约、孟郊、赵孟頫、管道昇、俞樾、俞平伯、赵紫宸、沈西苓，代有人出。所以，把他们的遗址旧居废井菜园墓地，当作祖宗八辈亲朋好友红颜知己，兜兜转转，寻寻觅觅，搞得"眼角眉梢都是恨"。

一千多个日子，寒暑易节，春花秋月，德清县九百多平方公里范围，最大的树，最古的庙，最老的桥，最大的刻字，最东边的河，最西部的村，住的最高的农户，博物馆里镇馆之宝，地底下挖出来最早的瓷罐子，这些德清土著都没想到没去过没看过的稀奇古怪，当作亲人视为知己，假公济私偷得浮生，竟去看了个一清二楚，搞得个自得其乐。

三年不伦不类的县官，三年正经八辈的顽主。

故而，德清人评价这个"俞县长"，行事三分文气，喝酒三分匪气，讲话三分傻气，唯独缺一份官气，怪不得这辈子也就在新闻单位混。

三年结束回报社，别的东西都不要了，扛回来一本厚厚的《德清县志》、几片旧旧的原始青瓷、一本红红的副县长委任状，藏了起来，留作纪念。

这落的啥个病！

人有病，天知否？

"好戏"还在后头。

打从小起，数学就是天敌。一见阿拉伯数字就犯晕，每每百倍努力，也是到头来得到几个小鱼小虾分。愈是不喜欢，愈没真感情；愈没真感情，愈是身心愉悦看闲书。恶性循环，数理化每况愈下。

高考人生一条路，对我来说，一条路上只有文科一小道。一小道上天昏地暗垂死挣扎，该死的数学只得勉强及格分，撞进复旦大门全赖读的那点金光大道渣滓洞，半夜鸡叫欧阳海，还有收租院里祥林嫂，三味书屋红灯记。

不是冤家不聚头。

进入报社，二十多年，尽管文艺不得，总是文字的干活。方块字田地里虽然不曾种过玫瑰薰衣草，但是我老农汗水滴滴浇灌禾下土，土里雨露滋润禾苗壮，水稻、麦子、玉米、红高粱倒也收成不错——我基本功种基本粮，老马识途啊。

然而，不幸的各有各的不幸，2011年底，数字永远搞不清楚的我，偏叫去干了经营，分管财务预算投资发展之属。"八十岁学吹打"，我上气奈何接得了下气？我的奶奶！

吃体制的饭，不干也得干。于是，成天营收、成本、盈亏、绩效，预算、进度、决算、报表……没感性，无美感，不文艺。事关吃喝拉撒养家糊口，无关草木虫鱼风花雪月。"辗转反侧，寤寐思服"的不是"窈窕淑女，君子好逑"，而是项目发展财务报表……

打从进得沪上那红砖大校门算起，白驹过隙，已然三十四年！人生长不过百年，掐头去尾，除去流口水、流哈喇子的两头年纪，这三十四年是身强力壮饱暖思淫欲的大好年华啊！惜乎时代大江大海，个体一介生命，哪有所谓个体的事业理想宏图伟志？只不过点灯吃饭，吹灯上床。

雪泥鸿爪，当年的文艺梦想，只是内心深处火苗一烛，一辈子陪伴，只做了个红颜知己！

2014年春于杭州

俞 文明，男，上世纪五十年代末生人，浙江临安人。"文革"年代上的学，从小学到高中毕业，读了九年，其实大部分时间不怎么读书，从事学工、学农、学军和写战斗性文章，主要是批判孔老二并论证读书无用。上大学前，当过初中代课老师，教语文、历史、地理等课，自己根本不懂，也敢上讲台，纯属误人子弟，听过我课而从此未能读好书的，本人确有责任。大学毕业，分配到《浙江日报》工作。一晃三十年，其中二十四年办报，三年分管报业经营，三年在湖州市德清县挂职常委、副县长。得过若干省级和国家级新闻奖，因此评了高级记者职称和全国宣传文化系统"四个一批"人才。盖因搞报道多年，中规中矩，无啥差池，更无惹祸，获国务院政府特殊津贴称号，奖金一万，请客用完还倒贴若干，只剩下大红证书一本，留存。

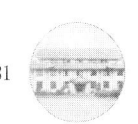

我是怎么混进奥美广告的

杨　舸

　　到现在也没弄明白，我是怎么进奥美的。

　　进奥美之前，一直过着有闲但没钱的日子。

　　那时，我已在大学里教了近七年的书，大多一周只有三节课，而且是放在政治学习的星期五，每周只要去一次——上午上课，中午跟同事下围棋，下午学习，然后收工回家。只有其中两年假期教了几个外国人汉语学习班，及后来开选修课"汉字文化学"什么的，才稍微忙碌了一些。

　　每天睡到中午起床，吃午饭，出去闲逛，看展览，泡图书馆、新华书店，找朋友喝茶聊天，跟学生们出去玩耍，参加口琴乐团，练练笛子吹吹箫，临临帖，研究研究围棋，跟一些不出名的画家搞什么展销会……完全一副虚掷光阴的模样，好不快活。

　　晚饭后，算是进入工作状态，但不是备课，第一学期备好后，可以管个几年。英文不好，托老爸福，又不缺住房，更懒得写论文，也就只好不指望升为教授。在家里写各种乱七八糟的东西，撰写出版了一些像《趣味天文学》《编辑学》《海洋世界》《交通工具》《彩图宝宝字典》等现在自己看着都觉得非常好玩的书。那时真是可以花三个月时间，天天从晚饭后干到第二天早上七八点钟，半夜老妈会泡杯咖啡，凌晨边写边看着窗外升起的太阳，感觉自己非常诗意，非常像七八点钟的太阳。

　　其他的空余时间，就帮报社、杂志写写小文，或者做些专题采访。题目很杂,从身体健康、名人传记、保留建筑、画家作品欣赏……到风水、星相学(写星相学文章,那时还不太开放,弄到那本杂志被封,实在有愧于担当编辑的那位连老同学),其至还帮《文汇报》《解放日报》设计了一些刊头标志,觉得自己很琴棋书画的,现在再看,真是要从脸上一直红到屁股了。

就在这样的无所事事中,忽然发现,自己可能连婚也结不起。那是1991年年底,已近三十岁,寻思着要怎么着赚点钱,女友正好找来一份报纸,上面就登着上海奥美的第一次招聘广告,没画面,就那一句话"一个工作的好地方"写在半版广告中央,多奢侈,下面是招聘的职位,署名是上海奥美广告公司。

不知道奥美广告是什么公司,只看见是外资的,而且招文案,应该我还混得过去,就写了一封应聘信,现在年轻人写得应聘信都很精致花哨,那时大约也就一页纸,不靠装潢,全靠内容。自己现在都忘记写了些什么,大概就是简历,然后就是表几句决心吧。

后来才听说,共有三千多人应聘,而我的应聘信在第一轮就被扔在淘汰的那一堆了,一个叫董洽的人,彻底改变了我的命运,他是台湾奥美庄淑芬麾下的"金童"之一,天赋聪明,谈吐幽默,也就跟我差不多大,单身一人,从台湾来到上海出任上海奥美总经理。

他看了预选出来的应聘资料,不满意,就又从那淘汰的一堆里挑人,就将我和郁海敏都挑了出来,进了面试名单,真悬哪!所以我常说,三十个人里录取你,是实力,三千人里录取你,就是运气了。

可这些我一开始不知道,应聘信寄出后,就忘了这事,继续混日子。有天晚上骑自行车回家,将额头摔破了,隐型眼镜又忘了取,结果引起角膜炎,要住院,在眼球上打针,听着就让我眼睛一个劲地跳。就在那时,奥美来了电话,要我去面试,女友高兴地来医院告诉我,可我额头上还贴着一块纱布,眼睛还在治疗,医生不同意我出院,怎么办呢?跟病友们一商量,决定悄悄逃出去。就让女友去我家,问老爸借了一件西装,用个箱子,将西装、衬衣、皮鞋跟我写的书啊文章啊什么的都装了,带到医院,换了病号服,就溜出了医院。那天的上海还下着雪,女友怕我有事,特意叫了车陪我去面试(那时她钱比我多多了)。

作者近影

后来才知道，创意人哪里需要穿西装，自己真是没见识。老爸个头比我大很多，那西装穿着肩膀是塌的，下摆都快到膝盖了，头上还贴着纱布，董浩面试的时候就奇怪我的额头，奇怪我的衣服，更奇怪居然有个大男人面试还要女朋友陪着的……看着我一个劲地诡笑。丢人丢到家了。不过也许正因为这样，他才记住了我吧？

面试开始了，到底是人生第一次面试，手足无措，董浩可能看不下去了，问我："要不要喝水？"我点了头，来了水，拿杯子的手在抖，我在尽量控制，不让董浩发现，不过看来没用。

他又问："知道奥美吗？"我说不知道，心里还咕哝着，大概就一小公司，谁会知道呢？后来才晓得原来奥美在世界上那么牛，不过当时还真有眼不识泰山，要不还真不知道会紧张成什么样了。"喜欢看广告吗？"我说看得不多，总不能说不喜欢吧。"有没有看过雀巢咖啡的广告？"那年头雀巢咖啡多火啊，谁没看过？我点点头。他就要我描述一下广告内容，我绘声绘色说了，完后他奇怪地看着我一笑，说"那是麦氏咖啡的广告"，还说麦氏咖啡的广告是奥美做的，我把它记成雀巢，说明了广告的失败……我的天哪，什么错误不能犯，竟然犯这种低级错误？！

后面问的什么也搞不清楚，一直到问我作为文案应聘者，写过些什么，我来劲了，打开箱子，哗啦一声，一堆书和杂志、报纸堆在桌上。他也许被"雷"到了，很惊讶的表情，拿起一本《趣味天文学》，翻了翻，大概觉得很好玩，问我："可以送我一本吗？"我说当然可以，心里寻思着，拿了人家的手短，应该会录取我的吧。

然后，他又叫我写一篇咖啡广告，我为了弥补他的观感，15分钟一口气写了三条（这大概就是后来在奥美被戏称为快枪手的由来）。

然后他就让另一个人来面试我，他叫宋秩铭，江湖人称TB，后来又被称为中国广告业之父……我的灾难又开始了！

宋问我："你觉得刚才跟你聊的人怎么样？"我说："还行！"心想就那么一会，哪里知道刚才那人怎样啊？再问了一些问题，就问了一个跟面试好像完全无关的："你知道《古船》吗？"我摇头。"你知道这是谁写的吗？"天哪，我不知道这书，怎么知道谁写的？我继续摇头。"那你猜一下可能是哪里的人？"越来越离谱，考我的胡思乱想能力？我回答："台湾的？"猜想他和刚才那面试官口音应该是台湾的，那喜欢的八成也是台湾作家吧。他摇摇头，说是大陆的……我晕我倒我晕倒。不过，十六年过去了，我到现在还是没看过《古船》。

回家父母问我："有希望吗？"我摇头。心里唯一的希望就是董洽拿了我的书，总得还我一个公道吧？

那次面试后，大概挺长一段时间过去了，两周？一月？忘记了。反正已经进入1992年了，我已经完全不抱希望。

那天，我在南京路黄陂路那原来的上海图书馆看书，录取通知电话到家里，正好女友在，她急得什么似的，赶紧叫了一辆摩托车赶到图书馆，找到了我（瞧，她多有钱，我才舍不得叫呢）。

1992年，2月10日，我来到上海新虹桥大厦上海奥美办公室。从此开始了我的广告生涯，也开始了我有点小钱但彻底没闲的日子。

杨 舸, 男, 汉族, 1962年5月出生于上海

1980—1984年, 复旦大学中文系语言专业, 学生

1984—1992年, 上海大学文学院中文系语言教研室, 任教

1992—1997年, 上海奥美广告公司, 文案、创意组长

1997—1999年, 上海方可广告公司, 副总经理、创意总监

1999—2000年, 广州奥美广告公司, 创意总监

2000—2001年, 斐思态广告, 执行创意总监

2001年至今, 上海同盟广告董事副总经理、执行创意总监

2013年至今, 上海吾意文化传播公司创办人、创意人、广告导演

荣获奖项:

　　亚太华文时报奖、艾菲奖、亚太大卫—奥格威奖、中国广告奖、全国公益广告奖、全国电台广告奖、长城奖、金投赏、IAI广告年鉴奖、广告人中国奖、中国创意传播大奖等, 总计金银铜奖多达一百六十多个

转身之间

汤建强

　　每个人的一辈子，都是一次独一无二的旅程，有的人平坦简单，有的人坎坷曲折。在这条其实并不长远的路途上，你命中会碰到哪些人，沿途会看到些什么风景，又会经历怎样的风雨，则完全取决于你在每一个人生的岔路口，你转身向了哪个方向，选择了哪条道路。

　　与大多数人一样，我人生的第一个转身，当然是决定了多少人命运的高考。

　　这么多年来，我经常会想到这样一个问题——假如当年我没有考上复旦，或者说干脆就没能考上大学，我的人生道路会是如何？按照我年少时朦胧的理想和性格，我肯定不会去上师范，总觉得男人的生活总要有点阳刚，总要经历点风雨，而老师的职业离这些太远；也许会像班里有的同学那样，如果考得不好，选择上军校或者公安学校，或者干脆与大学无缘，只能去乡镇企业当个工人，再不就是去学门手艺，保不定也会去做点生意。当然，这些不确定的命运在接到复旦的录取通知书时最终都与我无关。接下来的就是与复旦8011结下了一辈子的关联。

　　生活想来确是神奇。面对世界之大，我们每个人其实就是宇宙中的一颗小星星而已，可就在特定的时间，在特定的空间，特定的地方，九十三位天南地北、原本毫不相干的少男少女，就这样在复旦8011交会，从而使自己的一生，与复旦，与其他九十二位男孩女孩有了一辈子割不断的缘分。

　　说实话，回想在复旦的四年，一直感觉当真没学到什么，中文系的课

程也是越听越没劲，当时也不懂得如何自主规划自己，就这么浑浑噩噩地肆意挥霍了现在想来那么宝贵的四年光阴。但事实是，这么多年来，复旦的四年给我留下的记忆却又是那么美好和永恒——梧桐树叶飘飞的"南京路"，灯光下宁静安详的阅览室，古老而韵味十足的中文系小楼，迎考时的烦恼和考后的轻松愉悦，周末与兄弟们就着食堂买来的一桌子菜和从五角场用热水瓶打来的散装酒，来一场寒酸而放肆的开心，课后球场上奔跑着的青春身影和寝室之间互不买账的比赛，还有因青春萌动而半懂不懂地为情感开始的忧郁和伤感……这一个个画面构成了我回忆中的复旦。其实，后来我慢慢明白，复旦这四年给我们的，除了这些回忆和一张文凭外，让我真正受益一辈子的东西，在于复旦给了来自农村的我一个平台，在这个平台上，面对图书馆浩瀚的知识感知到了自己的渺小，8011其他九十二个优秀的同学，也如来自不同地区的标本，从这批汇集的精英中看到了自己的平凡。更重要的是，站在这个高处的平台，可以让我看到以前自己无法看到的风景，听到各种给我启发或者思考的声音，可以沐浴在来自东南西北的风中，让自己自由地感知、思考和汲取，让我年轻幼稚的心智慢慢成长和成熟，让我在今后的人生中独立思考、正确分辨、果敢取舍。这一切因这份积淀而成为可能。因此，复旦现任杨玉良校长在2011届毕业典礼上的讲话让我感同身受，他说："我不知道是否有同学在检查、反省的时候，感到自己在这四年当中虚度了光阴。但是，即便你感到虚度光阴，也不用过分伤感，因为哲学家卢梭曾说过：误用光阴比虚掷光阴的损失更大，教育错了的孩子比没有受过教育的孩子离智慧更远。因此，你只要在这四年当中体验了、思考了，那么你的心智已经得到了自由发展，你仍然是向着智慧的方向在努力地前进。"的确，复旦给我们真正有意义的，其实恰恰是当时自己根本没有意识到的东西。

人生第二个顺理成章的转身处，自然是毕业分配工作。

由于自己坚持要回家乡，所以最终的工作单位在向地方人事局报到时才知道。当他们告诉我分配到市委宣传部时，我疑惑地问：宣传部是干什么的？他们说，去了就知道了，反正与你的专业算是对口的。就这样，我懵懵懂懂到了宣传部,而且一干就是十五年。

党委机关的工作对我来说是一场要命的考验——年少无知且对政治了无兴趣,本向往着做做新闻出版之类的实务却要从事意识形态的务虚宏观工作,根本不懂机关里那些没有哪里明示却无处不在的规则,还要加上自己个性还倔强固执……由于当时机关里面年轻人还不多,所以新分来的大学生自然成了大家关注的对象。上班穿了一条自以为中规中矩的牛仔裤,却让那些前辈们的眼睛瞄了我好几天;刚毕业时高中大学同学自然书信电话联络比较频繁,个把月后一脸慈祥的科长便忍无可忍地找我谈话,提醒一头雾水的我要注意影响;当然,开会也好吃饭也罢,你应该在什么位置、什么时候讲话、怎样讲话肯定是一门十分重要的学问。工作上如何适应同样显得艰难。印象最深刻的是工作第二年市委要召开表彰一位因公牺牲的武警烈士全市大会,分管部长直接找我去布置任务:给书记写主题报告,要求只有一条——讲话时间为一个小时。领导说罢见我还愣在那里,便亲切地说:"时间是紧了点,但领导信

作者(左一)与到新岗位的前任(右)和同事合影

任你，别的工作就不要汇报了，赶紧回去准备吧。"天地良心，我哪里是想越过科长汇报什么工作，是我听到这个任务时一下根本就没反应过来——我怎么知道书记要讲什么啊，而且还要讲一个小时！

尽管有太多的不适应，在自己撞过不少的南墙后也开始懂得更加收敛，加上身边的领导同事尽管正统和严肃，但大多数人素质还是比较高，为人也都不错，看我一个乡下孩子在机关混也不容易，还是愿意真心帮我一把，加上自己虽然傲气时不时还会冒一下，但虚心还是有的，也不怎么怕吃苦，所以工作也算慢慢地适应了，开始从不给领导添乱到能够为领导分忧了。再后来，大学生进机关的也越来越多，机关氛围也随社会开放之风而日渐宽松，日子就慢慢地好过起来，自己已经从能够生存到有所发展了。

但随着时间的推移，也许是自己在心底的不甘从未消失，也许是对所做工作意义的质疑越发真切，记得在年底时的一天，自己整理一年来的材料和档案时，突然悲哀地发现，这些曾经为之付出了多少精力和心血的东西，随着时间和形势的改变，又一次全然没有了存在的价值！一瞬间，似乎埋藏在心头的愿望和一直积压的怨气一下喷涌而出，一个念头终于一下变得如此强烈——我要改变自己！

在工作的选择上，我们这一代大学生大概是念念不忘专业对口的最后一代了，大多数人功利性还真不强。所以，我毕业后的理想工作当然还是要求专业尽量对口，在宣传部工作的十多年，实际上一直是身在曹营心在汉，报社电视台领导倒是早就向我悄悄伸出橄榄枝，只是宣传部长是他们的父母官，部长不同意，他们只能作罢。所以，这条道是走不通了，于是只能退而求其次，找一个能做点实事的地方吧。于是一脚就跳到了与地方没有任何关系，自己以前也从来没有想到过的海关。

勇气之后的选择还是惹了不少的麻烦。首先是领导不同意，而且很生气。当时宣传部作为市级机关第一个试点领导干部竞争上岗的单位，当我提出请调报告时，本人"被竞争"已经过了笔试、面试和群众测评三关了，眼看就要进入最后程序了，如果到结果出来再提出调动，连自己都要觉得太过分了。所以在我请求下，海关人事部门急急正式上门"提亲"，我也赶紧用十倍的真心和百倍的诚意，终于让领导理解和相信我的真实想法而同意放行。自然，这一举动一下成为整个机关议论的热点，也让领导感到了失望和尴尬。所以，这么些年来，我内心也一直感激当时领导的大度和宽容，而且，平心而论，当时的工作虽然比较空泛，但毕竟层次比较高、接触面比较广，工作的独立性较强，所以经历的锤炼也多，所学所悟有些东西还是让我这辈子受益匪浅。人生的这一站虽然自己选择跳过，但不会也不应该否定它忘记它，只是因为我不适应它。

这就是我人生岔路口的第三次转身。是年，我三十八岁，一个自以为对职业从头再来还有点底气的年龄。

但很快，这样的底气就面临着又一次严峻考验了。我到海关负责办公室工作，原来的办公室主任刚刚被任命去筹建海关缉私警察局——朱镕基总理面对当时走私泛滥出的一个狠招。以前的走私案件都由地方公安侦办，结果大多是大事化小，小事化了。为此总理很生气，一生气就出了这招。因为海关从上到下由国务院直属管理，组建了国务院直接掌控的皇家警察，目的也是让地方政府想干涉时鞭长莫及。所以师傅连传帮带的机会都没给我，就让我自己摸索着上阵了。结果刚上班，难堪就来临了——面对一堆等待批办的文件，装模作样看了半天，笔却始终无法落下，这既不是谨慎，也不是在思考，而是没有几个文件我能看懂！此前我对海关的印象，除了中学时从一本什么杂志上看到海关的制服很漂亮之外，就知道海关是国家进出口的监督管理机关，工作比较具体务实。可就是这个具体务实，现在给了我一个结实的难堪。在我进入海关之前，海关人员一般都是由海关院校毕业生直接分配，到1990年开始才通过公务员招考录取地方院校的大学生，但在他们进入岗位前都是经过好几个月的强化培训才开始跟师学徒。我进入海关虽然也经过了简单的考试，但内容是公务员通用内容，根本没有涉及海关业务。可怜我这个半路上跳进来的门外汉，还没有经过任何形式的培训就被推到岗上，在满是专业术语的文件面前，我只能是傻眼。

这些年，为了自己的这个选择还真吃了不少的二遍苦。一转眼，在海关也工作十多年了，从部门到单位调动了好几回，回想起来，最有成就感、也最痛快

的经历，还是在从事业务工作的不到两年时间里。当时在我再三请求下，领导终于同意我去业务一线——负责侦办走私违规案件的调查部门。明知前面又是要吃第三遍苦的坑，但还是选择了往下跳。因为在我看来，到了海关不做具体业务，怎么着也是不务正业吧。再说，我这个人最适合最喜欢的就是做具体工作。调查工作不仅常年四处奔波，需要学习海关法律、企业财务和海关各门类业务，还要与各类公司、各色老板斗智斗勇。可怜堂堂复旦一介书生，差不多就沦落为整天想着与形形色色中外老板斗法的一介武夫了——为了应对危险，调查部门还真是配备武器装备的。想想要是复旦的教授们知道这个不肖弟子的境况，一定会仰天一声长叹。

又是一个硬着头皮的适应过程。而且，为了办案，有时一天兄弟们轮流开车就要赶上千里的路；不管严寒还是酷暑，蹲点、守候伏击行动不论地点和早晚；同时，还要应对各种说情和威胁利诱。但后来回想一下当时的感受，可以用一句流行的话来表述——痛并快乐着。但就在自己刚刚度过困难期开始找到点感觉时，组织的一纸通知，让我从此再无缘分享受那份紧张艰辛后实实在在的快乐和成就感。

时光就这样在不经意间飞快流逝，转眼间在海关工作已经又是十五年了。"就这样不知不觉，就这样转身之间，就是那过往的少年……"这首叫《转身之间》的歌，让我们这些准老头听来却是那么的伤感。从少年到暮年之间，真的也就是那么几次的转身。回顾自己走过的历程，在有限的几次转身中自主选择的不多，留下的遗憾倒是不少。假如人生有"如果"，希望自己会有更多的勇气左右自己前行的方向，选择道路时会更多地听取内心的呼唤，也能更多地活出一点真正的自我。毕竟造物主只给了我们每个人一次的单程旅行。按照正常规律，在余下的生命中，至少还会有两次转身的机会，最后一次当然是全人类殊途同归的必然选择，那就是人生的谢幕。当然，这一转身之后的世界是如何的，属于宗教范畴的问题，如果到那时还不能坦然面对，不妨在宗教中寻找心灵的安慰。而余下的另一次肯定的转身，在我看来却是那么地令人期待，那就是退休。因为经历了一辈子的职场也好，官场也罢，这个时候一般都开始知道自己真正要什么和不要什么，也都明白已经来年无多自己还有什么遗憾或者愿望。最主要的，当然是你从此已是自由身，再也不用听老板的或者听组织的，再也不用考虑会有什么影响你的升职或者仕途了，从此你就可以最大限度地听从自己心灵的呼唤，按照自己的意愿前行。所以，现在赶紧要开始做的，就是好好擦拭和保养好自己这架还不算太老的机器，争取在夕阳照耀下跑出最后的精彩。当然，在这个最后的旅途中，我们8011天南海北的每个成员家的所在地，都有可能成为导航仪上的"途径点"和加油站，因为这辈子，复旦8011会将我们的人生始终关联在一起。

2014年2月20日

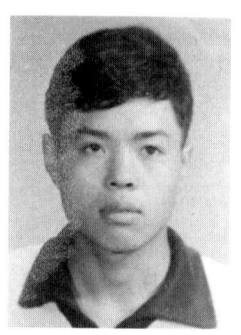

汤建强，1961年8月6日出生，籍贯江苏武进，男，汉族。在家乡读完从小学到高中的全部课程，1980年来到上海复旦大学中文系。1984年工作，历时三十年，前十五年在地方机关，后十五年在海关系统。盖棺定论：转身回顾半个世纪历程，既无官场建树，更无文坛业绩，实仍碌碌无为，愧对复旦栽培。此生最大的收获是满头白发，最大的成就是养育了女儿，最大的财富是人生还有的岁月和一颗还不服老的心。

岁月的歌

徐晓玫

　　我想如果把茶和音乐让我只作一种选择，该是很惨痛的。我爱喝茶，也无法舍下那跳荡的音符。

　　从小我就爱唱歌，大学时代，更是以唱歌取胜，那时候，我几乎会唱所有的影视歌曲，所有的流行歌曲，楼道里总有我轻柔的歌声，水房里便是最好的歌咏场所，班里的女孩子洗衣服时总巴望着我陪在身边唱歌。池雨花是比较内向的女同学，一次，她身体不舒服就央求我唱歌给她听。那个晚上我到底唱了多少首歌，无可计数，没有歌本，而且是躺在床上唱，竟没有气流阻隔之感，最后她终于神清气爽，说是我的歌声医治了她的病痛。为此在毕业纪念册的扉页上，她满含深情地写下了：没有你的歌声，对我来说就像没有太阳一样……

　　在临近毕业的时候，我们小组的男同学曾郑重地邀请我和陆亚萍去他们宿舍，说是要让我给他们来个独唱专场，因为各奔东西之后，也许从此就音讯杳然，那个晚上唱了多少首歌也同样无可计数。一贯淡淡然的男同学在乐声中感慨万千，他们真诚而又激扬地为我题辞：声振林木，响遏行云。有人称我李谷一，也有人叫我程琳二世。

　　同宿舍的上海同学任家瑜思维极富跳跃性，曾经拿着我的毕业纪念册，在草稿纸上罗列出一大串我在校时曾经唱过所有歌的歌名，试图串成一段对我的记忆，对我四年的大学生活作一个诗性的总结，现在想来，那真是一个绝妙的构思。

沧海桑田，人世风云变幻，无从预想，没有人可以让时光倒流，只有音乐，也唯有音乐能穿越时光的隧道，才赶得上每一次的人生旅程。它总是在某一个适当的时候，善意地提醒你，让你回头真切地看见来时的路，想一想那些曾经和音乐、和自己有着密切关系的人和事。

无数种旋律，在脑海中搅和，成风成雨，成了不可追忆的往事。如梦如烟，亦真亦幻……那些伴随我们青春岁月的美丽的哀怨，火样的激情，像雾中的花朵，芬芳动人，别是一番景象。

邓丽君的歌，曾让我们缠绵悱恻，台湾校园歌曲，曾带给我们轻松欢畅，缤纷多姿的流行歌曲又让我们的心情百转千回，罗大佑的《光阴的故事》是其中的华彩片段，《相聚》是最后的心声……

我们的青春岁月，如歌在四季回荡，如梦在心中缀成永恒的精灵。

我要感谢上苍给我这么一份对音乐的感知，还有那不算太糟的嗓音。能唱歌怡情怡性，又能以歌声感人感己，是一种不可多得的幸福和享受。至少对我来说，一首歌就仿佛一片绿荫，可以遮护我，做一个短促的梦。可以让纷繁的思绪化作音符，在心灵的回音壁里徜徉，在乐声的飞舞升腾中驱遣人世的烦忧，在局促的生命空间寻得那么一份诗意和空灵。歌声轻轻拂去身心的疲惫，让我们心中的冰雪融化，让我们彼此情意弥深。

毕业后，我这个当年全班最小的女孩子，不满十九岁只身来到东南之滨这个陌生的城市，开始了我孤独而漫长的人生旅程，尘途迷蒙，是歌声伴我一路跋涉。《春水弯弯》《小螺号》……等等轻快的歌声悄然隐退，有人说我的歌中有一种穿透心灵的"透明的忧伤"，我很感激朋友的这份理解。

我曾给我的同窗好友寄去一盒自己灌录的磁带，粗劣的收录机掩盖不住那洋溢生命芬芳和青春气息的声音，还即兴朗诵了一些平素喜爱的诗，我很庆幸那盒自编自导自录的磁带竟成了在京同学一次聚会的佐餐之物。所有在场的同学都给我写了一封信，信中都称我为"我们最年轻、可爱的小妹"，而信封是每个人的字拼凑起来的。我的好友兰在信封中这样写道："玫妹，他们听着你的歌，吃着你从远方捎来的食物，谈论着你在校一切的一切，让我心痛难耐，我真不知为什么离别的巨手偏就伸向我和你？……"

那个初冬的暮色中,我全然没有在意斜泼在身上的雨点,捧读那封感动我生命的信件,我泪如雨下。我的大哥哥大姐姐,我的真纯热情的同学们,谢谢你们对我那么厚爱,你们让我在孤寂的南方体味着美丽的惆怅,我将永远记得那个黄昏,那片雨雾,那种种伤怀……

作者在弹古筝

据说,班里有位男同学曾经在一次月光聚会中万分遗憾地说:"这时候,如果有我们的晓玫小妹为我们唱一首温柔的情歌,那才叫盖帽呢!"如果有机会,我多么希望能满足同学们这个小小的愿望,再也无需矫饰什么了。

毕业后,分配在西安电影厂的唐保良同学曾来信要过我在毕业晚会上所唱歌曲的歌词,(当时我和陶社兰在晚会上合唱了电影插曲《我们的田野》,自己独唱的是《光阴的故事》《相聚》,由杨舸伴奏。)可我不知怎的,竟不经意地耽搁了。我是否还有补偿的机会呢?

在大学毕业晚会上,那首《光阴的故事》当时很风行,现在依旧如新,那时我连歌名都未弄清,只是偶然间从录音机里听到过,觉得意境甚佳,后来才知那首歌是《恋曲1990》《童年》等词曲作者罗大佑的作品。那一年,自己刚刚迈进灿烂的19岁,用尽所有的心智,感知,其实也理解不透歌中那份淡淡的惆怅,深深的失落,唱的时候,悲凄动人,其实多少带有少年不识愁滋味的意味。几支离别伤感的歌牵动了无数的心灵。一夜之间,我似乎成了绚烂夺目的歌星,什么"歌坛新秀","程琳二世"都蜂拥而至,悄然无声一起同窗四年,在最后时节留下了一个华彩。那时,大家甚至以为我有可能改行去唱流行歌曲,至少,会去做业余歌手。记得同宿舍陈薇姐姐就在我毕业纪念册上写道:不要去当歌手,要当就当个业余的吧。大家都在混乱中奔忙着,而我却痴迷地唱遍所有当时的流行、影视、港台歌曲，台湾校园歌曲录了一盘又一盘的磁带给同学好友作纪念，那真是一段如歌的岁月。

我从没想过当什么歌星，只是希望在神奇的音乐里找到心灵的庇护，为我设置了一个宁静的避风港，好让我暂且躲藏一颗孤寂的心。这些年，几经波折，那铁青色的寂寞和孤独像年轮一圈一圈，一层一层，窒息，扼杀着我所有的梦想和追求。

"不再是旧日熟悉的你，有着旧日狂热的梦，也不是旧日熟悉的我，有着怡然的笑容，流水它带走光阴的故事，改变了我们，就在那多愁善感而初次回忆的青春。"这支歌，再也不是我19岁那布满哀愁的吟唱，因为歌的灵魂真的变成了自己，也是那么不经意间竟唱出了流逝的青春岁月中那份永恒的感觉。

每每看到李宏伟的那段题辞"我想无论过了多久，我们都不会忘记我们会唱歌的小妹妹……"还有本家姐姐徐亦可的留言，"……祝福你，我们最年少的妹妹，我们最可爱的歌手"，我都禁不住泪眼模糊。

我们曾一同走过的岁月，我们曾经拥有的绚烂生命也如一张经典唱片，历久弥新。

在流逝的岁月中，我开始深悟到：为什么有些老歌会令有些人按捺不住，毕竟那些歌曾经了无痕迹地渗入到生命中。此时彼时，当那段熟悉的旋律再次回荡耳畔的时候，一些人，一些事，一些心情就那么悄然地被歌声牵引出来，使人沉浸其中，不能自拔。

岁月，就像是一首无主题的变奏曲。

后 记

这是我在上世纪八十年代末写的一篇随笔，距今近三十年，时光的魔力能改变生活本来的模样，日子带着故事蒙蒙地从古走来，挥不去的宿命还有心灵的起伏，一侧身就又遇到了曾经流放在某地的某种心情，某种岁月。回首前尘，触摸到的总是那颗易碎的心。这些年，人生风雨的浸沐，磨蚀了我天性中许多易感的东西，我逐渐变得淡然。看上去，心似乎冰封了，其实并没有沉寂。

这一生最幸运的莫过于成为8011的一员，让我在这个尘世间拥有了七十位大哥哥，二十二位大姐姐，他们让我心底永存着一块圣洁的芳草地，常常让我走出自己的心囚，见到一处处隐藏的美丽。心中盛满了感动，对于美，对于真，愈加敏感。也让我的心灵一次次升华，又一次次地超越原有的自我。我要好好珍惜上苍赐予我天性中的那么一种悠远的淡泊，那么一些雅洁的性情。我会永存这超越尘俗的稚气、真气与清气，因为生命中始终有他们温情的注视……

2014年8月于福州

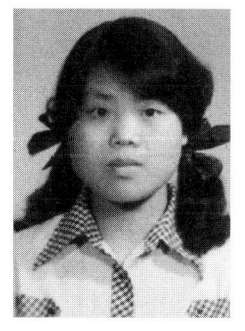

徐 晓玫，女，汉族，1965年1月出生于福建邵武。
1980年考入复旦大学中文系，1984年毕业分配到福建省文化厅办公室，后调入福建省图书馆，现为福建省少年儿童图书馆阅读服务部主任，负责策划组织各种少年儿童的活动。并自己创办了集琴茶书画等众多传统文化艺术为一身的专业艺术培训中心——"一合堂艺术中心"。以琴书会友，以茶结缘，相互交流，安享喧嚣城市中的那份清静。

学会奔跑

刘 忱

　　填报高考志愿时，我填报的志愿只是我们那个省公认的名牌大学——武汉大学。结果，武汉大学在河南省招生分数线奇高，我的那点分数根本够不着。当我垂头丧气时，却接到了复旦的录取通知，实在是太出乎意外了。掐了好几回大腿，才敢相信这是真的！到复旦后，那位到我们省招生的周老师还到宿舍探望了我，告诉了我事情的原委。原来那时我们省的人都觉得复旦太高大上了，愣是不敢填报，所以，这么好的学校的第一志愿报名者居然出现了不少空挡，招生老师只好从各个高校落榜的"矮子"中拔将军了。我便是这些矮子当中的一个。

　　因为这段插曲，我便觉得到复旦读书，实在不过是偶然，不那么理直气壮。所以下定决心要好好读书，生怕被同学落下。别看我每天笑呵呵，内心却格外自卑、焦虑、紧张，备受煎熬。跑步就成了我鞭策自己、缓解压力的办法，不仅早上跑两圈，开心的时候跑两圈，不开心的时候也跑两圈。一年曾经跑坏过三双球鞋。没想到，后来居然跑进了校队。

　　绕着操场奔跑的生活看似枯燥、孤独，甚至有些自虐，但奔跑让人身体健壮，精力充沛。长距离的公路训练，既艰苦得令人绝望，又是一种超越自我的磨砺，大汗淋漓之后，从身体到内心很放松。当时长跑成绩那叫一个牛！跑八百米，叫准备活动，八千米以下的运动量都是小意思，最疯狂的是有一回，在冬天的早晨从学校跑到虹口公园，喝了一碗豆浆又跑回来。因为每次

运动会也能为系里拿几个名次，破过一次校记录，所以当跑道两侧的同学朝我鼓掌欢呼的时候，我那小小的虚荣心也得到了满足。

奔跑成了我生活中的人生练习科目。这个习惯保持了很多年。参加工作后，还与同事一起从颐和园跑到过香山，不过，那时香山的早晨还没有豆浆摊，怕空着肚子跑回来受不了，就花两毛钱乘了公交车回来。平时我也总是顶着一头短发，运动装、运动鞋装扮，走路骑车

1984年7月，上海火车站毕业话别，左起作者、徐晓玫、彭金燕、陶社兰

如脚下生风，是个名副其实的女汉子。但一位大姐一针见血地道出了我的内心状态："总觉得你在奔跑着追赶什么，你很累。"她说得对，我梦想的东西太多，太遥远，不拼命追赶就得不到。很少有人知道我的心很累。长跑，变得不轻松、不好玩、不开心。

和很多同学一样，毕业后就工作。一开始，工作很顺利，和同班的光玉、锦华住在同一座筒子楼，所以这宿舍宛如学生宿舍，我们三人共同接待了一波又一波来访的同学。时光进入上世纪九十年代，当我完成了人生的必要任务后才发现，世道变了。

巨变激起了人们内心的骚动，过去从来没有过的新变化接踵而来。出国、下海、炒股、炒更、兼职，一波又一波——冲击着人们的眼球和神经。同时，刚刚开始的家庭生活变得格外沉重。随着一个个小生命的降临，窄窄的筒子楼变得拥挤、嘈杂，早已不是读书学习的环境。更重要的问题似乎还不仅在于生活的拮据，而是精神的苦闷。于是，楼道里流行起了打牌、打乒乓球、打毛衣、打家具、打——随便什么东西。人生道路上的各种选择诱惑着人们，"山上有

棵小树，山下有棵大树，我不知道那个更高，那个更大？"歌里这样唱道。一些人下到商海了，有些人成了身家亿万资产的大老板，有些人呛了几口水，又上了岸；一些人升入到核心机构了，成为某个部门的领导干部，一些人换了单位，因为那里的机会更适合自己发展。一些人出国深造了，也有回来看看的，像走亲戚。传言令人吃惊，又令人羡慕。可是，曾经自负的精神世界远不能支撑柴米油盐的庸常日子。我承认曾经有过多次犹豫和彷徨，怀疑反思从前深信不疑的一切。在一脸严肃、语重心长地为国家民族前途担忧的白发老学者身边，在胸怀远大志向准备大展宏图的学员身边，我感到莫名的紧张和不适应：自己有指点江山的资格吗？又有什么资格教育别人指点江山？为什么我非得按照俗世生活的标准，也就是别人的标准过自己的日子？为什么我似乎已经身处"高位"，可还是自卑、焦虑还有迷茫、彷徨？一句话，我的奔跑失去了方向。

在蹭蹬、蹉跎之中，迎来了无奈的中年，2008年孩子考上了上海的大学。轻松下来的我，重新寻找人生的坐标。梦想也变得很简单，就想在最后工作的时间干一点有意思的事。一个偶然的机会，我走近了一个民间文化团体，这家机构位于在首都机场下方的皮村。皮村在明清时期是运河边上一个皮货集散地，只有一千五百人户籍人口。改革开放以后，由于这里属于空港航道，不宜开发建高楼，所以，城市化的步伐到此为止。但这里交通便利，房租低，使许多外来务工人员纷至沓来，发展成拥有近四万外来人口的"城边村"。皮村住着一群爱好文艺的外来小青年，他们的梦想与普通的北漂不同，他们唱的歌，是诉说打工人心声的民谣，他们演的话剧，是表现打工人的苦辣酸甜的生活场景，他们还用出版唱片获得的版税，办了一所打工子弟学校。后来，他们看到博物馆时，马上又琢磨着办一间以打工生活为专题的博物馆。这些原本异想天开的事，在他们手里一件件变成了现实。他们的生活肯定不如我们舒服、挣钱不如我们多，但没有人愁眉不展，他们乐观自信，坚信自己是"理想主义者"，做的是有价值的事。来到他们简陋的文化大院，在大棚子似的 "新工人剧场"里看他们自己编写排练的节目，听他们的欢声笑语，我感到了从未有过的轻松踏实，仿佛回到久别的老家一般。虽然也会和他们因为观点不同而争执，但事后还一起唱歌、喝酒，和他们结交成朋友。我认定，这是后半辈子该干的事。

我向学校申请了案例教学讲题，正式开始对这个机构和他们在全国的联络系统进行实地研究。谁知，我操心这件事，有人操心我的身份。我也成了被调研的对象。学校拿不准主意，只让我讲一次课，之后就准备安排我下岗。此时，如果我停止了工作，就等于认输。但我不甘心成为一个不能上讲台的"黑户"啊，否则武功就废了。必须耐心等待时机，也必须主动出击，来证明我关心的这件事的价值。长跑锻炼的体力和耐心在这个时刻起了作用，我背起行囊，一个人奔走在珠三角、长三角地区的工厂、社区和政府部门、文化部门之间，走访打工群体，结交各方朋友。回想起来，这种调研确实辛苦，没有政府的陪同接待，自己要解决交通、住宿和吃饭。而这些费用，还得从别的项目中挪用挤占出来。经费太少，住不起宾馆，只好住快捷酒店，还住过工友宿舍，在街边吃盒饭，没有钱买机票，我就乘火车、长途大巴、公交车，甚至三轮车和摩托车。权当饱览祖国大好河山去了。但调研收获颇丰，胜过读书十年。我回到北京时，接我的老公愣是在出站口没有认出我来，说我活脱脱一个打工大嫂！

后来情况出现了转机。有一位学员（事后才知道，此人是俞文明的好友）把我的讲义寄给了自己单位，也就是新华社，自己还附了一份请示，建议新华社调研此事。新华社派记者来采访，把此事写进了给领导人看的报告，幸运的是，这份报告得到了批复。我也因此重返讲台。三年后，我到杭州出差，听俞文明谈到他认识这位朋友，立即向老俞要了朋友的号码，第二天就给这位学员打电话请求见面，向他当面表示了谢意。如果不是他慷慨相助，我真的不知道何时翻身。后来才知道，还有秦杰暗中助力呢。之后，我还得到过很多同学、朋友的帮助和赞许。这些经历让我心存感激，改变了我对自己和社会的看法。使我觉得自己虽然既不懂书本，更不懂社会，但真的非常幸运。因为我奔跑的方向是一个"对"的方向。过去我对世界说，我想要点儿什么的时候，没有人理会我；现在当我想为普通人做点儿什么的时候，所有的人都把手伸给我问：我可不可以帮你？

到现在，我仍然在继续这项有意思、有意义的工作。六年时间，我看着他们创办了四届新工人艺术节、三届"打工春晚"和五届"新公民儿童艺术节"

（专门针对打工子弟学校的文艺汇演），还在平谷创办了生态农业园——同心农园和免收学费的同创培训中心，专门培训打工青年学习技术和社会工作知识。这个村庄给了我特别的信任和尊重，我被聘请为机构的顾问，虽然没有一分钱顾问费，但无论来讲课还是来访问，都能混上一碗面、一盒饭或一个可以留宿的床铺，偶尔还能蹭一顿酒喝。一位女工一见我，总是一边拥抱一边贫嘴："看到你胖乎乎、笑眯眯的面庞，就想起党的亲切和温暖。"让我哭笑不得。到这里单程需要近三个小时，后来通了地铁，也需要两小时。去那里的路上，虽然还要在呛人的尘土中穿行多时，但看到高楼渐次减少、视野逐渐空旷，飞机在看得见的低空翱翔，田野里植物苗壮成长，心情也开朗起来。我的长跑有了目的地，不再是那些不可能的梦想，而是脚踩在坚实的地上，知道自己该去哪儿。

刘 忱，1963年生于河南省郑州市。籍贯河北省深州市（原深县）。1980年考入复旦大学中文系。学号8011075。1984年被分配到中央党校党史教研室资料室工作，1985年入选中央讲师团赴山西省太原市清徐县支教。1986年结束支教工作，返回中央党校，调至中央党校文史教研室任教员。现为中央党校文史教研部文学教研室主任，副教授。

随记一则

王远宏

先录一首"顺口溜"在此——

怀毕业25周年杭州之会遥寄8011诸昏

（2009年10月）

三日匆匆过，恍如梦中游。

感叹廿五载，幻变似今秋。

忆及当年事，历历如在目。

懵懂复浑噩，慷慨几忘忧。

翻然两鬓雪，相顾多谑语。

招摇过西湖，暂作逍遥游。

嗅花饮龙井，乘醉戏杭州。

满目黛山远，花翁卧船头。

他日再相见，当在关山后。

"老鱼"钓南洋，"金燕"一网收。

这是十五年前的一篇旧作，是参加了8011毕业二十五周年杭州聚会回到济南后写的。这次聚会是"老鱼"（俞文明兄）一力操办的，海内外七十余位同学参会，一时间盛况空前。"诗"里忆及了个别场景，如在宾馆花园中的桂花树下，闻着花香品茶（连着喝了三天高级龙井，肚子还着实有点受不了——但由此可见文明兄对老同学们照顾的档次之高、情意之殷），陈真兄游西湖时头戴花环醉卧（佯作）船头，等等。散伙时，大家尚筹划到下一次大聚会。记得曾有人提议，届时应到海外如澳大利亚去举办云云，理由是此地多有同学旅居，如彭金燕、杨舸、杨植峰诸君（记得此作当时"发布"后曾有同学对"诗"中之句不解，并作文驳诘，当时因为忙，未作回应，现一并解释之——一笑）。

欢声笑语犹在耳边，转眼又过去了十五年。十五年间，世事浩茫，沧桑巨变，我等又年长了十五岁，不觉已纷纷退出工作舞台，逐渐回归原点。

这十五年，我是多半时间仍在鞍马劳顿，穿行在版面格子和报刊丛中，"为他人作嫁衣裳"，日子过得颇为辛苦（当然，也算"充实"）。好在近几年从挂职闲差到退休，不必再受牵累，心情也才闲适了些——当然，这也是能力低、"无所作为"的表现。因此，很是同情也很是钦佩那些目前尚顶在一线担当重任（包括经商挣钱的也是）的数位大佬们。不过话说回来，能者多劳，也是常理，也是好事，只要自己愉悦就好。

今年恰为大学毕业四十周年，当此之际，重忆十五前的杭州之会，顾念同窗深情，瞻望未来，窃以为天南海北的8011诸昏们仍道阻且长，宜谨记"几多几少"——

活要少干（不包括家务），钱要少挣，气要少生，肉要少吃，景要多看，路要多走，酒要适量（莫喝到吐），茶要多喝，烟宜少抽，鱼要多钓，经（典）宜多读……总之，如敛之、新安居士、海边遗民等诸兄和志华、张妞妞、青蓝冰语等诸君，若此，方能修身养性、乐天知命、俯仰宇宙、益寿延年也。

总之，"但愿人长久，千里共婵娟"。

想到了这些，先记于此。

再次感谢安庆兄亲自电话邀约成文。

2024年5月于济南

王 远宏，从1984年7月中旬走出复旦园，便一直供职于山东某大报业集团，筚路蓝缕三十九载，一名自忖还算称职的资深新闻人。

失落的忧伤

吴寅菁

我曾不止一次地听我先生提及他恻恻于怀、栗栗于肤的少年时代，在那些迷乱岁月里，父母被放逐，住房被查封，有养无教的年轻人整日混迹于街头巷尾，如果不是那位心地善良又尽责忠诚的老保姆周全维系，他一定会成为一名真正的暴徒，他是这么告诉我的。用他母亲的话来说，就是早进了大狱了。

那个特殊的年代，有许多像我先生那样的"少年斗士"，他们用暴力维护着自身及整个家庭的安全，用暴力填补社会地位的陡然坠落，并以此来平衡自己失序的心灵。

他的父亲，一位1938年投笔从戎加入抗战的文化青年，在历尽了各项运动之后，终于在"文革"中被无情地斗争了。在此之前，一家人的生活相对于普通民众而言，既富足又从容。那种安谧的生活氛围造就了孩子们文静、真诚、平和的性格特征。对此，从战争中走来，又亲身感受了残酷斗争的父亲无不忧虑地注意到了。

上世纪六十年代中期，我的先生刚上小学。一天，他放学回家，在家门口被三个比他大的孩子迎面堵截，"把粮票和钱拿出来！""这是我的，为什么给你？""不给！不给就抄！"说着，这三个大孩子就动手抢夺他的书包，掏他的口袋。他奋力挣扎并且放开了喉咙，三个孩子惊了一下，撒丫子跑了。

听到楼下的异动，父亲从窗户里探出头来，发生在大门口的这幕，他看得真真切切，看到儿子垂头丧气地蹭上了楼梯，下巴上还挂了几条抓痕，父亲便开口询问："怎么了? 这是。""他们抢我的粮票。""抢走了吗? ""是的, 我早上没吃早点留下的。""那怎么办呢? "儿子以求助的目光看着父亲。父亲没有理会儿子的企盼, 而是返身走进了书房, 他出来的时候, 手里多了一根画轴。

"你知道他们住哪儿。去。拿着这个。把被抢的东西要回来。打得过他们, 回来有奖励, 打不过他们, 明天不准吃早饭。"

儿子哆哆嗦嗦地接过画轴, 一步一回头地走下楼梯, 走到大门口, 他又抬头张望, 看看父亲是否在看着自己。

"后来呢? "我问。

"那还用说。我不仅拿回了粮票, 还警告他们, 如果再敢冒犯我, 我将打爆他们的头。"

半个世纪过去。某日, 一个夕阳西下的黄昏, 我正从一家超市购物出来, 看见一位母亲拽扯着她的儿子, 孩子拖拖拉拉地、呜呜咽咽地挂在母亲的身后, 母亲边走边说："哭! 哭! 哭! 就知道哭! 哭有什么用? 他打你, 你就不会打他, 你不长手啊? "儿子无言, 继而嚎啕大哭。

似曾相见的场景, 似曾听闻的语言。

我曾将以上这一幕告知一些朋友, 他们没有丝毫的惊愕, 当我进一步讲述五十年前我丈夫的那段经历, 并想以此来说明那位母亲也变成了父亲那般的战士, 朋友们都沉默了, 继而, 我们开始讨论这样的教育方式及产生这种方式的根本原因。

这种似曾相识的场景在每个人的记忆中都不陌生, 更谈不上突兀, 我们好几代人都是在这样的或类似这样的场景中长大的, 用暴力反抗暴力, 拒绝妥协, 反对懦弱是伴随我们一路走来的生存真谛。我们的童年、少年乃至青年时代, 革命精神、英雄气概是我们仿效的楷模、心灵的归依。血与火的感知训练、你死我活的思维方式都已深深地融化进我们的血脉, 在经历了无数的运动, 承受了不间断的灌输之后, 我们的神经经过百般锤炼, 终于如矿石变铁, 继而由铁成钢。我们擅长仇恨, 鄙视怜悯; 我们热衷暴力, 拒弃和解; 我们颂扬刚强, 讥讽悲情。而如今, 当我们的身体一如我们的神经那般, 可以经受有毒食物的任意加害而变得百毒不侵时, 我们也就在真实意义完成了——钢铁就是这

作者（左二）与池雨花（左一）、孙曼均（左三）、王志华（左四）在北京

样炼成的。

然而，以今天一般庸常的眼光来评判母亲的言行，至少存在两点有悖基本道义：第一，以暴易暴；第二，拒绝忧伤。

我们深知，没有一个母亲会以自己认为错误的方式，去教育自己的孩子，她把自己的生命体验及经验积累传递给孩子，无非是希望孩子们在日后的生命历程中尽量回避风险，争取最好的结果。就此而言，母亲没有任何差错。"以暴易暴"是因为在解决纠纷时，暴力相当有效；"拒绝忧伤"是由于忧伤过于纤细，长期以来被等同于怯懦、孱弱而屡遭攻讦，久而久之，由于恐惧而摈弃灵性体验，由于厌恶而根绝臆想念动，再久而久之，连某些动物都具有的情绪——忧伤，在这片特定土地上的广大人群中无声无息地失落了。

不会忧伤的个人汇集起不能忧伤的人群，在标榜拥有悠久文明传承的土地上，孤拔地我行我素自成体系，而全不顾及古往今来、环宇内外，更不会体察忧伤每时每刻通往同情、怜悯、慈悲与人道。

远在我还是个无知蒙童的年代，冰冷的上海迎来了一年一度的新春佳节。隔壁王家的八个孩子先后归来，他们从黑龙江、内蒙古、安徽，还有上海近郊的嘉定、江苏的海丰农场回到了家中。不仅是王家，连我们这些邻居都显得喜出望外，王家将孩子们带回的又黑又大的葵花籽、花生、地瓜干分给左邻右舍，让大家一起共享合家团聚的喜悦。

　　八个孩子中，我最喜欢老二。她是个英姿飒爽的人物，齐耳的短发蓬松松的，标准的瓜子脸，隆鼻杏眼，更妙的是，她有一副上好的京剧嗓子，是小生而不是青衣或花旦，从学校到里弄，远近闻名。

　　自从她回到上海，我就有事没事地去缠她。

　　一个阳光熹微的下午，我又推开了她家的大门。进到天井里，一眼看见她坐在一张小竹椅上，双手抱膝，低垂着头，身体微微地前后摇晃。"珍姐姐，你在干什么？"我边问边向她快步跑去。"贝贝来了，来，坐这儿。"她招呼我又指了指面前的一张小板凳。我坐下，她却起身走入里屋，拿出一个报纸折成的三角包，里面有又大又黑的黑龙江瓜子。

　　我坐在她的面前，嗑着瓜子。她笑眯眯地看着我，接下来的内容一如既往——开始讲故事。

　　"讲个什么故事呢？就讲个赵一曼的故事吧。"

　　这是我第一次听到赵一曼这个名字，那年我六岁。

　　时至今日，我对故事内容已无任何印象，只记得最后她双手蒙脸呜呜地哭，我是咧着大嘴哇哇地哭，以至于我的外祖母颠着小脚从家里赶来，她以为有人在欺负我。

　　在相当长的时间里，我老是将珍姐姐与赵一曼混同一人，我看不清赵一曼的面影，连轮廓都模糊隐晦，于是便自然而然地将叙述者与被叙述者合成一体，赵一曼在我记忆中的影像就是珍姐姐的模样。

　　时移世迁，儿时的记忆变得淡薄而遥远，外祖母早已谢世，老房子尽悉拆迁，珍姐姐在黑龙江嫁了当地的军人现已两鬓苍苍，而我也已步入中年。那么，赵一曼呢？她可是民族英烈，对她的了解并不因为年龄的增长而稍有增添，像以往一样，除却知晓她有岩石般的神经、钢铸铁浇的肌体之外，我还是所知甚少。同为民族英烈，知道岳飞的人原比知道赵一曼的人要多得多，岳飞有《满江红》传咏千年，有秦桧跪伏终随，而赵一曼呢？英雄概念加之零零星星的细节碎片，她没有任何可以让人感知的气息传递，生命的痕迹：语言、表情、心念、情感，历经岁月的消磨，人为的构建之后，终究化成一座坚固的钢筋水泥，成为无数雕像中的一例，抽象了的范式。

　　无意间，在网上看到一则赵一曼的信息。披露此信息的人是个日本人，曾任职于日本关东军情报部门，并参与了整个对赵一曼的审讯过程。通过他的叙述，我了解到一些被忽略被掩盖的事件及细节：

　　身为抗联重要成员的赵一曼在被关东军捕获之后，日本人对她用尽了酷刑，刚开始还是为了从她身上获取情报，但到了后来，侵略者的兽性被赵一曼的刚强激发起来，此时，人对人的征服变得至关重要，他们要赵一曼示弱、屈服、放弃人格、瓦解信念，为摧毁她的意志，野兽们针对她的女性特征，铁烙、电击、针刺、鞭打，致使那些部位完全炭化。一次又一次地折磨，施虐者的疯狂离他们的初衷越来越远，最后，他们的暴虐只是为了让赵一曼开口说话。

　　只有一次，也是仅仅的一次，施虐者们听见赵一曼凄凉而忧伤地呼唤："妈妈呀！"

　　"妈妈呀！"这是身陷绝境无所依附的女儿对母亲的呼唤，是人类身临至痛、至苦、至悲之绝地的本能叹息，它越过了万水千山，拨开了时间的重峦叠嶂，将一个活生生的赵一曼呈现在我的眼前——英气勃勃的赵一曼，永不苍老的容颜，可触碰，有体温。

　　那声呼唤如此长久地回荡在我的耳边，萦绕在我的心中，它带给我的颤栗与忧伤同等深层，以至我不由自主地回过头去，从一个时空进入到另一个时空，我进入到1945年至1953年那段对人类历史而言具有重要意义的年代。

　　继纽伦堡审判之后的东京大审判，对人类社会的重要意义在于：将种族灭绝、戕害战俘、屠杀平民从一般的战争罪中剥离出来，以人类的名义，将其命名为：反人类罪。虽然这是一项全新的罪名而遭到法学上的质疑，但是，人类在战争状态中的个人行为却有了一定的基本准则。

　　战败后的日本，在整个东京大审判期间，有大量的文学影视作品诞生，如：《缅甸竖琴》《听，海神之声》，其中《听，海神之声》中那封让人心悸神散的遗书，印合了当时日本社会的整体情绪。这封遗书的原作者是东京帝国大学经济学部学生木村久夫，1946年在新加坡，木村久夫因虐俘罪被判处死刑。在行刑的前夜，二十六岁的他写下了两首绝命诗：

风止雨停歇

朝阳何清新

明日我将去

既不恐惧也不悲伤

我将走向绞刑架

母亲的笑脸永藏心间

这两首诗被收入到1953年出版的文集《世纪遗书》之中,这部文集汇编了因战争罪被判处死刑的六百九十二人的遗作,其中绝大部分的书信、短歌、诗文表达了对母亲的无比眷恋,对爱人的无尽思念,对家乡田野阡陌的无限向往,通篇弥漫着的不是愤怒、不是仇恨,甚至也不存在辩解,而是压倒一切的徒劳、悔意和深深的忧伤。

忧伤,一如音律般缓慢地浸润,无形地蔓延,只需感受,不用理解,你的心境于不知不觉中为它所牵引,直到它封堵了每根血管,缠绕住每条神经,最终填满整个胸腔,此时,你欲哭无泪,欲语无声。

浓郁的忧伤,依靠理性的评断是无法化解的,血迹斑斓的战争图像已悄然隐退,留下的仅只这些如暮色般苍茫的文字。

有这样的一群人,他们可以在无比真切地歌颂母爱的同时,对一位母亲实施惨无人道的凌辱。兽行与善行,此时与彼时,都真实地存在着,存在于一个躯体中,存在于一个头颅间,存在于一颗心灵内。或许,这也真是茨威格在逃离法西斯魔爪,在远离战火的南美,过上了舒适安宁的生活之时,毅然决然地选择结束自己生命的真正原因。他是这样表述自己的悲凉忧伤的:"今天,我们怀着惘然若失、一筹莫展的心情,像半个瞎子似的在恐怖的深渊中摸索,但我依然从这深渊里不断仰望曾经照耀过我童年的昔日星辰,并且用继承下来的信念:我所遇到的这种倒退有朝一日终将成为仅仅是永远前进的节奏中的一种间歇——来安慰自己。"

茨威格的忧伤是无解的,因为他对人类已彻底绝望,他曾是如此坚定不移地相信人类的理性及趋利避害的本能，他所写下的那些优美的、极为阳光的、满是希望的文字，激荡过多少人的灵魂，解除了多少人的困厄。然而，当巴西的热带阳光直射他的躯体，一如战争的烈火烧灼他的心灵，他的眼睛模糊了，他再也看不见照耀过的昔日星辰，在他看来，人性的良善与人性的邪恶不分伯仲，丑恶对美好的颠覆一如美好对丑恶的覆盖一般平凡。于是，他做了无可挽回的抉择。

与茨威格作截然不同选择的是阿列克西·德·托克维尔伯爵。

1848年2月24日早晨，托克维尔刚步出卧室，迎面碰上了刚由街上回来的厨娘。这位善良的妇女完全失去了常态，声泪俱下地表述了一大堆混乱难懂的言辞。除了政府开枪杀人，其他的托克维尔什么都没听明白。他立即走上大街，他看到是"这样的革命景象：街中心空无一人，商店没有一个开门，既没有马车也没有行人，听不到流动商贩常有的叫卖；在一些住户的门前，邻居们集成堆，露出惊恐的神色，互相小声交谈。"影响了人类两个多世纪的法国大革命，正是以这样的场景拉开了它的帷幕。巴黎——这座令无数人心驰神往的风情万种的城市，刹那间成为血与火的祭坛。街垒、鼓号、炮火、硝烟，撕裂了安逸及繁华，震碎了美丽与优雅，闪着寒光的马刀在她的躯体上，从上到下，从左到右，绝无遗漏的一刀又一刀地划过。

看到整个社会堕入无序，眼见整个国家滑向暴力，信奉民主制度的忠实的爱国者托克维尔，深陷无边的忧伤而难以言述。在以后的追忆中他写道："我年轻时期，在一个恢复了自由的重新走向繁荣和伟大的社会环境里度过了极为美好的岁月，我在这个社会中产生了关于中庸适度的，受到信仰、道德和法律支配的自由的思想。我被这种自由的魅力所征服，它后来成为贯穿我一身的激情。我曾立志不能心甘情愿地放弃这种自由，可现在我却不得不亲眼看着它消失。"

早在若干年前，法国社会已暗流涌动，各类激进思潮泛滥，它煽动起人民的激情，血腥的暴力事件频发。托克维尔忧郁地注视着事态的发展，"虽然我不认为激变即将发生，也不一定可怕，但我内心产生一种不安，并不知不觉地在增强。"政府自身的腐败无能为反对派的激进直勇提供了无限的可能，"双方彼此挑战，互相刺激，一齐走向同一深渊；他们双方虽已接近这个深渊，但就是看不到它。"

托克维尔的警示与努力终究伴随着巴黎上空升腾起的狼烟随风而去，化为乌有。个人在时代巨潮中的渺小一如朝露临近大海，不被蒸发即被融解，徒留满腔的沮丧及满眼的忧伤。

"这是我十七年来亲眼看到和经历的第二次革命。这两次革命都使我感到悲伤，而后者对我造成的悲痛又是多么的沉重。"

忧伤的托克维尔，忧伤的茨威格，忧伤的战犯们。我的目光所及，无数的人们的无数忧伤如卷帙般展开，渗透心肺，挥之不去。其中立于行刑台上的嵇康的身影——俊朗伟岸，目光深沉迷离，一曲《广陵散》尽，终成邈远绝响。他苍凉的目光，凝视着过往的悲哀，审阅着后来的凄惶，终于有一天，当他看到一大群中国人面对一个失去常性的年轻男子，听凭由他用小刀，一刀又一刀地扎向他的母亲而无动于衷。而此时，一位异族男性却奋力上前，将那位母亲扑倒在地，用自己的脊背阻挡锋利的刀锋。

嵇康闭合了双眼，忧惶骇愕旋成一派厌然。

这是发生在不久前上海浦东国际机场的一场悲剧，有视频在网上热播，跟帖很多，有愤怒，有谴责，有漫骂。而我，只有深深的悲哀及无尽的忧伤，此时，任何语词都已变得空洞而虚无。尽管如此，表达的欲望依然存在，我想起了托克维尔的一段名言："统治者煽动起人民的激情，使人们疲于奔命。而当这种激情退潮之后，曾经诱发乃至伴随的向往也消失了，留下了憎恨、无聊、冷漠，以自己的关怀为最终关怀。"

托克维尔代我表述了当时的思绪，回顾身前身后，环视左右人群，几乎所有的人也包括我自己，拒绝忧伤与悲情，排斥怜悯及同情已有很长的时间了，如此长时间的失落，当我们返身寻找，想将它重新纳入自己的体内，我们，还能做到吗？

吴 寅菁，1962年生人。就读于复旦大学附属中学及复旦大学中文系。1990年辞去公职，成为莽原动物，自己喂养自己，至今。外在身份：商人。自我认知：且商人且书生。

俏江南的鸿门宴

俞志强

　　上海俏江南包房里，餐桌的左边坐着张安庆，右边坐着俞文明。张安庆的笑容有些诡异。他在大学的时候是个好人，对人诚恳而热情。可是这天他竟然不断自称"张三两"，手里拿着白酒，冲厕所似的喝，令我目瞪口呆。俞文明本来单纯得像少女，也不知经过了什么历练，变得脑满肠肥，时不时露出一种只有中国官僚才有的那种特殊的狞笑。我夹在当中，恍惚里好像进了敌人的审讯室，而自己俨然是一名光荣的共产党员，面临严刑拷打。然，我不同。我心里充满了慌张，两腿颤抖，随时准备妥协，说叛变有点难听。

　　房间里的灯光有些暗。陈真坐在在俞文明的右边。他礼节性地问我可不可以抽烟，我还没回答，他就点燃了一支，开始喷云吐雾。我想起美国有一种猪肉，在烟雾缭绕里慢慢地熏几天，就成了一块令人垂涎的美食。我情不自禁地想，陈真的肺会不会也这样，再熏一些时间，就可以切片上盘。张安庆的左边是杨植峰。他在复旦是我的同屋。我记得在复旦的时候，他让我印象最深刻的是他的才华和痞子精神。什么事情到了他嘴里或者笔下，都会变得非常可笑。这样的人最好不要去惹他，否则后果不堪设想。

　　酒过三巡，言归正传。我终于明白，自己今天轮到这个地步，是因为我没有完成复旦同学会要求写稿的约定。我很后悔，没有响应写稿的约定，还自投罗网来到这个鸿门宴，进退两难。在座的还有陈真的夫人、杨植峰的夫人、俞文明的夫人和女儿。我想当着老婆孩子的面，他们大概不至于拿我怎样。毕竟，审讯室里那些血腥的场面，会让大家都不高兴的。再加上喝了酒，我胆子于是大了起来，我开始端详那些夫人们。

那些夫人们哪个更美丽，我不好具体说。毕竟在中国文化里夸哥们儿的太太漂亮总有点犯忌。再说，如果我一不小心把哪个比下去了，那是要得罪人的。我且在这里用我的名义保证，她们都百分之百的一样美丽动人，又各有特点：俞文明的夫人聪明贤惠，陈真夫人稳重温和，杨植峰夫人活泼开朗。但是，这并不是我要说的中心。中心是，这些优秀的女人怎么会嫁给我这些其貌不扬的哥们儿的？换句话说，鲜花到底插在哪里了？我用一个问句，比直接说出"牛粪"要委婉很多，也比直接说谁瞎了眼要文雅不少。我的措辞让我感到满意。我从小就立志做一个文雅的人，喝了酒都没有忘记。我自豪！

电影里看到过，我们的同志本来和敌人是大学同学，后来为了各自的理想分道扬镳。有这样关系的审讯有一些是从叙旧开始的。如果没有结果，敌人才会撕下脸皮，动用重刑。果然，大家开始回忆在复旦的那些往事。都过了三十年，很多事仍然历历在目。那些故事有的荒诞，有的感人，有的滑稽，有的莫名其妙，有的绝对不适合写下来，无论以何种形式，那只好带进历史的坟墓，

淹没在人类的文明史里。想到这里，我真心佩服司马迁。看他的历史，好像读小说，人物的音容笑貌，栩栩如生。我好奇他是怎么知道那么具体的。今天我们靠他的记录，他怎么写我们就怎么信。这是多伟大的力量！

这些人里，我觉得杨植峰是比较邪恶的一个。他好像猜出我的想法，提醒我说："如果你不完成同学会的约稿，那么你回忆自己的稿子就由别人来写。"我将来的名誉都将掌握在这个人手里，这是多么可怕的事情。不寒而栗难以形容我的感受。在邪恶方面，张安庆走得更远。他直接说：

2013年，作者在四川大学举办的第十一届国际汉语教学学术研讨会开幕式上致辞

"我们会交给艾杰来完成。"艾杰这个人，我是知道的。他"一生"都充满了负能量。对一个活着的人，我理应用"一辈子"。这里我用"一生"是表明他至死都不会再改了的意思。司马迁起码还有些正义感，而艾杰我不好说。我忽然想起艾杰那阴暗的眼神和他那古怪的湖北口音。我最不喜欢的是他的语法。他的语法有点特别，常常说一些奇怪的句子。他有时说："我在宿舍在。"我对他说，第二个"在"是不必要的。他竟然坚持不改。我不得不嘲笑他。这样一来，他对我的仇恨是很深的了。如果我的稿子由他写，那么他就将是我的司马迁：他写什么，大家就信什么。后果不堪设想！

我咽了一口酒，咕咚，脑子有点晕。我发现很多人叛变都有类似的过程。开始想坚持，后来被逼无奈开始动摇，最后就完全按照对方的要求办了。我是死也不会背叛的，我只会妥协，因为妥协听起来比较文雅。其实，他们不懂我的难处。我不是不想遵守同学会的要求，而是有些事情别人已经写了，有些事情是不能写的。比如，那时候我挺喜欢彭金燕。她小小的个子，跳来跳去的，好像一只欢快的燕子。性格这样好的女生，谁不喜欢呢？但是那时候我都要结婚了，我还能说什么呢？那时候也没有手机联系，更没听过婚外恋。我只能按照上帝给我安排的道路走下去。这样的事情能写吗？如果我写了，我现在的太太能让我活吗？所以大家看到这一段，要格外小心，不要交头接耳，泄露了不是玩的。

刑讯的时候，也不都是一直严刑拷打，那样人活不了多久，得不到结果的。俞文明觉得气氛有些尴尬，试图缓和一下，问我到了上海以后有什么打算。他倒提醒我了。我过几天要去香港看一个复旦的同学。他是个英国人，叫Greg Biffen。那时，他中文名字叫毕芬，是他老师起的。这个名字真是见鬼了。好好端端一个男人叫什么芬。后来叫毕磊，听起来比较男性化一些了。反正洋人的名字就被人改来改去的，但是怎么改听起来都别扭。

那时，我被挑选出来到留学生楼里陪读，他是我的同屋。那个房间不大，只有两人，比起我们本来宿舍有七个人好多了。但是，当我进入屋子的时候，被眼前的景象惊呆了。床是两边靠墙放的，中间的空地上垒了一堵墙，其实是一个书架，里头塞满了书，把房间分成两个隔绝的空间。一会他回来了，脸色阴沉，在自己那半边活动，不打招呼，也不吭气。真所谓不敢越雷池半步，老死不相往来。我觉得自己好像活在动物园的笼子里，那边关着一只非洲狮，这边我还得若无其事地过日子。

过了几天，他开始把路当中书架上的书挪开，我内心感谢党的统战政策的英明伟大。有了它，我们才能让铁树开花，石头发芽！我涕零。终于那头儿露出了一个英国青年的脸，高高的鼻梁，双眼有神，挺英俊的，身上肌肉明显，好像一只剥了皮的青蛙。他来自英国的利兹大学，汉语说得很流利，虽然才学了不久。他本来的同屋跟他关系很差，所以他对新同屋也不抱幻想，可是他小看了沈如松老师派来的我。作为政治辅导员的沈老师早已经把他的政治热情武装了我的头脑。假如搞不定这一个洋人，我们怎么还能解放全人类呢？

慢慢地，我们成了好朋友。他酷爱中国文化，喜欢武术、李小龙，练习一种咏春拳。那拳法是我第一次听说。好像习武的人都有点神秘。大概是怕什么秘籍被泄露，他总是偷偷练拳。我回来时，他常常紧闭房门，在房间里走跳，出一身臭汗，让我几乎要呕吐。为了党的政策，我必须忍。小不忍，则乱大谋。

有一次，我请他到家里来吃饭。我们做了很多菜，嘴里说着没有菜，请他做客。他吃起来的架势不亚于鲁智深，只吃菜，不吃饭。说时迟那时快，一桌子菜，一会就都风卷残云。本来我们是客气说没有菜，现在是真没有菜了。而这位洋人的米饭还纹丝不动呢。大家顿时觉得很尴尬，觉得待客不周。于是，我们开始加菜：炒鸡蛋，炒香肠，开罐头。他一股脑都吃光，饭还是纹丝不同。我们中国人要面子，现在也只好壮烈宣布：真没有菜了。于是，他拿起碗把白饭一扫光。后来，回忆起来，他说那天他也纳闷，怎么不停上菜把他撑死了。原来，洋人吃饭习惯与中国人不同：他们先空口吃菜，然后空口吃白饭。我们不停上菜，他为了礼貌不停吃菜。结果，我们累得半死，他撑得半死。我儿子出生在美国，吃饭也一个样，先吃菜，然后吃白饭。教了几次也没教会，我们哭笑不得。

后来，我们俩约好了去泰山旅游，经过一个叫符离集的地方，那里烧鸡闻名天下。毕磊下车买了一只，用一块脏兮兮的手绢包回来，两个人美美地享用了一顿。现在回想起来，那手绢他可能擤过鼻涕，但是那烧鸡的美味，现在再

也找不到了。到了济南地界，为了省钱，两人找了一个很便宜的旅店住宿。那是一个只有通铺的地方，黑压压睡满了中国人。洋人睡觉喜欢脱光了。大家睡意蒙眬，忽然看见一个赤条条的大白猴跳进来，引起一阵骚动。那场景煞是好笑！此后，我们又去了北京游玩了很多地方，吃了很多土特产。现在我也不明白，那时候钱为什么那么经花。没用几个，就走遍了大半个中国的一小块地方。

回到复旦，他继续学习汉语，夜以继日，孜孜不倦。有一次，毕磊很诚恳地问我："如果我们俩意见一致，我能用什么成语呢？"对他那么简单的问题，我不屑地回答"你就说'英雄所见略同'好了！""好的。"他兴奋地记了下来。但就因为这样一个无辜的对话，差点犯了大错！

几天后，毕磊去复旦门口的邮局寄信，遇到了中文系的宝华教授。一问知道老师是中文系教授，毕磊心想露一手。他得意地说："你寄信，我也寄信。我们俩英雄所见略同啊！"教授气得到中文系来找谁教了这个洋鬼子，差点把我吓尿了。复旦毕业以后，我们就失去了联系。后来因为我在国外教汉语遇到一个利兹大学的老师，他帮助我们联系上了。他现在香港，老婆是中国人，貌美如花，生了一对双胞胎女儿。生活幸福得跟童话里一样。

我明天就要去访问他的家庭。但是我今天必须把稿子交了。不然，我觉得对不起请我吃饭的那些伟大领导张安庆、精神领袖俞文明、无赖才子杨植峰和喷云吐雾的陈真。陈真不但请我们享用了一顿丰富的晚宴，而且请我呼吸了超过我在美国近三十年都没有呼吸到的二手烟。从这些朋友那里，我也了解了其他同学的情况，让我觉得很满足。如果这次我没能成行参加同学会，那么恳请同学会的领导，将来尽量把会议时间安排在美国大学放假期间，这样我就可以和大家一起醉生梦死，与暗恋了几十年、至今都不便明说的女同学重逢，热泪盈眶地回忆飞逝的时间。祝同学们相逢幸福！我的幸福与大家同在。

俞 志强，1956年生，上海市人。1984年毕业于复旦大学中文系，获文学学士学位。1987年获复旦大学文学硕士学位。后赴美留学，获华盛顿大学博士学位。目前任纽约城市大学教授，著有《吴方言分类的优化》（*Optimization of Wu Dialect Classification*， Fudan University Press, 2000）等著作。

棋 缘

夏辉映

　　上世纪八十年代，我去上海求学进了复旦，学的是中文。全班九十三个同学，湖北籍的三个，艾杰、李师东和我。艾氏家在武汉，语文成绩好，还擅绘画，毕业后回武汉，在一家报社工作，成绩斐然，后来成了资深报人。李氏是洪湖沙口人，那儿湖光潋滟，莲叶接天，电影《洪湖赤卫队》拍的就是发生在那儿的故事。李氏毕业后在一家出版社工作，咬定青山不放松，一干也是几十年，他是作家、诗人、文学评论家，后来成了业内著名出版人。而我，毕业三十年了，一无所成，事业上庸庸碌碌，家境四壁萧然。人生苦短，来日无多，抚今追昔，怅然感怀，不禁黯然神伤！

　　有时夜深人静，辗转反侧，痛恨自己虚掷光阴，蹉跎岁月！自己问自己，是不是下棋这件事儿害了自己呢？

　　记得刚到复旦的最初几个月，主要任务是熟悉环境，认识老师和同学，学习倒不是什么着急的事。全班将近百号同学，别说记住名字对上号，就是记住各人的相貌特征能够一个个区别开来，也是一件不容易的事情。至于跟老师混熟，那就更不容易了。我个人的经验是认识同学先从同寝室开始，同寝室的先从个人爱好方面接近。同室的同学有蒋剑平、杨舸、王岗、王远宏、吴俊、王克恭，其中蒋剑平和王岗喜欢下围棋，每周都要在那个小小的斗室里过过棋瘾。"善弈不如善观"，只要他们下棋，围观者不少，大都是本班同学，里三层外三层叠起了罗汉。我由于经常看他们下棋，也慢慢知道了一些围棋的倒顺。

后来，不知道通过什么渠道，教我们文学史的骆玉明老师也被吸引过来了，骆老师就常常趁着上完课后的空闲，打着看望学生的幌子，跑到我们寝室下棋。骆老师当时三十出头，瘦黑的样子，学问做得很好，但围棋力量不大，那个时候的蒋剑平、王岗他们的围棋水平可能已经达到今天网络围棋的业余3K，师生间厮杀，竟然难分伯仲。骆老师平时不修边幅，是老师中最不摆架子，跟学生们打成一片的代表。他往往一到我们寝室，就招呼下棋，自己先往桌子上一坐，手里就哗啦啦拨弄黑白棋子了。当然应战的是蒋剑平和王岗，后来别的寝室也来了几个粗通此道的，记得有姚伯荣和杨光俊。骆老师下棋非常专注，坚韧不拔，遇到自己顺风满帆的时候，非要玩它个痛快不可，这样对弈者就免不了误了用饭。那个时候，我们给老师同学买饭是常有的事，往往是我们在食堂吃完晚饭，再买三四个馒头带回寝室，我们把馒头塞给对弈双方的时候，他们头也不回，一边盯着棋盘，一边就着凉水饿狼般地吞咽起来。

复旦四年，我们寝室从不缺少棋才，除蒋剑平、王岗外，后来王克恭、杨舸和我也可以上场了，王远宏天生不爱此道，被老潘、李满鋆他们煽动去参加了足球队，而吴俊把下课后所有的时间都消耗在他的《纲鉴易知录》里，他后来做了南京大学的著名教授。

说到棋缘，这里还要说一说军棋的四国大战。

现在互联网发达，可以在网上下棋，很多著名网站都设有游戏大厅，其中就有我这里所说的四国大战。四国大战是军棋的一种特殊玩法，在网络游戏里，所有四国大战的介绍中，都说四国大战始于上个世纪上海的高校，由过去参战两人再加一个裁判的玩法发展成了参战四人加一个裁判的玩法。如果是在网上下棋，裁判也可以省掉，系统自动判断子力的大小及其最后的胜负。其实，这些介绍中所说的上个世纪就是指的上世纪八十年代那个时期；所谓的上海高校，确切一点就是那个时候的复旦大学；四国大战，也就是我们草创时期的四角大战。

到了1984年上半年，大学生活已经接近尾声。从5月份到7月份最后的三个月里我们只有两个任务，一是完成毕业论文，二是做一次社会调查。毕业论文大多数同学早就做好了，只需最后在文字方面润润色就可以上交。至于社会

大学时代的刘中军（左）、夏辉映（中）和宋广杰（右）在玩四角大战

调查，并没有刚性指标，譬如说我们语言文字专业的，花一个月时间去豫园城隍庙一带做一个方言调查就行了。尤其是到了7月份，大家等着接收单位的通知，有点像热锅上的蚂蚁。这段时间是自由的，也是难挨的，有的同学难遣寂寞，竟然利用这个机会结婚成家了。更多的同学在宿舍里东倒西歪翻闲书，或者结伴去近郊旅游。

为了打发时光，现在很难记清是谁第一个提议玩军棋，似乎是姚伯荣，又可能是杨光俊。于是，就有同学立马去街上买了几副军棋。开始是两个人对杀，其他人旁观。后来觉得不过瘾，就有人提议把两副棋盘剪开了再整合成一张大棋盘，四个人同时上阵，这样对面两家配合迎战另外两家，大大丰富了军棋的战术与乐趣。由于我小时候就玩过军棋，大家推选我做这项工作。我当仁不让，不仅设计了大棋盘，还根据过去两人作战的游戏玩法再加损益，修订出了全新的游戏规则。我们给这种新的军棋游戏取了一个刺激的名字：四角大战。

我们玩四角大战，前两天有一个磨合的过程，到了第三天，无论是规则还是实战技巧都日臻成熟，近乎完美。这种游戏具有大众化的特点，规则明了，简单易学，与围棋那种深奥的理论以及众多的规则形成了鲜明的对比，因此也就吸引了更多的爱好者。不到一周，本班大多数男生都参加了进来，连过去热衷于足球的几个家伙也经不住诱惑，过来加盟四角大战。

四角大战由于它拥有广阔的战场，更由于它的灵活性以及注重配合的特点，参战者在厮杀中可以充分地展示自己的个性。譬如说，张海平总是不停地摆弄着他的烟卷儿，城府很深的样子，好长时间才去移动一下棋子；姚伯荣为人痛快，喜欢运用开局兵多将广的优势，麾兵掩杀，如入无人之境；杨光俊似刘备，眼光远大，偏好低调经营；刘中军如张飞，"你这个破子儿，找死！"一见敌情就拍马杀将过去。胜者坐庄，败者下课，营盘铁打，人员水流，优胜劣汰，大浪淘沙，最后立于不败之地的是那两个人的绝佳组合，即山西的李宏伟和湖北的我。李氏出自山西长治，其地山河壮阔，民风剽悍。进入大学之后，手不释卷，无所不读，受军人家风影响，尤爱兵书，喜谈军事，尝自陈碗筷箱笼于其床，为战守之具，谓同室曰："如今天下承平，四塞宾服，无所肆其志，恨之！"

四角大战讲究默契，天衣无缝的配合是它的最高境界。李夏组合不好说完全没有失手，但可以肯定他们的胜率超过了百分之九十八。两人甫一上场，总是凝神敛气，正襟危坐，完全凭本事，绝无盘外招，声应气求，虚实互发，其静也若处子，其动也如脱兔，此起而彼应，箭响而鹄落，一个人就像是钻进了对家肚子里的蛔虫。这在当时整个班级的四角大战中堪称一朵盛放的奇葩！

参加工作之后，我始终没有离开我的本行科研和出版，而工作之外，也始终惦记着我所喜欢的围棋和军棋。于围棋，生活的经历加深了对棋道的体悟，两者可以互相发明和启迪；于军棋，更加认识到机会与运气的重要，勇气与冷静的互补，所谓一念之差，谬以千里。上世纪八十年代，在京的一帮老同学时来寒舍小聚，不为别的，就为了一个晚上的四角大战。上世纪九十年代，曾为一家著名新闻单位的报纸写过专栏文章，不为别的，就是为了那点围棋棋缘。曾为了搜集中日围棋擂台赛的相关消息，和同寝室的蒋峰一起花了整整三个昼夜剪乱了本单位所有的公益报刊，最后装订成册，题签《中日围棋擂台大观》。互联网的诞生，纾解了棋友难觅的困难，在网络上我一度达到了五段水平。2006年，围棋专栏文章结集出版，书名《网络棋战风云》。

记得新世纪初的一个年尾，柳曾符先生从上海来北京，通知我去湖北宾馆小聚，当时参加聚会的还有张克俭、池雨花等老同学，柳先生让大家各述尔志，当他了解到我也下围棋时，兴致就来了，说他经常担任国内围棋大赛的裁判，跟陈祖德、吴淞笙是好朋友。我有点不信，先生就当场接通了中国棋院王汝楠八段的电话，并聊起了围棋。这让我很吃惊，在复旦读书的时候，我只知道柳先生是著名的文字学家和书法家，可没听说柳先生会下围棋，更不敢相信柳先生在围棋界有那么多大腕朋友。真是应了那句话："仰之弥高，钻之弥坚。瞻之在前，忽焉在后。"过了几天，柳先生返回镇江，跟吴淞笙九段打了电话，把我介绍给吴先生。柳先生电话里跟我说，只要跟定一个好老师，围棋水平就会上一个台阶。我揣度先生之意，先生怜我尚未入道，希望我较快地提高成绩，既然爱上了围棋，做不了专业棋手，哪怕是做一个业余高手也行。因为有柳先生的介绍，吴先生专门给我打了电话，邀请我去他的围棋教室学习。吴先生当时在海淀的远大路开了一爿围棋俱乐部，专门招收那些喜爱围棋的年轻人进行培训。可惜的是，我那个时候工作比较忙，也没有成为围棋高手的打算，李渔《闲情偶记》里说，"弈棋尽可消闲，似难借以行乐"，我下围棋，只是一点爱好，也就是适意和消闲而已。我对两位先生的好意表示感谢，但我没有前往吴先生的围棋教室听课。非常不幸的是在2008年前后，吴先生和柳先生相继作古，斯人永逝，何其痛哉！每次想起两位先生的和蔼态度和他们的人品棋德，不禁泫然！

对弈，过去人们说这是小道，但是这种小道已经有了数千年的历史，帝尧为了让儿子变得聪明，发明了围棋。孔子说："虽小道，必有可观者焉。"陈毅元帅喜欢下棋，并作诗曰："棋虽小道，品德最尊。"可见一些个小道末技，君子亦有所不弃。其实，棋为小道，都是那些棋手们的自谦之词，就像文人雅士说写诗作词是雕虫小技一样，我们说人生一盘棋，政治家说，世界就是一盘大棋。棋是小道，大小包含着辩证法，小道也载有大道。围棋如此，军棋也如此。

2014年1月22日于石景山从心苑

夏辉映，字敛之，湖北天门市人，1959年生，先后在复旦大学、北京师范大学学习。作家，诗人，资深编辑，文化学者。笔名石河、希声、石斧、荆夫、敛之等，斋名曰愚斋。业余爱好旅游、垂钓、游泳、古玩。现在中国教育科学研究院工作。长期研究中国近代教育史，对"西学东渐"时期的洋务教育有独特的视角，著述颇丰；同时还重点研究平民教育家梁漱溟、晏阳初、陶行知的教育思想和实践，首次提出晏阳初教育思想的精髓是"实践的教育哲学"主张。曾主编《中学生》杂志、《小学生生活》杂志。新浪博客敛之V60，著有《行走与记忆》《网络棋战风云》《爱我中国人》《仁民爱物》《文化小史》等，并在《光明日报》《人民日报》《中国教育报》《北京青年报》以及全国各级报刊发表散文、诗词数百篇，多篇军事评论被选入国家战略文库。

圆切线

张玉红

  圆切线，一个数学概念，现在暂且被我借来，用于对人生轨迹的比喻，或许从数学的逻辑来讲不是很严谨，但是我觉得非常贴切，至少对于我来说，是一个行得通的论述。我一向认为，每个人的人生轨迹，就是从不同的切点甩出去的圆切线，每条圆切线飞行的方向完全不同，而且各切线之间的距离也会越来越远。

  1979年夏天，我高中毕业并参加了高考，因为物理成绩拖了后腿而落榜。当年有一种非常可笑的说法，考文科的学生都是"混科""笨科"，考理科的才是好学生，所以我这个"好学生"硬着头皮、为了面子，参加了理科的高复班，一个月之后，终于被可怕的物理逼出了理科班，进入文科补习班，老师借给我历史、地理教科书，数学老师开绿灯，允许我数学课时恶补史地。1980年再次参加高考，没想到，我居然取得了太仓县文科高考第一名的好成绩！一个从未离开过江南小镇的女孩，对外面的世界真的有一点点惧怕，所以填志愿时，选择了附近的上海，选择了复旦大学中文系，我人生的第一条圆切线，从生活了十六年的小镇这个切点上飞出，融合进了复旦大学中文系80级这个大圆圈，这不能不说是一个偶然、一种缘分。

  在围绕8011这个圆心幸福地运转了四年之后，我人生的第二条圆切线产生了，本来切线的方向是北京，全国人大办公厅，但是因为父母对北京的一个荒唐的认识而改变了切线的方向，他们坚决不让我去北京工作的理由竟然是

"北京的番茄要五毛钱一斤得来"，1984年的五毛钱真的差不多是现在的五十元了（不知道他们是怎么得来这样的信息），甚至于提出如果我去北京的话就断绝父女、母女关系。面对这样强大的压力，我只有选择服从，切点被强行改变了，人生的圆切线也就改变了方向，飞向了苏州，在还是包分配的年代，我就开始自谋职业了，联系到了苏州人民广播电台。1984年8月，我不得不在苏州开始了寂寥孤独的生活。

也许是在苏州的日子太过寂寞，开始几年，我经常会回到上海，和8011的小伙伴们叙旧，小伙伴们也经常来苏州看我，任家瑜、陈燕、彭洁、张彤瑾、郑展望、陈辉、陈真、陈广宏等，都光临过我蜗居的六平方"雀巢"。小伙伴们给我的所有信件，我珍藏至今，最近又翻了出来，那份亲切，怎能用文字来表达。三十年来，我无数次梦回复旦，而且是和8011原班人马一起，回到复旦进修，可想而知，8011对于我来说是一个多么重要的精神家园。

在这三十年当中的前十年，我经常在寻找改变切线方向的机会，曾经联系好了处于改革开放第一线的深圳的工作，但是，正当我做好一切准备奔向深圳的时候，一场大病，迫使我停止了南行的脚步，等到病愈，机会已经远离，命运的手指，就这么轻轻一挡，我人生的圆切线依然沿着既定的方向飞行，我留在了苏州，安安心心，老老实实地在苏州人民广播电台，继续文艺编辑的工作。是呀，既然是圆切线，怎么可以改变方向呢。

其实这么一条圆切线，我感到还是非常适合我的，现在想想，我除了会做做广播文艺的编辑工作，别的还真不会做什么，每当在电波中听到正在播出我编辑的节目时，还挺有成就感的呢。

我现在从事的是广播版评弹节目的采编工作，刚刚开始接手的时候，对评弹艺术真的一窍不通，怎么这样唱就是"蒋调"，那样唱就是"丽调"呢？还有什么"薛调""张调""严调"，二十四种弹词流派，要从变化多端的琵琶、三弦的弹奏当中辨别出来，真是晕头转向，最怕在稿子里出现外行话，被听众指出来，真是难为情，而且我接手的时候，原来的老编辑已经把评弹节目做到了一个高峰，他本人都已经获得了全国十佳广播编辑的称号了，我在这样的高度上接手评弹节目，难度可想而知，办法只有一个——学习，学习，还是学习。

作者近影

在我这么多年的编辑生涯当中,最难忘的是1991年1月,我们苏州人民广播电台第一次把评弹唱到了中南海,在西花厅,为最高中央首长演出,我作为主要工作人员,深感荣幸。

这么多年来,我用心做着评弹节目,千方百计采集优质的节目源,设计多样化的节目形式,邀请名家举办评弹讲座,遍访评弹艺术家和他们的后代、学生。在我的不懈努力下,有着六十多年播出历史的《广播书场》栏目,成为目前苏州广播节目当中收听市场份额最高的节目,这也算是对听众的一点贡献,对传播评弹艺术的一点贡献吧。

现在的我,越来越觉得评弹艺术博大精深,越来越觉得评弹艺术魅力无穷,看似简单的琵琶、三弦,两个人,长衫旗袍,或者一个人,坐在书台上,竟然能够表达出人世间所有的悲欢离合,直觉得评弹真的"好听",甚至于有一次在听蒋月泉、朱慧珍的经典作品《玉蜻蜓庵堂认母》时,竟然被感动得热泪盈眶,当时自己也觉得奇怪,因为这个折子又不是第一次听,实在是艺术家的表演打动了我。经过这么多年的学习，辨别评弹当中那么多的流派唱腔，再也不是一件难事了。小伙伴们，有机会来苏州，我请你们听评弹哦。

三十年，弹指一挥间，现在的我，正在这条既定的圆切线上快乐地飞行着，但是，无论飞得多远，那圆心永远是8011——复旦大学中文系80级。

张玉红，女，1963年11月4日，出生于江苏省苏州市太仓县璜泾镇，踩着江南小镇的碎石子路长大，偶尔也会到离家不远的长江边发呆，猜想着这滔滔江水从何而来，又奔向何方。曾经以为自己会一辈子守着小镇，是高考改变了人生轨迹，1980年9月1日进入上海复旦大学中文系学习，1984年8月，成为苏州人民广播电台的一位文艺编辑，现从事评弹节目广播版的采编工作，于弦索叮咚中，传播优秀的民族传统文化。就像当年有同学在毕业纪念册上的留言一样："你使世界变得简单。" 三十年来，从小镇走来的女子，一直简简单单地生活着，认认真真地工作着。

千言万语

吕素勤

早春2014

三十年前，1984年，也是像现在这样的早春季节，距大学毕业还有好几个月时间，宿舍楼里已经开始滋生出离别的情绪。我们复旦中文系八零级总共有九十三位同学，女生二十三位，男生七十位。九十三人中的绝大部分都出生于上世纪六十年代初，个性有异，经历相似，都是从学校到学校。其时，在我们仅仅过去了二十年的人生里，复旦四年，所占的重量可想而知。这四年，我们九十三人，很少见地被安排在同一幢宿舍楼里，男同学住一楼、二楼，女同学则在四楼占有三间寝室。可以说，我们比其他的大学生，都更充分体会或者说享受到朝夕相处、同窗共学的真谛。也因此，离别之情尤其深浓。

就是在这样的气氛里，像今年一样，班里通知说，要制作毕业纪念册了，每个同学都必须在纪念册上写点什么。也是像现在一样，千言万语不知从何说起，拖到不能再拖的日子，我只写下了三个拼音字母"dan"。这一浊辅音加前鼻元音的拼法配合汉语的四个声调，可以有好多个意思和写法均不同的汉字，我取了三个，此外，就是连接其间的省略号。省略了什么、遗漏了什么，甚或多余了什么，我想同学们大约

作者近影

是知道的，毕竟是8011。

走笔至此，8011的同学们一定也明白了。所谓本性难移。尽管三十年过去，面对班里的又一次征文和催稿，今日的我还是只够呈上以下三段文字，取其回顾前瞻之位，对应三十年前的毕业留言，也以此向8011报到。

这三段文字，分别是三种2010年版《素素作品系列》的后记，文短意简，却是心声。

《生命是一种缘》

本书的书名采用作者1992年初版并多次再版的散文集书名，内容则包括该书在内的作者在《新民晚报》所写的专栏《谈心集》的选粹。

"谈心"将近十年，如今又过去十年。时光如水，浮生有梦。世态千变，心源不侵。正如当年的"谈心"开始于与同学、朋友南妮（杨晓晖）的友谊，初版《生命是一种缘》等书连接着与闻之的友谊，如今我也更愿意把新版《生命是一种缘》看作是深邃友谊的见证。

《心安即是家》

本书的书名采用作者1993初版并多次再版的散文集书名，内容则包含该书在内的作者多年来在各家报纸杂志发表的文字选粹。

过去的文字，现在的心情。

记忆可以唤醒，人生不能重来。人其实不需要回顾，因为毫无意义，因为消失的每一天已经深深地烙印在此刻的你的身上。然而，有情有义，有爱有梦，始终是我坚信并竭诚追求的美好。

《日月自在行》

本书是作者最新的文章结集，内容则选择近年周游各处的偶感、笔记。

读书万卷，行走万里。跨过千山万水之后，虽然飞机、轮船或火车可以把你送返原来的住址，却无法从根本上送回一个出发时的自己。于是，每一次的出发，都有重生的喜悦；于是，每一天的日子，都成为一次新的出发。人在旅途。正如智者所言：记得过程中搭识几个有趣的旅伴，做点有意思的事情让自己开心也让别人开心，就好。

感谢人生旅程中的有趣伴侣，感谢大家多年的不离不弃、厚爱关切。

吕 素勤，1962年11月26日生于上海，在上海成长、求学、工作、生活。1980年考入复旦大学中文系，1984年毕业，分配至上海市哲学社会科学联合会，专职上海市语文学会日常事务。之后，曾相继就职出版社、报纸杂志社。业余以笔名"素素"应邀为报刊、出版社撰稿著述。结集成书逾十种，销量过百万。主要作品有散文集：《生命是一种缘》《心安即是家》《现在的心情》《就做一个红粉知己》《平生情意》《风月闲人物》《巴黎情人纽约沙发》《风流名纸》；上海女性生活史：《前世今生》；长篇小说：《假装是一次偶然》；游记：《爱尔兰北西行》。另有自选作品集三种：《素素作品系列之生命是一种缘》《素素作品系列之心安即是家》《素素作品系列之日月自在行》。

追忆许道明先生

陈德祥

　　2005年4月的某一天，从互联网上获知著名画家陈逸飞在导演电影《理发师》时猝死的消息，很为陈先生英年早逝感到惋惜。一两天后，突然接到同学郑涵的电话，说许道明先生因病逝世，几天前去世，大殓第二天在西宝兴路殡仪馆举行，通知我一起参加。当时感到非常震惊，一年前就知道先生患癌住院，常想去探望，但一拖没有去，总以为先生年纪还不算老，会有时间去的，没有想到竟然再也见不到了。先生与陈逸飞同庚，才五十九岁，莫非五十九岁真是人生的一道坎？第二天在追悼会上，道明先生三十多年的至交沙似鹏先生一声凄惨的哭嚎："道明，你走得太早了！"令人心碎肠裂。我在心中默默地说："对不起，先生！生前没来看你。你一路走好。"

　　转眼，九年多过去了。常常想静静坐下来为他写些什么，但一直静不下心来。今年是大学本科毕业三十年，全班同学决定出版一本纪念集，要求每人写一篇文章，回顾复旦给予自己的影响。于是我想到了许道明先

作者像

生，想到当初与先生的交往，他给予我的帮助和关心。说来难以置信，他在我读研时说的一句有关我未来工作的玩笑话，后来竟然变成现实，他的教诲影响了我以后的工作。愿以此文作为对复旦那段难忘生活的怀念。

读本科的时候，由于性格孤僻，学业平平，我与老师们很少交往，还不认识研究生毕业才一两年、从未给我们上过课的许先生。1984年读研后，先生担任研究生年级的辅导员，我们才熟悉起来。特别是应对通货膨胀，我们十几个同学课余时间办起中文专业自学考试辅导学校以后，先生热情支持我们从事此"副业"，经常出谋划策，并欣然担任任课老师，与他关系更加密切了。辅导学校教室借在市中心人民广场附近一所中学，学生都是社会上没机会读大学的青年，渴望通过自学考试取得文凭，上课时间在晚上6点以后，每天晚上一般有四五个班级上课。我们邀请了复旦、华师大、上师大、上海大学等高校中文系的老师上课。记得有段时间，每星期一次，我作为教务人员陪先生从复旦去市中心上课。我们坐9路公交到虹口公园换乘18路电车到人民广场站下车，每次在福州路、西藏路口的一家点心店匆匆吃碗面后，走过人民广场到学校上课。下课后，再陪先生原路返回复旦。

在陪先生上下课的路上，与先生常常天南海北的交谈，一般总是听他谈。从家庭出身、个人经历、爱人孩子，到复旦一些老师的八卦，从他从事的现代文学研究批评专业，到历史哲学文化，乃至社会时尚到国家大事，几乎无所不谈。从交谈中，知道了他是青浦人，考上复旦中文系后认识的第一个同学就是从宝山县罗店镇考来的沙似鹏。按照考试成绩，沙本来可以进新闻系的，但在那个大讲阶级斗争的年代，因家庭成分问题被劝改读中文系。许先生大学毕业以后至安徽农村工作，后至太湖县委。他有时很自负，记得有次谈到新闻记者职业，他说："在安徽时接待新闻单位，从中央级的新华社、《人民日报》，到省报、地级报纸，我都接待过，没什么了不起。"恢复高考以后，他放弃了将担任的地委宣传部长的机会，毅然报考复旦研究生回到了上海。碰巧沙似鹏也考上研究生回复旦中文系，他们的交情越来越深了。

先生喜欢讲前辈名师的轶事。他提到，他进复旦时校领导经常这样勉励学生，每年只要文科出一个金冲及，理科出一个谷超豪，复旦就将永远立于不败之地。除了老一辈的学者，中年一代的学者他常提到历史系的朱永嘉、朱维铮、王知常，中文系的章培恒，外文系的夏仲翼。他谈到上世纪六十年代"文革"之前，章培恒发表在《文汇报》上评晚清吴趼人"谴责小说"《二十年目睹之怪现状》的文章如何得到毛泽东的赏识，被《人民日报》转载。有关方面想起用他，无奈因为他是"胡风分子"而作罢。他说历史系的那些老师都是"搞政治的料"，绝不是书呆子。当时，他编制在中国文学批评史研究所里，他对同辈的同事如朱文华、张新等，也很夸奖。他对后来一位被称作"英语大师"的外文系教授中文水平却评价不高，说其语文水平"只相当于一个高中生"。有时候谈到兴奋时，他眼睛睁得滚圆。

在交谈中，我也谈了自己的情况，包括家庭学习等。我特别提到，由于家庭的背景，我小时候没有多少书读，文史哲根基较差，以后恐怕很难在专业研究领域有造诣，毕业以后最好还是做点事务性的工作。上世纪八十年中期，正是我国政治经济社会以及人们的观念发生剧烈变化的时期。物价上涨、抢购风、"万元户"等事相继出现，人心浮动，知识分子地位不如从前。我很为毕业后出路担忧。1986年，有一次，道明先生开玩笑地说，我介绍你去这样一个部门，晚上去舞厅、音乐茶座，可乐、雪碧当水一样喝。当时美国的可口可乐、雪碧已经进入中国，大多在宾馆、高级饭店有售，价格不菲。我想怎么会有这样的单位？

研究生毕业以后，我进入文化局的一份报纸工作。工作几个月，就觉得我的性格很不适合报纸工作。记得在两年多时间里，像样的文章，只有一篇应同系79级校友、在中新社上海分社任职的刘文祥约请写的介绍导师贾植芳先生的文章，文章经刘兄大幅度修改后以我的名义在香港《镜报》月刊发表。若干年以后，我读到出版的贾先生日记，里面认真记录了我采访他写这篇文章事。他竟然从这件事研判党和政府对知识分子政策的动向。经历过政治运动不断冲击的前辈知识分子对政治如此敏感，我苦笑，又感到可悲，也觉得自己做事唐突。但报社工作的一大好处是认识了上海跑文艺口的记者，以后为单位发布新闻积累了人脉。

1989年底，文化局有个新成立的部门亟需"动笔"的人，在宣传部工作的同学陈志强推荐了我。开始不知道这部门是做什么的，后来才知道这个机构是文化局下面的社会文化管理处，有时称舞会、音乐茶座管理小组，主要就是管理上世纪八十年代兴起的所谓社会文化，以舞厅、音乐茶座、卡拉OK厅为代表。等到我初次随同事去宾馆舞厅、茶座检查，人家请我们喝饮料，我突然想起，这不就是以前许道明先生说过的"去舞厅、音乐茶座，可乐、雪碧当水一样喝"的单位吗? 以后我才明白，原来中文系上一级读研同学胡战英毕业后进入市政府办公厅综合处，工作联系宣传文化口。在1986年前后，舞厅、音乐茶座绝对是社会热点，社会关注，领导关心，他时常会与舞会、音乐茶座管理小组的同志一起去巡查，宾馆会请大家喝饮料，"可乐、雪碧当水喝"。战英兄刚从象牙塔里出来走上社会，看到这种场面显然不太适应和习惯，难免会夸张地向许先生谈起这个部门，于是在1986年时许先生会偶尔与我谈到这个工作部门。

调动工作以后，我马上向道明先生写信，谈了新工作的情况，不久就接到他的来信，全文如下:

德祥兄:

大札奉阅。给犬子的邮花使他高兴了一阵。

工作有变动，也是好的。似乎还是以幕后做做文字工作为宜，第一线的检查工作，满足了情绪上的虚荣，麻烦事想必不会少。社会文化市场鱼龙混杂，绝非你我之辈能够施加影响的，并且那些地方人员素质大多不尽如人意，牵一发动全身，文去而武往，声色兼加，圈内有圈……如此等等，都得当心。在我看来，政策和实情是两项必须尽快熟悉的工作内容，希望在这个岗位上你能过得舒心一些。

日常留意把自己的生活问题也适宜地解决。

此间日子无有大的变化，大家似乎都活得并不潇洒。我还在赋闲，身体倒挺不错。便中常联系，祝好。

道　明

1月22日

我把这信读了几遍，体会其中的谆谆教诲，仿佛又回到了陪他去上课时聊天的情景。

随着以后阅历的丰富，我是越来越明白这教诲的珍贵。

陈 德祥，出生于1963年2月，籍贯上海。1984年复旦大学中文系毕业后读了三年研究生。1987年后进上海文化系统，长期从事文化市场行政管理工作。

陈允吉老师印象

张安庆

  2019年元月，一个冬日的晚上，我接到陈允吉老师的电话。陈老师告诉我，出版社准备刊行他八十华诞纪念文集，嘱我也写一篇。

  放下电话，我第一反应是感谢陈老师的好意。我是一名普通编辑，如此邀请，实在愧不敢当。但是恭敬不如从命，记忆之门就在诚惶诚恐中打开了。

  陈老师给我的印象是为人仁厚、平易近人，治学严谨、学识渊博。

  三十多年前，我从复旦大学中文系毕业后，一直从事编辑工作。大学期间，我曾旁听过陈老师讲授佛教文学课程。陈老师讲课旁征博引，深入浅出，妙语连珠，引人入胜，我和同学们都喜欢听他讲课。工作后多年，有一次我去复旦大学中文系开会，因为早到，性格内向的我坐在后排角落安静等待。没想到，陈老师进入会议室，一看见我就叫出我的名字，并热情安排我到前排就座。我当时心头一热，时任中文系主任，又是知名学者的陈老师能记住我一个普通学生，我心中充满感激。

  后来，我专程拜访过陈老师，向他请教一些读书、写作、治学等问题。陈老师认为，要扎扎实实打好基础，重点读两部书，一是《史记》，二是《汉书》，这两部书既是史学名著，又是文学名著，《史记》开散文之先河，《汉书》为骈文之滥觞，看熟这两部书就能打好读书、写作的底子。记得陈老师在谈话中随手指向书桌上放置的萧华荣老师赠送他的《中国诗学思想史》一书，说萧老师关于六朝家族的两本著作《华丽家族：六朝陈郡谢氏传奇》《簪缨世家：

2023年12月，作者（左一）与（左二起）王鸣文、曹怡波、连建明、周松林、任家瑜、杨植峰在上海

六朝琅邪王氏传奇》文辞精美，可以抽空读读，对写作会有所帮助。在培养学术研究能力方面，陈老师认为应该精读陈寅恪的著作，看看大师是如何做学问的。为提高兴趣，陈老师认为可先读《论韩愈》等单篇文章，然后再看专著《唐代政治史述论稿》《元白诗笺证稿》等，这样才能进入学术正道。

经过一段时间的拜访、请教，我萌发了为陈老师出一本书的想法。考虑到图书市场和陈老师的学术专长，我请陈老师和他的高足陈引驰合力主编一本关于佛教文学作品的选本，以历史的眼光、文学的角度，从浩如烟海的佛教文学作品中精选出有思想性、艺术性的作品编辑成册，以飨读者。陈老师欣然同意，并将书名定为《佛教文学精编》。为帮助读者更好地了解佛教文学，陈老师为本书撰写学术前言。原本陈老师已写就三四千字，但他觉得没写到位，没能讲清楚佛教文学的发展脉络和艺术特点。本着对编选工作的负责态度，陈老师决定用骈文撰写前言，以求在有限的篇幅内更好地介绍佛教文学。这是陈老师有意识地用骈文撰述的开端。香港中文大学的饶宗颐先生也很关注陈老师的这篇文章，并鼓励他以后多从事这方面的实践。后来上海古籍出版社又邀请陈老师主编《佛经文学粹编》，前言也是用骈文写就。在我看来，《佛

教文学精编》和《佛经文学粹编》这两本书可谓相得益彰、珠联璧合。

岁月流逝，时光在匆忙中倏忽而过。我有时会读读陈老师推荐的书籍，但终因工作忙碌，加以生性疏懒，至今还在学术门外，辜负了陈老师的期望，这使我深感歉疚。近些年来，由于自己在学术、工作上都很失败，我已不好意思打扰陈老师了。2014年秋季的某天，我曾鼓起勇气，想将自己参与编纂的我们班毕业三十周年纪念文集送请陈老师指正，但最终还是不敢请陈老师过目。

现在的我已然明白，其实陈老师并不在乎学生是否一定要做出辉煌的成绩和轰轰烈烈的事业，只要认真做事、诚实做人就好。在我从业的三十多年时间里，我为包括陈老师在内的名师大家编辑出版过著作，他们平易近人的为人之道和严谨认真的治学态度已在内心深处感染着我、影响着我，我从内心深处感谢陈老师们。

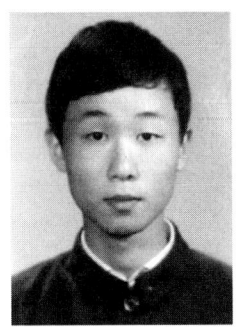 

张 安庆，二十世纪六十年代生人。1984年毕业于复旦大学中文系。毕业后一直在上海出版单位工作。

毕业后致张玉红的第一封信

张彤瑾

玉红：你好！

信和明信片均收到，谢谢！

早就想给你写信，欠了你的"债"不还，心里总惦着，苦于不知你在何处，想写信去你家里，怕附上钱一旦让你父母知道，又是一番麻烦，且听陈燕说，你似乎先去苏州报到，想寄苏州，又没你地址，所以一直犹豫着没敢给你写信。收到你的信后，又恰逢大忙时节，一点儿空闲都没有，整天都泡在上海宾馆，直到收到你的明信片，我才意识到再拖下去是不行了，所以今天终于拿起笔来给你写封一开头就收不了的信。

来信附上一元钱，谢谢你了。（菜票收到没有？）

衣服没裁倒没什么，我自己也可以，我已经做了一件衣服、一条短裙、一条连衣裙，手艺还过得去。真正遗憾的倒是没有和你告别。同窗四年，最后连声"再见"都没说就分手了，未免叫人不好受。

我现在分配在旅游局教育处，主要抓旅游业人才的培训、开发和旅游系统出国人员的考核、培训。过一段时间，如果有条件的话，我将去进修英语或日语。从目前情况来看，工作还是比较称心的。人头熟、条件好，旅游局是外事单位，下面有不少宾馆，还有旅游服务公司、国际旅行社、旅游服务汽车公司、旅游专科学校等单位。我现在办公的地方与陈燕在一起，从友谊宾馆大门进去，相邻的两幢楼，楼里铺地毯，有空调，待遇是很不错的。我家离单位很

近，66路到南京路就可以了。照理我一个月只有1.10元车贴，但旅游局办事出手一向很大，局里每个月贴我一张月票，算是工作月票。但事实上我跑外勤基本上一直是坐小车子的。因为外出一般总是陪处长或局长之类的大人物，所以总有车子接送。一月中有三分之一的时间是在上海宾馆吃中饭，吃饭标准高达两元，全数报销。前几天监考，虽是上班时间，但一天仍可拿市级标准的监考费——3元。出外享受了以上待遇后，还可拿一毛钱的茶水费。中秋节一到，每人发一盒"新雅"的4元钱左右的广式月饼。估计明年二月份，我可拿到150元服装费，以后每隔两年发75元。这月拿工资，除了48.50元外，还发了米贴（5元）、洗涤费（3元）、洗衣费（3元，其他单位都没有）、高温费（8元）。奖金半年一发，大概12元一月，据说还经常分发礼品等。因算市级单位，所以医疗部门是华山医院、市府大厦医疗门诊部。看电影、演出都在市府礼堂，大都是内部招待或不对外开放的影片。平时还能参加些外事活动，出席宴会或作全程陪同（像我坐机关的机会不多，一出去就是半个月左右）。总而言之，待遇和工作还是不错的。陈燕得知我们单位的待遇后，对彭洁说，她妒忌我。彭洁说她情愿不要宣传部里的电影、演出，而要我的服装费。我想，从工作性质来看，总是不可能专业对口了。反正大家都坐机关，只要工作实惠就可以了。因此我也颇为自得。

近日以来，得知了一些老同学的消息。陈燕与我素有缘，一个大门进出，相邻的两幢楼。我有好的电影票，打个电话给她，她走几步就能拿到。上下班也经常能遇到，中午休息时间也常来常往。彭洁分在宣传部主管文艺。现在在《舞台与观众》实习半年，四处采访、看电影、看戏、看演出，有苦有乐，她感慨万千，人瘦了不少。

作者桂林留影

因为老是有一顿没一顿的。她给我写过一信，打过两次电话，邀我看了一场演出，而且分手时再三叮咛要多多联系。任家瑜音讯全无，听说已当上了"任老师"。遇到陈志强一次，他现在在《上海科技报》实习。有次回家在蓬莱路66路遇到姚伯荣和其女友，才知其女友住在我们那里。我想到他要求分到有住房的单位去那件事，真想对他说还不如分到旅游局，我们单位马上要分房了。问问他的情况，他的兴致也不高。他女友倒和他挺般配，不修边幅，颇有"风度"。连建明的单位和我们局的一部分处室在一起。我吃饭在那里，所以总能遇到他。他说他曾与陈志强、朱国顺来找过我。前几天看日本友好访问团演出，遇到杨晓晖，她现在经常住报社。目前大概联系最多的要数朱国顺了。他要我教他跳舞，因为他们《新民晚报》常开舞会。我呢，借此机会托他弄票子。我也给他弄过两张外面不放的电影票，而且是送给他的。因此，总的来讲，我的消息还算灵通的（还遇到过汪涌豪）。你有别的同学的消息吗？

近来上海舞会多如牛毛，到处都在跳。我也场场不落空，反正票子的来源也不少，而且都是大单位主办的。今晚国际旅行社、外贸总公司、外轮供应公司主办，我有两张票，后天是《新民晚报》和吴宫饭店合办，明天虹桥宾馆也有。只可惜没有好的舞伴，手边有一个舞伴，跳得还可以，但总达不到复旦的水平。复旦的"小方步"名声远扬，提起"小方步"，总可以听到别人讲："小方步"么，是复旦最漂亮的，"吉德巴"外面跳的花样也不多，所以舞会票子虽多，我兴致不高。听彭洁说，有次她弄了票子，叫任家瑜去，也因没什么舞伴，任家瑜没怎么跳。现在外面的舞会到底不如复旦，复旦的人大方，谁跳得好就请谁，注重交际。外面的舞会都自备舞伴，没有人会很大方地去邀请别人的。只有一次，在上海体育宫跳，有个不认识的人叫我跳了大半场，两人的感觉都很好。听我哥说，在请我跳之前，那人和另一个男的商量了半天，才过来叫的。可见社会上的人之放不开。你要是在上海就好了，我们俩的"吉德巴"可以大放光彩了。在苏州，大概舞会不多吧。你现在可是孤苦伶仃啊，有机会多到上海来玩玩吧！

本来我今天就要到苏州来了，来看看苏州旅游职业中学的情况，我们想办几个职业中学。可是前几天我把眼镜摔坏了，所以就不来了，不然倒可以见到

你了。

去了一次雁荡山，收获极大，至今回想，还趣味无穷。以后照片放好了，寄一张给你，给你看一个"假小子"。

字写得乱七八糟，因为老要搁笔接电话，所以心思不定，请原谅。

有空别忘了多写信。

顺祝

安好！

瑾瑾

1984.9.8

张彤瑾，1962年生，上海市人。1984年毕业于复旦大学中文系，同年分配至上海市旅游局，先后在教育处、外宣处等部门任职，致力于上海市旅游事业的宣传推广工作。2011年5月病故。

有滋味的日子

喻文杰

出身农家，大学毕业时对工作没有太高要求，就想回老家长沙工作。当时包分配，但长沙没指标，我就自己找。从朋友处借了辆自行车，买了一张长沙市地图，觉得可以的单位就一家家找过去，竟都愿接受，最后选定《湖南日报》。

第一个岗位是夜班编辑，经常凌晨三四点下班。同居一室的是来自湘潭大学的两位同事。他们都在报道部门，上白班。我一下班，开灯、漱洗，总吵得他们梦中惊醒。他们中有一个喜好恶作剧，寒冷的冬天，他早晨起床后便故意将手在凉水下冲得冰冷，再往我身上贴，冷得我大叫不止，他则狂笑着上班去了。如此多次后，我和另一室友想了个法子治他。此人冬天喜欢往脸上抹雪花膏。有天晚上，我们见他的雪花膏剩下不多，就装入看上去差不多的乳白胶。第二天一早，他如往常一样，上班前拿着雪花膏就往脸上抹，抹得脸上脏粒粒直滚。他疑惑不已："怎么回事? 怎么回事? "我在被中乐得直打滚。

工作头几年，收入很低。每月四十五元工资，五元奖金。当时，新进单位的大学生较多，喜欢聚在一起玩，一起谈天说地，一起探奇览胜，一起畅游湘江，隔三差五还要一起喝点小酒，钱总是不够花。每次小聚，酒菜都限量供应。即便如此，许多人在发工资一二十天后就没了伙食费，搞报道的便纷纷借钱出差，我则靠向中央人民广播电台每晚提供一两条报纸摘要解决吃饭问题。

作者云南石林留影

工作头几年，我的日子就这么过着。现在回想，那是最快乐的一段时光。

从夜班岗位出来后，我在报社搞过深度报道，当过跑线记者，搞过舆论监督，办过报社下属的子报，还下乡搞过一年社教等等。

1991年，我和一批同事被派到湘中的一个贫困村开展社会主义思想教育活动。同去的以年轻人居多，大家都想干出点成绩，很卖力，但有两件事让我们感觉很不爽。第一件事是我们从单位借了笔钱从省农科院给村民买了一批良种果树苗，跟村民讲好收了粮食后就得付款，没想到许多村民想赖账，收了早稻不付，收了晚稻还是不付。一气之下，我们让村干部找了一辆拖拉机，我和两三个同事一起，到村民家收谷子，部分村民却用对付"鬼子进村"的招数应对，纷纷坚壁清野，我们一天忙活下来收获无几，不得已只好另想办法弥补亏空。另一件事是我们帮村活动室筹集了一批图书，想让当地人学点知识，开阔一下视野。没想到，新买的几十册书竟被村支书据为已有。我们气得不行，临走经请示当地党委，专门开了一个全村党员大会，把村支书撤了。

在村里辛辛苦苦干了一年，帮村里做了许多工作，想想多多少少会给村里带来些变化吧。过了两三年我们再回访，发现唯一的变化就是在靠近公路的村口处建起了一座庙，真让人哭笑不得。

当记者,觉得有意思的时候不是太多。我感觉比较有意思和价值的是搞舆论监督。记得有一次,几户农民投诉:他们向镇政府承包一个几百亩水库养鱼,待他们投入数十万元将鱼养大,正待收获时,镇政府却撕毁合同将水库转包,导致他们损失惨重。我在调查后发出报道,这一错误马上得到了纠正。承包水库的农民感激不已,纷纷拿上自家的鸡蛋和坛子菜等,从两百多公里外搭乘长途汽车赶到报社感谢。我费了九牛二虎之力才说服他们带着东西打道回府。

在搞舆论监督的八年中,我虽然通过报道解决的多是一些小问题,但收获的却是许许多多的快乐。这种快乐是让人感觉自身工作价值后的快乐,是金钱和荣誉代替不了的快乐。我虽已离开舆论监督岗位十多年了,但那时的许多事至今难忘。

喻 文杰,男,汉族,1963年6月出生,湖南省长沙县人,1980年考入复旦大学中文系,1984年进入《湖南日报》工作,现任《湖南日报》出版部主任,有《一次纠纷弄出11个案件》《谁来保护雇工的合法权益》《技术蓝领缺缺缺》等多个作品获全国好新闻奖。

剔骨刀

秦 杰

　　儿时见过最锋利的东西，就是剔骨刀。在污浊不堪的菜市场，最吸引人的就是挥舞着剔骨刀的屠夫。寒气逼人，手起刀落，让人垂涎的猪肉一块块绽放。就想，岁月中的我们，也就在这样的刀花中消匿无形。人说岁月是把杀猪刀，已成共识。三十年，镜花水月，谈笑风生，原来就这点意思。

　　这段时间，无论是在北京漫天的雾霾中跟陈真散步聊天，还是在成都寒意逼人的宽窄巷子与张忠把酒言欢，不管是接到张安庆温情款款的提示，还是杨植峰语气强硬的催促，对这次命题作业，真的是须臾未敢稍忘。不知从何处下手，忽然一想，就以年度为序，结绳为记。

　　1984：从家乡铜陵坐火车五个小时到达南京，再转车坐上二十多个小时到达北京。是货真价实地坐，绿皮车，弥漫着汗馊和尿臊味。至今想起，全是味觉上的刺激，以及漫长到没有尽头的疲倦。一个人怅然望着昏暗天际下陌生的北方风景，不知所措。随身就带着一个人造革的小箱子，里面是几件换洗衣服。路上吃的是家里带的食物，几乎没喝什么水。

　　在我们家乡，长江以北就是北方。北方是荒凉、苦寒之地，最起码吃不了大米。因而，一路向北，风萧萧兮，颇有些悲壮。所幸，下车后，耀眼的阳光下，第一眼就看见杨植峰、田善亭诸兄。他们接上我，一同坐着平生第一次见到的地铁，呼啸着去新华社报到。在民国所遗旧楼里找到宿舍，发现托运的行李还没到，也不着急，一路杀到天安门广场。那时大家都觉得，只有看到天安门，才算真的到了北京。夕阳下，天安门比想象中矮小。几个人并排坐在栏杆上，仿佛飘浮在空中，感觉完全不真实。

当晚，我和小田转了好几路车，到达北京广播学院。陈薇是北京人，她家是我们唯一能想到借宿的地方。是住

作者近影

了一晚还是两晚，现在有些记不清了。但，陈薇父母的亲切随和，让我一直感念。当年的北广，校园清静空旷，夜色如水，道路两旁的白杨树，高大质朴，微风中阔大的叶片撩动，细密如雨。

1989：这一年北京所有人的印象都是广场。那个春天，每到夜里，都能在家中的床上听到广场的沸腾。生日前夜，我从广场回到位于宣武门新华社院内的宿舍，准备收拾一下东西再出门。就这么一会儿，风云突变。这个不眠之夜，伴随我终生。

心中的惊恐甚至有些微的兴奋，感觉十分奇怪，让我印象深刻。年轻人聚集在办公室内，大家压低声音说话。其实离外面的街面尚远。我想起该给老家的父母打个电话。有长途的办公室临着街，有着阔大的玻璃，从走廊上我几乎是匍匐着过去，样子滑稽而夸张。也许我的声调不太正常，对我的陈述，父亲始终不信。话不投机，没几句就挂了电话。

这一年余下的时间，我都在麻将桌上度过。张海平也是长在我宿舍里的常客，有过连续上桌三天两夜的战绩。这个"麻窝"在周边一带赫赫有名，常常人满为患，而且不舍昼夜。经常半夜我回到宿舍，里面人我一个也不认识。他们也不认识我。看我进门上床就睡，肯定会想这个傻瓜是谁，真不见外。不过，从来没人问过，也不会有人问的。

第二年，我成为父亲，我属兔，儿子属马。

1994：工作十年，我在新华社里日益边缘，反倒是在音乐圈混出点名声，这也算歪打正着。我混迹歌坛，纯属偶然。进入新华社，分配我到国内部文教组。当时的文化领域，早有几位老同志在跑。最重的是文学、电影、戏剧、美术，我都沾不上边。只剩下一年出不了几篇稿子的音乐、电视，留给我有一搭没一搭去跑。

上世纪八十年代，中国音乐，特别是流行音乐刚刚起步。一批如今的大佬级人物当时都是在社会上毫无地位的"混子"，摇滚之类更是为正派人所不齿。我成天无所事事，加上年轻人天生的叛逆，与他们一拍即合。不仅经常混在一起，还与他们企图挣扎出一点名堂。于是，就张罗着"走穴"演出，到各地跑码头。一方面是多些历练，一方面也是捞些外快。

1994年，就到了瓜熟蒂落之时。刘欢、毛阿敏之辈已成主流，崔健、田震、那英等人渐被文化界接受。高晓松、老狼、李春波等一大批新人出现，流行音乐大热，遂有"九四辉煌"一说。到此时，我突然发现自己成了前辈，并拜复旦之赐，在他们中俨然为"大文化人"，江湖上有了一号。

这一年我还干了件有点出格的事。我和唐朝乐队、窦唯、张楚、何勇"潜入"香港以"摇滚乐势力"之名演出。这在当时是风险颇大的离经叛道之举。过关时，一干人等长发飘飘，令人侧目。演出火爆非常，记得王菲当时正与窦唯热恋，众多香港媒体本以八卦的心态前来，结果被演出震撼，一时喧嚣震天。这也是至今被视为传奇的一场演出。

那是个疯狂的年代，也是我精力最为旺盛的时候。几乎整个九十年代，我参与组织了北京的许多大型演出和文化活动，推出了众多著名歌手的唱片专辑。那时，我不怎么上班，基本在夜间出没。每晚要赶好几个饭局，通宵泡在酒吧。当年北京开酒吧的多为圈内人，泡吧的也是熟人。有一次，我和一个朋友在李季开的"隐密的树"酒吧聊天，结果熟人川流不息，来喝一会儿就走。最后，酒单越积越大，我身上带的钱远远不够，直到已成"资本大鳄"的熊小鸽出现，才救了我的急。

2000：直到新千年到来，在周围人的眼中，我的生活才步入正常。单位的领导找我谈话，要求我必须收收心，承担一定的工作责任。于是，我不得不开始天天上班，出入殿庙明堂，写些以往不明所以，现今却要精耕细作的高头讲章。

当然，相比老卓、小玉，我们这样的记者还是外围的多，也就是看些皮毛之相。但相比起自己过往的生活，却已是大相径庭。个中之味，只有境遇相近者才可知。从好处说，算是多些人生阅历，看你方唱罢我登场，从近处观察政治的实际运行；其弊所在，则是入栏牛马，再也不能天马行空，从此规矩就成了自觉。这中间的甘苦，难以尽言，也不可说。

这一年的乐事，就是在杭州挂职三个月，与俞文明同学风流快活。老鱼是天生的领袖，从容淡定，乐于助人。这从他一人独力承担起毕业二十五年大典，就可见一斑。所以，只要有老鱼，就是盛事。那几个月，我们经常在西湖边的茶馆谈天说地，一同遵领导所托暗访南浔整治情况。在同学中，有工作上往来的不多，除老卓、小玉之外，这是最尽兴的一次。

杭州真是个好地方，秀美明泽，温润宜人。这几个月，我把自己彻底沉浸进去。挂职也没多少实际工作，每天优哉游哉，与当地的一些好朋友想着法子玩乐。常去的一家西街酒吧，有两个不错的驻场歌手，男的叫东东，后来被我忽悠来北京，发展得不错。今年的央视《中国好歌曲》节目中，以"马上又"之名出现，很火了一把。女歌手声音慵懒颓废，有一种迷人的风尘味，让人沉醉，不知今夕何夕。

还有两件事可以一说。我酷爱吃大闸蟹，成名之战便在杭州。一次，在西湖边龙井山顶的一家农舍，朋友买来六七两的大闸蟹现蒸现食，我边聊边吃，一口气吃了九只，并且十分精细。故事传开后，有不少人不服。其中一次，音乐人甲丁邀我验证，我在他家连吃二十三只。当然，是三两左右的。有几年，有同好的老卓、陈真和我，都要在当季聚上一次，主题就是吃蟹，只是不再比拼数量。

2005：这一年还是因为挂职，让琐碎冗长的日子生动一些。此前，我从未在县里生活过。一年间，我踏踏实实当着县委副书记，在广西财政第一县百色的平果，分管财政。当地人老实本分，称我秦副，恭敬热情，并不见外。那里的小学生在路边打架，看到干部的小汽车经过，会停下来行个少先队礼，等车过去，再接着打。民风之淳，内地少见。

百色本是贫瘠困苦之地，除了甘蔗芒果，大多是存不住水的石山，长不了什么东西。近些年，才突然发现薄土下居然全是铝矿，一下成了广西发展最快的地区之一。当然，当地的农民还是十分贫苦。我曾去过一家农户，真是衣不蔽体，全部家当就是一口烂了边的铁锅，里面是看不出颜色的玉米糊。

县城就一条街，从头到尾，没什么像样的铺面。从南宁到百色市，平果县居中，所以往来接待任务较多，县领导不够分配，我经常要来回跑几个场子应酬。在县里，我还是认认真真替他们办了点事。帮他们跑贷款找项目，上下沟通。此外，我还让一些文艺圈的朋友来县里义演，十里八乡的好几万人都来看热闹，央视还播了两次，宾主皆大欢喜。

同学中，陈真专程来看过我两次。一次他事先定好带人来，我却因家中有事，不遇。另一次是在我返京前，带他在县里吃了不少当地的野味，在没有三陪的歌厅吼了几嗓子，还去一个温泉泡了个澡。大夏天泡温泉，虽然有些滑稽，但我用心之诚，逢迎之炽，由此可见。对不住他的，是跟他学会了斗地主，当晚就赢了他一大笔钱。

在北京是升斗小民，在县里却算是个官。许多县不论贫富大小，都有个奢华的官衙，门前是巨大的广场，以及灯光俗艳的喷泉。小公室比我在北京的人好几倍，有司机、秘书加专门配备的办公室主任。所以，在县里的时候，除去寂寞，倒也不难过。后来，我力劝李宏伟去浙江挂职，他也有同感。这一年最大的益处，却落于家事。那几年因老父病重，我心情一直沉郁。由于挂职，时间上松动一些，得以在父亲临终前稍能侍奉，后来想起，这多少是个安慰。

2009：杭州会议，是我们班的一件大事。这是同学聚会中，在京沪之外的第三地。杭州作为第三城的地位从此确立。俞文明若隐若现的权威，也一战而立。那次聚会，欢畅热烈，有些场面，回味至今。从二十五而望三十年，大家如此热望，如此信心百倍，与杭州之聚的大获成功有直接关系。

平心而论，在热心班级公益之事上，李宏伟、陈真、张安庆、杨植峰、梁光玉、俞文明诸兄是用力最勤、厥功至伟的。所以，对他们在敬重之余，有所差遣我也不遗余力。从十五年大庆后，我班的凝聚力大增，在京同学平均每月一聚，京沪两地同学热络非常，与这几位仁兄的奉献是分不开的。

在工作上，这几年也是我最忙碌的时候。忙中也有快乐的时光。如果不是工作，我和老卓也不可能有机会在法国尼斯的海边散步，那个小城让人有忘情之意。老卓居然对这个从未到过的地方有印象，一问，原来是他从电影《英俊少年》看到过这个场景。我俩还在里斯本街头漫步，沐浴着这个衰老帝国的余晖。

还有件好玩的事件。我出差去夏威夷，一出机场上车，发现当地分社请来的导游是比我们低一届的项慧芳。她毕业分配到中新社不久就出了国，在夏威夷生活了二十多年，还写了几本关于这里风情的书。见到我，她特别高兴，不仅天天陪同到处游玩，还准备了一顿海鲜大餐在她的山顶别墅招待我们一行。现在能在外地看到同学，真是非常开心。大概也是这一年去的日本，没联系上陈薇。在京都街头，一条安静雅致的路边，突然看到女子大学的门牌，心里一动。

2014：年过五十，人生过午，怎么感慨都不为过。为三十年大庆，同学们筹备了很长时间，开了无数次会。其实，大家心里都很清楚，这无非是为了更充分地享受过程。不知别人怎么样，五十岁生日的那天，我很是恍惚了一下。我真不知道，这一天来得这么快，这么急。所以，对同学的聚会变得郑重，就不难理解。

从离开复旦的那一天起，很少有人会知晓自己的一生是以何种方式度过。其实，每个人的人生价值，也正在于此。你的独一无二，你的离合悲欢。"你无法改变，掌心纠缠的曲线"。但，你可以注视，充满柔情地注视。

至少在我而言，弃我而去的每一天，我都依依不舍。这点上，我像个守财奴，看着这些日子消失茫茫，心中无比痛惜。那些发亮的阳光，贴着肌肤的微风，那些深夜缭绕的烟雾，室内晦暗的气息，都隐匿在记忆中的某处，有时突然出现。

写了这些，言不及义，又不知如何言说。就想，先就这样吧，留些话，跟大家见面再聊。期待着九月的见面。

2014年3月于北京

秦杰，我生在安徽的一个小城市，在长江边上，当时叫铜陵特区。等到"特区"这个词时髦了，又变成千篇一律的"市"了。生日是6月4日，在1963年。

我就一直在这个矿山城市长到十七岁。我读过的小学、初中和高中，现在都成了当地最好的学校。上大学是我第一次离开家乡。大学四年，决定了我的一生。不知道别人怎么看，我得承认这是我人生最重要的阶段，是一生的提要。在这里，我读了一生中最重要的书，我遇到了一生中最相近的一群人，我开始思考一生中最复杂的问题。不管我是否愿意，复旦大学，就是我精神成长的子宫。

然后就是来到了北京。北京是我最喜欢的城市，大而无当，不着边际。如果说上海是床，北京就是一条长长的走廊。没有那么温暖，没有撩人的人间气息，但与我一拍即合。也许因为如此，分配到新华社后，我就一直没有动窝，在国内部工作至今。

工作三十年，当了三十年记者。靠写字为生，却跟大学时想象的写作无关。遥望同学们在本业风生水起，除了私心艳羡，好像也没有别的办法。这就有了另一个意外之果。工作之余，我在相当长一段时间，在音乐圈插了一脚。这个行业的最大特点是没文化，加上发展时间有限，我就不知不觉成了元老。这中间，有悲欢离合，有委曲求全，有狂浪江湖，也有坎坷失意。

五十岁算是人生过午，有时免不了会怀旧。想起到复旦报到的第一天，宿舍里只有田善亭一人。天色已晚，从小田处借来碗筷，从食堂里打回凉了的饭菜。放眼望去，校园里的南京路上，昏暗的路灯下雨丝若隐若现，心中涌起奇怪的感觉。无法形容，但那种感觉记忆犹新。

做编辑的日子

陈　辉

　　1980年，因为高考多考了几分，已经将厦门大学经济系企业管理专业作为第一志愿的我，在宁德县招生办的动员下，经过一番内心挣扎，又填报了一份第一志愿为复旦大学中文系的志愿书。这是我人生道路真正意义上的第一次自主选择，同时也为我此后摇摆不定的职业生涯敷设了一道模糊迷离的底色。从1984年大学毕业至今，我从事过五种以上的不同职业，而且总是在文化人与生意人这两类角色之间蹿来蹿去。我粗略统计了一下，结果发现自己做编辑的时间最长：三个不同的工作单位，同一个单位的不同工作岗位，前前后后加起来约有十四年。所以，本来对社会就没有什么大贡献的我，要凑足字数为纪念毕业三十年写"贡献"，就只能用自己的编辑从业经历来做文章了。

　　先说说我的第一份编辑工作。1984年9月，刚踏出复旦校门的我在拉萨的《西藏文学》编辑部开始了人生的第一份工作。那时候文学青年不少，我好歹也可以算上一个，偶尔失眠的时候还能写一两首歪诗。当时我很想去诗歌组，可惜那里不仅不缺人，而且应该还有大名鼎鼎的马丽华、魏志远等人，最后只能服从领导指派去了小说组。作为编辑我是新手，没有现成的作者资源，编辑部的事情也不多，我能做的就是处理来信、来稿，看看是否有沙里淘金的运气。两三个月后，我终于在来稿中看到了一篇题名叫作"跳神"的短篇小说。情节不错，类似如今的宫斗戏：观念冲突、相持不下的两股政治势力将仲裁权交给了至高的神灵，但作为灵媒的跳神者却受到了人的胁迫和控制。从稿件中看得出来，作者驾驭文字的功夫还不大娴熟，应该是个新手，但蛮有讲故事的能力，而这种能力对于写小说的人来说，是弥足珍贵的。于是我拨通了作者的电话，约他面谈修改事宜。如果没有记错的话，作者陈舜福当时是拉萨市民政局的一位处长，也是一个权威感与亲和力兼具的大哥级人物。按照作者与编辑的交往惯例，见面时他管我叫"老师"。那一年我二十岁，被冠诸这个称呼，心里顿时有一种复杂的自豪感。几个月后，这篇小说被《西藏文学》刊出，后来好像还得了个自治区文学创作二等奖，但这已是我离开《西藏文学》之后的事了。很抱歉，到目前为止我已经用了不少表示不确定的话语，因为记忆未必可靠，更何况自1989年烧毁日记本之后，我就再也没有记过日记了。

值得一提的是，在《西藏文学》工作期间，我结识了叶玉林老师。玉林老师毕业于华东师范大学中文系，参加过抗美援朝，经历过建国以后的历次运动，在认识他的人们的心目中，是个久经考验的好人。当时他是《西藏文学》的主编，我的顶头上司，但在我的内心里，他更是我的父辈、我的兄长。上世纪八十年代还算是"拨乱反正"的时代，那时候的人们包括我这个六零后，在批判"文革"、批评现实的同时，总忘不了回望一下美好的五十年代，有点"言必称三代"的意思。有一天，正当我在做自以为是

作者在西藏

的年代政治比较的时候，他打断了我的话，很严肃地告诉我：其实上世纪五十年代还不如"文革"时期。接着，他列举了几个典型事例。这一次谈话重组了我的世界观，从那以后，我在认识中国现当代历史和现实问题的时候，开始更多地关注体制因素而不仅仅是个人错误。

1985年3月，在《西藏文学》屁股还没坐热的我跑去了西藏人民广播电台，到新闻部做了一名记者。那时候的我年少轻狂，没把那些神圣的职责当作自己的事业，生活上一应放任自由，工作上一概被动负责，基本上只写些领导指派的会议报道。1987年，在派驻昌都地区记者站期间，由于一篇从春节烟花爆竹氛围看改革开放成效的所谓小中见大的报道被领导"枪毙"，我开始闹情绪，除了会议报道，其他一概不写，而那时昌都够得上报道规格的会议又不多，一年时间下来，我的发稿量少得可怜。第二年，忍无可忍的领导把我调回了拉萨，放到专题部当编辑，负责编发《高原子弟兵》栏目。这个栏目每周播出两次，每次大概十五分钟，由我和另外一位同事交替编排一期节目。由于任务明确，职责分明，录制时间一到就得发稿审定，否则停播事故责任重大、牵涉面广，在这种情况下，我的被动负责精神得到了发挥，结果一段时间下来，节目做得还马马虎虎，也让领导省了不少心。当然，作为一个精力过剩的年轻人，工作轻松的我还有不少的小插曲。那时候，政府的公安局、单位的保卫科还保有随意入室盘查的权力，他们也乐此不疲，因为除了宣示权力外还可以有男女关系之类的好事可看。我工作生活的广电大院既有工作区又有生活区，即便是有武警部队守卫的包含办公室、录音室、播出机房的院中之院，也还有几间员工的宿舍。因为有访客制度之类的规章条例，所以，单位保卫科的人查起房来更是理直气壮，不少年轻人都吃过他们的苦头，而我似乎是个例外。几年后我才知道是当时的杜泰厅长保了我。

我每周编发一期节目，紧跟形势的稿子我压下暂不处理，等到下一期的时候时效自然就过了，这样就有不予采用的正当理由了。空出来的节目时间，我就用相声、歌曲顶。那些日子里，为了寻找适合播出的歌曲，我听了不少五六十年代的西藏新民歌，结果发现它们还是挺动听的，甚至还产生了一个想法：如果把这些老歌的伴奏改成电声乐队，说不定还能再次受到人们的喜爱。

过了不久，我的一纸调令终于来了：厦门，一个新兴的城市，海山实业有限公司，一个陌生的、可以实干的行业。从那时起，我开始了十年的商务生涯。

十年时间里，我做过国内企业的业务员、总经理助理，港资品牌的区域业务负责人，台资大卖场的采购经理，其间还打理过一家中型酒楼。有意思的是，我年轻时的英语水平远比现在差，所以没有办法进入欧美企业，这实在是我职业生涯的一大遗憾。十年生意场混下来，我发现自己既不是做老板的料，也不擅长办公室政治，更没有跟对好上司的命。所以，1998年女儿出生之后，我渐渐生出了过平凡安稳生活的念头。

2000年，因了机缘，我进入鹭江出版社，再一次成为一名编辑。虽然其后曾经被某位善弈者用作"劫材"，短时间内做过出版社驻北京办事处的负责人和发行部的副主任，但绝大多数时间里我所从事的还是编辑工作。平心而论，编辑工作还是比较适合我的个性和教育背景的，所以，这份职业一干就是十多年。这些年来，我编辑加工了一堆教辅读物，虽然时间紧、任务重，但我还是严把质量关，尽量为中小学师生提供合格的图书产品。一般图书也编了几十本，其中有好几本获得过全国城市出版社优秀出版物一、二等奖、华东地区优秀哲学社会科学图书一、二等奖之类的奖项，不过到目前为止还没有获得过国家级的图书大奖，所以也没有什么值得骄傲的工作成果。

了解编辑工作特性的人都知道，编辑需要把好编校质量关和内容质量关。编校质量考量的是文字、标点、格式之类的技术性因素，内容质量考量的是水平、格调、政治倾向之类的思想性因素。虽然我自诩是个自由思想者，但在处理书稿的时候却从不敢越雷池半步。2006年之后我又多了一份负责书稿二审的工作，而二审的重点恰恰在于内容质量的把控。二审规范明确要求审读意见必须写明"书稿中未发现政治及宗教方面的敏感问题"这样的话，之后才能签上"同意发稿"这几个字。在现有的环境之下，国内作者的书稿一般不会有大的、明显的政治问题，但书稿中发自作者世界观的隐性问题并不少见。另外，由于作者对出版管理政策未必了解，所以书稿中常有小小的不符之处。几年下来，我还是很好地把住了审稿关，将确实和疑似不符合出版政策的内容、字句、标点都做了甄别和适当修改。质量是产品的生命线，图书质量更是每一家出版社的命脉。出了政治性差错，全社上下都会受到影响。关于这一点，出版界的从业人员全都懂得。当然，我在这里说这些并不是为了摆成绩、谈贡献，只是吐吐为衣食谋的苦衷而已。

人生真如白驹过隙，一眨眼工夫大学毕业已有三个十年，人生也步入了半百之后的下半程。看过上面的那些文字，相信诸位对我已经有了大致的印象，甚至可以做出自己的评判。至于在编辑这个工作岗位上的贡献，您觉得我算有吗？

2014年1月13日于福州

陈 辉，男，汉族，1964年1月8日出生。籍贯福建福安，出生地福建宁德。1980年毕业于福建宁德一中；1984年毕业于复旦大学中文系文学专业，获文学学士学位；2001年凑热闹攻读在职研究生，2004年毕业于厦门大学公共事务学院行政管理专业，获管理学硕士学位。早年经常变换职业角色，所以工作经历较为复杂，恕不一一列举。最近十来年就职于福建鹭江出版社有限责任公司，主要担任图书编辑工作。

渐行渐远

田善亭

　　1984年8月10日，我在郑州火车站看到了老蔡。我们俩一起去北京。约好，上车后分头找座位。他找到了两个，我也找到两个。选择我找到的坐了下来，一路上东聊西聊，话语里不自觉露出了复旦的字眼。对面也坐两个年轻人，搭话问起来，年纪稍长的说，我去过你们复旦，食堂伙食不错。老蔡问，你去复旦干吗，他说，去找蔡万麟。那你找到他了？老蔡又问。他说，没在，把我介绍给他一同学，还去了他同学家里，同学家住苏州河边，同学名叫陈真，与霍元甲的弟子名字一样。老蔡说，我叫蔡万麟，你是某某介绍来复旦的，我暑假回家了，就把你委托给同寝室同学陈真接待了。

　　对面的两位都是北大的，年长者叫张建新，东语系印地语专业，刚刚毕业，分到文化部外文局，与陈喆同事。听说我也分到文化部，他便告我北京火车站下车后坐103路电车到沙滩下车，文化部大楼二层找谷长江办理报到手续。就这样我熟门熟路到了文化部。

　　文化部是做什么的，不甚了了。我被负责人事分配的老太太吴谦"打发"到了外联局。这位颇具老干部风度的上海老太太面试我，问我会不会乐器，会不会歌唱或其他什么的，而我回答都不会，因此以为被"打发"到外联局了。后来得知，我到外联局是单位的人事干部去复旦选人时就定下的，而刘中军去了艺术局也并没有这些才艺。

　　离开郑州火车站，是我真正离开家乡、怀揣乡愁的开始，进入文化部外联局，则成为我告别科班专业、一路漂泊的起点。我开始渐行渐远。

一

1984年进入文化部外联局的大学毕业生共二十三人，我是唯一一个学中文的，其他除一位财会专业的之外，全部来自外语院系。我的第一个岗位是办公室文件处理，准确讲是发文，因为还有收文。办公室指定了两位老资格的同事，负责训练我成为合格的机关干部（现在叫公务员）。这是个优良传统，至今依然被我复制到新的岗位，去引导初出校门的学生迅速熟悉案头工作与流程，效果很好。我开始学习不厌其烦地盖公章、写地址、粘信封，看似简单的工作磨炼着我的性格，考验着我的耐力，也从零开始了解了机关公务的每一道流程。

不过半年之后的第二个岗位让我接近了专业——外联局秘书，办公地点就在沙滩大院的孑民堂。孑民堂是抗战后为纪念老北大校长蔡元培而设的孑民纪念堂，原是清代大学士傅恒宅第的一部分，清末其裔孙松椿承袭爵位后被叫做"松公府"，民国初年归北大。此时的孑民堂只是松公府西院三进院的后两院，前院及其他建筑在1955年中宣部建办公楼时已经拆除，剩下的两进院中前院正房五间，中间大厅为部长们开会时的会议室，兼做会见外宾的会客室，西侧为朱穆之部长及其秘书的办公室，东侧由已退休但挂名对外文化交流委员会主任的陈辛仁及其秘书使用。后院七个开间，横向中间是过道，分出南北侧各七间办公室，吕志先、丁峤、司徒慧敏、林默涵及外联局三位局长分别占据阳面办公室，阴面则归秘书使用。在其中一个小开间的办公室我开始了秘书生涯，这也是此后二十年伴我不去的一个头衔。

因中文系的毕业生有万金油之说，所以我说接近了专业。但在一个以外语为主业的外事部门里面，我无疑是打杂的。后来也问过招录我的同事，为什么把我弄来打杂，她说单位领导觉得本单位的公文文字水平一直上不去，备受文化部领导的诟病，因此让我充当改稿者的角色。但事实上，外联局的公文量是整个文化部的七成甚至更多，我几乎不可能去推敲文字，因为四个局长的批文需要相互交叉核稿，再送主管外事的吕志先副部长甚至朱穆之部长那里审批，仅此一项就折腾得我筋疲力尽了，这也让我了解到同事们不愿做这份工作的原因了。事实上我那时还不是党员，是没资格做秘书的。

这样的工作内容与性质与8011的大多数从事新闻编辑工作的同学相比，在渐渐拉大着距离。我感觉渐行渐远了。

1985年9月，我更换了岗位，参加胡耀邦创意的第一届支教讲师团，跟随文化部分团长落足开封，角色仍然是秘书。除往来郑州、开封之间开会外，还补缺到位于洛阳西南部的洛宁师范学校、位于尉氏县的开封第三师范学校登台授课。受益最多的除来自身边的文化部老干部之外，要数来自河南总团长了。他是机械工业部的干部，权力很大，郑州、洛阳、开封等地的大型国企如洛阳拖拉机厂、洛阳轴承厂等领导都归他调配；他水平很高，记忆力惊人，对机械工业部、社科院、文化部的近二百名成员的名字、专业背景、落足教学点及开设课程等几乎是脱口而出。我直接受益的是，他教我汇报事务不得出现大概、也许、可能等模糊字眼，他看到开封第三师范讲师团团支部的一份有关农村情况的调研报告，便向人称赞说这是学经济专业的调研水平，后得知是我执笔写的，便让人捎话鼓励我。回京后，他成为了机械工业部的部领导。

讲师团结束后，我回原单位并开始动心思换工作，目标自然是新闻出版机构。最有谱的是新华出版社，具体是81级师弟陶军所在的编辑组，且替换因眼睛近视看稿困难的他。接收方没有问题，但原单位不放，理由很简单，我们好不容易要了个学中文的。这是硬的一面，软的一面是同意送我去进修外语。这样，作为对我去讲师团的奖励，允许我脱产学习英文。从此我再次背上书包开始了求学之旅。

1980年，我高考英文八点三分，大学入学分班进了英语慢班，还曾补考一次。1987年的9月，我开始补这块短板。真的是渐行渐远了，我无法回头。

英文学习结束，我做了一份最接近所学专业的工作——内刊编辑。内刊专门刊登驻外使领馆报回的调研文章，我开始与纸面文字与印刷厂打交道。印刷厂远至北京郊区，近到沙滩大院，看到身穿工装的老师傅移动铅字配合我校对好的文字，觉得很新鲜，认为自己是从事着文字编辑的工作。印刷好的刊物我会打包送到外交部信使队及分送其他单位。这是一段比较顺手但也好景不长的日子。

1991年初，我的处长看我前景不妙，便开始动员我驻外，随他到泰国工作。在办理手续过程中，我的目的地从泰国、巴基斯坦更换到印度才终于成行。当年10月初，我借道曼谷到新德里赴任，在驻泰国使馆院内，已是参赞的老处长带我去看为我准备好的办公室与宿舍。1991年、1995年、2002年，我分别在印度、特立尼达和多巴哥、英国常驻，驻外头衔是三等秘书、二等秘书、一等秘书，逗留时间长短不一。不过此秘书非彼秘书。

不过，真正的秘书生涯倒有一段。从1999年到2002年，我从文化部外联局调到办公厅做秘书。这一段工作对我来说，受益多多。接触面广了，视角多了，也有一定高度。老板是北大学核物理的，曾留校教书二十年，有学者的严谨，做事规矩有章法，为人耿直，这对于习惯文学思维的人来说，耳濡目染之中，大大弥补了我的不足，学到了很多东西。这是个绝对的师长。

2007年，结束四年英国任期半年后，我调到国家博物馆工作，算是告别了秘书生涯。前后算起来，已经二十多年。无论从地理距离，还是从专业所学，我都出离了本身，无法看清自己的面目。我渐行渐远，四顾茫然，惶惶不安。

二

三十年的工作中，有两段不得不提，与两个文化工程相关。一是国家大剧院，一是国家博物馆。

国家大剧院建设，1958年即立项，当时因国家财力有限，周恩来总理指示暂时搁置，待条件允许时再建。这一场等待足足有四十年。1998年4月，国务院重新批准工程立项，此时已是朱镕基内阁了。建设用地在天安门地区，人民大会堂西侧。这块用地实际上在1982年彭真任人大委员长时已经批准为全国人大办公楼建设使用，而且开挖了地基，后因中央压缩基建规模而停工，开挖的基坑闲置到1999年才派上用场，不过是恢复了四十多年前的用地性质罢了。

1999年7月，法国人保罗·安德鲁的设计方案通过最后一轮招标中选，国

2008年，作者陪大学指导员沈如松老师参观国家大剧院

家大剧院建设才算是真正拉开了序幕。建设之初，国务院确立了两条，一是组建业主委员会，由北京市、文化部和建设部三家组成，北京市负责拆迁及工程建设，文化部提出使用目的及要求，建设部保证建筑质量；二是建成后业主委员会转为管理方，管理交给文化部。

国家大剧院方案的争议之一集中于法国人保罗·安德鲁身上。他的方案起初虽然入围，但并不是最被看好的，因为蛋形方案还没出来。待倒数第二轮招标剩下四个方案时，他已经提供了现在的方案了，这一次让许多人眼前一亮。亮点在于几乎所有的方案都是方方正正的外形，他的是唯一的圆形方案，这在整个长安街的固有建筑形态中一下子突出了自己，赢得了很多人的眼球，包括高层。但此方案当时却成为舆论的焦点。争议之一在于其外形。以吴良镛、周干峙为首的专家反对声音最强，当时几乎左右了舆论，而且联署许多院士投书中央抵制该方案。在朱镕基总理召集的专题会议上，吴良镛表达的是，他不反对这个方案，但反对把这个方案建在天安门地区。这无疑就是反对这个方案，因为大剧院地址变动可能性不大。不明就里的人认为反对的声音大，而实际上拥护者不再发声，或者说他们的话新闻价值不大。就参加评审大剧院方案的三个专家小组意见来看，艺术界专家组的意见是一致认可安德鲁的方案，建筑专家一组多数通过，建筑专家二组多数反对。中央高层最后审定时没提反对意见。但实际上，这个方案与最初的标书要求是不符的，因为标书要求是，一看就是大剧院，一看就是中国的大剧院，一看就是天安门地区的大剧院。安德鲁的方案显然不符合这三点基本要求，其他方案无论从色调还是从造型都尽量在向天安门城楼看齐。所以当安德鲁的方案出来后，有人即提出与周边环境不协调，他的解释是，反差大正是协调的一种高级形式。

争议之二在于造价。公之于众的国家大剧院造价是二十八亿多。实际原来的预算超四十亿，这个数字是中央不能接受的，老百姓那里更不好交代，因为全部是中央财政投资。最终采取的方案是，把大剧院地下停车场及剧院外围的天安门地区环境改造析分出来单独立项，不使用中央投资，而由北京市负责，具体可能就是上海市副市长建议的方法了。如此这般，国家大剧院落成，北京市的投资是巨大的，这还没算上北京出的八亿拆迁费呢。当然，这也为北京市最终拿到国家大剧院的管理权埋下了伏笔，也为我个人的职业走向设置了新的岔路口。

1999年3月我到办公厅后，即跟随参加国家大剧院业主委员会领导工作的老板出入于与此相关的各种会场，同时在大会堂西侧的国家大剧院建筑工地办公，一般情况下上午在工地，下午回文化部。上述许多会议及场合是我见证的。2002年我被派驻英国时，其中一个任务就是重点研究英国的剧场管理，以备国家大剧院建成投入使用时派上用场。当然，天还真有不测风雨，计划赶不上了变化，听说国家大剧院的管理权从文化部移交到北京市手里时，我还在伦敦，自然"我"的国家大剧院就不存在了。

2007年春节一过，我就到国家博物馆上班了，此时距我伦敦离任回国刚刚半年，人生的岔路口就这样横在了我面前。

国家博物馆的工作是我三十年来最中意的，似乎一下子让我找到了感觉，可实际上与文学专业是无关的。沈如松师与杨植峰兄赞赏的，就是这一段。虽然在那里做的依然是对外联络与合作，但我把二十多年的阅历积累和专业理解与整个博物馆的各领域业务紧密结合，做得是风生水起，踌躇满志，忽然明白什么叫厚积薄发。首先，瞄准打造国家博物馆为国内领先国际一流的目标，以对外交流与合作为切入点，充分利用国际博物馆大家庭资源，为国博所用。具体为，选派馆内年轻学者及技术人员批量派出，全面学习世界博物馆的先进理念与经验，重点在于策展。策展是中国博物馆的弱项，这是大家的共识，因此，学到一流的策展理念与技术，是国家博物馆立于不败之地的法宝。这个过程有点长，我的预期时限是十年到十五年间，所以派出人员的年龄必须是四十岁以下，届时这批人将是既懂业务又有国际发言权的专家学者。其次，利用国外博物馆资源，为中国博物馆引进大型外展，重点是世界几大博物馆的典型展览。引进外展，好处之一是巩固与提升中国国家博物馆的龙头老大地位，好处之二是让我们的专家学者可以不出国门近距离接触国外博物馆策展布展的经验与技术。这也是与在人才交流中接待来访人员相配套的智力引进。第三，直接策划组织国际会议与论坛，策划与设计国际展览的内容与模式。

　　"启蒙的艺术"是新国博开馆之后的第一个大型国际展，由德国柏林国家博物馆、德累斯顿国家艺术收藏馆、慕尼黑巴伐利亚国家艺术绘画收藏馆联合中国国家博物馆主办。该展览是德国三大博物馆因中国国家博物馆而首次合作办展。展览在我到国家博物馆之前已经开始筹备，但题目与内容一直在变化中，至于展览的形式设计还都是空白。当国博改扩建工程2007年初开工之后，德国展的筹备加快了节奏，双方的互访多了起来，当然德方来访更便利些，所以他们走动得多。最初的展期谈的是一年半，我考虑并建议双方馆长在谈判中把系列化的讲座纳入进来，题目要与展览主题相关，理由是怕展览这么长时间，观众很快会冷淡对待，因此要用不间断的讲座搅动起热闹气氛，产生广告效应。第二个建议是新国博有这么好的剧场，完全可以把柏林、德累斯顿、慕尼黑的交响乐团请来演出，演出可以放在开幕活动、展期中间和展览闭幕时。德方主要组织者、德累斯顿国家艺术收藏馆馆长罗特教授既是政治家，又是博物馆学家，各方关系亨通，行动力惊人，系列讲座的事，他把德国墨卡托基金会拉进来赞助一百万欧元专做此事，世界顶级的德国三家交响乐团的艺术家们真的在开幕式上演出了自己的拿手作品。第三个行动是通过大型国际展览把博物馆内部资源进行硬性整合，打破传统的展览只由展览部门把持的惯例，由展览部门做展览，学术研究部门做系列专题讲座，社会教育部门与德国歌德学院联合做产品推广，企划部门落实商业赞助及为企业做广告。如系列讲座一项，就请到了许多方面的专家从各自的角度论战西方的启蒙运动与中国的启蒙传统，如哲学学者汤一介、物理学家杨振宁、思想史学者甘阳、美术史论家潘公凯、哲学史学者陈来、古文字学家与历史学家李零、国际问题专家黄平、科技史专家梅建军等，德方请到了来自欧美多国的学者，他们就某一话题展开对话，该系列讲座被命名为"启蒙之对话"。可惜的是后来因为展览开幕之时发生了"艾未未事件"，因一些西方的学者未到场而稍稍打了折扣。依此系列讲座为开端，国博讲堂的系列讲座有了坚实基础，我还曾经求助于汪涌豪教授为我组织上海的学者加盟此活动。这个展览从2010年4月1日开展到2011年3月31日闭展，做了整整一年时间，这在国际上是罕见的。后来英国展览采用的两馆合作、美国大都会的本馆全部门合作来展也都是他们开天辟地的首次尝试。

联合大英博物馆和维多利亚与阿尔伯特博物馆共同策划的瓷器展是另一个例子。大英博物馆一直想在新国博做第一个国际展，但德国方面捷足先登，早四五年就开始了筹展。另外大英博物馆提出的展题一直不合中方的胃口，我们盯着《女史箴图》，提出如果此画来展，专门辟出一大展厅供奉它，其他展品随英方怎么提都行。但英方无疑害怕东西来了回不去，因当时国际上追讨各自国家流失文物的呼声正高，所以自然不会答应。当我2009年陪同两位文物专家访英时，维多利亚与阿尔伯特博物馆的东方文物库房无条件向我们开放，为的是另一个项目，编纂《海外存藏中国古代文物精萃——维多利亚与阿尔伯特博物馆卷》遴选藏品。通过对该馆藏品的了解及当时正在筹展的世界瓷器展，我萌生了让大英博物馆与维多利亚与阿尔伯特博物馆合作举办瓷器展的想法，并得到专家的支持，回国后向馆长汇报了我的设想，并提出了展览架构，由专长古代文物展览的展览一部具体操作。

当初的想法是，该展如单纯做瓷器精品展，无法与对面故宫的常设瓷展相抗衡，如果按原来的惯常做法，无疑又是编年体策展方式。编年体展览是原历史博物馆与革命博物馆的强项，但他们做专题类展览的策展能力就弱很多。于是我根据英国两家博物馆的藏品实际，提出按照四段式结构做一个专题展览。第一部分为中国古代陶瓷精品，展出大英、维多利亚与阿尔伯特、大威德基金收藏的宋元明清陶瓷精品，逻辑意义上是西方对中国陶瓷的追捧；第二部分是外销瓷，主要是西方国家的王室及达官贵人的订制瓷，从形制纹饰都有了自己的想法和追求；第三部分是西方制瓷业的发展与兴盛，从其仿制的歪歪扭扭的初级产品到后来独具特色的瓷器造型与产品，展示中国以外的世界制瓷业的创新与发展；第四部分叫指向未来，展示瓷器不再作为奢侈品，而成为世界各国民众日常生活中息息相关的日用物品，包括杯盘碗盏乃至马桶、洗手池，最后要介绍制瓷业的高科技发展。可惜的是，最后一部分被否了。我的展览理念里一直有这么个考虑，就是展览要与观众的当下生活、情感紧密结合，大家才爱看这个展览，展览才称得上成功，因为这部分是引领观众进入艺术精髓的自然过渡，是个引子。从这个理念出发，我甚至建议老专家在做中国古代服饰史时，不妨从古代延伸到近现代以及当下，把列宁装、中山装、布拉吉、五星军装、红卫兵装、喇叭裤等等这些刚从我们前辈和我们自己身上脱下来的服饰统统放到展厅去，甚至最后一件展品就是昨天刚刚发布的新款时装，而且每天更换。

　　大英博物馆和维多利亚与阿尔伯特博物馆的陶瓷展开展时，我已被调回文化部，但见到了他们的负责人和策展人，他们对我说，没有我就没有这个展览，遗憾的是在展览图录里没有提及我的名字。我对出头露面一直都不感兴趣，所以我的遗憾不在于这里，而是离开国家博物馆，我的许多策展理念与策展项目未得到更多落实。虽然在全国的会议上以及与海内外博物馆同行交流时大家认可我的理念，但展览不摆出来，其影响实在有限。我的遗憾还在于，我提出的与日、韩、印度及中亚、东南亚国家联合举办的佛教大展还没启动，我的海外存藏中国古代文物研究课题及出版计划易手了，我拜了专家大师要学的手艺还没到手，我攻读博士的计划因导师中风而泡汤了。这一切都是拜国家博物馆所赐，得到的同时又失去了。调离国家博物馆，很不忍，知道我离我

又渐行渐远了。

三

2012年，再次被外派时，我的要求是，离家近些，再近些，最好是朝鲜、韩国、蒙古、香港、澳门这些地方，我不想在地理距离上渐行渐远，因为老母亲病在家中。

母亲是2011年年中病的，脑卒中，后遗症是偏瘫。起初半边没知觉，所以基本丧失了自理能力。我兄弟姐妹六人，商定四兄弟轮流照顾出院后的母亲，因我离家太远，只能劳烦其他兄弟代为尽孝。实际上两个姐姐也接去家中轮换照顾，这样自然减轻了兄弟们的压力。这样的日子过了两三个月，母亲的右腿逐渐有了感觉，后来还能在搀扶下走几步，我们自然期望能再好转起来以致最终康复。2012年6月末，哥哥电话告我母亲又住院了，急急回到家里，见到的是被心脏衰竭折磨得虚弱至极的老人，医院里的治疗手段是愈来愈频密的

2014年，作者在曼谷中国文化中心

电击胸压，老人的痛苦击垮了我们，姐姐们不忍观看而躲出病房。对于结果，大夫给出的结论是无能为力，子女们的决定有杀人的罪恶感，我们想趁母亲清醒时满足她出院的愿望，于是救护车又把她拉回到乡下的家中。回家的路上她心情很好，我告她正在路过她的菜地时她还扭头看一眼，重孙子叫她时还迅速扭脸找孩子，但这都是回光返照，母亲的脉息在我指握中渐渐消失，她离我而去，渐行渐远，一去不返。

母亲出生于1931年9月2日，去世这天是2012年6月30日，活了八十一岁。去世前一刻我还埋怨她，你急什么，干吗不多等一天在我父亲的忌日走呢。实际上，老一辈的计时习惯，农历中父亲的忌日就是昨天。

父亲去世于2001年7月1日，脑出血发作就再也没醒过来，享年七十九。他走的时候我刚从澳大利亚到达新加坡访问，兄弟姐妹联系不上我，心急如焚。7月2日我回到北京后直接转机返还河南奔丧。

父亲走时我像爷们儿对爷们儿一样与他告别，母亲还在，心里有依赖。母亲去世我伤心至极，感觉一下子成了孤儿。此刻我真正体会到，母亲在，家就在，母亲走了，家就塌了。

这三十年，从一个接受父母时刻惦念的游子变成一个孤儿，不由我痛彻心骨。而我在父母眼里却是他们最不放心的孩子。出生时的孱弱，成长中的多病，矮小的个头儿，都让他们操心我该如何自立生活下去。父亲常说的话是我还没有锄头高，余下的话就不用说了。念书离开家乡，父母觉得我有了饭碗，心稍安，但眼见得离家越来越远，他们追踪我的目光却不知该落向何处。我的同事因工作原因，许多人都没能与父母见上最后一面说上一句话，我的担心最终也不幸成为现实。

母亲去世五个月后，我领参赞衔任职曼谷中国文化中心副主任。此时，无论路途远近，再不用担心父母的身体健康了。但乡关何处？我的家呢！

前文提到，我高考英文很烂，次烂的是历史，可做了三十年的工，却一直在用这两样功夫谋生，岂非笑话！8011提出写写自己的贡献时，我马上想到的是，我以自己最不擅长的专业混迹于社会，能够自立生活而不让父母为我再多操心，这恐怕就是我最大的成就吧。

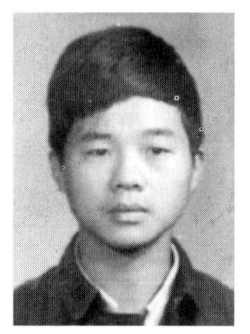

田 善亭，男，汉族，出生于1963年农历二月二十二日，河南襄城人，已婚，有一女。现任职曼谷中国文化中心。1969年开春入本村小学就读，因师资缺乏，一年级断断续续读了两年，此后再没中断，直至1984年6月。1978年前主要是上学、读书、写字，兼写批判文章、贴大字报、唱样板戏，放学帮母亲烧火做饭、养兔子；假日田里割牛草、逮蝈蝈，河中玩水捉青蛙、泥鳅、鱼、虾；偶尔抽烟、偷瓜、尿床。1980年前恨无书可读，后出现"醉书"，不知咋读。大学最大的成就是长高了七公分。毕业后工作场所不定，有流浪汉的感觉，工作内容不一，有不务正业的嫌疑，先后做过教书匠、秘书、编辑、外交官，有机会欣赏中外艺术，口味偏重于悲凄之音。总体没离开文化机构，但成绩不斐然。如今还混迹于对外口，属客串，较边缘化。具体经历与感受可参考录入本书的编年体小文《渐行渐远》。

"北人"与"南学"

郑永晓

　　中国的学术大概自南北朝时开始，由于政治上的分裂和对立，在学术上也产生了所谓南学与北学的分别。《北史·儒林传》所言"南人约简，得其英华；北学深芜，穷其枝叶"云云，大意是说，南方的学者受玄学和佛学影响较深，喜标新立异，思辨力较强；北人民风质朴，学术上喜固守汉儒章句训诂之习，虽用力颇深，而殊少发明创造。清初顾炎武《日知录·南北学者之病》引述夫子话语云："饱食终日，无所用心，难矣哉，今日北方之学者是也；群居终日，言不及义，好行小慧，难矣哉，今日之南方学者是也。"鲁迅《北人与南人》对顾氏观点深表赞同，并进而以为："北人的优点是厚重，南人的优点是机灵。但厚重之弊也愚，机灵之弊也狡。"顾炎武的话印象中似乎陈允吉老师在讲"佛学概论"课时谈到过，所以从那时起就偶尔思考，自己作为一个北人，是不是欠缺灵性，而过于愚钝呢？

　　我出生在北方的农村，所以直到

作者在湖南韶山毛氏宗祠留影

现在也经常说自己是农民。但我自己也搞不明白的是，在我的童年，尽管经常被学校派到田地里参加体力劳动，但从来不认为自己会一辈子留在那个地方。因为父亲是个小镇上的医生，在那个年代算是所谓"公职"人员，是可以凭"粮票"吃饭的，所以偶尔我也会被邻居问起长大了"接班"的事，而我对此颇为不屑。想来那时不过十二三岁左右，也谈不到什么个人理想，为什么会认定自己不会永远留在那里走"接班"之路呢？也许是对自己的学习成绩有些自负，而产生了某些自我心理暗示的原因吧。

小学和初中正经历"文革"，交白卷的张铁生被老师按照上级的指示灌输给我们作为学习的榜样。数十年后的今天，我仍十分怀念和感谢小学和初中的那些本乡本土的老师们，尽管在当时的政治环境下他们也不停地发动学生搞政治运动，但是基本文化课的教学却也并未受到毁灭性的干扰。1977年理应是我初中毕业的日子，如果按照学校的安排参加当年的中考，那么没有悬念高中毕业后只能按照家长的安排等待"接班"。因为那一年只能考取"社（即'人民公社'）办中学"，而当时"社办中学"的教育水平和学习环境在我当时尚属幼稚的心目中也不敢恭维。因此，在得知中考安排的同时，便瞬间作出了一个现在看来相当睿智的决定，即不参加当年中考而留下来再复习一年，以便给自己更多的缓冲余地。正是源于这个决定，才开启了第二年通过考试进入县重点中学并在两年后考入复旦的生命历程。

作为一个北方人，是什么缘由偏要到千里之外的南方大都市上海求学呢？这个问题三十年来每逢到南方开会时，时常被学界朋友问起。一方面因为长相比较瘦小，没有北方大汉的体型，又对南方特别是江浙一带的人文地理等比较熟悉，容易被误认为南方人；另一方面口音中也夹杂着难以根除的北方方言基因，具有北人特征。所以遇到刚刚结识的学界同仁往往便会问起哪里人氏，或是作为一个北方人为什么想起要到上海读书。的确，在恢复高考的前几年，高校生源的地域特征似比现在更为鲜明。南方的学生一般不愿到遥远的北方来吃苦，而北方的学生也不愿到方言氛围浓厚的南方求学。而我之所以进入复旦，则是全拜河北省高考政策所赐，就是先考试，知道分数后再报志愿。（至今我仍然为这样的政策鼓掌。全国多数省份迄今还在执行先报志

愿的规矩，每年不知耗费了考生及其家长多少精力和社会资源。）我的成绩差强人意，在省里的名次比较靠前，按照北大在河北的招生名额，理论上报考北大也没问题。但当时偶有某地考生被他人顶替入学的传闻，作为一名处于社会最底层，没有任何社会背景的学生，担心报考北大因为没有关系出现不测，而复旦的知名度和北大相比不遑多让，但路途遥远，报考者想必较少，所以判断按照自己的分数报考复旦绝无问题。这就是我这个北人求学于南方的原因。在复旦80级中文系里，共有三名河北籍同学，除我以外，还有来自石家庄的彭博君和来自邢台地区的古小玉君，他们现在分别是卓有成就的媒体工作者和政府要员。

作为一名北方来的学生，在8011这个大家庭里，并未感到任何不适，同学间相互帮助，相处融洽。就学习而言，除了蒋孔阳先生浓重的四川口音有些不适外，籍贯在上海及江浙一带的老师的讲课听起来都基本没有什么问题。很多老师的授课情景至今仍记忆犹新：如王水照先生讲授的选修课"苏轼研究"，讲到"乌台诗案"时，御史台官吏从汴京赶到湖州，拉一太守，如驱犬鸡，绘声绘色；李庆甲先生讲《文心雕龙》，旁征博引，仅是讲解"文心雕龙"四个字就花费至少两个课时，颇见考据功夫；李平先生讲戏曲，经常把课本知识与舞台观摩结合起来，很受学生欢迎；应必诚先生讲"《红楼梦》"，阐述什么是"红学"，我才知道研究《红楼梦》不仅仅在于小说本身，"曹学""脂学""版本学""续书学"等也很重要；陈允吉先生讲"佛学概论"，佛学教义与佛教史并重，不时穿插着佛教史上的精彩故事，引人入胜。刘季高先生、陆树仑先生、蒋凡先生、骆玉明先生等人的课也颇多值得称道处。现当代文学方面的课程因为不是个人兴趣所在，印象不深。语言学习方面印象最深的是汤珍珠老师，她讲授的"现代汉语"课程和纯正的普通话，对我这个北方人而言颇感亲切。凡斯种种，至今仍记忆犹新，历历在目。

毕业时，由于论文导师李庆甲先生的推荐，被分配到中国社会科学院文学所工作。从南方又回到了北方。来京前，曾去王水照先生家中拜访，水照老师曾在文学所工作多年，1978年调到复旦工作，他讲授的"中国文学史"（唐宋部分）、"苏轼研究"等课程一直是我最喜欢的课程之一。工作后由于主要从事宋代文学研究，而水照先生是宋代文学研究会的会长，宋代文学研究会每两年开一次年会，所以仍有较多继续请教的机会。水照先生现在虽然已届八十高龄，但仍如老骥伏枥，壮心不已，高品质的学术成果层见叠出。他永远是我尊敬的师长和学习的榜样。那年，同班同学中与我一起被分配到社科院的，还有安徽籍的朱渊寿君。三十年来，他在科研管理岗位上精心耕耘，卓有成就，对我的帮助也很大，这是我非常感谢的。

工作多年以后，回想当年在复旦的学习，仍充溢着温馨之感。个人以为，复旦中文系的学者在治学路径方面文献与理论并重，并不存在鲁迅所言南人机灵失之狡之狯的弊端。如郭绍虞、朱东润、王运熙、章培恒诸先生的文献功夫都是一流的，曾是我们班指导员的陈尚君老师更是当代极为杰出的文献学大家。基于文献考据的理论创新使得他们的学术显得厚重、扎实而又充溢着灵性。复旦中文系治文学批评史的传统尤为令人瞩目，郭绍虞、朱东润、刘大杰、王运熙、顾易生诸先生在文学批评史研究方面的成就卓著。我以为这些先生如此专注于文学批评史的研究，大概是因为这一学科与文学发展史和文学理论都有着紧密的关系。抓住这一主线，就可以对文学史和文学理论进行综合而深入的探讨。

1984年8月，年仅二十一岁的我以一名本科毕业生的身份进入社科院文学所古代室工作，虽然也有压力，但更多的是新鲜、好奇和兴奋。此时的古代室有四十二人之多，俞平伯、钱锺书、孙楷第、余冠英、吴世昌、吴晓铃、陈友琴等过去只在书本上见到的人物赫然在列，尽管他们这个时期已经不来上班。与稍后几年入所的人士相比，我真是幸运，除孙楷第先生没有机会一睹其风采外，俞平伯、钱锺书、余冠英、陈友琴先生我都到他们府上拜谒过，吴晓铃先生那时还偶尔到所里来，在楼道里几次见到他风度翩翩的身影。

文学所于1953年成立于北大，1964年之前，所内学者以毕业于北大和复旦者居多。上世纪六十年代中期以后学者来源逐步多元化，尤其是1978年招收的首批硕士研究生毕业后多数留所，彻底改变了所内学者来源的构成。但在上世纪八十年代中期，出身于复旦的学者数量仍然具有较高的比例。例如蒋和森（复旦新闻系）、邓绍基、林非、吴子敏、陈骏涛、陆永品、董乃斌、沈斯

亨、刘士杰等都是复旦毕业的前辈学者。从地域角度来看，真正生长于北京本土的学者甚少，多数还是来自南方。而从文学所成立伊始，郑振铎、何其芳等历届领导都十分重视文献资料的收集和掌握，同时又重视理论修养与理论创新能力的提高。因此尽管文学所的历史已有六十余年之久，学者的更替也不止一代，每个学者的治学方法也不尽相同，但总体上兼顾实证与理论创新的学风一直得到较好的延续，看不出南学与北学的分野或差异。钱锺书先生1942年所作《谈艺录》序中有言："东海西海，心理攸同；南学北学，道术未裂。"此论至今被学界奉为圭臬。《文学遗产》编辑部所办"文学遗产网络版"即以此十六字作为刊头，足证钱先生此论具永久魅力，也对文学所的历代学者具有深远影响。

作为首都的北京堪称移民城市，包容性很强。社科院的学者来自各地，这方面表现得尤为典型。大家比拼的是学术成就，与家乡无关。因此，我这个从南方来的北人并无任何不适应感。古代室的诸多先生都对我很关照，在生活和学术上给予我很多帮助。但因为年龄小，无知和幼稚在所难免，并且承担了较多琐碎杂事，耽误了一些时间，因此，与那些本科毕业后随即读硕读博的同龄人相比，自感在学术上进步缓慢。由于外语底子薄，水平低，一直对是否尽快考研颇费踌躇。直到上世纪九十年代后期，已经评上副高并且搬到了距本院研究生院一墙之隔的研究生院宿舍时，才感觉近水楼台，应该尽快花些时间拿个学位了。蒙著名词学家刘扬忠先生不弃，允许列入其门下。这样先后在社科院研究生院获得了硕士和博士学位。获得博士学位时，已经四十岁，三年后评上正研，在圈内虽不算很晚，但由于二十一岁时即入所工作，四十余岁时已经有些老迈迟暮之感，而失却了当年的新奇和热情。

当代传统学术的视野早已远远超出南学北学的范畴，而拓展到国际汉学的方方面面，新兴学科、交叉学科的不断出现也在改变着学者的知识结构。近几十年来，鲜有学者再议论南人、北人或南学、北学的问题。只是就我个人而言，虽也偶有走出国门的经历，但都时日短暂，工作地点虽在北京，却距家乡不算太远。真正远离家乡、时日较长且印象深刻的阶段就只有远赴上海求学的那四年时光。而工作后所在单位又颇多南方的师长和同事，近年来自己所带的几个学生也多为南方人。所以，自十七岁读大学起，都程度不同地学习、工作在南方人为主的圈子里。每年都会出去参加一些圈内的学术会议，除学术兴趣方面的因素外，就地域而言更愿意到南方尤其是江浙一带出差开会，看惯了风沙和尘土的我见到南方的青山绿水便心旷神怡，听到吴侬软语也颇有亲切感。这不能不说是我这个"北人"在南方求学所留下的记忆使然。

时光荏苒，如白驹过隙。数十年来，我这个北人从南方的同学、师长、同事那里学到了很多知识。然而说来惭愧，由于生性愚陋，似并未学到前人所言南人的机敏和南学的精华，积淀下来的，只有温馨的回忆。对此，我已经非常知足。

喜欢回忆往事据说是年老的标志之一，但如果这种回忆带来的都是愉悦，又何尝不是一种幸福呢！

感谢复旦的老师和同学，四年的大学生活将永远珍藏在记忆中。

甲午三月于京东寓所

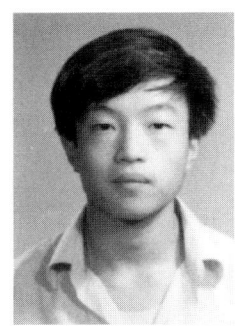

郑 永晓,男,汉族。1963年1月生。河北省枣强县人。先后就读于河北省枣强中学、上海复旦大学中文系、中国社会科学院研究生院文学系。文学博士。1984年自复旦大学本科毕业后被分配至中国社科院文学研究所古代文学研究室工作。1986年受单位委派,参加"中央讲师团",到河南省安阳教育学院执教一年。现为文学研究所研究员、研究生院文学系教授。研究领域涉及唐宋辽金元文学、古典文献学、古籍数字化、情感计算等,并主持文学所主办"中国文学网"(www.literature.org.cn)及若干数据库的建设工作。著有《相逢何必曾相识——白居易作品赏析》(合著)、《黄庭坚年谱新编》、《中国散文史话》,编纂整理有《黄庭坚全集辑校编年》、《爱日精庐文稿》等。其中《黄庭坚全集辑校编年》获第十五届(2011)华东地区古籍优秀图书奖二等奖,中国社会科学院第八届(2013)优秀科研成果三等奖。

性平和冲澹,无他嗜好,唯对西人发明之计算机颇为痴迷。自二十余年前罄其所有购买一台IBM386始,似不可一日无计算机伴其左右。1989年娶妻张氏,育有一子,所好亦酷肖其父云。

感悟与回味

李冬青

　　为什么选择中文系？为什么要做学问？为什么要经商？为什么要从政？为什么要漂泊？为什么选择自由职业？还有多少为什么？如果一切可以重新来过，你会做怎样的选择？这些似乎很好回答，似乎又不好回答。说好回答，是因为想到什么答案随便说一个就是了，说过拉倒，没人会去琢磨这事儿，连你自己都可能在不同时间随口说出不同的答案，说完自己又忘了。说不好回答，是因为你当真像学术总结一般想找出某个人生选择的所有动因时，线索并不充分，而你又不想让自己的思维成果过于片面和草率，于是你就陷入了系统化的条分缕析之中，经济、社会、家庭、感情冲动、生存本能等种种分析，由此引出了更广阔、更深层的解剖。我的结论是：如果你不满足于描述表象，就必须承受深入思维之辛苦。

　　在上世纪八十年代提倡"尊重知识、尊重人才"，名牌大学毕业生是稀缺资源，其机遇与今天相比，可以说是非常非常多的，多得让你可以挑挑拣拣，甚至不懂得珍惜。理性地说，如果让我以今天的思维重新选择当年大学的专业，我会选择"更有用的"金融系或者外文系，毕竟三十年改革开放和市场经济的大潮让这样的专业得益匪浅。今天想起来虽然有点无奈，但是并不后悔，因为决定人生轨迹的因素很多，选择了符合时代潮流的专业不一定就意味着你会一帆风顺，因为个人发展还有许多其他因素，把握不好照样会栽跟头。对我来说，在复旦，在8011，专业以外的收获远大于专业本身的收获。

　　毕业三十年经历了很多职场的历练，经常在想：不论是做学问，还是从政，或是从商，是有高人的指点、少走弯路好，还是自以为是、挥霍青春的能量好？不同的人生观、价值观会给出不同的答案。从小我们就知道挫折有很多对一个人成长有好处的地方，但是长大了我们也深刻体会到挫折并不是我们本来想要的，也并不好受。最好是有一些有助你成长的挫折，即小挫小折大帮忙，但并没有把你的意志彻底挫败或把你的发展彻底折断，当然，这只是我的想法。

　　毕业后三十年的人生自以为有不少闪光点、得意点，也有不少懊恼点、惭愧点，有在体制内的稳定、成长，也有因悟性不足、功底不够造成的职场挫折，有青春能量的恣意挥霍，也有化解危机的复杂博弈，有人生轨迹的大转折，也有运筹帷幄的得意之作。这里就选几件比较难忘或值得回味的事：

　　一、在复旦大学团委工作期间，属于激情燃烧的岁月，领导非常放手，非常能锻炼人，也遇到过几件艰难而惊险的任务。1985年，本人二十三岁，在没有任何经验的情况下，懵懵懂懂地接受了全盘负责上海市纪念一二·九运动

2011年夏，作者在威尼斯留影

五十周年图片展的工作,地点就在复旦大学新图书馆一楼(当时刚造好还没使用)。真是无知者无畏,虽然照片有专门的人提供,但是怎么搞一个市级规模的图片展,我还真不知道,只是凭着看过画展的直觉,让校后勤部门先架好一条条的三夹板展板,然后往上刷彩色广告纸做底衬,之后把放大的照片用糨糊贴在泡沫板上,准备干了以后再把泡沫板贴到展板上,过了两天,一看,呆住了:浆糊根本粘不住照片和泡沫板,照片的四周经浆糊一涂,阳光一晒,全部翻卷了起来,品相很差。望着堆在地上翻卷着的照片,我心急如焚,有点绝望。好在时任校党委宣传部部长的秦绍德老师给了我一个指点,说是可以用做航模的松木条压住照片的四个边,用大头针将松木条和照片钉在展板上,既美观,又牢固。幸亏我是上海人,小时候做过航模,知道南京路上有一个航模商店,赶紧派学生去买松木,结果还算运气好,航模店还开着(没多久就改成英雄金笔店了),学生把店里所有的松木条都买了回来。接下来就是几天几夜的苦战,直到开幕当天的凌晨才完工。本来是市委书记要来出席开幕式的,后来临时改成了市教卫党委书记。在我准备展览的时候,新华社记者王子瑾专门来拍了照片,好像登在好几张报纸的头版及《Beijing Review》杂志上。1990年12月9日我已经在市委宣传部了,好像看到《文汇报》又在头版下方登了这张照片,这才领略了媒体移花接木的本事。

二、跨专业考上国际政治系王沪宁老师的研究生,是我人生的重要里程碑。当时在繁忙的工作之余,距离研究生考试不到一年的情况下,要挤出时间,从头旁听国政系的课程,还要捡起外语,对我来说不能不是一个巨大的挑战。记得1986年的大年三十晚上,全校只开了第一教学楼的一个教室,几盏昏暗的日光灯下,一共坐着六个学生,我就是其中之一。当时市委组织部在市委党校办了一个第三梯队两年有学位的学习班,领导几次谈话希望我去,我没有答应,等于拒绝了组织的培养;由于经常占用工作时间复习,团委也回不去了;虽然自己口口声声说考不上就回系里,其实我根本就没有跟系里联系过,因为政工位子早有人了,做学问我又不是那块料,人家要不要我都不知道,等于没有退路了。重新背着书包走在校园里,好多熟悉的人用各种目光在等着看我的结果,好在我当时拼劲十足,破釜沉舟,同时,当时在团委当干事的国政系政治学专业83级的胡建斌同学积极为我提供他们班上学习成绩好的同学的上课笔记、传递老师讲的重点信息，让我有机会与毕业班处在同一起跑线上，加上王沪宁老师在课堂上给了我很多鼓励，使我终于如愿以偿。

三、在中共上海市委宣传部理论处，最有成就感的事就是：到很多单位宣讲邓小平理论和社会主义市场经济理论，包括回复旦开讲座，甚至在市府大厅给全市范围参加公务员考试的人员辅导邓小平理论，并且当时该门课的考题也是我出的。那时本人才三十出头，据部里人说是当时市委宣传部最年轻的副处长。最终虽然没有在体制内修炼成精，但体制外生存能力却有所增强，生活可以经常有新的乐趣，我还发现自己还有一点点其他方面的潜力可以挖掘和发扬，从而增强了自信，满腔热情地迎接下一个无法预期的新里程。

四、转行进入上海四季生态科技有限公司，这时的我对营销策划已经很有心得，面对全新的薰衣草、迷迭香等从国外引进的芳香植物，经过市场分析，巧妙利用当时热播的电视剧《薰衣草》的影响，把成本很低的盆栽芳香植物卖到市中心的港汇、来福士广场等高档场所，从而带动高档小区绿化及私人庭院绿化的业务和价格，将新鲜的香草叶子做成花草茶直接供应给茶馆和咖啡厅，挺有成就感的。其间，为了给员工看到营销策略的效果，起到激励作用，当老同学姚伯荣来养殖基地的时候，看他是老板有实力，就以1500元的价格卖给他一盆大盆的薰衣草，价格是贵了点，且因为薰衣草在上海的环境中不太好养护，他买回去以后，这棵薰衣草估计可能很快就不行了。欠他这一笔。还有大一的时候他帮我和徐锦江等人发起的"高校通讯社"搞到一包新闻纸，这在当时几乎是地下工作者干的事，我一直没忘。

五、由于工作劳累，生过一场大病，深感身体健康之重要，开始关注中医养生之道，并将身体健康成本、精力成本纳入商业成本的计算，后又经过三个月的强化培训和闭卷考试，考取了国际注册高级营养师资格，还旁听了上海中医药大学的中医、针灸的课程，从此中西合璧，高谈阔论养生之道，并且与传统文化、武术、棋类、兵法、各派管理理论相结合，进入神侃阶段。自己和家里人的小毛小病，我都能对付，不用去医院，省时、省力、省钱，很有成就感。最近，又开始研究养老产业，包括养老地产、健康管理，以及自己不久的将来怎么养老,有兴趣的老同学可以一起来聊聊。三十年来,我一直无法预见几年后我在干什么,总有新鲜的、充满活力的事在后面,我也一如既往地倾注热情,努力成为行家里手,这也是我觉得人生很有趣的一个原因吧。

三十年过去,很多同学都不经常见面,你有多少学问我不知道,你有多少财富我不知道,你在你的圈子里影响有多大我不知道,你经过多少次价值观"裂变"、多少次人生旅程的"攻略"我不知道,你的个性、思维与情感可能远超我的想象,唯独大学时代的你,始终是栩栩如生的。希望每个老同学身体健康,日子越过越好!

李 冬青，男，1962年1月28日出生，上海市人。曾就读北京市崇文区东唐街小学、上海市茂名北路小学、新群中学（该三所学校后来都被撤并），1978年夏考入上海市市西中学高中理科班，最后一学期转文科班。

1980年8月考入复旦大学中文系本科学习，大学时喜好社会活动，后承蒙指导员沈如松老师赏识，成为校团委委员、系团总支宣传委员、系团总支副书记，四年级时成为半脱产的系团总支书记。1984年5月，被推选为校团委副书记。1985年，又兼任校学生会秘书长。1987年，考入复旦大学国际政治系政治学专业行政管理方向硕士研究生，师从王沪宁教授，获法学硕士学位。

1990年研究生毕业进入中共上海市委宣传部理论处工作，1992年任副处长，曾到很多单位和电视台宣讲邓小平理论及社会主义市场经济理论，发表理论文章多篇，论文《建设有中国特色社会主义理论的系统框架初探》获得上海市邓小平同志建设有中国特色社会主义理论研究与宣传优秀成果三等奖。

1998年4月辞职下海，从事广告、展览业务。2002年转投上海四季生态科技有限公司，任副总经理、常务副总经理。2004年7月受股东指派参与绿庭（香港）有限公司对上市公司——上海大江（集团）股份有限公司的股权收购工作，任上市公司共管小组成员、上海绿庭集团有限公司企划部总经理，期间兼任过上市公司营销中心总经理。

2006年9月，所在企业完成对上市公司的收购，先后担任上海大江（集团）股份有限公司等公司董事、绿庭（香港）有限公司董事局秘书、绿庭置业有限公司董事会办公室主任。2012年6月至今，任上海大江（集团）股份有限公司董事、副总裁兼董事会秘书、党委书记，2012年底起兼任申银万国证券股份有限公司监事。

青春琐忆

张鲁高

一、缘　起

一天晚上，老同学徐州王德福兄忽然打电话来，代表8011三十周年纪念委员会，催我尽快提交纪念册文稿。因我疏懒，平时与老同学很少联系，即使与德福兄也联系不多。今德福兄大音希声，惠然问好，我仓皇无措，只得答应五一前一定交稿。

聆听了德福兄的教诲之后，我独坐斗室，面向东南，思绪渐渐回到了三十年前的青春岁月。

二、108寝室

说来有点奇怪，但其实也很自然，一想到三十年前的复旦校园，首先出现在脑海里的，竟然是我在复旦所住的第一个寝室——108寝室，和我在108寝室所遇到的那几个室友，那几张面孔。

首先是我们的室长卓松盛兄。但当时大概并没有室长一职，只不过在我的印象里，松盛兄仿佛就是我们的室长。现在回想，松盛兄给我的印象，最深的还不是他本人，也不是他的诗，而是他在上虹口区里弄他家里的阁楼。有一天，松盛兄领着我们108寝室的几个人到他家去玩，进到屋内，沿着狭窄的木梯，爬上阁楼。阁楼空间极小，地板离天花板已没有多高，大概伸手即可触及。但到底有多高呢？有一个情景可以给予精确演示。阁楼里有一张双层

床，松盛兄上复旦之前与其弟使用。松盛兄睡下层，其弟睡上层。但其弟每次入卧，不得直身进入，而只能屈伏而入。呜呼，三十年前的这一幕室内情景，想必早已成为历史旧迹，但它却留在了我的脑际，成了我个人的一个永久的记忆。

访问了松盛兄的家之后，我们108室友又在某一天访问了连建明兄的家。而且，不但到他家参观，还在他家吃了中饭。为什么我现在还记得吃饭这件事情呢？只是因为当年在建明兄家吃饭所用的碗，给我留下了太深的印象。那是上海人或南方人所用的碗。哈哈，比起我这个来自北方的家所用的碗，建明兄家的那只碗，应该是名副其实的小碗。当时，我吃了一碗米饭，建明的妈妈又给我添了一碗。当我吃完第二碗米饭之后，我再也不好意思去吃第三碗米饭了。但许多年后，我自己吃饭的碗，也跟当年建明兄家的差不多大了。而且现在我吃了两碗之后，也不再去吃第三碗了。

此外，那一天在建明兄家访问，我第一次在一个普通家庭里看到了电视机。那是一台九英寸大小的黑白电视机，照电子产品更新的速度，那样的电视机在今天大概只是一个儿童玩具了。但在1980年下半年的某一天，在我的老同学连建明兄家中一角摆放的那只电视机，却是中国现代化潮头的一个标记，或一个预言。

接下来，我们108小组又远行访问了陶炼兄的家。所谓远行，当然也不出上海，但比卓松盛兄的虹口区里弄，至少要远上一倍。陶炼兄的家好像是在一个大院子里，屋里空间同样不大，但陶炼兄的一样东西立刻把我们，至少是把我给完全震住了。陶炼兄打开一个书柜（书柜好像就摆在离门口不远的地方，因屋内空间不大），书柜也不算多大，大概有一米多高，但里面的藏书立刻把我给震住了——原来，书柜里摆放的书，全是汉译世界学术名著，白色封面，红色封底和红色书脊，不大的书柜，满满的都是，大概有几十本！陶炼兄拿出一本让我们看——摩尔根《原始社会》！陶炼兄告诉我们，他这一个学期只读了七本书！说实在的，那一天对陶炼兄家的访问，给了我这个刚刚高中毕业不久，忽忽悠悠来到复旦，尚不知如何读书的安徽小子上了一堂非常深刻的学术启蒙课。尽管在启蒙之后，又在许多年之后，我在学术上仍进步甚小，但那却是以后的事情了。而当年，在陶炼兄家里与他的那只不大的书柜的相遇，在我，仍然是不能忘怀的。

三、3308教室

另一个不能忘怀的地方，应该是我们8011的专用教室——3308教室了。但每想到这个地方，我就会有一点小小的惭愧，尽管不大，但仍然是一种惭愧。当年在3308上课，我大概算是逃课比较多的一个了。即使没有逃课，但人在课堂，而心却不知何处也。总之，不大认真听课。但也有比较认真听课的时候，比如在骆玉明先生的课上和王水照先生的课上。

记得玉明先生的中国文学史课，是讲先秦和中古部分。课的内容现在一点也记不得了，但玉明先生的风度却印象深刻，许多年后仍历历在目。玉明先生推崇鲁迅，也推许魏晋风度。而玉明先生自己的那种风度，也是魏晋式的——不大讲究衣着，也不大在意课堂规则（应该从不点名吧）；不完全拘泥于文学史范围，时有妙语，借古喻今。一部文学史课，听下来仿佛在读鲁迅式杂文，但比鲁迅温雅，比鲁迅雍容。

王水照先生的中国文学史课，是关于唐宋部分。现在回想，印象最深的是这么一个情节：一天课上，水照先生讲李贺诗歌。当讲到李贺诗的一个名句——荒沟古水光如刀（李贺诗名句很多啊），水照先生坦言：李贺的诗，比如这句，我能感到它美，但要我说出它为什么美，却一时很难。我记得当年水照先生对李贺诗这个名句的解读，就到此为止。水照先生对李贺诗的这个解读，直到今天，我仍然记得，而且仍然以之为美，以之为雅，以之为真。在此种解读中，见出水照先生的学者的真诚，也见出文艺美学的一个真谛。

此外，还有一位先生的课，也想在这里说一说，这就是朱立元先生的美学课。朱先生那时候大概还是蒋孔阳先生的研究生，在大二的时候，给我们开了一门黑格尔美学的专题课。说起来又很惭愧，我选修了朱先生的课，但却没认真听。现在回想，就是当年认真听，也未必听得懂。因为在那个时候，自己的理论素养实在太弱。那时候，我受卓松盛兄和复旦校园文学的影响，正在暗中写诗，而且只是自己暗中写，不敢让松盛兄知道，也不敢让其他同学知道。我记得很清楚，有一首诗，取名《渴望》，就是在朱先生的美学课上写成的。现在，我把它抄在这里，对朱先生的黑格尔美学专题课，一方面表示歉意，一方面表示感谢——因为，假如这首小小的幼稚的渴望里，还多少有一点什么美（假如是这样），那么，那也一定是因为朱先生的美学课给了它生气，给了它底蕴。

渴　望

你站在山谷的最低处

对头顶的太阳

挥动拳头

你哭喊狂叫像一条野狗

一串串不协和音柱

在山谷中撞成碎片

太阳狞笑着向谷底投下

一把把

匕首

刺中了

刺中了

穿透弥漫的哀鸣

把你全身绣成个彤红的血球

你安然坦然又大笑起来

像一根负重的枕木在太阳的怀抱中

倒了下去

四、小路上的脚印

当时，复旦的校园里涌动着一股青春的诗的思绪，而我的108室友卓松盛兄又正是这股校园诗潮的主要代表者之一。卓松盛兄当年的诗风似乎正从传统的"牛背上曲转的春箫"，向现代的"吐着白沫的大楼"转向。在当时，我读得懂他的牛背春箫诗，但读不懂他的"吐着白沫的大楼"。后来我读懂了，并且一度激赏这种吐着白沫的大楼的现代诗。但自己在暗中偷写时，仍然矛盾，有时是传统式的，但已经意象化或非直接抒情化；有时却完全是"吐着白沫的大楼"方式的。

记得有一场讲座，是一位马雅可夫斯基的汉文翻译家在一个小教室里介绍马雅可夫斯基。教室很小，只有十来个学生来听。我随松盛兄也去听了。我当时对吐着白沫的大楼这种其实正是马雅可夫斯基在早期未来派时代的

作者近影

现代诗风格还缺少感觉，故而虽听但并没有听出什么兴味。可是松盛兄的表现让我吃惊，听了上午讲座之后，不去食堂吃午饭（因为下午1点钟上课时间这位翻译家学者还要接着讲），而是让108的一位室友李满鋆给他带饭。

说到写诗，我在这里还想插记一位108室友常州人承公侠兄的两件趣事。那时，公侠兄也在写诗，但跟我一样，也是在暗中写，别人不知道。但有一天，公侠兄终于忍不住了，拿出他的诗，让我看。——原来他是在写旧体诗，我一看，都是七绝格式的旧体诗。我因为在写现代诗，因而轻蔑他的旧体诗，开始嘲笑他的旧体诗。但不是嘲笑形式，而是嘲笑内容。现在回想，还记得公侠兄的诗，有一句当年被我嘲笑得厉害。诗云：忽惊众鸟入暮云，却袖双手看斜阳。我读罢，立刻认定这是一首懒馋和尚歌。公侠兄笑骂不服，但也无可奈何。

公侠兄还有一件事，当年也被我嘲笑。又有一天，寝室里只有我俩，公侠兄忽然向我招手。我走过去，从他手里接过一封信。但一看，却看不懂。信是毛笔写的，繁体字，竖行，行草风格。公侠兄突然激动起来，几乎有点神经兮兮地告我——你知道这是谁写的信？是写给谁的信？这是朱东润写的，是写

给我的。你看——公侠仁弟！朱老先生已经八十多了，但他称我公侠仁弟！原来，几天前，公侠兄到朱先生家里访问了一次。朱老先生怎么会在家里轻易接待一个中文系的本科学生呢？原来，在访问之前，公侠兄给朱老先生写了一封信，是古文体式，显示了他的古文功夫，得到朱老先生的欣赏。哈哈，原来如此。但我现在想，公侠兄当年的自得，其实是有其理也；而我当年的嘲笑，少年意气，亦未必其然也。

回想起来，复旦校园的时光，可算是我的独自一人的诗的时光。因为写诗，所以逃课；而写诗则是源自青春的苦闷与青春的孤独。在那一段时间，不但一个人在校园内慢走，而且还常常一个人走出校园，在五角场一带的街道上慢走，在一些居民小区里慢走，在校园南边的铁道线上漫游，在黄昏的时候，在夕阳在西天正火红一片的时候，在夕阳下散步的情侣手拉手向着远处走过的时候。若诸君不信，有诗为证。

黄　昏

黄昏时

西边的天上

是那样红

就仿佛

一大片一大片

少女的

歌声

我顺着铁道

一直向

晚霞

走去

记得，在我的这类青春的漫游里，有一回走得最远，一个人走到吴淞口，或者黄浦江与长江的交汇处，坐在江边的一块石头上，静静地眺望几乎是没有际涯的广大的江面。也不知坐了多少时候，一低头才发现，刚才这块在江岸水边的巨石，现在突然全部被江水四面包围。啊，可怕——是涨潮了。于是在惊慌中从巨石顶上爬下来，沿着几块露出水面的石头（幸好在巨石与岸边有这几块石头），跳到岸边。

后来，在离开复旦，回到家乡之后，我曾经把这些青春的岁月的诗，编成一本诗集，取名《小路上的脚印》，一方面是怀念，一方面更是告别。诗集是蜡版油印的，是我父亲为我刻写的，当年曾经在老同学中间散发过。今日回想，三十年过去矣。

2014年4月24日于安大旧园

张 鲁高，男，1962年10月16日生。1984年在复旦大学中文系获文学学士学位，1995年在安徽大学中文系获文学硕士学位，1999年在复旦大学中文系获文学博士学位。现在安徽大学文学院中国现当代文学教研室任教。曾出版学术专著两部，一部是《先驱者的痛苦——鲁迅精神论析》，2003年安徽教育出版社出版；一部是《图景的融合与图景的分裂——张恨水与鲁迅的文学世界》，2013年安徽文艺出版社出版。

我是谁

陈启松

　　我从毕业，就被分配到新华社摄影部，一直担任图片编辑工作。虽然工作勤勤恳恳，兢兢业业，但一直没有什么大的成就。期间，参与创办《中国图片报》《体育快报》，如今也已成为过眼烟云：报纸不复存在，功劳无从谈起。在摄影部工作近三十年，官不是官，没有一纸任命；民不是民，不创造任何物质财富；专业职务：主任编辑。最主要的是，我是一名晚期尿毒症患者。尽管治疗技术非常成熟，摆在我面前的除了换肾，就是每礼拜一三五必须坚持做到的透析治疗。尽管不缺吃、不缺穿，也不愁治疗经费，但作为一个事业人，建树不过就是如此了。尽管我早已"放下"，坚持透析已经一年了，自己也不再哀哀戚戚，患得患失。关于我的生活、我的工作，确实乏善可陈啊！

　　病房白色的天花板上，依然看不到我生命的倒影。

　　京城宽阔的沥青路上，从未曾留下我奔波的足迹……

　　耳边传来我自己录制的手机铃声："泥巴裹满裤腿/汗水湿透衣背/我不知道你是谁/我却知道你为了谁/为了谁？"祖海、佟铁鑫深情的演唱，给了我启示："你是谁/为了谁/我的战友你何时回/你是谁/为了谁/我的兄弟姐妹不流泪……"歌声在我耳边飘荡，一个声音在我耳际萦回："我是谁？为了谁？我是谁？来自何方，去往哪里……"

一

我家三代贫农。我爷爷陈耀甲一生本分，育有陈祖荣、陈祖华、陈祖富、陈祖贵、陈祖全、陈祖枝等一干儿女，躲过了日本兵，躲过了抓壮丁，却饿死在"大跃进"的年代。我奶奶金枝玉叶，出嫁陈家苦涯一生，送走了未成年的儿子全，已成年但难产故去的女儿枝，自己也在贫病苦楚中故去。

我父辈荣华富贵全五兄弟，全叔早夭，荣伯终身未娶，四叔陈祖贵娶而无后、因病撒手归西。就我爸和三叔陈祖富结婚生子，留下一堂五兄弟、两姊妹长大成人。

我是长孙。身上凝聚了近二百年家道兴衰的生命信息。据说，当年家里举办过"告祖（向祖先汇报）"仪式，庆祝我的出生。

出生时体重八斤，小名（或称乳名）"八斤"，大名陈启松。我从小不喜欢乳名，大名也土。大概因为喜欢老师，后又因为有了身份证的原因，不好轻易改名，于是姓名沿用至今。我父亲为我取名大概也没什么讲究。先是一个姓，接着是排行。我家祖上订的"大翰国君思，吟咏世泽长，光宗耀祖启，诗书定贤良。"到我这辈就是"启"字辈，再加一个还算好听的"松"字，就是我的"大名"了。

如果不是1977年恢复高考，如果不是后来上了复旦大学，我至今一定还是湘西北澧水河边、洞庭湖畔的一位农民。

事实上，我中小学同学绝大多数至今还是农民。我这一生最早得到的表彰是生产队里的"双抢标兵"，曾得到一个牛皮纸日记本。自小学起，我就成了家里大半个劳动力。那时候，老师也"支农"，他们见证、并引领了我的农村少年生活。每年7月中下旬至8月初，正值暑假，就是南方农忙的"抢收（早稻）抢插（晚稻）"战斗。为了抢农时，在四十摄氏度的高温天气里，我们一帮小孩儿在大地上做起几何题：横平竖直，飞快地插秧。大人割完稻子，再帮我们整好地，几天前还是一片金黄（成熟的早稻），几天后就变为一片银白（水田），几天后又变成一片翠绿（晚稻秧苗）。这其中，我们几个大些的孩子就是负责人。我和我最好的朋友比学赶帮，总是数量最快、质量最好。这样的生产劳动一直持续到我大学毕业分配到北京。

常常一个假期下来，农活干了很多，原本计划好好读的书却冷落到了一旁。

二

我学习成绩好不是我有多聪明。经过上述高强度的劳动，还不一定能吃饱饭。而坐在教室里听课就成了我整个假期的美好愿望。

开学了，听老师谆谆教导，细水长流，对语文、对数学、对物理、对化学、对音乐，哪怕对农作等课程，我都是学一科、爱一科。老师一阐述、一论证，我就懂了！讲过的会做，没讲过的融会贯通也会做。老师以为我是神童，一次让我给别的班讲课，我记得自己也是不知所云。高一时，老师还让我自学高二课程，说了几遍我总是不明所以，最后也就罢了。

1979年高考，我是稀里糊涂考上复旦的。高考前被分到文科班，我舍不得从此丢下我心爱的理化科目，三天没进教室上课，班主任老师仍耐心说服我、等候我。本不知历史、地理为何物的我，一通死记硬背，最终从一所特别普通的乡村中学（如今只有初中部）考上大学。高考外语，戴着老师的手表，我在全班同学的等候中入场半小时，钩出二点五分。填志愿也分不清什么是文史哲，什么是法律、财经，就填了个中文系，就顺理成章地被录取了！

考上复旦，就正如鸡窝里飞出了金凤凰！之前，我弟弟已经早一年初中毕业考上城里的卫生学校，家里实在凑不出路费（那时不用交学费，还有助学金）。参军五年的小舅舅把他多年积累的士兵补贴一百元寄给了我，一位表叔把生产队欠他的六十五元鱼苗款借给我，才勉强筹得上学的经费，做了两条军绿色的裤子，打点起简单的行装，只身踏上来上海的千里求学路。

那时候，全国科学大会已经召开，科学的春天已经到来。我们是读着徐迟的《哥德巴赫猜想》，和无数的老三届大哥哥、大姐姐一起走进大学校园的。

那时候，全国人民意气风发，而我们俨然就是天之骄子！这是多么美好的时光啊，当时我不满十七岁。

也许是高考拼过了头，也许是长期营养不良，也许是长途奔袭，兴奋紧张，感染风寒，一到复旦，还未注册，在参加义务劳动时，我就晕倒了——经过数月复查、观察，校医建议我休学治疗。一年后，通过重新入学体检，我才得以跟上8011，以最后一位的学号注册上大学，成为这个优秀班级的一员。

大学四年，我才见识了什么是人中翘楚，什么是文化积淀。上海、浙江、江苏、河南文科考分第一名的同学周松林、蔡万麟等人在我们班，上海语文竞赛第一名陈小云在我们班，全国大学生书法比赛一等奖获得者王鸣文在我们班……在复旦图书馆浩瀚的书海中，在中文系丰富资料的指引下，我开始了解文学为何物，以及文学与生活、文学与社会、文学与艺术、文学与美学等等一些基本，有时也很深刻的学术理论问题。

祖宗积德，风云际会！我，一个思想、才情捉襟见肘的农家娃，在复旦的校园里，得以仰望富丽堂皇的神圣的文学殿堂，受到文学的高雅熏陶。期间经历的经济的拮据、生活的窘迫、心理的彷徨、青春的郁闷，不一而足。

三

大学前没出过乡；大学后，我就一直待在了新华社摄影部。

新闻没学过，摄影从零开始！

那时候，各行各业都青黄不接，需要大量人才。只要自己干一行、学一行、爱一行是完全可以成名立万、成名成家的！那时候是新闻摄影的田园牧歌时代，一批从革命战争时代走过来的老摄影记者以相机为武器，已经创造了辉煌的业绩。更有一批仁人志士在这个领域拼搏奉献，甚至用生命竖起一座座事业的丰碑。那时候，老编辑、老记者像父兄一样带着我们学习、带着我们工作。那时候，我们脱产学新闻，脱产学摄影。剪裁、构图等基本理论书看了一本又一本，冲卷、修片，车间技师也是我们的老师，把各种技术无私教授给我们，让我们打下了深厚的基本技术、基本理论甚至技能的基础。

那时候有句话："胶卷堆多高，摄影水平就有多高！"。我是图片编辑。照片看得多，拍得少。直到上世纪九十年代初创办《中国图片报》后，按照自负盈

作者近影

亏的政策，我们几位当时还年轻的编辑才有了第一台崭新的尼康FM2专业相机。那时候，我们图文互动，又拍照采访，又执笔写编，还设计版面，参与校对一读，干得不亦乐乎。1998年改办《体育快报》，我更忙了。和几个年轻同事出差采访、写作约稿、编辑出版，常常　　干就是一个通宵。前后四年，最充实、最忙碌，也最有收获。以长期从事经济摄影报道的理论和视角，观察体育领域的职业化改革，还采写了不少有分量的新闻报道和评论文章。当时，CBA职业联赛虽然没有足球甲A联赛火爆，但也已经有模有样，每年我都有文章获得全国联赛好新闻表彰。

　　近十年，从报社回到摄影部，值白班、守夜班，上过青藏高原，重访过四川地震灾区，探访过老红军，拍摄过蒙古族新牧民。参加过两会报道，国庆六十年等等一系列重大事件的报道，参加过改革人物、劳动模范等专题报道的策划、组织。值班发稿时，选照片、拟标题、防差错、改漏洞、抢时效、提质量，爬摸滚打，时间不知哪儿去了，仍常觉成绩平平，总留下不少遗憾。

　　过去，总说摄影不是我的擅长和最爱，如今，摄影仍然也不一定爱我。但作为新华社职业摄影队伍的一名老兵，这些年的经历让我和摄影有如共患难的夫妻，有了不离不弃的情感。我们悲喜与共，苦乐相伴，走过三十年，也算相濡以沫，形意相随了。

我是2013年春节后住院治疗的。当时，我本要参加"两会"报道，由于两会报道上阵人员有限，又是连续作战，对参与者的思想、作风，甚至知识、体能都是一个考验。不在水平多高，但必须确保万无一失。更何况这年的两会又是十八大之后换届的两会，其意义更加非同一般，其工作要求也非往届能比。在这前夕值班、准备、选题策划阶段，我，不争气地病倒了！

其实，摄影的春天正在到来。

数码化、电子化极大提高了图像拍摄、传输、加工的质量和速度，解放了摄影生产力；宽带中国、新媒体建设为视觉文化的繁荣发展提供了宽广的舞台、高水平的参与者和最广泛的文化功能和受众。新华社职业摄影队伍也正在得到强化，包括签约摄影师等社会、文化职业工作者在内的中华摄影航空母舰正在迅速打造，成长成熟。

沉舟侧畔千帆过，病树前头万木春。全面深化改革的集结号已经吹响。在这个改革的"紧迫的春天里"，在这个文化繁荣的摄影的春天里，我，恨不能起沉舟以追千帆，疗病树以竞万木！

三十年弹指一挥间。借助现代医疗，得到社会的温暖，生命仍在延续……我知足，我感恩。

2014年2月24日于北京石景山七星园

<big>陈</big> 启松，男，1962年10月14日出生。1970年2月至1979年7月，在湖南省临澧县九里乡同心村小学、九里中学就读。1979年7月参加高考，被复旦大学中文系文学专业录取。1980年7月至1984年7月，在上海复旦大学中文系8011班学习，1984年7月大学毕业，分配到新华社摄影部工作。1998年1月被评聘为主任编辑。

其中，1991年底至1998年9月，在新华社《中国图片报》任编辑、记者。

1998年10月至2002年4月，在新华社《体育快报》工作，每年撰写约20万字文稿，发表数十张照片稿件，编发120多个报纸版面。采写的《专家评说歪哨偏哨》等两篇稿件，先后被评为全国男篮甲A2000—2001、2001—2002赛季三等奖和二等奖。

2002年5月，回到摄影部中国照片编辑室以来，任主任编辑、初审发稿人，参加西藏自治区成立四十周年、红军长征胜利七十周年、内蒙古自治区成立六十周年、西部大开发十年、改革开放三十年、新中国成立六十周年专题报道，2009年、2011年"两会"报道，策划组织《改革人物》《共和国建设者》等图片报道栏目。每年审发照片稿件约两万张。先后撰写《追踪风云人物 创新常规报道》《两会防差错 难忘三镜头》《"共和国建设者"图片专栏创"三精"》《两会图片特刊 程序之外的精彩》等业务论文。

后　记

　　作为8011毕业三十周年的一本纪念性文集，本书得以顺利出版，首先要感谢8011全体同学的倾力支持。2014年2月征稿信发出后，同学们的稿件便纷至沓来，作为稿件的收存整理者，我们收获了一次又一次感动，没有同学们百忙之中倾情笔耕，这本书的完成是无法想象的。

　　本书共汇集了81位同学的82篇文稿，按8011同学的学号顺序编排。需要说明的是，可能还有部分同学的文稿正在撰写中，但因出版时间的限制来不及收入，难免有遗珍之憾；征稿过程中，同学们提供了大量珍贵图片，限于本书篇幅，多忍痛割爱，仅按统一格式保留了部分图片。另外，在书稿整理和编辑过程中，根据有关出版要求，对同学们的文稿做了个别文字上的改动和篇目调换，也因为时间的关系，没能逐一征得同学们的同意，如有错讹或冒犯处，在此深表歉意，我们也相信同学们会原谅我们。

　　参与本书书稿整理编辑工作的同学有（按姓氏笔画为序）：王德福、古小玉、池雨花、任家瑜、陈真、李宏伟、张安庆、杨植峰、俞文明、秦杰、曹怡波、梁光玉、蔡万麟等。

　　特别感谢团结出版社的领导和美术编辑、文字编辑，他们对本书的出版给予了大力支持，付出了辛勤劳动！

《1980 我们这一届》出版组

2014年9月

纪念珍藏版后记

《1980 我们这一届》纪念珍藏版的出版，缘起8011毕业四十年。

十年前，老蔡曾感慨道"这本书酝酿多年"（见蔡万麟《老而弥妖》）。于是，8011毕业三十年大典筹委会决定一改"8011一贯议而不决、决而不行、行而不久的优良传统"（见陈小云《八九算命录校注》），开始一场跨越时空的文稿征集，作为毕业三十年大典的三大活动之一。出版组闻讯而动，迅速拟定征稿函、注册邮箱并群发邀约。感谢陈辉率先发来《做编辑的日子》，杨植峰将其作为范文转发，之后同学们的文稿纷至沓来，最终定格在81篇。每篇文稿都是岁月的缩影，由此汇聚成独特的精神印记，深深镌刻在8011的集体记忆之中。

这次再版，我们首先对内容进行了补充和扩展。在组稿过程中，特别感谢陈真、梁光玉、陈志强、俞文明、连建明、仟家瑜、杨柏峰等同学的积极联络与协调，促成了7位同学的文稿顺利收录在纪念珍藏版中。同时，感谢徐锦江在百忙之中为本书撰写了再版序，与蔡万麟的初版序一并汇入。最终，纪念珍藏版共汇集了88位同学的90篇文稿。这些新加入的文字，为全书注入了更广的视角与更丰富的维度，使得8011集体回望的画面更加丰盈饱满。

再版不仅是内容的增补，更是全书的完善。感谢张安庆，以极其认真、严谨的态度承担了此次再版的审校工作。他对每篇文章进行了逐字逐句的校对，修正了其中的错字、病句，以及个别不妥的表达，提升了此次纪念珍藏版的文字质量。

此外，我们还对初版中的照片进行了调整和补充，特别增加了毕业三十年大典的合影。最为珍贵的是身着学士服、头戴学士帽在复旦校门前的合影，弥补了80年代未曾穿上学士服的遗憾。与此同时，我们也重新筛选并调整了个别照片，力求与文章内容更加契合，以呈现8011求学期间的点滴瞬间与之后岁月中的音容笑貌。

　　《1980　我们这一届》首次出版至今已整整十年。十年虽只是历史长河中的短暂一瞬，但对于8011的诸位而言，却是由中年迈入老年的重要一程。十年时光的流逝赋予了这本书新的意义——它不仅是往昔的回顾，更是岁月沉淀后的重新凝望。愿这本纪念珍藏版的《1980　我们这一届》成为8011毕业四十周年"最整齐、最完美的一次闪亮"（见蔡万麟《老而弥妖》）。

《1980　我们这一届》出版组

2024年9月